W0063465

ANN-MARIE MACDONALD
VERNIMM MEIN FLEHEN

ANN-MARIE MACDONALD

Vernimm mein Flehen

Roman

Aus dem Englischen
von Astrid Arz

PIPER
MÜNCHEN ZÜRICH

Die Originalausgabe erschien 1996 unter dem Titel
»Fall on Your Knees« bei Alfred A. Knopf
Canada in Toronto.

ISBN 3-492-03915-4
© Ann-Marie MacDonald
Deutsche Ausgabe:
© Piper Verlag GmbH, München 1997
Gesetzt aus der Sabon Antiqua
Gesamtherstellung: Friedrich Pustet, Regensburg
Printed in Germany

*» Warum kannst du nicht immer ein braves Mädchen
sein, Cathy?«*
*» Warum kannst du nicht immer ein guter Mann sein,
Vater?«*
EMILY BRONTË, Sturmhöhen

STUMME BILDER

Heute sind sie alle tot.

Dies ist ein Foto der Stadt, in der sie gewohnt haben. New Waterford. Eine mondhelle Nacht. Stell dir vor, du siehst aus Kirchturmhöhe auf die kräftigen Abstufungen von Licht und Schatten hinab, aus denen das Bild besteht. Eine kleine Bergwerksstadt in der Nähe von schroffen Steilfelsen über schmalen Kieselstränden, wo die silberne See pausenlos heranrollt und den Mond umschmeichelt. Nicht viele Bäume, mageres Gras. Die Silhouette eines eisernen Förderturms vor einem schmalen zinnfarbenen Himmel mit Kabeln und Streben, die in Winkeln von fünfundvierzig Grad schräg herunterhängen. Schienen, die nur ein kurzes Stück vom Fuß einer prachtvollen Halde schimmernder Kohle zu einem Tor in die Erde führen, wo sie in die Tiefe gehen und verschwinden. Und gleich hinter den Fördertürmen und Kohlehalden breiten sich die Giebeldächer der Zechenhäuser aus, die in Reihen vom Werk gebaut wurden. Zechenhäuser. Werkssiedlung.

Sieh die Straße entlang, an der sie wohnten. Water Street. Ein Weg aus gestampfter Erde und vereinzelten Steinen, der über den Stadtrand hinaus dorthin führt, wo der weitläufige Friedhof schräg am Hang mit Blick auf den Atlantik liegt. Das Seufzen ist bloß das Meer.

Dies ist ein Foto von ihrem Haus, wie es damals war. Weißes Holzhaus mit überdachter Veranda. Im Vergleich zu den Zechenhäusern ist es groß. Vorn im Wohnzimmer steht ein Klavier. Hinten ist die Küche, in der Mama gestorben ist.

Dies ist ein Foto von Mama an ihrem Todestag. Sie erlag einem Herzschlag, als sie den Backofen putzte. So hat es der Arzt formuliert. Natürlich verdeckt der Ofen ihr Gesicht, aber man sieht, daß sie bei der Hausarbeit ihre Strümpfe heruntergerollt hatte, und obwohl es eine Schwarzweißaufnahme ist, wirkt ihr Hauskleid tatsächlich schwarz, weil sie damals wegen Kathleen Trauer trug, und auch wegen Ambrose. Natürlich sieht man es auf dem Foto nicht, aber Mama konnte nicht besonders gut Englisch. Mercedes hat sie so gefunden, halb im Ofen, halb draußen, wie die Hexe aus Hänsel und Gretel. Was wollte sie an jenem Tag kochen? Als Mama starb, verfaulten alle Eier in der Speisekammer – so muß es gewesen sein, weil man den Schwefelgestank die ganze Water Street entlang riechen konnte.

Das ist also das Haus Water Street 191, New Waterford, auf der Insel Cape Breton, in der im äußersten Osten gelegenen Provinz Neuschottland in Kanada. Und das ist Ma am Tag, als sie starb, am 23. Juni 1919.

Dies ist ein Foto von Daddy. Er ist nicht tot, er schläft. Siehst du den Sessel, in dem er sitzt? Das ist der blaßgrüne Ohrensessel. Sein Haar ist geflochten. Das hat nichts mit Folklore zu tun. Sitten und Gebräuche aus der Heimat wurden nur von Mamas Familie gepflegt. Die Zöpfe hat Lily ihm geflochten, als er schlief.

Von Ambrose gibt es keine Fotos, dazu war keine Zeit. Dies ist ein Foto von seinem Bettchen, als es noch warm war.

Die andere Lily ist im Limbus. Sie hat einen Tag lang gelebt und ist dann gestorben, bevor sie getauft werden konnte, und kam zu all den anderen ungetauften Babys und den guten Heiden in die Vorhölle. Dort leiden sie nicht, sie hängen bloß irgendwie in der Schwebe und merken nichts. Von Jesus weiß man, daß er hin und wieder in den Limbus gegangen ist, um einen besonders guten Heiden herauszuholen und in den Himmel zu bringen. Das ist also nicht ausgeschlossen. Ansonsten ... Deshalb ist dieses Foto von der anderen Lily weiß und leer.

Keine Sorge. Ambrose war getauft.

Dies ist eins von Mercedes. Ihr Opalrosenkranz war einfach unbezahlbar. Ein Rosenkranz aus Opalen. Ist das zu fassen? Sie steckte ihn immer innen an ihren Büstenhalter, über dem Herzen, wenn sie ihn nicht gerade benutzte. Teils wegen des göttlichen Schutzes, teils damit sie ihn immer bei der Hand hatte, um rasch zehn Gesätze aufsagen zu können, wenn ihr danach war, also gar nicht so selten. Obwohl man, worauf Mercedes gern hinwies, den Rosenkranz mit allen gerade verfügbaren Gegenständen in der Hand herunterbeten kann, wenn man das Bedürfnis nach einem Gebet hat, aber keine Perlen in greifbarer Nähe sind. Zum Beispiel mit Kieselsteinen oder Brotkrumen. Frances wollte wissen, ob man den Rosenkranz mit Zigarettenkippen beten könne, und die Antwort lautete: Ja, wenn man reinen Herzens ist. Mit Mäusekotkügelchen? Mit fremden Sommersprossen? Den Punkten auf einem Zeitungsfoto von Harry Houdini? Das reicht, Frances. Jedenfalls ist dies ein Foto von Mercedes mit ihrem Opalrosenkranz in der Hand, einen Finger erhoben und auf die Lippen gepreßt. Sie macht »psst«.

Und hier ist Frances. Moment, sie ist noch nicht drauf. Es ist ein bewegtes Bild. Es wurde nachts hinter dem Haus aufgenommen. Da ist der Bach, der schwarzglänzend zwischen seinen schmalen Ufern fließt. Und dort, auf der anderen Seite, der Garten. Stell dir vor, du hörst den Bach plätschern. Wie ein Mädchen, das ein Geheimnis erzählt, und ihre Sprache klingt so ähnlich wie unsere. Eine stille Nacht, sternenklar. Du sollst ruhig wissen, daß ein Nachbar einst seinen Sohn zerschmettert in diesem Bach sah, und anschließend, als er nach Hause kam, erfuhr er, daß der Sohn bei einem Gesteinsbruch in der Zeche zwölf tödlich verunglückt war.

Doch heute abend ist die Wasseroberfläche des Bachs lediglich so, wie die Natur sie schuf. Und sicherlich ist es seltsam, aber nicht übernatürlich, wenn man sieht, wie sich die Fläche teilt und uns ein richtig lebendiges, durchnäßtes und zitterndes Mädchen anstarrt. Oder jemanden direkt hinter uns. Frances. Was macht sie mitten im Bach, mitten in der Nacht? Und was drückt sie mit ihren spindeldürren Ärmchen an ihre Brust? Ein dunkles nasses Bündel. Hat es sich eben bewegt? Was machst du da, Frances?

Doch selbst wenn sie antworten würde, könnten wir sie nicht verstehen, weil dies zwar ein Film, aber eben doch ein Stummfilm ist.

Die Fotos von Kathleen wurden alle vernichtet. Alle außer einem. Und das ist weggeräumt.

Kathleen hat so schön gesungen, daß Gott wollte, sie solle für Ihn in Seinem Engelschor singen. Also holte Er sie.

ERSTES BUCH

Der Garten

SEIN GLÜCK SUCHEN

Vor langer Zeit, vor deiner Geburt, lebte auf der Insel Cape Breton eine Familie, die Piper hieß. Dem Papa, James Piper, gelang es, sein Leben zum größten Teil außerhalb der Kohlegruben zu verbringen, denn seine Mutter hatte sehr befürchtet, er werde unter Tage arbeiten, wenn er einmal alt genug war. Sie hatte ihn gelehrt, die Klassiker zu lesen, Klavier zu spielen und allen Widrigkeiten zum Trotz nach Höherem zu streben. Und genau das wollte James für seine eigenen Kinder.

James' Mutter, die Tochter eines wohlhabenden Bootsbauers, stammte aus Wreck Cove. James' Vater war ein armer Schuster aus Port Hood, der sich in James' Mutter verliebte, als er ihre Füße vermaß. Er versprach ihrem Vater, mit ihr in der Nähe ihres Elternhauses zu bleiben. Er heiratete sie und zog mit ihr nach Ägypten, wo James geboren wurde. Ägypten, genauer gesagt: Egypt, war ein einsames Kaff auf der entgegengesetzten Seite der Insel, in der Inverness County, und James hatte niemanden zum Spielen, nicht einmal einen Bruder oder eine Schwester. James' Vater tauschte seinen eisernen Leisten gegen eine Blechschüssel, doch weder damals noch später hat man irgend etwas von einem Goldrausch auf Cape Breton gehört.

Sein Vater ärgerte sich immer, wenn James und seine Mutter gälisch miteinander redeten, denn er selbst sprach nur englisch. Gälisch war James' Muttersprache. Englisch kam ihm immer flach und hart vor, wie das Tageslicht nach dem nächtlichen Fischen, aber seine Mutter sorgte dafür, daß er so gebildet war wie ein kleiner Prinz, denn sie gehörten zum Britischen Weltreich, und er sollte es zu etwas bringen.

11

Eines Morgens, einen Tag vor seinem fünfzehnten Geburtstag, wachte James in dem Bewußtsein auf, daß er sich gegen seinen Vater zur Wehr setzen konnte. Doch als er an diesem Tag die Treppe hinunterkam, war sein Vater weg, und das Klavier seiner Mutter war über Nacht klammheimlich auseinandergenommen worden. James brauchte ein halbes Jahr, um es wieder zusammenzubauen. So wurde er Klavierstimmer.

Mit fünfzehn wollte James nichts lieber, als einmal seinen Vater zu verprügeln. Mit fünfzehneinhalb wollte er nichts lieber, als seine Mutter noch einmal auf dem Klavier spielen zu hören, aber sie war im Kindbett gestorben, bevor er das Instrument ganz zusammengesetzt hatte. James nahm eine Schottendecke, die sie gewebt, und die guten Bücher, die sie ihm zu lesen gegeben hatte, und steckte alles in die Satteltasche des alten Grubenponys. Er ging wieder ins Haus, setzte sich ans Klavier und versenkte sich in die *Mondscheinsonate*. Hielt nach vier Takten inne, stand auf, stimmte das hohe C nach, setzte sich wieder und wiegte sich zu den Anfangsklängen von *The Venetian Boat Song*. Zufrieden hörte er nach fünf Takten auf, nahm die Schnapsflasche aus dem Nähkästchen seiner Mutter, übergoß das Klavier und zündete es an.

Er setzte sich auf das blinde Pony und zog aus Ägypten.

Die Verwandten in Wreck Cove boten ihm Arbeit an: Ruderboote abschmirgeln. James war zu Höherem berufen. Er wollte nach Sydney reiten, wo es seines Wissens mehr Klaviere gab.

Sydney war die einzige Stadt auf Cape Breton Island, und sie lag viele Meilen weiter südlich am Ende einer nicht durchgängig befahrbaren Straße entlang der Atlantikküste, die sich so gründlich in Buchten und Meeresarmen verzettelte, daß seine Reise um Tage verlängert wurde. Unterwegs traf er nur wenige Leute, aber sie gaben einem sauberen blonden Jungen gern zu essen, der so gerade saß und sie um nichts bat. »Woher kommst du, Junge, wer ist dein Vater?« Die meisten sprachen gälisch wie seine Mutter, trotzdem lehnte er jedesmal ein Bett und sogar einen Platz im Stroh ab, denn er wollte, daß das nächste Dach über seinem Kopf sein eigenes wäre. Moos macht Felsen weich, und Kiefern haben nichts gegen flaches Erdreich, sondern geben dem mageren Boden, in dem sie gewachsen sind, ein Zehnfaches in Form von schützenden Zweigen zurück. Also übernachtete er unter freiem Himmel und war nicht einsam, weil er über so vieles nachzudenken hatte.

Da er einen guten Teil der Strecke am Meer entlangritt, stellte James fest, daß nichts so sehr hilft, klare Gedanken zu fassen, wie ein freier Blick auf die offene See. Die Luft erfrischte seinen Kopf, beschwingte seine Nerven und reinigte seine Seele. Er beschloß, immer in Sichtweite des Meeres zu wohnen.

Nie zuvor war er in einer Stadt gewesen. Der kalte Felsengeruch der See wich dem bitteren Geruch nach verbrannter Kohle, und der graue Nebel um ihn herum bekam orangefarbene Schlieren. Er blickte weit nach oben, wo feuerhelle Schwaden aus den Schornsteinen der Dominion-Eisen-und-Stahl-Gesellschaft quollen. Sie überzogen den Himmel mit bernsteinfarbener Tünche, die nach und nach in safrangelben Bogen herabrieselte, um sich in fallenden Schichten feinster Asche über der Whitney Pier genannten Seite der Stadt aufzubauschen, auszudehnen und aufzulösen.

Hier leuchteten Behausungen aus bunten Schindeln zwischen den Läden von Schmieden und dem Kesselhaus der großen Fabrik, und hier bekam James einen Mordsschreck, da er Afrikaner bisher nur aus Büchern kannte. Frisch gewaschene Laken flatterten auf einer Leine, James lenkte das Pony auf Asphalt, über eine Brücke, von der aus er auf einen Palast aus gebrannten Ziegeln zurückschaute, der sich eine Meile am Ufer entlangzog. Er dachte über die Sauberkeit von aus Ruß gewonnenem Stahl nach.

Schienenstränge, Teergeruch, rechts von ihm ein scheußlicher Teich, dann weiter auf die Pleasant Street, wo barfüßige Kinder mit einer rostigen Büchse spielten. Den Möwenschreien folgte er auf die Esplanade, an der entlang sich die Kais des Hafens von Sydney erstreckten; hoch aufragende Schiffe aus aller Herren Länder, eiserne Hüllen mit Bärten aus Tang, von Salz angenagt, manche mit unleserlichen, in verschlungenen heidnischen Buchstaben aufgemalten Namen. Ein Mann bot ihm Arbeit beim Be- und Entladen an. »Nein danke, Sir.« Neue Schienen auf einer gepflasterten Straße gehörten zu darüber hängenden Kabeln und führten ihn in die Stadtmitte, ein elektrischer Wagen sprühte direkt hinter ihm Funken und bimmelte, die Sonne kam heraus. Charlotte Street. Zu beiden Seiten türmten sich elegante zweistöckige Holzfassaden auf, verschnörkelte Buchstaben priesen Heilmethoden für alles mögliche an, Schaufenster verkündeten, daß es nichts gab, was man für Geld nicht kaufen konnte; McVey, McCurdy, Ross, Rhodes und Curry; Moore, McKenzie, MacLeod, Mahmoud; MacEchan, Vitelli, Boutillier, O'Leary, MacGilvary, Ferguson, Jacobson, Smith; MacDonald, Mcdonald, Macdonell. Mehr Leute, als er je gesehen hatte, besser angezogen als an Sonntagen zu Haus, alle irgendwohin unterwegs. Und Eiscreme sah er. Schließlich den Hügel hinauf, wo die vornehmen Leute wohnten.

Das Pony machte sich unter ihm lang und knabberte den Rand eines gepflegten Rasens an, als James zu einem Ende seiner Überlegungen auf der Reise kam. Er wollte genug Geld haben, um ein großes Haus und fabrikneue Gegenstände zu kaufen, er wollte eine Frau mit weichen Händen und eine Familie, die sein Haus mit schöner Musik und dem Schweigen guter Bücher füllte.

James hatte recht. In Sydney gab es jede Menge Klaviere.

SEIN LINKES AUGE

Das erstemal sah James Materia Silvester 1898 im Hause ihres Vaters auf dem Hügel. James war achtzehn.

Man hatte ihn kommen lassen, um den Flügel der Mahmouds für die Feier am Abend zu stimmen. Er war nicht zum erstenmal im Haus der Mahmouds. Seit einem Jahr kümmerte er sich um den Steinway der Familie, ohne zu ahnen, wer so oft und energisch darauf spielte, daß er regelmäßige Betreuung brauchte.

Der Flügel war das Schmuckstück in einem großen Salon voller dick gepolsterter Sofas, goldbestickter Sessel, Teppiche mit Blumenmuster und Beistelltischchen mit zierlichen Beinen und Marmorplatten. Ein Raum, der immer festlich wirkte, in James' Augen sogar ein wenig heidnisch mit seinen vergoldeten Spiegeln, quastenverzierten Vorhängen und weichen Ottomanen. Schalen mit Süßigkeiten und Nüssen bedeckten jede freie Fläche, hinzu kamen Porzellanfiguren englischer Adliger, und an den Wänden hingen echte Ölgemälde. Eins, an exponierter Stelle über dem Kaminsims, zeigte eine Zeder auf einem Berg.

Meistens ließ eine dunkle, rundliche kleine Frau, die er zunächst für die Haushälterin gehalten hatte, die aber Mrs. Mahmoud persönlich war, James zur Küchentür ein.

Bevor er ging, gab sie ihm immer etwas zu essen. Sie sprach kaum englisch, lächelte aber viel und sagte: »Iß.« Anfangs befürchtete er, sie werde ihm exotische Scheußlichkeiten vorsetzen – rohe Schafe, einen Augapfel vielleicht –, doch es gab schmackhaftes gebratenes Fleisch in Fladenbrot, einen Salat aus weichen Getreidekörnern, Petersilie, Tomaten und etwas, was er auch noch nicht

kannte: Zitrone. Seltsame köstliche Pasten, sauer Eingelegtes, Gefülltes, Zimt …

Eines Tages, als er ankam, plauderte Mrs. Mahmoud
gerade gälisch mit einem fahrenden Händler. James
staunte, war aber froh, jemanden gefunden zu haben, mit
dem er in seiner Muttersprache reden konnte, da er in
Sydney kaum jemanden kannte und Gälisch ohnehin fast
nur auf dem Land gesprochen wurde. Sie saßen am
Küchentisch, und Mrs. Mahmoud erzählte ihm von ihren
ersten Monaten in diesem Land, als sie und ihr Mann über
die Insel gezogen waren und von einem Esel herab aus
zwei Koffern Textilien verkauft hatten. Dabei hatte sie
Gälisch statt Englisch gelernt. Mr. und Mrs. Mahmoud
hatten viele neue Freunde gefunden, denn auf dem Land
freut man sich immer über Besuch, und das Geschäft-
liche dient nur als Vorwand, den Teekessel aufzusetzen.
Die Mahmouds überbrachten oft Botschaften, von einer
County zur anderen, von einer Familie zu einer anderen,
aber nur gute Nachrichten, darauf bestand Mrs.
Mahmoud. So hielt sie es auch, wenn sie im Teesatz die
Zukunft eines Menschen las: »Ich sehe nur Gutes.« Als sie
in die Teeblätter auf dem Boden von James' Tasse spähte,
war er weder ängstlich noch skeptisch, sondern fühlte Vertrauen und glaubte ihr nur zu gern, als sie sagte: »Ich sehe
ein großes Haus. Eine Familie. Da ist sehr viel Liebe. Ich
höre Musik … Ein schönes Mädchen. Ich höre Lachen …
Wasser.«

Als die Mahmouds genug zusammengespart hatten,
eröffneten sie ihren Laden in Sydney, der gut ging. Mr.
Mahmoud hatte seiner Frau dieses prächtige Haus gekauft
und ihr angeboten, sie solle aufhören zu arbeiten und sich
im Kreis ihrer Lieben ausruhen. Trotzdem sah James von
den Familienmitgliedern nie auch nur einen Hemdzipfel.
Die Kinder waren alle in der Schule, und die großen Söhne
halfen dem Vater im Laden. Mrs. Mahmoud fehlten ihre
gälischen Freunde auf dem Land, und sie freute sich auf
Enkelkinder. Von ihrer Heimat sprach sie nie.

An diesem Silvestertag begrüßte Mrs. Mahmoud James wie immer freundlich, führte ihn aber nicht ins Wohnzimmer, sondern blieb in der Küche, um mit der Aushilfskraft zu arbeiten, einem irischen Mädchen, das noch viel lernen mußte. Er fand sich allein zurecht – in diesem Haus kannte er sich mittlerweile gut aus –, zog die Jacke aus und ging an die Arbeit.

Er hatte bereits ein paar Elfenbeintasten entfernt und beugte sich hinter dem Zahnlückengrinsen des Flügels unter den Deckel. So sah er Materia nicht, als sie im Türbogen stand.

Doch sie hatte ihn gesehen. Und zwar von ihrem Fenster im ersten Stock aus, als er unten an die Küchentür klopfte, seinen seriösen Werkzeugbeutel über der Schulter – so ein sorgfältig gekämmter blonder Junge. Sie hatte ihn durch das mit geschnitzten Weinreben verzierte Mahagonigeländer beobachtet, als er die Diele betrat und seine Jacke in den Garderobenschrank unter der Treppe hängte ... so blaue Augen, so helle Haut. Schmuck und wie aus dem Ei gepellt, Kragen, Krawatte und Manschetten. Wie eine Porzellanfigur. Wie es wohl wäre, sein Haar zu berühren? Und wenn er rot wurde? Sie sah zu, wie er die Diele durchquerte und im hohen Türbogen des Salons verschwand. Sie ging ihm nach.

Im Türbogen blieb sie stehen, das Gewicht auf einen Fuß verlagert, und betrachtete ihn kurz. Sie stellte sich vor, an seinen Hosenträgern zu ziehen. Grinste vor sich hin, schlich sich zum Flügel hinüber und schlug das hohe C an. Mit einem Schrei sprang James zurück, und sofort fürchtete Materia, sie sei zu weit gegangen, bestimmt hat er sich richtig verletzt, jetzt wird er furchtbar wütend, sie biß sich auf die Unterlippe; er schlug eine Hand vor ein Auge und musterte die Missetäterin mit dem anderen.

Die dunkelsten Augen, die er je gesehen hatte, feucht vor Licht. Kohlschwarze Locken, die sich kaum zu Zöpfen bändigen ließen. Sommerhaut in der Farbe von Sand, der von der Flut überspült wird. Schlank in ihrem grünen und dunkelblauen Holy-Angels-Trägerkleid. Während sein linkes Auge weinte, jubilierte sein rechtes Auge. Seine Lippen öffneten sich. Eigentlich wollte er sagen: »Ich kenne dich«, doch nichts in seinem Leben rechtfertigte das, also starrte er sie nur an, hingerissen und nicht überrascht.

Lächelnd sagte sie: »Ich werde einen Zahnarzt heiraten.«

Sie hatte einen Akzent, den sie nie ganz ablegen sollte. Die Konsonanten sprach sie weicher, das »r« fließender aus, und es war, als trennte sie Silben nicht mit den Lippen, sondern schon im Hals. Aus der englischen Sprache machte sie die reinste Musik.

»Ich bin kein Zahnarzt«, sagte er und wurde rosa bis an die Ohren.

Sie lächelte. Und blickte auf die zu seinen Füßen verstreuten losen Klavierzähne.

Sie war zwölf, fast dreizehn.

Hätte sie das Es angeschlagen, wäre es vielleicht nie so weit gekommen, doch sie schlug das hohe C an, und sie hatten beide keinen Grund, Unglück zu befürchten. Sie verabredeten sich. Er wollte ihre Mutter um Erlaubnis bitten, doch Materia sagte: »Keine Sorge.« Also wartete er zitternd auf den Stufen des Lyzeums, bis er sie aus der großen Eingangstür zur Holy-Angels-Klosterschule gegenüber kommen sah. Die anderen Mädchen strömten kichernd in Grüppchen oder zu zweit die Treppe hinunter, nur sie war allein. Als sie ihn sah, fing sie an zu laufen. Sie lief ihm direkt in die Arme, und er drehte sie im Kreis wie ein kleines Kind, lachte, und dann umarmten sie sich. Er fürchtete, sein Herz würde ihn umbringen, er hatte keine Vorstellung, wozu es fähig war. Mit den Lippen streifte er ihre Wange, ihr Haar duftete süß und fremd, ein böser Zauber fiel von ihm ab. Der salzige Nebel, der von Sydneys Hafen aufstieg, wurde im Flaum auf seiner Oberlippe zu Kristallen und legte sich auf seine Wimpern; er war Aladin in einem von Diamanten funkelnden Obstgarten.

Sie sagte: »Ich hab drei Cents, und wie steht's mit Ihnen, Mister?«

»Ich hab achtundsiebzig Dollar und vier Cents auf der Bank, und einen Dollar in meiner Tasche, aber eines Tages werde ich reich sein.«

»Dann gib mir den Dollar, Rockefeller.«

Das tat er, und sie führte ihn in Wheeler's Fotoatelier an der Charlotte Street, wo sie sich vor einem gemalten römischen Torbogen mit wächsernen Topffarnen fotografieren ließen. Bevor er etwas über ihre Herkunft erfahren hatte, spürte er, daß das Foto sie vereinte.

Sie gingen weiter zur Crown-Konditorei, wo sie sich eine Portion neapolitanisches Eis teilten und ihre Initialen auf das beschlagene Fenster malten. Er sagte: »Ich liebe dich, Materia.«

Lachend verlangte sie: »Sag das noch mal.«

»Ich liebe dich.«

»Nein, meinen Namen.«

»Materia.«

Sie lachte wieder, und er fragte: »Spreche ich ihn richtig aus?«

Sie sagte: »Ja, aber es ist süß, es ist nett, wie du ihn aussprichst.«

»Materia.«

Und lachend sagte sie: »James.«

»Sag das noch mal.«

»James.«

Als sie mit ihrer weich summenden Stimme seinen Namen aussprach, spürte er zum erstenmal auch körperliches Begehren; er wurde rot, überzeugt, daß jeder es ihm ansah. Sie berührte seine Haare, und er fragte: »Möchtest du jetzt nach Hause gehen?«

»Nein. Ich will mit dir gehen.«

Sie gingen bis ans Ende des Alten Piers hinter der Esplanade, und sahen sich die Schiffe aus aller Herren Länder an. Er zeigte auf eins. »Da ist die Red Cross Line. Eines Tages nehm ich so einen Dampfer, o Mann, und fahr weg.«

»Wohin?«

»Nach New York.«

»Kann ich mitkommen?«

»Klar.«

Sie war tatsächlich mit einem Zahnarzt verlobt, man hatte sie ihm versprochen, als sie vier war. Der Zahnarzt lebte noch in der alten Heimat, sollte aber kommen und sie heiraten, wenn sie sechzehn wurde.

»Das ist barbarisch«, sagte James.

»Es ist altmodisch, hm?«

»Magst du ihn?«

»Ich bin ihm noch nicht begegnet.«

»Das ist so … rückständig, wie bei den Wilden.«

»So ist es Sitte.«

»Wie sieht er aus?«

»Er ist alt.«

»Um Himmels willen!«

Hand in Hand schlenderten sie über den Alten Pier zurück. Zu ihrer Rechten ging die Sonne unter, während zu ihrer Linken die Hochöfen der Dominion-Eisen-und-Stahl-Gesellschaft eine neue Nachtschicht begannen. Leichter orangefarbener Schnee rieselte herab.

Sydney ist klein. Inzwischen hatten mehrere Leute die beiden zusammen gesehen, und es sprach sich bis zu Mrs. Mahmoud herum, die es Mr. Mahmoud verschwieg. Materia wurde jeglicher Kontakt zu dem Klavierstimmer untersagt. Sie wurde ins Kreuzverhör genommen. »Hat er dich berührt? Weißt du das genau?« Und die Nonnen waren alarmiert. Man ließ Materia keine Sekunde unbeaufsichtigt, und nachts schloß ihre Mutter die Zimmertür ab.

Als Materia gerade sechs geworden war, hatten sie im Hafen von Sydney angelegt, und ihr Vater sagte: »Schaut. Das ist die Neue Welt. Hier ist alles möglich.« Sie war zu jung gewesen, um zu merken, daß er zu ihren Brüdern sprach. In der Nacht vor ihrem dreizehnten Geburtstag kletterte Materia aus ihrem Fenster und verließ endgültig die alte Heimat.

Komm mit mir, meine Braut vom Libanon, komm mit mir vom Libanon. Der 17. Februar 1899, eine Nacht ohne Mondschein, *Ich bin eine Rose in Saron und eine Lilie im Tal.* Auf einem Mietpferd ritten sie vor Morgengrauen los und ließen sich am selben Tag in Irish Cove trauen; ein ehemaliger Schiffskaplan leitete die protestantische Zeremonie, und im Austausch gegen einen Liter Rum stellte er keine Fragen. *Von deinen Lippen, meine Braut, träufelt Honigseim. Honig und Milch sind unter deiner Zunge.* Auf Schneeschuhen glitten sie zu einer Jagdhütte am Great-Bras-d'Or-See, die im Herbst von reichen Amerikanern genutzt wurde, *Du hast mir das Herz genommen, meine Schwester, liebe Braut,* und ganz verrammelt war, aber er machte sich gleich an die Arbeit – *du hast mir das Herz genommen mit einem einzigen Blick deiner Augen –,* stemmte Bretter von den Fenstern los und machte die Blinden sehend. Drinnen durfte sie nicht eher die Augen aufschlagen, als bis er gefegt, ein Feuer angezündet und den Tisch gedeckt hatte. Er hatte an alles gedacht: Hagebuttenwein, frische Leintücher und die nach Mottenkugeln riechende Schottendecke aus der Wäschetruhe seiner verstorbenen Mutter, *und der Duft deiner Kleider ist wie der Duft des Libanon.* Er sang ihr ein gälisches Schlaflied und mußte weinen, denn in seiner Muttersprache liebte er sie, falls es möglich war, noch mehr. *Meine Schwester, liebe Braut, du bist ein verschlossener Garten, eine verschlossene Quelle, ein versiegelter Born.* Er küßte sie ganz sanft, wollte sie nicht erschrecken. Per Postversand hatte er *Was jeder Ehemann wissen sollte* bestellt, aber beschlossen, sie nie auf diese Art zu berühren, wenn nötig, wollte er lieber sterben, als sie zu erschrecken oder ihr weh zu tun – da streckte sie die Hand aus und streichelte seinen Hinterkopf. »Habibi«, flüsterte sie, »bi hebak«. *Da stand ich auf, daß ich meinem Freunde auftäte.*

21

Am zweiten Tag sagte sie: »Laß uns immer hier wohnen bleiben, laß uns nie woandershin fahren, außer nach New York.«

Und er sagte: »Möchtest du kein großes, schönes Haus und nette, hübsche Kinder und daß deine Eltern sagen: ›Also, du hattest doch recht, Mrs. Piper‹?«

»Nein«, und sie drehte sich herum und legte sich auf ihn, die Ellenbogen zu beiden Seiten seines Gesichts. »Ich will ganz, ganz lange bloß hierbleiben«, sagte sie und schob ihren Bauch gegen seinen, »immer und ewig...« *Er küsse mich mit dem Kusse seines Mundes.* »Immer und ewig«, seufzte er.

Als James am dritten Tag aus dem Wald kam, um Proviant zu holen, wurde er von zwei großen Männern aufgegriffen, per Karren nach Sydney geschafft und dann ins Hinterzimmer von Mr. Mahmouds Textilgeschäft an der Pitt Street. Mr. Mahmoud saß auf einem Holzstuhl mit formgepreßter Rückenlehne, ein langer, schmaler Mann mit ledrigen Wangen und gewelltem schwarzem Haar.

»Sir ...«, sagte James.

Mr. Mahmoud hatte schieferbraune Augen. James suchte darin nach Materia. »Sir ...«, sagte James.

Mr. Mahmoud hob kaum merklich einen Zeigefinger, und die beiden jüngeren Männer zogen James Stiefel und Strümpfe aus; angewidert stellte James fest, daß beide unrasiert waren.

»... wo ist meine Frau?«

Mr. Mahmoud nahm einen Lederriemen und peitschte James' Fußsohlen aus, die noch Tage danach angeschwollen waren, sich schälten und tropften wie durchweichtes Zwiebelschalenpapier.

Sie steckten ihn in den CVJM und brachten ihm zu essen. Als er mit Hilfe eines Stocks wieder gehen konnte, begleiteten ihn die beiden Männer zur Sacred Heart Roman Catholic Church. »Hände weg«, sagte James, der allerdings keinen von beiden auch nur ein Wort

Englisch hatte reden hören. »Schmierige Schufte«, ergänzte er.

Materia wartete allein am Altar auf ihn, schwarz verschleiert. Sie sah ihn nicht an. Ihr Haar hatte man abgeschnitten. Sie gaben sich noch einmal das Jawort, diesmal vor einem katholischen Priester. James war zum erstenmal in einer katholischen Kirche. Riecht wie in einem Puff, dachte er, obwohl er auch einen Puff noch nicht betreten hatte.

Ganz hinten in der Kirche brach Mrs. Mahmoud das Herz, denn wie konnte dieser blasse Knabe ohne Familie und ohne richtige Religion überhaupt ahnen, wie man seine Frau behandelte? Für eine Mutter ist es furchtbar, zu wissen, daß ihrer Tochter nicht das Glück beschieden sein wird, das ihr selbst widerfahren ist. Doch schlimmer als das – schlimmer als ihr Kummer – war der Schauer, der sie überlief. Denn sie hatte in seiner Teetasse etwas gesehen.

Mahmoud schlug seine Tochter nicht, und er rechnete es sich als Schwäche an, daß er sich nie hatte überwinden können, die Hand gegen eine seiner Töchter zu erheben: denn das war die Wurzel allen Übels. Am Tag nach der fürchterlichen Trauung wies er seine Frau an, alle Spuren Materias im Haus zu tilgen. Er ging in seinen Laden und schloß sich im Hinterzimmer ein, während Mrs. Mahmoud alle Erinnerungen an seine Tochter zerschnitt, bündelte und verbrannte. Materias Lieblingsschwester Camille weinte tagelang. Sie und Materia hatten davon geträumt, zwei gutaussehende Brüder zu heiraten, nebeneinander in großen weißen Häusern zu wohnen und ihre Kinder zusammen aufwachsen zu sehen; Materia wollte jeden Abend Camilles schönes glattes schwarzes Haar bürsten, und sie würden sich genau wie immer ein Zimmer teilen. Camille malte in großen ordentlichen Druckbuchstaben einen Brief an Materia mit Herzchen drunter, aber Pa fand ihn und verbrannte ihn. Er rief Camille zu sich in den Keller und verprügelte sie.

Es ging ja nicht nur darum, daß der Klavierstimmer »enkliesch«, nicht einmal Katholik und mittellos war. Schlimmer war, daß er wie ein Dieb in der Nacht gekommen war und das Eigentum eines anderen Mannes gestohlen hatte. »Und meine Tochter war einverstanden.« Für all das gab es ein Wort in der alten Heimat: 'ayb. Das ließ sich nicht übersetzen, die Leute in diesem Land begriffen nicht, wie abgrundtief die Schande war, das wußte Mahmoud genau. Er konnte sie nicht zurücknehmen, sie war verdorben.

Doch Gott ist gnädig, und Mr. Mahmoud war es ebenfalls. Er erlaubte James, im Austausch für sein Leben zum Katholizismus zu konvertieren. Und Mr. Mahmoud ließ für die Frischvermählten ein geräumiges Haus bauen, fünfzehn Kilometer die Küste rauf, in der Nähe von Low Point. Und zwar, damit er sie nicht in einem Jahr von seiner Schwelle weisen mußte, wenn sie notleidend bei ihm auftauchten. So etwas würde seine arme Frau umbringen.

Was den gelbhaarigen Hund angeht, der meine Tochter gestohlen hat, er möge verrotten. Möge er aufwachen und den Inhalt seines Mundes über sein Kopfkissen verstreut vorfinden, und möge Gott seine Wohnstatt vernichten … na ja, vielleicht nicht unbedingt die Wohnstatt.

Und was meine Tochter angeht: Möge Gott ihren Schoß verfluchen.

In der Nacht nach Materias fürchterlicher Trauung öffnete Mrs. Mahmoud ihr Schmuckkästchen aus Rosenholz. Augenblicklich sprang die kleine Ballerina auf und drehte sich zu den Klängen des *Anniversary Waltz*. Mrs. Mahmoud schälte das rote Samtfutter vom Boden ab, legte den langen schwarzen Zopf ihrer Tochter dorthinein und drückte ihn flach. Sie bedeckte ihn mit dem Samt und legte die schönen Dinge an ihren Platz zurück, die ihr Mann ihr im Lauf der Jahre geschenkt hatte – Rubine,

Diamanten, Mondsteine und Perlen. Dann ging sie in den großen Eichenschrank, wo er sie nicht hören konnte, und trauerte.

Materia sah ihre Familie nie wieder. Ihr Vater hatte es verboten. Ihre jüngeren Schwestern wurden aus der Schule genommen und zu Hause beaufsichtigt, bis sie verheiratet waren. Materias älteren Brüdern war es untersagt, den englischen Schuft zu töten, aber der tat trotzdem gut daran, ihnen nicht zu nahe zu kommen. Von jenem Tag an war Materia für sie alle gestorben.

James und Materia zogen einen Monat später in ihr großes, einstöckiges weißes Holzhaus mit Mansarde. Doch daß es neu war, bedeutete noch lange nicht, daß es dort nicht spukte.

LOW POINT

Am meisten widerstrebte James dieser *Enkliesch*-Unsinn.
Er war kein Engländer, kein Tropfen englisches Blut floß
in seinen Adern, er war schottischer und irischer Abstammung, wie neunzig Prozent der Menschen auf dieser gott-
verlassenen Insel, von kanadisch ganz zu schweigen.
Dreckige schwarze Syrer.

»Libanesen«, sagte Materia.

»Wo ist da der Unterschied? Sei froh, daß du sie los
bist.«

In Low Point gab es keine Stadt und kein Dorf. In der
Gegend hatte es kleine Bergwerke gegeben – manche aus
der Anfangszeit der Franzosen –, doch die waren jetzt alle
stillgelegt. Allerdings fand man Kohle, wo man nur
kratzte. Der nächste Nachbar war ein Jude, der koscheres
Schlachtvieh züchtete, und James hielt Distanz. Weiß
Gott, für welche Rituale man Hühner und Schafe …

Hinter dem Haus floß ein Bach, der ein paar hundert
Meter weiter ins Meer mündete. Der Atlantik war in
Sichtweite, und davon wurden James und Materia nach
und nach abhängig.

Folgt man diesem Bach, geht man durch lange blasse, in
der Feuchtigkeit gebeugte Grashalme, vorsichtig den Steinen ausweichend, die unten ruhen und hier und da hervorschauen. An ein oder zwei untersetzten Nadelbäumen
vorbei, ihr würziger Duft vom Regen verwaschene Harz-
perlenschnüre. Verblüfft bleibt man vielleicht stehen, um
den scharlachroten Pilz zu betrachten. Oder man bückt
sich, um die Reinheit des Baches zu spüren und die Augen
am Anblick der glänzenden eisenfleckigen Kiesel am
Grund zu erfreuen. Dann kommt man mit nassen Schuhen
und Tropfen im Haar an eine unbefestigte Straße, die sich

links fünfzehn Kilometer bis nach Sydney und rechts ganz bis zur Glace Bay hinzieht. Von manchen wird sie die Old Lingan Road genannt, von anderen die Victoria oder Old Low Point Road, doch mit der Zeit wurde sie einfach zur Shore Road, der Küstenstraße.

Vielleicht überquert man diese Straße und macht ein paar Schritte bis zur Felskante. Unten das unruhige Wasser. Den ganzen Tag schwappt es plappernd über den Kiesstrand vor und zurück, außer bei rauher Witterung. Weiter draußen ist es malvenfarben wie ein Paar kalte Lippen; aus größerer Nähe wird es kupfergrün, schießpulvergrau, und es verführt das mit seinen Haaren an die Felsen gekettete Seegras dazu, trotz der Kälte den Tanz der sieben Schleier aufzuführen. Und dort auf dem Felsen kann man selbst an rauhen Wintertagen sitzen und die Beine baumeln lassen, vom salzigen Wind umschmeichelt. Wäre man wie Materia, würde man in die Ferne schauen, immer weiter in die Ferne, bis auch das letzte bißchen Sonne versunken ist. Und man würde singen. Wenn auch vielleicht nicht auf arabisch.

Im Lauf der Zeit trampelte Materia vom einstöckigen weißen Haus einen Pfad am Bach entlang über die Uferstraße zum Felsen.

Zunächst hatten sie kaum Möbel. James kaufte auf einer Versteigerung ein altes Klavier. In dieser ersten Zeit spielte Materia, und sie sangen gemeinsam aus *Laßt uns auf dem Klavier musizieren*. Manchmal glitt sie dann vom Hocker und bestand darauf, daß James spielte, was er auch mit Inbrunst tat, die ersten paar Takte eines romantischen Stücks; dann brach er ab, genau wie sonst, wenn er Klaviere stimmte. Daraufhin lachte Materia und bat ihn, doch einmal etwas von Anfang bis Ende zu spielen, und er erwiderte: »Ich bin kein Musiker, Liebes, lieber höre ich dir zu.«

Er zimmerte ihr eine Wäschetruhe aus Zedernholz. Er wartete darauf, daß sie mit Nähen und Stricken anfing; seine Mutter hatte ihre Wolle selbst gerupft, gesponnen, gewebt und dann das Tuch genäht, ein Lied bei jedem Arbeitsschritt; und der kleine James hatte die Tweed- und Schottenstoffe für Notenblätter gehalten. Doch die Wäschetruhe blieb leer. James machte Materia keine Vorwürfe, sondern stellte die Truhe in die leere Dachkammer.

Er war zwar kein guter Koch, konnte aber Haferbrei zubereiten und Fleisch anbrennen lassen. Sie war jung, nach und nach würde sie es schon lernen. An Wochenenden stimmte er Klaviere, sogar noch in Mainadieu. In der Woche radelte er nach Sydney, wo er vormittags in den Redaktionsräumen der *Sydney Post Newspaper* die Böden fegte und nachmittags in McCurdy's Laden als Verkäufer arbeitete. Dann machte er Besorgungen, radelte nach Hause, kochte zu Abend und brachte das Haus in Ordnung. Anschließend bürstete er seinen Kragen und die Manschetten für den nächsten Tag. Schließlich ging er die Treppe hinauf und schloß seine Liebste in die Arme.

Eines Tages im Frühling fragte er: »Was machst du den ganzen Tag, mein Liebling?«

»Ich gehe spazieren.«

»Und sonst?«

»Ich spiele Klavier.«

»Warum legst du nicht einen kleinen Garten an, soll ich dir vielleicht ein paar Hühner mitbringen?«

»Laß uns nach New York fahren.«

»Das geht jetzt noch nicht.«

»Warum nicht?«

»Wir haben ein Zuhause, ich möchte nicht einfach wegrennen.«

»Ich schon.«

Er wollte nicht zum zweitenmal davonlaufen. Er wollte bleiben, wo er war, und seinem Schwiegervater etwas beweisen. Er hatte vor, ihm das Haus zu bezahlen. Er schrieb sich zum Fernstudium an der Saint-Francis-Xavier-Universität ein, um abends Geisteswissenschaften zu lernen. Das konnte zum Jurastudium führen, und damit war viel zu erreichen. Er hatte die Lieblingsbücher seiner Mutter, ihre Bibel und ihren Shakespeare, Bunyans *Pilgerreise* und Sir Walter Scott, alle etwas zerfleddert, aber er wußte, daß er Wissenslücken stopfen mußte, wenn er ein wirklich gebildeter Mann werden wollte. Ein Gentleman. Die Ausgaben für Bücher waren keine Geldverschwendung, sondern eine Investition. Als er eine Anzeige im *Halifax Chronicle* entdeckte, bestellte er eine Kiste mit klassischer Literatur aus England.

Er arbeitete bei der *Sydney Post,* las aber den *Halifax Chronicle,* um etwas über die Welt außerhalb der Insel zu erfahren – die richtige Welt. Die Schreiberlinge in der *Post* hielten ihn bloß für einen Besenjungen, und die schmierigen Spießer im Geschäft meinten, er hätte Glück, eine ordentliche Anstellung bekommen zu haben, so ohne Familie und ohne jede Empfehlung. Denen würde er's auch noch zeigen, obwohl sie es nicht wert waren.

In diesem Frühling entfernte er eines Abends den Deckel von einer Kiste und förderte unermeßliche Schätze zutage: ein Buch schöner als das andere, Dickens, Platon, *The Oxford Book of English Verse* – er hielt inne und wog den Band in den Händen; wenn man das einmal ganz durchgelesen hat, dachte James, kann man sich überall sehen lassen, mit der Königin Konversation betreiben. *Die Schatzinsel, Die besten Essays der Welt, Über die Entstehung der Arten.* Er zählte seine Bücher: in der Kiste waren zwölf, also besaß er jetzt sechzehn. Man stelle sich bloß vor, dachte James, all das Wissen, und es liegt hier in meinem Haus auf dem Fußboden meines Wohnzimmers. Im Schneidersitz inspizierte er seine Reichtümer. Welches zuerst aufschlagen? Die Seiten mit Goldschnitt und die karmesinroten, goldgravierten Buchdeckel luden ihn ein.

Er kramte in der Küche und kam mit einer Schere zurück. Er suchte einen Band aus und schlug den Deckel auf; der Rücken knisterte, und ein roter Flockenregen fiel in seinen Schoß – macht nichts, die Worte drinnen zählen. Mit der dünnen Klinge der Schere schnitt er vorsichtig die erste Seite auf. Er rief nach Materia … Sie war irgendwo im Haus, aber er hatte sie seit ein oder zwei Stunden nicht gesehen. »Materia«, rief er wieder, als er die letzte Seite aufgeschnitten hatte. Als sie erschien, fragte er: »Wo warst du, mein Liebling?«

»In der Dachkammer.«

»Ach. Was hast du da gemacht?«

»Nichts.«

Er fragte nicht weiter, vielleicht nähte sie dort oben heimlich etwas für die Wäschetruhe, wollte ihn überraschen. Bei dem Gedanken lächelte er nachsichtig und sagte: »Du siehst wirklich hübsch aus.«

»Danke, James.«

Sie hatte sich das Haar frisch geflochten und um den Kopf gewunden, und sie trug ein Kleid mit Rosenknospenmuster, Puffärmeln, passenden Schleifen und einem Reifrock.

»Schau, meine Liebe«, sagte er, »hier ist ein Buch, das dir bestimmt gefallen wird.«

»Laß uns ausgehen.«

»Wohin ausgehen?«

»In die Stadt. Tanzen.«

»Aber Schatz, wir können uns doch hier kostenlos selbst unterhalten, und du wirst sehen, es macht viel mehr Spaß.«

Er schenkte ihr ein warmes Lächeln und zog sie neben sich auf das Roßhaarsofa. Er legte einen Arm um sie und schlug die erste Seite des wunderschönen Bandes auf. Laut las er: »Erstes Buch. *Singen heißt mich das Herz von Gestalten, verwandelt in neue Leiber ...*«, und er kostete die Worte und das warme Gewicht seiner an ihn gekuschelten Frau aus, »*Erstes Alter war das Goldene ...*«

Er las, und es wurde Abend. »*Außer den eigenen kannten die Sterblichen keine Gestade. Noch umschloß da nicht ein steiler Graben die Städte ...*« Er las, und die Kohlen im Ofen wurden kalt und grau. Als er sich zu der Lampe hinüberlehnte, um den Docht hochzudrehen, sagte er zu seiner Frau: »Na, ist das nicht besser, als unter fremde Leute zu gehen?« Doch als er sich Bestätigung heischend zu ihr umwandte, sah er, daß sie fest schlief. Er küßte sie auf den Scheitel und wandte sich wieder dem Buch zu, »*Diesem folgte als drittes Geschlecht das Eherne Alter, wilderen Geistes ...*«

Er fuhr laut fort, weil er so mit seiner Mutter zusammen gelesen hatte, und die Erinnerung daran machte James' Glück bis tief in die Nacht hinein vollkommen. »*...Und von dem reichen Boden verlangte man nicht nur die Saat, nicht nur die geschuldete Nahrung: Man drang in der Erde Geweide. Schätze, die tief sie versteckt und den stygischen Schatten genähert, grub man hervor ...*«

Mittsommer war sie im vierten Monat und weinte immerzu. James wurde nicht schlau daraus ... Müßten sich Frauen über so etwas nicht freuen? Er bemühte sich, besonders nett zu sein. Er brachte ihr aus der Stadt Süßigkeiten mit und versuchte, sie zum Lesen zu bewegen, damit sie gemeinsamen Gesprächsstoff hätten.

Zunächst staunte er, wie gleichgültig ihr Bücher waren, dann war er entsetzt. Er verschrieb ihr täglich ein Kapitel *Große Erwartungen*, um die Lust am Lesen in ihr zu wecken, und am Abendbrottisch fragte er sie aus, aber sie war eine erbärmliche Schülerin, und irgendwann gab er es auf. Er zermarterte sich das Hirn, um sich einen passenden Zeitvertreib für sie auszudenken; denn die Hoffnung, daß sie sich auf den Haushalt stürzen würde, hatte er aufgegeben. Aber alles war vergebens, und er versuchte, sie nicht zu streng zu beurteilen; sie war jung, das war alles.

Dennoch stellte es seine Geduld auf die Probe.

»Materia, du kannst nicht deine Tage mit Strandspaziergängen und Klaviergeklimper vergeuden«, denn in letzter Zeit hatte sie angefangen, alles zu spielen, was ihr in den Kopf kam, ob sinnvoll oder nicht; sie vermengte auf kuriose Weise Bruchstücke verschiedener Melodien, spielte ein Kirchenlied beschleunigt, machte aus dem schnellen *Pop Goes the Weasel* ein Klagelied in H-Dur, und alles mit dem schwerfälligen Anschlag eines Kneipen-pianisten. James fand das störend, wenn nicht gar krank-haft. Außerdem konnte er bei dem Lärm nicht lernen.

»Tut mir leid, James.«

»Warum spielst du nicht etwas Nettes?«

Da begann sie mit dem *Maple Leaf Rag*, und er schrie sie zum erstenmal an. Sie lachte, erfreut, ihm eine Reak-tion entlockt zu haben. Er beschloß, sie nicht mehr zu beachten. Was sie – wieder – zum Weinen brachte, aber er durchschaute inzwischen ihre Kniffe, sie buhlte nur um Aufmerksamkeit.

Für den Labour Day schlug er die Einladung aus, mit sei-ner Frau an einem McCurdy-Betriebs-Bootsausflug mit Picknick teilzunehmen. Er redete sich ein, daß er nicht den Wunsch verspüre, sich mit Gentlemen von der Stange abzugeben, es reichte ihm, neben ihnen zu arbeiten; ließ er sich erst einmal auf die falschen Freuden der Geselligkeit ein, könnte er vom Pfad abkommen. Doch im Grunde seines Herzens schreckte er davor zurück, Materia her-umzuzeigen. Er war dankbar dafür, daß sie so weit außer-halb wohnten. Nicht daß er sie nicht mehr liebte, keines-wegs. In letzter Zeit war ihm einfach nur klargeworden, daß andere Leute etwas an ihr eigenartig finden könnten. Womöglich fanden sie, daß er ein Kind geheiratet hatte.

Im September war sie aufgequollen und bleich geworden. Von da an schlief er auf einer Liege neben dem Küchen-bett. »Es ist nur zu deinem Besten, meine Liebe. Ich möchte nicht, daß ich mich im Schlaf umdrehe und das Baby mit dem Ellenbogen anstoße.«

Pling, pling, plong auf den Klaviertasten mitten in der Nacht. Keine wenn auch noch so kindischen Scherze mehr, keine gewagten Liedchen, nur noch Mißklänge. Wutanfälle. Na gut, soll sie sich austoben. *Ping, peng, pong* bis in den frühen Morgen hinein. In der Frühe erhob

er sich von seiner Liege, als hätte er ausgezeichnet geschlafen, machte sich selbst sein Brot zum Mitnehmen,
tätschelte ihren Kopf und radelte auf Eisenreifen zur
Arbeit.

Zu Halloween war sie rund wie ein Ballon. Eines Abends,
als er nach Hause kam, fand er sie am Küchentisch mit
einer Schüssel Sirupplätzchenteig, wie die auf dem Tisch
stehenden Zutaten vermuten ließen. Er war begeistert. Ihr
erster Backversuch. Er gab ihr sogar einen Kuß, um ihr zu
zeigen, wie erfreut er war, doch als er einen Finger in den
Teig stecken wollte, war die Schüssel leer und sauber aus-
geleckt.

»Was um Himmels willen machst du da?«

Sie starrte bloß vor sich hin, und man sah ihr an, daß
ihr schlecht war.

»Antworte mir.«

Sie hockte einfach nur da, aufgebläht.

»Was ist bloß mit dir los? Denkst du nicht nach? Willst
du dich denn gar nicht verteidigen?«

Das ausdruckslose Starren, das schwammige Gesicht.
Er packte die Schüssel.

»Oder bist du bloß ein Teigklumpen?«

Keine Antwort.

»Antworte mir!«

Er warf ihr die Schüssel vor die Füße, und sie zerbrach.
Materia lief hinaus und übergab sich. Er sah sie auf der
Hintertreppe, gebückt und voluminös. Man sollte meinen,
inzwischen wäre sie schlau genug, es nicht heraufzubeschwören, sogar ein stumpfsinniges Tier bringt sich nicht
mutwillig selbst zum Erbrechen. Soll sie doch draußen
bleiben, bis ich diese Schweinerei beseitigt habe.

Er fegte den Boden und scheuerte ihn. An diesem
Abend erledigte er eine Menge Arbeit, außerdem dachte er
gründlich nach. Er schloß das Klavier ab und steckte den
Schlüssel in seine Tasche. Dann sagte er: »Ich koche von
nun an nicht mehr, und ich putze auch nicht. Du erledigst

deine Arbeit, Missus, denn weiß Gott, ich hab genug zu tun.«

Sie sah so traurig und unförmig aus. Einen Moment lang tat sie ihm fast ein wenig leid. Wurden alle Frauen so häßlich?

»Es tut mir leid, James«, sagte sie und brach in Tränen aus. Das war immerhin besser als dieses sonderbare Vor-sich-hin-Starren, das sie sich in letzter Zeit angewöhnt hatte. Er ließ sich von ihr umarmen, weil er wußte, daß es sie beruhigte. Er wollte nicht grausam sein. Hoffentlich wurde das Kind blond.

Materia ging nach oben in die Dachkammer. Sie kniete sich hin, öffnete die Wäschetruhe und sog die Luft tief ein. James dachte, Materia hätte die Wäschetruhe nicht gefüllt, weil sie nichts hineinzulegen hatte. Doch sie ließ die Truhe absichtlich leer, damit nichts zwischen sie und den zauberhaften Geruch trat, der sie zurück in die Vergangenheit trug. Zedern. Sie ließ den Kopf in die leere Truhe hängen und ließ sich vom zarten Duft hochheben und fortführen … verdorrte Erde und bewässerte Ölbäume; der plätschernde Schleier des Mittelmeers, die großväterliche Seidenraupenzucht; das dunkle Elixier ihrer Sprache, die Hände ihrer Mutter voll Petersilie und Zimt, die Hände ihrer Mutter, die ihre Stirn streichelten, ihre Zöpfe flochten … die Hände ihrer Mutter. Der Geruch der Wäschetruhe. Die Zedern des Libanon. Sie hörte auf zu weinen und schlief ein.

DIE JÜDISCHE DAME

Mrs. Luvovitz hatte die schwangere Frau am Rand des Felsens sitzen sehen. Wie eine Sirene, die Schiffe warnte oder anlockte. Die Leute in der Umgebung glaubten an Wassergeister. Mrs. Luvovitz' Phantasie hatte sich davon anregen lassen. Was konnte man bei so vielen Katholiken schon anderes erwarten? Überall sahen sie Omen. Da, wo Mrs. Luvovitz herkam, nannte man so was Golems.

Vielleicht stimmt etwas nicht mit der Frau, dachte Mrs. Luvovitz, vielleicht ist sie schwachsinnig. Denn als Mrs. Luvovitz am Vortag mit einer Fuhre Eier auf der Küstenstraße nach Sydney an ihr vorbeigekommen war, hatte sie die Frau etwas singen hören, was völlig unsinnig klang. Vielleicht eine arme geistesschwache Frau aus den Bergen im Norden. Dort ist Inzucht häufiger, als es den Leuten guttut. Doch bisher hatte Mrs. Luvovitz noch nie das Gesicht der Frau gesehen, weil sie immer ein tief in die Stirn gezogenes kariertes Tuch trug, wie Scheuklappen.

Mrs. Luvovitz hatte ihren Mann Benny gefragt, ob er die schwangere Frau gesehen habe, doch er verneinte.

»Mr. Luvovitz, das müssen Sie aber.«

»Hab ich aber nicht, Mrs. Luvovitz.«

»Sie ist jeden Tag dort.«

»Vielleicht ist es ein Geist.«

»Hör auf, Ben.«

Benny lachte. Er kannte ihren Schwachpunkt.

Mrs. Luvovitz war fest entschlossen, die Frau das nächstemal anzusprechen, denn allmählich hatte sie sich selbst im Verdacht, viel zu keltisch geworden zu sein. Sie mußte sich unbedingt davon überzeugen, daß die Frau echt und nicht etwa ein Omen war. War sie jedoch ein Omen, kam es auf bestimmte Einzelheiten an: »Wann sehe ich sie für gewöhnlich? Morgens? Oder abends?« Sah man morgens einen Vorboten, ließ der Tod noch auf sich warten. Sah man ihn abends, mußte man sich bereithalten. Ein Kind verhieß den Tod eines Unschuldigen.

An diesem Tag fuhr Mrs. Luvovitz wie immer die Küstenstraße von Sydney herunter, nachdem sie ihre Eier verkauft hatte. – »Ein Dutzend jüdische Eier, bitte.« – Sie kam kaum nach. Genau wie Benny, der in seinem Kühlwagen Fleisch auslieferte.

»Hallo«, sagte Mrs. Luvovitz und ließ ihr Pferd halten.

Das helle Tuch flatterte im Seewind; es war ein schöner Tag, doch das hatte nichts zu sagen.

»Hallohallo«, wiederholte Mrs. Luvovitz.

»Hallo, hallo!« rief der kleine Abe neben ihr.

Das karierte Tuch drehte sich um, und Mrs. Luvovitz sagte auf deutsch zu sich selbst: »Gott im Himmel!« Ein schwangeres Kind. Auch noch ein dunkles kleines Ding, es mußte von weiter weg sein. Oder vielleicht aus Indian Brook. Mrs. Luvovitz vergaß alles über Geister und Golems. »Woher kommst du, mein Kind, wer ist deine Mutter?« Womit sie in die ortsübliche Begrüßungsformel zurückfiel.

»Ich habe keine Mutter.«

»Steig in den Wagen, Mädchen.«

Zu ihrer Überraschung stellte sich heraus, daß das Kind in das neue große weiße Haus auf der anderen Straßenseite gehörte. Mrs. Luvovitz hatte sie nie kommen oder gehen, sondern nur auf dem Felsen auftauchen sehen.

»Wie alt bist du?«

»Dreizehn und drei Viertel.«

Oi-joi-joi, und mit dem jungen Bürschchen verheiratet! Natürlich war es verboten. Woher hatte er sie? Eine Kindbraut. Von irgendwoher in Übersee, ob sie Italienerin war? Eine Zigeunerin? Was war das für ein Akzent? Mrs. Luvovitz machte Tee, wobei ihr diese und andere Fragen durch den Kopf gingen. Sie würde schon dafür sorgen, daß alles an den Tag kam, dafür würde sie schon sorgen, doch erst einmal: Tee. Woher sie war und wo sie jetzt wohnte; mit Tee konnte man alles ausdehnen. Sie stellte einen Teller mit Plätzchen vor Materia hin, die sagte: »Was ist das?«

»Was soll das heißen: ›Was ist das‹? Das sind *Ruggalech*.«

Materia biß von dem zusammengefalteten Plätzchen ab. Es schmeckte fremd und doch auch vertraut, nach Zimt und Rosinen.

»Schmeckt gut«, sagte Materia.

»Natürlich schmeckt es gut.«

Materia wandte ihre Aufmerksamkeit dem kleinen Abe zu, der sich vor ihr versteckte.

»Wo ist Ihre Familie, Mrs. Piper?«

»Ich habe keine … Sie können mich Materia nennen.«

»Und dein Mädchenname?«

»Mahmoud.«

Du lieber Himmel, die Mahmouds kennt doch jeder.

»Ibrahim?«

»Das war mein Vater.«

»Und Giselle.«

Materia nickte.

Mrs. Luvovitz erinnerte sich an die Zeit, als die Mahmouds ihre Waren von einem Esel herab verkauften, aus Wäschekörben, die zu beiden Seiten baumelten. Tüchtige Leute, die geschafft hatten, was wir uns alle erhoffen. Jetzt haben sie das große Textilgeschäft in Sydney.

»Was meinst du also damit: ›Ich hab keine Familie‹? Du hast eine Familie, sie sind deine Familie.«

Materia schüttelte den Kopf. »Ich gehöre nicht mehr zu ihnen.«

»Warum nicht?«

»Ich bin tot.«

»Du und tot? Du bist nicht tot. Was ist das für dummes Geschwätz: ›Ich bin tot‹?«

»Es ist ein Brauch …«

»Ich kenne diesen Brauch.«

Um sein eigenes Fleisch und Blut trauern, obwohl es lebendig und gesund ist, so einen Brauch sollte man besser in der alten Heimat lassen. »Trink deinen Tee, Mrs. Piper.«

»Sie können mich ...«

»Und iß. Du ißt für zwei, also iß.«

Mrs. Luvovitz brachte Mrs. Piper das Kochen bei.

»Was ist das?« fragte James.

»Hühnersuppe mit Matze-Klößen.«

Er sah sich den in Brühe schwimmenden blassen Schwamm an. Teilte ein Stückchen mit seinem Löffel ab und aß. Alles in allem nicht so viel anders als ein in Suppe getunktes kleines weiches Brötchen. »Ist das irgend so 'ne arabische Delikatesse?«

»'ne jüdische.«

Die hätte er sich nun nicht gerade als ersten Umgang für seine Frau ausgesucht, aber schließlich opferte man da drüben keine Babys. Und jetzt benahm sie sich endlich wie eine Ehefrau, auch wenn die Ergebnisse heidnischer Art waren. Es war eigentlich gar nicht so übel, daß die Nachbarn Ausländer waren; die kämen nicht auf die Idee, daß an seiner Heirat mit einem so jungen Mädchen etwas nicht ganz in Ordnung war. Und was kümmerte es ihn, was ein hebräischer Bauer über ihn dachte? Obwohl Mr. Luvovitz gar keinen üblen Eindruck machte. James war rübergegangen, um sich zu vergewissern.

»Sagen Sie Benny zu mir.«

»Benny.«

»Probieren Sie das mal.«

»Was ist das?« Sah aus wie ein Priem Kautabak, Marke MacDonalds's Twist.

»Probieren Sie's.«

»...hm.«

»Schmeckt es Ihnen?«

»Nicht schlecht. Schmeckt gut.«

»Hab ich selbst geräuchert ... Wenn Sie wollen, verkauf

ich Ihnen eine ganze Kuh für den Winter, frisch geschlach-
tet, suchen Sie sich eine aus, sie sind alle prima.«

Nichts richtig Seltsames an dem Juden bis auf seinen
Akzent, seinen schwarzen Bart, die Schläfenlocken und
sein Käppi. James kaufte eine halbe Kuh.

»Ich will sie nicht koscher«, sagte James.

»Wieso, sie ist koscher, ich schlachte sie, sie ist
koscher.«

»Ich will nicht, daß Sie etwas Merkwürdiges mit ihr
anstellen.«

»Keine Sorge, sehen Sie diese Kuh?«

»Jau.«

»Die heb ich für Sie auf. Das ist eine presbyterianische
Kuh.«

»Ich bin katholisch.«

Benny lachte. James lächelte. Verglichen mit Materias
Familie kamen einem die Luvovitzens regelrecht weiß vor.

1900

In der elften Stunde ihres neunten Monats begann Materia sich auf ihr Kind zu freuen. Das kam daher, daß sie Abe Luvovitz liebgewonnen hatte, der zwei war, und Rudy, sechs Monate alt. Natürlich wünschte sie sich einen Sohn. Ihrem Vater würde es schon sehr schwerfallen, seinen ersten Enkel zu verstoßen, selbst wenn er ihn von einer Tochter bekam. Das redete sie sich ein. Und dann könnte sie ihre Mutter wiedersehen und ihre Schwestern ... und wäre schließlich doch eine gute Frau. Von da an betete sie zur Muttergottes, bitte, liebe Maria, laß es einen Jungen sein.

James nannte das Kind Kathleen, nach seiner verstorbenen Mutter. Kathleen war nicht das erste Baby des neuen Jahrhunderts, aber es fehlte nicht viel, so daß James den alten Klepper den ganzen Weg nach Sydney peitschen und den Arzt von einer ausklingenden Silvesterparty wegzerren mußte. Als sie nach Low Point zurückkamen, konnte der Arzt Mrs. Luvovitz gerade noch versichern, sie habe recht gute Arbeit geleistet. Mrs. Luvovitz dachte: »Zieh du erst mal eine Rübe durch das Ende von dem Ding, das da zwischen deinen Beinen baumelt, dann sehen wir, wer hier gute Arbeit geleistet hat.« Aber sie achtete darauf, es auf jiddisch zu denken.

Mrs. Luvovitz sagte Materia, sie könne von Glück reden. »Ich liebe meine Söhne, Mrs. Piper, aber eine Frau wünscht sich eine Tochter.«

Materia sagte nichts.

James sagte: »Ich liebe dich, Materia.«

Sie sagte: »*Baddi muht.*«

Er tätschelte ihr den Kopf und starrte unverwandt das

Baby an. »Kathleen«, sagte er. Dann: »Schau nur, sie hört auf ihren Namen!«

Er ließ sie von einem presbyterianischen Geistlichen taufen.

»Wir müssen einen Priester holen«, sagte Materia.

»Es ist derselbe Gott«, sagte James. Es war schon schlimm genug, daß er pro forma hatte konvertieren müssen, seine Tochter wollte er keinem papistischen Hokuspokus unterwerfen.

In den ersten beiden Wochen kümmerte sich Mrs. Luvovitz um Materia und das Neugeborene. Benny sagte: »Du mischst dich zuviel ein.«

»Ich misch mich nicht ein, sie hat keine Mutter.«

»Du bist nicht ihre Mutter.«

»Sie braucht eine Mutter.«

»Sie braucht Zeit mit ihrem Kind, wie soll sie es sonst lernen?«

James fühlte sich unbesiegbar. In zwei aufeinanderfolgenden Wochen erreichte er die höchsten Verkaufszahlen. Ungebeten spazierte er ins Büro seines Chefs und verlangte eine Lohnerhöhung.

»Das kann ich zur Zeit leider nicht machen, Piper.«

»Ich habe jetzt ein Kind, Sir.«

»Die anderen Männer auch.«

»Ich bin soviel wert wie drei von den anderen.«

»Sie hatten ein paar gute Wochen … Weiter so, und Sie werden unser Angestellter des Monats.«

James machte auf dem Absatz kehrt, und es war ein wirklich befreiendes Gefühl, den Kram hinzuschmeißen – soll der Alte doch versuchen, einen Ersatz für mich zu finden, das schafft er nie, ausgeschlossen.

James ritt hoch zu Roß auf seinem Klepper nach Hause, diesem Mädchen wollte er alles bieten. Es sollte als junge Dame heranwachsen. Gebildet. Alle würden es sehen. Er fühlte sich wie ein König. Plötzlich ein Plumps, und er

41

stand auf der Küstenstraße, das tote Pferd zwischen den Beinen. Das machte nichts. Was da im Matsch lag, war so gut wie ein Sack Geld, war jedenfalls sein Gewicht in Leim wert.

Den Rest des Weges ging er zu Fuß und dachte sich einen Plan aus. Stimmen muß man Klaviere nur gelegentlich, darauf spielen viel öfter. Und wer spielt Klavier? Die Landbevölkerung, die nach Gehör lernt und um des simplen Vergnügens willen zu Geigen und Löffeln in die Tasten haut. Und die Kinder von Städtern, die wollen, daß ihre Sprößlinge etwas können. Solche wie diese schnöseligen Nullen, mit denen er bei McCurdy's gearbeitet hatte, von den richtig Wohlhabenden ganz zu schweigen:

MR. JAMES H. PIPER ESQUIRE
bietet jungen Damen und Herren
Heimunterricht in Theorie und Praxis des Pianoforte

Seine Arbeit bei der *Sydney Post* kündigte er gar nicht erst, sondern ging einfach nicht mehr hin.

An diesem Tag kam James gegen Mittag nach Hause und fand in der Küche Mrs. Luvovitz vor, die das Baby mit einer Pipette fütterte.

»Wo ist meine Frau?«

»Sie schläft.«

Er nahm zwei Stufen auf einmal und zerrte sie an einem Arm hoch. Scheuchte sie in die Küche hinunter, und bei jedem Schritt des Weges jaulte und jammerte sie.

»Danke, Missus, meine Frau übernimmt das von nun an.«

Mrs. Luvovitz stand auf, dachte sich ihr Teil, aber nicht auf englisch, und verließ das Haus.

James schleuderte seine Frau auf einen Stuhl und legte ihr das kreischende Baby in die Arme. »Jetzt still sie.«

Doch die Mutter quengelte und brabbelte nur.

»Sprich englisch, verflixt noch mal.«

»*Ma bi'der.*«

Er gab ihr eine Ohrfeige. »Wenn sie nichts bekommt, bekommst du auch nichts. Verstanden?«

Materia nickte. Er knöpfte ihre Bluse auf.

James erlaubte Mrs. Luvovitz, an diesem Abend herüberzukommen, als Materia nicht einen Tropfen produziert hatte und das Baby wie am Spieß schrie. Was für ein Geheul die Mutter anstimmte, als Mrs. Luvovitz das Notwendige unternahm! Unten im Wohnzimmer schloß James das Klavier auf und spielte in der Hoffnung, den Lärm zu übertönen, die Anfangstakte verschiedener Stücke aus dem Gedächtnis. Er würde ein paar Notenhefte und Übungsbücher kaufen müssen. Seine Tochter sollte spielen.

Nach ein paar Tagen war die Milch eingeschossen, und das Baby saugte. Doch die Mutter weinte jedesmal beim Stillen. In Kathleens vierter Lebenswoche zog James die Kleine eines Abends entsetzt von der Mutterbrust weg.

»Du hast sie verletzt, Herr im Himmel, du hast sie in die Lippe geschnitten!« Denn das Baby hatte einen blutigen Mund.

Materia saß einfach nur mit offenem Kleid da, stumm wie immer, und aus ihren eingerissenen, blutenden Brustwarzen troff Milch.

Ein Blick machte James klar, daß das Kind abgestillt werden mußte, bevor es vergiftet wurde.

Selbst als konvertierter Katholik, der er war, vergaß James nie seinen presbyterianischen Glauben. Kraftlose Katholiken vertrauen auf Erlösung durch Glauben … Na schön, warum nicht, sitzt auf euren Ärschen und glaubt, was ihr wollt, aber unsereins weiß, daß man einzig und allein auf Arbeit setzen kann, denn es wird Nacht werden etc. etc. … Tüchtig in die Hände gespuckt, von nichts kommt nichts.

Binnen eines Monats hatte James genügend Schüler zwischen Sydney und Glace Bay, die allmählich für ein ordentliches Auskommen sorgten. Den ganzen Tag bis in den Abend, *Fritzchen aß Citronen*E*is, E*s *g*eht *h*urtig *d*urch *Fleiß*. Und nachts die vor sich hin stierende Untote, die er geheiratet hatte. Warum hatte er sie geheiratet? Wenn er neben Zwölf- und Dreizehnjährigen auf der Klavierbank saß und sah, wie ihre Augen bei der Erwähnung des mittleren C glasig wurden, traf es ihn wie ein Keulenschlag, daß seine Frau nicht älter gewesen war.

Wie hatte er sich von einem Kind umgarnen lassen können? Mit Materia stimmte etwas nicht. Normale Kinder brannten nicht mit Männern durch. Aus seinen Büchern wußte er, daß klinisch Schwachsinnige eine überentwickelte animalische Natur hatten. Sie hatte ihn verführt. Deswegen hatte er nicht gemerkt, daß sie ein Kind war. Weil sie keins war. Kein richtiges. Es· war eigenartig, es war sogar abartig. Vielleicht lag es in ihrer Rasse begründet. Er wollte darüber lesen.

Materia wünschte sich nichts anderes, als wieder schwanger zu werden, damit Gott ihr einen Sohn sandte. Doch die Aussichten waren nicht allzu rosig, weil ihr Mann sie nicht anrührte. Er wurde böse, wenn sie ihn anfaßte. Materia erkannte, daß Gott ihr nicht noch ein Kind schickte, wenn er sah, daß sie für das eine, das sie hatte, nicht dankbar war. Also betete sie zu der Gebenedeiten Jungfrau. Sie betete in der Dachkammer, weil es meilenweit keine Kirche gab und James nicht mehr wollte, daß sie nach draußen ging. Auf den Knien, die Ellenbogen auf die Wäschetruhe gestützt: »Bitte, liebe Maria, Muttergottes, mach, daß ich mein Kind liebe.«

Kathleen gedieh. Seidiges rötlichgoldenes Haar, grüne Augen und weiße Haut. Materia fragte sich, woher das Kind kam. Bestimmt war es nachts vertauscht worden. Mrs. Luvovitz mochte sich an solchen Spekulationen nicht beteiligen.

James sah zu, wie Kathleen Tag für Tag schöner und kräftiger wurde. Und was für ein Organ – er trug sie hin und wieder auf die steinigen Felder hinaus, und dann veranstalteten sie Schreiwettkämpfe. Sie brüllten, bis sie heiser waren und vor Lachen nicht mehr konnten. Er hörte sie so gern lachen. Was sie auch tat, es gefiel ihm.

Während Materia das Kind am Küchentisch mit einem wundervollen Brei fütterte, beugte sie sich vor und gurrte: »*Ya helwi. Ya albi, ya amar. Te'berini.*«

Das Kind lächelte, und Materia sprach ein leises Dankgebet, weil sie in diesem Augenblick den Anflug von etwas gespürt hatte, was vielleicht Liebe war.

»Laß das, Materia.«

»Was?«

»Ich möchte nicht, daß sie in Verwirrung aufwächst. Sprich englisch.«

»Okay.«

Kathleen sang, bevor sie sprechen konnte. Phantastische Stimmlage. James war Klavierstimmer – seine anderthalbjährige Tochter beherrschte *Believe Me, If All Those Endearing Young Charms* fehlerfrei, wenn auch ohne Worte, nachdem sie es ihn einmal hatte spielen hören … Er saß mucksmäuschenstill auf der Klavierbank und betrachtete sie. Gesetzt wie eine Erwachsene erwiderte sie seinen Blick.

Angst und Ehrfurcht erfüllten ihn in diesem Moment; so mußte es sein, wenn man auf eine dicke Goldader trifft. Der Schürfer sinkt auf die Knie – er hatte nur nach Kohle gesucht. Bei einem Ölstrahl würde er johlen, darin duschen und eine Runde ausgeben. Mit dem Anblick von Gold ist es etwas anderes. Er legt eine Schweigeminute ein. Dann steht er mit Tränen in den Augen auf. Wie holt er es am besten aus der Erde? Ohne daß er in der Zwischenzeit beraubt wird?

Später würde viel Geld nötig sein. Jetzt gab er erst einmal seine eigenen Studien auf und machte sich daran, seine Tochter zu unterrichten. Er las einiges darüber. Er kaufte ein Metronom und ein Grammophon und sammelte Schallplatten. Aus New York, Mailand und Salzburg bestellte er ganze Partituren und Notenblätter. Er befand, es sei nicht zu früh, mit *Vaccais Praktischer Methode italienischen Gesanges* anzufangen. Mozart hatte mit drei komponiert. Mit drei sang Kathleen: »*Manca sollecita/ Più dell'usato,/ Ancor che s'agiti/ Con lieve fiato,/ Face che palpita/ Presso al morir.*«

Materia durfte wieder Klavier spielen, aber nur noch das, was sie vorgelegt bekam:

Die Tonleiter, Intervalle, *i semitoni*

»Anfänglich ist diese Lektion im Tempo ADAGIO zu nehmen, dann beschleunigt man, je nach der Geschicklichkeit des Schülers, dasselbe bis zum ALLEGRO.«

Synkopen, Verzierungen, wörtliche Übersetzung, »Schützt man die Flamme nicht, ach, eh man's dachte löscht leicht der Wind das Licht, das er entfachte«

appoggiatura, introduzione al mordente

»Der kurze Vorschlag unterscheidet sich von dem langen (Vorhalt) dadurch, daß er der Hauptnote nichts an Wert und Betonung (Akzent) nimmt«, Terzen, Quarten, *salti di quinta, salti di sesta*

Warum singt im Bau'r der Vogel, hätt er nicht verlernt die Lieder?

Lektion XI, Vorübung für den Triller, *Des Bächleins klare Welle*

Lektion XII, Die Läufe (Rouladen), *Freuden, verborgene Klippen, all unser Leben ein Meer*

Lektion XIII, Das Portamento der Stimme, *Möcht all mein Leid erzählen, und doch muß ich verhehlen die Zweifel, ach, die mich quälen*

Materia spielte. Kathleen wurde sieben.

Materia beobachtete alles aus großer Entfernung, und während die Jahre dahinflogen, sehnte sie sich immer heftiger nach ihrem Vater und vergaß alles, nur nicht, daß sie ihm einmal so viel bedeutet hatte, daß er einen Mann für sie fand. Das Alter mildert alle Erinnerungen, und die guten sind auch die vergänglichsten … Schon längst waren ihre Mutter und ihre Schwestern zu hauchdünnem Speckstein liebkost worden; sie hatte so oft an sie gedacht, daß sie sich in nichts auflösten. Wie Höhlenzeichnungen bei Kerzenschein konnte sie sie jetzt nur noch im Dunkeln aus den Augenwinkeln erkennen. Doch die Erinnerung an ihren Vater war haltbar. Zu einer Felskuppel verwitterter Obelisk, der Prüfstein ihres Verlustes.

»Du bist zu dick.«

Materia sah James aus weiter Ferne an und sagte: »Okay.«

Er schüttelte den Kopf.

Andere Männer gingen samstags abends mit ihren Frauen aus. Zeigten sich sonntags mit ihnen in der Kirche, saßen zu beiden Enden einer Reihe Kinder. Nicht so James. Kathleen sollte nicht darunter leiden, daß ihre Mutter an Körper und Geist erschlafft war. Und zu allem Überfluß war Materia auch noch dunkelhäutig. Er bemühte sich, nicht hinzusehen, hatte es aber beständig vor Augen, jetzt, da die Tonleitern ihm nicht mehr die Sicht versperrten.

Kathleen nahm er überallhin mit. Sie machten lange Spaziergänge, zuerst schob er sie in dem schönen englischen Kinderwagen vor sich her, später gingen sie Hand in Hand. Beim Spaziergehen unterhielten sie sich gälisch. Mit ihren Feenhaaren und ihren guten Manieren sah sie wie eine Prinzessin aus, und die Leute starrten ihr nach. Ihre Kleider kamen aus England. Nichts Protziges, nur beste Qualität, wie für eine echte Prinzessin. Und James vertraute seine makellosen Hemden nur sich selbst an, rasierte sich jeden Morgen ordentlich. Nach den beiden drehte man sich auf der Straße um.

Man schrieb das Jahr 1907, und es gab eine Stadt. Sie war über Nacht entstanden; Zeche zwölf machte den Anfang. Die Nummern vierzehn, fünfzehn und sechzehn folgten rasch nacheinander. Die Eisenbahn kam bis zu ihnen, und mit ihr kamen die Bergarbeiter. Zuerst aus den kanadischen Ostküstenprovinzen, aus England, Irland, Schottland und Wales. Dann von überallher. Die Dominion-Kohle-Gesellschaft kaufte Land auf und baute ein Meer von Zechenhäusern – praktische Schindelbauten, lauter Doppelhäuser. Es gab eine Schule, eine katholische Kirche, Luvovitzens koschere kanadische Metzgerei mit Feinkostladen, MacIsaac's Apotheke und Konditorei und den

Werksladen mit genügend Waren, daß die Frau eines Bergarbeiters ihre Seele dafür hergab.

Jeden Freitagabend händigten die Bergarbeiter ihren Frauen ihre versiegelten Lohntüten aus, und die machten sie auf und rückten mit dem Geld für einen Drink heraus. Das Problem war nur, daß die Lohntüte – ob mit oder ohne das Freitagsgläschen – beim Einkauf am Samstag selbst für eine kleine sechsköpfige Familie kaum reichte. Doch die Gesellschaft hatte eine Lösung parat: »Bezugsscheine.« Das war eine Art Kredit. Die Frau konnte mit dem Bargeld in den Läden der Stadt einkaufen, die die ausgefalleneren, im Werksladen nicht vorrätigen Waren führten. Und sie konnte mit dem Bezugsschein im betriebseigenen Laden Lebensmittel, Schuhe, Stoffe und Kerosin erwerben.

Die versiegelte Lohntüte ihres Mannes wurde immer schmaler, bis sie nach kurzer Zeit nur noch eine aufgegliederte Abrechnung enthielt, mit wieviel Miete für sein Zechenhaus und wieviel Zinsen auf seine Schulden im Werksladen er im Rückstand war und wieviel von seinem Bezugsschein ihm noch für Ausgaben zur Verfügung stand. Bald nannte man den Werksladen nur noch den »Rupf-mich-Laden«.

Und immer mehr Leute strömten herbei, füllten die in Nord-Süd-Richtung verlaufenden *Streets* und die in West-Ost-Richtung verlaufenden *Avenues*, von denen jede zweite nach einem katholischen Heiligen oder einem Kohlemagnaten benannt war. Boomtown. Offiziell existierte sie gar nicht und hatte noch keinen Namen, aber das Haus der Pipers stand plötzlich an einer Straße, die einen Namen hatte: Water Street.

Materia war seit ihrer Trauung nicht mehr in einer Kirche gewesen. Jetzt, da es eine katholische Kirche ganz in der Nähe gab, konnte sie einfach mal rübergehen. Aber sie kam sich unwürdig vor. Die Muttergottes hatte ihr Gebet nicht erhört. Materia liebte ihr Kind noch immer nicht, und sie wußte, daß es allein ihr Fehler war. »Kathleen, *taa'i la haun.*«

Materia setzte sich das Kind auf den Schoß und umarmte es. Sie sang, unwiederholbar und an- und abschwellend:

> »*Kahn ae'ndi a'sfoor*
> *zarif u ghandur*
> *rasu ahmar, shaa'ru asfar*
> *bas a'yunu soud*
> *soud metlel leyl ...*«

Materia wiegte das Kind und war traurig ... Kam das der Liebe näher? Sie hoffte es. Das Kind in ihren Armen fühlte sich kühl an. »Ich wärme dich«, dachte sie. Und sang weiter. Kathleen hielt vollkommen still, dicht an die wogende Masse des Körpers gedrückt. Materia streichelte die feuriggoldenen Haare und legte kurz eine warme braune Hand über die weit offenen grünen Augen. Kathleen hielt den Atem an. Bemühte sich, das Lied nicht zu verstehen. Sie versuchte, an Daddy und einfache Dinge zu denken – frische Luft und grünes Gras –, und befürchtete, daß Daddy es herausbekam. Und gekränkt war. Es roch eigenartig.

Materia ließ das Kind los. Es hatte keinen Zweck. Gott durchschaute Materias Taten und sah in ihr Herz. Und ihr Herz war leer.

Materia ging nicht mehr hinauf zur Wäschetruhe, um zu weinen, sondern ließ die Tränen fließen, wo sie ging und stand, und sie unterbrach dabei weder ihre Arbeit, noch verzog sie auch nur einen einzigen Gesichtsmuskel.

»Geben Sie uns ein Krachkaramel und ein paar Himbeer- bonbons«, sagte James.

In MacIsaac's Drogerie und Konditorei roch es nach frischem Kiefernholz, bitteren Kräutern und Salzwasser- Toffee. Mr. MacIsaac langte in ein schräg geformtes Glas, randvoll mit regenbogenfarbenen Bonbons. Hinter ihm in den Regalen türmten sich Unmengen Fläschchen und Kartons, die Puder, Essenzen, Öle und Salben enthielten. Gegen jede Art von Gebrechen.

Mr. MacIsaac schenkte Kathleen als kleine Dreingabe eine Sarsaparill-Zuckerstange, doch sie sah erst zögernd zu James hinüber, der sagte: »Schon gut, mein Liebling, Mr. MacIsaac ist kein Fremder.«

Mr. MacIsaac sah Kathleen ernst an, beugte seinen Kopf hinunter und sagte: »Na los, faß ihn an.«

Grinsend berührte sie seinen billardkugelkahlen Schädel. Mr. MacIsaac sagte: »Ich hab gehört, du hast kräftige Lungen, Mädel.«

Sie nickte altklug und lutschte an der Zuckerstange. MacIsaac lachte, und James strahlte. Er und Kathleen gingen zusammen aus dem Laden. Mrs. MacIsaac sagte von ihrem hohen Thron auf der Gleitleiter herab: »Sie ist schön.«

»Jawoll ja, is'n hübsches kleines Ding.«

»Zu hübsch. Die werden sie nie großziehen.«

Mrs. MacIsaac hütete den Laden, während Mr. Mac-Isaac nach hinten in sein Gewächshaus humpelte, um sich »ein Schlückchen« zu genehmigen. Er hatte im Burenkrieg gekämpft.

Zu Hause stand Materia an der Arbeitsplatte und rollte Teig für eine Pastete aus – Steak und Nieren, wie James' Mutter sie immer gemacht hatte –, und dabei fiel ihr plötzlich die Lösung eines Problems ein, das sie schon länger plagte. Und das war: Kathleens Taufe hatte nicht angeschlagen. Ein protestantischer Pfarrer hatte sie durchgeführt. Das Kind mußte richtig getauft werden, in lateinischer Sprache, von einem katholischen Geistlichen. Dann würde alles gut werden. Als James mit dem Mädchen nach Hause kam, sagte sie es ihm, doch er erwiderte: »Kathleen ist getauft worden. Und zwar von einem Geistlichen, einem Christen, mehr gibt es dazu nicht zu sagen.«

Kathleens Backen wölbten sich über harten Süßigkeiten, und sie richtete ihren starren grünen Blick auf ihre Mutter. In Materias Augen sah sie nicht sonderlich getauft aus.

Kurz nachdem sie Noten lesen konnte, hatte James seine Tochter Wörter lesen gelehrt. Mit dreieinhalb saß sie mit einem furchterregend illustrierten Buch auf seinem Schoß, das Buch fast halb so groß wie sie selbst und las laut: »Auf halbem Weg des Menschenlebens fand ich mich in einen finstern Wald verschlagen ...« Als sie fünf war, ließ er sie mit Latein anfangen und lernte es dabei selbst. Es würde ihr beim Singen auf italienisch nutzen. Er bestellte noch eine Bücherkiste. Diesmal Kinderbuchklassiker, die sie einander abwechselnd vorlasen.

Seine eigene Lektüre kam dabei zu kurz, obwohl er jetzt dreiundzwanzig Bücher besaß, die *Encyclopaedia Britannica* nicht mitgerechnet – »Wenn man die einmal ausgelesen hat«, dachte James, während er auf seinen Glasschrank starrte, »dann weiß man so ziemlich alles. Man kommt überall durch.«

In der städtischen Schule lernte Kathleen, in einer Bankreihe zu sitzen und die vom Glück weniger Begünstigten nicht anzustarren, aber viel mehr lernte sie nicht. Der Lehrerin war das Porzellanmädchen mit den Nixenaugen unheimlich. Das Kind schien sich zu verstellen. Es starrte nach oben an die Decke oder aus dem Fenster, als warte es auf etwas, ein Zeichen – wofür? –, hatte aber immer die richtige Antwort parat: »Wolfe starb in der Schlacht auf den Plains of Abraham, Miss.« Hände auf dem Tisch gefaltet, Rücken gerade. »Das Quadrat der Hypotenuse entspricht der Summe der beiden Katheten, Miss.« Jeder Gesichtszug zu übernatürlicher Perfektion geformt. »I steht vor e, außer nach c, Miss.« Es war nicht normal für ein Kind. Vielleicht war sie gar kein Kind.

Auf dem Schulhof erwachte Kathleen zum Leben, wenn auch auf höchst seltsame Weise, denn sie zeigte die be-

unruhigende Tendenz, mit Jungen zu spielen. Die Schultasche zum Schild erhoben, warf sie mit Rußbällen und
kreischte vor Freude in ihrem leinenen Matrosenkleid,
ihre Ringellöckchen flogen, und mit diesem Spiel ver-
bannte sie sich selbst ein für allemal aus der Gesellschaft
von Mädchen.

Schmutzige Knie und zerrissene Seide zeugten von
Draufgängertum, und James schimpfte nie mit ihr, wenn
sie ihre Kleider verdorben hatte, doch als Kathleen nach
Hause kam und sagte: »Pius MacGillicuddy sein Vater hat
inner Grube 'nen klitzekleinen Keim gefunden und innem
Glas großgezogen, und jetzt is 'n Fingerhut draus geworden«, da war es Zeit, sie auf die Holy-Angels-Klosterschule nach Sydney zu schicken.

Die Schwestern der Ordensgemeinschaft von Notre
Dame schrieben sich eine gute Allgemeinbildung für
Mädchen auf ihre Fahne, von Grammatik bis Botanik,
Physik bis Französisch. Doch vor allem bot Holy Angels
eine ausgezeichnete Musikausbildung an. James hatte
eigentlich vorgehabt, ein paar Jahre zu warten, bis Kathleen zwölf war und er genügend Geld für Privatstunden
zusammengespart hätte, doch es half alles nichts, bis
dahin wäre sie verdorben. Er würde das Geld schon
irgendwie auftreiben.

Hinter dem Haus, auf der anderen Seite des Bachs, legte
er einen Garten an. Er kaufte ein altes Pferd und einen
Wagen. Damit fuhr er quer über die Insel zum Margaree-
Fluß und sammelte fruchtbaren Mutterboden ohne Spuren von Kohlenstaub auf. Seine Frau mußte jetzt eben
lernen, Seife, Butter und Kleider für den Eigenbedarf
selbst herzustellen. Von nun an würden sie nur noch für
Fleisch bezahlen, und Benny machte ihnen immer einen
Sonderpreis. Benny machte James auch einen Sonderpreis
für Dünger.

»Den kriegst du gratis. Das ist koscherer Kuhmist, daß
du's weißt, davon kriegst du koschere Möhren und Kartoffeln, und im Handumdrehen bist du Jude … Wenn du

willst, verpass ich dir noch eine Beschneidung dazu, kostenlos.«

James ging in den Wald und fällte ein Apfelbäumchen. Entfernte die Äste, spitzte es an beiden Enden zu und rammte es in die Mitte des Gartens. Nagelte ein Treibholzbrett quer drüber und zog ihm eins von Materias alten Kleidern an, die ihr nicht mehr paßten, und einen Filzhut, den James einmal auf einem Feld aufgelesen hatte. Seine Wirkung erzielte das Ding erst, als er aus zwei mit Stroh ausgestopften Mehlsäcken Kopf und Körper gefertigt hatte, die in die Kleider paßten, und beides auf den Pfahl spießte. Die Bekleidung wechselte er immer mal wieder aus, mal ein Kleid, mal eine Hose, aber der Hut blieb stets obendrauf und hielt die Vögel auf Distanz.

»Kathleen, komm.«

Materia sprach nicht mehr arabisch mit dem Mädchen. Warum auch? Kathleen folgte ihrer Mutter in die Küche. Die große Blechwanne war voll und dampfte. Morgen war Kathleens erster Tag in Holy Angels, und James wünschte, daß sie picobello aussah. Das hieß Haarewaschen. Früher hatte sich Materia vor dieser Prozedur gefürchtet, weil es immer so einen Aufstand gab. James brüllte dann gewöhnlich vor der Küchentür: »Willst du das arme Kind umbringen?« Doch mittlerweile hatte Materia sich an die Anfälle des Mädchens gewöhnt und führte ihre Aufgabe energisch durch, schrubbte die Kopfhaut, tunkte den Kopf ein, wrang die Flechten aus, kämmte sie durch und beschwichtigte Kathleen. James mochte noch so laut brüllen, doch wenn seine Tochter gewaschen wurde, drängte er sich nie dazwischen.

An diesem Abend gab es die üblichen Proteste – »Nicht ziehen! – In meinen Augen brennt's! Au-u-au, hör au-auauf!«, doch als Materia wie üblich Kathleens Haare packte und ihren Kopf zum ersten Ausspülen nach hinten eintauchte, hielt sie ihn lange genug unter Wasser, um in die grünen Augen sagen zu können: »Widerstehst du

Satan? Ja. Und all seinen Nachstellungen? Ja. Ich taufe dich *in nomine Patris et Filii et Spiritus Sancti, amen.*« Na also. In einem Notfall darf jeder Katholik ein Kind taufen. Und nach neun Jahren hielt Materia es für einen Notfall. Jetzt war das Kind sicher. Nun konnte Gott sie lieben, selbst wenn Materia es nicht konnte, und die Nonnen würden nichts Schlechtes von ihr denken. Materia ließ los, und Kathleens nach Luft schnappendes Gesicht tauchte wieder auf.

Kathleen weinte nicht und beklagte sich nicht. Sie war ungewöhnlich fügsam, während ihre Mutter sie abtrocknete und sich dabei auch gewissenhaft grob mit den schlimmen Körperstellen befaßte.

Spät in dieser Nacht wachte Kathleen schreiend auf. Sie schrie immer noch, als ihr Daddy sie hochhob, und sie klammerte sich an ihn, als er mit ihr im Flur auf und ab ging, bemüht, zu verstehen, was sie sagte.

»Wer kommt dich holen?« fragte er.

Und als sie etwas mehr verraten hatte: »Wer ist Pete?«

Und sie sagte es ihm zwischen ihren Schluchzern.

Er trug sie nach unten, ging mit ihr durch die Küchentür hinaus, über die Schlackenplatten im Hinterhof, über den kleinen Steg in den Garten und geradewegs zur Vogelscheuche.

»Jetzt prügle ihm die Seele aus dem Leib«, befahl James.

Kathleen zitterte unkontrolliert, sie übergab sich fast vor Angst. Der Hut der Vogelscheuche verdunkelte das leere Gesicht. Kathleen sah nicht, ob das Wesen lächelte oder die Stirn runzelte.

»Ball die Hand zur Faust, los«, sagte James.

Sie gehorchte mit Tränen in den Augen.

»Jetzt prügle ihn windelweich!«

Sie schlug zu und warf den Kopf der Vogelscheuche zu Boden, mit Hut und allem.

»So ist's recht!« sagte James, und unter Kriegsgeheul warf er sie in die Luft und fing sie wieder auf.

Kathleen lachte so hemmungslos, wie sie einen Augenblick zuvor geweint hatte. Das Ganze endete mit einem ihrer Schreiwettbewerbe, nur hatten sie jetzt Nachbarn, und es dauerte nicht lange, da gingen in einer Reihe von Zechenhäusern in der Nähe die Lichter an, und obszöne und andere Protestrufe wurden laut. James brüllte so laut er konnte zurück: »Haltet alle die Klappe und hört euch das an!«

Und er ließ Kathleen singen:

> *»Quanto affetto! ... Quali cure!*
> *Che temete, padre mio?*
> *Lassù in cielo presso Dio,*
> *veglia un angiol protettor.*
> *Da noi toglie le sventure*
> *di mia madre il priego santo;*
> *non fia mai divelto o franto*
> *questo a voi diletto fior.«*

So kam James in den Ruf, ein Trinker zu sein, obgleich er zu jener Zeit Abstinenzler war.

Am nächsten Tag spießte er den Strohkopf wieder auf den Pfahl und drückte den Hut drauf. Alpträume gab es nicht mehr.

> Laß, o laß so düstre Sorgen
> Deine Ruhe nimmer stören.
> Dort, bei Gott, in höh'ren Sphären
> Lenkt ein Engel mein Geschick!
> Ja, der Mutter frommes Flehen
> Wird vor Unglück mich bewahren.
> Diese zarte reine Blüte, die dein einzig Glück,
> Wird niemals geschändet und zerstört.

DIE GRUBE

Es war zwar nur ein alter Karren, doch er lackierte ihn rot mit goldenem Rand, damit sie etwas Hübsches hatte, worin sie auf dem Schulweg sitzen konnte. Auf die Seite malte er in Schönschrift ihre vergoldeten Initialen, und sie lachten über den Witz »Ihre Kutsche ist vorgefahren, Ma'am«.

Zwar mußte er ein paar Klavierschüler aufgeben, doch er fuhr sie jeden Morgen die fünfzehn Kilometer zu Holy Angels und war jeden Nachmittag da, wenn die große Flügeltür aufging und sie die Treppe hinunterlief, ihm entgegen. Freitagnachmittags bummelten sie durch Sydney und gingen zum Yachtclub-Kai hinunter, um sich die Schiffe im Hafen anzusehen.

»Eines Tages wirst du auf so einen Liniendampfer steigen, mein Liebling, und fortreisen.«

Sie wollte natürlich, daß er mitkam, doch er machte es ihr nicht unnötig schwer. »Du wirst vor Leuten auf der ganzen Welt singen. Ich werde nicht immer dasein, aber ich bin und bleibe dein Daddy.«

Daraufhin weinte sie immer, und er spendierte ihr ein Eis in der Crown Bakery; ihre Wimpern waren danach zwar noch feucht, aber in ihren Augen stand schon wieder ein Lächeln. Sie blieb nie lange traurig. Wohin sie auch gingen, guckten die Leute, weil sie so schön war und weil sie beide so eindeutig die allerbesten Freunde waren.

James wußte, daß er sie eines Tages an richtige Musiklehrer übergeben müßte, weit weg von ihm, doch bis es soweit war ... Es gab einen Gott. James weihte sein Leben der Aufgabe, ein würdiger Hüter seiner Gottesgabe zu sein. Nur so ertrug er es, den Sprößlingen der Kleinbürger beizubringen, wie man *Für Elise* herunterleiert. Ich mache alles, sagte er Gott und sich selbst. Ich hacke mir einen Arm ab, ich verkaufe die Zähne in meinem Mund, ich arbeite unter Tage. Ich erlaube meiner Frau, arbeiten zu gehen.

»Okay«, sagte Materia.

Er stellte sich darauf ein, daß sie wahrscheinlich eine Putz- oder Kochstelle in einem fremden Haushalt oder einem Hotel bekam. Er sagte ihr, sie solle ihren Mädchennamen angeben. »Wenn die Leute merken, daß du verheiratet bist, zahlen sie dir weniger«, erläuterte er. Es durfte sich nicht herumsprechen, daß Kathleen Pipers Mutter ein Dienstmädchen war.

Wie groß war seine Überraschung, als Materia ein paar Abende später in ihrem guten Kleid das Haus verließ, mit frisiertem, unter dem Hut hochgestecktem Haar.

»Wo gehst du hin, Missus?«

»Arbeiten.«

An der Plummer Avenue, der Amüsiermeile der Boomtown, flimmerte die Kinoleinwand des Empire Theatre, und das Klavier im Orchestergraben hielt mit. Triller und Triolen wirkten wie das natürliche Pendant zum frenetischen Licht- und Schattenspiel direkt darüber.

Das Publikum lehnt sich gemütlich zurück, als die Lokomotive am Horizont auftaucht und zunächst auf die Leute zuklimpert, während Vögel zwitschern – ein ganz normaler Tag auf dem Lande –, dann die ersten Anzeichen von Verhängnis, der Zug kommt näher, wird größer, Wechsel von Dur zu Moll, sch-sch-sch-sch, rasselnd und klappernd naht er, die Pfeife schrillt, unterbrochen vom warnenden Heulton, in einer Melodie wilder Hochstimmung rast er immer schneller durch die Landschaft, Tastenwirbel, bis das Chaos ausbricht, Noten und Vögel durcheinanderfliegen und das rasende Eisenroß direkt über den Köpfen hinweg- und vorbeidonnert.

Das Publikum hält den Atem an, wartet gespannt auf den nächsten Schrecken, alles, was für fünf Cents zu kriegen ist. Materia kann nicht fassen, daß sie für so etwas bezahlt wird.

Die nächste Szene ist noch schauriger. Ein Mann im Abendanzug hat eine junge Frau in einem hautengen Negligé halb einen Uhrturm hinaufgejagt. Jede erzählende Einleitung überflüssig, alles ist klar, drohende Schatten, der Turm bekommt Schlagseite, die Musik schleicht die Wendeltreppe hoch, der Schurke erspäht eine Viertelnote lang den silbernen Saum, und im Sechsachteltakt hetzt er nach oben, wo sich unsere Heldin an die Fetzen einer mädchenhaften Melodie klammert, auf dem Sims des hohen E schwankt und auf die acht Oktaven weiter unten gelegene Straße hinabschaut. In einem makabren Walzer kämpft der Schurke mit der Jungfrau, der Faust gewordene Strauß, bis schließlich, gerade als die Jungfrau offenbar abstürzen, sich den Kopf am Baßschlüssel aufschlagen und im Netz des tiefen Notensystems verwickelt sterben wird, eine Tenor-Vision anschwillt, um mit den Schlußakkorden die Rettung einzuläuten.

Nicht lange, und Materia spielte auf den schottischen und irischen Unterhaltungsabenden am Ort und mit durchreisenden Varietétruppen.

Im Dezember 1909 brachte James Kathleen im Holy-Angels-Internat unter, weil in der Boomtown Kinder starben. Scharlach, Diphterie, Cholera, Typhus, Pocken, Tuberkulose. Lauter kleine weiße Särge. Ansteckende Krankheiten waren zwar an der Tagesordnung, doch diesmal war es etwas anderes, eine durch den Bergarbeiterstreik hervorgerufene Epidemie. Zechenhäuser standen reihenweise leer, ihre streikenden Bewohner rausgeworfen, manche von ihnen nackt vor die Tür gezerrt, vom Scheißhaus und aus der Wiege gerissen, der Kredit im Werksladen gekündigt. Wachmänner der Firma Pinkerton und firmeneigene Polizeikräfte gingen von Haus zu Haus, bis mehr Möbel auf den Straßen als in den Stuben standen. Selbst Bergarbeiter, die ihr Heim gekauft hatten, wurden rausgeworfen, nachdem die Kohle-Gesellschaft den Hypothekengebern tüchtig eingeheizt hatte. Ganze Familien hockten in elenden Zeltlagern draußen auf den Feldern, ohne fließendes Wasser, erst recht ohne Lebensmittel, nur notdürftig vor den Winterwinden vom Atlantik geschützt. Auf den knochigen Wangen der Kinder glühten scharlachrote Flecke, sie erstickten an Eiter oder starben vor Erschöpfung an Husten.

Doch nichts konnte die Bergarbeiter bewegen, die Arbeit wiederaufzunehmen. Nicht einmal ein auf den Stufen der Immaculate-Conception-Kirche in Cadegan Brook in Stellung gebrachtes Maschinengewehr der Royal Canadian Mountain Police; und obwohl Vater Charlie MacDonald behauptete, er sei damals nicht dagewesen, trug die katholische Kirche ihr Teil dazu bei, das durch den Streik verursachte unnötige Leid zu beenden: Der Bischof schickte einen Sonderbeauftragten in die Boomtown, um die Bergarbeiterfamilien aus dem Kloster, der Schule, der Pfarrei und der Kirche zu vertreiben, wo ihnen der Gemeindepfarrer, Pater Jim Frazer, Unterschlupf gewährt hatte. Anschließend versetzte der Bischof Pater Frazer von der Insel.

James handelte rasch. Es war kein Geld da, um Kathleen im Holy-Angels-Internat unterzubringen, doch Geld ließ sich auftreiben. Auf keinen Fall durfte sie in der Boomtown bleiben und sich von den Bergarbeitergören den Tod holen. Oder als Krüppel oder mit pockennarbigem Gesicht enden, nur das nicht. Sie haben es sich selbst zuzuschreiben, die störrischen Idioten, und nur deshalb muß ich meine Tochter in das Internat der Schule stecken, die ich mir vorher schon nicht leisten konnte, und wer hilft mir dabei? Die Klavierlehrergewerkschaft vielleicht? Die Klavierstimmer-aller-Länder-vereinigt-euch-Partei? Jesus, Maria und Josef, nein. Ich bin auf mich selbst gestellt.

»Schatz, du wirst ein Weilchen im Schulinternat wohnen.«

60

Sie wollte nicht.

»Nein, ich kann nicht bei dir sein, und es wird eine Weile dauern, bis ich zu Besuch kommen kann.« Er wollte strenge Quarantäne einhalten. »Es macht bestimmt Spaß, du wirst sehen, du findest neue Freunde.«

Sie weinte. Mit plötzlichem Ernst sagte er: »Giuditta Pasta war gelähmt, und als sie gefragt wurde, wie sie Abend für Abend so schön singen und so glänzend spielen konnte, ohne sich ihr Gebrechen im geringsten anmerken zu lassen, was hat sie da geantwortet?«

»Es tut weh.«

Er tätschelte ihr den Kopf. »So ist's recht.«

Monate vergingen, bis er sie wiedersah. Das ist eine gute Übung für uns beide, dachte er.

Das Pech, das der Streik ihm eingebrockt hatte, wendete er für sich zum Guten. Eines Wintermorgens schulterte er vor Sonnenaufgang drei funkelnagelneue Spitzhacken, eine nicht verbeulte Schaufel und ein langes Seil. Er füllte eine bauchige Lampe mit Tran, klemmte sie an seinen Helm, hakte einen Henkelmann an seinen Gürtel und ging mit drei Pinkerton-Wachleuten zum Tor der Grube zwölf, die von uniformierten Soldaten mit aufgepflanzten Bajonetten bewacht wurde.

Die Soldaten, die ihn hereinließen, waren kein bißchen freundlicher als die Horden streikender Bergarbeiter draußen, auch wenn sie nicht spuckten, tobten, ihn als »Streikbrecher« beschimpften oder ihm vorwarfen, er ermorde ihre Kinder. Auch drohten sie nicht, seine Hoden den Schweinen vorzuwerfen.

Er betrat den Grubeneingang, folgte dem zitternden Lichtschein der offenen Flamme an seiner Stirn und den Schatten der Männer vor ihm den langen, abschüssigen Arm des Hauptstollens entlang den Lorenschienen und griff ab und zu nach dem Stahlseil. Die stickige Luft roch nach Ponys, modrigem Holz und Erde; es ging durch Falltüren, die scheinbar wie von Zauberhand aufschwangen, bis eine Kinderstimme fragte: »He, Kumpel, wie spät ist es?« Linksherum, rechtsherum, rechts, dann wieder links, runter, runter, durch das Labyrinth hohler Abzweigungen, aus denen dunkle Kammern sprossen. Er hörte einen Vogel zwitschern.

Die Grube zwölf war furchtbar feucht und gashaltig, aber James fehlte der Vergleich. In einem tropfenden Raum, der, was James nicht wußte, unter dem Meer lag, schaufelte er Kohle auf eine Lore. Er arbeitete Seite an Seite mit einem anderen Mann, der Erfahrung hatte. Dieser Mann hatte die Aufgabe, die Wand zu unterhöhlen, dann Löcher für die Sprengladungen zu bohren, diese hineinzustecken und anzuzünden, ohne die Grube in die Luft zu jagen. James konnte den Akzent des Mannes nicht einordnen und merkte nie, daß es ein Schwarzer aus Barbados war; für ihn war er einfach Albert, der sie beide am Leben ließ. Barbados, Italien, Belgien, Osteuropa, Quebec ... Die Dominion-Kohle-Gesellschaft holte Leute von überallher, um den Streik zu brechen. Sehr wenige englische Stimmen in der Dunkelheit, und die wenigen sprachen nicht gerade akzentfrei. James trank kalten Tee und kaute Tabak, um den Staubgeschmack loszuwerden; seine belegten Brote versteckte er anfangs, später teilte er sie. Die Lore faßte eine gute Tonne, und wenn sie voll war, schoben Albert und er sie vom Füllort zum Hauptschacht und schickten sie auf die Reise. Nach zehn Stunden unter der Erde traten sie hinaus in die Dunkelheit über Tage.

Die Ausländer wurden in ihre nahe gelegenen eingezäunten Unterkünfte, Fourteen Yard genannt, eskortiert, um zu singen, zu schlafen oder Karten zu spielen, während das Royal Canadian Regiment Wache hielt. James ging mit den Pinkerton-Dreckskerlen nach Hause, lief Spießruten zwischen abgerissenen Männern, die ihm bei der kleinsten Gelegenheit jede Extremität einzeln ausgerissen hätten – denn in ihren Augen gab es keine Entschuldigung für James; er war weder am Verhungern noch ein Ausländer –, vorbei an Frauen, die auf Treppenabsätzen standen, ihm böse Blicke nachsandten und dabei »Gott vergebe dir« murmelten. Eine sprach erst ein Gebet für ihn, ehe sie einen eisernen Türstopper nach ihm warf, der ihn um Haaresbreite verfehlte.

James verdiente ein Vielfaches von dem, was er mit den Klavierstunden eingenommen hatte. In den ersten paar Wochen weinte er lautlos zu Beginn jeder Schicht, bis sich sein Körper an den Trott gewöhnt hatte. Zu Hause fiel er jeden Abend, nachdem er wieder weiß geworden war, auf die Knie, faltete die Hände und bat seine Mutter um Verzeihung dafür, daß er unter Tage arbeitete.

DER PREIS EINES LIEDES

»Du bist ein bißchen dünner geworden. Das ist gut«, sagte James beim Abendessen zu Materia.

Sie zuckte mit den Schultern.

»Wovon träumst du gerade?« James verwandte den Begriff im weitesten Sinne; sie starrte immerzu ins Leere.

»Houdini«, erwiderte sie.

»Von wem?«

»Houdini.«

Er hakte nicht nach. Wer eine dumme Frage stellt ... Gespräche hatte er längst aufgegeben, und jetzt dankte er nur noch Gott, daß seine Tochter von der Idiotie und Dunkelhäutigkeit verschont worden war. Und daß seine Frau kochen gelernt hatte.

»Was ist das?«

»*Kibbeh nayeh.*«

»Eine hebräische Delikatesse?«

»Libanesische.«

Benny hatte ihr das Rezept zugesteckt.

Jeder kann *Kibbeh nayeh* machen, jeder kann alles kochen, wenn er sich an die Anweisungen hält, aber es richtig hinzukriegen ... dafür braucht man Fingerspitzengefühl. Manche meinen, es läge an der Länge der Finger desjenigen, der kocht, andere behaupten, es sei der Geruch, so einzigartig wie ein für jeden Menschen charakteristischer Fingerabdruck. Jedenfalls bedarf es einer besonderen Begabung.

Kibbeh, das syrische und libanesische Nationalgericht, durfte nur aus Fleisch der besten Qualität zubereitet werden, weshalb die Mahmouds ausschließlich in der kosheren kanadischen Metzgerei der Luvovitzens einkauften. Während Mrs. Luvovitz und die Söhne im Laden standen, fuhr Benny die Lieferungen in Sydney aus, zuletzt immer zum Haus der Mahmouds oben auf dem Hügel. Dort öffnete ihm eine dunkle, kleine runde Frau die Küchentür, das schwarze Haar mit den grauen Strähnen zu einem Knoten zusammengesteckt. Benny sprach kein Gälisch, und Mrs. Mahmouds Englisch war noch holprig, dennoch plauderten sie ein wenig. Benny tat dann genau wie sie so, als interessiere sich Mrs. Mahmoud ganz nebenbei für die Familie Piper.

»Aber sicher kenne ich die Pipers, eine nette Dame ist das, diese Mrs. Piper, auch libanesisch, die kennen Sie doch bestimmt – nein? –, nun ja, die haben eine wirklich hübsche Tochter, Kathleen, geht auf die Holy-Angels-Schule, singt wie eine Lerche.«

Und als Benny Mrs. Mahmoud an diesem Vormittag »für meine Frau« nach dem *Kibbeh*-Rezept gefragt hatte, war sie, ohne mit der Wimper zu zucken, sofort zu ihren Küchenschränken gegangen und hatte auf Zutaten gezeigt. Benny hatte alles auf braunem Metzgerpapier notiert, während Mrs. Mahmoud den gesamten Vorgang mimisch darstellte, einschließlich Einritzen eines Kreuzes auf das fertig zubereitete Fleisch. Benny schüttelte lachend den Kopf und malte statt dessen einen Davidstern.

Mrs. Mahmoud sagte achselzuckend: »Wie Sie wollen« und ließ ihn den rituellen ersten Bissen der Phantasie-*Kibbeh* probieren.

»Köstlich«, sagte er.

An diesem Abend sah Mrs. Mahmoud ihrem Mann beim Essen zu und dachte an ihre verlorene Tochter, die vielleicht gerade jetzt ihrem Mann das gleiche Gericht vorsetzte. Ob er es zu schätzen wußte? Liebte er sie noch?

Fünfzehn Kilometer entfernt spießte James mit der Gabel einen Bissen *Kibbeh* auf und aß.

»Es schmeckt köstlich.«

»Iß es mit Brot.«

Materias Beispiel folgend, träufelte er Öl über das gewürzte Fleisch und den weichen Weizenschrot, riß Stücke vom ungesäuerten Brot ab und wickelte das Fleisch zu mundgerechten Happen.

»Wo hast du gelernt, das zu kochen?«

»Ist roh, nicht kochen.«

Er hielt inne.

»Koscher?«

Sie nickte. Er aß weiter. Materia versetzte es einen Stich; sie dachte: »Ohne das Mädchen sind wir glücklich.«

Sie berührte flüchtig seinen Nacken.

»Was machst du da?« fragte er.

»Nichts«, und sie ging zur Spüle zurück.

Bis dahin waren die Varietékünstler Weiße gewesen, die ihre Auftritte als Neger mit rußgeschwärzten Gesichtern absolviert hatten, doch jetzt, da Farbige in das Kohlenrevier von Sydney einwanderten, reisten auch richtige schwarze Künstler aus den Staaten an. Materia konnte sich zwar nicht denken, warum auch sie rußgeschwärzt und mit übergroß geschminkten Mündern auftraten, wußte aber, daß sie ihr besser gefielen. Sie legte eine umfangreiche Sammlung von Ragtime, Two-Step, Cakewalk, Hymnen, Trauerliedern, Plantagen-Wiegenliedern und Gospels an.

Als der Stammpianist der Blackville Society Tap Twizzlers in Glace Bay verhaftet wurde, sprang sie für ihn ein. Es war ein Trio, drei Brüder, die von ihrer Mutter gemanagt wurden. Der älteste hatte seinen Füßen Namen gegeben. Den linken nannte er Alpha, den rechten Omega.

Steptanzschuhe, rasende Füße, die schwatzten, klatschten, abhoben und den Erdball umrundeten, ohne je die Hauptbühne des Empire Theatre zu verlassen. Materia sah nur diesen Füßen zu und ließ ihren Händen freien Lauf, und Brocken aus Rigoletto stießen mit *Coal Black Rose* zusammen, *Una Voce Poco Fa* wechselte sich mit *Jimmy Crack Corn* ab, und das alles vermengt mit ihren eigenen spontanen Kompositionen … Anders als bei den Filmen gab es mit den Tänzern eine Rückkoppelung. Sie feuerten sie an, schmeichelten ihr, gaben Widerworte und verzerrten ihr Spiel – Ebenholz, Elfenbein und klappernde Absätze, die aufschlugen, bis nicht mal mehr eine Melodie übrig war, nur Takt und Rhythmus.

Materia erlangte eine gewisse Prominenz, besonders unter den jungen Leuten.

»He, hallo, Materia, wie geht's, wie steht's?«

»Für dich immer noch Mrs. Piper, junger Mann«, polterte James.

Das war an einem Sonntag im März, sie tünchten draußen das Haus. Er drehte sich zu Materia um, als der Kerl vorbeigeschlendert war. »Woher kennst du den?«

»Aus dem Theater.«

Die Blackville Society Tap Twizzlers boten ihr an, als feste Pianistin mit ihnen auf Tournee zu gehen. Sie wollten nach Europa. Materia lehnte ab. Bei der Vorstellung, wie glücklich sie und James sein könnten, gemeinsam mit einer Varietétruppe die Welt zu sehen, weinte sie auf dem Nachhauseweg. Aber sie hütete sich, ihn zu fragen.

Bald darauf blieben die farbigen Künstler aus, weil sich bis zu ihnen herumgesprochen hatte, daß die Neuzugänge im Kohlerevier von Sydney aus der Karibik kamen und kein allzu großes Interesse an schwarzer amerikanischer Unterhaltung hatten. Doch Materia blieben noch das Varieté und die Filmvorführungen, und sie war glücklich, solange sie spielen konnte. Unten im Orchestergraben tröstete sie sich gelegentlich mit Eskapaden. Hin und wieder raste zu *I Love You Truly* eine Lokomotive auf das Publikum zu und überfuhr es zur *Mondscheinsonate*. Zum Hochzeitsmarsch rangen Schurken mit Jungfrauen, und zu *Turkey in the Straw* griffen Tenöre rettend ein. Die Schauspieler beschwerten sich, doch das Publikum war hoch erfreut, wenn zu schrägen Tönen Kaninchen aus Zylindern gezogen und zu *Näher mein Gott zu dir* Jungfrauen zersägt wurden. Beim Spielen hatte Materia schon immer gelächelt, aber jetzt kicherte sie, ohne es zu merken. Dadurch machte sie sich nur noch beliebter, denn dem Publikum gefiel es, daß sie ein bißchen verrückt war.

Zu dieser Zeit legte James den Weg nach Sydney zurück, um Vorräte einzukaufen. Außer bei Benny und Mr. MacIsaac betrat er keinen Laden in der Boomtown. Warum sollte er da reingehen und sich für sein gutes Geld beleidigen lassen? Die ganze Stadt litt unter den Auswirkungen des Streiks, nicht nur die Kumpel, also waren alle ganz versessen darauf, einen Streikbrecher fertigzumachen. Er ging nie zu Fuß, sondern fuhr in seinem Wagen, gönnte den Leuten nicht die Genugtuung, die Straßenseite wechseln zu können, wenn sie ihn kommen sahen. »Und alles nur, weil ich Manns genug bin, meine Familie zu ernähren.« Wenn Materia ihn einmal begleitete, kränkte es ihn besonders, immer wieder hören zu müssen: »Hallo Materia, was macht die Kunst, meine Liebe?« Dieselben Leute, die ihn nicht einmal grüßen würden, blieben stehen, um mit seiner ungebildeten Frau über ihre Karriere als Klavierspielerin zu plaudern. Natürlich gefiel diesen Leuten primitive musikalische Unterhaltung. Und warum zogen sie los und gaben im Empire Theatre Geld für Eintrittskarten aus, das sie angeblich gar nicht hatten? Für James' Geschmack gab es mittlerweile zu viele Iren in dieser Stadt. In jedem zweiten Haus ein *Paddy*, versoffene Katholiken allesamt. Wenn sie mehr arbeiten und weniger fiedeln würden, wären sie besser dran. James dachte an Äsops Grille und die Ameisen und nahm sich im stillen vor, die Fabel in seinem nächsten Brief an Kathleen unterzubringen.

Als er bei MacIsaac ein Päckchen Stärke abholte, mußte James sich anhören: »Sie haben eine sehr talentierte Frau, Mr. Piper.«

James zahlte. MacIsaac fuhr fort: »Und wie geht's dem kleinen Mädelchen?«

»Ganz gut.«

»Die ist begabt, die Kleine.«

James nickte. Lächelnd fügte MacIsaac hinzu: »Hat sie ja wohl von ihrer Mutter, so viel steht fest.«

James machte kehrt und verließ den Laden. Dort ging er mit Kathleen nicht mehr hin. Er entschied, daß er dem Glatzkopf nicht traute. Ihm gefiel nicht, wie der mit seinen wäßrigen blauen Augen in dem großen roten Gesicht Kinder ansah. Wenn MacIsaac so kinderlieb war, warum hatte er dann keine eigenen?

Als James gegangen war, sagte Mrs. MacIsaac zu ihrem Mann: »Wir sollten Piper keinen Fuß hier reinsetzen lassen.«

MacIsaac schenkte seiner Frau ein sanftes Lächeln und zog sich dann in sein Gewächshaus zurück. »Es ist genug, daß ein jeglicher Tag seine eigene Plage habe.«

Jeder mochte MacIsaac, aber nicht jeder verstand, daß er einen Mann wie Piper dulden konnte. Doch MacIsaac sah nicht ein, weshalb er die Familie eines Mannes für dessen Fehler bestrafen sollte, denn darauf lief es hinaus, wenn man jemanden ächtete. Die Leute zuckten mit den Schultern und dachten sich, vielleicht sei MacIsaac bloß religiös. Was er auf seine Art auch war; er verbrachte viel Zeit damit, draußen auf den Feldern, wo andere Leute nur Steine und Gestrüpp sahen, Heilkräuter zu finden. Er züchtete die Pflanzen in seinem Gewächshaus. Trieb nie irgendwelche Schulden ein. Ein Jammer, daß er trank.

Am Ende dieser Woche setzte sich James vor seine Kartoffelpuffer mit Sirup und sagte: »Ich will, daß du deine Stelle jetzt kündigst, Missus, ich verdiene genug unter Tage.«

Keine Antwort. Er sah auf. Manchmal ließ sich schwer erkennen, ob sie überhaupt ein Wort von dem mitbekam, was er sagte.

»Hast du gehört?«

» …Okay.«

»Und daß du mir nicht auf eigene Faust durch die Stadt bummelst.«

Die erste Woche ohne das Empire war am schwersten. Das leere Haus und abends James, der bekocht werden wollte, und sonst nichts. Sie suchte den Schlüssel zum Klavier und öffnete das Instrument schließlich mit einem Messer. Doch nach ein paar Nummern gab sie es auf. Sie brauchte eine Bühne, keine Mansarde. Sie hatte kein Publikum, keine Show. Materia nahm ihr Bündel Notenblätter und legte es in die Wäschetruhe.

Sie putzte das Haus und kochte eine Menge. Aß. Sie brachte es nicht oft übers Herz, Mrs. Luvovitz zu besuchen, weil deren Söhne Abe und Rudy wandelnde Vorwürfe für ihre Seele waren. Wie konnte sie die Kinder einer anderen Frau lieben, und ihr eigenes nicht? Ihr Zwischenspiel im Empire verblaßte und wurde unwirklich. Jetzt, da sie wieder allein war und reichlich Zeit zum Nachdenken hatte, schwappten all ihre Sünden wieder in ihr Gedächtnis zurück und ließen ihr keine Ruhe: das Haus ihres Vaters hatte sie verlassen, war ihren Eltern ungehorsam gewesen und hatte Schande über sie gebracht ... Das verstieß gegen die Zehn Gebote.

Ich muß zur Beichte, dachte sie, aber ... um Vergebung zu erlangen, muß ich von Herzen reumütig sein, doch wenn ich mein Weglaufen von zu Hause bereue, dann auch alles andere, was sich daraus ergeben hat. Und das konnte sie nicht. Ihren Ehemann begehrte sie noch immer, und auch das war eine Sünde: den Mann zu wollen, nicht aber das Kind, das dem ehelichen Verkehr entsproß. So kam sie immer wieder auf ihre erste Sünde zurück.

Sie betete wieder zur Jungfrau Maria. Es durchbohrte ihr das Herz, und ein gräßlicher Dunst schien aus der Wunde zu steigen, als ihr klar wurde, daß sie all die Zeit über nicht einen Gedanken an ihre Tochter verschwendet hatte. Keinen Brief hatte sie geschickt, kein Päckchen mit Leckereien von daheim, ja, sie hatte nicht einmal James gefragt: »Wie geht es dem Mädchen?« Endlich sah Materia sich in einem unverhüllten Spiegel, und sie sah ein Ungeheuer.

Wem konnte sie sich anvertrauen? Niemandem. Und doch mußte sie es sagen oder sterben.

In der zweiten Woche verließ Materia das Haus und ging zu den Klippen, hielt sich aber nicht wie früher dort auf. Sie kletterte zur Felsenküste hinunter und ging dort entlang. Sie sang nicht, sondern redete ununterbrochen in ihrer Muttersprache mit den Steinen, bis ihr schwindlig wurde und der Tag grau und sie die Orientierung verlor. Schließlich rissen die Wolken auf, wie es in dieser Weltgegend manchmal geschieht. Aus einem brennenden Himmel leckten wogende rote und goldene Flammenzungen über die See. Materia verstummte. Sie wandte sich dem Horizont zu und lauschte, bis sie hörte, was das Meer ihr sagte: »Gib sie mir, meine Tochter. Und ich will sie nehmen und waschen und in ein fernes Land tragen, bis sie nicht mehr deine Sünde ist, sondern eine auf den Wellen treibende Rarität, reingewaschenes Strandgut.«

Und so ließ Materia mit der Zeit nach und nach ihren Verstand dahinschwinden. Bis sie soweit war, sich ein für allemal von ihm zu verabschieden.

QUANTO DOLOR

»Ich dividiere, klassifiziere und untersuche
sehr gern, wissen Sie, ich bin so viel allein,
habe so viel Zeit zum Nachdenken, und Papa
fördert mein Denkvermögen.«
Claudia, von E.D.A.E.

Im April 1910 war der Streik beendet, und James erhielt
zur Belohnung für seine Treue eine Stelle über Tage als
Wiegemeister. Er hatte erwartet, dort oben auch seinen
Grubenkumpel Albert anzutreffen, hatte gehofft, ihn nun
bei Tageslicht zu Gesicht zu bekommen, doch Albert war
versetzt worden. Mit vielen anderen aus Fourteen Yard war
er nach Sydney weitergezogen, und zwar nach Whitney
Pier, in die als »The Coke Ovens«, die Koksöfen, bekannte
Gegend. Dort wimmelte es von Leuten aus Westindien;
die Dominion-Eisen-und-Stahl-Gesellschaft wußte starke
Männer zu schätzen, die Hitze ertragen konnten. Coke
Ovens war eine gemütliche Siedlung, die in allen Farben
außer Weiß gestrichenen Häuser schmiegten sich direkt an
das Stahlwerk. Das Werk brachte Brot auf die Tische und
einen feinen orangefarbenen Staub auf das Brot.

In der Boomtown wurden die Zechenhäuser wieder
verpachtet, der Werksladen nahm wieder die Bezugsscheine der Bergarbeiter an, die letzten Kinder wurden
beerdigt, und Kathleen kam nach Hause. James hatte eine
Überraschung für sie: elektrisches Licht und ein modernes
Badezimmer mit fließendem Wasser, WC, Emaillebade-
wanne und vernickelten Wasserhähnen, warm und kalt.

Bei seinen Arbeitszeiten am Füllort konnte James Kathleen nicht mehr zur Schule fahren und abholen. Er heuerte
dafür einen Burschen aus Coke Ovens an, der einen

Einspänner besaß. James konnte kaum glauben, wie jung Leo Taylor war – erst sechzehn –, und er vergewisserte sich, daß er zuverlässig war.

»Keine Umwege, auf direktem Weg hin und zurück.«

»Ja, Sir.«

»Ich will nicht, daß du mit ihr sprichst.«

»Nein, Sir.«

»Faß sie nicht an.«

»Würd ich nie tun.«

»Sonst bring ich dich um.«

»Keine Sorge, Sir.«

James überlegte sich, daß er seine Tochter lieber von einem schüchternen Jüngling als von einem lüsternen Mann fahren ließ. Weil Taylor ein Farbiger war, vertraute James um so mehr darauf, daß er die notwendige Distanz zwischen Fahrer und Fahrgast wahrte.

Zwar hatte Kathleen keine Freunde mehr in der Boomtown, aber sie war doch froh, wieder zu Hause zu wohnen. Im Internat von Holy Angels war sie einsam gewesen. Zu Anfang hatte sie sich in den Schlaf geweint, getröstet nur von den Briefchen und kleinen Geschenken, die ihr Daddy schickte. Aber sie wußte, welche Opfer für sie gebracht wurden und was sie dafür schuldig war, und sie ließ sich nicht unterkriegen. Sie lernte fleißig, gehorchte den Nonnen und beklagte sich nie, betete allerdings, eine gute Fee möge ihr einen Freund schicken, denn in Holy Angels hatte sie keinen, mit dem sie spielen konnte. Keine Jungen. Kein Schlackensplitt, der sich in ihre Knie grub. Andere kleine Mädchen hatten keine Lust auf Schwertkämpfe und Abenteuer und wollten nicht herausfinden, wer den spektakulärsten Todeskampf nachspielen konnte. Die anderen kleinen Mädchen beschäftigten sich mit ausgeklügelten weiblichen Geheimnissen, von denen Kathleen keine Ahnung hatte; was schlimmer war, keine von ihnen hatte einen Berufswunsch. Zu Anfang hatten ihre Schulkameradinnen um Kathleens Freundschaft gebuhlt; sie war so hübsch, so klug. Doch sie begriff die Hackordnung nicht, schlug huldvolle Einladungen aus, anderen Mädchen die Zöpfe zu flechten, und knüpfte aus dem Springseil ein Lasso. So wurde sie als wunderlich abgetan und schließlich ganz gemieden.

Kathleen stürzte sich auf ihre Arbeit und trug unbekümmert ihre Abweichung von der Norm zur Schau ... ihre Schärpe tief umgebunden und vorn geknüpft, den Hut in den Nacken geschoben, die Hände in die Taschen gesteckt, die ihre Mutter auf ihre Anweisung in die Uniformen nähte, und ihr langes Haar offen. Die Nonnen übten Nachsicht. Sie war begabt.

Im Herbst 1911 setzten sie zu einem Konzert im Royal Conservatory of Music nach Halifax über – James, Kathleen und ihre Gesangslehrerin, Schwester Saint Cecilia. Ein geladenes Publikum von Fachleuten.

»Sieh mir in die Augen.«

Sie gehorchte. Er beschwor die Geister:

»Was hat Stendhal über Elisabetta Gafforini gesagt?«

»Ob man sie sieht oder nur hört, die Gefahr, in der man schwebt, ist die gleiche.«

»So ist's recht.« Sein üblicher liebevoller Klaps auf den Kopf. »Jetzt geh da raus, und zeig's ihnen.«

Kathleen sang Cherubinos Liebesarie an Susanna aus *Figaros Hochzeit*. Lehrer aus New York City gaben James ihre Visitenkarten, sie suchten nach der nächsten Emma Albani. Sagten ihm, was er bereits wußte.

Henriette Sontag hatte mit sechs debütiert, Maria Malibran mit fünf; Adelina Patti wurde von Jahr zu Jahr jünger, ihre Legende eilte ihrer Lebensspanne weit voraus; doch James war es mit Kathleens Laufbahn so ernst, daß er abwarten konnte. Geduld zeichnet den wahren Spieler aus. Ihre Stimme sollte Bestand haben, nicht in einem Auflodern jugendlichen Ruhms verglühen. Ein Jahr lang wollte er sie nach Halifax schicken, damit sie seefest wurde. Mit achtzehn ginge es dann weiter nach Mailand. Kathleen wurde zwölf.

»Als der Vater der Malibran ihr sagte, sie müsse für Giuditta Pasta einspringen, als Desdemona – er gab den Othello –, sah er ihr in die Augen und schwor, wenn sie nicht vollendet sänge, würde er sie in der Szene, in der Othello Desdemona umbringt, wirklich töten.«

Kathleen sagte lachend: »Also wirklich, du bist ein melodramatischer alter Knochen!«

Materia wunderte sich. Das Mädchen war frech, sie hatte eine Ohrfeige verdient, die sie aber nie bekam, ein Kichern und ein Zwinkern waren alles.

Kathleen wiegte sich ein wenig in den Hüften, selbst wenn sie stillstand und besonders dann, wenn sie sich an ein Klavier lehnte. Sie wußte noch nicht, wie schön sie war, hatte aber einen ersten leisen Verdacht. Sie achtete jetzt auf ihren Gang und probierte ihre Wirkung auf andere aus. Vor dem Spiegel übte sie gelangweilte Mienen. Sie schlug nach, was das Wort »lasziv« bedeutete. Sie kultivierte eine belustigt-verächtliche Sprechweise und zog ihren Vater zu gern mit seiner Besessenheit von *la Voce* auf, verlangte von ihm, ihr Weintrauben zu holen und sie auch noch zu schälen. »Wenn ich eine Diva werden soll, dann fang gefälligst an, mich wie eine zu behandeln.«

Ihm gefiel ihre Haltung: wie sie sich lässig gab, wie ein Pferd arbeitete, wie ein Engel sang. Nicht »engelhaft«. Die Stimme eines Engels. Geflügelt, todgeweiht, der Sonne nah.

»Als Malibran zu schnell zu jung starb …«

»Klar, klar, da wanderte ihre Stimme in die Geige ihres Gatten. Und Schweine können fliegen.«

Ihr stand die Welt offen. Ein modernes Mädchen. James hatte von der »neuen Frau« gelesen. So wird meine Tochter sein.

Eines Freitagnachmittags im März 1912, als Materia in der Küche ein fulminantes Mahl zubereitet und James halb in dem alten Klavier begraben ist, taucht Kathleen im Türbogen des Wohnzimmers auf.

Sie trägt ihre Holy-Angels-Schuluniform. Groß ist sie geworden. Sie lehnt sich an den Türpfosten, das Gewicht auf eine Hüfte verlagert, und spürt ihre Pubertät, auch wenn es erst in einem Jahr soweit ist. Beim Anblick ihres alten Vaters, der sich mit den Saiten dieses klapprigen Schlachtrosses abplagt, umspielt ein Lächeln ihre Lippen. Sie schaut nach unten, beißt sich auf die Unterlippe, schleicht sich dann zum Klavier und schlägt eine Taste an.

James springt auf und dreht sich, auch wenn ihn der Hammer kaum gestreift hat, versetzt ihr Schläge mit der flachen Hand, dann mit einer geballten Faust, ehe er merkt, wen er vor sich hat und was er getan hat, dabei würde er doch nie, nicht einmal Materia, obwohl Gott weiß …

Seine Tochter weint. Sie ist erschrocken. Weh getan hat er ihr, wie? Mit meinen eigenen Händen. Großer Gott.

Er tastet nach ihr, streift eine Schulter, einen Ellenbogen, läßt seine Hand ihren Rücken hinuntergleiten, zieht sie mit Macht an sich, er hat nie etwas getan, würde nie etwas tun, was dir weh tut, lieber sterben, mir die Arme abhacken. Er spürt so intensiv, was sie fühlt, hält sie umklammert. »Nicht weinen«, mit tödlichem Einfühlungsvermögen, »Sei still«, seine trockene Kehle schnürt sich zusammen, »Pssst«, er muß sie beschützen, abschirmen, wovor? Vor allem und jedem. Allem.

Leben und Wärme durchströmen seinen Körper, wie er es seit … Wie er es kaum je gespürt hat. Bei ihm ist sie sicher, ich halte dich fest, mein Liebling, oh, wie er dieses Mädchen liebt. Er zieht sie dicht an sich, nichts Böses antun, nie etwas Böses tun. Ihr Haar riecht wie ein herber Frühlingstag, ihre Haut ist feingesponnene Seide, ihr Atem ein duftender Hauch, *Milch und Honig sind unter deiner Zunge* … Er erschrickt vor sich selbst. Er läßt sie los und zieht sich jäh zurück, damit sie nicht merkt, was mit ihm ist. Krank. Ich muß krank sein. Er verläßt das Zimmer und stürzt durch die Hintertür, über den Hof, über den

Bach in den Garten, wo er sich so weit beruhigt, daß er sich übergeben kann.

Materia kommt in der Tür wieder auf die Füße, wo sie eben erst gestolpert war, als James sie auf seiner Flucht zur Seite stieß. Sie ist gekommen, als sie den Aufruhr hörte, und hat von der Schwelle aus zugesehen. Sie sieht immer noch zu. Sie geht zu ihrer Tochter.

Kathleen hat einen lockeren Zahn. Sie ist jung, das heilt wieder. Auf dem Teppich ist entsetzlich viel Blut. Sieht schlimmer aus, als es ist. Materia führt Kathleen an der Hand in die Küche und wäscht sie an der Pumpe. Sie bringt sie zu Bett und holt ihr etwas Weiches zu essen. Singt, bis die grünen Augen zufallen. Nimmt ein Kissen und legt es sanft auf das schlafende Gesicht.

Zieht es aber sofort wieder weg. Wenn Materias Herz voll wäre, wüßte sie, was zu tun ist. Wen sie auf welche Weise retten müßte. Das Mädchen zu lieben kommt ihr jetzt wie eine einfache Aufgabe vor, verglichen mit der, es zu beschützen. Weil ich bei der ersten Prüfung versagt habe, wird mir die zweite auferlegt.

Materia zerbricht sich den Kopf, was sie tun soll. Aber Nachdenken hat in solch einer Situation noch nie geholfen. Sie spürt einen salzigen Windstoß, kalte Luft leckt an ihrer Wange, der Boden unter ihren Füßen schwankt, das Bett hebt sich, sie ist auf einem Dampfer nach New York, und das Mädchen mit den Flammenherz-Haaren umklammert neben ihr die Reling. Doch der Augenblick vergeht, noch ehe Materia ihn greifen kann, eine schwach über eine durchhängende Strecke von Raum und Zeit telegrafierte Botschaft, in der jedes zweite Wort fehlt.

Materia weiß jetzt, wer ihr Kathleen gesandt hat – und warum. Gott muß sie für ihre Schuld auf diese Weise strafen. Mea culpa, mea culpa, mea maxima culpa.

Kathleen wußte, daß ihr Vater sie irrtümlich getroffen hatte, daß es ihm furchtbar leid tat. Sie wußte, daß er ihretwegen überarbeitet und müde war. Es war kein

Unglück, der Zahn wuchs wieder im Zahnfleisch fest. Sie bastelte eine Karte für ihn, um ihm zu sagen, daß sie ihn liebhatte. Sie schrieb ein lustiges Gedicht über »die verlorene Saite«. Sie kamen drüber weg.

DIE ERSTE LÖSUNG

In der folgenden Nacht empfing Materia Mercedes.

Zu ihrer eigenen Überraschung freute sich Materia allmählich auf dieses Kind, es war ihr sogar egal, ob es ein
Junge war. Sie war wieder *hebleh*, und diesmal gefiel es
ihr. Sie fühlte sich ihrer Mutter nahe, anschwellender
Körper, üppige Brüste, träge Schenkel. Ihre Sorgen ließen
nach.

James nahm sie zwar immer noch nicht irgendwohin
mit, erwachte aber nachts wieder zu Leben – immerhin ist
sie meine Frau. Ihr dunkler Körper und ihr schlichtes
Gemüt erlaubten ihm, sie auf unkomplizierte Art zu
genießen. Warum hatte er sich je Gesprächsstoff oder
geistige Anregungen von ihr erhofft? Das war ungerecht.
Nach so etwas sieht sich ein Mann anderswo um. James
kam sich endlich normal vor.

Er setzte ein wenig Gewicht an; sie bekochte ihn, ließ
ihm jeden Abend sein Bad ein, wusch ihm den Rücken,
leckte ihm das Ohr und langte ins Wasser. Er ließ sie
gewähren. Es besänftigte ihn. Er war dem Dämon entwischt, der sich an dem Tag in ihm aufgebäumt hatte, als
er Kathleen weh getan hatte.

Materia bemühte sich, freudlos zu empfangen, und
sagte sich, daß sie vor ihrem Mann nur die Hure spielte
und ihn trotz ihrer Schwangerschaft verführte, um ihn vor
einer noch größeren Sünde zu bewahren. Lust in der Ehe
kommt dem Ehebruch gleich. Ehebruch ist eine Todsünde. So heißt es in den Zehn Geboten. Materia bat Gott
um Vergebung für die Unlauterkeit ihres Herzens. Denn
schließlich handelte sie recht.

79

Mercedes kommt Ende 1912 zur Welt. Materia liebt sie. Sie muß sich nicht darum bemühen, sie tut es einfach, es ist ein freudiges Wunder. Jesus, Maria und Joseph und allen Heiligen sei Dank. Und Gott auch.

Materia neidet Mrs. Luvovitz den dritten Sohn Ralph nicht, zwei Monate jünger als Mercedes; wer weiß, vielleicht heiraten die beiden später.

James hat nichts dagegen, enthält sich sogar eines Kommentars, als Materia Mercedes vom Priester der katholischen Kirche im nahe gelegenen Lingan taufen läßt. Sie besucht jetzt wieder die Messe, nicht nur sonntags, sondern täglich. Heiliges Wasser in der Wüste, sie hatte nicht gewußt, wie sehr sie danach dürstete. Materia zündet Kerzen an und kniet mit Mercedes im Arm am Sockel der schönen zweieinhalb Meter hohen Maria. Aber Materia blickt nicht auf. Sie sieht der grinsenden Schlange, die unter dem Fuß der Jungfrau stirbt, direkt in die Rubinaugen.

Materia bietet ihr ein Opfer an. Sie wird nur in der Kirche und nur aus dem Gesangbuch spielen. Eine Ausnahme macht sie allein mit dem jiddischen Gesangbuch von Mrs. Luvovitz, das mindeste, was sie für eine Freundin tun kann, die ihr so viel gegeben hat. Schließlich ist es derselbe Gott.

Elf Monate später ist Mrs. Luvovitz wieder zur Stelle, als Materia Frances zur Welt bringt. Ein Glück, denn Frances liegt mit den Füßen nach vorn. Mrs. Luvovitz faßt hinein und dreht sie um. Gar kein so großer Unterschied zwischen einem Kalb und einem Kind. Frances kommt mit einer »Glückshaube« zur Welt. Ein besonders gutes Omen für ein Inselkind, denn sie bewahrt vor dem Ertrinken.

Frances sieht wie ein kleines Mickerchen aus, und sie ist so kahl wie ein Ei. Das muß wohl daran liegen, denkt sich Materia, daß sie zu kurz nach Mercedes wieder schwanger wurde, als ihr Schoß noch nicht wieder aufgefüllt war. Und ihre Milch fließt spärlicher. Noch ein Grund mehr, auch dieses Kind zu lieben.

Frances wird im Empire Theatre an der Plummer Avenue getauft, dem vorübergehenden Domizil der neuen katholischen Kirche Our Lady of Mount Carmel.

Mercedes ist ein liebes Baby, betrachtet alles aufmerksam mit ihren braunen Augen, schläft, wenn sie schlafen soll, will selbst ihre Tasse halten und keinen Tropfen verschütten. Frances lacht, als sie sieben Wochen alt ist.

Offiziell wird die Stadt 1913 geboren. Wie Frances. Jetzt hat die Boomtown einen Namen: New Waterford.

James empfindet den üblichen Stolz eines Mannes, dessen Familie immer größer wird. Er arbeitet in Doppelschichten, aber das kleine Opfer bringt er gern. Die beiden Kleinen sind der Beweis. Seinen Dämon hat er jetzt so weit überwunden, daß er sich folgendes überlegen kann: Er war überarbeitet. Er hat seine Tochter versehentlich geschlagen und sich furchtbar aufgeregt. In der anschließenden Panik kam es zu einem körperlichen Zwischenfall. Unwichtig. Erhängte kriegen einen Steifen, du liebe Güte.

Materia ist wieder schwanger.

James sieht erfreut, daß seine Frau endlich zur Vernunft gekommen ist. Kein Spazierengehen und Brabbeln am Strand mehr. Keine zermürbenden Szenen mehr wie damals, als sie auf dem Dachboden hockte, den Kopf in der Wäschetruhe, fest schlafend oder weggetreten. Er hört sie jetzt auch nie mehr auf das Klavier einhämmern, wenn er von der Arbeit nach Hause kommt. Eine Religionsfanatikerin, sicher, aber Frauen sind nun mal so. Und nach der Geburt wird sie ihre Figur wieder zurückbekommen.

Die beiden Kleinen machen sich prächtig, Mercedes gibt einem Püppchen die Brust und gurrt Frances etwas vor. Frances hat jetzt Haare. Goldene Locken, haselnußbraune Augen mit lachenden grünen Fünkchen, erstes Wort: »Buhh!«

Es regnet den ganzen Winter. Die Plummer Avenue ist ein Schlammfluß, aber die Pipers haben reichlich Kohle, um die Feuchtigkeit zu vertreiben. Das Feuer brennt, und die Heizkörper springen in dem Moment an, wenn Kathleen von der Schule nach Hause kommt.

Materia beobachtet, wie Kathleen die Treppe zu ihrem Zimmer hinaufsteigt, geht dann in die Küche zurück und mischt Mehl und Wasser für Klöße, während James sich an der Küchenpumpe wäscht. Sie beobachtet, wie er ins Wohnzimmer geht, schon ganz in seinen *Halifax Herald* vertieft: *Neues aus Merry Old England: Die britische Flagge, der Union Jack, entfaltete sich bei jedem Ticken der Uhr seit 1880 über drei Morgen neuen Territoriums ...*

Fünf Minuten später wischt sich Materia die Hände an der Schürze ab und wirft aus dem Halbdunkel der vorderen Diele kurz einen Blick auf James. Ja, er sitzt glücklich im Ohrensessel unter der Leselampe ... *Sozodont: Gut für schlechte Zähne, nicht schlecht für gute Zähne ...*

Materia kehrt in die Küche zurück, wo das Abendessen vor sich hin köchelt und Mercedes Frances in der Wiege schaukelt. Sie deckt den Tisch. Zwölf Minuten später geht sie die Treppe hinauf, um durch den zentimeterschmalen Türschlitz zu spähen, den Kathleen offengelassen hat – das Mädchen hat die schlechte Angewohnheit, sich in ihrer Unterwäsche herumzurekeln, sich beim Lesen malerisch auf ihrem Bett zu drapieren, beim Haarebürsten Zehenabdrücke in der weichen Strukturtapete zu hinterlassen und dabei verschiedene Akzente zu üben ... Ja, sie ist allein. Leise zieht Materia die Tür zu, macht kehrt und geht die Treppe hinunter bis in den Keller, um den Heizkessel zu schüren. Für die Orchidee im ersten Stock kann das Haus nie warm genug sein.

Zurück in der Küche, bereitet Materia eine heiße Zitrone mit Honig zu und geht erneut durch die Diele – James döst jetzt in seinem Sessel, die Zeitung ist auf den Fußboden gerutscht, *Serbien verstimmt ...* – weiter die Treppe rauf, sie macht Kathleens Tür auf – »Mutter!

Kannst du nicht klopfen?« –, überreicht der jungen Dame ihren belebenden Aperitif und sieht zu, wie sie aus der dampfenden Tasse schlürft. Eine grünliche Ader schimmert unter der Haut auf Kathleens lilienweißem Hals, von der Hitze hervorgelockt. Eine weitere gleitet aus dem Knick ihrer Achselhöhle und verschwindet unter dem reinseidenen Bettjäckchen. Röte breitet sich von ihren Wangen über ihren Hals aus und ergießt sich über ihre Brust.

Materia stapft wieder in die Küche hinunter, rührt im Topf und ruft: »Abendessen fertig!«

James rappelt sich auf und erscheint händereibend bei Tisch … »Hier riecht es aber wirklich gut.«

Materia ruft noch einmal Kathleen, die, lose in einen Kimono gehüllt, hereinschneit – »Mußt du so schreien? Hier bin ich ja« – und sich auf einen Stuhl flezt. »Was gibt's denn heute?«

Materia erwidert: »Eintopf.«

»Junge, Junge«, sagt James.

Kathleen stöhnt, er lacht. »Ist gut für dich, alter Kumpel, das gibt Haare auf der Brust.«

Kathleen verdreht die Augen, er ist so geschmacklos.

Echte Cape-Breton-Küche. Kartoffeln, Rüben, Kohl, Möhren und, wenn man das Geld hat, reichlich Schweinshaxen. Wurde einem das je richtig zubereitet vorgesetzt, läuft einem beim bloßen Gedanken daran das Wasser im Mund zusammen. Materia übertrifft sich weiterhin selbst am Herd; was sie auch anfaßt, es wird zum Gaumenschmaus. Sie schleppt den Topf zum Tisch und teilt große Portionen aus.

Kathleen ist zur Zeit Engländerin. »Für mich bitte keinen Kohl, liebe Mutter, *je refuse*.«

James ist belustigt. Er sieht zu, wie sie im Essen auf ihrem Teller herumstochert, und steht nach einer Anstandspause auf, um ihr einen Käsetoast zu machen.

Materia ißt ihren Teller leer, dann Kathleens, und tunkt die Brühe mit Brot auf. James vermeidet es, sie anzusehen

– wie sie langsam und über ihren Teller gebeugt kaut –,
und versucht den Gedanken zu verscheuchen, aber es
gelingt ihm nicht: wie eine Kuh. Kathleen knabbert ihren
Käsetoast und läßt die Rinde übrig. Prinzessin auf der
Erbse.

James hat den Dämon vielleicht vergessen, aber Materia
nicht. Sie hat ihn gesehen. Der Dämon hat sie angesehen.
Er wird wiederkommen, das weiß sie. Materia hat jetzt
zwei richtige Töchter, die sie liebt, also ist alles sonnenklar. Eine Novene folgt auf die andere, sie schreitet
kilometerlang die Kreuzwegstationen ab, meditiert über
den Mysterien – freudenreich, schmerzensreich und glor-
reich – des Rosenkranzes. Erreicht partielle Ablässe, hofft
nicht auf einen vollständigen Ablaß, da sie trotz häufiger
Beichten nie von ihrer Nähe zur Sünde loskommt.

Die schöne, zweieinhalb Meter hohe Maria mit ihrem
blauen Mantel und dem liebreichen bekümmerten Antlitz
wurde aus Lingan in die neu errichtete Our-Lady-of-
Mount-Carmel-Kirche nach New Waterford gebracht, wo
sie mit ihrem Jesuskind und der Schlange in ihrer eigenen
Nische residiert.

Im kühlen Dunkel, die Luft schwach von süßen
Weihrauchschwaden durchzogen, kniet Materia zu Füßen
Unserer Lieben Frau und betet, James möge so lange wie
möglich von seinem Dämon verschont bleiben. Sie betet
zu dem Dämon. Und zündet noch eine Kerze für ihn an.

Es ist ein Jahrhundertfrühling, so heiß, daß Materia sich
kaum noch bewegen kann; sie ist kugelrund. Was mag
dadrin sein, fragt sich James. Sieht aus, als brüte sie eine
Kanonenkugel von vierzig Zentimetern Durchmesser aus.
Trotzdem geht sie jeden Vormittag, mit ihren beiden Kindern in Kathleens altem englischen Kinderwagen, zur
Kirche. Mrs. MacIsaac sieht zu, wie sie sich am Drug-
store-Schaufenster vorbeischiebt, und sorgt sich um sie:
Niemand sollte Gott so nahestehen. Mr. MacIsaac winkt

sie auf eine Himbeerlimonade herein. Materia lehnt ab, ihr wird von allem übel, aber die Kleinen trinken, bis sie rosa Schnurrbärte haben.

Je mehr sie auseinandergeht, desto inniger betet sie, denn James hat wieder aufgehört, sich ihr zu nähern, und Kathleen wird von Tag zu Tag hübscher und unbekümmerter. Materia beobachtet, wie beide die Köpfe über einer Addition auf der Schiefertafel zusammenstecken; sieht Kathleen in ihrem neuesten Kleid vor ihm herumstolzieren. Beobachtet seine Miene, wenn das Mädchen nur für ihn singt.

Von ihren Fleischmassen halb erdrückt, kann Materia kaum noch tief durchatmen. Ab Juni schläft sie auf der Küchenliege, kein Treppensteigen mehr. Dieses Baby entzieht ihr den Lebenssaft ... Ihren Mann und die Tochter kann sie nicht mehr kontrollieren, nicht in diesem Zustand.

Da ihr nichts mehr paßt, nimmt sie drei alte Kleider und schneidert sich eins daraus: vorne ein Rosenknospenmuster, an den Seiten grüner Taft und hinten kariert. Verbringt einen bequemen Tag darin, doch als James nach Hause kommt, heißt es: »Was in Herrgotts Namen hast du da an?«

Sie bittet ihn um Geld, kauft einen verbilligten Ballen grellgeblümten Kattun und näht sich mit Mrs. Luvovitzens Hilfe drei weite Kleider. Mrs. Luvovitz bietet ihr statt dessen mehrere Meter hellblauen Musselin an, aber Materia lehnt ab. Ihr gefallen die Blumen. James schüttelt den Kopf, enthält sich aber jeder Bemerkung.

Zu dieser Zeit murmelt Materia ununterbrochen vor sich hin, ihre Lippen bewegen sich unablässig, ob sie nun einen Strumpf stopft oder eine Windel wechselt. Am schlimmsten ist es, wenn sie sich im Schneckentempo durch die Stadt zur Kirche bewegt.

»Du sollst nicht die Plummer Avenue rauflatschen und dabei Selbstgespräche führen, Missus.«

»Ich nicht rede mit mir.«

»Mit wem denn dann?«
»Maria.«
Grundgütiger.

Materia sieht wieder, wie der Dämon sie vom Eingang seines Feuerofens aus angrinst. Tag und Nacht sondert sie
eine dünne Hülle aus Gebeten ab, in die sie Kathleen ein-
spinnt. Den Körper ihrer Tochter sieht sie in seinem
Kokon schweben, die grünen Augen geöffnet. Doch niemand kann ewig weben, und Kokons müssen nachgeben
und entweder einen Schmetterling oder eine Beute freige-
ben. Was kann sie noch opfern? Ihre Musik hat sie vor
langer Zeit geopfert. Sie hätte ihr Fleisch kasteit, wenn das
ihrem ungeborenen Kind nicht schaden würde. Sie hat
keine Eitelkeit mehr übrig, die sie hingeben könnte, also
bietet sie ihr Fett, die schäbigen Gewänder auf ihrem Leib,
ihre dünn gewordenen Locken an. Doch das genügt dem
Dämon nicht.

Im kühlen Dunkel der Mount-Carmel-Kirche sieht
Materia in das schmale grüne Gesicht der Schlange und
bekreuzigt sich. Neben ihr kniet Klein Mercedes, die winzigen, weißbehandschuhten Hände um ihre eigenen
Rosenkranzperlen gefaltet. Hinter ihnen krabbelt Baby
Frances unter die Kirchenbänke, zieht ihr Kleidchen im
Staub hinter sich her und findet glitzernde Dinge. Materia
sieht der Schlange fest in die roten Augen und schachert:
Wenn der Dämon sich mit einer Tochter zufriedengibt,
gestattet Materia ihm, sich Kathleen zu nehmen, wenn es
soweit ist. Der Dämon grinst. Ist einverstanden.

Dann sieht Materia zum erhabenen Alabasterantlitz
Unserer Lieben Frau auf und bittet sie, den Dämon noch
etwas aufzuhalten. Materia sagt das Memorare auf:
»Milde Königin, gedenke, daß nie auf Erden ein Pilger zu
dir wanderte, ohne erhört zu werden. Wer deiner nicht
vergißt und zu dir um Schutz flieht, dem ist selbst das
Drohen der Hölle nichtig. Mutter, Jungfrau der Jungfrauen, voll Vertrauen eile ich hin zu dir, zu dir komme

ich, vor dir stehe ich, sündig und weinend knie ich dir zu Füßen; o Maria, Mutter des Wortes, verwehre nicht, was ich gläubig bitte, sondern höre meine Worte gnädig an. Amen.«

Unsere Liebe Frau läßt sich etwas einfallen. Sie ist uns armen Sündern gnädig.

DAS DRITTE GEHEIMNIS VON FATIMA

> »Ich wüßte zu gern«, bemerkte Emma, »ob
> gebildete Katholiken tatsächlich an all die
> seltsamen Wunder glauben, die ihre Heiligen
> vollbracht haben sollen.«
> Claudia, von E. D. A. E.

Der Juli ist drückend heiß. Sie haben Gemüse genug, um
eine ganze Armee zu versorgen. Die Vogelscheuche
schmort vor sich hin in James' ausrangierten Grubenstiefeln und Materias zusammengewürfeltem Gewand aus
Rosenknopsen, Taft und Schottenkaro, den Filzhut wie
immer schief auf dem kahlen Schädel. Wer schon mal
seine Hand in einen Heuhaufen gesteckt und gleich darauf
wie aus einem heißen Backofen wieder herausgezogen hat,
der weiß, wozu Stroh imstande ist. Leise speichert Pete die
Hitze. James bewässert den Garten mit Bachwasser. Materia füllt ein Einmachglas nach dem anderen und klebt das
Etikett »Sommer 1914« drauf.

James geht nicht zum Baseballspiel am 3. August und
verpaßt daher all die Aufregung um den Sieg von New
Waterford über Sydney, doch am nächsten Tag wird er auf
der ersten Seite der *Post* davon lesen. James hat so schon
genug zu tun, mit seiner Arbeit, dem Garten und seiner
Tochter. Deshalb geht er nicht zu Ballturnieren und setzt
sich auch nicht zu Fachsimpeleien über Politik vorne in
MacIsaacs Laden oder zu einem Kartenspiel ins Hinterzimmer.

Auf diese Weise durchkreuzt er die Bemühungen von
fast ganz New Waterford, ihn nie vergessen zu lassen: einmal Streikbrecher, immer Streikbrecher.

James schlendert die Plummer Avenue hinauf, um sich

die Zeitung zu kaufen. Den Wagen nimmt er nicht mehr, denn warum soll er nicht durch die Stadt gehen? Er hat hier gewohnt, bevor es überhaupt eine Stadt war, bevor ein Kohlebergwerk oder auch nur ein einziger Bergmann hierherkamen.

Aus einem Häuserblock Entfernung könnte man meinen, James ginge auf Wasser, aber das ist nur die glänzende Schlacke. An diesem Nachmittag regt sich nichts, und ganz bestimmt kein Lüftchen. Wer nicht an den Strand geflüchtet ist, hockt still auf seiner Veranda vor dem Haus, die Füße in einem Kübel mit Eiswasser. Dies eine Mal ist Arbeit unter Tage der reinste Segen.

Wie immer ist James wie ein Gentleman gekleidet. Nur ein wildes Tier oder ein nicht ganz zivilisierter Mensch paßt sich blind den Launen der Natur an. Sollen sich doch die halbgebildeten Massen bis aufs Unterhemd ausziehen, da liegt nämlich die Wurzel ihres Übels. Also schlendert er kühl in die Stadt. Gurke in einem Schurwollanzug.

Er kauft die *Post* bei MacIsaac, wo ein paar alte Herrschaften herumsitzen und gelegentlich blinzeln. Hinter der Kasse schläft MacIsaac tief und fest. James läßt seine Münzen auf die Theke fallen, wirft im Hinausgehen einen Blick auf die Schlagzeile und kann einen Anflug von Bürgerstolz über den großen Baseballsieg seiner Stadt nicht unterdrücken.

Die Blicke der Alten begleiten ihn zur Tür hinaus, dann beenden die Alten ihr Schweigen, um zu überlegen, was einen Mann wohl befähigt, gegen sengende Hitze unempfindlich zu sein.

An der Ecke Seventh Street bimmelt eine alte Frau aus der Karibik mit einer Glocke; sie verkauft Apfelsinen aus einem Handkarren. Oben auf ihrer Obstpyramide thronen ein paar aufgeschlitzte Ansichtsexemplare. Blutroter Saft. James kauft eine.

Die Sonne geht allmählich unter, der kühlende Abend zieht herauf. Lilien atmen auf, und blauer Duft liegt in der Luft. Ein Hund bellt, hat sich erholt von der Hitze, und jemand stimmt auf der Geige einen langsamen schottischen Tanz an, denn für einen Reel ist es noch zu heiß. James biegt gerade rechtzeitig in die Water Street ein, um zu sehen, wie Leo Taylor mit seinem Einspänner bei ihm zu Hause vorfährt. Kathleen ist von ihrer Probe zurück. Sie wartet, während Taylor vom Wagen springt und das Trittbrett für sie herunterläßt. Mit der Grazie einer geborenen Aristokratin steigt sie aus dem Wagen. Taylor sagt kein Wort und Kathleen auch nicht, sie sieht ihn nicht einmal an.

In solchen Augenblicken schwelgt James. Die Sonne verglüht im Westen und überschüttet diese Insel mit kostbaren rosenroten und bernsteingelben Farbtönen ... In solch einem Moment steckt das ganze Leben. Gott in seinem Himmel, ich in meinem.

Kathleen sieht James, läuft auf ihn zu, als wäre sie wieder sieben, und bricht einen Bann, nur um ihn mit einem neuen zu belegen. Sie ist so aufgeregt, so nervös. »Ich könnte kotzen!«

»Einige der besten Sängerinnen übergeben sich vor jedem Auftritt«, sagt James zu ihr.

Sie lacht, entzückt und angeekelt, und durchwühlt seine Taschen nach der Überraschung, die er ihr, wie sie weiß, mitbringt. Gefunden! Eine Apfelsine, in der Zeitung versteckt.

Sie übt seit Wochen. Heute abend wird sie zum erstenmal öffentlich vor zahlendem Publikum singen. Nur im Mädchengymnasium von Sydney. Nur mit Amateuren und vor einheimischem Publikum. Aber immerhin, Auftritt ist Auftritt.

»Sing immer, als wärst du in der Met«, sagt James. »Sing, als wärst du in der Scala, und vergiß nie dein Publikum.«

Sie nennen es nicht Debüt. Doch eine Premiere ist es allemal. Und beiden flattern die Nerven.

Dieser Abend:

DIE ORPHEUS-GESELLSCHAFT ZU SIDNEY PRÄSENTIERT

ELEGANTE SPEZIAL-BÜHNENBILDER
MECHANISCHE VORRICHTUNGEN OHNEGLEICHEN
GEHEIMNISVOLLE ELEKTRISCHE EFFEKTE IN
EINER ÄUSSERST VERDIENSTVOLLEN DARBIETUNG VON

HÖHEPUNKTEN DER KLASSISCHEN OPER

Don Juan verschwindet in einem Auflodern bengalischer Lichter, wird von einer Statue in die Hölle gezerrt. Schweigen. Applaus. »Bravo!« »Zugabe!« »Gib's ihr, alter Knabe!« Die Aula ist brechend voll, nur Stehplätze. Sie haben gesehen, wie Tosca den Scarpia erdolcht und gleich anschließend ins Leere über der Bühne entschwindet. Auf Sevilla folgte Nagasaki, Frauen als Schlafwandlerinnen, begraben in Ägypten, in brauner Körperfarbe, um sich dann am Tag ihrer Hochzeit zu erdolchen und verrückt zu werden. Nur die Höhepunkte. P A U S E. Ventilatoren rotieren an der Deckenkuppel, wo sich grüne Blätterlauben und geschminkte junge Männer über Gewässer neigen, in denen es von Nymphen nur so wimmelt. Darunter geht ein fröhliches Summen durch die Reihen der Zuschauer, die sich von ihren Holzsitzen erheben und in das Foyer eilen, wo Tee mit Dattelplätzchen und kleinen Union Jacks serviert wird.

James bleibt, wo er ist, sein Gesicht glänzt vor Ungeduld und ängstlicher Erwartung, die letzte Stunde grotesken Schnaufens und Schwitzens auf der winzigen Bühne hat ihm den Magen halb umgedreht. Schwester Saint Cecilia legt eine Hand auf seinen Ärmel, aber er merkt es nicht. Sie steht auf, rauscht ab, um sich ein Täßchen zu holen, und denkt, es ist doch schade und sogar fast ein wenig seltsam, daß die Mutter des Mädchens heute abend nicht hiersein kann. Sie hatte sich darauf gefreut, Mrs. Piper endlich kennenzulernen und sie zu einer so begabten

Tochter zu beglückwünschen. James hat zwar das Gefühl, er könnte dringend frische Luft brauchen, ist aber an seinem Platz wie angewachsen. Er verspürt nicht den Wunsch, sich unter das unbedarfte Volk zu mischen und sich dessen Geschwätz anzuhören. Kathleen ist nach der Pause an der Reihe.

Von James unbemerkt, schlüpft eine kleine, dunkle runde Frau mit grauem Dutt, eine große junge Schwarze neben sich, in die Halle. Mrs. Mahmoud ist hier, weil Benny sie am Vormittag beliefert hat. All die Jahre hat sie erfolgreich ihren Wunsch unterdrückt, vor Holy Angels zu warten, um einen Blick auf Kathleen zu werfen. Sie hat es geschafft, ihrer Tochter nie einen Brief oder eine Nachricht durch Benny übermitteln zu lassen. Doch heute abend ist Mrs. Mahmoud hierhergekommen, weil sie unbedingt ihre Enkelin singen hören muß. Und ihr Hausmädchen Teresa ist froh, sie begleiten zu dürfen, denn sie weiß gehobene Unterhaltung zu schätzen.

»Meine Damen und Herren, bitte nehmen Sie zum zweiten Programmteil die Plätze ein.« Das Publikum kommt murmelnd wieder herein – die Hautevolee von Sydney, außerdem jede Menge Musikliebhaber. Die »Sydney Symphonette« stimmt ihre Instrumente. Die Saalbeleuchtung wird schwächer. Der Inspizient zündet mit einer langen Kerze das Rampenlicht an. Der Vorhang hebt sich. Ein Innenhof. Ein mitternächtlicher Mond. Ein Springbrunnen. Efeu und Kletterrosen. Eine Pappkatze, deren Augen auf und zu klappen und deren eine Pfote sich hin und her bewegt … James ärgert sich, wir sind wegen der Musik hier, nicht wegen billiger Bühneneffekte. Ein Buckliger mit Schellenkappe hinkt wichtigtuerisch auf die Bühne. Das Blut weicht aus James' Händen, während er wartet, jede Sehne in seinem Körper straff gespannt wie die Saiten der ersten Geige.

Das Orchester bekommt sie als erstes zu sehen. Dann tritt sie hinter dem gemalten Wasserstrahl hervor. Leuchtend. Kathleen. In einem fließenden weißen Gewand, ihr offenes Haar ein feuriger Glorienschein. James beugt sich etwas vor … Halt, halt, haltet alle ein und seht. Bevor ihr hört. Du dort oben mit dem bimmelnden Hut, gib Ruhe.

Rigoletto ruft: »*Figlia!*« Sie fliegt in seine Arme; »*Mio padre!*« Vater und Tochter umarmen sich. Weinend versichern sie sich ihrer Liebe, sie fragt ihn nach seinem richtigen Namen – »Genug, ich bin dein Vater!«

Sie fragt, wer ihre Mutter war und was aus ihr geworden ist.

(Con effusione) »Ach, sie ruht nun im Grabe.«

»Ach, welch bitterer Schmerz – *quanto dolor* – zerreißt, o Vater, dein armes Herz!« Doch er kann ihr nichts sagen, er liebt sie zu sehr. So sehr, daß er sie hier oben eingesperrt hat …

»Du gehst nicht aus?«

»Nur in die Kirche!«

»So ist es gut!«

… so sehr, daß er sie in einen Sack stecken und aus Versehen erdolchen wird *(Orror!),* doch das kommt später. Jetzt erst mal:

> »*Quanto affetto! Quali cure!*
> *che temete, padre mio?*
> *Lassù in cielo presso Dio,*
> *veglia un angiol protettor …*«

Bei den ersten Tönen durchläuft ein Schauer die Menge; Nackenhaare sträuben sich; Gewebe macht sich selbständig und richtet sich unter perlenbesetzten Hemdbrüsten und matronenhaften Miedern, ja selbst in den fernsten Falten von Nonnengewändern ungefragt auf. Zweierlei kann solch einen Schauer bewirken: eine schöne Stimme und jemand, der auf deinem Grab herumläuft. Doch nur erstere erlaubt es einem, diesen Schauer mit einem vollbesetzten Saal zu teilen.

Während das Lied emporsteigt, verschwindet die Aula, und die Hitze schmilzt dahin. James kann die Tränen nicht zurückhalten. Erst ist es ihm peinlich, dann merkt er, daß auch andere sich die Augen wischen. Es hat nichts mit dem in einer fremden Sprache gesungenen Text zu tun oder mit der Geschichte, die den meisten unbekannt ist. Sondern damit, daß eine echte und schöne Stimme einem zart die Brust aufreißt und das schlagende Herz an eine blanke Klinge hält, bis man sich danach sehnt, durchbohrt zu werden. Denn die Stimme ist alles, woran du dich nicht erinnerst. Alles, ohne das du eigentlich nicht leben kannst, was du aber tragischerweise doch tust.

> » ...Da noi toglie le sventure
> di mia madre i priego santo;
> non fia mai divelto o franto
> questo a voi diletto fior.«

Die Cavatina geht zu Ende, ein schlichtes Lied. Im Saal herrscht Stille, voll des Friedens, der auf Musik folgen und den Zuhörern erlauben kann, einen Moment lang ihre Todfeinde zu vergessen, das Fleisch und die Zeit.

Der Vorhang fällt. Applaus. James läßt Schwester Saint Cecilias Hand los. »Verzeihung, Schwester.«

Lächelnd überprüft sie verstohlen das Zusammenspiel von siebenundzwanzig gequetschten Knochen.

Der Bariton im Kostüm eines Buckligen watschelt vor und verneigt sich tief mit all der Demut einer Knallcharge par excellence, aber James beachtet ihn nicht ... Da kommt sie! Der Beifall brandet auf. »Brava!« ruft die Menge, »Bravissima!« »Gut gemacht!« Die Zuschauer erheben sich. Sie knickst, gelassen, würdevoll. James war noch nie so stolz. Bei allem Ehrgeiz seiner Jugend hätte er nie davon geträumt, von ihr, einem so einzigartigen Geschenk. Sie gehört der Welt, ist schon so gut wie fort, er weiß es und widersetzt sich nicht, sondern klatscht mit den anderen. Der Bariton nimmt ihre Hand und küßt sie – blödes Arschgesicht, scher dich fort –, und jeden Moment wird ein Bühnenarbeiter die Rosen bringen, die

James bestellt hat, er ist so gespannt auf ihren Gesichtsausdruck. Sie wird mit Gänseblümchen beworfen – James fährt herum, um den Schuldigen ausfindig zu machen, und sieht statt dessen direkt in die Augen seiner ihm fremd gewordenen Schwiegermutter. Das Hausmädchen Teresa sieht das fanatische weiße Gesicht mit den blauen Augen eines Jungen und den Knochen eines Raubvogels und fragt sich, was das für einer ist, der Mrs. Mahmoud so anstarrt.

Inzwischen läuft der Junge, der die Gänseblümchen geworfen hat, zur Bühne, ein schwarzhaariger Lümmel, kaum seinen kurzen Hosen entwachsen. Im Saal wird weiter applaudiert. James dreht sich nach vorn um und sieht, wie sich der Knabe auf die Bühne schwingt und seine Tochter auf die Wange küßt. Aufruhr, Gelächter, mehr Beifall; der junge Bursche läuft rosa an und fällt lächelnd vor ihr auf die Knie. Sie schlägt ihn mit einem Gänseblümchen zum Ritter, James arbeitet sich durch den Gang vor, um dem Treiben ein Ende zu machen, doch da …
»Meine Damen und Herren, darf ich sofort um Ihre Aufmerksamkeit bitten!«

Der grauhaarige Mr. Foss, Vorsitzender der Orpheus-Gesellschaft, bimmelt hinten im Saal mit einer Handglocke. Mitten zwischen den Blechbläsern bleibt James stehen. Das Lärmen in der Menge verstummt. Aller Augen ruhen auf Mr. Foss, der nach einem Räuspern aus seinem schmalen Hals mit einer zu Hoffnung und Ehre passenden schrillen Würde verkündet: »Soeben hat die Redaktionsräume der *Sydney Post* ein Telegramm des Provinzparlaments in Halifax erreicht. Heute hat Großbritannien Deutschland den Krieg erklärt. Kanada wird dem Ruf seines Vaterlandes in der Stunde der Not Folge leisten. Meine Damen und Herren. Wir befinden uns im Kriegszustand.«

Vier Jahre später werden zwei Schweigeminuten folgen, doch jetzt ist es der Bruchteil einer Viertelnote, durchbrochen von dem Knaben auf der Bühne, der *con spirito* auf die Beine springt und drei Hurrarufe in die Luft schleudert und danach eine Handvoll Blütenblätter. Die

Sydney Symphonette stimmt *God Save The King* an. Das Publikum fällt ein. James packt den Rand der Bühne, um sie zu stützen, denn sie kippt plötzlich seitlich weg.

Spät an diesem Abend, der Krieg ist zwölf Stunden alt, sitzt Kathleen an ihrer Frisierkommode und bürstet sich vor dem großen ovalen Spiegel die Haare. Sie ist nicht müde, wie könnte sie auch? Heute abend hat sie gesungen. Die Welt wird nie mehr so wie früher sein.

Wer ist das im Spiegel? Sie sieht sich zum erstenmal. Sie braucht kein gedämpftes Licht, nicht in ihrem Alter und bei ihrem Aussehen, die Wirkung der drei Kerzen ist also ganz hinreißend. Ihr Haar glitzert bei jedem Bürstenstrich. Das Kerzenlicht meißelt eine Nische in das Dunkel, das sie umgibt. Der Spiegel ist ein heiliger Weiher, in dem sie ihre Zukunft sieht: ihre vom Küssen geschwollenen Lippen, die liebkosenden Augen, komm mit mir in mein Reich auf dem Meeresgrund, und ich werde dich lieben.

Sie knöpft ihr Nachthemd auf. Meine schöne Kehle. Entblößt eine weiße Schulter, ohh. Teilt den Stoff, um ihre Brüste freizulegen, Matrose, hab acht. Ihr Bild schwimmt dicht unter dem dämmrigen Wasserspiegel, lockt sie über Bord.

Mit einer Hand verweilt sie über einer Brustwarze, die sich zu einem hitzesuchenden Punkt zusammenzieht und aufrichtet. Küßt ihre Handfläche, ein Auge auf den Spiegel gerichtet. Noch mal, und zwar mit der Zunge. Experimentiert mit einem weit ausgeschnittenen Dekolleté. Probiert Frisuren aus: Bubikopf, Milchmädchen, Wahnsinnige, Dryade. Und läßt ihr Haar offen über die Schultern fallen.

Es ist ein Selbstporträt, und die Künstlerin ist verliebt.

Ihre Mutter hat ihr eingeschärft, nicht zu lange in den Spiegel zu schauen. Gefällt dir zu gut, was du dort siehst, erscheint hinter dir der Teufel. Obwohl Kathleen weiß, daß das Unfug ist, hat es ihr schon immer Sorgen bereitet, und sie hat sich noch nie lange betrachtet. Aber heute abend ist sie übermütig. Fühlt sich stark genug, die Probe aufs Exempel zu machen.

Sie lächelt sich zu. Und erstarrt. Kann sich nicht bewegen, nicht wegsehen oder das auf ihrem Gesicht festfrierende Grinsen abstellen, bis es aussieht, als verhöhne sie sich. Da sieht sie ihn. Pete. In den Schatten hinter ihr. Seinen weichen ausgestopften Kopf. Seinen Hut. Die fehlenden Ohren. Das fehlende Gesicht. Sie wimmert. Pete beobachtet sie: *Hallo, du.* Sie hat ihre Stimme verloren, ist das ein Traum? Und sehnsüchtig: *Hallo, kleines Mädchen.* Sein fehlender Mund: *Hallo.*

Mit einem Schrei fliegt sie vom Satinhocker, hetzt blindlings durchs Zimmer, womöglich sogar durch Pete hindurch, rast durch die Tür, über den Flur, schreiend wie eine heranfliegende Granate zum Zimmer, in dem ihr Vater allein schläft. Sie läßt sich schwer auf sein Bett fallen und schluchzt: »Ich will heute bei dir schlafen!«

Er sitzt kerzengerade, bereit, einen Einbrecher zu töten, aber seine Fäuste verwandeln sich noch rechtzeitig in Hände, um sie an den Schultern zu fassen. Sie zittert.

»Pssst«, macht er.

Vorsichtig streichelt er im Dunkeln ihr Gesicht. Sein Daumen fährt über ihre Lippen. »Still jetzt.« Seine Hand legt sich um ihren warmen Nacken, »Still, mein Liebling.« Er küßt ihre Wange, ihr warmer Geruch … Er steigt aus dem Bett. Nimmt sie forsch an der Hand. »Jetzt komm mal schön mit, mein Sohn«. Marschiert schnell in die Küche hinunter, schaltet rasch das elektrische Licht an. Auf ihrer Liege ist Materia bereits wach. »Ein Alptraum, weiter nichts, schlaf wieder ein, Missus.« Heiße Milch mit Honig. »Das tut gut, alter Kumpel.«

Kathleen trinkt kleine Schlückchen und beruhigt sich, während er die Zeitung liest und Materia das vergilbende Linoleum anstarrt. Morgen wird sie das Wachs entfernen.

Wieder oben, schleift er ihre Matratze ins Kinderzimmer, wo Frances und Mercedes zusammengerollt in ihrem Bettchen schlafen. Kathleen sieht auf ihre Schwestern hinunter und empfindet zum erstenmal Liebe zu den beiden, niedliche Bündel aus Kleinkinder-Atemzügen und milchigen Träumen. Sie beugt sich nieder, um sie zu küssen. Als sie sich aufrichtet, hält Frances eine von Kathleens Locken mit ihrer Faust umklammert. Sanft öffnet Kathleen das Händchen und steckt es unter die Decke.

Sie legt sich in ihr Bett auf dem Fußboden und sagt zu ihrem Vater: »Geh nicht.«

James antwortet: »Ich bin ja hier«, stellt seinen Stuhl neben die Tür und läßt sie nicht aus den Augen, bis sie einschläft.

Am nächsten Tag überlistet James den Dämon zum zweitenmal. Er wird Freiwilliger.

Als James Materia erzählt, daß er sich gemeldet hat, bekreuzigt sie sich. Nur das nicht, denkt er und sagt bestimmt: »Du brauchst mich gar nicht erst zu bitten, daß ich bleibe, ich habe schon unterschrieben.« Sie geht geradewegs zur Kirche. James schüttelt den Kopf. Da könnte sie auch gleich zum Kaiser beten, das würde genausoviel helfen. Er zieht in den Krieg, so viel steht fest.

Materia kommt in der Mount-Carmel-Kirche an und eilt zur Nische der Maria. Dort wirft sie sich zu Boden, so gut sie das mit ihrer Leibesfrucht kann, und dankt Unserer Lieben Frau, daß sie den Krieg geschickt hat.

James beschließt, es könne nicht schaden, wenn er ein Foto von Kathleen mit in den Krieg nimmt. Er bestellt einen Jungen von Wheeler zu sich nach New Waterford. Er will sich an sie in ihrer gewohnten Umgebung erinnern, nicht vor einer starren Kulisse, im Hintergrund unechte Antike. Lebensecht. Sich selbst ähnlich.

Am siebten August kommt Wheelers Assistent kurz nach Schulschluß in Leo Taylors Wagen angefahren, seine Ausrüstung zwischen sich und Kathleen aufgetürmt.

»Stellen Sie ihn hier draußen auf«, sagt James, »vor dem Haus, es ist so ein schöner Tag.«

Der Fotograf visiert durch einen Kreis aus Daumen und Zeigefinger Kathleen, die reglos auf der Veranda steht, die Hände gefaltet und die Füße in der fünften Position.

»So ist es wunderhübsch, Miss Piper, wirklich wunderhübsch.«

Während Taylor den Wagen ablädt, tritt James näher und sagt leise zu ihm: »Von nun an, Taylor, sitzen alle männlichen Mitfahrer vorne auf dem Bock neben Ihnen.«

»Jawohl, Sir.«

Taylor schleppt den Kamerakasten über den Hof, das lange schwarze Tuch schleift hinterher. »Wie der abgetrennte Kopf einer Nonne«, denkt Kathleen, die sich darin gefällt, makaber zu sein. Der Fotograf schreitet vor ihr einen Bogen ab, um genau die richtige Einstellung zu finden, und Taylor mit der Ausrüstung hinterdrein. Kathleen steht in ihrer Holy-Angels-Uniform still da. James hat ihr gesagt, sie brauche sich nicht umzuziehen.

»Wunderbar, jetzt einfach so bleiben, Miss Piper.«

Der Fotograf rammt das Stativ in die Erde und verschwindet unter dem schwarzen Tuch. Taylor hält einen schwarzen Karton schräg über die Linse. Warten. Kathleen bewegt keinen Muskel, bis es *Klick* macht.

»Miss Piper, ich muß Sie leider bitten, stillzustehen.«

»Verzeihung, ich wußte nicht, daß Sie gerade aufnehmen.«

»Möchten Sie sich kurz die Beine vertreten?«

»Nein.«

Kathleen faltet noch einmal die Hände und lächelt.

Scheinbar endlos lange stellt der Fotograf die Linse ein. Kathleen murmelt aus dem Mundwinkel: »Mach die Aufnahme«, gerade als es *Klick* macht …

»Miss Piper, bitte.«

»Verzeihung, es tut mir leid, diesmal bewege ich mich bestimmt nicht.«

Sprödes Lächeln, der Blick wird glasig, eine Ewigkeit vergeht; ihre Gedanken schweifen ab, sie stellt sich die Erdkundelehrerin, Schwester Saint Monica, ohne ihren Schleier vor, ob sie drunter kahlköpfig ist? Gehen Nonnen aufs Klo? Kathleen kratzt sich genau in dem Moment an der Nase, als es *Klick* macht.

Der Fotograf reckt seinen Kopf unter dem schwarzen Tuch hervor. »Es ist keine Filmkamera, Miss Piper.«

James fängt Kathleens Blick auf und zwinkert. Sie grinst. Der Fotograf verschwindet noch einmal hinter der Kamera, »So ist es hübsch, Miss Piper, wunderbar, eins … zwei … drei …«

James schleicht sich hinter die Kamera und zieht eine schielende Grimasse in Richtung Kathleen. Sie kippt vornüber, die Hände auf den Knien, und lacht in die Kamera, »Daddy!«, und im selben Augenblick taucht Materia im Fenster hinter ihr auf und winkt – *Klick*. Durch die Linse sieht man Materias Hand wie abgetrennt ins Licht kommen und Kathleens verwackelte Haare umrahmen. Materia hält offenbar etwas Glänzendes in der Hand.

»Ich gebe es auf!« Der Fotograf klappt sein Stativ zusammen. »Sie sind mir nichts schuldig, Mr. Piper, außer für den Film, ich habe überhaupt nichts drauf gekriegt.«

»Machen Sie einen Abzug von dem letzten, Mann, ich bezahl's Ihnen.«

Leo Taylor packt die Ausrüstung wieder in seinen Wagen. Er ist ein wenig überrascht. Er hat Mr. Piper noch nie anders als ernst erlebt. Was Mr. Piper angeht, hat Leo schon immer etwas gespürt – etwas, was man bei bestimmten Hunden spürt. Man sieht ihnen besser nicht in die Augen, macht sie nicht mit ruckhaften Bewegungen nervös. Und da albert dieser Mr. Piper hier mit seiner Tochter herum, als wäre er ihr Bruder oder ihr Kavalier.

James und Kathleen lachen immer noch, als der Einspänner in einer sepiabraunen Wolke davonrollt und Materia mit der Schere ans Fenster klopft.

»Abendessen«, sagt James.

»Was gibt's?«

»Steak-und-Nieren-Pastete.«

»Igitt.«

Er zerzaust ihr die Haare, und sie gehen rein.

Mit dem Kind stimmte von Anfang an etwas nicht. Zunächst einmal schrie es fast überhaupt nicht. Gab Laute von sich wie ein nasses Kätzchen. Also war es vielleicht besser so. Tragisch war, daß weder Materia noch James oder gar Mrs. Luvovitz daran gedacht hatten, es rechtzeitig taufen zu lassen. Warum auch? Es war ihm nichts anzusehen, es war sogar ein großes Kind. Vollständig ausgetragen, geboren einen Tag nachdem Kathleen fotografiert wurde. Hatte Materia ihm Schaden zugefügt, als sie sich ein paar Tage zuvor vor den Gipsfüßen der Jungfrau Maria zu Boden warf? Diese Vorstellung mutet eigenartig an. Und ein wenig blasphemisch. Nein, es war ein großes Kind mit gutem, gesundem Herzschlag, und es lebte drei Tage – ehe es starb, keiner weiß, warum. Plötzlicher Kindstod. So etwas passiert einfach, Kinder hören auf, warum? Es ist ein Geheimnis. Als würden sie ankommen, sich mit ihren blinden Äuglein umsehen und beschließen, daß sie nicht bleiben wollen.

Materia hatte es Lily genannt, aber man kann nicht sagen, daß es einen richtigen Namen trug; es war noch nicht getauft und deshalb niemand, und so wurde es verbrannt. James brachte es, in einer Apfelsinenkiste in ein Laken gewickelt – er war ein wenig benommen –, zu dem firmeneigenen Doppelhaus an der King Street, das als Krankenstation diente.

Eine Beerdigung kam nicht in Frage. Trauer kam nicht in Frage. Dies war die andere Lily, vor der Lily, die am Leben blieb, um zweimal getauft zu werden, als wollte man das Versäumte nachholen. Die andere Lily.

Über so ein Baby muß man einfach hinwegkommen. Man läßt den Kopf nicht hängen, es hat nicht sein sollen.

102

Betet nicht, Gebete erreichen den Limbus nicht. Bleibt fest im Glauben, Gott verfolgte eine Absicht. Wahrscheinlich wollte er euch prüfen. Gott mutet uns nie mehr zu, als wir ertragen können. Opfere es. Vergiß nicht, es war wieder ein Mädchen.

Materia gibt sich einen Ruck. Putzt nachts das Haus, rumort und scheuert von einem Kerosinlichtschein zum nächsten, bis die Dämmerung nach Seifenlauge riecht und sie anfängt, pausenlos zu backen. Wer soll das alles essen? Sie bringt es zu den Luvovitzens rüber; Abe und Rudy sind jetzt Halbwüchsige, große Jungen, und werden nie satt. Materia sieht ihnen nur zu gern beim Essen zu – herrlich gesunde Jungen, die ihrer Mutter zublinzeln, sie überragen, sie verehren. Gute Söhne.

Mercedes und Frances sind enttäuscht. Verwirrt. Ihre neue Schwester war da und ist schon wieder weg. Kathleen ist wütend; Säuglinge dürften nicht sterben.

»Was hat ihr denn nun gefehlt?«

»Wir wissen es nicht«, sagt James.

»Das ist eine elend blöde Antwort.«

»Manchmal ist das Leben blöd und elend.« James ist stolz darauf, daß er ihr immer die Wahrheit sagt.

»Meins aber nicht, später mal.«

»Nein, deins nicht.«

Am meisten regt Kathleen die ausdruckslose Miene ihrer Mutter auf. Eine Gebärmaschine. Gefühllos. So soll mein Leben nicht werden.

James grübelt nicht lange darüber nach. Ihm tut das arme Ding zwar leid, aber es hat für ihn auch den Vorteil, nicht noch eins durchfüttern zu müssen. Und Materia kommt erstaunlich schnell wieder auf die Beine. Wie eine Färse. Er versucht den Gedanken zu verdrängen. Nur schade, daß sie noch schwanger aussieht. Wenn ich aus dem Krieg zurückkehre, ist sie wieder schlank.

Doch von nun an sieht Materia immer schwanger aus. Die Leute glauben immer, sie sei im siebten oder achten Monat. Ihr ist das ganz recht.

James schließt sich dem 94. Victoria Regiment Argyll Highlanders an. Sein Hauptmann spricht gälisch, so wie achtzig Prozent seiner Einheit. James meldet sich umgehend zum Einsatz in Europa, froh über jede Ausbildung, die ihn von zu Hause wegbringt. Bajonettkampf in der Wellington-Kaserne von Halifax: auf Säcke zurasen, aus denen Sand rieselt, »runter und rauf, die Damen, runter und rauf! Ihr steckt in seinem Brustkasten!« Ein britischer Sergeant zeigt ihnen, wie man einwandfreie Schützengräben aushebt, ordentlich mit Sandsäcken verstärkt: »Nicht zu tief, Jungs, wir bleiben nicht lange!« ... Gerade mal lang genug, um sich kurz aufs Ohr zu hauen, dann heißt es raus aus dem Graben und mit dem Gewehr hinter dem Hunnen her. James gehört zu den älteren Männern. Er verbrüdert sich mit niemandem, weder macht er sich was aus King George, noch hat er was gegen den Kaiser. Er zählt die Tage, bis es nach Europa geht. »Runter und rauf, die Damen, runter und rauf!«

Lange Jahre des Friedens in Europa haben auf allen Seiten für Überschwang gesorgt. Jede Menge Pferde stehen bereit, um in zwei Richtungen quer durch Europa zu galoppieren. Cape Breton hat es in hellen Scharen zum Militär gezogen, auch wenn die kanadische Armee in den letzten fünfundzwanzig Jahren mehr Zeit damit verbracht hat, das Eigentum der Dominion-Kohle-Gesellschaft zu bewachen, als zu kämpfen. Doch die Rekrutierer waren wortgewandt – »Das arme kleine Belgien, der blutrünstige *Boche*« –, die Bergwerke gaben nicht viel her, und welcher Junge träumt nicht vom Soldatsein? Daß Freunde Seite an Seite dienen können, ist auch sehr verlockend – ganze Städte im selben Schützengraben. Alle fürchten, daß es »zu Weihnachten schon vorbei ist«. James hofft, daß der Krieg zwei Jahre dauern möge. Dann wäre Kathleen alt genug, um von zu Hause fortzugehen, wenn er wiederkehrt. Falls er wiederkehrt.

James beendet die Grundausbildung und übernimmt Aufgaben der Heimatverteidigung. Während des Herbstes patrouillieren er und das übrige 94. Bataillon in einem Zustand gespannter Frustration die Küste auf und ab, furchtbar besorgt, der Krieg könnte zu Ende sein, ehe sie nach Übersee kommen. Bald kennt man sie als die Blaubeersoldaten, weil sie kaum etwas anderes zu tun haben, als Blaubeeren zu pflücken und nach einem deutschen Geisterschiff Ausschau zu halten. James nimmt seine Mahlzeiten zu Hause ein, schläft aber mit zwei anderen Soldaten in einer Strandbaracke in Lingan. Bereit, aye, bereit.

Irgendwann wird James zum 85. Cape Breton Highlanders Übersee-Bataillon der kanadischen Expeditionsstreitkräfte versetzt. Man teilt ihm ein Ross-Gewehr zu. Gut, daß an dem Gewehrlauf ein Messer befestigt ist – noch weiß keiner, ob die Effizienz der Ross-Flinte in einem Feld voller nordamerikanischer Kaninchen ihre Leistungen in europäischem Schlamm übertrifft. Zusammen mit dreißig Kilo Ausrüstung werden James ein Uniformrock, ein lederner Kampfkilt, eine beschlagene Felltasche mit gelben und schwarzen Pferdehaaren, ein Alltagskilt mit leuchtendem Macdonald-Karomuster sowie ein Barett mit roter Quaste ausgehändigt. Damit sehen ihn die Deutschen schon von weitem. Und mit den vorneweg marschierenden Regimentspfeifern werden die Deutschen sie ja wohl auch gut hören. Der Dudelsack übt eine verflüssigende Wirkung auf die Eingeweide des Feindes aus, und in der Schlacht schüren nackte Knie die Furcht der Fanatiker. Die Deutschen werden die Highland-Regimenter noch »die Damen aus der Hölle« nennen.

Eines Dezembertages 1914 steht James schließlich in der Auffahrt, während Taylor seinen Feldsack in den Wagen hievt, der ihn zum Hafen von Sydney fahren soll. Es schneit, und James spürt, wie ihn der Winter ungewohnt in die Knie zwickt. Er weiß, daß er die stolze Tracht seiner Vorfahren trägt, aber seine Hose fehlt ihm doch sehr. Materia denkt unwillkürlich, wie gut er aussieht. James tätschelt allen den Kopf. Frances kitzelt ihn am Knie,

Mercedes bietet ihm ihren aufgeweichten Keks an, und Kathleen schlingt die Arme um ihn, weint pausenlos, sie weint doch sonst nie, sie ist keine Heulsuse. Sie klammert sich fest, er versucht, sich aus ihrer Umklammerung zu befreien.

»Na komm, sei ein guter Soldat, kümmre dich um deine Mutter.«

»Nein!«

»Jetzt reicht's aber, psst ...«

Doch sie läuft zum Haus, reißt die Tür auf – Daddy, mein Daddy, fährt weg, vielleicht wird er getötet, oder er ertrinkt, noch bevor er dort ankommt – sie nimmt zwei Treppenstufen auf einmal nach oben –, und er läßt mich hier mit dieser gräßlichen Frau allein! In ihr Zimmer, ohne in den Spiegel zu sehen, sie wirft die Tür zu, schließt ab.

»Lebt wohl, Leute, sprecht ein Gebet für euren alten Dad.«

Er weiß, daß Materia beten wird, beten, bis ihr der Kopf abfällt.

Und recht hat er, genau das macht sie. Sie betet so inständig, daß ihr der Kopf wirklich ein bißchen davon wackelt. Sie betet, er möge in Flandern rasch und schmerzlos fallen.

HIER DRÜBEN

Kaum ist James weg, blüht Materia auf. Sie hat Freude an ihren Kleinen ... Mercedes ist so ein liebes Mädchen, und Frances ist ein Witzbold. Kathleen führt ein selbständiges Leben, bleibt bis spät in der Schule, um mit Schwester Saint Cecilia an ihrer Stimme zu arbeiten oder mit dem Chor zu üben, Soli natürlich. Zu Hause ist sie unmöglich, aber wenigstens nicht mehr in Gefahr, *inschallah*.

Was man ihr auftischen soll, bleibt ein Rätsel. Nichts ist nach ihrem Geschmack. Sie verdreht die Augen, seufzt demonstrativ und stolziert aus dem Zimmer. Materia greift auf James' alte Notlösung zurück, Käsetoast, den sie in vier zierliche Stücke schneidet und vor sie hinstellt, »*Sa hteyn.*«

»Mutter! Englisch bitte.«

Kathleen, Mercedes und Frances haben alle drei den Eindruck, ihre Mutter könne kaum Englisch. Früher war das anders, doch es hat sich irgendwie so ergeben, einfach weil Materia fast nie englisch spricht. Denn mit wem könnte sie sich schon auf englisch unterhalten? Mit ihrem Mann nicht. Und Mrs. Luvovitz hat Materia gegenüber auf dem Gebiet Nachsicht geübt; in ihrer Freundschaft drehte sich alles um Essen, Kinder und das alte jiddische Gesangbuch. Materia genügte es, einfach bei Mrs. Luvovitz am Küchentisch zu sitzen und sich anzuhören, wie ihr die ältere Frau Gott und die Welt erklärte.

Als erstes fielen die Präpositionen weg, dann bröckelten die Adverbien, mit ihnen ganze Satzteile, bis Materia nur noch die robustesten Verben und Substantive übriggeblieben waren.

Materia spricht nur selten mit Kathleen – ganz im Gegensatz dazu, wie sie mit Mercedes und Frances redet ...

107

obwohl ihr auch einiges von ihrer Muttersprache durch Nichtgebrauch abhanden gekommen ist, alles außer der unauslöschlichen Sprache ihrer frühesten Erinnerungen. So sprechen Materia und ihre beiden jüngeren Töchter das Arabisch von Kindern – in dem es um Essen, Koseworte und Geschichtenerzählen geht. *Ya a'yni, te'berini.*

Mercedes und Frances halten Arabisch für etwas, was nur sie mit ihrer Mama teilen. Mittlerweile leben viele auf Cape Breton, die arabisch sprechen, doch die kleinen Schwestern glauben, sie und ihre Mutter wären die einzigen außerhalb der geheimnisvollen Bevölkerung des weit entfernten Landes, das die »alte Heimat« heißt. Nirgendwo sonst auf der Welt ist es so schön wie da, aber trotzdem hat man Glück, daß man von dort weg ist.

»Warum?«

»Wegen der Türken.«

»Ach so.«

Ein Land, wo jeder in aller Öffentlichkeit die Muttersprache der Piper-Mädchen spricht und alle so aussehen wie ihre Mutter.

»Erzähl uns wieder von der alten Heimat, Mama.«

Bevor Kathleen nach Hause kommt, versinken sie auf der Küchenliege in Materias weichem Körper, der für jeden Kopf ein Kissen bietet, in ihrem heimeligen Geruch nach frischem, feuchtem Brot und Öl, ein Topf *bazella* und *roz* mit Lammfleisch auf dem Herd, der Deckel summt schläfrig. Draußen legt sich Winternieselregen wie ein Schleier vor das Fenster.

»Der Libanon ist das schönste Land der Welt. Ein laues Lüftchen weht, und es ist immer warm. Die weißen Gebäude glitzern in der Sonne wie Diamanten, und das Meer ist kristallblau. Der Libanon ist die Perle des Orients. Und Beirut, meine Geburtsstadt, ist das Paris des Nahen Ostens.«

»Können wir dorthin ziehen?«

»Nein.« Ihr hattet Glück, daß ihr auf diesem feuchten grauen Felsen im Atlantik auf die Welt gekommen seid, auf seine düstere Weise schön.

»Wegen der Türken?«

»Ja.«

Diese Insel, auf der sich halb verhungerte Iren und Schotten mit schwieligen Knien wie zu Hause fühlen. In ihrer alten Heimat wurden sie durch Schafe ersetzt.

»Mama, was ist türkischer Honig?«

»Etwas Ekliges.«

»Ach.«

Die Insel Cape Breton ist keine Perle – wo man auch kratzt, stößt man auf Kohle –, doch eines Tages, in Millionen von Jahren, wird sie vielleicht ein Diamant. Der Cape-Breton-Diamant.

»Mama, erzähl uns wieder von Jiddy und Sitty.«

»Euer *jiddy* war mein Daddy. Er und meine Mutter, eure *sitty*, sind mit leeren Händen hier angekommen und haben sehr schwer gearbeitet. Sie bekamen viele Kinder und wurden wohlhabend.«

»Warum sind sie nicht geblieben?«

»Sie hatten Heimweh nach der alten Heimat.«

»Irgendwann besuchen wir sie mal, nicht?«

»Wenn du eine erwachsene Frau bist und selbst Kinder hast, kannst du hinfahren.«

»Mama, erzähl uns von der guten muslemischen Dame.«

»Moslemisch.«

»Moslemisch.«

»Sie war eine gute Frau. Sie hieß Mahmoud. Vor vielen Jahren, als euer *jiddy* ein Baby war, fielen die Türken in sein Dorf in der alten Heimat ein. Sie suchten nach Christenbabys, die sie töten wollten. Die Mahmoud-Frau nahm euren *jiddy* und legte ihn zwischen ihre eigenen Kinder. Als die Türken an die Tür kamen und fragten: ›Sind hier irgendwelche Christenkinder?‹, antwortete sie: ›Nein! Das hier sind alles meine eigenen Kinder.‹ Und um sie zu überzeugen, legte sie euren *jiddy* an die Brust und säugte ihn. Die Türken gingen weg. Als er groß wurde, nahm euer *jiddy* aus Dankbarkeit den Namen der moslemischen Dame an. Obwohl er eigentlich ein Christ war.«

»Ach ... Mama, dürfen wir das Foto sehen?«

Und Materia kramt das Foto von sich und James heraus, wie sie damals vor langer Zeit in Wheeler's Foto-atelier vor dem gemalten römischen Torbogen posiert hatten. Mercedes und Frances betrachten das Foto eifrig: als Mama und Daddy jung waren. In Frances' Vorstellung führt der Torbogen mal in die alte Heimat, mal in den Krieg.

»Wann kommt Daddy nach Hause?«

»Bald. Wir müssen beten.«

Materia hat Nachricht von ihrer Schwester Camille. Camille hat draußen vor der Küchentür der Mahmouds gewartet, bis der jüdische Metzger wie jede Woche seine Tasse Tee mit ihrer Mutter geleert hatte. Als er heraus-kam, überreichte ihm Camille ein flaches quadratisches Päckchen. Sie bat ihn, es Materia zu geben, und machte sich davon, ohne eine Antwort abzuwarten. Benny reichte es an Mrs. Luvovitz weiter, die es Materia gab. Die weinte, als sie das Geschenk auspackte. Eine arabische Schallplatte. Auf der Papierhülle ein Aquarell von Beirut bei Nacht. Eifrig suchte sie darin nach einem Brief, rech-nete fast damit, wie vor Jahren die Druckbuchstaben eines Kindes vorzufinden, und lächelte bei der Erinnerung, auch wenn es ihr einen Stich ins Herz versetzte; »meine kleine Camille, du bist die Hübscheste von uns allen, *ya helwi.*« Aber da war nur ein brauner Papierzettel mit den Worten: »Ich bin jetzt verheiratet.«

Mindestens einmal die Woche holt Materia die Schall-platte aus der Wäschetruhe, trägt Kathleens Grammo-phon nach unten in die Küche und zieht es auf. Sie richtet den Messingtrichter aus und setzt die Nadel auf das rotie-rende Wachs:

Zur Einführung rauscht und knistert es, die Luft-schleuse in eine andere Welt, dann ... Sesam öffne dich:

Die Dorbakeh schlägt den Rhythmus, Knöchelglöckchen und Fingerzimbeln stimmen ein, der Oud stößt auf Zehenspitzen dazu, ein Holzblasinstrument legt los, beinloser Vorfahre des schottischen Dudelsacks, und erhebt sich schrill schwingend über dicke, jetzt im Gleichklang klimpernde Saiten. Alles wird pulsierend zu einem lockeren Netz verwoben, das die weibliche Stimme durchdringt – noch keine Worte, sondern ein halb freudiges, halb klagendes Stöhnen; das Orchester, abwartend, in der Schwebe, erzittert beim Klang der Stimme, Lakritz, labend, lockend. »Tanz mit mir, ehe ich dir meine Liebe schenke, später, bald.«

Materia steht auf und tanzt die *Dabke*. Ihre Mutter hat sie diesen Tanz gelehrt, und Materia hat ihn Frances und Mercedes beigebracht. Die *Dabke* ist eine lückenlose Folge kurzer federnder Schritte in Vierteldrehungen, bei denen man sich in den Hüften wiegt, die Schultern geschmeidig vor- und zurückbiegt und die Arme über dem Kopf wie Baumwipfel im Wind schwanken läßt. Die Hände werden zu biegsamem Seetang, der an willigen Handgelenken wogt, und umkreisen, streifen, berühren einander leicht, flirten miteinander.

Am besten sieht dieser Tanz bei üppigen Frauen aus, aber jeder kann sich an ihm versuchen, so ein Tanz ist das. Und obwohl eigentlich ein Mann dabei eine Reihe hübscher Mädchen anführen sollte, ist die *Dabke* für jeden etwas. Auf Hochzeiten, Taufen, mit Kindern, Großmüttern, allen. Deshalb sind die Augen so wichtig. Denn bei der *Dabke* geht es darum, daß man aufsteht und sie in der Mitte einer Versammlung vortanzt, wo man jeden einzelnen beachtet, bis man sich die Person aussucht, mit der man tanzen möchte. Dann streckt man die gesenkten Arme nach der Person aus, dreht die Hände noch zur Musik und lockt den anderen, bis er oder sie aufsteht und sich zu einem gesellt, weil sie nicht nein sagen können. Dann werden sie der neue Mittelpunkt.

Bei der *Dabke* geht es nur um Hüften und Schweben;

findet man sich hingegen zufällig bei einem *Ceilidh* wieder, sieht man, daß beim keltischen Stampftanz nur Füße und Knie wichtig sind. Jeder dieser Tänze kann in einer Küche und von jedermann getanzt werden.

Frances und Mercedes sind ganz vernarrt in die *Dabke*. Sie tanzen, solange Materia mithalten kann, was zu der Zeit ziemlich lange ist. Sie bringt ihnen eine Menge arabischer Lieder bei; und außerdem die Kunst, sie beim Tanzen in klagendem Singsang vorzutragen. Der Clou daran ist, daß Tanzen und Singen nicht wiederholbar sind. Sobald man das heraus hat, kann man anfangen zu lernen.

Als die kostbare Schallplatte ganz abgenutzt ist, versucht Frances, mit Kamm und Wachspapier den Klang der Blas- und Streichinstrumente nachzuahmen. Materia hält das durchaus nicht für ein Sakrileg, sondern findet es genial, und das stimmt auch.

Halt die Muschel an dein Ohr. Du kannst das Mittelmeer hören. Öffne die Wäschetruhe. Du kannst die alte Heimat riechen.

HOLY ANGELS

Vielleicht waren ihre Ansprüche zu hoch, oder
sie war menschlichen Schwächen gegenüber
nicht nachsichtig genug, jedenfalls endeten all
ihre Versuche, Freundschaft zu schließen, stets
mit Fehlschlägen.
Claudia, von E. D. A. E.

Die Klasse von Schwester Saint Monica ist mit einer Welt-
karte, dem Wandbild eines Vulkanquerschnitts, einer
Fossiliensammlung und einem Farbdruck ihrer Namens-
patronin geschmückt. Der Farbdruck hängt über der
Tafel: Die heilige Monika hält ein offenes Buch auf dem
Schoß, liest aber nicht darin, sondern starrt anscheinend
in die Ferne, ohne zu merken, daß noch ein Paar
Augen aus dem Buch nach oben schauen, auf jeder Seite
eins.

Wenn sie die Langeweile packt, wandern Kathleens
Augen oft zu diesem Bild, da es der einzige Ansatzpunkt
für heimliche Tagträumereien ist, den Schwester Monica
duldet; mitten zwischen Vorträgen über die Erdoberfläche
und die wichtigsten Hauptstädte erzählt sie nämlich gern
Anekdoten aus dem Leben der Heiligen. Alle Mädchen
wissen, daß die Prärien der Brotkorb Kanadas sind und
daß die heilige Monika die Mutter des größten aller Kir-
chenväter war, Sankt Augustinus. In seiner Jugend lebte
Augustinus mit einer heidnischen Afrikanerin in Sünde.
Seine Mutter betete für seine Erlösung, und eines Tages,
als Augustinus durch einen Garten spazierte, hörte er eine
Kinderstimme singen: »Nimm es, lies es!« So sprach die
Bibel zu ihm. Augustinus verließ seine afrikanische Konkubine, trat zum Christentum über und wurde die Geißel

der Unzüchtigen. Und Rangun ist die Hauptstadt von Burma.

An diesem Nachmittag hat Kathleen ihre Augen allerdings nicht auf das Bildnis der heiligen Monika gerichtet. Kathleen befindet sich weit, weit weg in England auf dem Lande, wo sie mit ihrem verwitweten Vater ein Herrenhaus bewohnt ...

»Kathleen!«

Kathleen zuckt an ihrem Pult zusammen und schaut auf in Schwester Saint Monicas hoch aufragenden Nonnenschleier.

»Ja, Schwester?«

»Was kann wohl noch fesselnder sein als die Entstehung eiszeitlicher Moränen?« Ohne eine Antwort abzuwarten schnappt sich Schwester Saint Monica Kathleens Roman und nimmt ihn aus seiner Tarnung, der *Erdkunde des Britischen Reichs.*

»*Claudia,* von E.D.A.E. Wer« – schneidender Tonfall – »ist E.D.A.E.?«

Kathleen spürt, wie sie rot wird. Sie schlägt die Augen nieder. »Eine Dame aus England.«

»Wie bitte? Du hast doch wohl eine Stimme, oder?« Gekicher aus der Klasse »Dann benutze sie.«

Kathleen sieht auf.

»Eine Dame aus England.«

»Eine Dame aus England, wie weiter?«

»Eine Dame aus England, Schwester.«

Kathleen schluckt, während Schwester Saint Monica die Seite überfliegt. Die anderen Mädchen fangen an zu flüstern. »Ruhe!« Ruhe. Die Schwester läßt das Buch vor Kathleen hin und her baumeln und befiehlt: »Laß die Klasse in den Genuß einiger Kostbarkeiten kommen.«

Kathleen nimmt das Buch und beißt sich auf die Unterlippe.

»Laut und deutlich. Ich für mein Teil möchte mir kein einziges köstliches Wort entgehen lassen.«

Kathleen fängt irgendwo an und liest: »Oftmals sehe ich kurz …«

Singsang: »Ich kann dich nicht hören, Kathleen.«

»… dunkle Habite …«

»Lauter.«

»…über das kleine freie Feld weiter hinten huschen …«

»Gut, weiter.«

»…im Herzen so etwas wie Sehnsucht nach der verbotenen Frucht.«

Allgemeines Gekicher. Kathleen holt Luft, blinzelt und fährt fort: »Zweifellos würde man etwas über Gut und Böse erfahren, wenn man mit dem Leben im Kloster besser vertraut wäre. Vermutlich mehr über das Böse als über das Gute …« Die anderen Mädchen schnappen nach Luft. Kathleen wartet, die Augen starr auf das Buch gerichtet, bitte lassen Sie mich nicht weiterlesen.

»Lies weiter.«

» …doch Papa hat mir jeglichen Verkehr mit den papistischen Damen strikt untersagt.«

Schockiertes und entsetztes Schweigen. Bekümmerte Schwester. »Mädchen, laßt es euch eine Lehre sein, und bewegt es in euren Köpfen. Dies ist purer Schund, eine Schmähschrift, von einer nichtswürdigen Frau ausgebrütet, deren Scheu, das Ganze unter ihrem wahren Namen zu veröffentlichen, ihre unlauteren Absichten bezeugt. Einzig und allein ein Schwachsinniger oder ein Bösewicht kann sich an solchem Geschreibsel ergötzen; was von beidem bist du, Kathleen?«

Kathleen kann nicht aufsehen. Sie spürt die Schadenfreude rundum.

Mühsam ringt sie sich eine Anwort ab, was an sich schon Widerstand bedeutet. »Keins von beidem.«

Schwester Saint Monica konfisziert das Buch und rauscht zu ihrem Pult.

Als einzige Lehrerin hält Schwester Saint Monica Kathleen Piper nicht für unantastbar. Sie hat auf eine Gelegenheit gewartet, dem Mädchen das Geschenk einer

Demütigung zuteil werden zu lassen, doch das war gar nicht so einfach; Kathleen ist eine Vorzeigeschülerin, und es ist schier unmöglich, den Finger auf den anmaßenden Stolz zu legen, der ihr einwandfreies Betragen trübt ... von einem unbegründeten, aber unübersehbaren Anflug von Eitelkeit ganz zu schweigen. »Der werd ich's zeigen«, denkt Schwester Saint Monica und schließt das anstößige Buch in ihrem Pult ein.

»Sie wird schon sehen«, denkt Kathleen und starrt das Tintenfaß an, schamrot im Gesicht. »Es wird ihr noch leid tun, ich stoß ihr einen Pfahl ins Herz und bring sie so um, dann bin ich berühmt, und sie ist häßlich und tot, am liebsten würd ich ihr die Augen ausstechen, der werd ich's zeigen. Das ist sie gar nicht wert.« Kathleen beißt sich auf die Unterlippe. Fest. »Ich werd's ihnen allen zeigen.« Sie spürt, wie ihr die Tränen in die Augen steigen. Nicht weinen. Nicht. Geradeaus starren. Nicht blinzeln.

Kathleen stiert aus dem Fenster auf die Hochöfen der Dominion-Eisen-und-Stahl-Gesellschaft, stellt sich vor, wie sie von der Esse in Brand gesteckt wird und bis in die Scala fliegt. Oder sonstwohin, Haupstsache, weit weg von diesem Kuhkaff, diesem elenden Felsen, diesen gräßlichen Mädchen ...

»Vortreten, habe ich gesagt!«

Kathleen schreckt auf und sieht hoch. Die Schwester wartet auf ihrem Podest vor der Tafel – *Eiszeit, Kreidezeit, Massensterben* –, was nun? Kathleen läßt sich aus ihrem Pult gleiten, auf dem die Abdrücke ihrer Handflächen zurückbleiben, reißt sich einen Splitter in ihren Wollstrumpf und tritt den Spießrutenlauf durch weibliche Augenpaare an.

»Augen zur Klasse.«

Kathleen gehorcht. Ehe sie sich's versieht, rieseln Schmierzettel und Bleistiftspäne auf ihren Kopf nieder, und es wird dunkel.

»Da du so versessen darauf bist, dir Unrat in den Kopf zu stopfen«, sagt Schwester Saint Monica, »kannst du auch gleich einen Papierkorb auf deinen Schultern tragen.«

Johlendes Gelächter.

»Das reicht, Mädchen. Also, Kathleen. Sing etwas für uns.«

Kathleen ist wie gelähmt. Sie blinzelt in die Dunkelheit des Metalleimers und spürt, wie sie unter den Armen und zwischen den Beinen schwitzt.

»Du bist doch eine ›Sangeskünstlerin‹, oder etwa nicht?« – peng! – mit dem Zeigestock gegen den Abfalleimer.

Kathleen bleibt der Anblick der Reihen von Mädchen erspart, die ihre Hände auf die Münder pressen, sich die Nasen zuhalten, um nicht laut loszuprusten, und ihre Beine übereinanderschlagen – »Sing, hab ich gesagt!«

Absurderweise fällt ihr nur ein einziges Lied ein, und sie hebt an, gedämpft und mit Hall: »*Kathleen, ich hol dich wieder heim* ...«, hysterisches Gelächter, die Schwester läßt die Zügel schießen, »*Über das weite wilde Meer* ...«

»Lauter.«

»*Dort wo dein Herz schon immer war, seit / Du einst warst meine Braut so hehr* ...« Kathleen besitzt nur noch einen dünnen Stimmfaden, und jetzt reißt er.

»Weiter.«

»*Keine Rosen seh ich auf deiner Wang / Sie welkten alle und sind tot / Wenn du sprichst, klingt deine Stimm' so bang / Und Tränen färben die Augen dir rot* ...«

Endlich weint Kathleen. Hilflos, wütend. Schlimmer ist, daß sie dieses Lied nicht leiden kann ... altmodisch, ekelhaft kitschig, hat bis auf den Namen nichts mit ihr gemein. »*O Kathleen / Ich hol dich zurück / Dort, wo dein Herz spürt keine Pein / Und wenn hier alles grünt und blüht / hol ich dich wieder heim.*«

Als das Lied beendet ist, erwartet Kathleen voller Entsetzen, an ihren Platz zurückgeschickt zu werden; wie soll sie sich bloß vor der ganzen Klasse den Kübel vom Kopf nehmen? Irgendwann wird sie es tun, das weiß sie. Eines

117

Tages. Sie muß mal. Sie hat das Gefühl, daß sie sich vor Scham eingenäßt hat. Das kann natürlich nicht sein, bestimmt wüßte sie es, wenn sie ... Kathleen merkt, daß sie schon eine ganze Weile da herumsteht. Und daß Schwester Saint Monica den Unterricht fortgesetzt hat.

»Und was bewirkte, daß Sankt Augustinus sich von seiner Konkubine lossagte?«

»Oh, Schwester, Schwester, ich weiß ...«

»Eine nach der anderen, Mädchen.«

Kathleen steht reglos da, bis die Glocke zum Mittagessen ruft und sie nach der letzten Schülerin Schwester Saint Monica hinausrascheln hört.

Kathleen hat keine Freundinnen. Sie hat ihre Arbeit, und dafür ist sie dankbar, denn Freundinnen sind in Holy Angels einfach nicht zu finden. Nicht daß Kathleen sich sonderlich anstrengen würde: »Snob.« Wenn man sie so da oben stehen sieht, unkenntlich, einen grünen Metallabfalleimer über dem Kopf, der dieses eingebildete Gesicht zudeckt ... Was finden die Leute eigentlich an ihr, ihre Haare sind scheußlich, nämlich *rot*. Genau das. Nicht »kastanienbraun«, nicht »rotblond«, rot. Wie ein Teufel, wie ein Flittchen. Daß Kathleen von Schwester Saint Monica so gepeinigt wurde, war für viele eine große Genugtuung.

Die Wahrheit ist, Kathleen hat keine Ahnung, wie man eine Freundin gewinnt. Man hat ihr eingetrichtert, auf ein großartiges zukünftiges Ziel hinzuleben. Verstärkt durch die stillschweigende Übereinkunft, daß sie besser niemanden mit nach Hause brachte. Hat irgendwas mit Mama zu tun. Sie und Daddy würden es nie aussprechen, aber sie wissen es beide.

Andere Mädchen übernachten beieinander, schlüpfen zusammen unter eine Decke und reden bis zum Morgen. Kathleen hört sie im Waschraum miteinander flüstern. Sie findet nie heraus, daß ihr Daddy sie nicht bei einer Freundin übernachten lassen würde, weil sie nie eingeladen

118

wird. James möchte sie zwar ganz allein bis nach Italien schicken, doch das ist etwas anderes. Das ist »das Leben«. Das andere ist Unfug. Und wer weiß, was sich der Vater eines anderen Mädchens herausnehmen könnte? Kathleen steht unter ständiger Bewachung, aber so sieht sie das nicht. Freiheit bedeutet, vom Neid und von der Unwissenheit der unwichtigen Leute abgeschirmt zu werden, die sie zur Zeit noch umgeben.

Jetzt, nach fünf Jahren in Holy Angels, würde Kathleen eine Freundin nicht einmal dann erkennen, wenn die ihre Zähne in ihr Handgelenk schlüge ... was sie sich so ungefähr von der Masse der Mädchen erwartet. Vorsichtig macht sie einen Bogen um die anderen, als wären es gefährliche wilde Tiere, die sprungbereit an einer Wasserstelle lauern und unversehens blitzschnell zuschlagen können. Sie fürchtet diese angriffsbereiten Kreaturen und hat keine Ahnung, worüber sie reden oder wie sie es anstellen. Sich zu geselligen Rudeln zusammenschließen. Eigentlich ist Kathleen furchtbar schüchtern, doch das hätte niemand vermutet ... Schließlich stellt sie sich auf die Bühne und singt vor vollbesetzten Sälen.

Besiegelt wird Kathleens Schicksal allerdings durch die Anwesenheit etlicher Mahmoudscher Cousinen in Holy Angels. Eine davon ist sogar seit sechs Jahren in ihrer Klasse. Obwohl Materia nicht wollte, daß ihre Töchter irgend etwas von der Schande ihrer Vertreibung aus der Familie erfahren und sich ihre Geschichte von der »alten Heimat« ausdachte, hat James Kathleen die Wahrheit gesagt: Deine Mutter und ich, wir waren sehr jung. Wir sind durchgebrannt. Das war falsch, aber schlimmer noch war das Verhalten der Mahmouds. Barbarisch. Sie stammen aus einer Weltgegend, in der in hundert Jahren nie auch nur einen Augenblick Frieden herrschte, kein Wunder. Du hast Cousinen in Holy Angels. Beachte sie nicht. Laß dir von ihnen bloß nicht die kalte Schulter zeigen. Tritt so auf, als ob der Laden dir gehörte.

Die Mahmouds sind reich und angesehen. Die Mahmoud-Mädchen sind beliebt, jede von ihnen hat klare, glänzende Augen, eine olivbraune Haut, trägt Schotten-karo und spricht perfekt englisch. Ihnen wurde gesagt, daß Kathleen die Tochter des Teufels ist, und sie haben pflichtschuldigst einen großen Bogen um sie gemacht. Sich mit Kathleen anfreunden heißt, die Mahmoud-Mädchen zu beleidigen. Entweder – oder.

Aber gibt es nicht eine potentielle Freundin in der Horde, eine Leseratte, unscheinbar wie ein Regentag im November oder so schön, daß sie sich nicht fürchtete. Eine, die nicht mit den Wölfen heult, die als eine Freundin für Kathleen in Frage käme. Nein. Kathleens Festung, ihr elfenbeinweißer Turm, ist steil und imposant. Niemand kommt rein oder raus. Niemand außer ihrem Vater, Schwester Saint Cecilia und ein paar ausgewählten Lakaien, die ihr das Leben erleichtern. Wie etwa ihre Mutter. Oder der Kutscher.

Die anderen Mädchen beschwichtigen ihren nagenden Neid und dämpfen ihre Furcht vor Kathleen, dem unge-selligen Wunderkind, mit einer belebenden Prise Rassen-haß: »Sie mag ja elfenbeinweiße Haut haben, aber ihr solltet mal ihre Mutter sehen ... schwarz wie Ebenholz, meine Lieben.«

»Wißt ihr, so was setzt sich im Blut fort. Die Cousine von Evangeline Campbells Mutter kennt ein Mädchen, das in Louisburg ein Kind gekriegt hat, und wißt ihr was? Kohlschwarz, meine Lieben, und dabei beide Familien schneeweiß und ganz und gar blond.«

»Wir hätten die Farbigen überhaupt nie in dieses Land hineinlassen dürfen.«

»Mein Onkel hat eine Farbige gesehen, die einen Karren mit einer Ladung Kohle gefahren hat, und am nächsten Morgen war er tot.«

»Sie riechen, wirklich wahr.«

»Kathleen Piper gehört nach Coke Ovens!«

Und sie lachen.

Selbstverständlich gönnt man sich diese kleine Freude

nie, wenn die Mahmoud-Mädchen in der Nähe sind. Das wäre unmöglich, es sind nette Mädchen und ganz, ganz reich. Die Brüder der Heiligen Engel stehen schon Schlange.

Keine Freundin ist je bis ins Turmzimmer vorgedrungen.

DREI SCHWESTERN

Frances hat ein neues Spiel entdeckt: die Geheimnisse ihrer großen Schwester Kathleen auskundschaften. Leider ist sie zu jung, um zu wissen, wie man sorgfältig spioniert, ohne Spuren zu hinterlassen.

»Komm her, du kleines Ekel.«

Frances späht mit schuldbewußt glitzernden Augen hinter Mercedes hervor, die Hände unschuldig hinter dem Rücken gefaltet, und betritt Kathleens Reich.

»Wenn du hier noch mal rumschnüffelst, sag ich Pete, daß er dich holen soll«, droht die vor ihrer Frisierkommode thronende Kathleen, die soeben den Kamm dort entdeckt hat, wo die Bürste hingehört, und ein Zuckerherz verklebt eins ihrer besten Spitzentaschentücher.

»Wer ist Pete?« fragt Frances.

»Er ist der *bodechean,* und er wird dich in die Hölle zerren!«

Frances lacht. Mercedes' Augen werden rund wie Untertassen, und sie sagt: »Das ist nicht nett.«

»Dich nicht, Süße.« Kathleen breitet die Arme aus, und Mercedes kommt näher. Kathleen hebt sie auf ihren Schoß. »Braven kleinen Mädchen tut er nichts. Was lesen wir?«

»Die *Wasserkinder.*« Aus Liebe zu ihrer kleinen Schwester, die nicht absichtlich ungezogen ist, entscheidet sich Mercedes für das Lieblingsbuch von Frances.

Kathleen betrachtet Frances' schiefes Grinsen. »Komm her, du Schlingel, du darfst auch zuhören.«

Frances erklimmt das andere Knie. Die beiden kleinen Mädchen sehen sich verlegen an, die Hände auf den Mund gepreßt, die Wangen aufgeplustert in stillem Entzücken.

»Hört auf zu zappeln, sonst steck ich euch an einen Haken und nehm euch als Köder für die Fische im Bach.«

Mercedes beruhigt sich; Frances kreischt vor Lachen und fragt: »Darf ich mit deinen Haaren spielen?«

»Was sagt man?«

»Bitte.«

»Was noch?«

»Mit einem ganzen Berg Schlagsahne und einer Kirsche und Obst und Süßigkeiten.«

»Was noch?«

»Und 'nem Schwert und 'nem Käfer und 'nem Wurm. Und 'nem nackten Popo!«

Im stillen sagt Mercedes an Stelle von Frances: »Entschuldigung, lieber Gott.« Kathleen lacht, und Frances kichert laut, drauf und dran, sich mit beiden Händen in das rote Haarmeer zu stürzen, aber Kathleen läßt nicht locker: »An welches Wort denke ich?«

»Laterne.«

»Nö.«

»Stock.«

»Nö.«

»Streichholzschachtel.«

»Nein.«

»Teekanne.«

»Richtig.«

»Juhu!«

»Wenn du mich ziepst, zieh ich dir das Fell über die Ohren. ›Es war einmal ein kleiner Schornsteinfeger …‹«

Kathleen macht es inzwischen Spaß, sich mit ihren kleinen Schwestern zu beschäftigen. Anfangs tat sie es ihrem Daddy zuliebe, weil sie weiß, daß die beiden tagsüber, während sie in der Schule ist, nichts als das barbarische Gebrabbel ihrer Mutter zu hören kriegen … das Haus riecht förmlich danach, wenn sie heimkommt. Doch als sich die Schulzeit und der Krieg in die Länge ziehen und Kathleen immer einsamer wird, lernt sie das Zusammensein mit ihren kleinen Schwestern ebensosehr schätzen wie

123

die beiden. Sonntagvormittags erlaubt sie ihnen, auf zwei Hockern an der Schwelle zu ihrem Zimmer zu sitzen – »Wenn ich in der Stimmung dazu bin« – und ihr bei ihrer Toilette zuzusehen. Dann sitzen sie mucksmäuschenstill, während Kathleen mit ihrer Opernstimme die schönsten Lieder der Welt singt und eine weiße Baumwollbluse über ihren spitzenbesetzten Unterrock zieht. Sie klappt die Manschetten um, bindet ihre gestreifte Seidenkrawatte mit einem Windsorknoten, streift ihren beigefarbenen, an den Knöcheln ausgestellten Leinenrock über ... – »Mein Radfahrkostüm« nennt sie das, obwohl sie kein Fahrrad besitzt. Abends nach der Schule steht sie in der Tür zu ihrem Reich, die Arme in die Seiten gestemmt, und stöhnt: »Also gut, ihr dürft rein. Aber keinen Mucks! Ich lerne.«

Die kleinen Mädchen überschreiten die Schwelle immer voller Ehrfurcht, denn Kathleens Zimmer ist ein Tempel des Raffinements. Die Regalbretter sind vollgestellt mit allen nur denkbaren Mädchenbüchern, von *Betty und ihre Schwestern* bis hin zu *Anne auf Green Gables*. An den Wänden hängen Abbildungen, die sie aus Zeitschriften ausgeschnitten hat und die große Künstler und schöne Unterwäsche zeigen.

Auf einem Bild ist ein Mann mit wirren Haaren und wehender Krawatte zu sehen, der auf die Tasten eines Klaviers einhämmert. Das ist Liszt. Kathleen ist in Liszt verliebt. Kathleen sagt, allein schon sein Name klinge wie ein romantischer Seufzer. Mercedes und Frances hauchen einander den Namen als eine Art Allzweckadjektiv für alles Himmlische zu: Götterspeise, frische Bettwäsche, Mamas Sirupkekse, all das ist wunderbar »Liszt!«

Ein anderes Bild zeigt eine schöne dunkelhaarige Frau mit breitkrempigem Hut und altmodisch weit ausgeschnittenem Kleid, auf dem Schoß eine Rose. Das ist Maria Malibran. »La Malibran«, sagt Kathleen dramatisch, »die größte Sängerin aller Zeiten.« Kathleen Frances und Mercedes die tragische Geschichte erzählt, wie die Malibran auf dem wildesten Pferd des Stalls ausritt. Sie fiel, blieb mit einem Fuß im Steigbügel hängen und wurde anderthalb Kilometer weit über Steine geschleift. Sie stand auf, puderte ihre Wunden und blauen Flecken und sang noch am selben Abend ... wunderschön wie immer. Dann starb sie an einer Hirnschwellung, dabei »war sie erst achtundzwanzig«. Mercedes sagt immer ein kleines Gebet für die Malibran auf, während Frances überlegt, wie die hübsche Dame auf dem Bild zu der Vorstellung paßt, daß sie hinter dem Pferd hergeschleift wird und ihr Kopf auf den Boden schlägt. Es ist furchtbar.

Ein großes Plakat zeigt die »Frau mit den tausend Gesichtern« ... auf dem Plakat hat sie allerdings nur eins. Sie heißt Eleonora Duse. Sie hat feurige dunkle Augen und hochaufgetürmte schwarze Haare. Daddy hat es Kathleen aus England geschickt, bevor er an die Front zog. Die Duse sei »die größte Künstlerin, die es je gab«. Auf dem Plakat steht sie in der Diele eines hübschen Hauses. Sie trägt einen Mantel und greift mit der Hand nach dem Türknauf. Das Plakat kündigt ein Skandalstück an, das *Nora oder Ein Puppenheim* heißt. Daddy hat es mit einem Brief geschickt, »um mich dran zu erinnern, daß ich nicht heiraten und meine Karriere aufs Spiel setzen soll«, hat Kathleen erklärt. Mercedes versteht nicht, warum Kathleen nicht heiraten und Kinder kriegen will wie Mama, aber Kathleen schnaubt bloß: »Die Ehe ist eine Falle, Kleines. Eine einzige große Mausefalle.«

Jeden Abend, wenn Kathleen ihre Tür aufmacht und die beiden widerwillig einläßt, warten Mercedes und Frances gehorsam schweigend fünf endlose Minuten, bis Kathleen ihre Hausaufgaben für beendet erklärt. Danach dürfen sie dann zwischen überreichlich vielen Wonnen wählen.

Oft liegen alle drei schließlich auf Kathleens Bett auf dem Bauch, das Kinn in eine Hand gestützt, blättern in einer kostbaren Ausgabe von *Harper's Bazaar* und suchen sich Mode und Accessoires »für die Eingeweihten« aus.

»Das bin ich«, sagt Mercedes, und Kathleen liest die

Beschreibung vor: »›Ein kesses Konfektionskleid aus blaßmalvenfarbenem Crêpe de Chine, komplettiert mit Rosetten aus weidenkätzchenfarbener Seide.‹«

»Schick«, sagt Mercedes altklug.

»*Très chic*«, sagt Kathleen.

»Ich bin die hier.« Frances zeigt auf ein Bild, und Kathleen tut ihr den Gefallen: »›Sie hat in diesem attraktiven und bequemen Mieder von La Resista den Kopf verloren. Unverkennbar hat Paris diesem Spitzen-Brassière den Stempel aufgedrückt.‹«

Kichernd wiederholt Frances: »Brassière!«

Trotz des Krieges kommt noch reichlich Mode aus Paris, auch wenn die Couturiers der Zeitschrift zufolge nur wegen der armen Näherinnen weitermachen, die sonst arbeitslos würden.

Kathleen bringt ihren Schwestern bei, die Wirkung von Rouge nachzuahmen, indem sie sich in die Wangen kneifen, und die von Lippenstift, indem sie sich erbarmungslos auf die Lippen beißen. »›Schönheit ist eine mächtige Waffe‹«, liest sie, spöttisch und gebannt zugleich. »›Auf dem Altar der Mode muß das freie, ungebundene junge Mädchen Opfer bringen.‹«

Die Schwestern speisen regelmäßig bei Sherry's an der Fifth Avenue, wo Kathleen sie mit französischem Akzent empfängt: »Guten Abend, Mesdemoiselles, was wünschen Sie? Wir 'aben Kaviar auf Toast, Vol au Vent vom Bries, Törtchen mit Pfirsischen in Weinbrand und Grüne Schildkrötensuppe. Oder 'ätten Sie lieber Zunge in Aspik?«

Doch sie sind nicht nur frivol. Mit wahrer Inbrunst liest Kathleen Lady Randolph Churchills Artikelserie über den Krieg vor, *Am siedenden Samowar*. Allen drei Schwestern stockt der Atem, wenn sie auf ein Foto von einem französischen Kasino stoßen, das in ein Lazarett umgewandelt wurde. Nein … Daddy ist nicht da.

Außerdem liest Kathleen jedesmal die neueste Folge einer pikanten Geschichte vor, während die Mädchen verblüfft lauschen und über die Schulter der großen

Schwester die Illustration anstarren: »*Gehen Sie! Sie sind nichts weiter als ein Rohling!*«

Ungeduldig wartet Kathleen auf jede neue Nummer von *Harper's Bazaar,* die ihr Mrs. Foss von der Orpheus Gesellschaft weiterreicht und die sie ebenso entzückt wie angewidert verschlingt. Beispielsweise gibt es da eine Abbildung, die Kathleen als Wandschmuck ausgeschnitten hat, nur um sich selbst zu ermahnen, daß Philister nicht auf ihre Heimatstadt beschränkt, sondern selbst in den höchsten Gesellschaftskreisen anzutreffen sind: auf der Fotografie soll die große Geraldine Farrar zu sehen sein, wie sie in der Metropolitan Oper von New York die *Carmen* singt. Doch im Vordergrund sieht man eine Loge voller Damen der bedeutenden Familie Astor, die gegenseitig ihren Schmuck bewundern. Kathleen war es nie zuvor in den Sinn gekommen, daß irgendwer aus einem anderen Grund als aus Liebe zur Oper ins Opernhaus gehen könnte. »Das soll mir eine Lehre sein«, schwört sie sich. »Wenn ich singe, darf niemand woandershin sehen als auf die Bühne!«

Irgendwann ist immer der Punkt erreicht, an dem Kathleen *Harper's Bazaar* in die Ecke schleudert und erklärt, sie habe »diesen Plunder und die Faxen und die dummen Fratzen gründlich satt, die ihr Hirn mit all dem Mist vollstopfen!«

»Blödsinn!« stimmt Mercedes zu.

»Alberne verbrannte Hintern!« sekundiert Frances.

»Frances!«

Mercedes ist immer schockiert, und Kathleen lacht immer.

Dann kehren sie ausgehungert zu Märchen und den *Bobbsey-Zwillingen* zurück.

KANADISCHE FRAUEN, SAGT: »LOS!«

Ich ging die Straße von Nova Scotia entlang,
Da kam ein Mann von weit her, der war ganz
*   braungebrannt,*
Und erzählte uns, König George rufe jeden Mann
*   zur Pflicht,*
Und bot uns an den Uniformrock schlicht.
Er sagte uns, der Ruf erschallt weit über Land
*   und See,*
Und als ich dieses Wort vernahm,
Sagt ich meinem Schatz ade.
Marschlied des 85. Übersee-Bataillons der
kanadischen Expeditionsstreitkräfte

Seine Feldpost trifft ziemlich regelmäßig ein, auf Stan-
dard-Militärpostkarten.

Liebe Missus!

Mir geht es gut. Mach dir keine Sorgen. Den Mädchen
alles Liebe.
James.

Nichts fällt der Zensur zum Opfer... James schreibt nie
genug, um irgendwelche Geheimnisse zu verraten. Materias Herz macht jedesmal einen Hüpfer, wenn die Post
kommt, weil Seine Majestät seine Dankbarkeit und sein
Beileid auf Karten von gleicher Größe bekundet. Sie reißt
den Umschlag auf und sucht nach dem schwarzen Rand,
aber der ist nie da.

Im Frühling 1916 taucht Mrs. Luvovitz mit dem kleinen Ralph im Schlepptau an Materias Küchentür auf. Die
Rollen sind jetzt vertauscht, Mrs. Luvovitz weint. Na, na,

komm herein, setz dich, Tasse Tee. Sie sackt über dem Küchentisch in sich zusammen, Materia scheucht Ralph weg, der mit Mercedes und Frances in der Tür steht. Was Mrs. Luv wohl hat? Mrs. Luvovitz streckt den Arm aus, ohne aufzusehen, und umklammert Materias Hand.

Ihre Söhne ziehen in den Krieg, Abe und Rudy. Sie erwarten von ihr, stolz auf sie zu sein, sie sind richtige Kanadier.

»Nur keine Sorge, sie kommen bald wieder«, sagt Materia. »Denn in allen Zeitungen steht, daß es jetzt sehr schnell zu einem Durchbruch kommen muß; das Patt kann nicht ewig anhalten.«

Mrs. Luvovitz putzt sich die Nase und reibt sich mit ihrem Taschentuch übers Gesicht. »Ich weiß, ich weiß, du verstehst nicht, wir haben«, und fällt wieder in sich zusammen, »wir haben Verwandtschaft drüben«, ihre Stimme wird schrill. »Meine Mutter ist drüben ...«

»Deine Familie in Polen, sie nicht kämpfen in Polen.«

»Bennys ist aus Polen, meine Verwandten sind Deutsche.«

Als sie weint wie ein Kind, nimmt Materia sie in die Arme. Ihre Söhne werden gegen ihr eigen Fleisch und Blut kämpfen. Die Luvovitzens sind richtige Kanadier, und die Feingolds richtige Deutsche.

Im Sommer 1916 werden an der Somme etliche Neuerungen eingeführt: Die Kanadier haben Helme. Und Gewehre, die meistens losgehen. Die Deutschen haben Maschinengewehre.

Am 1. Juli sieht der britische Schlachtplan folgendermaßen aus: Eine Million Granaten, um die Stacheldraht-Verschanzungen der Boches zu durchbrechen. Wie üblich den Dreißig-Kilo-Tornister schultern. Raus aus dem Schützengraben und zum Angriff übergehen. Geht auf die deutschen Linien zu, dort sind inzwischen alle tot. Weitergehen, bis ihr in Berlin seid.

In viereinhalb Stunden werden fünfzigtausend Briten

und Kanadier erschossen. Noch am selben Nachmittag
wird der britische Plan revidiert: Alles so machen wie
zuvor. Aber diesmal im Laufschritt.

Abe wird getötet, während er geht. Rudy beim Laufen.
Keiner von beiden hat einen Deutschen getötet.
Aleihem ha'sahlom.

2. Juli 1916

Liebe Missus!

Mir geht es gut ...

Mrs. Luvovitz kommt nie drüber hinweg. Sie macht wei-
ter, sie muß ja, sie hat ihren jüngsten Sohn, sie hat Benny.
Und dann ist da noch Materia, eigentlich auch ein Kind,
ich weiß noch, wie ich sie auf dem Steilfelsen gefunden
habe, was würde sie anfangen ohne mich? Sie hat sich die
Nachricht über meine Söhne sehr zu Herzen genommen.
Materias Mann wird wahrscheinlich fallen, ein Segen,
Gott vergib, ich weiß nicht, warum, aber er jagt mir Angst
ein. Benny hält es für ein Vorurteil. Ist es nicht. Es ist eine
Vorahnung. Etwas stimmt nicht mit ihm, ich kann's nicht
beweisen, ich spüre es nur. Vielleicht bin ich ja meschugge,
aber eins weiß ich, ehe ich meinen Sohn Ralph in den
Krieg ziehen lasse, verstümmle ich ihn lieber, die Füße
nagle ich ihm am Boden fest.

Auf zwei Kontinenten macht sich der Krieg so bemerkbar. Jüngere Söhne werden aus Rekrutierungsstellen
weggezerrt, noch ehe sie »Sechzehn, Sir, ehrlich« sagen
können. Überall sind die Jüngsten plötzlich die Ältesten
geworden.

Das alles hat Materia nicht gewollt.

Ypern: Gas – wenigstens bringt es auch Ratten um.
Passchendaele: Es spielt keine Rolle, ob man schwimmen
kann.

Liebe Missus!

Mir geht es gut ...

Im Sommer 1917 flog die Zeche zwölf in die Luft, wo James gearbeitet hatte. Fünfundsechzig Tote. Durch den Krieg erleben die Kohlengruben von Sydney einen Aufschwung. Vollbeschäftigung, niedrige Löhne, und Streiks gesetzlich verboten, da Kohle kriegsnotwendig ist. Die Produktion wurde hochgefahren, die Belüftungsklappen waren nicht geöffnet, Gas sammelte sich an. In dieser Hinsicht war die Zwölf immer schlimm gewesen. Materia spielt auf vielen Beerdigungen und grübelt über James' Glück und ihre unverzeihlichen Sünden nach.

Wem kann sie beichten? Ihrer guten Freundin Mrs. Luvovitz nicht. Sie versucht, es dem Priester zu sagen. »Vater vergib mir, denn ich habe gesündigt, ich hab den Krieg heraufbeschworen.« Doch der erzählt ihr, sie habe nur die Sünde des Stolzes auf sich geladen. »Bete drei Rosenkränze, und bitte Gott um Demut.« Also wird Materia keine Absolution erteilt. Jeden Tag geht sie im Geiste zum Felsen, und jeden Tag stürzt sie sich hinunter in die Tiefe; einen Moment lang schwerelos, spürt sie das schlanke Mädchen, das sie einmal war, dann das jähe befriedigende Aufklatschen auf Stein. Dorthin gehört sie, sie verlangt nach der Berührung des wilden Strandes, um so noch einmal in einem steinigen Aufprall lebendig zu werden und dann zu sterben. Frieden. Aber sie hat ihre kleinen Mädchen, und Selbstmord ist eine unverzeihliche Sünde.

Im Herbst 1917 erscheint im portugiesischen Fàtima die Jungfrau Maria drei Kindern und erzählt ihnen drei Geheimnisse, deren drittes bis auf den heutigen Tag ein Geheimnis des Vatikans ist. Doch Materia kennt das dritte Geheimnis. Es lautet wie folgt: »Liebe Kinder; ich habe den Weltkrieg gesandt, um Leib und Seele von Kathleen Piper ein wenig länger zu schützen.«

DULCE ET DECORUM

Wir tragen die Feder, die 85er Feder,
Und zwar mit Freude und Stolz.
Sagt eurem alten Scheißer, Billy, dem Kaiser,
Wir Blaunasen sind nicht aus Holz.
Wo's an Kampfkraft gebricht, tun wir
  uns're Pflicht,
Machen Britanniens Feinde zur Schneck';
Wenn der Dudelsack brommt, das 85er kommt,
Aus dem Land, wo das Ahornblatt wächst.
85. Überseebataillon der K.E.St.

Es muß etwas bedeuten, wir sind so viele ... Noch nie haben so viele so vieles für so wenig geopfert. Es muß etwas zu bedeuten haben, sonst gäbe es die Parade nicht, nicht die Inspektion durch den König, die blankpolierten Knöpfe, die schmalen Wunden überall in Europas Erde, die festen Balken, von denen die Flut aus Schlamm und menschlichem Gewebe zurückgehalten wird, das akribische Netzwerk winziger Minen, die Läuse, die Ratten, die Stiefel, die zu Staub zurückkehren, die um meine Füße verstreut liegenden Zehen, wie Laub, wie ausgefallene Zähne.

James hat drei Jahre in einem schmalen Streifen Frankreichs und Flanderns damit zugebracht, Heckenschützen auszuweichen, um Leichen aufzusammeln und Sterbende zu trösten. Er ist kein Sanitäter, er macht es einfach freiwillig. Verdrahtungstrupps, Grabentrupps, Aufklärungstrupps, eine einzige große Truppen-Party. Die Papierschlangen, Knallfrösche und Konfettischauer, mit denen sie verabschiedet wurden, waren gar nichts im Vergleich zu den leuchtenden Stücken von Männern, die durch die

Luft segeln und die restlichen Bäume hier in dem Land des ewigen Novembers schmücken. Diese Dekoration wird sich jahrelang halten.

Kalkchlorid, um den Gestank zu vertreiben, Kordit, um die Läuse zu vernichten, Tran, damit die Füße nicht faulen. Vierundfünfzig Tage hintereinander im überfluteten Massengrab der Sterbenden, aber er beklagt sich nie. James hat das Leben so vieler Männer verlängert, daß er mehrmals in der Kriegsberichterstattung erwähnt wurde. Ursprünglich hatte man ihn für das Victoriakreuz vorgesehen, aber als sich das Große Abenteuer in die Länge zog, warf seine Variante von »herausragender Tapferkeit« kein vorteilhaftes Licht auf das Kriegsgeschehen.

Einmal nannte ihn ein sterbender Mann »Mami«, und dabei grapschte er nach den Knöpfen auf James' Brust. Nichts konnte James noch überraschen. Er ließ den Jungen aus Saskatchewan an einem seiner Messingknöpfe nuckeln. Dann starb der Junge. Fürs Vaterland.

Den Matsch zwischen den feindlichen Schützengräben nennt man Niemandsland. Ein passender Name für ein Stück umkämpfter Erde, das von einer der beiden Seiten erobert werden muß. Aber James und möglicherweise ein paar andere an der vordersten Front haben diesen Ursprung des Wortes vergessen. Für sie steht das Wort für eine gespenstische neblige Fläche stillen Schlamms. Eine Vorhölle – grau, gelb, grün, hauptsächlich grau; und leer bis auf die Toten. Ratten laufen dort herum und bleiben Ratten. Vögel, die drüber wegfliegen, bleiben Vögel; sie können landen, etwas abreißen und fressen, können den Kopf zur Seite neigen und mit ihren Knopfaugen gucken, ehe sie wieder picken und fressen – und Vögel bleiben. Aber kein Mensch kann sich auf dieses Gebiet zwischen den Fronten vorwagen und ein Mensch bleiben. Das ist der Unterschied. Niemand kann es betreten, ob heimlich auf dem Bauch kriechend oder laut auf beiden Beinen durch klebrigen Sand rennend, während tausend Varianten seiner selbst auf beiden Seiten feuern und fallen, so weit das Auge reicht, und ein Mensch bleiben. Man kann wohl wieder zum Menschen werden, falls man es zurück hinter die eigenen Linien schafft, aber solange man sich dort aufhält, kann man sein Menschsein vergessen. Deshalb heißt dieser Bereich Niemandsland.

1916 hatte James sich so oft freiwillig vorgewagt, daß andere annahmen, er habe einen Todeswunsch. Entweder das, oder er werde beschützt – von einem der Engel von Mons vielleicht, oder vom Leibhaftigen. Sie wußten nicht recht, ob es Glück brachte, wenn man in James' Nähe blieb, oder ob man damit die nächste Kugel auf sich lenkte, die ihn um Haaresbreite verfehlte. Vor einem nächtlichen Sturmangriff oder einem Angriff im Morgengrauen, wenn andere Männer sich Bibeln in die linke Brusttasche steckten, Liebesbriefe oder eine glückbringende Rattenpfote küßten, lehnte sich James seelenruhig an einen stinkenden Sandsack voll Schlamm und Leichenteilen und las.

Als James zum erstenmal »die eigene Sicherheit völlig außer acht« ließ, war man im Herbst 1915. Fünf Männer waren in der Dunkelheit mit ihren Stacheldrahtsträußen losgezogen, aber nur vier waren zurückgekommen, ohne daß jemand einen Schrei oder einen Schuß gehört hatte. Das hieß, daß der fünfte Mann sich dort draußen verirrt hatte und orientierungslos in dieser Gegend herumwanderte. Deutsche Leuchtspurgeschosse strahlten aus drei Richtungen am Himmel und fügten der Gefahr Verwirrung hinzu. Kurz beleuchteten sie einen zersplitterten Baum, ein Kratermeer, austauschbare Leichen, mal rosa, mal bronzefarben und blau. An der Westfront ist nichts so bunt wie die Nacht. James ging den fünften Mann suchen. Es war kein Freund, nur irgendein Kamerad.

Nach zwei Stunden fand er den Mann, der im Begriff war, auf die deutschen Linien zuzugehen. James holte ihn zurück, freundete sich aber weder mit ihm noch mit anderen an.

Am Weihnachtstag 1914 hatten die Briten und die

Deutschen ihre Waffen ruhen lassen, sie stiegen aus ihren Schützengräben und gingen ins Niemandsland. Auf halbem Wege zwischen den Linien trafen sie sich und tauschten Geschenke aus. Was gar nicht so seltsam war, wenn man bedenkt, daß sich nie zuvor so viele nette Familienväter mit anständigem Beruf freiwillig gemeldet hatten, um einander auf dem kurzen und mehr oder weniger unveränderlichen Abstand von zwanzig Metern gegenüberzustehen. Was für eine Schokolade. Welch ein gepökeltes Rindfleisch. Es war eine vollkommen spontane Waffenruhe, die sich nie in auch nur annähernd vergleichbarem Ausmaß wiederholte – irgendwie können die Leute immer noch in Weihnachtsstimmung kommen, wenn sie sich gegenseitig bloß mit gewöhnlichen Kugeln niedergemäht haben; haben sie sich erst mal wechselseitig vergast, ist die Feststimmung dahin. Trotzdem brachte James Weihnachten 1916 ein Geschenk rüber.

Nachts redet man sich ein, das Heulen und Winseln dort draußen stamme von wilden Hunden. Schwierig wird es erst, wenn einer der Hunde anfängt zu beten. Heiligabend hatte James bereits zwei Verwundete hereingeholt und suchte nun nach einem weiteren. Im Licht einer Leuchtrakete sah er zwei tote Träger zu beiden Enden einer Trage, auf der ein verbundener Mann lag … insofern ein ungewöhnlicher Anblick, als die Toten unversehrt wirkten. Während die Leuchtrakete verlosch, sah James, daß sich der Mann auf der Trage bewegte. Er ging hin, stellte aber fest, daß der Mann doch tot war – ein Festmahl für die Ratten, die ihn im Zuge ihrer Mahlzeit umgedreht hatten. James ging weiter wie beim Blindekuhspiel, horchte auf jedes Geräusch, das kein Rascheln oder Nagen war. Er blieb stehen und beugte sich über einen wimmernden Körper. Er tastete nach Armen, Beinen und Gedärm (liegen die Därme nur frei, lohnt es sich, ihn aufzuheben; ansonsten gibt man ihm unauffällig den Rest). Dieser Mann war in recht guter Verfassung, auch wenn er nicht gehen konnte, und als er James' »Wie geht's,

Kumpel?« auf deutsch mit: »Ich will nicht sterben, bitte« beantwortete, hob James ihn auf und ging ostwärts. Als sie sich dem deutschen Schützengraben näherten, rief der Mann seinen Kameraden zu: »Nicht schießen, nicht schießen!« James legte ihn eine Armeslänge von der Brustwehr entfernt ab, drehte sich um und ging zu seiner eigenen Seite zurück.

Zu all dem war James in der Lage, weil er mit sich selbst etwas abgemacht hatte: Weder legte er es darauf an, getötet zu werden, noch darauf zu überleben. All das konnte er tun, weil ihm die Männer, die er rettete, unendlich leid taten. Sie hegten den traurigsten und närrischsten aller Wünsche: Sie wollten weiterleben.

Eines Abends hat Kathleen Mercedes und Frances angewiesen, allein zu spielen, während sie einen Brief an
Daddy beendet ... »In der Schule ist es schön ... macht
sehr viel Spaß ...« Mittlerweile findet sie das Geplapper
der beiden weniger störend als ihr erwartungsvolles
Schweigen.

Frances hält die Zügel des Planwagens, zu dem sie
Kathleens Tagesdecke umfunktioniert haben. »Wenn ich
groß bin, hab ich soo lange Haare und kann alles selber
bestimmen und singen und Süßigkeiten essen.«

Mercedes ist die Pioniermutter mit den kleinen Kindern. »Ich auch, und wenn ich groß bin, fahr ich in die
alte Heimat und besuche Sitty und Jiddy.«

»Ich auch.«

Kathleen schaut von ihrem Brief auf. »Die sind nicht in
der ›alten Heimat‹. Was redet ihr da?«

Frances treibt mit einem Zungenschnalzen die Pferde
an, Mercedes tröstet das Affenbaby und antwortet:
»Doch, denn sie sind reich geworden ...«

»Aber dann haben ihnen die Früchte und Diamanten
gefehlt ...«

»Die wohnen wohl verdammt noch mal in Sydney«,
sagt Kathleen.

Frances blinzelt, und die Pferde verschwinden. Die
kleinen Kinder in Mercedes' Armen werden zu kühlem
Porzellan und Gummi. »Mama hat gesagt ...«

»Mir egal, was sie gesagt hat, die wohnen in Sydney,
und sie hassen uns, sie sind dumme gemeine Schwach-
köpfe, und wir sind ohne sie besser dran.« Kathleen wirft
ihren Bleistift auf den Schreibtisch und steht auf. »Was
wollen wir lesen?«

Frances sieht Mercedes an. Mercedes sagt: »Die Zeit-schrift.«

»Nein«, entscheidet Kathleen.

»*Die roten Schuhe.*«

Frances schwärmt: »Ach ja, und sie kriegt die Füße abgehauen.«

Mercedes bricht in Tränen aus. Dann natürlich auch Frances.

»Sie kriegt nicht die Füße abgehauen«, beschwichtigt Kathleen.

»O doch, o doch«, schluchzt Frances.

»Wenn ich sage, nicht, dann nicht.«

Doch sie sind untröstlich, klammern sich aneinander und heulen nach Mama.

»Was seid ihr zwei für Heulsusen, kommt schon, wir lesen was anderes.«

Sie putzt ihnen die Nasen, gibt Frances ihre Haarbürste und hebt Mercedes auf ihren Schoß.

»Dürfen wir heute bei dir im Bett schlafen?«

»Also gut, kommt rein ...«

»Juhu!«

Und als sie sich gemütlich angekuschelt haben: »Jetzt seid still und hört zu. *Die Bobbsey-Zwillinge am Strand* ...«

Kathleen liest wunderbar vor, weil sie alle Stimmen mit den verschiedenen Akzenten anders betont. »›Sag'n Se, was Se woll'n, wir kommen ganz schön rum!‹ rief Dinah, während sie in den großen Gepäckwagen kletterte. Das farbige Dienstmädchen Dinah war schon so lange bei der Familie, daß die Kinder sie Dinah Bobbsey nannten, obwohl sie eigentlich Mrs. Sam Johnston hieß.«

Im Erdgeschoß ringt Materia die Hände beim Gedanken an den Berg Hausarbeit, Putzen und Backen. Heute hat sie ein Telegramm bekommen. James kehrt heim.

STIEFEL

Eines kalten Aprilnachmittags 1917 brachte ein französischer Soldat bei Vimy James auf die Idee, Stiefel herzustellen.

Der Franzose kam, abgemagert zum Skelett, aus dem
Nebel gewandert, seine nackten Füße schmatzten im gelben Schlamm, wo James nach Verwundeten suchte. Er
drückte seine Daumen zu beiden Seiten in James' Luft-
röhre, warf ihn in den Matsch und preßte seinen Kopf
hinein. Dann machte er sich über James' Stiefel her und
schnitt die Schnürsenkel durch. James kam mit einem
Ruck hoch und erstach den Mann. Zu seinem Glück sah
es im Nebel keiner – die Franzosen waren unsere Alliierten.

Von diesem Zeitpunkt an denkt James nur noch an
Stiefel. Es ist das einzige, was das schabende Geräusch
seines Bajonetts zwischen den vorstehenden Rippen des
Franzosen übertönt und ihn von dem Anblick befreit, als
der Mann wie eine Vogelscheuche umkippte, als James
feuert – runter und rauf, die Damen, runter und rauf. Auf
die Stiefel kommt es an. Mehr als auf Waffen, Proviant
oder Stragegie. Wir werden gewinnen, weil wir mehr und
bessere Stiefel haben, Stiefel entscheiden die Geschichte.
Warme, trockene Füße verhelfen uns dazu, daß wir uns
länger abschlachten lassen können als der Feind. Hat der
Feind erst einmal seine Stiefel abgetragen, kann er nicht
länger gegen unser Maschinengewehrfeuer anbranden und
wird sich ergeben. Wenn ich Stiefel herstelle, bin ich auf
den nächsten Krieg vorbereitet. Ich werde reich genug
sein, um meine Tochter ein Jahr lang aufs Konservatorium
in Halifax zu schicken, danach in die ganze Welt. Nur
nicht nach Mailand oder Salzburg, nicht einmal nach

London. Die Alte Welt ist ein Friedhof. »Woll'n wir nicht fröhlich tanzen und singen, wenn die Todesglocken klingen?« Nein, wollen wir nicht. Die große Musik wird in die Neue Welt übersiedeln. New York. James kann es förmlich riechen. Er hat dort eine Cousine – eine alte Jungfer mit einem ungewöhnlichen Vornamen ... Giles, genau, sie arbeitet bei den Nonnen. Alles fügt sich prächtig. Alles wird bestens. Spucke klebt alles, Morgenstund hat Gold im Mund.

Von da an wienert James jeden Tag seine Stiefel, manchmal den ganzen Tag lang, weil es oft nichts anderes gibt außer einem ganzen Tag. Zwischen den Fetzen und faulenden Stücken strahlen die Überreste von James' Stiefeln um seine bloßen Zehen herum regelrecht durch den ewigen Nebel. Die anderen Männern nennen ihn »Rudolph«.

Diese Stiefelmarotte bewahrt James vor einem weiteren Fronteinsatz, obwohl er sich meldet. Seine Vorgesetzten erklären ihn für nicht mehr einsatzfähig. Jemanden erstechen ist ganz normal in der Schlammschlacht. Zwanghaft ein paar zerfallende Stiefel polieren hingegen nicht. Dann hat man eine Bombenneurose. James' Vorgesetzte nennen ihn nicht »Rudolph«, sondern »Lady Macbeth«.

Mit einem unsichtbaren Teil seiner selbst verliert James einen Zeh. Der fällt ab, schmerzlos. Und wird vor seinen Augen von einer Ratte geschnappt und fortgetragen. Hätte ihn die Bombenneurose nicht erwischt, diese Sache mit dem Zeh hätte ihm den Rest gegeben. Und so schreiben James' Vorgesetzte aus Rücksicht auf seinen männlichen Stolz nicht »Bombenneurose« auf seine Entlassung, nicht einmal »akute Kampfreaktion«. Offiziell wird er wegen der Fußverletzung als Kriegsinvalide entlassen.

Man bringt James aus den mörderischen Sümpfen von Passchendaele über den Ärmelkanal in den Buckingham Palast, wo ihm der Distinguished Service Order verliehen wird, ein Orden »für außerordentliche Pflichterfüllung vor dem Feind«. Während der Zeremonie wandern seine

Blicke von den Schuhen der Anwesenden zu ihren Gesichtern, und er versucht zu entscheiden, ob beides zusammenpaßt.

Per Schiff wird er zu seiner ehrenhaften Entlassung nach Hause gebracht. Niemand ahnt, wie müde er ist. Sein Leben lang wird er müde sein.

Als James im Dezember 1917 vom Deck seines Truppenschiffs aus den Hafen von Halifax sieht, ändert er seine Pläne für Kathleen. Er muß sie wohl geradewegs nach New York City schicken. Halifax ist in die Luft gejagt worden. Er fragt sich nicht, wie oder warum. Der Krieg hat eben auch die Ränder Kanadas angenagt.

SÜSSIGKEITEN VON FREMDEN

Ein Krieg verändert den Menschen auf unterschiedliche Weise. Entweder wirft er dich auf das nackte Ich zurück, oder er löst Veränderungen aus, als wärst du eine Larve gewesen, die sich in Feuchtigkeit, Dunkelheit und engen Wickelgamaschen verpuppt hatte. Und falls du nicht von einer explodierenden Granate in die Luft gejagt wurdest, schlüpfst du so verwandelt aus deinem Uniform-Kokon, daß du Angst hast, du wärst verrückt geworden, denn zu Hause behandelt man dich wie einen wildfremden Mann. Jemanden, dessen Name, Adresse und verwandtschaftliche Beziehungen durch einen absurden Zufall mit deinen übereinstimmen, der aber im Krieg gefallen sein muß. Und du hast keine Wahl, du mußt als Schwindler leben, weil du dich nicht erinnern kannst, wer du vor dem Krieg warst. Dafür gibt es eine einfache, aber schreckliche Erklärung: Du wurdest im Krieg geboren. Glatt, blutig und voll entwickelt, bist du aus einem Schützengraben geflutscht.

Der Erste Weltkrieg hat am allermeisten verändert.

Eines hat James mit dem Mann gemein, der vor drei Jahren in den Krieg zog: die Tochter Kathleen. Am 10. Dezember 1917 steigt er in Sydney aus dem Zug, eine nicht explodierte Granate.

Er hat ein paar Jahre lang geübt, gleichzeitig anwesend und abwesend zu sein, daher findet er den Weg von Sydney nach New Waterford. Die fünfzehn Kilometer überfrorene unbefestigte Straße geht er in seiner Zivilkleidung, den Seesack über der Schulter, und bei jedem Schritt sagt es in seinem Kopf: »Sydney, New Waterford. Sydney, New Waterford.« Zu seiner Linken liegt Europa.

Viele Menschen sehen ihn die Stadt betreten und die

Plummer Avenue hinuntergehen. Sie wissen nicht, daß er ein Held ist, nur, daß er mit dem Leben davongekommen ist, während die meisten gestorben sind ... Und noch immer sterben. James steigt die Stufen zu seiner Veranda hinauf, schafft es, seine Frau zu begrüßen, als wäre sie jemand, den er früher gut kannte, und zwei kleine Mädchen zu tätscheln, die quieken und ihn Daddy nennen, und dem Blick der einen Person auszuweichen, die nur zu real ist.

Er geht an ihr vorbei ins Haus und zur Dachkammer hinauf. Sein Bajonett legt er in die Wäschetruhe. Er ignoriert die Anweisungen des Militärarztes und fängt sofort an zu arbeiten. Er muß sie verbannen, bis er sich daran gewöhnt hat, wieder lebendig zu sein.

Kathleen macht sich zwar Sorgen, versucht aber, es wie eine Erwachsene zu nehmen: Nicht daß Daddy mich nicht mehr liebt, es liegt daran, daß der Krieg so furchtbar war.

James baut seitlich ans Haus einen Schuppen, und dahinein zimmert er eine Werkbank. Weihnachten kommt und geht, ohne daß er es merkt, trotz der Aufregung der kleinen Mädchen und des Dufts nach Gebackenem aus der Küche. Ohne seiner Frau ein Wort zu sagen und frech wie ein Rohrspatz, schreibt er dem alten Mahmoud und schließt mit ihm ein Geschäft ab. Mahmoud beliefert die Dominion-Kohle-und-Stahl-Gesellschaft, und James wird Mahmoud beliefern. Zwar nur mit Stiefeln, aber in Bergwerken und Fabriken sind sie ein wichtiges Produkt. Mahmoud leiht James das Einstiegskapital und nimmt ihm dann die Stiefel zum Großhandelspreis ab, den er derzeit bezahlt, um sie von Halifax in seinen Laden nach Sydney zu transportieren. Und James stellt Stiefel her.

»Daddy?«

»Ja, Kathleen?«

»Geht's dir gut?«

»Könnte nicht bessergehen.«

» ...Heute ist mein Geburtstag.«

»Herzlichen Glückwunsch, alter Kumpel.«

143

»Danke. Daddy?«

»Ja?«

»Soll ich dir etwas vorsingen?«

»Das wäre sehr schön, Liebes, aber ich hab zu tun.«

Mahmoud ringt sich zähneknirschend Achtung für seinen nichtsnutzigen Schwiegersohn ab, zieht aber eine Grenze, wenn es um den direkten Kontakt mit James oder dessen Familie geht. Das ist James recht. Über Leo Taylor schicken sie einander Botschaften. James verdient Geld.

Er kramt die Visitenkarten hervor, die er vor Jahren bei Kathleens Konzert in Halifax eingesammelt hat. Holt Erkundigungen ein. Er schreibt dem Verwaltungsdirektor der Metropolitan Opera in New York: »Sehr geehrter Herr. Wer ist Ihrer kundigen Meinung nach als hervorragender Gesangslehrer zu empfehlen?« Als er die Antwort hat, schickt er ein längeres Telegramm an einen Mann mit deutsch klingendem Namen in der Stadt New York. Erhält eine Antwort: »Ja, Herr … empfängt Kathleen am 1. März 1918 um 10.00 Uhr in seinem Studio an der 64th Street, Ecke Central Park West.« James schreibt seiner altjüngferlichen Cousine Giles in New York: »… und meine Mutter hat stets voller Achtung von Dir gesprochen … Selbstverständlich bin ich bereit, Dich für etwaige Aufwendungen und Auslagen zu entschädigen …«

Es ist soweit. Kathleen ist zwar noch keine achtzehn, aber ihre Stimme ist reif. Und Tante Giles hat sich bereit erklärt, sie zu beaufsichtigen. Außerdem gibt sich James keiner Selbsttäuschung mehr hin, wo das Mädchen wohl am sichersten aufgehoben wäre.

Trotz der Stiefel ist offensichtlich, daß dieser Schritt die Familienfinanzen weit überfordert. James zögert nicht. Er schreibt an Mahmoud und bittet rundheraus um Geld, damit er das Mädchen nach New York schicken kann.

Diese direkte Bitte überrascht Mahmoud noch mehr als James' vorangegangenes geschäftliches Angebot. In einen lila Satinsessel zurückgelehnt, die Füße in Pantoffeln auf einen gepolsterten Hocker gelegt, kneift Mahmoud die Augen zusammen und liest den kurzen Brief ein zweites Mal.

Da er von weichen Rundungen umgeben ist, fällt besonders auf, wie kantig Mahmoud mit den Jahren geworden ist. Das Geschäftsleben hat an seinem Fett gezehrt und die Knochen deutlicher hervortreten lassen, Wachsamkeit hat seine Augen, die so scharf sind wie eh und je, zu schmalen Schlitzen verengt. Seine Haare sind schütter und stahlgrau geworden, und beide Seiten seines ledrigen Gesichts werden von den Wangenknochen bis zum Kinn von zwei tiefen Falten durchfurcht. Jetzt ähnelt er dem schlichten Holzstuhl im Hinterzimmer seines Ladens ... Nur Mrs. Mahmoud sieht jetzt noch den großen, dunklen, schönen Mann in ihm, der er früher einmal war.

Mahmoud wirft einen Blick von James' Brief auf das alte verwünschte Klavier. Die Stimme hat sie natürlich von der Mahmoudschen Seite. Alle Männer und Frauen seiner Familie singen. Sind geborene Sänger. Es ist eine Gottesgabe, und offenbar haben Gott und Mr. Mahmoud dieses Geschenk via Materia – gestorben, für mich ist sie gestorben – an die älteste Tochter des *enklieschen* Mistkerls weitergegeben. Zu dumm. Meine Enkelin ist sie nicht.

Mahmoud hebt kaum merklich den Zeigefinger seiner linken Hand, und seine Frau schenkt ihm Tee nach.

In der Küche hackt Teresa Taylor Petersilie für *tabuleh* und wundert sich, daß Mr. Mahmoud seine Frau immer noch wie ein Dienstmädchen behandelt, obwohl er sich inzwischen mehrere richtige leisten kann. Das alte Klischee, daß Weiße eben seltsam sind, trifft hier nicht so ganz zu, weil die Mahmouds – obwohl man Kopf und Kragen riskieren würde, wenn man es laut sagte – nun mal nicht richtig weiß sind. Oder? Sie sind anders. Ein bißchen farbig. In Neuschottland bedeutet das zu dieser Zeit, daß die Farbschranke, die den Zugang zu den meisten gesell-

145

schaftlichen Bereichen blockiert, nicht ganz so unverrück-
bar ist. Daß sie Geld haben, hilft.

Teresa ist eine Schönheit. Obwohl die meisten Leute in
dieser Weltgegend nicht auf den Gedanken kämen, es sei
denn, sie sähen ein Bild von ihr in einem Buch über
Afrika. Alles an Teresa ist groß – ihr Gesicht, besonders
ihre Augen. Alles an ihr ist fein: ihre Hände, mit denen sie
Tomaten in Scheiben schneidet, ihre Fußknöchel, wenn sie
steht und neun Stunden täglich zwischen Arbeitsplatte,
Tisch und Spüle hin und her geht. Ihre Stimme mit dem
leichten Barbados-Akzent. Und an ihrem Hals das Silber-
kreuz, das Hector ihr geschenkt hat.

Teresa wird nicht immer Dienstmädchen bleiben. Sie ist
verlobt. Sie preßt den Saft aus drei Zitronen und dankt
Jesus mit einem kleinen Gebet dafür, daß er Hector
beschützt. 1914 hatte er sich freiwillig gemeldet, um nach
Europa zu gehen und zu kämpfen, doch die Armee nahm
ihn nicht: es war ein Krieg zwischen Weißen, man wollte
keine »Schachbrettarmee«. Statt dessen ging Hector in das
Stahlwerk und ließ den Krieg Krieg sein. Jetzt können sie
ihn nicht mehr einziehen, weil er in einer kriegswichtigen
Produktion tätig ist. Teresa und Hector sparen, damit er
zum Studium in die Vereinigten Staaten fahren und angli-
kanischer Geistlicher werden kann.

Teresa kennt Hector schon ewig. Als sie zehn war, sind
beider Familien gleichzeitig hierher übergesiedelt, von
einer üppigen auf eine öde Insel, damit die Väter arbeiten
konnten, erst unter Tage, dann in der Fabrik. Teresa ist im
Coke-Ovens-Abschnitt von Whitney Pier in Sydney aufgewachsen und würde trotz des ewigen Kampfes gegen Ruß
aus den Lokomotiv- und Fabrikschornsteinen nirgendwo
anders wohnen wollen, außer in New York. Dorthin wird
sie mit Hector ziehen, sobald sie verheiratet sind.

Daher bereut Teresa keine einzige Arbeitsstunde bei
den Mahmouds. Und es ist wirklich keine schlechte Stelle.
Sie mag die Gerichte, die sie im Haus kochen gelernt hat,
beispielsweise diesen *tabuleh*. Er stellt eine nette Abwechs-

lung vom Essen der Engländer und Schotten dar, für die sie zuvor gearbeitet hat, mit ihren ewigen Kartoffeln mit Fleisch und ohne ein Gewürz in Reichweite. Die meisten Mahmouds sind sehr freundlich, und sie verstehen zu feiern ... singen immer, ohne daß sie Schnaps brauchen, um aus sich herauszugehen, nicht wie die Fleisch- und Kartoffeln-Fresser. Und Mr. Mahmoud zahlt gut. Teresa hat schon die ersten Stücke für ihre Aussteuer gekauft. Er erwartet die besten Leistungen, ist aber, anders als die meisten, auch bereit, dafür zu zahlen – er hat seine Herkunft nicht vergessen. Außerdem hat er sie noch nie belästigt, auch wenn er jähzornig ist. Da braucht man nur seine Töchter zu fragen. Unterdessen arbeitet Teresa unermüdlich, hält sich von ihm fern und bedauert Mrs. Mahmoud. Die hat alles, was man sich für Geld kaufen kann, von einer liebenden Familie und Unmengen von Enkelkindern ganz zu schweigen. Aber sie hat auch einen geheimen Kummer. Das merkt Teresa. Sie preßt das Wasser aus dem Weizenschrot, den die Libanesen *Burgul* nennen, und knetet ihn in das gewürzte Fleisch – heute abend gibt es *kibbeh*.

In dem großen Wohnzimmer hält Mr. Mahmoud ein Nickerchen, und seine Frau Giselle schaut zu. Sieht man von ihrem grauen Dutt ab, scheint sie sich im Lauf der Jahre überhaupt nicht verändert zu haben. Dasselbe weiche runde Gesicht, die runden Arme, die sanften Augen. Ihrem Mann zuliebe trägt sie ihren Ring mit dem Mondstein und ihre einreihige echte Perlenkette. Vorsichtig nimmt sie ihm den Brief aus der Hand und trägt ihn in die Küche.

»Teresa. Bitte lesen.«

Mrs. Mahmoud hat nie gelernt, Englisch zu lesen. Teresa liest den Brief vor und sagt dann: »Kathleen Piper. Das ist die junge Dame, die wir vor dem Krieg in der Aula singen gehört haben.«

Mrs. Mahmoud nickt. »Meine Enkelin.«

Teresa zieht eine Augenbraue hoch. Das Mädchen, das

mein kleiner Bruder in die Schule und nach Hause fährt. Die Prinzessin, die nie auch nur ein Wort an ihn gerichtet hat. Die mit der Stimme. Nun ja. »Das ist Ihre Enkelin, Mrs. Mahmoud?«

Giselle nickt.

In dieser Nacht klärt Giselle ihren Gatten umsichtig über seine eigenen Absichten auf. Am Morgen schreibt er einen Scheck aus. Er sagt sich, daß er es für Giselle tut. Doch während er die dritte Null malt, macht er sich so seine Gedanken über die Zukunft der Familienstimme. Weltberühmt. Die glorreiche Krönung seines Erfolgs in der Neuen Welt.

Nur Teresa eignet sich für einen derart wichtigen Botengang, und Mahmoud drückt ihr den Umschlag in die Hand und sagt: »Laß dir eine Quittung geben.« Teresa macht sich auf den Weg nach New Waterford, wo sie sich etwas Seltenes erhofft, nämlich einen Blick auf den abgetrennten Ast des Mahmoudschen Stammbaums.

Materia öffnet die Tür. Sie trägt einen Hauskittel. In der Hand hält sie eine fleckige Schere. Sie hat gerade Nieren für eine Pastete geschnitten. Die kleine Frances späht hinter den Blättern des verrückt geblümten Kittels ihrer Mutter hervor. Materia richtet ihre Augen mehr und mehr in die Ferne, so als sähe sie inzwischen mehr von der Welt als andere Leute. Doch obgleich sie mehr zu sehen scheint, hat sie nicht die Miene eines Menschen, der das, was er sieht, auch verarbeitet. Sie schaut nicht, sie starrt. Jetzt starrt sie zu Teresa hoch.

Teresa weiß, wie ein Mensch aussieht, der nicht ganz bei sich ist. Sie hätte die mollige traurige Frau in der Tür für die Haushaltshilfe gehalten, hätte sie nicht nach der Mahmoudschen Familienähnlichkeit gesucht, die sich in dem Farbton und der Weichheit der Haut zeigt – und in Mrs. Mahmouds Augen, wenn sie auch in diesem schwammigen Gesicht verschleiert sind.

»Mrs. Piper?«

Materia nickt. Theresa erkundigt sich höflich: »Ist Mr. Piper zu Hause, Ma'am?«

Klein Frances hat noch nie zuvor einen schwarzen Menschen gesehen. Weit und breit sind alle kreideweiß, bis auf ihre hellbraune Mutter. Sie streckt einen Arm nach Teresa aus und berührt sie an einer Hand. An der, die den Umschlag hält. Teresa lächelt auf sie herab. Frances verwahrt diesen Augenblick und legt ihn zu zwei oder drei anderen an einen sicheren Ort.

Inzwischen hat Materia etwas gemurmelt und ihre Schere vage in Richtung Schuppenanbau geschwenkt. Teresa macht sich zum Schuppen auf, Frances auf ihren Fersen. Materia kehrt zu ihren Nieren zurück, *schnipp, schnapp*.

Durch eine Türritze sieht Frances, wie Teresa Daddy einen Umschlag überreicht. Daddy macht den Umschlag auf und sieht sich ziemlich lange an, was drin ist. Dann bringt Teresa ihn dazu, etwas auf ein Stück Papier zu schreiben, das sie wieder in ihre Handtasche steckt. Als Teresa aus dem Schuppen kommt, wartet Frances draußen.

»Was willst du, Herzchen, hm? Wo hast du die vielen hübschen gelben Haare her?«

Als Antwort schaut Frances zu ihr auf. Sie will alles über diese sagenhafte Frau wissen, die bestimmt eine Königin aus einem weit entfernten Land ist. Wenn Teresa das wüßte, würde sie lachen: die Königin von Whitney Pier, Liebes.

»Hier, für dich, Schätzchen.« Teresa hält Frances ein großes Bonbon hin, genau in dem Augenblick, als …

»Frances!«

Das Kind und die Frau schauen auf, um das goldene Mädchen aus dem eben vorgefahrenen Taxi steigen zu sehen. Leo Taylor hat jetzt tatsächlich ein Automobil, einen an der Seite mit seinem Namen bemalten Ford, Model T, Leo Taylor Transporte. Er hält die Tür auf, und Kathleen geht an ihm vorbei, ohne ihn eines Blickes zu

würdigen. Sie hat vorhin gerufen und die Süßigkeiten-
übergabe unterbrochen. Jetzt kommt sie würdevoll auf die
beiden zu und fragt Teresa höflich und kultiviert: »Kann
ich Ihnen irgendwie behilflich sein, Miss?«

Scher dich zum Teufel, denkt Teresa und sagt: »Nein,
Miss Piper, ich habe nur Ihrem Vater etwas gebracht.«

»He, Trese, komm schon, Mädchen!«

Leo Taylor bleibt hier nicht gern länger als nötig.
Teresa schüttelt den Kopf, während sie in das Taxi ihres
Bruders steigt. Die Pipers – wohnen wie die Hinterwäld-
ler, führen sich auf wie die königliche Familie. Die beiden
fahren davon.

»Zeig deine Hand her, Frances.«

Frances macht ihr Händchen auf, und das schwarzweiß
gestreifte Lakritz-Pfefferminz kommt zum Vorschein. Was
für ein Schatz. Kathleen nimmt das Bonbon und wirft es
in hohem Bogen über den Hof; mit leisem Aufklatschen
landet es im Bach.

»Du weißt, daß du von Fremden keine Süßigkeiten
annehmen sollst, Frances. Erst recht nicht von farbigen
Fremden.«

FREIHEITSSTATUE

*Obgleich sie ein Mädchen war, betrachtete
Claudia die Welt, die vor ihr lag, wie mit den
Augen eines jungen unerfahrenen Ritters*
Claudia, von E.D.A.E.

In New York ist Kathleen wahrhaftig, absolut und vollständig Kathleen. Das bewirkt die Stadt, wenn sie für
einen Menschen wie geschaffen ist. Kathleen hat jede
Menge Persönlichkeit und keine Geschichte, und sie hat
noch nie im Leben so viel Luft geatmet. Zwar stammt sie
von einer Insel im Atlantik, die von nichts als Seeluft umgeben ist, doch in den von Menschen errichteten Freiluft-
Korridoren dieser phantastischen Stadt atmet sie endlich
frei. Von dieser Luft leben die Götter. Die Götter, die etwas schaffen. Nicht die Götter, die auf alten Felsvor-
sprüngen Trübsal blasen, fossile Dämpfe ausatmen und
auf jemanden warten, der die Fragmente vergessener Sa-
gas ergänzt, die sich mit den Jahren abgenutzt haben. Diese
Götter sitzen schon so lange auf ihren Felsen herum, daß
es nicht mehr lange dauern wird, bis sie selbst versteinern.

Aber die neuen Götter, dieser strahlende Bariton-Chor!
Sie bewohnen jeden Stahlträger, jede Hängebrücke, jeden
schimmernden Silberzug, alle vertikalen und horizontalen
Dinge, Glas, Kies und Sand allüberall. Sie holen tief Atem
und machen laute Geräusche, und mit jedem Atemzug
und jedem Geräusch öffnen sie den Himmel weiter.

Als Kathleen Pier 54 betritt, notiert sie im Kopf die
Anfangssätze im Buch ihres Lebens: *Und dann traf sie in
der Neuen Welt ein. Sie hörte die Absätze ihrer vernünftigen Schuhe auf der Gangway widerhallen und nahm sich
vor, nie wieder vernünftig zu sein.*

Eine verwirrend große Anzahl uniformierter Gepäck-
träger und nicht uniformierter Spitzbuben warten nur
darauf, sich ihren Koffer zu schnappen und damit ab-
zuziehen, doch Kathleen schleppt ihn in die Mitte des
Hafengebäudes und setzt sich unter der großen Uhr darauf, aus den Augenwinkeln nach ihrer Tante Ausschau
haltend; das Warten macht ihr nichts aus, die Menge
huldigt ihr. Eins steht fest: Die ganze Welt kommt nach
New York City.

Kathleen will die Eleonora Duse der Opernbühne werden. Wenn jemand das kann, dann sie: ein klassisch aus-
gebildetes junges Mädchen mit modernen Ideen, etwa, der
Natur einen Spiegel vorzuhalten. Der Ehrgeiz der geborenen Bühnenkünstlerin, jedes Herz zu rühren. Ein Dampf-
kessel in ihr, so kräftig angeheizt, daß er ihre Haare im
Mutterleib rot färbte. Ihr keltisch-arabisches Blut und der
Umstand, daß sie von einer rauhen Insel vor der Ost-
küste eines Landes kommt, von dem man im allgemeinen
annimmt, es bestünde aus einer polaren Eiskappe, genügt
nach amerikanischen Maßstäben vollkommen, sie sowohl
ausreichend divenhaft geheimnisvoll wirken zu lassen als
auch das Exotische mit einer Prise windumtosten nord-
amerikanischen Charmes zu kombinieren. Um ihren Ruf
zu festigen, wird sie hin und wieder eingelegtes Elchfleisch
und gepökelte Kabeljauzungen erwähnen oder auf arabisch fluchen, aber sie ist ein Produkt der Neuen Welt,
des goldenen Westens. Keine sizilianische oder kastilische
Schiffbrüchige, die erst auf den Ruhm, dann auf den
frühen Untergang zusteuert. Wie diese wird sie groß her-
auskommen, doch anders als sie wird sie überleben. Sie
hat beschlossen, nie aufzuhören zu singen. Noch mit fünfundsiebzig wird sie singen.

Sie ißt ein Würstchen in einem Brötchen, gekauft von
einem dicken Mann mit schwarzem Schnurrbart, der ihr
in gebrochenem Englisch seine Lebensgeschichte erzählt
hat. Endlich hat ihr Leben begonnen.

»Kathleen?« Kathleen dreht sich um und sieht eine kleine ältere Dame, die alt jüngferlich wirkt.

»Ich bin Giles. Willkommen in New York City, meine Liebe.«

Giles, der Kathleen anvertraut wurde, hat noch immer strahlende blaue Augen sowie eine elegante Wohnung in Greenwich Village. Kathleen schätzt Giles' Alter auf etwa hundertzwei. In Wirklichkeit ist Giles Anfang Sechzig. Vielleicht, überlegt Kathleen, war Giles früher Lehrerin, oder sie empfängt – noch besser – jenen diffusen, aber achtbaren Unterhalt, der Heldinnen in der englischen Literatur als »Leibrente« geläufig ist.

Da sie im Ruhestand ist, arbeitet Giles ehrenamtlich in einem Klosterkrankenhaus, wo sie im Sterben liegenden Nonnen Beistand leistet. Zu dieser Berufung qualifizieren sie weder ihr Mitgefühl noch ihr überraschend unempfindlicher Magen oder gar besondere Frömmigkeit, sondern vielmehr ihre Unerschrockenheit. Giles hat so manchem welken Mund ihr Ohr geliehen und Beichten gehört, die keinem Priester je zu Ohren kamen … Denn gegen Ende eines Lebens tritt oft Verwirrung ein; eine plötzliche Unruhe, daß man schließlich doch die falschen Dinge im Leben gebeichtet und bereut haben könnte. Alte Sünden blühen wieder auf, nach der Reinheit duftend, die ihnen in dem kurzen Augenblick zu eigen war, bevor sie benannt und im Keim erstickt wurden. Und nachdem sie zugehört hat, sagt Giles vielleicht: »Ich weiß, meine Liebe.« Manchmal kommen die ersterbenden Worte in Form einer Frage, auf die Giles nach einigem Nachdenken vielleicht antwortet: »Darüber denke ich auch von Zeit zu Zeit nach, meine Liebe, o ja.« Aber Giles stellt selbst nie Fragen.

All das macht Giles nicht unbedingt zu einer geeigneten Anstandsdame für eine junge Heldin wie Kathleen.

An diesem ersten Abend in Giles' Gästezimmer, von dem aus man über die Dächer des Village sieht und einen Blick auf die höchsten Gebäude der Welt hat, schlägt

Kathleen eine frische Holy-Angels-Kladde auf und schreibt auf die unberührte erste Seite:

8 Uhr abends, 29. Februar 1918, New York City

Liebes Tagebuch ...

Am nächsten Tag hält sie ihren Termin ein, an der 64th Street, Ecke Central Park West, in einem Musikzimmer im fünften Stock. Der Raum strahlt Würde und Eleganz aus. Darin ein französisch anmutendes Sofa, offenbar nicht als Sitzgelegenheit gedacht. Zur Rechten der Tür eine Büste von Verdi auf einer Marmorsäule; zur Linken Mozart. Auf dem spiegelnden Parkett ein Perserteppich. Eine hohe Kassettendecke, Mahagoni, riesiges Fenster mit Blick auf den Park, ein Flügel.

Ein tadellos gekleideter weizenblonder Mann mit Spitzbart, Cut, knöchelenger Hose und gestreiftem Halstuch. Der Maestro. Von irgendwoher in Europa. Kurze Vorstellung, sie wird nicht gebeten, Platz zu nehmen, sondern aufgefordert, etwas zu singen.

Was sie auch tut.

Das Zimmer ist klein. Die Stimme ist groß.

Des Maestros Blick läßt sich desinteressiert wie ein Insekt auf einer Teppichecke nieder, wo er während des ganzen Vortrags verweilt. Kathleen kommt zum Ende. Der Maestro blickt auf und registriert ihr gerötetes Gesicht, ihre feucht schimmernden Augen, ihre pulsierende Halsschlagader, ihre noch geöffneten Lippen. Und sagt mit hauchdünner Stimme: »Uns steht sehr viel Arbeit bevor.«

Ein großes Talent ist von verderblichen Einflüssen umgeben. Eine solche Begabung ist ihrem Wesen nach instabil und kann ihren Betreuer leicht in Verlegenheit bringen. Ein Hauch von Unterhaltungskünstlerin umweht so eine Person. Als bisse das Varieté der Oper in die Fersen. All das riecht der Maestro an Kathleen, und er kühlt sein Blut auf eine von wilden Tieren nicht wahrnehmbare

Temperatur ab. Vor ihm liegt eine zermürbende Aufgabe. Es ist so viel einfacher, Kompetenz zu formen. Dennoch fiebert der Maestro in einem kleinen Punkt unter der härtesten Stelle seiner Schädeldecke vor Erregung. So eine Schülerin bekommt man nicht alle Tage … vielleicht zweimal im Leben. Er stellt sich darauf ein, sie gnadenlos zu triezen.

Während Kathleens Arbeit immer schwerer wird, geht sie weiter und immer weiter.

Zwischen sadistischen Gesangsstunden bei dem Maestro und erdrückend stickigen Abendessen mit Giles durchwandert Kathleen die Insel Manhattan der Länge und Breite nach. Vom East River zum Hudson, von Battery zum Haarlem River.

Eines Tages, als Kathleen sich zum Musikzimmer hinaufgeschleppt hat, sitzt eine junge Frau am Flügel des Maestros. Das ist Rose, in einem blaßrosa Kleid, das wundervoll zu einem lieben kleinen Ding mit offenem Gesicht und vertrauensseligem Gemüt passen würde, also überhaupt nicht zu Rose.

Rose ist eine ausgesprochen gute Pianistin, doch aus zweierlei Gründen fällt das Kathleen zunächst nicht auf. Erstens: Wenn man in New York mit einem jungen Mischlingsmädchen übt, mit einem Auge nach der Met und mit dem anderen nach dem Nichts schielend, bemerkt man die Qualität der Klavierbegleitung während einer Übungsstunde nur dann, wenn sie unzulänglich ist. Zweitens: Diese Pianistin ist doppelt unhörbar, weil sie schwarz ist und deshalb außerhalb jedes Systems steht, das eine klassische Virtuosin heranbildet und fördert. Für Kathleen ist Rose also keine Pianistin, sondern eine Begleitung.

Als Rose Kathleen zum erstenmal anschaut, sieht sie eine höhere Tochter und senkt den Blick gleich wieder auf ihre Klaviertasten. Als sie zum zweitenmal hinsieht, will sie sich davon überzeugen, daß der Ton, der soeben den Raum füllte, tatsächlich von diesem wohlgenährten

Milchgesicht stammt, das da auf dem Teppich steht. Die Stimme ist beachtlich. Die Sängerin kann ihr gestohlen bleiben.

»Das Klavier ist verstimmt«, sagt Kathleen.

Normalerweise redet Kathleen nicht während ihrer Stunden. Sie produziert die Geräusche, die der Maestro ihr abverlangt, und legt sich insgeheim tausenderlei vernichtende Erwiderungen zurecht, die ihm den Garaus machen würden. An diesem Tag sieht sie sich allerdings genötigt zu reden, denn wozu ist eine Begleitung gut, wenn sie nicht einmal hört, daß das Klavier verstimmt ist? Kathleen hat sich mit ihrer Feststellung an den Maestro gewandt, doch Rose wendet sich an Kathleen: »Der Flügel ist hervorragend gestimmt. Sie sind zu tief.«

Ebenso wütend wie ungläubig starrt Kathleen die Begleitung an. Und die Begleitung schaut zurück – ein ruhiger, unverwandter Blick. Eigentlich eher anmaßend. Was nimmt sie sich heraus? Ihre ansehnlichen Gesichtszüge, gemeißelt wie die einer Statue, wollen so gar nicht zu den Puffärmeln und Schulmädchenzöpfen passen. Verächtlich sieht Kathleen von der Bohnenstange im abgelegten Kleid weg. Sie erwartet, daß der Maestro die Begleitung rügt oder, noch besser, rauswirft. Doch statt dessen richtet er das Wort an Kathleen. »Wenn Sie vielleicht weniger aufs Lärmerzeugen und dafür mehr aufs Zuhören erpicht sind, lernen Sie womöglich noch, den Unterschied zwischen dem hier«, der Maestro tippt auf eine Klaviertaste, »und diesem zu hören« … Der Maestro macht ein furchtbares Trötgeräusch durch die Nase, anscheinend, um Kathleen nachzuahmen.

Kathleen läuft puterrot an. Der Maestro instruiert sie kühl: »Lektion eins: Die Tonleiter.« *Lektion eins!* Kathleen holt tief Luft und wappnet sich für den Riesenschritt rückwärts. Sie stellt sich ein glänzendes, scharfes zweischneidiges Schwert vor und singt die Tonleiter, während sie unablässig überlegt, wer schlimmer ist: Schwester Saint Monica oder dieser Gesangslehrer, den sie insgeheim den

Kaiser nennt. Und noch ehe sie die Tonleiter halb durch-
hat, entscheidet sie: die Begleitung ist schlimmer.

Rose spielt die Tonleiter und beobachtet die Sängerin.
Kommt zu dem Schluß, daß diese nicht weiß, nicht einmal
rot ist, sondern grün. Schwach sichtbar, von ihrer
Empörung hervorgelockt, sind die Adern an ihren Handgelenken, ihrem Hals, den Schläfen. Dies ist das einzige
physische Detail, das zu der Stimme paßt, die nicht
menschlichen Ursprungs ist, so viel steht für Rose fest.
Das Grüne muß Tang sein. Rose gestattet ihren Gedanken
immer, so abzuschweifen, wenn von ihr verlangt wird,
seelenlos zu spielen. Das mildert den Schmerz. Wenn Rose
ihre eigene Musik spielt, hat sie keine Abschweifungen
nötig, weil es keinen Unterschied zwischen ihrer Musik
und ihrer Seele gibt. Ganz allein nach Feierabend in einer
Kirche im ersten Stock in Haarlem, weit im Norden von
diesem Musikzimmer. Freien Lauf lassen.

Doch jetzt: Lektion eins – *La Scala*. Kathleen starrt die
Begleitung finster an. Rose blinzelt die Sängerin an und
gestattet, daß sich ein ganz kleines bißchen Neugier in ihre
Verachtung mischt.

Es ist 1918. New York City wird im Schneckentempo zum
Zentrum des Universums. Auf den Straßen wimmelt es
von arbeitenden Mädchen und Infanteristen und dem
Mutterwitz von Einwanderern aus aller Herren Länder.
Kathleen bekommt größte Lust, ihren Unterricht, ihre
Haare und Rocksäume zu kürzen. Sie hat alles über das
»elegante New York« aus dem *Harper's Bazaar* vergessen.
Das neue New York saugt sie auf, das nachmittags um
zwei auf der Mulberry Street abwechslungsreicher und
großartiger ist als nach Mitternacht bei den Ziegfeld Follies. Am Nordende von Manhattan spielt Rose ihre eigene
Musik, während sich Haarlem vor ihrem Kirchenfenster
in Harlem verwandelt. Roses Mutter hat sie so erzogen,
daß sie eine Zierde ihrer Rasse ist, und jeden Tag wird die
Liste der Orte länger, an die Rose nie einen Fuß setzen

darf. Aber Kathleen unterliegt keinen solchen Zwängen. Ihr Vater ist weit weg, und Giles stellt keine anderen Fragen als: »Wie gefällt es dir in New York, meine Liebe?«

Zuerst verliebte sich Kathleen in New York. Dann verliebte sie sich in einen Menschen in New York. Das ging sehr schnell, wie es eben so geht, wenn man mit achtzehn von New Waterford nach New York zieht.

DIE KINDERSTUNDE

Zu Hause läßt James es jetzt etwas ruhiger angehen. Seit Kathleen fort ist, kann er nach dem Abendessen gefahrlos wieder eine Stunde im Ohrensessel verbringen. In der Ecke des Vorderzimmers stehen zwei ungeöffnete Bücherkisten, aber im Bücherschrank sind immer noch so viele ungelesene Bände, daß James die Kisten nicht anrührt. Später ist noch genügend Zeit dafür, wenn Kathleen ihre Laufbahn begonnen hat und er nicht mehr so viel arbeiten muß. Zweiundfünfzig Bücher, die *Encyclopaedia Britannica* nicht mitgerechnet. Eines Tages werde ich mich hinsetzen, alle meine Bücher um mich, und einfach drauflos-lesen.

Jetzt hat er allerdings noch zu viel zu tun. Außerdem hat James angefangen, die kostbare Abendstunde seinen beiden kleinen Töchtern zu widmen, die er nun erst wahr-nimmt. Zu seiner Freude stellt er fest, daß beide aufge-weckt sind, und er macht sich Vorwürfe, daß er sie bis dahin einfach nur Materia überlassen hat. Nun will er das Versäumte nachholen. Zu diesem Zweck ruft James die beiden Kurzen eines Abends bald nach Kathleens Abreise zu sich an den Ohrensessel, quetscht sie links und rechts neben sich, schlägt ein großes Buch auf und liest: »Im zweiten Jahrhundert der christlichen Zeitrechnung um-faßte das römische Reich die schönsten Länder der Erde und den zivilisiertesten Teil des Menschengeschlechtes.« Und die kleinen Mädchen hören zu, verwirrt von den selt-samen Namen und langen Wörtern, aber gebannt von Daddys sorgfältig artikulierender Stimme und von kurzen Einblicken in wundervolle Welten, die sich durch seine Worte und, vor allem, durch seine besondere Aufmerk-samkeit vor ihnen entfalten.

Das ist etwas anderes als der Kitzel, den sie mit Kathleen erlebt haben. Das mit Daddy ist etwas Seltenes und Feierliches. Sie verstehen, daß er sie unterrichtet. Und bringen ihm soviel Ehrerbietung wie möglich entgegen.

Mercedes ist fast sechs. Sie denkt immer daran, Daddy seinen Tee zu bringen, den sie behutsam mit dem Buch des Abends hereinbalanciert. Sie ist ein braves Kind und nimmt ihre Rolle als Mamas Helferin und Frances' große Schwester sehr ernst ... Allerdings sieht es ganz so aus, als würde sie sich äußerlich eher unscheinbar entwickeln, mit ihren etwas farblosen Haaren. Jedenfalls hat sie freundliche braune Augen und ein freundliches Wesen. Doch ob er will oder nicht, James ist von Frances besonders fasziniert. Das ist eine Lebhafte, wird bald fünf, mit ihren goldglänzenden Ringellöckchen und dem schelmischen Grinsen, bei dem grüne Funken in ihren haselnußbraunen Augen sprühen. Immer zu einem Späßchen mit Daddy aufgelegt: »Ich hab deine Nase!« Und voller guter Ideen, was sie und Mercedes alles spielen können. »Komm, Mercedes, wir rasieren uns!« »Mercedes, weißt du was? Diese Knöpfe passen in unsere Nasen.« Durch Versuch und Irrtum hat Mercedes gelernt, wann sie »Gut« sagt und wann: »Wir tun bloß so.«

James hört es nicht gern, wenn Materia und die Kinder auf arabisch plappern, aber er verbietet es nicht, sondern gleicht das einfach mit der besonderen, gemeinsam verbrachten Stunde nach dem Abendessen wieder aus. Das Gewicht der klassischen Literatur lockert er mit Märchen und Reimen auf. Die Mädchen mögen Gedichte und lernen sie leicht auswendig. Vor seinem Ohrensessel aufgestellt, halten sie sich an den Händen, wie aus dem Ei gepellt in Kathleens alten Kleidchen – blau für Mercedes, rot für Frances –, die Schnürstiefelchen so hübsch poliert, und sagen mit piepsigen Stimmen im Singsang auf: »Ich habe einen Schatten, / Der geht mit mir, wo ich bin. / Ich frage mich so manchesmal: / Was ist sein Zweck und Sinn? / Von Kopf bis Füßen ähnelt mir / mein Schatten

wirklich sehr. / Und hüpfe ich ins Bett hinein, / dann hüpft
er vor mir her.«

Dann quietscht Frances vor Vergnügen, und Mercedes
macht einen Knicks. James lächelt und klatscht. Frances
klettert ihm auf den Schoß, Mercedes lehnt ihre Wange
gegen seine Hand, und James spürt, wie das Eis in seiner
Brust schmilzt. Der Krieg ist endlich aus. Er ist wieder
daheim, und alles wird doch noch gut.

> Ich stecke dich in meinen Zwinger
> Und laß dich nie wieder fort,
> Sondern werfe dich in ein Verlies
> In meines Herzens Hort.
>
> Dort lasse ich dich ewig,
> Ja, ewig und einen Tag,
> Bis die Mauern fallen nieder
> Und Wind sie zerstören mag.

Es kommen weniger Briefe von Kathleen, als James lieb
wäre, aber hin und wieder versichert ihm Giles auf einer
Karte, daß alles gut ist.

Im Juni kommt ein Päckchen von Kathleen mit zwei
Matrosenpuppen, eine für Frances und eine für Mercedes.
Freudig erregt stellen sie die Neuankömmlinge gleich dem
Rest ihrer Puppenfamilie vor: »Kinder, schaut, das sind
eure neuen Vettern aus Amerika.« Ein Brief liegt bei, und
James ruft seine Töchter sogleich zum Ohrensessel und
liest ihn vor:

»›Liebe Daddy und Mama, liebe junge Damen,

ich mache wundervolle Fortschritte unter der sachkun-
digen Anleitung meines Gesangslehrers. Er könnte zu-
friedener nicht sein, und ich auch nicht. Giles ist eine
wundervolle Gefährtin, die mich um etliche sehr an-
regende kulturelle Erlebnisse bereichert hat. Bislang bin
ich in den Genuß von Ausflügeln in das Museum für

161

Naturgeschichte sowie von Vorführungen von modernem Tanz im Theater gekommen. Auch wird in Manhattan einiges an moderner Musik uraufgeführt, und es ist ein Privileg, unter den ersten zu sein, die solch bahnbrechende Kompositionen hören. Außerdem ziehen zahlreiche Soldaten unterwegs zur Front hier durch, und ich habe fest vor, Giles beim Verpacken von Verbandsmaterial zu helfen – obgleich ich mich keiner großen Kunstfertigkeit mit Stricknadeln rühmen kann und mir der arme Soldat leid täte, der ein Paar Socken von mir bekäme! Von diesen Zerstreuungen abgesehen, wird meine Zeit fast vollständig von Unterricht und Üben, Üben, Üben in Anspruch genommen. Bitte grüßt Schwester Saint Cecilia, falls ihr sie in der Stadt trefft. Ich werde bald wieder schreiben.

Alles Liebe, Kathleen

Zufrieden faltet James den Brief und steckt ihn in seine Hemdtasche. Dann erzählt er Frances und Mercedes wieder einmal, wie sie, sobald Kathleen ihre Ausbildung beendet hat, den Zug nach New York nehmen und sie in der Metropolitan Opera singen hören werden. Mercedes stellt sich einen weißen Palast vor, in dem Kathleen auf einem Thron neben einem stattlichen Prinzen sitzt. Frances sieht ein Schloß mit Meerjungfrauen, die in einem mit Ingwerlimonade gefüllten Graben schwimmen, und Kathleen, wie sie auf einem Balkon singt, in der Hand ein Schwert.

Der Sommer vergeht wie im Flug. Materia kocht, James arbeitet, die kleinen Mädchen gedeihen. Im Herbst können sie lesen. Es hat sich osmotisch ergeben, so wie es sein soll: Nachdem sie mehrere Monate auf Daddys Schoß saßen, seinen gesprochenen Worten mit den Augen folgten und so taten, als könnten sie lesen, kam ein Tag, an dem sie nicht mehr nur so tun mußten. Das Spiegelglas ist einfach weggeschmolzen, und nun steht ihnen der Zugang zu so vielen Welten frei, wie sie wollen, gemeinsam oder jede für sich. Danke, Daddy.

Am 7. November geht James mit seinen Töchtern zur Post, wo ein Brief aus New York auf ihn wartet. Wie gewöhnlich freut er sich, als er den Poststempel sieht, heute allerdings folgt eine gelinde Überraschung, denn der Absender fehlt, und sein Name und seine Adresse wurden in einer damenhaften, aber fremden Handschrift geschrieben. Während Frances und Mercedes sich gewissenhaft eine Lakritzschnecke teilen, öffnet James den Brief und liest ...

Der Inhalt steht in grausamem Kontrast zu der Schönschrift. Unterzeichnet ist er mit »Jemand, der es gut mit Ihnen meint«. James faltet den Brief auf Erbsengröße zusammen und überlegt: Entweder ist das ein hinterhältiger Scherz, oder es stimmt. Er reist am selben Abend ab.

Dreieinhalb Tage später, am 11. November 1918, tritt er morgens um sechs Uhr fünf aus der Grand Central Station.

Er findet Kathleen. Und holt sie wieder heim.

ZWEITES BUCH

Niemandsland

O HEILIGE NACHT

In der ersten Sommernacht des Jahres 1919 erlebt Kathleen, während sie in der Dachkammer des Hauses in der Water Street im Sterben liegt – was ihr wegen der heftigen Wehenschmerzen gar nicht bewußt ist, hinzu kommt der hohe Blutverlust, den die in der Vorkammer ihres Bauches feststeckende Bombe auslöst, die zu explodieren droht, noch ehe sie abgeworfen wird –, eine kurze Verschnaufpause: Ruhe senkt sich herab, und die Schmerzen lösen sich auf und verschwinden ebenso wie das sirenenhafte ununterbrochene Beten ihrer Mutter, mit dem sie vor einem Luftangriff warnt – *Gott kommt* –, ihr flehendes Gejammer – *Komme, o Herr* –, mit dem sie Gott bittet, vorüberzuziehen und dieses Haus zu segnen und zu verschonen. O Herr, erhöre unser Gebet. O Herr, sei bei uns jetzt, auf sichere Entfernung, und in der Stunde unseres Todes ...

Es ist eine Steißgeburt; das Kind steckt fest, die Füße voran. Ein Mensch wird dieses Zimmer nicht lebend verlassen. Eine Entscheidung war zu fällen. Sie wurde gefällt. Jedenfalls ließ man zu, daß es so kam. Kathleen vernimmt kein Geräusch mehr: weder die Stimme ihrer Mutter – die mittlerweile womöglich in Zungen oder zumindest in ihrer Muttersprache redet – noch die hämmernden Fäuste ihres Vaters, der jeden Moment die Tür aufbrechen wird. Sie entschwebt in tiefe und vollkommene Erleichterung, Ruhe, schwerelose Schmerzfreiheit. Mit ihr ist es jetzt zu Ende, das sieht jeder.

Materia sieht es. Hat es erwartet und findet sich damit ab, anders als James jenseits der Tür. Sanft schließt sie ihrer Tochter die Augen, dann nimmt sie eine Schere – die alte Küchenschere, frisch geschliffen und sterilisiert, um die Nabelschnur zu durchtrennen – und sticht die spitzere Schneide genau über dem sich abzeichnenden Köpfchen in Kathleens Unterleib. Sie macht einen horizontalen Einschnitt und faßt hinein; es bleibt kaum Zeit, das Kind kann jeden Moment ersticken, jeden Moment schlägt James die Tür ein, ein Schnitt genügt nicht. Materia zwingt sich trotz ihrer Panik zu verlangsamtem Tempo, *jetzt und in der Stunde unseres …* Sie setzt noch einen Schnitt an, diesmal längs, quer durch den ersten. Die wie beim Beten aneinandergelegten Hände steckt sie in der Mitte durch den Kreuzschnitt in den warmen, mit glitschigem Leben gefüllten Sumpf, vorbei an geheimnisvollen Farnen und wogenden Fasern, und versucht, den versunkenen Schatz zu fassen, da ein Knöchel, dort ein Arm, der lebende Schatz in einem Netz aus Fingern geborgen. Mit ein paar präzisen, heftigen Rucken wird die Beute aus dem Kanal gezogen, in dem sie auf halbem Wege feststeckte, dem Kanal, der trotz des Bebens verschlossen blieb, den das erste verlangende Ziehen der Schwerkraft ausgelöst hatte. Das Bündel aus winzigen Gliedmaßen, schwach ausgeprägten Kiemen und einzigartigen Fingerabdrücken wird an die zerfetzte Wasseroberfläche seiner Fruchtblase geholt. Seine vier Augen werden vom jähen Licht geblendet, das durch den zerfransten Eingang zur Außenwelt hereinbricht, und im Handumdrehen wird es durch die Wunde in Kathleens Bauch gehoben und hochgehalten.

Die Luft klatscht und schäumt ihm entgegen und droht es zu ersticken … *sie* zu ersticken, denn es sind zwei, die allerdings noch durchtrennt werden müssen, noch sind sie eigentlich ein Wesen – weibliche und männliche Körperteile, am Bauch miteinander verbunden. Es – sie sind Blutatmer und könnten in dieser verhängnisvollen Sauerstoffbrandung ertrinken, werden ertrinken, wenn sie noch länger still bleiben, dann werden sie nämlich im Nu zu leuchtendblauen Fischen. Doch die Schnüre werden durchtrennt, *schnipp, schnapp,* und gerade noch rechtzeitig abgebunden, und sofort wird die grausige Luft verschluckt und in die Lungen gepumpt. Gerade noch rechtzeitig werden sie Babys: schlüpfrig, blutig, neu, wimmernd, blinzelnd, wütend, zu zweit.

Eins von beiden, der Junge, blutet ein wenig aus einer Schnittwunde an seinem Knöchel. Seine Füße waren an den Kopf seiner Schwester geschmiegt, als die Schere eindrang. Er war bereit, wie ein gutes Säugetier mit dem Kopf zuerst geboren zu werden. Genaugenommen ist also das Mädchen für den Tod der Mutter verantwortlich, es befand sich in der Steißlage. Doch die Sache war das reinste Roulette. Das Pärchen hatte sich in seiner Kammer wochenlang entgegen dem Uhrzeigersinn gedreht, bevor die Geburt ausgelöst wurde.

Kathleen ist eine aufgegebene Zeche. Eine illegal ausgebeutete Mine, geplündert, ausgeblutet; ein zerstörter, gefährlicher Schacht, beraubt des Brennstoffs, der Kohle, der fossilen Farne, Seeanemonen und Knochen, der halb pflanzlichen, halb tierischen Wesen und jeglicher Aussicht darauf, daß etwas davon zu Diamanten werden könnte.

James hat vermutlich Schlimmeres gesehen. Schließlich war er im Krieg. Doch erst jetzt wird er mit einem Anblick konfrontiert, von dem er sich nie erholen wird. Das geht tiefer als Bombenneurose. Tiefer als das Niemandsland.

> *In a cavern in a canyon,*
> *excavating for a mine,*
> *dwelt a miner, forty-niner,*
> *and his daughter Clementine.*
> *Light she was and like a fairy,*
> *and her shoes were number nine,*
> *herring boxes without topses,*
> *shoes they were for Clementine.*
> *Oh m'darlin, oh m'darlin,*
> *oh m'darlin Clementine;*
> *you are lost and gone forever,*
> *dreadful sorry, Clementine.*

Und das sah Kathleen, kurz bevor sie zur Ruhe kam: Zwischen Höllenqualen und Erlösung sieht sie Pete ... umrahmt von der Tür, die wummert wie das Herz bei einem Anfall. Pete, mit abgenommenem Kopf, *Hallo, kleines Mädchen.* Diesmal ist er nicht hinter ihr im Spiegel. Sondern läuft draußen frei herum. Jetzt kann ihm nichts mehr passieren. Und schließlich möchte er nur einen Blick auf sie werfen, einen einzigen richtigen Blick, *Hallo, du.* Sein Nichtgesicht unter den Arm geklemmt, *Hallo.*

Und als er sich satt gesehen hat, nickt er höflich mit seinem Halsstumpf und geht. Sie wimmert kurz. Die selige Erlösung vom Schmerz tritt ein. Nie war etwas besser als dieser Augenblick. Es ist genug. Und dann haben wir keine andere Wahl, als sie durch die Augen ihrer Mutter zu sehen, weil ihr Blick erloschen ist.

Materia sah sich vor folgendes Dilemma gestellt: Lasse ich die Mutter am Leben, indem ich aus ihrem Körper die Säuglinge Stück für Stück heraushole und ihnen dabei letztlich die Köpfe zerquetsche? Eine schwerere Sünde ist für eine Katholikin kaum vorstellbar. Die Sünde steckt weniger in den blutigen Einzelheiten der Operation, denn die einzelnen Vorgänge sind ebensoblutig, wenn man das Richtige tut. Sie liegt vielmehr darin, das Leben der Mutter über das der Kinder zu stellen. Dafür wird einem ewige Verdammnis zuteil. Materia handelt richtig, indem sie die Mutter sterben und die Kinder leben läßt.

Warum also stirbt Materia wenige Tage darauf an schlechtem Gewissen? Weil sie aus dem falschen Grund richtig gehandelt hat. Aus einem Grund, der für sich selbst eine Todsünde ist. Zwei Tage lang ringt sie mit ihrem Gewissen. Doch Gott ist überall. Materia braucht achtundvierzig Stunden, um einzusehen, daß ihre Tat in den Augen der Kirche zwar korrekt, in Seinen allsehenden Augen aber doch Mord war: In Wahrheit habe ich meine Tochter sterben lassen, weil ich wußte, daß es besser für sie war. Auch ohne sie gut zu kennen, wußte ich, daß sie

170

nicht weiterleben wollte. Sie wollte lieber sterben, und ich ließ sie gewähren.

So gesehen hat Materia nicht zwei Kinder gerettet, sondern einer jungen Frau sterben geholfen, und das ist eine Todsünde. Denn Materia kann nicht beschwören, daß sie, hätte ihre Tochter lautstark zu leben verlangt, mit der Schere nicht eher die Babys zerstückelt als ihnen den Weg in die Welt geöffnet hätte. In ihrem tiefsten Innern vermutet Materia das. Und in dieser Vermutung findet Materia den bedrückenden Trost, daß es ihr schließlich doch gelungen ist, ihre Tochter zu lieben.

Gott sieht eine Lücke und drängt sich hinein. Er nistet sich ein paar Tage lang in Materias Hinterkopf ein, und in dieser Zeit putzt sie zwanghaft.

Am dritten Tag putzt sie den Backofen, dreht zuerst das Gas auf, damit der Dreck innen weich wird, das dauert nicht lange. Sie ist schrecklich müde. Seit drei Nächten hat sie nicht mehr geschlafen, nicht ein winziges Nickerchen gemacht, und so schwer hat sie noch nie gearbeitet. Sie kniet sich vor den Ofen, schaut hinein, wartet, daß das Gas seine Arbeit tut, faltet die Arme auf dem Bratrost. Es dauert nur einen Moment … Sie legt den Kopf auf die Arme. Wie müde sie ist. Gleich fängt sie an zu schrubben, nur noch einen Augenblick …

Zum x-tenmal in dieser Woche muß James kriminelle Energien mobilisieren, die er eigentlich gar nicht hat. Er stellt das Gas ab, schleift seine leblose Frau die Treppe hinauf und auf das Ehebett, drückt ihr den Rosenkranz in die Hand und holt dann einen Arzt und einen Priester. Folglich darf Materia neben Kathleen auf dem Friedhof statt irgendwo in ungeweihter Erde bestattet werden – wo Soldaten, Selbstmörder und ungetaufte Kleinkinder in alle Ewigkeit warten, in irgend einem unheiligen Niemandsland.

DIE MESSKARTE

Jesus erbarme sich der Seele von

MRS. JAMES (MATERIA) PIPER (GEB. MAHMOUD)

Gest. am 23. Juni 1919
33 Jahre alt

»Im Leben haben wir sie geliebt. Wir
wollen sie nicht im Stich lassen, bis wir
sie mit unseren Gebeten in das Haus des
Herrn geleitet haben.«
ST. AMBROSIUS

Solace Art. Co. – 202 E. 44th St.N.Y.

Frances wird bald sechs. Sie hat einige Fragen zur Meßkarte, doch dies ist offensichtlich weder die passende Zeit
noch der passende Ort. Mercedes kniet neben ihr und
weint unablässig in ihre kleinen weißen Handschuhe,
ihr Taschentuch ist schon tropfnaß. Daddys Gesicht ist
erstarrt. Wenn der Wind dreht, wird es ewig so bleiben. In
der Bankreihe auf der anderen Seite weint Mrs. Luvovitz
hinter ihrem schwarzen Schleier. Mrs. Luvovitz ist das
erstemal in einer Kirche. Mrs. MacIsaac ist auch da, ihr
Hut ist mit verstaubten Weintrauben geschmückt. Frances
kommt zu dem Schluß, daß sich der Wind bei der wohl
schon längst gedreht hat. An der Orgel ist Schwester Saint

Cecilia für Materia eingesprungen. Jedenfalls muß sie das sein, in dem wallenden schwarzen Gewand unter der gotischen Silhouette des gestärkten weißen Schleiers. Für Frances ist es nur logisch, daß Nonnen Kathedralen auf ihren Köpfen tragen.

Hinten in der Kirche steht eine Phalanx von Fremden. Leute mit schwarzen welligen Haaren, fülligen Gesichtszügen und glatter olivbrauner Haut. Es sind ein paar unbekannte Verwandte von Frances. Frances' unbekannter Großvater Mahmoud ist nicht erschienen. Ihm kommt diese Beerdigung überflüssig vor. Im Moment hat er sich im Hinterzimmer seines Ladens eingeschlossen, wo er auf einem schlichten Holzstuhl hockt und offenbar über einem Hauptbuch brütet.

Mr. Benny-der-Metzger Luvovitz, Daddy und Mr. Mac-Isaac sind die Sargträger. Alles ist ganz ähnlich wie bei Kathleens Beerdigung vor wenigen Tagen, bis auf drei Dinge: An dem Tag saß Mama an der Orgel, statt im Sarg zu liegen. Und der unheimliche alte Mann, der in Kathleens Sarg spähte und böse Wörter in Mamas Sprache murmelte, ist diesmal nicht da. Doch am allerwichtigsten ist, daß Frances ganz hinten in der Kirche, neben der dunklen kleinen runden Frau mit dem grauen Dutt, eine große schlanke Gestalt entdeckt hat: die schwarze Dame, die vor über einem Jahr mit einem Umschlag für Daddy und einem Bonbon für Frances gekommen war. Aus irgendeinem Grund ist Teresa hier. Teresa, das Dienstmädchen. Königin Teresa. Frances hört nicht, als man ihr sagt, sie solle nach vorn sehen, und muß von Daddy herumgerissen werden, der die angemessene Strafe für später aufhebt. Wenn Frances sich beeilt, schafft sie es vielleicht, rechtzeitig aus der Kirche und hinter der Dame herzurennen, um auf Nimmerwiedersehen mit ihr ins Taxi zu springen. Gemeinsam werden sie in das Land der schwarzweißen Lakritz-Pfefferminz-Bonbons entkommen.

»Augen geradeaus!«

Nach der Beerdigung wird Frances eine tüchtige Tracht Prügel bekommen. Sie wagt keinen Blick mehr hinter sich auf die Frau ihrer Träume zu werfen. Also konzentriert sie sich statt dessen auf die Meßkarte: ST. AMBROSIUS. Der Name löst sich von der Karte, wirft das »ST.« wie einen Schwanz ab und schwebt in ihren Kopf, wo er sanft hin und her weht, bis er sich über einen geheimnisvollen Assoziationsstrang auf dem neugeborenen Jungen niederläßt, der einige Nächte zuvor in ihren Armen gestorben ist. Ambrose. Ja. So soll er heißen. Ambrose.

Water Street 191 hat innerhalb einer Woche drei Tode, zwei Bestattungen und drei Taufen gesehen, drei Begräbnisse und zwei identische Meßkarten, bitte ausfüllen. Was für eine Woche. Davon kriegt man das Gefühl, man hätte Lachgas eingeatmet. Und in diesem Moment verspürt Frances einen unbändigen Drang zu lachen, ohne daß sie wüßte, warum, es sei denn, weil es das Allerschlimmste ist, was man zur Zeit tun kann. O nein. Jetzt hat sie ans Lachen gedacht und wird den Gedanken nicht mehr los. Sie bedeckt ihr Gesicht mit den Händen und grinst. Sie versucht, das Lachen mit Grinsen zu verscheuchen. Es leise, unauffällig auszuatmen. Doch sie muß zucken, und es schüttelt sie. Sie schlägt ihre Hände fester vors Gesicht und gibt auf. Sie kommt nicht mehr dagegen an. Es ist wie der Pinkelschwall, wenn man draußen spielt und auf keinen Fall drinnen auf die Toilette gehen will ... Man läßt Wasser, und es ist eine wundervolle Erleichterung und die größte Schande zugleich.

Das Pinkeln bleibt Frances erspart. Doch was könnte schlimmer sein als dieser abscheuliche Heiterkeitsausbruch während der Beerdigung ihrer Mutter, zwei Tage nach der Beisetzung ihrer Schwester, die wiederum zwei Tage nach den Taufen und dem Tod von ... o nein, Lachtränenflecken auf ihren weißen Baumwollhandschuhen. Frances erwartet, daß ihr Vater sie am Nacken packt und zu ihrer Schande aus der Kirche zieht. Doch statt dessen spürt sie ein sanftes Tätscheln auf ihrem Kopf

– die mitfühlende Hand ihres Vaters, und ihre Schwester bietet ihr ein durchnäßtes Taschentuch an. Frances staunt. *Sie glauben, daß ich weine.*

Zu dieser Stunde lernt Frances etwas, was sie für den Rest ihres Lebens tauglich macht. Sie findet heraus, daß zwei verschiedene Dinge einander täuschend ähnlich sehen können. Daß der äußere Anschein einer Situation nicht unbedingt etwas über ihre wahren Hintergründe verrät. In diesem Moment trennen sich Schein und Wirklichkeit und begeben sich, wie Zwillinge in einem Märchen, jeder auf seine Wanderschaft, in der Erwartung, daß der besondere eine Mensch sie wieder vereint, der mit dem Geheimnis vertraut ist, wie man die beiden auseinanderhält.

Manche würden einfach sagen: Frances lernte lügen.

Ambrose war von Frances' Geheimnissen das größte. Und ihr größtes Geschenk an Lily.

HÖHLENMALEREIEN

Als die Dachkammertür endlich nachgab, sah James dieses stumme Bild: *Der Tod und die junge Mutter.* Es ist ein übertriebenes, geschmackloses, melodramatisches Gemälde. Naive Malerei aus der Kultur eines heißen Landes. Grotesk. Authentisch.

Dies ist keine verschwommene viktorianische Sterbeszene. Keine fetischartige weibliche Blässe, kein agnostischer Strahl himmlischen Lichts, kein dekorativ gebrochener Ehemann. Sondern ein Porträt in fahlen Farben. Über einem schmalen Metallbett hängt ein Christus am Kreuz, auf jeder Seite des Kruzifixes ein Bildchen: eins von der Jungfrau Maria, die ihr heiliges entflammtes Herz entblößt, das andere von ihrem Sohn Jesus, ebenfalls mit entblößtem Herzen, von einer Dornenkrone so durchbohrt, daß die kostbaren Blutstropfen fließen. Die beiden sehen vollendet liebreich aus, Mutter und Sohn. Gemeinsam haben sie eine Ebene erlesenen Leidens erreicht.

Auf dem Bett liegt die junge Mutter. Mit geschlossenen Augen, ihr rotblondes Haar feucht und strähnig über das Kissen gebreitet. Das Bettuch ist schwarz von Blut. Ihr Körper ist in der Mitte schwer verwundet. Eine stämmige dunkle Frau, die viel älter aussieht als dreiunddreißig Jahre, beugt sich über sie. Es ist die Großmutter. Sie hält zwei triefende Säuglinge an den Fußknöcheln umklammert hoch, in jeder Hand einen, wie eine gewiefte Einkäuferin, die das Gewicht von zwei Hühnchen schätzt. Das Gesicht der Großmutter ist direkt dem Betrachter des Bildes zugewandt.

Wenn dies wirklich ein Gemälde wäre, würde auch unter dem Deckel der Wäschetruhe am Fußende des Bettes ein Teufel hervorlugen, drauf und dran, die Seele der jungen Mutter zu stehlen. Doch dem würde ihr Schutzengel zuvorkommen, der auf Abruf bereitstünde, um ihre scheidende Seele zu Gott hinaufzugeleiten. Die Seele, halb noch in ihrem Grab, dem Körper, halb schon heraus, ist in sehr gutem Zustand, mit frisch gekämmtem Haar, makellosem Nachthemd und leerem Gesichtsausdruck – die erste göttliche Entkleidung hat stattgefunden, die junge Frau hat ihre Persönlichkeit abgeworfen wie eine alte Haut. Dort, wohin sie kommt, hat sie keine Verwendung dafür. Über dem Kruzifix hat sich die Wand in Luft aufgelöst. Wolken türmen sich auf. Irgendwo da drin sitzt Gott und wartet.

Doch da dies gar kein Gemälde ist, sondern ein in James' Blick zum Standbild erstarrter Moment, sind die übernatürlichen Elemente, falls vorhanden, unsichtbar. Hier haben wir die tote junge Mutter, die Großmutter, die Säuglinge, die Heiligenbilder, die Wäschetruhe. Was fängt man mit solch einem Bild an? Man will es nie wiedersehen, bringt es aber doch nicht über sich, es zu verbrennen oder zu zerfetzen. Man muß es aufbewahren.

Leg es in die Wäschetruhe, James. Ja. Das ist der richtige Platz dafür. Dort kramt nie jemand herum. Das ist natürlich verrückt. Man kann die Erinnerung an einen Augenblick nicht wie ein Familienerbstück in eine echte Wäschetruhe packen. Doch ein Weilchen kommt es James so vor, als hätte er genau das vor Augen – ein altes Gemälde, das er vor vielen Jahren in der Wäschetruhe versteckt hat und über das er erst jetzt zufällig wieder gestolpert ist. Seine zeitweilige Verwirrung ist eine Vorwarnung; sie verrät ihm, daß er diesen Anblick nie verwinden wird. Daß dieses Bild in vierzehn Jahren genauso frisch sein wird wie heute, die Farben noch feucht.

James geht aus dem Zimmer, aber er geht nicht weit. Seine Beine geben nach, und er bricht vor der eingeschlagenen Tür bewußtlos zusammen. Die ersten Schreie der Babys drinnen hört er nicht. Sein Unterbewußtes nimmt sie zwar auf, leitet aber die Botschaft nicht weiter, sondern läßt sie wie auf einem zerknüllten Zettel am Boden einer Höhle liegen. Es macht eine Pause und bewundert seine Höhlenmalerei im Dunkeln.

Kurz darauf schnellt James' Hand vor und krallt sich um Materias Knöchel, wodurch er sie fast die schmale Treppe hinunterwirft, als sie aus dem Zimmer kommt. James' Mund öffnet sich, einen Sekundenbruchteil bevor er die Augen aufschlägt. »Wo zum Teufel willst du hin?«

»Ich hol den Priester.«

»Das tust du nicht.« Jetzt ist er wach.

»Sie sollen getauft werden.«

»O nein, nichts da.«

»Sie müssen getauft werden.«

»Nein!« brüllt James.

»Du mordest sie, du mordest ihre Seelen, du bist der Teufel...«

Sie schlägt auf ihn ein. Geballte Fäuste in seinem Gesicht. Wäre die Schere zur Hand, sie würde sich nicht erst die Mühe machen, ihm vorher die Augen zu schließen – »*Ebn sharmuta, kes emmak! Je khreb beytak, ya hara' dienak!*« Wäre das Bajonett griffbereit, sie würde nicht zögern. Und Gott würde verstehen. Warum ist ihr das nicht vorher eingefallen? Materia ist jetzt auch erwacht, aus einem neunzehnjährigen Schlaf. Sie wird ihn töten, wenn sie kann.

James hält ihre Handgelenke wie in einem Schraubstock fest umklammert. Die andere Hand preßt er auf ihren Mund. Sie verdreht die Augen. James sagt zu ihr: »Wer ist hier die Mörderin? Wer ist die Mörderin? Zur Hölle mit dir, zur Hölle mit dir, zur Hölle ...« Er unterstreicht nun die Flüche, indem er Materias Kopf langsam gegen die Wand schmettert. Mit Blicken versucht sie ihn zu erreichen, doch ohne die Hilfe von Worten wirken ihre Augen wie die eines Pferdes, stumm und voller Panik. Jetzt fließen seine Tränen. Seine Lippen schmecken nach Salz und Rotz, seine Nase blutet, er würgt furchtbar gequälte Schluchzer heraus, die Wand paßt sich allmählich Materias Schädelform an. Doch diesmal hört er das leise Wimmern in der Kammer. Wie von Kätzchen. Er hebt Materia auf und trägt sie die drei Treppen in den Kohlenkeller hinunter, wo er sie einschließt. Dann geht er spazieren. Und kippt sich natürlich rasch etliche hinter die Binde. Manche von uns sind einfach nicht für Selbstmord gerüstet. Sind wir ganz unten angelangt, reicht unsere Kreativität für Selbstmord nicht aus.

Bleibt Klein Frances. Sie steht am Fuß der Bodentreppe, und aufgrund ihrer Erziehung und dessen, was sie an diesem Abend gehört und gesehen hat, ist ihr eine Sache klar: Die Babys dort oben müssen getauft werden. Doch sie muß vorsichtig sein. Und sich beeilen. Sie darf sich nicht erwischen lassen. Sie steht ganz unten und sieht hinauf.

In der Dachkammer war es in den langen letzten Monaten vollkommen still und ruhig. Bis zu diesem Abend. Ihre älteste Schwester lag dort oben und schwieg. Frances und Mercedes durften hinein, um ihr vorzulesen und Tabletts mit Essen zu bringen. Sie haben *Black Beauty, Die Schatzinsel, Bleakhaus, Jane Eyre, Was Katy machte, Betty und ihre Schwestern* sowie jede Geschichte aus dem *Kinderschatzkästlein der Heiligen und Märtyrer* gelesen. Beide beschlossen, die schwierigen Wörter lieber bei nächster Gelegenheit nachzuschlagen, als das Vorlesen zu unterbrechen. Außerdem überredeten sie ihre Mutter, aus *Was Katy machte* und *Betty und ihre Schwestern* Rezepte für die Diät der Kranken herauszusuchen. »Blancmange« scheint die Leibspeise leidender Mädchen zu sein. Die Schwestern finden nie heraus, was es eigentlich ist. »Weißes Essen.« Wie so etwas wohl schmeckt?

Frances wußte, daß Kathleen sehr krank sein mußte, weil sie so einen großen Klumpen im Magen hatte. Mercedes hat ihr gesagt, daß es ein Tumor war. »Wir müssen für sie beten.« Zusammen haben Frances und Mercedes für Kathleen gebetet. Sie haben einen kleinen Schrein gebastelt und wollten so lange auf Süßigkeiten verzichten, bis Kathleen wieder gesund würde.

Nun also steht Frances am Fuß der schmalen Bodentreppe. Sie ist schon fast sechs. Sie fürchtet sich nicht im Dunkeln. Außerdem kommt ein wenig Licht aus dem Zimmer. Und sie ist nicht allein. Ihre große Schwester Kathleen ist da oben. Und die Babys. Die Babys, die genau solche Geräusche wie Kätzchen machen. Frances mag kleine Katzen sehr. Sie ist barfuß. Sie hat ihr weißes Nachthemd an und das Haar zu zwei langen Zöpfen geflochten. Sie kommt zum Treppenabsatz. Um auf Augenhöhe mit der neuen Delle in der Wand zu sein, ist sie zu klein; um so besser. Aber was macht das schon für einen Unterschied? Sie hat gesehen, wie die Delle entstand, und jetzt betritt das Kind das Zimmer und wird alles sehen. Mit bloßen Füßen überschreitet sie die Schwelle der zersplitterten eingeschlagenen Tür.

Frances sieht eine Version derselben grausigen Szene wie James, ist aber so jung, daß sie noch überwiegend unter dem Einfluß des Höhlendenkens steht. Darin wird das Bild zwar nie vergessen, doch aus ihrem Bewußtsein gestohlen – große Diebeskunst – und weggestellt, die bemalte Seite zur Höhlenwand gekehrt. Der Beschluß lautet: »Wenn wir lebenstüchtig bleiben wollen, können wir dieses Bild nicht hier hängen lassen.« Daher sieht Frances ihre Schwester und wird diesen Anblick, anders als ihr Vater, so gut wie umgehend verdrängen, auch wenn sie, genau wie ihr Vater, nie darüber hinwegkommen wird.

Folgendes sieht Frances: das Blut. Die Bilder über dem Bett. Die Schere. Und die Neugeborenen, die sich ein wenig winden und maunzen, zwischen Kathleens Beinen, wo sie zur Sicherheit eingeklemmt wurden, bis der Pfarrer herbeigeholt wäre. Das war er also, der geheime Inhalt von Kathleens Tumor, jetzt kommt es heraus; das wird in Frances' Kopf unter der Rubrik »normal« abgelegt.

Frances findet heraus, wie sie beide Babys tragen kann: Sie breitet die Vorderseite ihres weißen Nachthemds auf dem Bett aus und legt die glitschigen Babys darauf. Sie wickelt beide in den Stoff, macht ein kuscheliges Bündel daraus. Ihr Babybündel an sich gedrückt, geht sie vorsichtig die zwei Treppen bis hinunter in die Küche, wobei ihr Schlüpfer herausguckt, durch die Küche und zur Hintertür hinaus, über die pechschwarzen Schlacken im Hinterhof, bis sie das Bachufer erreicht. Eins ist unheimlich: die Vogelscheuche im Garten auf der anderen Seite des Bachs. Wenn Spielzeug um Mitternacht lebendig wird, wie steht es dann mit Vogelscheuchen? Frances sieht lieber nicht hin. »Es ist bloß ein Ding.« Doch sie will es nicht kränken. Liebevoll legt sie die winzigen Kinder auf dem Gras ab. Es ist ein schöner warmer Abend.

Mit Bedauern merkt Frances, daß sie vergessen hat, in der Wäschetruhe nach dem weißen Spitzenkleid mit Häubchen zu kramen, dem Kleid, in dem sie, Frances, Mercedes und Kathleen getauft wurden. Jetzt ist es zu spät, keine Zeit mehr, *ich muß das hier erledigen, bevor Daddy nach Hause kommt.*

Frances liebt ihre kleine Nichte und ihren Neffen bereits. Sie würde wirklich alles tun, um dafür zu sorgen, daß deren kleine Seelen gerettet sind. Sie weiß, daß sie sonst mit der Erbsünde beladen sterben, in diesen Nicht-Ort, den Limbus, kommen und für alle Ewigkeit ein Niemand bleiben. Frances war bei Taufen zwar noch nie ganz nah dabei, aber sie hat den Pfarrer mit sich kaum bewegenden Lippen murmeln hören und gesehen, wie er den Kopf des Kindes ins Wasser tunkte. Der Priester betet, so viel steht fest, also muß Frances auch beten. *Beeil dich, Frances.* Frances bekreuzigt sich, *In nomine patris …* Im Namen des Vaters, des Sohnes und des Heiligen Geistes. Im spärlichen Mondlicht betrachtet sie die winzigen Babys, *Ladies first.* Sie hebt das kleine Mädchen auf und rutscht auf dem Po die Uferböschung zum Bach hinunter. Sie watet bis zur Mitte. Das Wasser reicht der kleinen Frances bis an die Taille. Ihr Nachthemd bauscht sich und treibt auf der Oberfläche, ehe es sich voll Wasser saugt und nach unten um ihre Beine sinkt. Mit dem Daumen schlägt sie ein Kreuz auf der Stirn des Babys.

Jetzt ist das Beten an der Reihe. Frances probiert es einfach mal: »Lieber Gott, bitte taufe dieses Baby.« Und dann ihr Lieblings-Abendgebet: »Engel Gottes, / Hüter mein, / Laß mich dir befohlen sein! / Heut diesen Tag, das bitt ich dich, / Erhalt, regier, beschütze mich. / Amen.« Jetzt kommt die Stelle, wo man den Kopf ins Wasser taucht. Frances hält das Baby vorsichtig in Richtung Wasser. Das kleine Ding ist noch glitschig, es rutscht ihr durch die Finger und taucht unter. O nein. Rasch! Ene, mene, muh, und raus bist du! Frances taucht hinterher, bekommt das Baby zu fassen, noch bevor es auf dem Grund des Bachbettes liegt, und taucht mit ihm auf, preßt es fest an sich. Ihm ist nichts passiert. Das kleine Herz von Frances schlägt wie das eines Vogels in den Klauen einer Katze, sie schnappt nach Luft, das Baby stößt einen winzigen Schrei und allerliebste abgehackte kleine Huster aus. Es geht ihm gut, es hat nur ein bißchen Wasser geschluckt, alles in Ordnung. Alles in Ordnung. Frances wiegt es in den Armen und singt ihm aus dem Stegreif ein selbsterfundenes Liedchen vor: »Baby, Baby … Baby, Baby … Baby Baby.« Na also. Wenigstens ist es jetzt hübsch sauber.

Frances kriecht die Böschung wieder hoch, legt die Kleine aufs Gras, küßt ihre winzigen Hände und den Kopf und nimmt den Jungen auf die Arme. Sie weiß, daß man mit Neugeborenen besonders vorsichtig sein muß, weil ihre Schädel noch nicht richtig zugewachsen sind. Wie eine Rinne oder so was oben um ihre Schädeldecke rum. Es heißt Fontanelle oder auch die »weiche Stelle«, obwohl es die Form einer Linie hat. Man erkennt sie unter der bläulichen Hautschicht, die sich darüber spannt. Auf dem Kopf des kleinen Mädchens hat Frances sie nicht gesehen, weil es einen unheimlich dichten schwarzen Haarschopf hat. Doch da, auf dem von Flaum bedeckten Schädel des kleinen Jungen, sieht man sie: eine schmale Rinne, die seinen Kopf in zwei Hälften teilt. Frances geht noch einmal in das Bachwasser und fährt dabei leicht mit dem Finger über die bläuliche Linie im Säuglingsschädel. Wenn jemand einfach so vorbeikäme und seine Finger da reinstecken würde, was wäre dann? Der Kleine müßte sterben. Frances windet sich bei dem Gedanken, daß einfach irgendwer so was tun könnte. Und wenn *ihre* Finger sich plötzlich selbständig machten und so was täten? *O nein, beeil dich, du mußt ihn getauft haben, bevor es zu spät ist. Ehe Daddy nach Hause kommt und bevor irgendwer seine Finger in seinen Kopf stecken kann.*

Frances läßt das zweite Baby fallen. O nein. Schnell! Ene, mene, muh, und raus ...

»Was um Gottes willen machst du da?«

Frances reißt den Kopf hoch, was sie vom Tauchen abhält. Es ist Daddy. Oben am Bachufer ragt das große umgekehrte V seiner Beine auf. Er hält das kleine Mädchen in einem Arm.

»Komm verflucht noch mal da raus!«

Er ist betrunken, sonst würde er nie vor einem Kind fluchen. Er greift nach unten und packt Frances an einem Arm, zieht sie mit Leichtigkeit aus dem Wasser, ihr triefendes Nachthemd hängt um ihre Zehen; sie könnte die kleine Meerjungfrau sein, die zu guter Letzt doch auf das schöne Schiff *Homo Sapiens* eingeladen wird, bereit, ihre neuen Füße auszuprobieren. Wenn die Blutflecken nicht wären.

Das Wasser ist dunkel. James sieht das Kind auf dem Grund des Baches nicht. »Nein!« schreit Frances, als er sie auf das Gras hinuntersetzt. Sie kann es ihm nicht sagen, das geht einfach nicht, es ist wie in einem Traum, sie hat vergessen, wie man wach wird und auf englisch sagt: »Das andere Baby ist dadrin, es ertrinkt, wir müssen es rausholen!« James stößt sie vor sich her, schubst sie zum Haus zurück. Frances reißt sich los und läuft zurück. Er torkelt hinterher. Am Bachufer angekommen, springt sie hinein und taucht. Sie sucht auf dem Grund nach dem Baby, ihre Lunge sticht, in diesem Wasser ist sie so blind wie das

Neugeborene, das sie nicht finden kann, sie findet es. Und taucht zum zweitenmal auf, als James zurückkommt und ein wenig schwankend am Bachufer steht. Sie drückt das Baby an ihre Brust; es regt sich einmal und liegt dann still. Sie starrt zu ihrem Vater und dem kleinen Mädchen hoch. Und beginnt zu zittern.

James sagt – oder vielleicht denkt er es auch nur –: »Großer Gott, großer Gott, großer Gott ...« Er rutscht die Böschung hinunter, nimmt das Kind und macht Wiederbelebungsversuche. Sinnlos, es hilft nichts. Der kleine Junge war gut zwanzig Sekunden zu lange unter Wasser. Frances klappert jetzt mit den Zähnen und fragt sich, ob ihr schwarzweißes Bonbon noch auf dem Grund des Baches liegt oder ob es ins Meer gespült wurde.

BLANCMANGE

Den nächsten Tag verbringt Frances zitternd im Bett. Sie klappert immer noch mit den Zähnen. Ihr wird einfach nicht warm. Draußen ist Juniwetter. Sie hat blaue Lippen.

Mercedes wickelt sie in mehrere Decken und gibt ihr Phantasie-Blancmange zu essen. »Phantasie«, weil ihnen diese Speise einzig im Reich der Bücher zur Verfügung steht und weil Frances in den nächsten paar Tagen nichts anderes als Phantasieessen zu sich nehmen kann.

Wo ist Mama? Wo doch ein frierendes Kind in einem Zimmer und ein fieberheißes in einem anderen liegt? Sie ist unten und putzt. Das Haus ist blitzblank.

Jesus erbarme sich der Seele von

KATHLEEN CECILIA PIPER
Gest. am 20. Juni 1919
19 Jahre alt

Jesus sei ihrer Seele gnädig

»Im Leben haben wir sie geliebt. Wir wollen sie nicht im Stich lassen, bis wir sie mit unseren Gebeten in das Haus des Herrn geleitet haben.«
ST. AMBROSIUS

Solace Art. Co. – 202 E. 44th St.N.Y.

Frances hört rechtzeitig auf zu zittern, um an Kathleens Beerdigung teilnehmen zu können, hat aber immer noch keine richtige Nahrung zu sich genommen. Mittlerweile hat sie die zwei Nächte zurückliegenden Ereignisse, als die Babys geboren wurden, bereits aus ihrem Bewußtsein verdrängt. Sie hat sie weggezittert. Das Höhlendenken hat eine schöpferische Zusammenarbeit mit ihrem bewußten Denken aufgenommen, und bald werden beide die Erinnerung in einen Mischmasch aus Träumen, erfundenen Geschichten und Fingermalereien einspinnen. Tatsache und Wahrheit, Tatsache und Wahrheit ... »Wo ist mein Nachthemd, das mit ... Ich hab was verschüttet, ich muß es waschen, wißt ihr noch, der Fisch, den ich damals im Bach gefangen hab? – Doch, doch, da sind *so* viele Fische drin ... Er hatte einen schmalen blauen Streifen, aber ich hab ihn losgelassen, es war bloß ein Babyfisch, zu klein zum Essen, ich hab ihn zurückgeworfen, er ist zurückgeschwommen, zurück ins Meer...«

Doch das Nachthemd ist längst weg – James hat daraus ein Leichenhemd für einen kleinen Jungen gemacht und es der Erde überantwortet.

Und was die Fische angeht – wie jeder weiß, ließen sich in dem Bach noch nie irgendwelche Fische fangen. Kinderlähmung ist das einzige, was man sich darin einfangen kann.

Am Tag nach Kathleens Beerdigung, am dritten Tag nach Kathleens Tod, fastet Frances immer noch, als sie plötzlich von einer heftigen Gier gepackt wird. Sie geht in die Küche, wo Mama sich gerade anschickt, den Ofen zu putzen. Frances macht einen hohen Schrank auf und hebt den Deckel von der Mehldose ab. Sie nimmt den weißen Staub in beide Hände und trägt ihn vorsichtig durch die Küche und die Treppe hinauf in ihr Zimmer. Wortlos, ohne aufzusehen oder ihr über das Küchenlinoleum hinaus zu folgen, fegt Materia die schmale weiße Spur hinter Frances weg.

Wieder in ihrem Zimmer – das sie mit Mercedes teilt –,

läßt Frances das Mehl aus ihren Händen in die leere Porzellan-Waschschüssel auf ihrer Frisierkommode gleiten. Sie schüttet Wasser aus dem Krug hinein und mischt die Masse, bis sie einen weichen klebrigen Teig hat, den sie in beide Hände nimmt. Dann rollt sie sich auf ihrem Bett zusammen und beginnt, an dem Teig zu saugen. Erst rasch, wobei sie kleine Geräusche ausstößt, dann langsamer, während die Gier nachläßt. Ihre Lider werden schwer, und sie schläft ein, den Mund voll von der weichen, feuchten Masse.

Mercedes kommt herein, in den Händen ein Tablett, das mit unsichtbaren Delikatessen beladen ist. Hin und wieder saugen Frances' Lippen noch ein wenig im Schlaf. Mercedes stellt das Tablett ab, vorsichtig, damit die Portweinkaraffe nicht umkippt und sich in das Blancmange ergießt. Sie beugt sich über Frances und fühlt ihr die Stirn, dann streicht sie ihr sanft den klebrigen weißen Papp vom Mund, trägt das Zeug nach unten, hält sich dabei an die weiße Puderspur bis dahin, wo diese am Küchenlinoleum endet, und bleibt stehen. Weil sie etwas sieht. Mama. Mercedes steht und starrt, den rohen Teig wie eine Opfergabe in ihren gewölbten Händen. Sie wollte ihn für Frances backen. Rohen Teig soll man nicht essen, sonst kriegt man womöglich Würmer. Mercedes wollte ihn eigentlich im Ofen backen. Aber ihre Mutter hat den Backofen in Gebrauch. Lange steht Mercedes so da, die Hände voll feuchtem weißem Staub.

In der Nacht, als Lily und Ambrose zur Welt kamen, wurde Mercedes von demselben Lärm geweckt wie Frances. Aber Mercedes blieb im Bett, während sich Frances zur Bodentreppe schlich. Mercedes hielt sich an ihren bis unters Kinn hochgezogenen Decken fest und betete den Rosenkranz, obwohl sie zu verängstigt war, um sich umzudrehen und nach den Perlen unter ihrem Kissen zu greifen. Seit dieser Nacht trug Mercedes immer einen Rosenkranz am Körper, weil manchmal selbst ein Griff unter das Kopfkissen zu weit ist, wenn man einen braucht. Und so betete Mercedes den Rosenkranz statt dessen mit den quastenverzierten Knöpfen der Tagesdecke aus Chenille:

Mercedes fixiert eine Reihe weißer Quasten, kann aber mit dem Rosenkranz nicht anfangen, allerdings nicht deshalb, weil es nur eine Tagesdecke ist, sondern wegen des Teufels. Nur der Teufel würde ihre Gedanken mit einem Bild des hölzernen Rückenkratzers blockieren, der am Spiegel auf ihrer Kommode lehnt. Wegen der Dunkelheit sieht man ihn jetzt zwar nicht, aber er ist da. Ein langer hölzerner Rückenkratzer mit drei geschnitzten Affen, die mimisch »nichts Böses sehen, nichts Böses hören, nichts Böses sagen« darstellen, und an der Spitze sitzen drei wie Krallen geformte Zacken zum Kratzen. Es war ein Juxgeschenk von einem Freund von Mama im Empire. Mercedes hat soeben gemerkt, daß es etwas Böses ist, und wird es am Morgen in den Müll werfen. Nein, in den Heizkessel. Am Morgen. Wenn es hell ist und der Lärm auf dem Dachboden aufgehört hat. Gerade hat jemand angefangen, da oben gegen die Wand zu hämmern. Vielleicht hängen sie ein Bild auf.

Mercedes kämpft gegen den Teufel und gewinnt. Sie schafft es, den Rückenkratzer aus ihrem Kopf zu verbannen, es gelingt ihr mit dem ersten Gebet, das sich durchsetzen kann – »Engel Gottes, / Hüter mein, / Laß mich dir befohlen sein! / Heut diesen Tag, das bitt ich dich, / Erhalt, regier, beschütze mich. / Amen.« Schnell, bevor das böse Bild wiederkommt, schnell: »Gegrüßet seist du, Maria, voll der Gnaden, der Herr ist mit dir, du bist gebenedeit unter den Weibern und gebenedeit ist die Frucht deines Leibes, Jesus ...« Und der Rosenkranz ist glücklich unterwegs. Und hat man den erst angefangen, kann man einfach immer weitermachen, solange man will oder muß, und sich dabei an den Troddeln der Tagesdecke orientieren. Ja, in Bedrängnis kann man den Rosenkranz überall aufsagen, vorausgesetzt, man hat den Glauben.

Endlich ist es ruhig im Haus. Wo ist Frances? Mercedes schleicht leise in den Flur. Sie späht die Bodentreppe hinauf. Dort oben brennt zwar ein kleines Licht, aber alles ist ruhig. Mercedes verspürt nicht den Wunsch, dorthinauf zu gehen. Vielleicht beschützt sie das Etwas in ihrem Hinterkopf besser, als das Etwas in Frances' Hinterkopf diese beschützt. Vielleicht. Mercedes wendet sich von der Dachkammertür ab und geht zum Schlafzimmer ihrer Eltern. Unterwegs tritt sie in etwas Klebriges. Sie muß sich selbst dafür tadeln, daß sie ihre Hausschuhe nicht angezogen hat, tastet sich also in ihr Zimmer zurück, findet ihre Hausschuhe und ihren grünkarierten Morgenmantel und zieht beides an, bindet sich den Flanellgürtel hübsch ordentlich um die Taille und streicht glättend über ihre Haare, bevor sie sich wieder in den Flur hinauswagt. Sie kommt zur Tür des Elternschlafzimmers, die halb offensteht. Mercedes verharrt ganz still und lauscht. Nichts. Kein Atmen. Ihr Herz macht einen kleinen Satz, *kein Atmen*! Sie ist jung genug, um zu fürchten, beide Eltern könnten einfach im Schlaf gestorben sein. Langsam geht sie auf das Bett zu, die Hände wie eine Schlafwandlerin ausgestreckt, und horcht weiter. Werden sie dasein? Wird

189

sie ihre Leichen finden? Werden sie aufwachen und böse auf sie sein? Es ist eine Sünde, so viel zu zweifeln. Wenn du wirklich an Gott glaubst, würdest du nicht erwarten, deine Eltern völlig grundlos tot in ihrem Bett vorzufinden. Sprich ein kleines Gebet. »Verzeih mir, lieber Gott.« Jetzt laß deine Hände vorsichtig auf das Bett herunter, und ... nichts ... nur die Laken. Was für eine Erleichterung, sie sind nicht tot, sondern einfach nur nicht da. *O nein!* Wo sind sie? Es ist mitten in der Nacht, wo sind meine Eltern? Wo ist Mama, wo ist Daddy? Hör auf, du machst Gott böse, du verdienst, sie tot im Erdgeschoß zu finden, von einem Landstreicher ermordet.

Mercedes' beinahe sieben Jahre alte Nerven sind noch zart, doch in dieser Nacht setzt ein Prozeß ein, der sie nach und nach in Stahl verwandeln wird. Ihre kleinen Nervenfasern werden erhitzt. Diese Nacht ist der Schmelzofen. Wenn ihre Nerven heiß genug, wenn sie vor Hitze weißglühend sind, werden sie in kaltes Wasser getaucht, dann sind sie für alle Zeiten gehärtet und stark. Stark genug, um ein Gebäude oder eine Familie zu stützen, stark genug, um das Haus in der Water Street 191 in den kommenden Jahren vor Einsturz zu bewahren. Es wird stehenbleiben. *Es wird stehenbleiben.* Doch jetzt erst mal: *Geh nach unten ...*

So setzt Mercedes ihre Suche fort. Horchend, horchend. Spähend, spähend. Unten findet sie niemanden. Offenbar ist sie ganz allein im Haus. Nun ja, bis auf Kathleen. Oder vielleicht ist Kathleen auch weg. Vielleicht sind sie alle fort und haben sie verlassen. *Du könntest nachgucken gehen, Mercedes. Guck in der Dachkammer nach.* Nein. »Und außerdem«, antwortet Mercedes, »spricht Kathleen nicht mehr, sie könnte mir nicht sagen, wo sie sind.« *Du hast noch nicht im Keller nachgesehen.* »Im Keller ist nichts außer Kohlen und dem Heizkessel.«

Nur ein weniger vernunftgeleiteter Mensch könnte die Art Suche durchführen, die die richtigen Ergebnisse zeitigt – etwa so eine Suche, bei der die Lesebrille im Kühlschrank und die Autoschlüssel im Medizinschränkchen zutage kämen. Doch können auch nur weniger vernunft-geleitete Menschen Dinge so gründlich verbummeln. Oder sich überlegen: »Hm, vielleicht ist meine Mutter im Koh-lenkeller eingeschlossen, da geh ich doch mal nachsehen.« Und nur jemand, der keinem Problem aus dem Weg gehen kann, würde tatsächlich die Bodentreppe hinaufsteigen, nach all dem Geschrei und Gewummere, das aus dieser Richtung kam. Mercedes kann widerstehen: Sie wider-steht den Problemen, der Neugier. Jemand muß es ja tun.

Sie geht in ihr Zimmer zurück. Dort legt sie die Decken wie einen Mantel um die Schultern, kniet auf ihrem Bett und starrt den Mond über dem Hinterhof an. Die Mut-tergottes ist im Mond. Das kühle weiße Licht ist ihre Liebe. Alles wird gut. Und endlich sieht Mercedes jeman-den, der da ist. Und zwar Frances, unten im Bach. Sie hält etwas in ihren Armen – ein Bündel. Und auf dem Ufer bewegt sich etwas. Ein kleines Tier. Ein Kätzchen. Das, was sie da hält, muß auch ein Kätzchen sein. Frances läßt das Bündel ins Wasser fallen, dann taucht sie hinterher. Was macht sie da? Nein! Nein, Frances mag kleine Kat-zen, sie würde sie nie ertränken. Sie badet sie. Das macht sie. Sie legt das eine Kätzchen hin und nimmt das andere auf, aber Mercedes kann nicht sehen, was als nächstes passiert, weil Daddy in den Hof und an den Bach tritt und ihr die Sicht nimmt. O weh, jetzt kriegt Frances aber eine Tracht Prügel. Na ja, um diese Zeit sollte sie sowieso nicht aufsein und am Bach spielen. Eigentlich darf überhaupt niemand zu irgendeiner Zeit am Bach spielen. Es ist kein Badestrand. Mercedes sieht den Kampf, sieht, wie unge-heuer ungehorsam Frances ist, daß sie zum Bach zurück-läuft und hineinspringt. Warum ist sie so böse? Manche Menschen werden eben so geschaffen.

Als Frances ins Bett kommt, ist sie ein Eisklumpen. Mercedes tut, als würde sie fest schlafen, und in ihrem Phantasie-Schlaf krabbelt sie zu Frances hinüber und wickelt sie in ihren karierten Morgenmantel ein. Frances ist splitternackt. Auch das ist ungewöhnlich. Und ganz gleich, wie warm Mercedes Frances einpackt, sie zittert einfach weiter.

Mercedes wird nie mehr eine Nacht durchschlafen. Von nun an wird sie selbst im Schlaf noch horchen. Jemand muß es ja tun.

Morgens bemerkt Mercedes das Blut in ihrem Hausschuh. Sie wäscht ihn aus. Das einzige, was an diesem Morgen noch anders ist: Wenn man in den Garten hinaussieht, fällt einem auf, daß die Vogelscheuche fort ist und an ihrer Stelle ein Felsbrocken steht.

DIE ANBETUNG DES KÖRPERS

James, bis zu den Knien im Wasser, legte den toten Säugling am anderen Bachufer auf den Boden und stieg dann selbst an Land. Frances drückte das kleine Mädchen fest an ihr verschmutztes, klatschnasses Nachthemd und setzte sich in Bewegung, zurück in Richtung Haus.

»Du bleibst, wo du bist!«

Frances sieht zu, wie Daddy in seinen nassen Schuhen zu der Vogelscheuche hinüberstapft. Er packt das Ding an den Beinen und zerrt daran, als wollte er ein Bäumchen ausreißen. Der Kopf wackelt, fällt ab und rollt platschend in den Bach hinunter. Der Bach trägt ihn mit sich fort. Frances sieht zu, wie der Kopf auf dem Wasser hüpft, und denkt: »Er wird mein schwarzweißes Bonbon finden und essen, er wird jemandem in einem weit entfernten Land erzählen, was ich getan hab.« Der Kopf wird weggespült, aus ihrem Blickfeld und zum Meer hinaus. Doch der Hut bleibt da. Der zerknautschte Filzhut.

James reißt die Vogelscheuche aus der Erde. Der Körper war auf einen Pfahl gespießt, und dieser Pfahl muß aus frischem Holz gewesen sein, denn jetzt, da Daddy das spitze Ende aus dem Boden gezogen hat, sieht man, daß es lebt und blasse keimende Wurzeln daran hängen. Irgendwann wäre ein Baum sozusagen durch die Vogelscheuche durchgewachsen. Vielleicht sogar mit Obst dran. Ein Zweig wäre ihr direkt aus dem Mund gewachsen, mit einem großen roten Apfel am Ende. »Stell dir vor«, denkt Frances, »stell dir vor, in dir drin wächst ein Baum.« Stell dir vor, du siehst überall die grünen Blätter, direkt unter deiner Haut gefangen, die wachsen, stell dir vor, du siehst die dünnen Wurzeln, die sich unter der Haut an deinen

Fußsohlen verheddern, und ihre weißen Spitzen suchen nach einer Stelle zum Durchstoßen. Die Erde zieht Wurzeln magnetisch an.

James schleudert die Vogelscheuche über den Bach. Dumpf schlägt sie neben Frances auf, aus ihrem Hals blutet Stroh, die Beine stehen zu beiden Seiten des fruchtbaren Holzpfahls grotesk ab. Frances spürt, wie die Vogelscheuche zu ihr aufsieht. Das Ding hat zwar keinen Kopf mehr, doch Frances erkennt den Gesichtsausdruck trotzdem, kläglich und traurig: »Warum hast du mir das angetan?« Da liegt sie wie ein sterbender Soldat, der ihr aus seiner versagenden Kehle eine Botschaft übermitteln will: die Position des Feindes, eine Nachricht für einen Angehörigen in der Heimat, einen Teil eines Witzes, ein Stück von einem Gedicht, die Adresse seines Elternhauses, glockenhell, die Erinnerung an einen Jungen auf einem Bild, der im Sommer aus einem Fluß trinkt, *oder ist das wirklich geschehen, war ich das?* Frances antwortet nicht. Sie wendet den Blick von der Vogelscheuche, obwohl sie weiß, daß diese sich vielleicht bewegt, wenn sie sie nicht im Auge behält. Ihre um das feuchtkalte kleine Baby geschlungenen Arme sind erstarrt. Sie richtet ihren Blick auf den Hut der Vogelscheuche. Der Hut liegt neben Daddy. Und Daddy gräbt im Garten. Mit bloßen Händen.

James hört auf. Es ist lächerlich, woanders als in einer Sandkiste mit bloßen Händen zu buddeln, aber in einem Garten in New Waterford ist es noch sinnloser, weil nicht allzu tief im Boden Kohle liegt, an manchen Stellen sogar direkt an der Oberfläche. Und Felsgestein. James weint. Er bedeckt sein Gesicht mit den Händen, verschmiert es mit Erde, Ruß und Blut. Von seiner frühesten Kindheit abgesehen, hat er noch nie so geweint. Er ist im Krieg. Zwar halluziniert er sich nicht zurück an die Front, hört in seinem Kopf keine Bomben explodieren und sieht keine zerstückelten Männer, so eindeutig ist es nicht. Doch wenn man seine für Vermutungen zuständige Bewußtseinsschicht fragen würde: »Wo sind wir jetzt?«, bekäme man die Antwort: »Natürlich im Krieg.« Hier haben wir einen Wassergraben, da einen unglücklichen Mann mit blutenden Händen. Dort die Leiche eines Jungen. Natürlich.

»Daddy.«

»O na-ha-ha-ha-nein. O-ho-ho-ho nein.« Wie der Weihnachtsmann, bloß traurig.

»Daddy, es tut mir leid.«

James beruhigt sich ein wenig und schaukelt eine Zeitlang auf den Fersen hin und her, gibt nur sehr leise Geräusche von sich und bedeckt noch immer das Gesicht mit den Händen.

»Das Baby friert, Daddy.«

James steht auf, keucht, schwankt ein wenig, mit jedem Atemzug stößt er ein leises Stöhnen aus. Doch das sind nur die Nachbeben der Trauer. Jetzt ist er wieder einsatzbereit, die Schluchzer, von denen er geschüttelt wurde, laufen in einen Schluckauf aus. James sieht zu Frances hinüber. Er watet durch den Bach und nimmt ihr das lebende Baby ab. Ihre Ellbogengelenke strecken sich wie klamme Sprungfedern, und ihre Arme bleiben ausgestreckt, nachdem sie das Gewicht der Kleinen nicht mehr spüren, nur noch den warmen Abdruck – ein Phantombaby, das sie noch Tage danach in ihren Armen fühlen wird. James schubst sie leicht in Richtung Haus.

»Geh jetzt ins Bett, los.«

»Tu ihr nicht weh.«

Frances geht.

»Warte. Zieh dein Nachthemd aus.«

Sie schält es sich vom Leib, und James nimmt es ihr ab. Sie sieht zu, wie Daddy in den Garten zurückgeht, wo er den kleinen Jungen in ihr Nachthemd wickelt und in der Erde verscharrt.

Frances geht über den Hof ins Haus zurück und kostet das neue Gefühl aus, die Nachtluft auf ihrem bloßen Oberkörper zu spüren. Sonst kriegen das nur Jungen zu spüren. Der Mond scheint hell, ihr Schlüpfer leuchtet weiß, und sie stellt sich vor, eigentlich ein Junge zu sein, der sich zum Schwimmen in Lingan ausgezogen hat. Sie hüpft über den Hinterhof, fühlt sich leicht und frei, und erst als sie aus ihrem feuchten Schlüpfer steigt und sich im Bett an die mollig warme Mercedes kuschelt, beginnt Frances zu frieren und zu zittern.

Unten im Keller liegt Materia zusammengerollt auf einem Kissen aus Asche hinter dem Kohlenkessel. Sie träumt von einer weiten, von Dürre ausgezehrten Ebene, dann von einem stillen Sandmeer. In der Ferne schimmert ein breiter blauer Fluß. Im Fluß ist etwas, was sie braucht. Doch im Sand wird sie schläfrig. Schläfrig wie in arktischem Schnee. In der Arktis verleitet einen nicht die Kälte dazu, sich zu Tode zu schlafen, sondern die sanfte Farblosigkeit der Landschaft, und die Wüste hat die gleiche sanfte Blässe, nur arabisch. Weil alles so weiß, so gleichförmig ist, schläft man sich aus dem Leben, ausgedörrt oder erfroren, und es ist so unsagbar bequem, wenn man endlich sein Bewußtsein davon überrollen läßt, als ließe man ein Nudelholz über ungesäuerten Teig gleiten.

Das Schloß der Kellertür schnappt auf, und der losgelöste Teil von Materia fährt in ihren Körper zurück, beim Aufprall öffnen sich ihre Augen; sie ist hellwach. Seine nassen Schuhe stapfen schwer die steilen hölzernen Treppenstufen herunter. Am Fuß der Treppe stolpert er ein wenig, weil hier unten kein Licht ist und er keine Lampe mitgenommen hat. Materia rührt sich nicht. Sie ist jetzt ein Augenpaar, weiter nichts. Eine Wüste mit Augen.

Entweder hat James vergessen, daß sie da ist, oder er hält es für unerheblich. Er reißt die Tür des kalten Heizkessels auf, schmeißt einen Armvoll blutige Laken hinein, schüttet Kerosin darüber und zündet sie an. Der jähe Feuerschein auf seinem Gesicht verblüfft selbst Materia, und ihr kommen die Tränen; nichts ist so traurig wie der Teufel. Ihr kommen die Tränen, weil diese Beleuchtung, Feuerglut wie auch Kerzenlicht, die Wesensschönheit eines

Menschen hervorlockt. Kerzenlicht ist freundlich und schmeichelnd und daher für romantische Liebe unerläß- lich. Der eigentliche James wird von den Flammen er- leuchtet, und es zerreißt, was von ihrem Herzen übrig ist, ihn so zu sehen, wie er vor langer Zeit war, sie beide allein in der Jagdhütte, während der Schonzeit, mit seinem Geschenk, dem schottischen Plaid seiner Mutter, und das Lied, und wie selig er über den Klang ihrer Muttersprache war, er liebte sie, doch sie wußte nicht, daß sie ihn eigent- lich retten mußte, sie wußte es nicht, wußte es nicht, bestimmt ist er vorhin gestürzt und hat sich weh getan, denn sein Gesicht ist schmutzig, er hat geweint, und auf seinen Wangen sind Blutstriemen.

Er sprenkelt noch etwas Kerosin auf die Flammen. Materia hält es nicht mehr viel länger neben dem Heiz- kessel aus, so heiß, wie der jetzt wird. Wenn James nicht bald geht, wird sie sich bewegen müssen und sich damit verraten. Doch er schließt die bauchige Tür, und der Feuerschein erlischt. James' liebenswerte Qual verschwin- det, und statt dessen sieht man wieder die Schatten auf sei- nem Gesicht, wie sie es kennt, und Materia spürt nicht mehr den Kloß im Hals.

Während er sich schwankend die Stufen hinaufbewegt und sein Körpergewicht von einem Fuß auf den anderen verlagert, wischt Materia sich mit ihren rußigen Händen die Tränen aus dem Gesicht. Sie befreit ihren eingepferch- ten Körper, schleppt sich über den Schlackenboden, bis sie auf beiden Beinen stehen kann, und wird wieder ein Paar umherwandernde Augen, sonst nichts.

Noch vor Morgengrauen, während Mercedes neben ihr fest schläft, schlägt Frances die Augen auf und sieht eine schwarze Frau, die auf sie herunterstarrt. Die Frau streckt eine Hand aus und streicht Frances leicht über die Stirn. Bei Mercedes macht sie das gleiche, dann geht sie. Frances schläft wieder ein. Bonbons. Sie träumt von Bonbons.

197

Es ist eine mondhelle Nacht. Sieh die Water Street hinunter. Auf dem einsamen Streifen Land zwischen den letzten Häusern und dem Meeresrand wirft ein Baum ein Schattennetz, das sich an einer Stelle bewegt und wölbt, als brächte es eine dunkle Frucht hervor, die am Ast hängt, dann fällt. Eine Gestalt ist unter den Ästen hervor auf die Straße getreten. Sie bleibt stehen, schwankt auf der Stelle wie eine Pflanze auf dem Meeresgrund. Dann wandert sie weiter die Straße hinunter bis zum Friedhof. Sie schlängelt sich zwischen den Grabsteinen hindurch, die sich wie die Stadt ausgebreitet haben, hält sich aber nicht an dem neuesten Grabhügel auf, sondern geht weiter bis zum Rand der Klippen. Dort legt sie sich auf den Bauch, bettet den Hals auf die Kante des Felsvorsprungs, als wäre die Erde eine gigantische Guillotine. Sie sieht weit auf das Meer hinaus, das sich viertausend Meilen weit nach Osten erstreckt, und singt.

Kann es sein, daß der Atlantik das Lied über seine Wellen trägt, bis es, durstig und zerzaust, die Straße von Gibraltar erreicht, sich ein wenig an seinem eigenen Echo labt, das von dem Felsen dort widerhallt, und, sich um seine ramponierte Achse drehend, seine Reise bis in den Libanon fortsetzt, wo es schließlich den Schwung verliert und einen Augenblick in der Luft verharrt, ehe es in sanften Wellen auf den Sandstrand unten hinabtrudelt, um dort endlich in Frieden und für alle Zeiten zu ruhen?

Als Mrs. Luvovitz an jenem Morgen um drei ihre Hintertür aufmacht, fährt ihr der Schreck in die Glieder. Jemand steht in ihrem Garten. Steht leicht schräg geneigt da, wie von einem Wind hergeweht, der danach abebbte.

Mrs. Luvovitz ist aufgewacht, weil sie etwas gehört hat. Eine singende Frau, ausgerechnet. Die Worte konnte sie nicht verstehen. Benny wurde nicht davon wach. Fällt schwer, bei so etwas nicht an Todesfeen zu denken – manchmal heulen sie, manchmal weinen sie oder singen nur leise, doch ihre Botschaft ist immer die gleiche: Jemand wird ins Jenseits abberufen. Als Mrs. Luvovitz ihre Augen richtig aufbekam, hatte das Singen aufgehört. Trotzdem sah sie aus dem vorderen Fenster ... nichts. Nur um sicherzugehen, stieg sie die Treppe hinunter und öffnete die Hintertür, und da bekam sie den Schrecken – in ihrem Garten stand eine Gestalt, den Rücken ihr zugekehrt.

Im nächsten Augenblick verwandelte sich der Schrecken in Überraschung, als Mrs. Luvovitz die Gestalt erkannte.

»Materia?«

Materia dreht sich nicht um, sie rührt sich nicht. Sie ist ein in flache Erde gepflanzter fruchttragender Stengel, nach oben hin schwerer werdend, und kann jeden Moment umkippen, die Wurzeln zuoberst. Der Atemhauch eines Babys würde dazu jetzt schon ausreichen.

Mrs. Luvovitz geht zwischen den Bohnen und Tomaten hindurch, bis sie nahe genug ist, um Materias Arm anzufassen. Er ist kühl, weich und rund. Materias Haare hängen offen herunter, in drahtigen schwarzen Wellen, die ihre Schultern eben noch berühren. Sie trägt eins der weiten Baumwollkleider, die Mrs. Luvovitz mit ihr genäht hat, weich und jetzt, mit den Jahren, zu Lieblingskleidern geworden, mit verblaßten Wiesenblumen bedruckt.

Materia dreht sich bei der Berührung um, und Mrs. Luvovitz sieht sie von vorn. »*Gott im Himmel.*«

Materia steht in der Wanne von Mrs. Luvovitz, während diese sie wäscht. Sie sind in der Küche, und das Feuer brennt. Das Wasser ist schwarz von Kohlenstaub und Blut. Materias Kleid liegt auf dem Boden, vorn ist es mit Wundschorf bedeckt, es kommt in den Müll. Mrs. Luvovitz wäscht sie sanft, ohne zu rubbeln, ohne Waschlappen, nur mit ihren glitschigen Seifenhänden, als wäre Materia ein Neugeborenes. Materias Haut ist milchig, nicht von der Farbe, sondern von der Beschaffenheit her, lauter Kurven, kompakte Muskeln unter einer weichen Hülle. Materia sagt kein Wort. All die Anstrengung und Sorge, das eine von dem anderen zu unterscheiden, für immer fortgeblasen, alle Entfernungen jetzt ausgeglichen – Mrs. Luvovitzens Gesicht und das Kap der Guten Hoffnung, Materias eigener warmer Körper und der Rest der Welt.

Mrs. Luvovitz hat Benny zum Haus der Pipers geschickt, um herauszufinden, was in Gottes Namen dort vor sich geht. Als er ankommt, findet er James in einem sauberen weißen Hemd vor, wie er gerade Tee macht, morgens um halb vier. Im Haus ist es sehr warm, heiß sogar. Kathleen liegt oben tot unter frischen Laken. Ein neugeborenes Mädchen schläft in einem Bettchen am Herd.

»Mein Beileid, James.«

»Danke, Ben. Möchtest du etwas trinken?«

»Täßchen Tee.«

Am Morgen wacht Mercedes neben Frances auf und entdeckt einen schwarzen Fleck auf der Stirn ihrer Schwester. Er sieht wie Asche aus dem Kamin aus. Mercedes leckt ihren Finger an und wischt den Fleck ab. Frances schläft weiter. Während sie sich anzieht, bemerkt Mercedes auf ihrer eigenen Stirn einen ähnlichen Fleck. Sie wischt ihn ab. Frances wacht auf.

»Mercedes, ich hab geträumt, die Dame, die mir das Bonbon geschenkt hat, ist in der Nacht in unser Zimmer gekommen.«

»Welche Dame?«

»Die schwarze Dame. Sie hat mich berührt.«

Mercedes weiß, daß es der Teufel war und sie durch den Rosenkranz beschützt wurden. Der Teufel könnte einem durchaus einen Aschenfleck auf die Stirn machen. Es sähe ihm ähnlich, zu verhöhnen, was der Pfarrer am Aschermittwoch tut. Und die Muttergottes konnte es nicht gewesen sein. Wie jeder weiß, ist die Muttergottes schneeweiß und trägt ein blaues Kleid.

»Es war nur ein Traum, Frances.«

»Sie war schön.«

Mercedes spricht im stillen ein Gebet für ihre Schwester.

»Sie ist meine gute Fee«, sagt Frances.

Mercedes legt Frances den Rosenkranz um und geht nach unten, um Mama beim Frühstückmachen zu helfen. Frances rollt sich zitternd auf ihrer Seite zusammen.

Daddy wartet in der Küche auf Mercedes. Er hat Haferbrei für sie gekocht. Sie setzt sich an den Tisch.

»Guten Morgen, Daddy.«

»Du mußt jetzt mein großes Mädchen sein, Mercedes.«

Er sieht sie an. Sie haben die gleichen Augen, nur daß ihre braun sind. Ihre Gesichter sind sandsteinfarben, auch wenn das von Mercedes einen Stich ins Olivbraune hat.

Mercedes begreift, daß jetzt das Schlimmste kommt, und sie faltet ihre Serviette auseinander und legt sie sich fein säuberlich auf den Schoß. Sie ist froh, daß sie ihre Zöpfe an diesem Morgen besonders sorgfältig geflochten hat.

»Deine Schwester Kathleen ist von uns gegangen.«

»Ist sie nach New York gefahren?«

»Sie ist jetzt bei Gott.«

In Mercedes' Magen tut sich eine Kluft auf. Die überbrückt sie, indem sie zu ihrem Löffel greift. »Danke für das Frühstück, Daddy.«

»Ich möchte, daß du dich um deine Mutter kümmerst.«

»Ist Mama krank?«

»Nein. Aber sie ist sehr müde. Sie hat gerade ein Kind bekommen.«

»Aha.« Mercedes zeigt höflich die Zähne und bekommt ihr erstes bleibendes Fältchen. »Ist es ein Junge oder ein Mädchen?«

»Noch ein kleines Schwesterchen für euch.«

»Aha.« Das zweite bleibende Fältchen.

»Mama ist sehr traurig, weil wir Kathleen verloren

haben. Sie ist zu müde, um sich um das neue Baby zu kümmern.«

»Dann übernehme ich das.«

»So ist es recht.«

»Mach dir keine Sorgen, Daddy.«

DIE OFFIZIELLE VERSION

Sie erduldete die schwersten Prüfungen mit einer Ruhe,
Seelenstärke und Ergebenheit, welche der beste Beweis
für die Reinheit ihres Herzens sind.
Grabinschrift, Friedhof von Halifax

Materia hatte wie eine gute Katholikin gehandelt; die
Mutter war gestorben. Und James war natürlich bei der
Geburt nicht dabei und deshalb nicht in der Lage gewesen, die Gefahr vorherzusehen oder einzugreifen. Also
gab es keine gerichtliche Überprüfung, und der unter-
suchende Arzt und der Bestattungsunternehmer verrieten
die näheren Umstände keiner Menschenseele – außer
ihren Frauen.

Ein Kind wurde geboren.

Kathleen, Gott sei ihrer Seele gnädig, sah wunderschön
aus, so jung und ganz wie im Leben. Gerade so, als
schliefe sie. Sie wurde in Weiß beerdigt, es hätte ihr Hochzeitskleid sein sollen. Die Grippe, Sie wissen schon, auf
drei Kontinenten ist nicht eine Familie davon verschont
geblieben. Und so gottbegnadet und talentiert, wie sie war,
das ganze Leben hatte sie noch vor sich.

Jeder wußte, daß Kathleen schwanger war und bei der
Geburt starb. Nur ein Schwachsinniger wäre nicht da-
hintergekommen, so überstürzt, wie das Mädchen heim-
geholt und im Haus eingesperrt wurde. Doch in solchen
Fällen tut man eben so, als glaubte man, daß das Neugeborene ein Sprößling der Großeltern sei. Jeder erklärt
sich mit diesem Märchen einverstanden, und falls doch

jemand dem unehelichen Kind gegenüber ein Wörtchen über die wahren Hintergründe fallen läßt, muß das schon ein so gehässiger Mensch sein, daß man ihn leicht als Lügner abtun kann. Was so eine Person ja auch wirklich ist. Denn die gutgemeinte Lüge sagt die Wahrheit über das Kind, nämlich: »Du gehörst in diese Gemeinschaft«, während die arglistigen Wahrheitssager die Tatsachen lediglich zur Verbreitung einer Lüge verwenden, und zwar: »Du gehörst nicht dazu.« Dieses System ist unvollkommen, aber allgemein akzeptiert. Und im Lauf der Jahre verwischen sich die Tatsachen, bis es mehr Leute gibt, die nicht Bescheid wissen, als solche, die sich auskennen.

Mahmoud trauert

Mahmoud wünscht weder Materia noch ihren Mann und ihre Kinder wiederzusehen oder irgendein Lebenszeichen von ihnen zu bekommen. In den letzten neunzehn Jahren bestand sein einziger Kontakt zur Familie Piper in der Geschäftsbeziehung mit James, von der sie beide profitierten, ohne daß sie sich je von Angesicht zu Angesicht gegenübertreten mußten. Doch damit ist es jetzt vorbei.

In Kathleen hatte Mahmoud investiert, auf sie war er stolz gewesen, aber er hätte wissen müssen, daß es nichts anderes als Prostitution war, das Mädchen und ihre Begabung der Welt auszusetzen. Sie ging hinaus, erntete den Lohn der Eitelkeit und Dummheit ihrer Eltern (Eitelkeit, was James betraf, Dummheit, was Materia betraf), und sie endete als Flittchen. Das ist der Lauf der Welt. Wo hat sie es gemacht, wen ließ sie es wie oft mit ihr machen, wer war es, irgendein angelsächsischer Hund, Sohn einer enklieschen Hündin, ohne Achtung vor anderer Leute Töchter, oder schlimmer noch, ein Jude – in New York wimmelt es nur so von denen – oder etwa gar ein Farbiger – von denen gibt's in dieser Stadt auch mehr als genug –, und wenn so was erst mal im Blut ist, kann es Generationen da schlummern, bis man es am wenigsten erwartet; wo war ihr Vater, als seine Tochter in der schlimmsten Stadt der Welt verdorben wurde, wo die Leute es wie die Straßenköter treiben? Und jetzt ein Bastard in der Familie, obendrein noch ein Mädchen; mein Schwiegersohn ist wahrlich verflucht. Wer schlecht anfängt, endet schlecht, ich wasche meine Hände.

Aufgebracht merkt Mahmoud, daß er mit Tränen kämpfen muß, während er das lilienweiße Mädchen im Sarg betrachtet, umgeben von ihrem kupferfarbenen Haar. Noch nie zuvor hat er sie aus der Nähe gesehen. Und er schäumt vor Wut, daß sie es wagen, sie weiß gekleidet zu Grabe zu tragen, *in Weiß* schicken sie sie zu Gott, der alles sieht! »Und da sitzt meine schwachköpfige Tochter an der Orgel. Die Finger hätte ich ihr bei der Geburt brechen sollen. Ich hätte das Klavier zerhacken und diesen Bastard Piper erschießen sollen. Ich war nachsichtig, und das ist der Lohn.«

Prüfend betrachtet Mahmoud Mercedes und Frances, strahlend sauber in der Bank neben James, der in seinem schwarzen Anzug regelrecht leichenblaß aussieht; »Wenn er schlau ist, steckt er die Ältere in ein Kloster und verheiratet die Jüngere, bevor sie ihre erste Periode hat, zur Hölle mit ihnen allen.«

Der Schaukelstuhl

In der Nacht nach Kathleens Beerdigung trinkt James seinen letzten Tropfen Alkohol. Nach Mitternacht kommt er aus dem Schuppen, setzt sich ans Klavier im Wohnzimmer und spielt. Die ersten Takte der *Mondscheinsonate* und viele andere Stücke.

Oben wacht Mercedes auf, als die Musik verstummt. Frances liegt nicht im Bett. Mercedes setzt sich auf und

205

schaut aus dem Fenster, erwartet, sie wieder unten am Bach zu sehen, doch nein. Mercedes geht aus dem Zimmer, bleibt auf dem Treppenabsatz stehen und sieht nach unten. Aus dem Wohnzimmer dringt Licht. Und noch etwas dringt aus der Küche ... ein Geruch. Es ist mitten in der Nacht, aber Mama kocht Nieren für eine Pastete. Daddys Leibgericht. Mercedes geht eine Treppenstufe tiefer. Zwei Stufen. Drei. Und bleibt stehen, um zu horchen ... ein leises Geräusch wie von einem Hundewelpen. Mercedes denkt an die Kätzchen in der Nacht zuvor am Bach und schaudert. Sie mag es gar nicht, wenn Frances im Dunkeln herumstrolcht. Sie wünscht, alle würden nachts einfach im Bett bleiben. Sie wünscht, sie selbst läge wieder in ihrem gemütlichen Bett, doch jetzt ist sie die Älteste. Eine Hand leicht auf das Geländer gelegt, nähert sich Mercedes dem Licht, das auf die unterste Treppenstufe fällt, und bleibt am Türbogen zum Wohnzimmer stehen.

Alles in Ordnung. Frances lebt, sie ist quicklebendig. Sie sitzt mit Daddy auf dem Schaukelstuhl. Komisch, anscheinend hat Frances Mercedes schon angesehen, noch bevor Mercedes in der Tür erschien. Daddy macht das Welpengeräusch. Er ist traurig, weil Kathleen gestorben ist. Jetzt braucht er seine anderen kleinen Mädchen um so mehr. Frances sitzt hübsch still, zappelt zur Abwechslung mal nicht. Mercedes wartet, bis sich der Schaukelstuhl nicht mehr bewegt und Frances von Daddys Schoß rutscht und zu ihr in die Türöffnung kommt. Während sie Hand in Hand nach oben gehen, sagt Frances: »Es tut nicht weh.« Mercedes sagt: »Ich mag den Geruch von gekochten Nieren nicht.« Und Frances: »Ich auch nicht.«

Zurück im Bett, Frances wieder an sie gekuschelt, kriegt Mercedes plötzlich Angst. Und ihr wird ein wenig schlecht, ohne daß sie wüßte, warum. Sie steht auf, geht zur Waschschüssel hinüber und übergibt sich. Es muß dieser Geruch gekochter Nieren sein, der ihr so zusetzt, denn warum macht Mama nachts Fleischpasteten? Und gibt es wirklich Gegenden, wo Leute Kinder in Pasteten tun und sie essen? Es ist eine Sünde, so etwas von Mama zu denken. Aber Mercedes kann nicht anders. Sie weiß, daß eigentlich kein Baby in der Pastete sein kann, aber sie weiß auch, daß immer etwas Schlimmes passiert, wenn sie Frances aus den Augen verliert.

Das erste heilige Sakrament

»Daddy, wo ist Mama?«
»Du mußt jetzt mein großes Mädchen sein, Mercedes.«

Nachdem James Materias Leichnam ins Schlafzimmer hinaufgeschleift hatte, lief er als erstes los, um einen Priester zu holen ... nicht für Materia, für die war es zu spät, sondern für das neugeborene Mädchen. James hat begriffen: Es gibt einen Gott. Es gibt einen Teufel – das notwendige Übel. Mag sein, daß man verdammt ist, doch zumindest hat Gott etwas mit einem vor.

Die Alternative zum Glauben lautet, unter dem Gewicht nicht wiedergutzumachender Schuld und der Sinnlosigkeit, die eigentlich mal der eigene freie Wille waren, zusammenzubrechen; und das kommt nicht in Frage. Er hat eine Familie mutterloser Kinder zu versorgen.

Er schickte den Priester schon mal vor und lief dann zum Arzt.

Die Neugeborene glüht vor Poliomyelitis, Kinderlähmung. Man muß kein Kind sein, um so was zu bekommen.

Das Haus steht unter Quarantäne. Was keinen großen Unterschied macht, da es dort noch nie viel Kommen und Gehen gab. Doch jetzt ist es offiziell. Der Arzt hat seinen Eimer schwarzer Farbe genommen und ein X auf die Haustür geklatscht, wie auf so viele andere Türen zuvor.

207

Jeden Tag spucken die Leute auf die Schwellen ihrer Vorder- und Hintertüren und sagen dazu: »Keine Krankheit unter meinem Dach!«, doch die Zauberkraft hat sich abgeschwächt. Überall wüten Krankheiten.

Neben dem üblichen Aufgebot an Diphtherie, Tuberkulose, Scharlach und Typhus nimmt die Spanische Grippe bald den ersten Listenplatz ein. Man muß kein Spanier sein, um sie sich zu holen. 1918 und 1919 sterben weltweit Millionen Menschen mehr an der Grippe als im Krieg. Viele glauben, daß die Krankheit von den Ratten übertragen wurde, die sich von Leichen in den Schützengräben ernährten.

Auf dem Friedhof schießen wieder die kleinen weißen Kreuze mit niedlichen geschnitzten Lämmchen aus dem Boden. Es hat besonders viele Kinder getroffen. Mercedes hat gerade die erste Klasse hinter sich. Sie geht auf die Our-Lady-of-Mount-Carmel-Schule und mußte bis zu den Sommerferien wie alle anderen Kinder im Unterricht eine weiße Atemschutzmaske tragen, damit keine Bazillen übertragen wurden. »Miss Pollys kleine Puppe war so krank, krank, krank, also sagte sie zum Doktor: Komm gerannt, rannt, rannt.« Überall in der Stadt werden Lebensmittellieferungen samt der Milch vorne in den Vorgärten abgestellt, niemand traut sich näher heran. Selbst Ärzte und Krankenschwestern sterben wie die Fliegen. Man achtet sorgfältig auf Kohlenwagen: Wird bei dir eine Ladung abgeliefert, die du nicht bestellt hast, dann sieh dich vor, jemand wird dein Haus in einer Kiste verlassen. Bleibt ein schwarzes Pferd grundlos vor deinem Haus stehen, bete. Kommt ein weißes Pferd in der Nacht, ist alles zu spät.

Der Arzt steht auf der einen Seite neben James und schaut ins Bettchen. Der Pfarrer auf der anderen. Er trägt seinen Ornat und hält Meßgefäße mit Weihwasser und Öl. James hat keine Ahnung, daß der Säugling bereits getauft wurde. Er weiß nicht, was Frances eigentlich im Bach gemacht hat, nur, daß sie böse ist. Was die Nacht nach

Kathleens Beerdigung angeht – nun ja, von nun an wird er nichts Stärkeres als Tee mehr anrühren, keinen Tropfen.

Der Priester wird das Baby taufen, ohne es im Arm zu halten, denn es wäre sehr gefährlich, die Kleine zu diesem Zeitpunkt ihrer Krankheit zu bewegen. Er fragt James: »Wer ist der Taufpate des Kindes?«

»Ich«, sagt James, da außer dem Arzt niemand sonst in dem unter Quarantäne stehenden Haus ist, und der ist evangelisch.

Die heilige römisch-katholische Kirche hat schon lange auf James gewartet. Er denkt zurück an seine eigene erzwungene Taufe vor Jahren, als er Materia heiratete. Trotzig stand er mit ungebeugtem Kopf da, während ein Priester über ihm Worte murmelte: »Die Stimme des HERRN geht mit Macht, die Stimme des HERRN geht herrlich. Die Stimme des HERRN zerbricht die Zedern; der HERR zerbricht die Zedern im Libanon...« Er verstellte sich und ließ es über sich ergehen. Doch jetzt weiß er, es gibt keine Zufälle, nur Prüfungen. In der Kirche wimmelt es von Beispielen von Männern wie ihm, die sich für verdammt hielten und dennoch gerettet wurden. Männern, die zu gleichen Teilen Monster und Märtyrer sind. Und durch eine letzte Tat – die sich vielleicht in ihrer Todesstunde unsichtbar und im Innersten ihres Herzens vollzog – wurden sie gerettet. Wurden sogar zu Heiligen.

»Und wer ist die Taufpatin?« erkundigt sich der Priester.

James öffnet die Tür, hinter der Mercedes wartet. Er läßt sie auf der Schwelle stehen, in sicherem Abstand zu dem fieberheißen Bettchen. Mercedes' Haar ist frisch, wenn auch nicht glatt geflochten, sie ist noch nicht daran gewöhnt, das selbst zu machen. Ein blaues Baumwoll-Trägerkleid und rote Strümpfe, weil Rot und Blau zusammenpassen.

Der Priester zuckt nicht mit der Wimper. In den Augen der Kirche kann ein Kind in einer Notlage als Pate firmieren, und außerdem sieht jeder, daß dieses Baby bald bei Gott sein wird.

Taufpaten müssen versprechen, das Kind im katholischen Glauben zu erziehen, sollte seinen Eltern etwas zustoßen. Normalerweise ist das ein hypothetisches Gelübde; nicht so für Mercedes, denn Mama ist bereits tot. »Jetzt bin ich die Mutter«, sagt sie sich. »Und ich bin schon gefirmt und daher reif.« Letzten Mai hat Mercedes ein blütenreines weißes Kleid mit Schleier angezogen und bekam mit ihren übrigen vor Sauberkeit strahlenden Klassenkameradinnen eine rituelle Ohrfeige vom Bischof. Seither sind drei der anderen Mädchen gestorben. Dottie Duggan ist tot, sie saß neben Mercedes. Dottie hatte die ekligen Angewohnheiten, Klebstoff zu essen und sich in der Nase zu bohren, doch jetzt ist sie ein Engel Gottes. Als Heiligennamen wählte Mercedes die heilige Katharina von Siena, obwohl sie viel lieber Bernadette genommen hätte, doch Bernadette ist noch keine Heilige, wann, o wann nur? Frances hat Mercedes geraten, Veronika als Heiligennamen zu wählen, wegen Veronikas Zauberschweißtuch. »Nicht Zauber, Frances. Wunder.«

Der Priester beugt sich über das Bettchen, wo das Kleine wie auf glühenden Kohlenstückchen liegt, und fragt es: »*Quo nomine vocaris?*«

Auf der Schwelle antworten Mercedes und James zuammen für das Baby: »*Lily.*«

James hat nicht an einen zweiten Vornamen gedacht. Dafür war keine Zeit. Er betet nur, daß sie groß genug wird, um diesen einen Namen tragen zu können.

Der Priester fährt fort: »Lily, *quid petis ab Ecclesia Dei?*«

Mercedes und James antworten: »Glauben.« Sie haben die besondere Erlaubnis, auf englisch zu antworten, weil Mercedes zu jung ist, um so viel Lateinisch zu lernen... Obwohl sie es versucht hätte, wenn Zeit gewesen wäre.

Mercedes sehnt sich nach einem Blick auf ihr neues Schwesterchen. Sie sieht zu, wie sich der Priester hinunterbeugt und dreimal sanft ins Bettchen pustet. Er pustet den unreinen Geist weg, um dem Heiligen Geist Platz zu machen. Dem Tröster.

»*Exorcizo te, immunde spiritus ... maledicte diabole.*«

Der Priester braucht lange, um Lily zu segnen und für sie zu beten. Mercedes und James sagen das Apostolische Glaubensbekenntnis und das Vaterunser auf. Dann fährt der Priester mit seinen Fragen fort. »Lily, *abrenuntis satanae?*«

»Ich schwöre ihm ab.«

»*Et omnibus operibus eius?*«

»Ich schwöre ihnen ab.«

Der Pfarrer salbt Lilys Kopf mit Öl, während die Paten ihren Glauben an den Heiligen Geist, die heilige katholische Kirche, die Gemeinschaft der Heiligen, die Vergebung der Sünden, die Auferstehung des Fleisches und das ewige Leben bezeugen. Schließlich besprengt er die glühende Stirn mit Weihwasser. Es verläuft auf dem Öl zu Perlen und siedet dort, während er sie tauft, »*in nomine Patris et Filii et Spiritus Sancti.*«

Als sich der Pfarrer Mercedes zuwendet, zittert sie wegen der Feierlichkeit des Augenblicks und überreicht James das kostbare weiße Satinbündel, das sie fein säuberlich gefaltet in ihren Armen gehalten hat. Es ist das Familientaufkleid. James bringt das Kleid dem Pfarrer. Lily ist zu krank, um es zu tragen, deshalb hält der Pfarrer es ihr nur an und sagt ihr, sie möge dieses weiße Gewand annehmen und dafür sorgen, daß es nie befleckt werde.

Und so übernimmt die fast siebenjährige Mercedes an der Seite ihres Vaters Verantwortung für Lily Pipers Seele.

Jetzt ist der Arzt an der Reihe. Er späht in das Bettchen, schüttelt den Kopf, sieht James mit seinem Nun-ist-alles-in-Gottes-Händen-Blick an, tätschelt Mercedes' Schulter und geht mit dem Pfarrer.

Unschuldslämmer

»Frances«, sagte Mercedes und reichte ihr einen Becher Kakao, »Mama ist von uns gegangen.«

»Wohin?«

»Zu Gott.«

Der Friedhof war gruselig, obwohl es ein sonniger Tag war und vom Meer her eine frische Brise wehte. Sie sahen zu, wie Mamas Sarg in die Erde versenkt wurde. Jede warf ein Schäufelchen Erde hinunter. Das kam ihnen ein wenig seltsam vor ... Irgendwie war es nicht besonders nett. Kathleens Grab lag direkt neben Mamas. Kathleen ist dort unten, dachten Mercedes und Frances, obwohl Mercedes nicht vergessen wollte, daß Kathleen nicht dort unten, sondern bei Gott war. Frances machte sich große Sorgen um Kathleen – dort unten ist es dunkel. Wie kann sie atmen? Fürchtet sie sich vor den anderen Toten? Die meisten von denen sind inzwischen Gerippe. Gibt's da Würmer?

Anschließend gingen sie nach Hause, und Daddy nahm eine Steak- und Nieren-Pastete aus dem Kühlschrank und machte sie im Bachofen heiß. Wie konnte Essen auf dem Tisch stehen, das Mama gekocht hatte, wenn Mama unter der Erde lag? James aß, aber die kleinen Mädchen konnten keinen Bissen anrühren. Sie versuchten, die Luft anzuhalten, bis sie vom Tisch aufstehen durften. Frances wollte nicht daran denken, wie Mama rohe Nieren mit der Schere schnitt. An das Schnippschnapp.

In der Nacht nach Mamas Beerdigung konnten sie nicht schlafen. Sie kletterten aus dem Bett und knieten vor der Tür zu Kathleens altem Zimmer nieder, in dem ihr neues Schwesterchen lag. Wie viele Lilys kann es in einer Familie geben? fragte sich Mercedes. Frances machte sich Sorgen; Babys, die Lily hießen, lagen bloß still da und wurden dann weggebracht. Daddy hat sie wegen etwas, was ich getan hab, Lily genannt, dachte Frances. Um mich an etwas zu erinnern. Sie beteten.

»Engel Gottes, Hüter mein, bitte rette unser Schwester-lein, Amen.«

Sie sangen ihr vor:

»O kleine Freundin! Komm raus und spiel mit mir. Bring deine Puppen vier, klettre auf meinen Apfelbaum. Ruf in mein Regenrohr rein, rutsch meine Kellertür runter, und laß uns immer Freundinnen sein ...«

Und sie erzählten ihr, was für schöne Sachen sie zusammen machen wollten, wenn sie nur gesund wurde.

»Wir essen Süßigkeiten zum Frühstück«, versprach Frances.

»Wir treten in den Chor ein«, schwor Mercedes.

»Wir ziehen wunderschöne Ballkleider an.«

»Wir kochen feine Sachen für Daddy.«

»Wir versprechen es dir, Lily.«

»Wir schwören es.«

»Bei unseren Gräbern.«

»Bei unseren Gebeinen.«

»Bei unseren Nieren.« Da prusteten sie los vor Lachen, und Daddy rief hinauf, sie sollten sofort ins Bett, worauf beide zugleich im Flüsterton sangen: »Der Doktor seufzte und sah bedenklich drein, und sagte zu Miss Polly: ›Die muß schnell ins Bett hinein!‹«

Mercedes gab Frances ihre Lieblingspuppe mit ins Bett, eine wunderschöne Flamencotänzerin in einem roten Kleid. Frances ließ die Puppe ein Weilchen leise tanzen. Sie ließ sie nach Hause gehen und ihren Kindern Sirupkekse backen. »Seid jetzt brav«, sagte die Tänzerin zu ihren Kindern, »ich muß lernen. Und wenn ich danach nicht zu müde bin, fahren wir vielleicht in die alte Heimat. *Inschallah.*« Nach einem weiteren Weilchen sagte Frances: »Mercedes?«

»Was ist?«

»Und wenn Daddy stirbt?«

»Daddy wird nicht sterben, Frances.«

»Dann wären wir Waisenkinder.«

»Daddy stirbt nicht.«

213

Doch Frances weinte, ihr verschmitztes Gesicht ganz verknautscht, ihre Tränen so heiß wie heißes Wasser aus dem Kessel.

»Frances, ich würde nie zulassen, daß du zum Waisenkind wirst.«

»Ich will nicht, daß Daddy stirbt«, schluchzte Frances, untröstlich beim Gedanken an ihren armen Daddy, seine zwei kleinen Mädchen im Wald verirrt, mit nichts als Laub zum Zudecken und nichts zu essen. Sie weinte wegen der netten Vögel und der traurigen Eichhörnchen, und weil der arme Daddy seine lieben Kinder nicht retten kann. So warm war ihr seit Tagen nicht mehr gewesen.

»Frances, ich würde nie zulassen, daß du zum Waisenkind wirst.«

Jetzt weinte Frances so herzzerreißend, daß Mercedes sich Sorgen machte.

»Ich will meine Maaa-maaa wiederha-a-ben!«

Mercedes strich Frances über die krausen Zöpfe und flüsterte zärtlich: »Es ist alles gut, Schätzchen, Mama ist hier.«

Frances hörte auf zu weinen.

»Ich bin jetzt deine Mama«, sagte Mercedes.

Frances lag eine Weile still, dann sagte sie: »Bist du nicht.«

»Bin ich wohl, Schätzchen.«

Frances rollte sich zu einem festen Knäuel zusammen.

»Mama ist hier«, gurrte Mercedes, »Mama ist hier.«

Frances umklammerte ihre Knie, bis die Knochen aufeinanderstießen. Sie verwandelte ihre Gliedmaße in kräftige Zweige, ihr Rückgrat in eine biegsame Gerte und ihre Haut in neue Rinde. Und weinte nicht mehr.

Nach dieser Nacht weinte Frances nie mehr nach Mama.

»Es ist gut, daß Mama fort ist«, sagte sie sich im stillen, während sie im Kopf all die furchtbaren Dinge hin und her wälzte, an die sie sich nicht richtig erinnern konnte, und die Fäden raffiniert zu dem Umhang eines Narrengewandes verwob, »denn wenn Mama hier wäre, wüßte sie, was ich für ein böses Mädchen war.«

Lily, die am Leben blieb

Der Tag nach Materias Begräbnis bricht erfreulich an. James sagt zu Mercedes: »Komm und sieh dir dein Patenkind an.«

Frances geht mit. Sie betreten das Krankenzimmer, das jetzt leer ist bis auf den hellen Sonnenschein, der durch das offene Fenster einfällt und das Bettchen in funkelnde Staubkörnchen hüllt. Frances und Mercedes treten näher und schauen durch die Stäbe. Die beiden Mädchen erwarten, eine dralle, rosige Ausgabe ihrer Babypuppen zu sehen, doch da liegt ein kleines Ding mit schmalen Wangen unter einer schwarzen Haarmasse, die wie eine furchterregende Perücke aussieht. Dunkle Augen, aus denen eindringliche, aufmerksame Anteilnahme spricht – so als hätten sie bereits eine Menge gesehen.

»Was fehlt ihr denn?« fragt Frances.

»Nichts, sie ist wunderbar«, sagt James.

Sie sieht wie eine Koboldpuppe aus, denkt Mercedes, und Frances sagt: »Etwas stimmt nicht mit ihr.«

Dafür bekommt sie eine Kopfnuß.

Mercedes sagt: »Sie ist schön« und nimmt sich insgeheim vor, ihre Lüge zu beichten.

James hebt das Baby hoch. »Sie ist ein Prachtmädel.«

Frances geht hinter Daddy, dem Baby und Mercedes her nach unten. Gleich werden sie die Kleine füttern. Aus der Küche ertönt lieblich klimpernde Musik. Beim Eintreten sehen sie eine fünfzehn Zentimeter große Porzellantänzerin, die sich auf dem Tisch dreht. Sie trägt Knöpfstiefel aus Glacéleder und ein limonengrünes Seidenkleid über mehreren Unterröcken und hält einen gelb-weißen Sonnenschirm über ihre goldenen Ringellocken. Unter ihren Füßen steht die Inschrift *Ein altmodisches Mädchen*. Die ist für Mercedes, »weil sie so ein braves großes Mädchen ist«.

»O danke, Daddy.«

Frances ist froh und glücklich, daß sich jemand in diesem Haus freut.

»Sie kann uns beiden gehören, Frances.«

»Nein, die ist nur für dich, Mercedes.«

Frances darf sie aufziehen, »Vorsicht, nicht zu fest.«

Frances geht ehrfürchtig damit um, kann aber den Wunsch nicht ganz unterdrücken, herauszufinden, woher die Musik eigentlich kommt.

Das Baby liegt schlaff, aber hellwach in Mercedes' Armen, während James es mit Milch aus einem Fläschchen füttert. Er sagt: »Sie wird ganz gesund. Es ist ein Wunder.«

Ich halte ein Wunder im Arm, denkt Mercedes.

»Etwas stimmt nicht mit ihr«, murmelt Frances verstohlen vor sich hin.

I'll take you home again, Kathleen…

Mit jemandem in New York ins Bett zu gehen, diese Erfahrung macht Kathleen klar, daß die Gegenwart endlich begonnen hat. Mittlerweile ist Sommer. Für Kathleen ist die Gegenwart ein neues Land, unangreifbar durch die alten Länder, weil die Goten und Wandalen in den alten Ländern gar nicht wissen, daß es die Gegenwart gibt. Und doch ist sie angreifbar. Ihre Mauern werden durchbrochen. Kathleen ist noch zu jung, um das zu wissen. Jetzt, im Sommer, ist sie verliebt. Sie wird gerade neu geboren.

Meine Geliebte
Ich liebe dich
Oh
Meine Süße
Ich liebe dich
Süß, oh
Oh

Es ist das Geflüster der ersten Liebe. Münder können einander nicht genug küssen oder genug des geliebten Wesens finden, um genug geküßt zu werden. Der unsichtbare Ozean hält das Zimmer, das Bett und die Liebenden in der Schwebe und behandelt sie wie Wasserpflanzen, Arme bewegen sich unaufhörlich, Blattwedel im strömenden Luftzug, Hände wedeln unaufhörlich langsam Seite an Seite hin und her, liebkosen das geliebte Wesen, *Hallo …* Finger fächeln immerzu, Ranken in einem immergrünen Strauß, alle Teile wogen hin und her, mal heftig, mal unmerklich. Eine federleichte Berührung entzündet den Drang nach größerer Nähe und durchbricht die Wasseroberfläche, *nur noch in dir sein,* nach Luft schnappend, *dich nur noch empfangen,* jetzt auf trockenem Land, *dich nur noch halten,* die Wüstenhitze, *ich trinke dich, geliebtes Wesen, schimmernd unter einer Oasenpalme, ich ver-*

brenne hier zu Asche und werde dann fortgeweht ... Bis
der barmherzige Höhepunkt entdeckt wird, und sobald er
erreicht ist, folgt das langsame Taumeln hügelabwärts,
Wasser, in Zeitlupe eimerweise vergossen, verfärbt unterwegs den Sand, bis das sanfte Wogen wieder einsetzt, der
Meeresgrund, die federleichte Berührung, die das Meer
von neuem in Aufruhr versetzt.

Ich will dich
will, daß du
will dich auch
will
oh, du
so, so
süß
Oh
Oh
wie Honig
ich liebe dich
du schmeckst wie Honig
Geliebte

In diesem Herbst bekam James einen Brief. Er fuhr da
runter und holte Kathleen genau an dem Tag heim, als der
Krieg zu Ende war.

across the ocean wide and wild ...

DRITTES BUCH

Der Schuhmacher und seine Elfen

SCHWARZBRENNEN

1925. Erster April … obwohl Frances eigentlich nie einen Vorwand braucht. Sie und Lily spielen in der Dachkammer, umgeben von einem Haufen Puppen. Ansonsten ist das Zimmer bis auf die Wäschetruhe leer. Lily wird sechs. Frances ist elf. Sie ist Lilys selbsternanntes Kindermädchen, ihre Spielkameradin und Peinigerin. Lily will es nicht anders.

Lily erinnert überhaupt nicht mehr an das seltsame Baby von früher. Der letzte Rest davon findet sich in der ausgeprägten Wachsamkeit ihrer schönen grünen Augen, als wären sie stets bereit, eine ernste Wahrheit zu erfassen. Diese Eigenheit gefällt Frances ganz besonders. Lilys schwarze Haare haben inzwischen einen kastanienbraunen Schimmer, und obwohl heutzutage eine Menge kleine Jungen und Mädchen Prinz-Eisenherz-Frisuren tragen, fallen Lilys Haare bis über ihre Taille hinunter, wenn sie offen sind. Sie hat pfirsichzarte Haut wie Milch und Honig und sieht selbst im Winter aus, als wäre sie von der Sonne geküßt. Sie hat Lippen wie Rosenrot und einen entzückenden kleinen Hubbel auf der Stirn, der hervortritt, wenn sie verstört ist. Frances hat ihr weisgemacht, es sei ein Horn, das bald durch ihre Haut stoßen werde.

Heute wurde Lily mit einem knielangen Rüschenkleid aus hellgrünem Taft mit Krinoline feingemacht – ohne besonderen Anlaß, einfach nur, weil sie unser süßer Liebling Lily ist und Daddy sie gern hübsch angezogen sieht. Die meisten großen und kleinen Mädchen tragen längst keine Krinolinen und Petticoats mehr; Frauen können auf diesen Unfug gut verzichten, der ihnen nur im Weg ist, seit dem Krieg waren sie viel zu beschäftigt. Doch Lily hat nichts anderes zu tun, als fröhlich zu sein.

Heute trägt sie ihre Zöpfe wie üblich zu einem glänzenden Kranz hochgesteckt, den Mercedes so fest geflochten hat, daß sich Lilys Augenwinkel ein klein wenig spannen. Mercedes ist für Lilys Haare zuständig, aber Lily läßt sich nur von Frances anziehen oder baden. So ist es nun mal. Obwohl Lily nie wissen kann, wann Frances sie mit Taten oder Worten verstören wird ... »Ehrlich, Lily, du bist adoptiert. Wir haben dich einfach eines Tages im Müll gefunden. An deiner Haut haben überall Kartoffelschalen geklebt.«

Frances ist ein mageres Mädchen. Und normalerweise kalkweiß im Gesicht. Bis auf die eine Sommersprosse auf ihrer Adlernase. Farbe bekommt sie nur, wenn sie lacht oder sich etwas richtig Gutes ausdenkt. Dann funkeln die grünen Glassplitter in ihren haselnußbraunen Augen, ihre Nase wird rosa, und auf dem Nasenrücken erscheint ein schmaler weißer Streifen. Lily beobachtet Frances' Nase, wie etwa ein Matrose nach einem Leuchtturmlicht Ausschau halten mag. Sobald der Streifen erscheint, ist Frances nicht mehr ganz zurechnungsfähig.

Und was ist aus Frances' schönen dunkelblonden Locken geworden? Sie sind einem wild wuchernden Gestrüpp gewichen. »Naturlocken« ist geschmeichelt. Bei strahlendem Sonnenschein kann man noch eine Andeutung der blonden Engelslöckchen erahnen, die sie früher hatte. Ansonsten wurde das Blond von kräftigen rost- bis kupferfarbenen Brauntönen eliminiert. Auch Frances trägt ihre Haare zu Zöpfen geflochten, genau wie Lily und Mercedes, nur daß ihre schwer zu bändigenden Locken sich am Ende des Tages gelöst haben. Ihren Pony schneidet sie selbst.

Mercedes macht sich nicht mehr viel aus Puppen, aber Lily ist eine leidenschaftliche Puppenmutter, genau wie Frances. Die hat noch alle ihre Puppen aus der Zeit, als sie klein war. Wenn die Puppen nicht auf dem Bett schlafen, wohnen sie in der Dachkammer. Im Augenblick sitzen sie alle hübsch aufgereiht an die Wäschetruhe gelehnt:

Maurice, der Affe des Leierkastenmannes; Baby-Scharlach, ein kleines Mädchen mit Porzellankopf; Diphtherie-Rose, deren Samtkleid Frances modisch gekürzt hat; die Zwillingsmatrosen, Typhus- und Tbc-Ahoi, und die kleine Jungenpuppe, Pocken. Früher gab es noch eine wunderhübsche Damenpuppe in einem Ballkleid, Cholera La France, doch die ging irgendwo verloren. Den Ehrenplatz nimmt die Flamencotänzerin mit ihrem karmesinroten Kleid und den Kastagnetten ein, die Spanische Grippe.

Lily verehrt die Puppen von Frances, doch ihr ganzes Herz hängt an ihrer eigenen Maiglöckchen-Lumpenpuppe. Mrs. Luvovitz hat sie genäht, und Lily hat sie nach Frances' Lieblingsparfüm so genannt. Sie hat wunderhübsche dicke braune Locken aus Wolle, genau richtig zum Flechten, außer da, wo Frances ihr ein wenig die Haare geschnitten hat. Heute nimmt Lily sich ihr Lumpen-Maiglöckchen vor und friemelt ihr ohne ersichtlichen Grund den Mund ab. Bittere Reue folgt auf dem Fuß. Doch was ist da zu machen?

»Du hast sie kaputtgekriegt«, stellt Frances fest.

»Hab ich nicht.«

»Hast du wohl, hier, gib sie mir.«

»Was willst du mit ihr?«

»Ich reparier sie.«

»Mach sie nicht kaputt.«

»Sie ist schon kaputt.«

Lily rückt die Lumpenpuppe heraus.

»Schon gut, Lily, wir spielen einfach, sie hätte Lepra gehabt …«

»Nein!«

»… aber dann begegnet sie Jesus, und der heilt sie.«

Frances holt einen Füllfederhalter aus der Tasche ihres karierten Trägerrocks. Lily sieht zu, bereit, nötigenfalls rettend einzugreifen. Frances hält die Puppe seelenruhig knapp außerhalb von Lilys Reichweite, doch zu deren Beruhigung so geneigt, daß Lily der sorgfältigen Instandsetzung des Lumpenpuppenlächelns zusehen kann.

Während der Arbeit singt Frances: »›Miss Pollys kleine Puppe war so krank, krank, krank, also sagte sie zum Doktor, komm gerannt, rannt, rannt. Der Doktor seufzte und sah bedenklich drein und sagte zu Miss Polly, die wird bald hinüber sein.‹«

Lily jammert: »Nein, Frances, so geht es gar nicht!«

Frances gibt ihr die Puppe zurück: »Da.«

»Warum hast du ihr einen blauen Mund gemalt?«

»Sie war zu lang im Wasser und hat blaue Lippen gekriegt.«

»Aber wenn ihr wieder warm wird?«

»Wird ihr nicht.«

»Frances!«

»Ich kann nichts dafür, Lily«, erklärt Frances vernünftig. »Du hast ihr schließlich das halbe Gesicht abgefriemelt. Ich hab sie bloß repariert, mehr nicht, ohne Mund sah sie dämlich aus. So eine undankbare kleine Göre.«

Lily starrt die Lumpenpuppe an.

»Danke, Frances.«

»Du hast Glück, daß sie nicht ertrunken ist.«

Lily horcht in sich hinein und entdeckt tief drinnen, daß sie die Lumpenpuppe jetzt noch lieber hat als vorher. Frances sieht zu, wie Lily das dreckige Lumpending tröstet, und wickelt sich eine vorwitzige Locke um den Finger.

»Lily«, sagt Frances in freundlichem, verschwörerischem Tonfall, »weißt du, was Daddy hinten in seinem Schuppen hat? Einen Destillierapparat. Er ist ein Schwarzbrenner.«

»Gar nicht wahr. Er ist Schuhmacher.«

»Was glaubst du wohl, warum es Schwarzbrennen heißt? Weil Daddy den Whiskey zusammen mit den schwarzen Stiefeln macht.«

»Frances.«

»Und ich bin Trinkerin. Und zwar seit meinem sechsten Lebensjahr. Verrat es Mercedes nicht. Ich habe am Tag deiner Geburt zur Flasche gegriffen und war seither stän-

224

dig heimlich betrunken. Auch jetzt, in diesem Moment, bin ich betrunken.«

Lily mag es gar nicht, wenn das grüne Funkeln in Frances' Augen kommt. Das ist das erste Zeichen. Es bedeutet, daß Frances ihr etwas verraten wird.

»Nein, du bist nicht betrunken, Frances, ich rieche nichts.«

»Der Alkohol ist so rein, daß man ihn nicht mal riecht.« Frances kann ihre Stimme so ruhig und ernst zugleich klingen lassen, als sagte sie einem die ungeschminkte Wahrheit, wie ein Arzt. »Den Kopf müssen wir wohl leider abnehmen, Mrs. Jones.«

»Das würde Daddy nie erlauben, Frances.«

»Daddy gibt es mir. Ich bin die Vorkosterin.«

»Ich frag ihn selber, es ist nicht wahr, Frances.«

»Lily, wenn du Daddy fragst, kränkst du ihn wirklich. Er stellt den Whiskey nur her, damit wir sorgenfrei leben können. Und ich muß ihm helfen. Es ist ein Jammer, daß ich süchtig geworden bin, aber das Opfer habe ich gebracht, um dir und Mercedes zu helfen. Was wäre passiert, wenn wir uns keinen Arzt hätten leisten können? Sie hätten dein Bein amputiert.«

Lily kommen die Tränen.

»Frances, ich will nicht, du sollst keine Trinkerin sein.«

Lily kullern die Tränen nur so über die Wangen, und vor lauter Kummer kriegt sie Halsschmerzen. »Ich werd Daddy sagen, er soll dir nichts mehr geben.«

»Nicht weinen, Lily, ist schon gut, es macht mir nichts aus. Ich hab immer gewußt, daß ich jung sterben werde.«

»Nei-ei-ein!« Lily schlägt die Hände vors Gesicht, und die Tränen strömen durch ihre Finger. Langsam schlingt Frances die Arme um Lily und wiegt sie sanft hin und her, während Lily weint.

»Daddy ist kein schlechter Mensch, Lily. Er hat uns sehr lieb.«

Frances schließt die Augen und saugt Lilys warme Trauer über ihre mißliche Lage auf. Diese Trauer fließt wie Medizin durch Frances' schmale Brust. Sie erlebt einen kostbaren Augenblick des Friedens. Liebe Lily. Frances atmet tief, und ihr Gesicht glättet sich von allein, bis ihre Haut so weich ist wie die eines jungen Mädchens.

»Frances, Lily ... wo seid ihr?«

Mercedes schreit nicht gern. Was der Rede wert ist, ist es auch wert, in einem zivilisierten Tonfall gesagt zu werden. Folglich muß Mercedes ziemlich viel Treppensteigen.

Mercedes' hellbraune Zöpfe sind im Nacken zu einem adretten Dutt zusammengesteckt. Vorn an ihrem Stehkragen trägt sie eine Brosche, und ihr Rock aus blauem Serge endet acht Zentimeter unter dem Knie. Bescheidenheit ist immer eine Zier. Mercedes ist gertenschlank und achtet sehr auf ihre Haltung. Mercedes ist zwölf und geht auf die Vierzig zu.

Erster Stock. Von den Mädchen nichts zu sehen, und mittlerweile wird unten die Leber in der Pfanne kalt. Massenhaft Eisen, und preiswert, mit Leber kann man nichts falsch machen. Das hat Mr. Luvovitz gesagt, und der muß es wissen. Zur Zeit erledigt Mercedes die meisten Einkäufe selbst. Jeden Freitag vertraut Daddy ihr das Haushaltsgeld an, und am Samstagvormittag klappert sie die Läden ab. Seit neuestem hat sie auch die Kocherei größtenteils übernommen. Nach dem Abendessen spült sie mit Frances das Geschirr. Dann erledigt Mercedes ihre Hausaufgaben. Anschließend die von Frances – sie redet sich allerdings ein, daß sie Frances ja nur hilft, sonst wäre es Betrug. Und was macht Frances? Sie spielt mit Lily oder klimpert auf dem Klavier herum. Daddy hat Mercedes bis zur siebten Klasse das Klavierspielen nach den Richtlinien des Konservatoriums von Toronto beigebracht, aber bei Frances hat er viel früher aufgegeben. Frances spielt lieber nach dem Gehör, allerdings nur, wenn Daddy zur Arbeit außer Haus ist.

Mercedes späht in das Zimmer von Frances und Lily. Da sind sie auch nicht. Mercedes wird immer ungehalten, wenn nicht rechtzeitig zu Abend gegessen wird, was meist der Fall ist, ohne daß sie etwas dafür könnte. Sie seufzt und freut sich auf den Ausklang des Tages, wenn all ihre Arbeiten getan sind und sie sich mit ihrem Buch zurückziehen kann. Gerade läßt sie sich zum zweitenmal bis zur Schmerzgrenze von *Jane Eyre* fesseln. Heute ist Donnerstag. Nur noch zwei Tage bis zum herrlichen Samstag, an dem Mercedes, nachdem sie den Einkauf erledigt, gewaschen und gebügelt hat, wie immer ihre beste Freundin Helen Frye besucht – zweitbeste nach Frances natürlich. Helen Frye wohnt in einem Zechenhaus, weil ihr Vater ein Bergmann ist, aber die Fryes sind nicht so arm wie andere Bergarbeiterfamilien, weil Helen eine Ausnahme ist, nämlich ein Einzelkind. Die anderen sind alle gestorben. Daher hat Helen ein eigenes Zimmer und recht hübsche Kleidung. Vielleicht sehen sich Mercedes und Helen an diesem Samstag einen Film im Bijou an. Oder sie arbeiten an einem ihrer vielen gemeinsamen Projekte, eine bunte Steppdecke nähen und Babysachen für ihre zukünftigen Kinder häkeln. Und vielleicht werden sie außerdem, wie sie es sich in letzter Zeit zur Gewohnheit gemacht haben, über Liebe reden. Helen ist in Douglas Fairbanks verliebt. Mercedes ist auch verliebt, bringt seinen heiligen Namen aber noch nicht über die Lippen.

Die Tür zur Bodentreppe ist sperrangelweit offen. Mercedes steht unten, ein wenig verstimmt. Was ist daran so reizvoll? Warum spielen sie da oben? Zum einen gibt es dort nur die alte Wäschetruhe, zu der sie den Schlüssel hat, und zum anderen ist Frances eigentlich zu groß zum Spielen. Frances sollte ein paar Freundinnen in ihrem eigenen Alter haben. Mercedes formt ihre Hände vor dem Mund zu einem Trichter und spricht ins dunkle Treppenhaus hinauf.

»Frances, Lily, Abendessen.«

Keine Antwort. Dann ein leises Stöhnen und ein Pfeifgeräusch, wie der Wind, nur daß es nicht der Wind sein kann.

»Frances, mach jetzt keinen Unsinn, das Essen wird kalt ...« Mercedes gestattet sich einen Anflug gespielter Wut.

»Mercedes ... gib mir meine Leber wieder.«

»Du liebe Güte, Frances...«

»Mercedes ... Ich bin auf der ersten Stufe.« Ein metallisches Stapfen.

»Das Essen wird kalt.«

»Mercedes ... Ich bin auf der zweiten Stufe.« Klack.

»Schön, verhungert doch.«

Flüsternd: »Mercedes ... BUH!«

»A-a-ah!«

Warum? Warum schafft sie es immer wieder?

Frances betritt den Flur, führt einen lebhaften schottischen Tanz vor und schwingt dabei ihr linkes Bein mit der Eisenschiene wie einen Knotenstock.

»Frances, Daddy ist einen Stock tiefer ... Frances!«

Frances tanzt weiter, geht mit hohem Beinschwung zu Offenbach über und singt mit schottischem Akzent: »Can, can you do the cancan, can you do the cancan« – immer schneller –, »canyoudothecancancanyoudothecancan ...«

Lily ist am Fuß der Dachbodentreppe zusammengebrochen, kann nicht mehr vor Kichern und versucht krampfhaft, sich nicht in die Hose zu machen; Mercedes gibt dem Lachreiz nach, ob sie will oder nicht ...

»Was ist das für ein Spektakel da oben?« Daddy steht auf der ersten Treppenstufe.

Mercedes grapscht nach dem Geländer und ruft nach unten: »Nichts weiter, Daddy, wir kommen.« Sie fliegt die Treppe hinunter und fängt ihn ab: »Das Essen steht auf dem Tisch, Daddy«, während Frances die Lederriemen von der schweren Stahlschiene schnallt und sie Lily zurückgibt.

Um den Küchentisch versammelt, sprechen sie das Tischgebet: »Segne uns, o Herr, und diese deine Gaben, die wir dank Deiner Güte empfangen haben durch Jesus Christus, unsern Herrn, Amen.« Frances fügt ein »Inschallah« hinzu.

James mustert sie mit leichtem Kopfschütteln. Lily grinst hinter ihre Serviette. Mercedes trägt auf.

»Mm«, sagt Frances, »Leder mit Zwiebeln.«

Ohrfeige von Daddy, die sie verdient hat. Am besten beachten wir sie einfach nicht.

»Diese Möhren sind aus unserem Garten, Daddy«, sagt Mercedes.

James hatte den Garten verwildern lassen, aber Mercedes erweckte ihn voriges Jahr wieder zum Leben, weil sie weiß, wieviel er ihm einmal bedeutet hat. Bevor all die traurigen Dinge geschahen. Sie ist sehr stolz auf die kümmerlichen Möhren und seltsamen Kartoffeln, die er hervorbringt, und verkündet stets die frohe Botschaft, daß sich die Familie von den Gaben ihres eigenen Gärtleins ernährt. James nickt, schenkt ihr sein mattes geistesabwesendes Lächeln und ißt weiter. Frances hingegen hat so ihre Schwierigkeiten.

Iß. Kau, kau, kau, opfere es den armen Seelen im Fegefeuer. Frances hat, auch wenn es gutgeht, Schwierigkeiten, eine ganze Mahlzeit zu bewältigen – vielleicht wenn ich die Leber häppchenweise in meine Taschen schmuggle –, ich weiß, heute Nacht, wenn alle schlafen, klebe ich einen großen Umschlag unten an meinem Stuhl fest, und dann …

»Iß«, fordert James sie auf.

Auf Lilys Stirn zeigt sich der Hubbel, mit Tränen in den Augen ißt sie tapfer weiter.

»Schon gut, alter Kumpel, du mußt nicht aufessen«, sagt James.

Lily sieht zu Mercedes hinüber, will sie auf keinen Fall kränken. »Es geht schon, es schmeckt köstlich. Danke, Mercedes.«

James lächelt Mercedes verschwörerisch zu wie einer Erwachsenen, und sie formt zur Erwiderung den Mund zu einem Lächeln, räumt Lilys Teller ab und sagt mit ihrer freundlichen Stimme: »Lily, möchtest du einen Käsetoast?«

»Ja bitte, Mercedes.«

»So ist's recht«, sagt James.

»Ich für mein Teil hätte nichts gegen eine Filet Mignon einzuwenden«, sagt Frances.

James schleudert ihr einen Blick zu ... Noch ein Wort, und sie bekommt seinen Handrücken zu spüren.

Er dreht sich zu Lily um und zieht sie an einem Zopf. Sie sieht ihrer Mutter so ähnlich, hat den hübschen Mund ihrer Mutter und die formvollendete Nase, ihre Augen. Ist Kathleen so ähnlich, bis auf ihr Gebrechen. Das macht sie mir nur um so kostbarer. So wie es sich gehört.

Lily weiß nicht, wem sie ähnlich sieht. Sie weiß, daß sie eine Schwester hatte, die gestorben ist, und Mama ist kurz danach an gebrochenem Herzen gestorben, und Daddy hat uns sehr lieb.

James streichelt Lilys hübschen Kopf, und sie liebkost Daddys Hand mit ihrer Wange. Die Hand verwandelt sich in eine Spinne und kitzelt sie unter dem Ohr; sie windet sich, quietscht und bringt ihn mit einem Küßchen dazu, aufzuhören. Lily spürt die Mißbilligung von Mercedes, die wahrscheinlich meint, sie sei zu alt für diesen Ulk, aber Lily kann sich nicht vorstellen, daß sie je zu alt wäre, um mit Daddy zu spielen. So alt möchte sie nie werden.

Alles in allem ist James mit seinem Leben zufrieden, und in mancher Hinsicht sehr glücklich. Mercedes ist eine große Hilfe. Und Lily ist ein Schatz. Die beiden entschädigen ihn für Frances. »Wie war's heute in der Schule?« fragt er sie.

»Großartig, wir haben uns eine Reihe von Fossilien angeschaut und uns den ganzen Tag mit *Jane Eyre* beschäftigt.« Das stimmt, Frances hat sich wirklich Fossilien angeschaut; sie hat den Tag mit Lesen und Steinewerfen am Strand verbracht.

James sieht sie an, und während des Schweigens wird

Frances etwas nervös, nimmt aber noch einen Happen Leber. Mercedes wartet am Herd. Sie wird Frances später dafür tadeln, daß sie sich, ohne zu fragen, ihr Buch genommen hat. Erst einmal beobachtet sie Daddy. Wird er das Thema fallenlassen? James öffnet den Mund, aber Mercedes zwitschert drauflos: »Daddy, du glaubst nicht, was heute passiert ist.« Sie stellt den Käsetoast vor Lily hin und setzt sich wieder. »Ronald Chism ist sein zahmer Frosch aus der Hosentasche entwischt.«

»Und was war dann?« fragt Lily, ganz Ohr.

»Nun, der entwichene Frosch ließ sich nicht wieder auftreiben, bis Schwester Saint Agnes von ihrem Stuhl aufsprang und das Tier unter dem Saum ihres Habits hervorhüpfte, zum größten Vergnügen der Klasse und zum Ärgernis von Schwester Saint Agnes.«

James kichert höflich, Frances gähnt hörbar.

James wendet seine Aufmerksamkeit wieder dem Essen zu, und Mercedes atmet auf. Sie denkt über Daddys Liebe zu Lily nach. Und über seine Wut auf Frances. Sie nimmt ihre Gabel in die Hand und fühlt sich einsam.

In dieser Nacht schleicht sich Mercedes in das Zimmer, das Frances mit Lily teilt, kriecht neben ihren Schwestern ins Bett und flüstert: »Frances ... bist du wach?«

»Nein, ich rede im Schlaf.«

»Du mußt morgen zur Schule gehen.«

»O Daddy, es war ja sooo lustig, Onkel Froschi war ja sooo frech, mir war, als würde er direkt in Schwester Saint Agnarschs finstere Spalte hüpfen.«

»Frances!«

»Du lachst.«

»Gar nicht wahr.« Mercedes lacht ein Weilchen lautlos ins Kissen. Schließlich sammelt sie sich, wischt sich die Tränen ab und sagt: »Frances?«

»Was?«

»Versprich mir, daß du morgen in die Schule kommst.«

»Wozu?«

»Sonst muß Schwester Staint Eustace den für Schulschwänzen zuständigen Beamten nach dir ausschicken, und der sagt's Daddy.«

»Na und? Wir können hier in der Bude ruhig ein wenig Abwechslung vertragen.«

»Frances, bitte.«

»Schon gut, schon gut.« Frances dreht sich um und schnarcht drauflos.

»Frances, kann ich heute nacht hier schlafen?«

»Mir egal.«

»Danke.« Mercedes schlüpft unter die Decke und wärmt Frances' ewig eiskalte Füße an ihren.

»*A'di aley, habibti.*«

»Mach dir keine Sorgen, Mercedes.«

»*Te'berini.*«

»Ja, ja.«

»Gute Nacht, Frances. Ich hab dich lieb.«

»Würg.«

Kichernd schläft Mercedes ein.

DER DÄMON RUM

James verdient gut am Alkoholverbot von Neuschottland. Noch besser verdient er an dem achtzehnten Zusatzartikel zur Verfassung der USA, besser bekannt als Prohibition. Frances weiß es zwar nicht hundertprozentig, hat aber diesen Verdacht. Auf dem Schulhof von Our-Lady-of-Mount-Carmel haben ihr zwei Brüder – beide auf den Namen Cornelius getauft, falls einer sterben sollte – die Wahrheit ins Gesicht geschleudert. »Dein alter Herr ist ein Schwarzbrenner und sonst nichts!« »Ach ja?« gab Frances zurück. »Und euer Alter ist ein Blödmann!« Beide stürzten sich auf Frances, aber sie lief weg, und wenn Frances rennt, fängt sie keiner.

Frances hat bereits herausgefunden, daß Jungen und Fischer einen farbigeren Wortschatz haben als Mädchen und Nonnen – auch wenn sie sich nicht immer sicher ist, welche Bedeutung die Kraftausdrücke haben, die sie gern benutzt. Weil sie wußte, daß sie »Schwarzbrenner« in keinem Wörterbuch nachschlagen konnte, so wie es ihr auch nicht gelungen war, einen zufriedenstellenden Eintrag für »Wichser« zu finden, ging sie zu Mr. MacIsaac. Sein rotes Gesicht öffnete sich zu einem breiten Grinsen, er ächzte sein Lachen hervor wie auf einer kaputten Ziehharmonika und verriet ihr, was es bedeutete, fügte jedoch rasch hinzu: »Aber dein Daddy ist kein Schwarzbrenner, Mädel, wie kommst du nur auf die Idee?«

Frances glaubte, daß Mr. MacIsaac das aus reiner Freundlichkeit sagte. Entweder das, oder er ist dumm. Warum wohl fällt ihm nie auf, daß sie jedesmal klebrige Finger hat, wenn sie an dem Glas mit Zimtdrops und Geleebonbons vorbeikommt? Als Frances Mercedes in

ihre Theorie von der tatsächlichen Arbeit ihres Vaters ein-
weihte, meinte Mercedes nur: »So ein Unfug.«

James ist ein Schwarzbrenner. Er arbeitet nachts. Gegen
elf verläßt er das Haus und schließt die Mädchen ein. In
dem Schuppen, wo sein Schusterwerkzeug Staub ansetzt,
zündet er eine Laterne an. Dann geht er aus dem Schuppen und schließt die Tür ab. Er fährt weg und läßt das
Licht die ganze Nacht im Fenster brennen.

Er begibt sich zur Mündung eines bestimmten Baches,
wo er die kleinen Boote erwartet, die von den in einiger
Entfernung vor der Küste auf der »Rumstraße« ankern-
den Schiffen heranrudern. Diese Schiffe fahren von der
britischen Kolonie Neufundland, wo Schnaps legal ist, zu
Ankerplätzen entlang der Küste bis runter nach New
York. James trägt Faß für Faß und Kiste für Kiste, bach-
aufwärts watend, zu einem Versteck. In der nächsten
Nacht kommt er wieder, belädt sein Automobil und fährt
zwischen dem Versteck und seiner heimlichen Produk-
tionsstätte im Wald hin und her. Allerdings fühlt er sich
allmählich zu alt für all das Geschleppe und Transportieren und trägt sich mit dem Gedanken, ein paar jüngere
oder ärmere Männer anzustellen. Davon gibt es zur Zeit
mehr als genug.

Ein Streik kommt nach dem anderen: 1922, 1923, und
erst in diesem letzten März 1925 haben die Bergarbeiter
wieder die Arbeit niedergelegt. James muß an die schlechten alten Zeiten von New Waterford denken, vor dem
Krieg. Außerhalb von Cape Breton toben die wilden
zwanziger Jahre. Doch hier hat der berüchtigte Nach-
kriegsboom nie stattgefunden. Jedenfalls nicht für den
Durchschnittsbürger. Alles wurde nur immer schlimmer.
Die Politiker und Industriellen schieben alles auf einen
geheimnisvollen Mechanismus, die »Weltwirtschaft«.
Doch selbst James erkennt darin den Euphemismus für
»gottlose Scheißkerle, die uns hier ausgeplündert und nie
was wiedergegeben haben«. Viele Bergmannskinder gehen
barfuß zur Schule und essen in Wasser getunkte Schmalz-

stullen, um was in den Magen zu kriegen – und das in Zeiten der Vollbeschäftigung. Noch weiß es keiner, aber Cape Breton ist eine Generalprobe für die Weltwirtschaftskrise.

Daß Schwarzbrennen und Alkoholschmuggel toleriert werden, überrascht nicht. Wer wird es einem Mann verdenken, daß er sein Einkommen ein wenig aufbessern möchte? Oder einfach einen Seelentröster braut, den er mit Freunden und der Familie teilt, während eine Fiedel dazu aufspielt? So machen es nämlich die meisten. Kaum ein Einheimischer verkauft Selbstgebrannten zu mehr als dem Selbstkostenpreis. Und fast jeder hat irgendwo einen Krug versteckt, oder es steht sogar ein Bottich auf dem Herd. Man erzählt sich, wie Pater Nicholson einem Fremden die Pfarreitür von Mount Carmel öffnete, der fragte: »Wo kann einer hier in der Gegend eine Buddel auftreiben, Pater?« Und der Pfarrer erwiderte: »Nun, mein Sohn, Ihr seid zu dem einzigen Haus im Ort gekommen, wo Ihr keinen Tropfen erhalten könnt, obwohl, wer weiß, vielleicht verkauft ja mein Hilfspfarrer was.« Die wenigen richtigen Schwarzbrenner sind eher harmlose Gesellen. Wüst, aber ungefährlich, und ganz bestimmt nicht geizig oder nachtragend. Die Mounties haben ihren Spaß an diesem Spiel, ganz gleich, wie oft sie überlistet werden, und man respektiert einander. Mal gewinnen die einen, mal die anderen.

Natürlich gibt es einen Christlichen Frauenbund für Abstinenz, doch das ist eine protestantische Vereinigung, und New Waterford ist eine katholische Stadt. Selbst in Sydney, wo es mehr protestantische Abstinenzler gibt, wird in den Hotels Schnaps ausgeschenkt, und sie müssen nur befürchten, hin und wieder für eine erste Übertretung eine symbolische Geldbuße aufgebrummt zu bekommen. Bei der zweiten Übertretung wird das Lokal geschlossen, doch ein Kneipier muß sich schon extrem unbeliebt machen, damit seine zwanzigste Übertretung zur »zweiten« erklärt wird.

Schwarzbrennen ist keine Schande. Nicht so, wie die

meisten es betreiben. Aber James ist ein Profi. In seiner Baracke inmitten einer geheimen Waldlichtung nimmt er echten Scotch und Gin, richtigen Rum, und verschneidet alles mit seinem mit Lauge gepanschten Gesöff, das Tag und Nacht vor sich hin blubbert. Er versiegelt die Original-Schnapsflaschen wieder und macht einen hübschen Profit. Zum Glück hat er keine Freunde, denen er etwas davon erzählen könnte. Sonst kommt nämlich eins zum anderen, und ehe man sich's versieht, zwingt den Mountie, der eben erst an der Destille aufgetaucht war, um für Weihnachten ein gutes Tröpfchen zu kaufen, sein Pflichtgefühl, einem schon am Neujahrstag den ganzen Schuppen niederzubrennen, nichts für ungut.

Profi, der er ist, verkauft James nur an Kunden, auf deren Zahlungsfähigkeit er sich verlassen kann: etliche gutbetuchte Einzelpersonen, die ihren Alkohol daheim konsumieren und sich etwas Besseres als das übliche »Hausmittel« aus Sirup, Hefe und Wasser leisten können. Und an die meisten Hotels und Flüsterkneipen von Sidney Mines bis Glace Bay – wo der Schnaps weiter verdünnt wird. An Bergleute verkauft er nicht mehr, weil er es leid ist, Schulden eintreiben zu müssen. In der Zeitung hat James von spektakulären Gewaltausbrüchen unten in den Staaten gelesen, wo Banden um die Kontrolle über ihr Revier kämpfen und säumige Schuldner erschossen werden. Doch James' Erfahrung nach braucht man dem armen Kerl normalerweise nur zu drohen, daß seine Frau was davon erfährt. James ist es leid, sich ihre weinerlichen Geschichten anzuhören. Wenn es ihren Kindern so dreckig geht, sollten sie keinen Penny für sein Gesöff abzweigen. Und wenn sie ein gutes Beispiel vor Augen haben wollen, brauchen sie sich nur James anzusehen: Er rührt keinen Tropfen an.

Das alles sorgt dafür, daß James auch weiterhin gründlich verhaßt bleibt. Warum? Weil ich mich nicht dieselbe Gosse runterspülen lasse wie die. Weil ich den Mumm und den Grips hab, meine Familie zu ernähren.

James' Arbeit versorgt sie nicht nur mit Fleisch zu einer Zeit, in der die meisten anderen von Glück reden können, wenn sie Haferbrei essen, und seine Kinder mit guter Kleidung, während viele in umgenähten Mehlsäcken herumlaufen, sondern die Arbeitszeit erlaubt ihm auch, sich dem Wesentlichen zu widmen: Lily.

Seine Bücher zählt James nicht mehr; es sind zu viele. Mercedes und Frances haben in allen Kisten gestöbert, und er ermuntert sie dazu. Doch ihm selbst bleibt nur noch die Zeit, vor dem Abendessen die Zeitung zu überfliegen; tagsüber unterrichtet er Lily.

Jeden Tag beschäftigen sie sich zwei Stunden lang mit einem anderen Buchstaben der *Encyclopaedia Britannica*. James läßt Lily ganze Absätze auswendig lernen und fragt dann ab, was sie sich gemerkt hat. Sie schreibt kleine Aufsätze über Bahnhöfe, Bananen, Blasinstrumente und Bulgarien. Lily lernt liebend gern, doch am meisten liebt sie Daddy. Nach dem Bücherstudium nimmt er Lily zu Ausflügen im Automobil mit. Manchmal übernachten sie unterwegs; wie damals, als sie nach St. Ann's fuhren und das Haus von Angus McAskill besichtigten, dem Riesen von Cape Breton. Lily sah ein Bild des großen Mannes, wie er den Däumling auf seiner Handfläche hielt. Die zarten Bande zwischen Riese und Zwerg haben sie tief beeindruckt ... Die waren froh, daß sie einander hatten.

James hat die Genehmigung eingeholt, Lily nicht zur Schule schicken zu müssen. Sie ist körperbehindert. Es leuchtet ein, daß sie anfällig ist. Jeder hält sie für zart – jeder außer Frances. James gefällt die enge Bindung nicht so ganz, die sich zwischen Lily und Frances entwickelt hat, aber er kann Lily nichts abschlagen. Er bemüht sich nur, die beiden im Auge zu behalten. In seinem Hinterkopf geistert immer die Episode im Bach in jener Nacht herum, als er Frances dabei erwischte, wie sie die neugeborene Lily zu ertränken versuchte. James allein weiß, wem Lily ihr verkümmertes Bein zu verdanken hat, denn Frances war bestimmt zu klein, um sich daran zu erinnern. Wie sie auch zu klein war, um sich an das zweite Neugeborene zu erinnern ...

Hin und wieder macht James im Morgengrauen auf seinem Heimweg nach einer durcharbeiteten Nacht am Friedhof halt und besucht Kathleen. Er legt keine Blumen aufs Grab. Wozu auch? Unkraut rupft er aus, falls es ihren Namen überwuchert. Ihr Grabstein ist würdig und frei von Gefühlsduselei. »Geliebte Tochter« steht schlicht und einfach drauf. Materias Grab pflegt James nicht, weil das ein anderer übernommen hat. »Von den Sorgen dieser Welt abberufen«. Jemand legt auch Blumen auf das Grab, er weiß nicht, wer. James steht so reglos da wie die Steine, blickt auf das Meer hinaus und spürt, wie klein die Welt geworden ist. Europa liegt vor ihm. Sein Zuhause liegt hinter ihm. Und zu seinen Füßen ...

Um diese Zeit hängen in etwa einer Meile Entfernung immer Nebelschwaden über dem Meer. James ist zwar Katholik, glaubt aber nicht an ein Leben nach dem Tod. Jedenfalls nicht für seine Person. Doch manchmal, wenn er so auf den Nebel über dem Wasser schaut, empfindet er Trost.

Mercedes ist verliebt. Er ist groß – jedenfalls nimmt sie das an –, dunkelhaarig, das steht fest, und gutaussehend, keine Frage. Seine Augen brennen sich direkt in ihre Seele, als wollten sie sagen: Ich brauche so sehr, so dringend eine gute Frau, die mich liebt und bändigt. Er trägt einen Turban. Am häufigsten ist er in seinem luxuriösen ge-streiften Zelt anzutreffen, wenn er nicht gerade auf seinem weißen Araberhengst durch die Wüste galoppiert. Es ist Rudolph Valentino. Mercedes weiß nicht, ob sie Pola Negri abgrundtief hassen oder für sie beten soll, weil sie Mercedes' einzige große Liebe mit Beschlag belegt hat. Für Valentino betet sie allabendlich. Seine Stimme hat sie zwar noch nie gehört, doch irgendwie hat sie sein stummes Bild mit dem sonoren Bariton von Titta Ruffo vermählt, von dem sie sämtliche Plattenaufnahmen besitzt.

»Wahrscheinlich redet Rudy furchtbar durch die Nase und lispelt noch dazu«, sagt Frances erbarmungslos. »Im wirklichen Leben ist er bestimmt ein Zwerg.« Wie hat Frances überhaupt ihr Geheimnis erraten? Mercedes hat so darauf geachtet, sich keine Blöße zu geben, aber Fran-ces trifft genau ins Schwarze; sie bindet sich ein Geschirr-tuch als Schleier um den Kopf, klimpert mit den Wimpern und gurrt in einem exotischen Akzent für alle Gelegen-heiten: »Eines Tagges wirrrst du mich mit diesen starrrken Händen schlaggen. Ich wüüßte zu gerrrn, wie sich das anfüü-ühlt.«

Mercedes hat es nur Helen Frye erzählt, die auch ver-liebt ist, und zwar in Douglas Fairbanks. Mercedes hat Verständnis für diese Schwärmerei eines Schulmädchens, auch wenn sie ihren Geschmack nicht teilt; Fairbanks ist irgendwie blasiert und selbstgefällig. Valentino ist tragisch leidenschaftlich und wartet auf Erlösung. Als Helen einmal sagte, er sei ungehobelt, hätte das ihrer Freundschaft fast den Todesstoß versetzt. Doch am nächsten Tag versöhnten sie sich wieder und malten sich gegenseitig ihr zukünftiges Eheleben mit ihren jeweiligen Angebeteten aus.

Wenn Mercedes sich mit Helen besonders köstlich amüsiert hat, verspürt sie jedesmal leichte Gewissensbisse. Es tut ihr in der Seele weh, daß Frances anscheinend keine Freunde hat. Es sei denn, man wollte diese dreckig wiehernden Jungen in der Schule »Freunde« nennen. Mit denen drückt sich Frances manchmal in der Pause hinter den Büschen herum. Mercedes weiß, daß sie wahrscheinlich rauchen, spucken und fluchen. Es ist gräßlich. Und wer weiß, was Frances macht, wenn sie die Schule schwänzt? Mercedes bemüht sich nach Kräften, aber es ist gar nicht so einfach, auf Frances aufzupassen. Beispielsweise hat Frances offenbar immer die neueste Ausgabe dieser unheimlichen Zeitschrift, *Weird Tales*, mit Geschichten von H. P. Lovecraft. Daddy duldet keinen Schund im Haus, und Mercedes versteckt andauernd Frances' Geheimlektüre unter ihrem Kopfkissen oder tut ihr einfach den Gefallen und schmeißt das Zeug in den Heizkessel.

Wenn ihr schwesterliches Gewissen Mercedes zu sehr zwickt, lädt sie Frances ein, mit ihr und Helen auszugehen. Helen verzieht immer den Mund, wenn sie Frances sieht, was Mercedes ihr nicht verdenken kann. Als sie das letztemal zu dritt unterwegs waren, haben sie sich im Bijou wieder Douglas Fairbanks als *Dieb von Bagdad* angesehen. Frances war absolut unausstehlich, sagte sämtliche Textzeilen laut her, kurz bevor sie auf der Leinwand erschienen, aber am allerschlimmsten war, wie sie Helen vor den Kopf stieß: »Seht genau hin, jetzt kommt die Stelle, wo er ausgepeitscht wird und aus dem Palast flieht, und durch die Hose sieht man seinen Schniepel.«

Frances geht auch gern ins Kino, hat aber andere Idole.

Lillian Gish. Lillian Gish. Lillian Gish. Ihre Haare sind wundervoll, ihre Augen sind wundervoll, ihr kleiner Mund ist wundervoll. Sie ist so klein und so tapfer. Man kann sie vielleicht beugen, aber niemals brechen. Männer sind Rohlinge, und wenn nicht, sind sie große Tölpel oder auch ritterliche Prinzen, die zu spät kommen. Wenn Frances die Schule schwänzt, findet man sie entweder unten am Strand, wo sie vielleicht mit den Hummerfischern schwatzt – oder, wenn sie das Eintrittsgeld hat, in die ekstatische Dunkelheit des Empire oder Bijou geflezt, die Beine über der Rückenlehne des Sessels vor ihr baumelnd, um sich die Matinée anzusehen.

Frances hat keinen Pfennig eigenes Geld, daher ist sie darauf angewiesen, Mercedes öfter mal ein Zehncentstück vom Haushaltsgeld abzuschwatzen und dann noch mal halb soviel zu stibitzen, wenn Mercedes gerade nicht hinsieht. Nimmt Frances an einem Samstag Lily mit, zahlt Lily von ihrem eigenen Taschengeld. Ansonsten bedient sich Frances einfach von Lilys Geldreserve, die diese ganz offen auf ihrer gemeinsamen Frisierkommode liegenläßt. Frances nimmt sich nur, was sie braucht – »eine winzige Kleinigkeit« –, und sie weiß, Lillian Gish würde es genauso machen. Sie haben so vieles gemeinsam: gezwungen, ein Leben in Armut zu führen, müssen sie sich zu schändlichen Listen und verzweifelten Schritten herablassen, um des bloßen Überlebens willen. Und sie wissen beide, wie es ist, wenn man »ganz weit im Osten« wohnt.

Lily ihrerseits ist von Mary Pickford angetan. Sie weint jedesmal bei *Alle lieben Pollyanna*, während des ganzen Films. Frances versucht, Lilys Horizont zu erweitern: »Aber Lily, merkst du denn nicht, daß sie von dem Moment an, wo sie gelähmt ist, langweilig und nervtötend wird?«

»Nein.«

»Weil du selber eine Nervensäge bist.«

»Gar nicht!«

Dann gehen sie die Plummer Avenue hinab nach Hause

und teilen sich eine prickelnde Brause, die Lily freundlicherweise spendiert hat.

»Genau wie in *Was Katy tat,* erst ist sie ein Wildfang,
bis sie sich das Rückgrat bricht, und von da an ein weinerliches Baby, genau wie du.«

»Ich bin kein weinerliches Baby, Frances.«

»Ach nein? Beweis es.«

Dann schlägt Lily womöglich nach Frances, die Lilys
Kopf auf etwas mehr als deren Armeslänge entfernt hält
und lachend zusieht, wie Lily nach ihr ausholt. Und wenn
Lily erschöpft ist: »Lily. Sag Scheißkerl.«

Lily zögert. Frances spottet: »Siehst du, hab ich doch
gleich gesagt ... Baby.«

»Scheißkerl!«

Frances sieht sich um: »Huch, Lily, nicht so laut.«

Und Lily flüstert: »Scheißkerl.«

»Sag Pferdearsch.«

»Pferdearsch.«

»Sag Lily Piper ist ein Pferdearsch.«

»Frances Piper ist ein doofer Scheiß-Arsch.«

»Lily.« Frances bleibt wie angewurzelt stehen. »Diesmal hast du mich wirklich gekränkt.«

In Lilys Augen sammeln sich Tränen. »Tut mir leid,
Frances.«

Dann sagt Frances grinsend: »Arschkriecherin.«

Lilys idiotische Schwärmerei für Amerikas Liebling
erträgt Frances ja noch, aber mit dem Scheich hat sie keine
Nachsicht, denn seit sich Mercedes in Valentino verliebt
hat, versteht sie keinen Spaß mehr. Sie spielt überhaupt
nicht mehr mit, macht nur noch ihre Kontrollgänge
durchs Haus, kocht Essen und führt sich auf, als wäre ihr
eine Gurke quer im kostbarsten Besitz der Frau stecken-
geblieben. Oder sie werkelt an ihrer anderen fixen Idee:
dem Stammbaum. Ein trockenes Schaubild, hauptsächlich
mit den Namen toter Schotten bedeckt. Frances weiß, daß
Mercedes mittlerweile ihre Regel bekommt. Vielleicht ist
das die Erklärung. Eines Januarnachmittags kam Mrs.

Luvovitz herüber und schloß sich über eine Stunde lang mit Mercedes im Badezimmer ein. Danach kam Mercedes mit einem freundlichen, wenn auch überlegenen Lächeln im Gesicht heraus, weil Mrs. Luvovitz ihr die wundervolle Neuigkeit unterbreitet hatte, daß sie jetzt eine Frau war. »Und dir, Frances«, flötete Mercedes, »steht dieses wundersame Ereignis auch bald bevor.«

In der guten alten Zeit hatten noch alle drei Schwestern zusammen gespielt. Lily war die Puppe, mit der sie alles anstellen konnten. Bis sie zu schreien anfing. Dann ließen sie sie richtig mitmachen. Mit ihr hatte man viel Spaß, weil sie so in dem Spiel aufging.

»Wir spielen ›Betty und ihre Schwestern‹, ja?«

»Ist gut, Mercedes.«

»Lily, du bist Betty, ja? Und wir sagen dir alle, wie sehr wir dich lieben, und du vergibst uns alles, was wir dir angetan haben, und dann stirbst du, ja?«

»Ist gut, Frances.«

Mercedes spielte die mütterliche Meg, Frances den Wildfang Jo, die sich die Haare abschneidet, aber zum Schluß heiratet, und Lily die zarte Betty, die so nett war und dann starb.

Die Schwestern im Buch waren zwar anglikanisch, aber: »Wir tun einfach so, als wären sie katholisch, ja?« Und Frances und Mercedes verpaßten Betty auf ihrem Todeslager die letzte Ölung und legten ihre eine heilige Reliquie an die fieberheiße Stirn. Das ist jetzt wohl ein Stück vom Turiner Leichentuch, ja? Nein, wir spielen, daß es die Zunge vom heiligen Antonius ist.

»Lebt wohl, liebe Schwestern, ich werde für euch beten. Danke, daß ihr immer so liebe Schwestern wart und mir Zimttoast gemacht habt, und danke, Jo, daß ich mit deiner spanischen Puppe spielen durfte, und Meg, daß du immer so eine gute Köchin warst. Lebt ... wohl.« Lilys Lider klimperten eindrucksvoll, und dann lag sie vollkommen still, ohne zu atmen. Es war großartig. Mercedes weinte jedesmal. Frances anfangs auch, aber später verdarb sie immer alles, wenn sie sagte: »Komm, jetzt klauen wir ihre Münzen und teilen ihre Klamotten auf.«

Etwa ein Jahr bevor Mercedes aufhörte zu spielen, gewannen die Aufführungen neue Dimensionen. Es wurde dunkler, die Zeit dehnte sich aus, und sie betraten eine andere Welt. Sie spielten »Betty und ihre Schwestern stellen die Kreuzwegstationen nach«.

Lily wurde zu Betty, die als Veronika Jesus das Gesicht mit einem Schweißtuch abwischt, und das Abbild seines Gesichts prägt sich auf ihrem Tuch genau ein, als Dank für ihre Güte. Mercedes wurde zu Meg, wie sie Simon von Kyrene spielt, der Jesus das Kreuz tragen hilft, und Frances wollte Jo sein, die Jesus spielt, aber Mercedes sagte, das wäre Blasphemie, also wurde Frances der gute Dieb, der neben Jesus hängt. Besser gesagt, sie wurde zu Jo, wie sie den guten Dieb spielt.

Sie stiegen noch eine Ebene tiefer hinab und legten ihre zwischengeschalteten Betty-und-ihre-Schwestern-Rollen ab. Sie betraten die Welt des »Kinderschatzkästleins der Heiligen und Märtyrer« und ließen nichts aus. Mit dem heiligen Laurentius fingen sie immer an; er wurde bei lebendigem Leibe auf einem Rost gebraten, und als er halb gar war, sagte er: »Jetzt kannst du mich umwenden lassen, mein Leib ist auf dieser Seite genug gebraten.« Und er wurde der Schutzheilige von Leuten, die ihren Lebensunterhalt mit Fleischbraten verdienen. Worüber sie hemmungslos lachen mußten, sogar Mercedes. Allen dreien wurde heiß, und sie kamen sich verrucht vor, doch im weiteren Verlauf wurde das Spiel ernst und ehrfurchtsvoll, und sie schwangen sich zu neuen Höhen frommer Inbrunst auf.

Jede hatte ihre Lieblingsfigur. Die von Frances war die heilige Barbara, deren Vater ein Heide war, und als sie zum Christentum übertreten wollte, ging er mit ihr auf einen Berg und schlug ihr den Kopf ab, während sie für ihn betete. Oder auch die heilige Winnifred, an der sich einmal ein Bekannter vergehen wollte, und als sie nein sagte, schlug er ihr den Kopf ab, aber ihr netter Onkel nähte ihn so wieder an, daß nur eine dünne weiße Narbe zu sehen war. Manchmal war sie auch die heilige Dymphna, deren Vater sich an ihr vergehen wollte, aber sie ließ es nicht zu und floh mit dem Hofnarr, und ihr Vater fand sie in Belgien und schlug ihr den Kopf ab, nur leider hatte sie keinen netten Onkel, und deshalb starb sie und wurde die Schutzheilige der Verrückten.

Mercedes' Lieblingsheilige war Bernadette.

»Das gilt nicht, Mercedes«, sagte Frances, »Bernadette ist noch nicht mal heiliggesprochen.« Das stimmte, Bernadette war erst kürzlich seliggesprochen worden, aber weil Mercedes die Älteste war, spielten sie, daß Bernadette eine besonders gute Tochter war und Asthma hatte, und die Heilige Jungfrau erschien ihr in der Grotte von Lourdes und verriet ihr drei Geheimnisse.

Lily wollte immer nur die heilige Veronika sein, die Jesus das Gesicht wischt, was nach dem soundsovielten Male langweilig wurde, und Frances und Mercedes wollten sie dann dazu überreden, jemand anderen zu spielen.

»Warum willst du nicht der kleine heilige Junge sein, dem Füße und Hände abgeschnitten werden, aber dann kriegt er feine neue aus Silber?«

»Warum spielst du nicht Saint Giles, die Schutzheilige der Krüppel, Lily?«

»Lily, möchtest du nicht die heilige Gemma sein, die Knochentuberkulose hatte, aber die Jungfrau Maria hat sie geheilt?«

»Nein«, sagte Lily, »ich will Veronika sein.«

Schon gut, schon gut … Wenn wir nicht nachgeben, schreit sie, und dann kommt Daddy angelaufen, und das war's dann.

Ihre Passionsspiele des ekstatischen Glaubens und des glorreichen Märtyrertums beendeten sie immer mit derselben Geschichte, in der sie alle drei Hauptrollen hatten: die von der heiligen Brigid. Sie war das schönste Mädchen von ganz Irland, wollte aber Nonne sein, und weil so viele junge Männer um sie warben, betete sie zu Gott: »Bitte, lieber Gott, mach mich häßlich.«

Und Er erhörte sie.

Eine nach der anderen schrumpelten Frances, Mercedes und Lily und verblühten, bis sie so häßlich wie böse Hexen waren. Dann, gebückt und hutzelig, traten sie mit knarzenden Stimmen dem Kloster bei – »Hallo, Schwester, wie geht es Ihnen heute, ja-ha-haa!« –, wo sie am Altargitter niederknieten, und dann geschah das Wunder: die heilige Brigid wird wieder schön. »Na so etwas, Schwester, Sie sind schön!« – »Sie auch, Schwester!« – »O Schwestern, seht nur mein schönes goldenes Haar!« – »Und meine schönen roten Lippen!« – »Oh, seht nur mein Ballkleid!« – »Und meines erst!«

An manch langen Samstag- und Sonntagnachmittagen, während Daddy nach seiner Nachtarbeit unten im Ohrensessel schnarchte ...

Es ist noch gar nicht so lange her, kommt einem aber wie eine Ewigkeit vor, daß Mercedes ihre Regel bekam, sich verliebte und ihren Verstand verlor. Was soll's. Wenigstens verstehen Frances und Lily noch Spaß.

KATZENJAMMER

Frances und Lily haben ein gemeinsames Zimmer. James wäre es lieber gewesen, wenn Lily das Zimmer mit Mercedes geteilt hätte, aber Lily bestand auf Frances – worüber Mercedes im stillen erleichtert war. Frances hat das Zimmer so eingerichtet, daß es von allen Dingen zwei gibt, und Lily weiß genau, welches ihre Seite und welches die von Frances ist. Man könnte meinen, Frances wäre schlampig, aber das stimmt nicht, sie ist ein sehr ordentlicher und systematischer Mensch. Lily hat sie ein gerahmtes Zeitschriftenfoto von Mary Pickford in einer dämlichen Ginghamschürze zur Verfügung gestellt. Es hängt neben Lilys Farbdruck von Jesus mit den Lämmern. Jesus schaut traurig drein, natürlich, »weil er dran denkt, wie gern er Lammkoteletts mag«, sagt Frances, aber Lily läßt sich damit nicht aufziehen. Den Rest der Wände bedeckt Frances' Sammlung. Sie schreibt und bittet um Pressefotos. Eins zeigt Lillian Gish, auf einer Eisscholle gefangen. Ein anderes den nackten wütenden Houdini in einer Milchkanne. Sie hat sogar ein Plakat, das ihr ein Platzanweiser im Empire geschenkt hat, von Theda Bara in *Sünde*, die ihre unglaublich langen Haarsträhnen auf Armeslänge über den Kopf hält, wie eine Wahnsinnige. Frances nennt sie den Kopf der Haara. Mercedes findet das Foto unmoralisch.

Eines Abends sitzt Frances an ihrer Schreibtischseite, den Füller in der Hand, und macht »Hausaufgaben«:

> Liebe Miss Lillian Gish!
> Ich schreibe Ihnen, um Sie höflichst um ein Foto mit Autogramm von Ihnen in irgendeinem Film zu bitten. Ich habe alle Filme

gesehen. Es würde mir sehr viel bedeuten, weil ich körperbehindert bin und mein Leben lang im Rollstuhl sitzen werde. Ich bin auf dem wildesten Pferd im Stall geritten. Ich wurde hinterhergeschleift, habe aber überlebt, meinem Schutzengel sei Dank. Ich wünschte, ich könnte laufen und spielen wie die anderen Kinder, aber immerhin bin ich froh, daß mein lieber Daddy mich zum Kino schiebt, damit ich Sie sehen kann. Danke.

Hochachtungsvoll ...

Frances überlegt kurz, und dann fällt es ihr ein ... von wem der Brief ist. Sie unterschreibt, steckt ihn in den Umschlag und adressiert ihn an den Fanclub von Miss Gish in Hollywood, Kalifornien. Dann sieht sie zu Lily auf, die geduldig darauf gewartet hat, daß ihre Spielstunde anfängt, und sagt: »Also gut, Lily, komm mit.«

Lily folgt Frances in die Dachkammer.

»Ich wollte dir eigentlich etwas zeigen, aber jetzt fürchte ich, du bist vielleicht noch nicht groß genug.«

»Bin ich wohl, Frances. Ich bin groß.«

Im Schneidersitz hocken sie auf dem Boden vor der Wäschetruhe. »Das war Kathleens Zimmer, nicht wahr, Frances?« So lautet die obligatorische Floskel, und die Antwort ist: »Das stimmt, Lily, hier ist sie gestorben.« Erst dann können sie mit dem Spiel anfangen, das Frances jeweils gerade vorschwebt. Mit dieser Liturgie erweisen sie der Geschichte ihre Reverenz, die nicht mehr wiederholt werden muß, weil Frances sie Lily vor langer Zeit immer und immer wieder erzählt hat:

»Unsere wunderschöne ältere Schwester, Kathleen. Sie hatte rote Haare wie ein brennender Engel. Und sie hatte die Stimme eines Engels. Gott hat sie so sehr geliebt, daß Er sie zu sich rief. Sie war erst neunzehn, als sie an der Grippe starb. Ich war bei ihr, als sie starb, und ich schloß ihr die Augen.«

Hier gibt es immer eine Pause, während derer sie es sich beide gewissenhaft vorstellen. Dann fährt Frances fort: »Ihre letzten Worte waren: ›Liebe Frances, du bist meine Lieblingsschwester. Und du bist auch die Zweitschönste nach mir. Bitte. Kümmer dich um Lily.‹« Frances' Augen beginnen grün zu funkeln, doch es ist ein ernstes Funkeln. Unheimlich. Lilys Augen werden rund und feucht. Auf ihrer Stirn erscheint der Hubbel.

»Warum hat sie gesagt, du sollst dich um mich kümmern?«

Frances sieht Lily unverwandt an und sagt ruhig: »Weil sie dich lieb hatte, Lily.«

»… ich hab sie auch lieb.« Tränen.

Frances streckt eine Hand aus und streichelt hauchzart Lilys lange Haare, die nie geschnitten wurden. Dann … »Gut, hör auf zu flennen, jetzt spielen wir.«

Alle wissen, daß man in Daddys Gegenwart Kathleen nicht erwähnen darf, »denn Lily, es würde ihn furchtbar schmerzen, wenn du auch nur ihren Namen aussprichst.«

An diesem speziellen Abend hat Frances entschieden, es sei an der Zeit, von anderen Dingen zu sprechen. Aus ihrer Tasche angelt sie den Schlüssel zur Wäschetruhe hervor. Lily zieht hörbar die Luft ein.

»Sei nicht so melodramatisch, Lily.«

»Was ist melonendramatisch?«

»Dumm.«

»Ach.«

Frances steckt den Schlüssel wieder in die Tasche. »Ich hab mich getäuscht, du bist noch zu jung.«

»Gar nicht!«

»Nicht so laut.«

In leidenschaftlichem Flüsterton: »Bin ich nicht, Frances, ich verrat nichts.«

Frances zieht eine Augenbraue hoch, schüttelt den Kopf, murmelt: »Ich hab wohl nicht alle Tassen im Schrank«, und steckt den Schlüssel ins Schloß. Hebt den Deckel hoch. Der Zedernduft … Frances spürt einen Kloß im Hals und zwinkert ihn weg. Lily weiß, daß sie besser keine Fragen stellt.

»Mach die Augen zu, Lily.«

»Ist gut.«

»Hier sind Sachen drin, für deren Anblick du noch nicht reif bist.«

Raschel, raschel.

»Streck die Hand aus.«

Lily gehorcht. »Fühlt sich wie Seide an.«

»Es ist reines Satin. Mach die Augen auf.«

Frances hält etwas in Händen, das wie ein winziges, mit den Jahren leicht vergilbtes Hochzeitskleid aussieht.

»Es ist schön«, haucht Lily.

»Es ist das Taufkleid. Wir wurden alle darin getauft. Kathleen, Mercedes, ich, du. Und Ambrose.«

Lily schaut auf. »Wer ist Ambrose?«

Der dünne weiße Streifen erscheint auf Frances' Nasenrücken. Der ist sonst nur zu sehen, wenn sie lacht, aber jetzt lacht sie nicht.

»Er ist dein Bruder, Lily.«

Lily ist ganz still, sieht Frances in die Augen und wartet. Frances sagt: »Hier. Du kannst es halten.«

Lily nimmt das Kleidchen von Frances und wiegt es in ihren Armen, so etwas Kostbares, ein Familienerbstück.

Frances sagt: »Ambrose ist gestorben.«

Lily wartet. Lauscht. Frances erzählt die Geschichte:

»An dem Tag, als ihr beide geboren wurdet, kam eine streunende rote Katze zur Kellertür herein. Sie kletterte die Kellertreppe hoch. Sie kletterte die Treppe in den ersten Stock hoch. Sie kletterte lautlos ganz bis in die Dachkammer rauf. Sie kam hier rein, wo ihr beide schlieft, und sprang in euer Bettchen. Sie preßte Ambrose ihr Maul aufs Gesicht und saugte ihm den Atem aus den Lungen. Er lief blau an und starb. Dann stemmte die rote Katze eine Pfote auf deine Brust und wollte schon das gleiche mit dir machen, aber ich bin reingekommen und hab dich gerettet. Daddy nahm die rote Katze und

250

ertränkte sie im Bach. Dann begrub er sie im Garten. An
der Stelle, wo früher die Vogelscheuche stand, und jetzt ist
dort ein Stein. Ich hab geholfen.«

Lily verzieht keinen Muskel. Frances nimmt ihr das
Kleid vorsichtig aus den Händen, ruft: »Trixie, hierher«
und macht mit den Lippen Kußgeräusche: »Komm, Trixie, komm«, bis sie das federnde *Tapp, tapp* die Treppe
heraufkommen hören und Trixie im Zimmer erscheint,
blinzelt. Ihr habt mich gerufen?

»So is' schön, Trixie, komm her.«

Trixie kommt. Wie immer, wenn Frances ruft. Sie hat
Frances vor drei Jahren gefunden. Trixie ist ganz schwarz
und hat gelbe Augen. Obwohl ihre fehlende Vorderpfote
ja womöglich weiß war.

»Frances, Lily, Abendessen.«

»Gleich, Mercedes.«

Im Erdgeschoß steckt Mercedes ihren Kopf aus der
Haustür und sieht sich nach Daddys Hupmobil um. Am
Nachmittag mußte er eine Eillieferung nach Glace Bay
erledigen. Jemand brauchte sofort zwanzig Paar Schuhe.
Mercedes ist stolz, daß Daddy so schwer arbeitet, und
immer nachts, nur damit er sich um Lily kümmern kann.
Sonst hätte Mercedes von der Schule abgehen müssen.
Daddy fährt auf der ganzen Insel Textilien aus, die er in
Sydney abholt. Und oft schustert er die ganze Nacht lang
im Schuppen Stiefel. Mercedes hat den beruhigenden
Schein seiner Lampe dort unten im Fenster gesehen,
würde allerdings nicht im Traum daran denken, ihn zu
stören... Daddy läßt sich nicht gern bei der Arbeit unterbrechen.

Mercedes ist stolz darauf, daß sie ein Automobil haben,
obwohl sie weiß, daß sie nur dankbar sein sollte. Da
kommt es schon, pünktlich auf die Minute, lang und
geräumig hüpft es über die Spurrillen. Und da kommen
auch die Mädchen aus der Dachkammer; sieht so aus, als
könnten sie heute mal pünktlich zu Abend essen. Heute

gibt es etwas nach einem alten Cape-Breton-Rezept, das Mercedes von Mr. MacIsaac hat: *ceann groppi*. Das ist Gälisch für »gefüllter Kabeljaukopf«. Mercedes hat den ganzen Nachmittag dafür gebraucht und hofft inständig, daß Daddy angetan sein wird: Man nehme einen großen Kabeljaukopf und eine Menge Kabeljaulebern, schabe die ekligen Stellen ab, nehme Haferflocken, Maismehl, Mehl und Salz und stopfe die Mischung durch den Mund in den Kopf, wobei man diesen mit einem Finger in jedem Auge festhält. Und koche das Ganze.

James wirft seine Mütze auf den Garderobenständer und sagt: »Hau in die Tasten, Mercedes, ich will mit meiner besten Tochter eine kesse Sohle aufs Parkett legen.«

Mercedes lächelt Daddy zu und geht gehorsam voraus ins Wohnzimmer, muß nun zwangsläufig doch noch mit dem Abendessen warten. Als hätte sich die ganze Familie insgeheim veschworen, sie zu quälen. Zähneknirschend setzt sie sich ans Klavier und hört, wie Lily kichernd auf Daddy zuläuft. Mercedes schlägt das alte *Wir wollen am Klavier musizieren* auf und spielt.

Lily stellt ihren linken auf Daddys rechten Fuß, ihren rechten auf seinen linken, und sie tanzen zu »Roses of Picardy«.

Bis Daddy endlich sagt: »Ich komme um vor Hunger. Was gibt's heute, Mercedes?«

Abendessen.

»Das soll wohl 'n Witz sein«, sagt Frances.

Selbst James. »Es schmeckt bestimmt köstlich, Mercedes, aber es fällt mir ein bißchen schwer zu essen, wenn mir mein Hauptgericht dabei tief in die Augen sieht.«

Alle lachen, außer Mercedes, die aufsteht und das Zimmer verläßt.

»Was ist nur mit ihr?« fragt James.

Frances entgegnet: »Sie hat die Regel.«

James zuckt zusammen, so zerknirscht, gefragt zu haben, daß er gar nicht merkt, wie ungehörig die Antwort ist. »Wir ... ich werde mich entschuldigen. Wer möchte Teeplätzchen und Sirup?«

Oben in ihrem Zimmer tröstet sich Mercedes mit dem Familienstammbaum. Daran arbeitet sie seit fast einem Jahr. Sie kommt nur mühsam voran. Immer wenn sie einen neuen Eintrag hat – wenn sie die kostbare Zeit erübrigen konnte, in der Bücherei von Sydney ein wenig weiter zu stöbern, oder bei den seltenen Gelegenheiten, wenn sie eine langersehnte Antwort aus den Provinzarchiven in Halifax erhält –, breitet sie die große Schriftrolle aus Spezialpapier vorsichtig auf ihrem Schreibtisch aus. Sie beschwert die Ecken, holt einen Bleistift und ein Lineal hervor und zieht fein säuberlich eine kurze senkrechte Linie unter eine der vielen langen waagrechten, an deren Ende sie den neuesten Namen schreibt. Und dort hängt er dann, ruhig schwebend wie ein Stück Dörrobst.

Mercedes erledigt diese Aufgabe mit grenzenloser Geduld. Sie hat vor, Daddy damit zu überraschen. Nie erzählt er von seiner Familie, nur daß sie alle tot sind. Vielleicht kann sie Daddy ein Bruchstück von dem zurückgeben, was er verloren hat.

An diesem Abend kommt Lily nach Tisch rauf und sieht, wie Mercedes alle Bleistiftstriche sorgfältig mit Tinte nachzieht.

»Danke für das Essen, Mercedes.«

Mercedes schaut rasch auf, um festzustellen, ob Lily böse ist. Doch Lily ist nie vorsätzlich verletzend; Mercedes weiß das und bereut ihren Verdacht. Sie wendet sich wieder ihrer Arbeit zu und macht lediglich: »Hmm.«

Lily kommt näher und schaut Mercedes fasziniert über die Schulter.

»Wieso sieht es nicht wie ein Baum aus?«

»›Baum‹ sagt man nur so, Lily. Wenn es wie ein Baum aussehen würde, wäre es ein Kunstwerk. Das hier ist eine Karte.«

»So wie ein Plan?«

»So ungefähr.«

»Gibt es einen Schatz?«

»Jeder Name ist ein Schatz.«

»Wohin führt sie?

»›Karte‹ sagt man auch nur so. Sie führt nirgends hin.« Mercedes lehnt sich in ihren Stuhl zurück. »Nun ja, genau genommen vielleicht doch. Sie führt in die Vergangenheit. Sie erzählt uns, woher wir kommen. Aber sie sagt uns nicht, wohin wir gehen. Das weiß nur Gott.«

»Wo bin ich?«

»Gleich hier, an einem Strich mit mir und Frances und Kathleen, Gott sei ihrer Seele gnädig.«

»Wo ist die Andere Lily?«

»Sie taucht hier nicht auf, Liebes.«

»Warum?«

»Weil sie nie getauft wurde.«

»Aber sie war unsere Schwester.«

»Ja, und wir lieben sie und beten für sie, aber mit einem Stammbaum ist es etwas anderes.«

»Wo ist Ambrose?«

Mercedes sieht Lily an. »Wer ist Ambrose?«

Lily erwidert den Blick. »Liest du mir eine Geschichte vor?«

»Aber natürlich, Liebes, du schlüpfst schon mal in dein Nachthemd und suchst eine aus, ich bin gleich bei dir.«

Am nächsten Morgen um drei schlummert Mercedes unter einem schmalen Mondstrahl. Wie gewöhnlich steht ihre Tür einen Spaltbreit offen ... Sie hat nichts zu verbergen, aber nach unendlich vielem zu horchen. Die Tür öffnet sich leise. Mercedes schlägt die Augen auf. Gerade rechtzeitig, um die Tür so weit aufschwingen zu sehen, daß ein Luftzug hindurchpaßt. Oder ein sehr kleines Kind.

»Wer ist da?«

Keine Antwort. Das sanfte, kaum hörbare Tappen winziger Füßchen. Nähert sich dem Bett.

»Trixie?«

Stille. Trixie kommt nie in ihr Zimmer.

»Weg mit dir, Trixie.«

Aus dem Augenwinkel sieht Mercedes einen weißlichen Schimmer. Ihr läuft es kalt den Rücken runter. Also doch nicht Trixie. Mercedes hebt den Kopf. Das Ding bewegt sich in den Mondstrahl. Und da – o Muttergottes –, ein ungeweihtes kleines Kind. In etwas gehüllt, was das erste heilige Sakrament verhöhnt. Vergeblich versucht Mercedes, »raus« zu sagen.

Mit dem Taufkleid angetan, von der schwärzlichen Umarmung des Teufels befleckt.

»Raus …« Ein ersterbendes Flüstern.

Zwei gelbe Augen.

»Raus raus raus raus, *rau-au-s*!« direkt aus ihren Eingeweiden.

James stürzt zur Tür herein, fingert nach der Schnur des elektrischen Lichts, bis er sie findet, daran ruckt und eine bibbernde, stierende, mit gebleckten Zähnen ihren Rosenkranz an die Brust drückende Mercedes vor sich sieht.

»Was ist passiert?«

Mercedes redet, doch ihre Schluchzer ergreifen und zerhacken die Worte; er packt ihre Schultern. »Sieh mich an.« Er schüttelt sie. »Sieh mich an.« Sie gehorcht. Sie zieht sich selbst nach oben und aus dem Sumpf heraus. Sie sagt: »Ich dachte, ich hätte was gesehen.«

Er nickte und setzt sich auf ihre Bettkante. So etwas wie ein Gespenst gibt es – und gibt es auch wieder nicht. Zum Beispiel dieses Haus: Wenn James sich selbst gegenüber ehrlich ist, muß er zugeben, daß er bestimmte Ecken in seinem eigenen Haus zu gewissen Zeiten meidet. Nicht weil er daran glauben würde, sondern wegen einer Stelle an seinem Nacken, wo sich ihm manchmal grundlos die Haare sträuben. Dann wünscht er sich, er hätte das Recht zu beten. Denn das brauchen die Ruhelosen. »Bete für uns«, das sagen sie mit ihrem Stöhnen, wenn sie um Mitternacht umgehen.

James fährt sich mit der Zunge über seine trockene, bläulich schimmernde Unterlippe, und Mercedes fällt auf, wie lang seine Wimpern sind. Er redet mit ihr – und nur mit ihr –, und es kommt ihr vor wie das erste Mal, seit sie noch sehr klein war.

»Deine Großmutter. Meine Mutter. Hat einmal etwas gesehen. Oder nein. Gehört.«

Mercedes wartet. Daddy hat noch nie zu jemandem über seine Mutter gesprochen, außer zu mir, jetzt, in diesem Augenblick … Und vielleicht vor langer Zeit zu Kathleen. Mercedes hält den Atem an, um diesen Augenblick nicht zu verschrecken. So zart. Alles Edle, alles Unbeschmutzte, alle Dinge, die nie welken, aber so zerbrechlich sind, all das ist er.

»Musik«, sagt er. »Es war ein sonniger Tag. Sie wußte nicht, was für ein Instrument oder welche Melodie es war, nicht einmal, woher sie kam – ob durch das offene Fenster oder von direkt neben ihr. Sie konnte nur gerade noch denken: ›So muß es im Himmel sein.‹ So schön war es. Also kniete sie in der Küche nieder, wo sie eben war, und sagte ein Dankgebet, weil sie nun einen kleinen Vorgeschmack bekommen hatte, verstehst du? Und danach fürchtete sie sich nie mehr.«

Mercedes verzieht die Lippen zu ihrem kleinen Lächeln. Die Tränen hält sie zurück. Tränen könnten solch einen Moment nur befeuchten und zum Schimmeln bringen, würden ihn garantiert verderben.

Eine Stimme von der Tür. »Was ist los?«

»He, kleiner Kumpel.« James geht zu Lily und hebt sie hoch, sie schlingt ihre Beine um seine Taille. Sie ist zu groß, um auf den Arm genommen zu werden, denkt Mercedes, und antwortet: »Ich dachte, ich …« Doch sie fängt Daddys warnenden Blick auf und ändert ihre Geschichte rasch ab. »Nichts, Lily, ich hatte nur einen Alptraum, nichts weiter.«

»Hast du den *bodechean* gesehen?«

James muß über den alten gälischen Ausdruck lachen. »So etwas gibt es gar nicht, wer hat die vom *bodechean* erzählt?«

»Frances.«

Sei still, Lily, kannst du nicht dieses eine Mal einfach den Mund halten, aber Mercedes sagt: »Frances hat dich nur aufgezogen, so was gibt es nicht.«

»Mercedes, willst du bei mir und Frances schlafen?«

»Nein. Danke, Lily.«

»Gib deiner Schwester einen Gutenachtkuß, Lily.«

Sie gehen, und Mercedes, wieder voll und ganz mit sich selbst allein, steht auf, geht in die Zimmermitte, macht das Licht aus und geht im Dunkeln ins Bett zurück, während sie sich voller Verachtung an die Zeit erinnert, als sie noch glaubte, unter ihrem Bett wohnten langhalsige Wesen, die nur darauf lauerten, sie in die Knöchel zu beißen.

Sie kniet neben ihrem Bett nieder und fängt an, den Rosenkranz zu beten. Gerade rechtzeitig, denn sie hat soeben eine erste dunkle Ahnung von den langhalsigen Wesen bekommen, als die Verachtung in ihrem Kopf nachließ. Im Dunkeln ist es immer am schwersten, neben dem Bett zu knien, denn man darf sich die Dinge nicht vorstellen, die sich einem um die Oberschenkel schlingen. Einen nach unten ziehen. Mehr darf man sich nicht vorstellen, nichts dergleichen wird geschehen, solange man seinen Rosenkranz betet. Reinen Herzens. Mercedes verachtet sich selbst für ihren kindischen Aberglauben, weiß, daß er unbegründet ist, kann aber das Zucken in ihren Oberschenkeln nicht abstellen. Dieses kleine Zucken führt häufig zu einem Gefühl der Bedrängnis weiter oben, das nach Erlösung verlangt, und mehr als alles andere – denn es gibt keine langhalsigen Wesen unter dem Bett, und der *bodechean* ist nichts als ein heidnisches Hirngespinst – erinnert einen dieses Gefühl daran, daß es gewiß einen Teufel gibt. *Heilige Maria, Mutter Gottes, bitte für uns Sünder, jetzt und in der Stunde unseres Todes, Amen.*

Mercedes stellt sich die ihr unbekannte Großmutter in Sonnenlicht getaucht vor, wie sie zum Dank für den Vorgeschmack auf den Himmel niederkniet. Dann denkt sie

257

an die Heimsuchung, vor der sie selbst soeben bewahrt wurde. Der Herr gibt jedem das Seine.

Im Keller hält Frances eine Öllampe an die Lücke zwischen dem Heizkessel und der geschwärzten Wand, wo Trixie sich so weit wie möglich nach hinten verdrückt hat. Trixies Spitzenhäubchen sitzt schief, ihr weißes Satinkleid ist verrußt. An diesem Abend hat sie sich kurz vor der Essenszeit in der Dachkammer aus Frances' Armen gewunden und im Keller Zuflucht gesucht. Katzen mögen keine Verkleidungen. Sie blieb hinter dem Heizkessel, bis im Haus Ruhe einkehrte. Dann schlich sie aus dem Raum und die Treppe hinauf. In Mercedes' Zimmer.

»Komm schon, Trixie.«

Frances muß Trixie schnell ausziehen, denn wenn Daddy sie noch einmal so sieht, schmeißt er sie in den Bach.

»Trixie, bitte.«

Trixie leckt sich heftig die Vorderpfote und wäscht sich das Gesicht.

»Trixie, *taa'i la houn, habibti.*«

Trixie guckt hoch und duldet schließlich, daß man sie aus der Ecke zieht. Frances knotet die Haube auf. »Du hast so hübsch ausgesehen, Trixie.« Und macht die tausend Knöpfe des Taufkleids auf. »halt still, ich bin fast ...«

Trixie kratzt sich endgültig frei und rast die Treppe rauf. Frances folgt nicht ganz so hektisch. Als sie auf der obersten Stufe angelangt ist, fällt der Schein ihrer Lampe auf Daddys Schuhe. Trixie ist schon längst weg, Gott sei Dank; in zwei, drei Tagen wird sie wiederkommen.

James wartet, bis Frances das Kleid und das Häubchen gewaschen und aufgehängt hat.

Oben beendet Mercedes den Rosenkranz. Schon als sie schrie, hatte ihr Verstand erkannt, was sie gesehen hatte, er mußte nur warten, bis ihr Körper hinterherkam. Doch eine Erscheinung, für die es eine Erklärung gibt, ist noch lange nicht ausgetrieben. Es war eine teuflische Vision, ganz gleich, in welchem irdischen Aufzug sie erschien. Die Wege des Herrn sind unerschöpflich, doch die des Teufels sind noch obskurer und häufig mit Absurditäten durchsetzt. Manche würden sie komisch nennen. Nicht so Mercedes. Komisch ist eine dicke Frau, die auf einer Ukulele spielt. Komisch ist ein Mann in Frauenkleidern in einem Musical von Gilbert und Sullivan. Eine verkrüppelte schwarze Katze, die um Mitternacht im Familientaufkleid als Teufelsbaby erscheint, ist nicht komisch. Frances ist ein Gefäß. Wie an dem Morgen vor Mamas Tod, als Mercedes und Frances beide Kohleflecken auf der Stirn hatten und Frances sagte, eine »dunkle Dame« habe sie in der Nacht aufgesucht. Bitte, liebe Muttergottes, erhöre mein Gebet, nimm die Gabe deines geheiligten Rosenkranzes an und bewahre dafür die Seele meiner Schwester Frances, Amen.

Kaum ist Mercedes im Bett, da wird das Licht wieder angeschaltet, und als sie aus schmalen Augenschlitzen aufschaut, sieht sie Frances' Gesicht auf- und abhüpfen, er hat sie am Kragen gepackt, Kasperletheater.

»Entschuldige dich gefälligst bei deiner Schwester.«

Mercedes guckt weg. Sie kann es nicht ertragen, wenn Frances mit blutiger Lippe grinst.

Später, als alles ruhig ist, schlüpft Mercedes in das zum Bach hinaus gelegene Zimmer. Sie kriecht ins Bett, schmiegt sich dicht um Frances' kühlen Rücken und umschlingt ihre dünne Taille. Auf der anderen Seite stellt Lily sich schlafend. Alle drei Schwestern in einem Bett – diese schöne Sache ereignet sich mittlerweile nur noch aus traurigem Anlaß. Daddy hat sich Frances mal wieder vorgeknöpft, das weiß Lily.

Mercedes ist wohlig zumute. So seltsam das auch ist, näher wird sie dem Zustand der Gnade nicht kommen. Es ist ein Geheimnis. Mit der schlimmen Schwester im Arm das Geschenk von Frieden zu erleben. Jetzt kann dir niemand was anhaben, Frances, *te'berini*.

Mercedes wirft in Gedanken ein Netz von Gebeten über die schlafende Gestalt von Frances, leichter als Luft, als Spinnfäden, feiner als die feinste Seide, damit meine kleine Schwester geborgen ist. Schlaf, Kindlein, schlaf, deine Mutter hüt' die Schaf ...

DER STAMMBAUM

Dreieinhalb Wochen später hat Mercedes ein weiteres Fossil ausgegraben. Es war unter einem Zentimeter Staub auf einer vergessenen Seite eines bröckelnden Kirchenbuchs verschüttet. Noch ein Name. In seinem Wüstengrab bestens konserviert, wartete er nur darauf, exhumiert und auf Mercedes' Stammbaum gepfropft zu werden, wo ihm in einem sinnvollen Kontext ewige Ruhe gewährleistet ist.

Spätabends, als glücklich Stille herrscht und sie einen Moment für sich allein hat, sitzt sie mit geradem Rücken an ihrem Schreibtisch und entrollt den Stammbaum. Sie kneift die Augen zusammen, wie bei grellem Licht – das ist ... Etwas weiter aufrollen ... Was ist das? Ein Wirrwarr aus Gold, Grün und Rubinrot wirbelt und fegt über die Seite, was ist das? ... Langsam ganz aufrollen, und ... Wo einmal ein nüchternes Gitter war, liebevoll, gewissenhaft und sorgfältig mit Tinte auf das Papier geprägt, sieht man nun ein schwankendes, betrunkenes Gewächs, einen was, einen Baum! Einen Baum. Ja, jetzt erkennt sie es, es ist wirklich ein Baum.

Mit Wachsmalstiften eingefärbt. Jeder alte Name wurde von einem rotglänzenden Apfel gelöscht, jeder rechte Winkel zu einer verschlungenen Windung der Borken gedrechselt; jeder senkrechte Strich in einen belaubten fruchttragenden Ast verwandelt. Die größten Äpfel zerren alle in einer Reihe an den untersten Ästen. Es sind die einzigen Äpfel, die Namen tragen, in einer unbeholfenen kindlichen Handschrift aufgemalt: »Daddy«, »Mama«, »Kathleen«, »Mercedes«, »Frances«, »Andere Lily« und »Lily«. Die Äpfel mit Mama und Kathleen haben goldene Flügelchen, der Apfel mit der Anderen Lily silberne.

Trixies schwarzer Kopf mit den gelben Augen schaut aus einem mit Smaragdblättern bestückten hohen Zweig hervor. Unten am Stamm sprießt Gras auf dem Boden, und ein blaues Bächlein fließt vorbei, ganz und gar unschuldig an dem fortgesetzten Drama dort unten, denn ein Querschnitt der Erde zeigt, daß Baumwurzeln nach unten drängen und sich in dem umliegenden Erdreich verästeln, in dem Kohlebrocken glänzen und eine Armee blinder Würmer wühlt. Und dort, eingebettet zwischen den bleichen unterirdischen Zweigen, liegt eine diamantenbesetzte goldene Kiste. Der vergrabene Schatz.

Mercedes' Tränen perlen auf den glänzenden Wachsfarben der frisch überarbeiteten Ausgabe des Stammbaums. Noch nie in ihrem Leben hat sie so bitterlich und so leise geweint.

Bekanntlich sind Leute über Nacht ergraut oder schneeweiß geworden, weil sie so furchtbar erschrocken sind oder plötzlich jedes Glück verloren haben. Mercedes' Haare bleichen nur aus. Frances ist Zeugin, als das geschieht. Sie wollte sich gerade aus dem Haus schleichen, als sie das unter Mercedes' Zimmertür durchdringende Licht sah.

»Mercedes? ... Bist du wach?«

Mercedes ist über ihrem Schreibtisch zusammengesackt und regt sich nicht. Ist sie gestorben? Versteinert? Zur Salzsäule erstarrt? »Mercedes?« Frances geht näher, beugt sich runter und guckt. Herrjemine. Wie lange geht das schon so mit ihr? Ihr Mund ganz fest zusammengebissen, mit Falten an den Winkeln, aus ihren zusammengekniffenen Augen tritt Flüssigkeit, sie ist völlig starr. Frances berührt Mercedes an der Schulter, und Mercedes holt tief Luft, taucht aus ihrem Stummfilm auf, um im wirklichen Leben zu weinen.

»Was ist mit dir? Mercedes, was hast du, was ist passiert?«

Mercedes' Stimme kommt ganz hinten aus der Kehle: »Ich hasse sie. Ich hasse sie so. Wenn ich sie doch nur umbringen könnte. Wenn es doch nur keine Sünde wäre, wenn sie doch nur tot wäre, gestorben, ich hasse sie.«

Frances versteht Mercedes und umarmt sie daher nicht, sondern streicht nur leicht über ihre frisch verblaßten Zöpfe. Was um alles in der Welt redet Mercedes da bloß?

»Sie hat alles kaputtgemacht«, sagt Mercedes, »alle waren glücklich, bis sie kam, dann sind alle gestorben, alles ist schiefgegangen, als sie auf die Welt kam, sie ist gräßlich verzogen, und ich muß mich den Rest meines Lebens um sie kümmern, weil sie ein Krüppel ist, o Gott, ich hasse mein Leben, ich hasse mein Leben.«

Mercedes schluchzt. Frances tröstet sie, wie man einen lieben und zarten Falter trösten würde, wenn man Falter trösten könnte.

»Pssst. Pssst, ist schon gut. Es wird alles wieder gut.«

»Was ist mit Mercedes?« fragt Lily ehrfürchtig und bekümmert von der Schwelle aus. Wie lange steht sie schon da? Wieviel hat sie mit angehört? Frances antwortet sanft und ohne zu zögern:

»Sie hat schlecht geträumt, Lily. Geh wieder ins Bett.«

Mercedes beachtet Lily nicht. Sie weint einfach weiter. Lily zieht sich zurück. Frances sieht nach unten auf die glänzende Papierrolle.

Im Bett leuchtet es unter der Decke schwach und unwirklich. Das Leuchten kommt aus einer winzigen Grotte, geformt aus Laken, die von Lilys Knie hochgehalten werden. Die Lichtquelle ist die Jungfrau Maria. Sie besteht aus weißem phosphoreszierendem Bakelit und ragt zehn Zentimeter über einer Blechlimousine auf, in der Lily, Frances und Mercedes sich mitten in der Nacht draußen auf dem Land verirrt haben. Ein bißchen abseits der Straße, im Feld eines Bauern, sahen sie einen entfernten Lichtschein. Und da war sie. Unsere Liebe Frau. Überall riecht es nach Maiglöckchen. Sie müssen mitten in einem Maiglöckchenfeld sein, aber im Dunkeln erkennt man das nicht. Falls doch nicht, geht der wundervolle Duft von ihr aus. Die Gebenedeite Jungfrau hat eine Botschaft für jede der Schwestern, die diese nie weitersagen dürfen. Lilys Botschaft lautet: Das Bein wird nie heilen. Es wird nie wie das andere sein. Sie wird immer ein Humpelbein und ein gutes Bein haben. Das hat einen Grund. Die Jungfrau Maria verrät ihn nicht. »Nun steigt wieder in euer Auto und liebet einander.«

»Jawohl, Heilige Jungfrau.«

»Lily.«

Es ist Frances. O nein. Lily hat von ihrem Parfüm genommen, ohne zu fragen. Aber dazu sagt Frances gar nichts.

»Lily.«

Lily fährt das Auto aus der Grotte und unter der Decke hervor. Sie sieht zu Frances hoch. Frances hat die Papierrolle in der Hand.

»Was war hier los, Lily?«

Tränen sammeln sich in Lilys Augen und kullern über ihre Wangen, aber sie merkt noch nicht, daß sie weint. »Ich hab den Stammbaum ausgemalt.«

»Das war Mercedes' Eigentum.«

»Es sollte eine Überraschung sein.« Jetzt weint sie.

»Du weißt, daß du nicht anderer Leute Sachen anrühren sollst, Lily, und schon gar nicht, wenn sie schwer daran gearbeitet haben. Du hättest deinen eigenen zeichnen sollen.«

»Ich konnte nicht anders.«

Frances weiß, daß das stimmt. Sie setzt sich auf die Bettkante.

»Es tut mir leid, Frances.«

»Nicht weinen, Lily.«

Lily wirft sich in Frances' Arme, um sich so richtig wohlig auszuweinen, und Frances drückt sie.

»Frances?«

»M-hm?«

»Alle sind nicht gestorben.«

»Was meinst du?«

»Alle sind nicht gestorben, als ich auf die Welt gekommen bin.«

»Natürlich nicht.«

»Daddy ist nicht gestorben. Mercedes ist nicht gestorben. Du bist nicht gestorben.«

»Mercedes war gekränkt, nichts weiter, Lily, sie hat es nicht so gemeint. Sie hat dich lieb. Wie wir alle.«

Lily kann es nicht lassen, sie muß ihr Kunstwerk noch einmal ansehen. Sie rollt das Papier auf und tastet unter der Decke nach der phosphoreszierenden Figur. Beim Licht der Jungfrau Maria sehen Lily und Frances sich zusammen die Rolle an.

»Du bist eine richtige Künstlerin, Lily. Die Würmer gefallen mir.«

»Danke.«

»Was ist in der Schatztruhe?«

»Ein Schatz.«

»Was für ein Schatz?«

»Ambrose.«

»Lily. Das mit Ambrose hab ich mir bloß ausgedacht.«

»Ich weiß.«

Die Jungfrau leuchtet nicht mehr. Das Bild ist nicht mehr zu erkennen. Es ist Zeit, schlafen zu gehen. Frances rollt das Papier zusammen.

»Was machst du damit, Frances?«

»Wir wollen nicht, daß es Mercedes noch mal zu sehen kriegt. Ich muß es zur Müllkippe bringen oder verbrennen.«

»Nein!«

»Psst. Wir können es nicht behalten.«

»Wir könnten es vergraben.«

Frances überlegt … »Im Garten.«

Frances und Lily kauern im Garten und arbeiten beim schwachen Licht eines Kerzenstumpfs. Die Jungfrau Maria steckt in Lilys Tasche. Gemeinsam gelingt es ihnen, den großen Felsstein wegzurollen – eine Katastrophe für eine ganze Gemeinschaft weichschaliger Lebewesen, die sich in alle Richtungen trollen. Lily ist baff, wie sie es alle geschafft haben, unter diesem Felsbrocken zu leben, ohne von ihm zerdrückt zu werden.

»Für die ist der Felsen der Himmel.«

»Komm schon, Lily, wir haben nicht die ganze Nacht Zeit.«

Mercedes ist zwar die Gärtnerin der Familie, sie wird aber wohl kaum unter dem Felsen graben, der Garten ist also wirklich ein gutes Versteck. Daddy hat den Findling an diese Stelle gesetzt, »in dem Jahr, als er beschloß, einen Steingarten anzulegen«, sagt Frances. »Vorher stand dort eine Vogelscheuche, aber eines Nachts hat sie sich selbst aus dem Boden gezogen und ist davonspaziert.«

Lily hält inne und sieht Frances an, doch die gräbt seelenruhig mit einem Löffel und hat keine unheimliche Stimme oder sonstwas.

»Niemand weiß, wo sie hingegangen ist. Wenn du Glück hast, Lily, kommt sie vielleicht eines Tages zu Besuch wieder. Jedenfalls hat Daddy den Steingarten dann doch nicht angelegt, weil Mama um die Zeit rum gestorben ist, und er brachte es nicht übers Herz, damit weiterzumachen.«

»Um die Zeit rum, als ich geboren wurde, was?«

»Stimmt genau. Du und Ambrose.«

»Frances, du hast gesagt, das mit Ambrose hast du dir bloß ausgedacht.«

»Ich hab's mir anders überlegt.«

»Frances, nicht!«

»Sei kein Baby, Lily, lieber Himmel, bist du leicht zu erschrecken.«

»Du hast ihn dir bloß ausgedacht, Frances.«

»Schon gut, Lily, ich hab ihn mir bloß ausgedacht.«

»Das stimmt doch, Frances!«

»Lily, glaub du nur, was du glauben willst, und ich glaub, was ich glauben will. Und wenn du nicht groß genug bist, um mir hier zu helfen, dann verbrennen wir einfach deine blöde Zeichnung im Heizkessel, und Daddy erfährt alles, willst du das?«

»Nein.«

»Dann hör mit dem Gewinsel um Ambrose auf, ich hab ihn mir bloß ausgedacht.«

Schweigen. Zufrieden nimmt Lily einen Löffel zur Hand und buddelt weiter.

Frances grinst. »Stimmt ja gar nicht.«

Lily beherrscht sich und schafft es, nicht darauf einzugehen. Frances lacht los. Sie graben weiter. Frances ruft leise: »A-a-ambro-o-ose … Ambro-o-ose, Lily sehnt sich nach di-i-ir.«

Sie schüttelt sich vor Lachen. Die glitzernden Splitter in ihren Augen und der schmale weiße Streifen auf ihrem Nasenrücken. Frances rollt auf dem Rücken über den Boden, schüttelt Hände und Füße in der Luft wie ein Hund und kichert dämonisch. Wenn Frances so ist, kann man sie nur ignorieren, bis es nachläßt, sonst macht man es bloß schlimmer. Lily gräbt einfach weiter.

»Das ist tief genug.« Frances hat sich plötzlich wieder gefangen. »Wir wollen nicht die Knochen der roten Katze ausbuddeln.«

Lily zuckt zurück. Die rote Katze, jetzt nur wenige Zentimeter tiefer, hatte sie ganz vergessen. Frances legt die Rolle in das flache Grab. »Ruhe in Fliegen.«

Lily schaut prüfend auf, doch es ist in Ordnung; bis auf ein Funkeln in ihren Augen ist Frances auf sicherem Terrain.

Beide werfen eine Handvoll Erde drauf, begraben dann die Rolle und schieben den Brocken auf seinen Platz zurück. Hervorragende Arbeit. Jetzt nur noch die trockenen Maishülsenstücke unten hinlegen, und keiner sieht was, auch nicht in einer Million Jahren.

»Gut, Lily, geh du schon mal vor ins Haus, ich komm gleich nach.«

»Was hast du vor?«

»Ich spreche ein kurzes Gebet.«

Lily gehorcht. Aus dem Garten hinaus auf den kleinen Steg über den Bach in ihrem regelmäßigen Hinken, und *Zack*, kriegt sie eine Kugel Erde direkt an den Hinterkopf. Sie dreht sich um. Frances steht zusammengekrümmt mitten im Garten. Der nächste Anfall. O nein.

»Frances, komm schon. Sonst sieht dich noch jemand.«

Frances läuft aberwitzig hinkend aus dem Garten, das Ufer hinunter und platschend direkt durch den Bach, rudert mit den Armen und ahmt Lily nach – »Fwances komm schon, komm schon Fwances!« –, humpelt lachend den ganzen Weg zum Haus zurück. Lily geht langsam hinterher. Frances kann nichts dafür, das weiß Lily. Sie hofft bloß, daß Daddy sie nicht um diese Uhrzeit draußen gehört hat. Denn sonst knöpft er sich Frances gnadenlos vor. Und Lily kann dann gar nichts tun, außer ihr hinterher warme Milch bringen und ihr die Lumpen-Maiglöckchenpuppe mit ins Bett geben.

Aber es ist alles in Ordnung. Daddy ist aus dem Haus gegangen. Nicht zur Arbeit, er konnte nur nicht schlafen. Er machte einen Spaziergang, und als er sich schließlich auf dem Friedhof wiederfand, sehnte er sich nach einem Drink. Trank statt dessen Salzluft. Jetzt, bei Sonnenaufgang, kehrt er nach Hause zurück, horcht nach dem Geräusch von Grubenstiefeln auf der Plummer Avenue und erwartet, die Zechenpfeife zu hören. Dann fällt ihm der Streik ein. Grundlos schnürt es ihm die Kehle zusammen. Seine Augen brennen, aber weinen wird er nicht, keine Zeit. Er möchte zu Hause sein, wenn die Mädchen aufwachen.

»Bitte, Daddy.«

Frühstück. Es ist ein neuer Tag, die Nacht ist vorbei, und ich bin hier bei meinen Mädchen. »Danke, Mercedes. Iß auf, Frances.«

»Ich hab keinen Hunger, Daddy.«

»Iß.«

Frances streicht mit dem Löffel über ihren Haferbrei. Unten ist er noch weiß, aber obendrauf hat sich eine dünne Haut gebildet, und am Ende ihres Löffels kleben ein paar eklige Fäden.

»Spiel nicht mit deinem Essen.«

»Es ist kalt.«

Daddy bedeutet Mercedes, Frances noch eine dampfende Kelle voll aufzutun. Frances zieht eine Grimasse.

»Die Männer in den Schützengräben hätten einen Arm für das hingegeben, und du rümpfst die Nase.«

Frances stellt sich den abgetrennten Arm vor. Sie sieht einen rotbackigen jungen Tommy; lächelnd nimmt er einen seiner Arme ab, mit dem Ärmel noch dran, und sagt mit rührendem Cockney-Akzent: »Wenn's weiter nix ist, Kumpel, kannich jetz dein' Schleim?« Nicht lachen. Einfach nur nach unten auf den glänzenden grauen Papp starren. Da sind tote Männer drunter.

»Iß, hab ich gesagt.«

Frances steckt sich den Löffel in den Mund. Rotz.

»Runterschlucken.«

Wer rettet Frances? Lily ißt jeden Haps von ihrem Haferbrei, das dumme Gör. Läßt sich irgendwie was in Lilys Schüssel schmuggeln? Wird Mercedes unauffällig einschreiten? Frances zermartert sich das Hirn, wie sie die anderen ablenken könnte. Ihr Schlund wird sich nicht mehr öffnen, das weiß sie. Ihr wird alles hochkommen, und sie wird spucken, und Daddy wird ...

»Antworte deiner Schwester.«

»Was?«

Mercedes wiederholt ruhig: »Alles in Ordnung, Frances?«

»Ja, danke, es schmeckt prima, Mercedes.«

Wer rettet Frances?

»Dieses gottlose Katzenviech ist wieder in deinem Garten, Mercedes.«

»Das macht nichts, Daddy.«

»Es gräbt.« Er legt den Löffel hin: »Wir sollten keinen Bissen aus dem Garten essen, solange sich dieses Viech da rumtreibt.«

»Trixie verrichtet dort nie ihr Geschäft, Daddy.«

Alle drehen sich so, daß sie aus dem Fenster Trixie sehen können, deren Schwanz um den Felsen hüpft. James duldet Frances' Katze nur, weil Lily an dem Geschöpf hängt. Doch allmählich verliert er die Geduld und fabriziert im Geiste schon eine Notlüge, was für ein langes, glückliches Leben Trixie beschieden war, aber manchmal laufen Katzen eben weg. Er steht vom Tisch auf.

Frances sieht, wie er zu Hintertür geht – O Gott sei Dank, Jesus, Maria, Joseph und allen Heiligen sei Dank, nie mehr werde ich sündigen –, wartet, bis er halb über den Hof ist, springt dann auf und leert ihre Schüssel in den Mülleimer am Herd. Mercedes schweigt dazu, aber Lily schaut plötzlich besorgt drein.

»Beruhige dich, Lily, er kriegt's nie raus«, sagt Frances.

Doch Lily geht es nicht um den Haferbrei. Sie hat zugesehen, wie sich Daddy über den Felsbrocken im Garten beugte.

Er kommt in die Küche zurück, setzt sich aber nicht. Mit verschränkten Armen steht er am Tischende und fragt ruhig: »Wer hat den großen Stein bewegt?«

Frances wird übel. Jetzt weiß sie, daß das Leben leicht

270

war, als es bloß um Haferbei ging. Lily wird knallrot im Gesicht.

»Das war ich, Daddy.« Gut gemeint, Lily.

Daddy streichelt ihr über die Haare. Mercedes weiß nicht weiter – wenn sie wüßte, welches Verbrechen Frances begangen hat, könnte sie vielleicht ... »Vielleicht hab ich ihn bei Gartenarbeiten versetzt, Daddy.« Das war ziemlich schwach.

»Ich war's.« Frances redet deutlich.

»Wann?«

»Letzte Nacht.«

Schweigen. Wie kann einem so kalt sein, während man gleichzeitig schwitzt? Wie lange sitzen wir schon hier? Was ist denn schon groß dabei?

Patsch seitlich an den Kopf.

»Ich werd dir sagen, was ›groß dabei ist‹« – o nein, Frances, du hast es laut gesagt, du hattest das Gefühl, du denkst es nur, aber du hast es gesagt –, »groß dabei ist, daß du deine Schwester mitten in der Nacht nach draußen gezerrt hast, und sie hätte an Lungenentzündung sterben können.«

Frances: »Genau wie ich.«

»Du hast das Glück, robust zu sein. Deine Schwester ist anfällig.«

»Mir fehlt nichts, Daddy«, sagt Lily und niest.

Frances grinst beinahe, aber Mercedes senkt den Blick. Sie glaubt nicht an Zufälle. James hat Frances nicht aus den Augen gelassen. »Was in Gottes Namen hast du gemacht?«

Frances überlegt. Und antwortet: »Wir haben etwas gepflanzt.«

»Was?«

Lily rettet Frances. »Wir haben einen Baum gepflanzt. Für die Familie.«

Mercedes sieht Frances an, während der Groschen fällt.

James fragt Frances: »Unter dem Stein?«

»Es ist ein ganz kräftiger Baum.« Danke, Lily.

James sieht Frances an. Er hätte das Gartengrundstück asphaltieren und als Abstellplatz für das Auto benutzen sollen. Doch das wäre nicht richtig. Er sollte ausgraben, was dort liegt, und woandershin bringen. Doch er kann nicht. Und vielleicht ist es nach der letzten Nacht gar nicht mehr da. Er sieht Frances an. Gewiß war sie zu jung, um sich zu erinnern. Aber falls doch ... Was muß das für ein Mensch sein, der seine kleine Schwester nachts mit nach draußen nimmt, um mit ihr die Überreste eines Babys zu exhumieren?

Frances erwidert James' Blick und sagt: »Ich hab Lily erzählt, wenn wir im Garten graben, finden wir vielleicht einen Schatz. Aber wir haben nichts gefunden.«

James setzt sich wieder. Sein Blick ruht auf den Teeblättern auf dem Grund seiner Tasse. Mercedes schenkt ihm heißen Tee nach. Er trinkt ein Schlückchen. Frances kann ihr Glück nicht fassen. Mercedes spricht ein Dankgebet und entschuldigt sich bei Gott dafür, daß sie ihrer Familie gegenüber undankbare Gefühle gehegt hat. James sagt zu Frances: »Iß.«

»Ich hab schon aufgegessen, Daddy, schau.«

»Tatsächlich.«

Nein. Es ist ganz unmöglich, daß sie sich daran erinnert.

KLEINE WASSERKINDER

Vom Frühstück an den ganzen Tag
Zu Hause ich wohl bleiben mag,
Doch Nacht für Nacht reis ich weit fort
In das Land Nod, den fremden Ort.
ROBERT LOUIS STEVENSON, Das Land Nod

Eine sehr junge Frances steht mitten in der Nacht im Bach und starrt jemanden an. Uns. Oder jemand hinter uns. Sie hält ein Bündel in ihren dürren Ärmchen. Aus den Augenwinkeln kann man es sozusagen fast sehen, aber wenn man direkt hinschaut, sieht man es überhaupt nicht. Als wolle man ein verschwommenes Objekt im Dunkeln genau anschauen. Es ärgert einen. Was ist es? Und wenn man gerade glaubt, es wäre eine unbewegte Schwarzweißaufnahme, leuchtet das Wasser um Frances' weißes Nachthemd blau auf. Dieses Licht stammt von einem leuchtend blauen Fisch, der um ihre Knöchel zappelt und schwimmt. Er ist schön.

Lily wacht schreiend auf.

»Lily, großer Gott im Himmel!« Eine schreckensbleiche Frances stiert auf Lilys angststarre Gestalt, die jetzt stocksteif und still neben ihr im Bett liegt.

Die Deckenlampe geht an ... James, alarmiert. »Was ist passiert?«

Hinter ihm taucht Mercedes auf, ein neues Fältchen gräbt sich in ihre Stirn.

»Ist schon gut, sie hatte einen Alptraum«, sagt Frances und tätschelt Lilys steifen Rücken.

Lily dreht sich zu James um. Er geht zu ihr und nimmt sie hoch. Sie schlingt Arme und Beine um ihn und legt den Kopf mit weit aufgerissenen Augen auf seine Schulter. Er

273

wiegt sie sanft hin und her und wundert sich ein wenig über die Flut von Alpträumen, die es in letzter Zeit unter seinem Dach gibt.

Lily sagt: »Ich hab geträumt, ich wär ein Fisch.«

Frances fröstelt. Mercedes streicht sich die Haare an der Stirn glatt.

»Im Bach«, fährt Lily fort. »Und ich konnte nicht atmen.«

Mercedes steuert auf die Küche unten zu, um heiße Milch für alle zu machen. Frances dreht sich auf die Seite und rettet Lillian Gish von der Eisscholle. James geht aus dem Zimmer, kommt aber ein paar Minuten später wieder, Mercedes im Schlepptau. Er hat Trixie. Trixie sieht völlig verängstigt aus, hütet sich aber, in diesem besonderen Griff auch nur ein Schnurrhaar zu rühren. Sanft setzt er Trixie neben Lily ab, die ihr Gesicht in dem verdutzen schwarzen Fell vergräbt. Als Mercedes die heiße Milch herumreicht, gießt James ein wenig davon in seine Hand und hält es Trixie hin. Trixie mustert ihn erst, bevor sie den Kopf senkt und es aufschleckt.

»Geht es dir jetzt besser, Schätzchen?« fragt James.

»Ja«, antwortet Lily.

Trixie rollt sich zwischen Frances und Lily zusammen; James deckt sie gut zu und knipst das Licht aus.

Wieder in ihrem Zimmer, liest Mercedes gerade erneut *Jane Eyre* aus. Sie war dankbar, daß Frances ihr Lieblingsbuch offenbar heil zurückgegeben hat. Jetzt blättert Mercedes mit jener Mischung aus Befriedigung und Bedauern die letzte Seite um, mit der man ein geliebtes Buch aus der Hand legt, nur um auf dem Deckblatt Frances' unverkennbares Gekritzel zu entdecken. Es ist ein Epilog, in dem Mr. Rochesters im Feuer abgetrennte und verlorene Hand zum Leben erwacht und das Neugeborene der beiden erwürgt.

Mercedes schlägt das Buch zu und seufzt bloß. Heulen und Zähneknirschen liegen hinter ihr. Es läßt sich wohl nicht übersehen, daß ihre beiden Schwestern sich alles nehmen, was für sie, Mercedes, auch nur den geringsten Wert besitzt, und es zerstören. Momentan schickt sie sich darein. Momentan. Eines Tages wird sie den Mann ihrer Träume heiraten. Valentino vielleicht nicht. Aber auf jeden Fall jemand Traumhaften. Dann hat sie ihre eigene Familie, und es herrscht ein zivilisierter Umgangston. Frances darf dann bei ihnen wohnen, doch es wird Mercedes' Reich sein. Und das ihres Mannes natürlich. Aber jetzt noch nicht. Daddy braucht sie. Gegrüßet seist du, Maria, voll der Gnade, der Herr ist mit dir ...

»Wenn du ein Fisch warst, wieso konntest du dann nicht atmen?«

Frances hat ihre Milch nicht angerührt. Die steht auf dem Nachttischchen, mit einer schrumpligen Haut obendrauf.

»Ich war am Ertrinken.«

»Fische ertrinken nicht.«

»Du warst drin, Frances.«

»In dem Bach?«

»Du warst klein.«

»... ich weiß.«

»Was hattest du im Arm?«

»Nichts ... Ich weiß nicht mehr. Schlaf jetzt. Es war bloß ein Traum.«

Später in der Nacht wacht Frances von einem Gewicht auf ihrer Brust auf. Sie öffnet die Augen und sieht in Trixies wachsames Gesicht, das nur wenige Zentimeter entfernt in ihres starrt. Trixies schwarze Pfote verharrt mit einer weißen Spitze reglos in der Luft. Ein dünner schleimiger Faden von etwas, was wie der erbrochene Teil eines rohen Eis aussieht, hängt aus einem Winkel ihres Mauls. Frances blinzelt, und Trixie wendet sich, ohne Frances zu beachten, wieder dem Glas mit lauwarmer Milch auf dem Nachttisch zu, putzt ihr milchiges Schnäuzchen, tunkt es ein und trinkt.

Als Ambrose das erstemal zu Lily kommt, ist er nackt bis
auf die vermodernden Teile von Frances' altem weißem
Nachthemd, in dem man ihn zur letzten Ruhe gebettet
hatte. Hie und da kleben die Fetzen an ihm und flattern
ein wenig im Luftzug, der sein Auftauchen begleitet.
Stumm in seinem Gartenschoß geborgen, hat er nicht
geträumt, weil er nicht geschlafen hat. Er ist gewachsen.
Sein mit Erde und Kohle beschmierter Körper ist ansonsten bleich wie eine Wurzel. Obzwar er genausoalt ist
wie Lily, sieht er so groß aus wie ein Erwachsener,
während sie noch ein kleines Mädchen ist. Und zwar deshalb, weil sie in so unterschiedlichen Umgebungen auf-
wuchsen. Welche Farbe haben unter der Erde und dem
Ruß seine dünnen Engelshaare? Eine rötliche. Er steht am
Fußende ihres Bettes. Frances schläft. Lily ist in einem
Zwischenreich. Das muß sie wohl sein, denn wie könnte
sie sonst so einen Anblick ertragen, ohne zu schreien?
Solch einen Anblick ertragen und wissen, es kann kein
richtiger Traum sein, denn da ist das Fußende meines
Bettes; dort schläft meine Schwester; da ist meine Lumpenpuppe, und hier liegt Trixie zusammengerollt zwischen
uns, ein Auge offen. Und da ist Ambrose. Obgleich Lily
ihren Zwillingsbruder noch nicht erkennt.

»Wer bist du?«

Hat sie das gesagt? Offenbar, weil der Mann, der sie
vom Fußende ihres Bettes aus ansieht, seinen Mund öffnet, um zu antworten. Und als er das tut, ergießt sich ein
Schwall Wasser aus seinem Mund auf den Fußboden. Jetzt
schreit sie. Jetzt ist sie »wach« – in einem Zustand, der ein
fest umrissener Ort auf einer Landkarte ist. Hier ist der
Ort, der Wachzustand heißt. Auf der anderen Seite dieser
Linie liegt das Land Schlaf. Und siehst du diese verschwommene Gegend dazwischen? Halt dich dort nicht
länger auf. Es ist das Niemandsland.

Lily ist glücklich wieder im Wachzustand und erwartet,
Frances' verärgertes Gesicht über ihrem auftauchen zu
sehen. Sie erwartet, daß die Deckenlampe zum zweitenmal

aufleuchtet und Daddy sie wieder hochhebt und sich fragt, wie sie nur zwei Alpträume in einer Nacht haben kann. Aber das Licht geht nicht an, und Frances schläft noch. Lily hat gar nicht geschrien. Ihr Schrei war zwar laut genug, um sie selbst zu wecken, kam aber offenbar nur als leises Wimmern heraus, denn um sie her atmet das Haus noch regelmäßig, dehnt sich aus und zieht sich zusammen, träumt. Und sieh mal: Am Fußende des Bettes steht kein Mann. Auf dem Fußboden ist kein Wasser, also kann er gar nicht dagewesen sein.

Lily erzählt niemandem von diesem Traum, weil er zu unheimlich ist, als daß sie ihn erzählen könnte. Zwar brachte der Traum von Frances im Bach mit dem dunklen Bündel und dem leuchtendblauen Fisch Lily so zum Schreien, daß sie das ganze Haus aufweckte, doch der Traum von dem Wasser-Mann, aus dem sie wimmernd erwachte, war viel beängstigender.

GEBET EINES KINDES
UM EINEN SCHÖNEN TOD

*O Herr, mein Gott, sogar jetzt empfange ich
aus Deiner Hand die Todesart, welche Du mir
mit all ihrem Kummer, ihren Schmerzen und
Qualen zugedacht hast.*

*O Jesus, von dieser Sekunde mache ich Dir
meine Qualen und all die Schmerzen meines
Todes zum Geschenk ...*

*O Maria, unbefleckt Empfangene, bitte für
uns, die wir zu Dir fliehen! Zuflucht der Sünder, Mutter der Leidenden, verlasse uns nicht
in der Stunde unseres Todes, sondern erlange
für uns vollkommene Trauer, ernsthafte Reue,
Vergebung unserer Sünden, eine würdige Ent-
gegennahme der Kommunion sowie Stärkung
durch die Sterbesakramente. Amen.*

Von Schwester MARY AMBROSE, O. P.

Das »Gebet um einen schönen Tod« entstammt einem
Kinder-Taschenbuch mit dem Titel *Meine Gabe für Jesus.*
Das Gebet ist das letzte in dem Buch, sinnvollerweise. Das
Buch war ein Geschenk von Mercedes für Lily, ohne
besonderen Anlaß. Vor etwa zwanzig Minuten kam Mer-
cedes herein und sagte: »Bitte, Lily, hier ist ein kleines
Geschenk für dich, einfach so.« Dann ging Mercedes zu
Helen Frye.

Es ist ein heißer, sonniger Tag, und Frances und Lily
sollten eigentlich unten am Strand sein ... Lily sitzt dann
in dem alten englischen Kinderwagen, und Frances schiebt
ihn rasant über Steine und Kiesel, platscht durch die Bran-
dung, und beide kreischen vor Freude. Statt dessen haben

sie sich mit Togas und Turbanen aus dem Wäscheschrank verkleidet, müssen im Haus bleiben, weil Daddy sagt, es sei gefährlich, draußen zu spielen. Er hat sogar Mercedes zum Haus von Helen Frye an der Ninth Street gefahren und will sie dort auch wieder abholen. Der Bergarbeiterstreik hat sich in den Juni hineinverlängert und ist unangenehmer geworden.

Angeheuerte Sondertruppen der Werkspolizei haben gewütet: betrunkene berittene Schläger, die Stöcke und Gewehre schwangen und mitten auf der Straße Leute zusammenschlugen – Frauen, Kinder, immer feste drauf. Die Bosse bilden jetzt ein Monopol, die British Empire Coal and Steel Company, »Besco«. Diesmal haben sie nicht nur den Kredit in den Werksläden gekündigt, sondern auch die Wasser- und Stromversorgung von New Waterford gekappt. In der letzten Woche bildeten sich von den wenigen Brunnen zu den Häusern der ganzen Stadt lange schwitzende Eimerbrigaden. Im Krankenhaus von New Waterford liegen halbverdurstete Kinder, von einer neuen Epidemie der vielen alten Krankheiten mit den hübschen Namen heimgesucht.

Wenn sie so wenig zu essen haben, um bei Kräften zu bleiben, können die Menschen nicht für unbegrenzte Zeit Eimer schleppen. Und als wieder fast täglich kleine weiße Särge zu Grabe getragen werden, bestärkt das viele in dem Entschluß, ihre letzten Kraftreserven besser dazu zu nutzen, auf die Schuldigen einzudreschen.

Als James Mercedes abgesetzt hatte, fuhr er nach Sidney, um Wasser in Flaschen und Kerosin zu kaufen, nachdem er den Mädchen die strikte Anweisung erteilt hatte, im Haus zu bleiben. Abgesehen davon, daß sie die sonnigen Tage verpassen, machte das den beiden nicht sonderlich viel aus. Sie fanden es lustig, wieder nur Öllampen und Kerzen zu verwenden, »wie früher«. Frances würde sich zwar allein rauswagen, doch Lily beunruhigt schon der Gedanke daran so sehr, daß sie bereits geschworen hat, Frances zu verpetzen, wenn sie es wagt.

Als sie es leid sind, »Tausendundeine Nacht« zu spielen, vertiefen sich die Schwestern in *Meine Gabe für Jesus*. Wie ihre Schwestern vor ihr, kann Lily schon gut lesen. Doch sie ist noch gar nicht dazu gekommen, das Büchlein selbst zu lesen, weil Frances es sich geschnappt und, wie immer bei allen Büchern, die letzte Seite aufgeschlagen und laut vorgetragen hat. Lily hat in dem Gedicht vom schönen Tod alles außer einem Wort verstanden.

»Was ist ein Sakrament?«

»Ein heiliges Wort für saubere Unterwäsche.«

»Kann ich mir das Buch jetzt ansehen, Frances?«

Lily greift danach, aber Frances zieht es weg und erklärt: »Wenn du im Sterben liegst und der Pfarrer kommt und gibt dir die letzte Ölung, holt er saubere Unterwäsche aus deiner Schublade und segnet sie. Dann zieht er sie dir an. Und falls in einem Notfall kein Priester in der Nähe ist, kann jeder die saubere Unterwäsche segnen. Daher die ›Fruit of the Loom‹-Unterwäsche, nämlich aus dem ›Gegrüßet seist du, Maria‹, in dem es heißt: ›Gebenedeit ist die Frucht deines Webstuhls, Jesus‹.«

»Hab ich damals saubere Unterwäsche gekriegt, als ich als Baby fast gestorben wär?«

»Jawoll.«

»Hat Pater Nicholson sie gesegnet?«

»Nein, das war ich … Sieh mal, Lily!« Frances ist gerade der Name auf dem Titelblatt von *Meine Gabe für Jesus* aufgefallen. »Dieses Buch hat eine Nonne namens Schwester Mary Ambrose geschrieben!«

Lily stößt Frances zuliebe einen kleinen Ruf des Erstaunens aus. »Kennt sie unseren Bruder?«

»Es könnte eine Botschaft für uns von Ambrose persönlich sein.«

Lily starrt verwundert das Titelblatt an, während Frances logische Schlußfolgerungen zieht.

»Ambrose bedient sich dieser Nonne, und er hat auch Mercedes dazu gebracht, dieses Buch zu kaufen und es dir zu schenken, damit du weißt, daß er dich behütet.«

Sie sehen sich an, durch diese Entdeckung geeint.

»Sieht er mich immer?« fragt Lily.

»Ja.«

»Wenn ich unartig bin?«

»Jawoll.«

»Sagt er es Gott?«

»Gott weiß sowieso alles.«

»Ach ja.« Das war Lily vorübergehend entfallen.

»Ambrose sieht dich, wenn du schläfst. Er weiß, wann du wach bist.«

»Wie der Weihnachtsmann.«

»Das ist blasphemisch, Lily.«

»Verzeihung.«

»Das mußt du nicht mir sagen, sondern Gott.«

Lily faltet die Hände, kneift ihre Augen zusammen und flüstert: »Verzeihung, lieber Gott«; es folgt eine rasche Bekreuzigung. Sich nach einem Gebet zu bekreuzigen ist genauso unerläßlich, wie eine Briefmarke auf einen Brief zu kleben. Sonst käme die Botschaft nirgends an, außer in dem Limbus für Gebete.

»Frances, weißt du was? Der liebe Gott ist in Wirklichkeit der Weihnachtsmann, und der Weihnachtsmann ist der liebe Gott.«

»Das stimmt aber nicht, Lily.«

»Aber der liebe Gott macht uns Geschenke und weiß alles, genau wie der Weihnachtsmann.«

»Klar, aber der Weihnachtsmann beschert den Leuten keine Lepra und keine Erdbeben, Dummerchen, er beschert ihnen nicht den Untergang der Titanic oder daß Leuten die Beine abgetrennt werden!«

Frances wendet ihre Aufmerksamkeit wieder dem Buch zu und beachtet Lily nicht.

»Frances?«

Keine Antwort.

»Frances?«

»Was ist!« Sie knallt das Gebetbüchlein hin.

»Bringt Ambrose mir Geschenke?«

»Einen Klumpen Kohle, wenn du böse bist.«

»Und wenn ich brav bin?«

»Ambrose ist es nicht so wichtig, ob du brav oder böse bist, Lily.«

»Ach.«

»Ihm ist nur wichtig, daß es dir gutgeht. Daß du glücklich bist.«

»Warum denn?«

»Weil er dich lieb hat.«

Frances sieht Lily in die Augen. Lily guckt so aufmerksam wie möglich.

»Weißt du nicht, wer Ambrose ist, Lily?«

»Er ist unser kleines Brüderchen, das gestorben ist.«

»Er ist dein Schutzengel.«

Auf Lilys Stirn zeigt sich der Hubbel. »Jeder hat doch einen Schutzengel, oder etwa nicht, Frances?«

»Ja, doch, aber die meisten kennen ihren nicht. Du hast Glück. Du weißt, wer deiner ist. Und daß er dein eigener Bruder ist und dich behütet. Und er hat dich lieb. Er hat dich wirklich lieb, Lily.«

»Nicht weinen, Frances.«

»Ich weine nicht.«

»Tust du doch.«

Frances wischt sich die Augen. Ihr schnürt es die Kehle zusammen. Doch, sie weint. Warum? Sie war nicht traurig, bevor sie zu weinen anfing.

»Frances? ... Komm, Frances, wir gehen nach oben und schauen in die Wäschetruhe.«

Aber Frances weint.

»Frances, möchtest du meine Lumpen-Maiglöckchenpuppe baden? Darfst du. Ich laß dich sie baden, wenn du willst ... Möchtest du meine Schiene tragen? Darfst du, ich laß dich.«

Frances hat *Meine Gabe an Jesus* aus der Hand gleiten lassen. Lily hebt es auf und liest es schweigend, betrachtet die bunten Bilder. Wenn es Frances bessergeht, wird Lily sie fragen, was INRI bedeutet. Das steht auf der Schriftrolle, die immer oben an Jesus' Kreuz festgenagelt ist. INRI.

Ich werde Frances fragen, denkt Lily. Frances weiß es bestimmt.

Spätnachmittags kommt Mercedes auch weinend nach Hause, aber aus einem anderen Grund. Im Auto hat sie Daddy gesagt, es läge daran, daß sie mit Helen über all die armen Kinder im Krankenhaus gesprochen hat. James nickte nur. Mrs. Luvovitz hat ihm erzählt, daß Mädchen dieses Alters leicht gefühlsbetont reagieren. Auf keinen Fall dürfe man ihnen sagen, sie sollten nicht weinen. Er wartete, bis Mercedes sicher im Haus war, wendete dann den Wagen und fuhr in die Stadt zurück, weil er vergessen hatte, bei der Post vorbeizuschauen.

Auf Zehenspitzen geht Mercedes in ihr Zimmer hinauf und macht leise die Tür hinter sich zu. Sie will keinen sehen und nichts erklären müssen. Mit vergrabenem Gesicht liegt sie da und weint in ihr Kissen. Heute ist ein Bergmann erschossen worden, der Mr. Davis hieß. Beim Elektrizitätswerk draußen am Waterford-See kam es zu Unruhen. Die Bergleute zogen hin, um die Werkspolizei zu verjagen und in der Stadt wieder Licht und Wasser einzuschalten. Die Bergleute hatten Stöcke, Steine und Schlackebrocken. Die Polizei hatte Schußwaffen und Pferde, aber die Bergleute siegten. Ein paar trugen allerdings Schußverletzungen davon, und der arme Mr. Davis, der nicht einmal mitgekämpft hatte, wurde getötet. Er brachte gerade Milch für sein Jüngstes nach Hause, das Fläschchen fand man in seiner Tasche. Jetzt gibt es in New Waterford noch sieben vaterlose Kinder mehr.

Doch Mercedes weint nicht darüber. An diesem Nachmittag kam Helen Fryes Vater mit einer Kugel im Handgelenk nach Hause. Während Mrs. Frye die Kugel herausholte, nahm Mr. Frye einen tiefen Schluck aus einer Medizinflasche und sagte Mercedes, es täte ihm »unendlich leid, denn ich weiß, daß du ein nettes Mädchen bist,

Mercedes. Aber ich habe nur das eine Kind, weißt du, und ich dulde nicht, daß sie mit den Pipers verkehrt.«

Mercedes' Augen füllten sich mit Tränen, und ihr Gesicht fühlte sich an wie verbrüht. Sie kam sich gedemütigt vor, als hätte sie jemand bei einer anstößigen intimen Verrichtung ertappt, verstand aber nicht, was sie falsch gemacht hatte. Mrs. Frye bohrte einfach weiter in Mr. Fryes Handgelenk herum, während er weiß wurde, aber nicht mit der Wimper zuckte und mit freundlicher Stimme Worte sagte, die Mercedes durch Mark und Bein gingen. Er sagte, Mercedes' Vater sei ein schlechter Mensch. Ein Schwarzbrenner. Ein Streikbrecher. Ein Feind dieser Stadt. Dann wurde Helen angewiesen, nach oben zu gehen, und Mercedes wurde aufgefordert, im vorderen Zimmer zu warten, bis ihr Vater sie mit seinem Automobil abholte.

Jetzt rollt sich Mercedes auf ihrer Seite zusammen und sieht Valentino in seinem Rahmen auf der Frisierkommode neben der Porzellanfigur, dem altmodischen Mädchen. Valentino entlockt ihr frische Tränen, doch diesmal Tränen des Trostes. Wenigstens habe ich noch dich, meine große Liebe. Und das altmodische Mädchen erinnert sie daran, wie nett ihr Vater ist. Er ist wirklich ein herzensguter Mann. Und falls – *falls* – Daddy sich gezwungen sieht, bestimmte Dinge zu tun, so nur, weil er uns so sehr liebt und wir keine Mutter haben, die sich um uns kümmert. Neue Tränen. Mercedes hört Mama singen, und das ist zuviel. Sie deckt das Kissen über ihre Haare und verscheucht die Laute aus ihrem Kopf. Sie verbannt die Erinnerung und konzentriert sich auf das, was wichtig ist: meine Familie. Meinem Vater helfen, der ein so guter Mensch ist und sich den ganzen Tag um seine körperbehinderte Tochter kümmert. Wenn Mr. Frye oder sonstwer Daddy mit Lily sehen könnten, wüßten sie Bescheid.

Mercedes hat sich etwas beruhigt, und ihr Blick wandert nun zum Bild von Bernadette in der Grotte mit Unserer Lieben Frau von Lourdes. Bernadette wurde seliggesprochen. Eines Tages wird sie eine Heilige sein. Als man sie ausgrub, roch sie so lieblich wie eine Rose – der Duft der Heiligkeit. Sie war auch ein kleines verkrüppeltes Mädchen. Vielleicht haben die Leute auch ihren Vater abgelehnt.

Mercedes hat sich fast in Schlaf geweint, doch ehe sie abdriftet, entsteht ein Plan in ihrem Kopf. Morgen wird sie mit Lily spazierengehen. Dann suchen sie zusammen das Krankenhaus auf – nicht die Krankenabteilungen, sie möchte nicht, daß Lily sich mit etwas ansteckt, nur bis zur Aufnahme. Und dort bringt Mercedes Lily dann dazu, den armen leidenden Kindern oben all ihre alten Bilderbücher und Kleider zu schenken, und dazu etliche Kuchen, die Mercedes noch backen wird. Dann werden die Leute schon sehen ... Was für ein guter Mann ...

James brauchte für die Fahrt zur Post ungewöhnlich lange, weil in mehreren Straßen kein Durchkommen war. Steine prallten von der Motorhaube seines Automobils ab, und eine Horde junger Männer stürzte sich auf den Wagen und schaukelte ihn hin und her. Er gab Gas und schüttelte sie ab, doch in der Plummer Avenue war das gleiche los. Ein Trupp von Werkspolizisten, die man von ihren Pferden geholt hatte, wurde zum Gefängnis getreten und gestoßen und dabei zur Schau gestellt. Frauen liefen hinter den Gefangenen her, schwenkten Hutnadeln und benutzten sie auch. Heute nacht würde es noch Ärger geben.

James fuhr zur Küstenstraße, parkte und ging zu Fuß durch Nebenstraßen zur Post zurück. Er hätte die Besorgung auf morgen verschieben können, dachte sich aber, bis dahin könnten die Post und die Hälfte der Gebäude an der Hauptstraße niedergebrannt sein, und er hatte Geld abzuheben.

Er betritt die Post, holt sich seine Scheine ab und will gerade gehen, da: »Hier ist noch ein Brief, Mr. Piper.«

James streckt die Hand aus, um dem Beamten den Brief abzunehmen. Post ist etwas eher Seltenes. Manchmal treffen Päckchen und Bilder für Frances ein, die James prüft, ehe er sie weitergibt; mehr als eine Flasche »Coca-Wein: gegen Konzentrationsschwäche und Abgespanntheit« hat er konfisziert. Zur Zeit herrscht in der Post helle Aufregung über die Ereignisse des Tages, die Leute kleben an den Fenstern und beobachten, wie die Meute vorbeizieht, doch um James herum versinkt alles in einen Zustand vollkommener Stille, als er den Namen auf dem Umschlag vorn sieht: Miss Kathleen Piper.

Für den Bruchteil einer Sekunde verliert er das Bewußtsein. Wie ein Lichtsignal im Kopf, begleitet von einem Kamerablitz. Dann stürzt das ihn umgebende Stimmengewirr wieder auf ihn ein, und er hat kurz das Gefühl, die allgemeine Aufregung rühre daher, daß jemand einen Brief an Kathleen Piper geschrieben hat. Jemand hat an meine Tochter geschrieben, ohne zu wissen – oder vielleicht: wohlwissend –, daß sie tot ist.

Allein der Anblick ihres Namens. In von einer lebenden Hand geschriebenen Buchstaben, so anders als die in Stein gemeißelten Buchstaben am Stadtrand – deshalb blitzte das Licht in seinem Kopf auf und hinterließ, als es wieder erlosch, den flüchtigen Eindruck, daß sie doch noch am Leben sei. So muß Wahnsinn sein, denkt James. Nur daß das Blitzlicht ewig leuchtet. Vielleicht wäre das gut.

Noch bevor er sich überwinden kann, den Brief zu öffnen, sitzt er wieder im Auto. Er erinnert sich an einen anderen Brief vor so langer Zeit. Anonym. Furchtbar. Der alles verändert hat. Er erbricht das Siegel. Faltet das Blatt Papier auf ... Eine elegante damenhafte Handschrift. Und liest:

Liebe Kathleen!
Ich war untröstlich, als ich von Deinem schweren Unfall erfuhr. Du bist zweifellos ein sehr tapferes Mädchen. Und Du hast außerdem das Glück, so einen netten Vater zu haben. Vielleicht kannst Du ja eines Tages

Deinen Rollstuhl verlassen und wieder laufen und spielen. Ich hoffe es für Dich. Anbei eine signierte Photographie für Deine Sammlung, und ich wünsche Dir alles Gute.

Mit herzlichen Grüßen
Lillian Gish

James drückt auf den elektrischen Anlasser des Hupmobils und fährt nach Hause. Er wird Frances in den Schuppen zitieren. Und sich den Scherz von ihr erklären lassen.

An diesem Abend stehen Mercedes, Lily und Daddy auf der Veranda und sehen ab und an den Schein der Fackeln, die durch die Stadt getragen werden. Frances liegt oben im Bett, ein feuchtes Tuch auf dem Gesicht. James hat das Auto gepackt und vollgetankt, für den Fall, daß sie überstürzt aufbrechen müssen. Die Armee wird erst in den nächsten Tagen eintreffen, und bis dahin sollte alles gut vorbereitet sein.

Zuerst brennen die Bergleute die Kohlenwäscherei Nummer zwölf nieder. Dann plündern sie die Werksläden, setzen sie aber nicht in Brand, aus Angst, die ganze Stadt könnte Feuer fangen. Dann ziehen sie zum Gefängnis, um die Werkspolizisten zu lynchen. Doch der Pfarrer tritt ihnen entgegen und hält sie davon ab. In New Waterford gibt es schon genug Halbwaisen.

to where your heart has ever been...

31. Oktober 1918

Sehr geehrter Mr. Piper!

Ihre Tochter schwebt in höchster Gefahr. Da ich weiß, daß Kathleen aus gutem Hause ist, mit einer erstaunlichen musikalischen Begabung gesegnet, sehe ich es als meine Pflicht Ihnen und der Welt gegenüber an, die Alarmglocke zu läuten. Mr. Piper, Sie leben in einem anderen Land und haben möglicherweise das Glück, mit dem Begriff »Rassenmischung« nicht vertraut zu sein. Es ist ein Übel unserer Zeit, das die Grundfesten der Nation erschüttert. Nun droht es Ihre Tochter zu erfassen. Durch listige Verführungskünste und Schmeicheleien wurde Kathleen in einem Netz aus gottloser Musik und Unmoral gefangen. Da ich gebrechlich bin, kann ich dem Treiben nur zusehen, nicht eingreifen. Als selbst leidvoll Betroffene muß ich Sie warnen, daß Ihre Tochter, wenn sie die naturgegebene Grenze überschreitet, ihren eigenen Untergang besiegeln und unweigerlich damit enden wird, daß sie sich den finsteren Überbleibseln des Tieres im Manne hingibt. Doch wer weiß, vielleicht ist es noch nicht zu spät. Sie ist jung. Es steht Ihnen frei, die Warnung einer Fremden in den Wind zu schlagen, ja, sie zu verdammen. Mein Gewissen diktierte diesen Brief. Nachdem ich somit meiner Christenpflicht Genüge getan habe, verbleibe ich als

       Jemand, der es gut mit Ihnen meint.

since first you were my bonny bride ...

288

VIERTES BUCH

Die alte französische Grube

AUF DASS WIR NICHT VERGESSEN

Lilys Fuß blutet. Sie weiß es nicht, weil der Dudelsack den Schmerz übertönt. Dafür sind Dudelsäcke wohl da. Doch selbst wenn sie den Schmerz spüren würde und das durch ihren Strumpf sickernde Blut sähe, würde Lily immer weiter marschieren, weil sie in Hochstimmung ist. Sie trägt die Fahne Neuschottlands die Plummer Avenue entlang. Ihr Herz und ihre Lungen sind so weit und bunt kariert wie der Windsack aus Schottenstoff, aus dem die Pfeifen gespeist werden. Und endlich einmal ist Lilys Gang genau richtig. Das federnde Humpeln ihrer unterschiedlich langen Beine paßt zu dem An- und Abschwellen der Musik bei jedem zweiten Takt. Ein großes, offenes Lächeln ziert Lilys Gesicht, und sie hat Tränen in den Augen … Dudelsackmusik stimmt sie immer tragisch und erhaben zugleich. Mit einer an ihre Schottenkaroschärpe gesteckten Mohnblüte kommt sie sich wie ein tapferer Soldat vor. Es ist der 11. November 1929, Waffenstillstandstag. Heute gedenken wir des Krieges, der alle Kriege beenden sollte.

Fast ganz New Waterford ist auf den Beinen. Dicht an dicht stehen sie zu beiden Seiten der Plummer Avenue. Selbst James ist dabei – nicht in seiner Eigenschaft als Veteran, sondern als stolzer Vater. Mercedes steht neben ihm vor der Buchhandlung Cribb's. Luvovitzens koschere kanadische Fleischerei gegenüber ist geschlossen, die Rolläden sind heruntergelassen. Es besteht zwar keine Gefahr, daß sie diesen Tag vergessen, aber Mrs. Luvovitz ist es lieber, wenn sie des Tages zu Hause gedenken, weit weg von den optischen und akustischen Bekundungen von Heldenmut und Ehre. Frances sollte eigentlich dasein, doch sie sieht sich im Empire Theatre noch einmal Louise

Brooks in *Die Büchse der Pandora* an, bevor die Obrigkeit Wind von dem Film bekommt und ihn aus dem Verkehr zieht.

Die Parade biegt ab in Richtung des Denkmals der Bergleute. Es wurde zwar zum Gedenken an die fünfundsechzig Männer errichtet, die bei der Explosion des Jahres 1917 umkamen, ist aber zu einem Symbol für all die anderen geworden, die in fremden wie in heimischen Kämpfen ihr Leben ließen oder noch lassen werden, auf offener Straße erschossen wie Mr. Davis – oder in einem Schützengraben oder in einer Zeche durch Gas oder Explosionen getötet. Die Pfeifen verstummen jäh. Lily und die anderen in der Parade marschieren zum Schlag der Trommeln, bis sie vor dem Denkmal haltmachen. Es folgen zwei Schweigeminuten.

Man hört das Meer. Man hört die Vögel und den Wind. Man meint, die Mohnblumen auf den Feldern von Flandern zwischen den endlosen Reihen von Kreuzen im Wind wehen zu hören: »Wir sind die Toten. Noch vor wenigen Tagen haben wir gelebt, das Morgengrauen gespürt, den glühenden Sonnenuntergang gesehen, haben geliebt und wurden geliebt.«

Die Männer halten, mit versteinerten Gesichtern, ihre Hände gefaltet. Die Frauen schauen ernst drein. Alle erinnern sich an ihre Lieben, die stets jung bleiben werden.

Dann ein durchdringendes Stöhnen, ein schrilles Heulen, und die Dudelsackspieler marschieren wieder. Das lockt Tränen hervor, obwohl die Dudelsäcke den Leuten die Totenklage abnehmen. Ein primitives Rohrblattinstrument erweckt archaische Gefühle und rückt die Trauer in eine tröstlich weit entfernte Perspektive. Vielleicht weil der Grashalm das älteste Musikinstrument der Menschheit ist.

Lily fühlt sich geborgen unter all den harten, behaarten, blassen Männerknien, die zwischen Socken, schwingenden Felltaschen und wirbelnden Kilts den Takt stampfen. Sie fühlt sich den Männern kameradschaftlich verbunden.

Als hätten sie alle Seite an Seite im Krieg gekämpft. Sie wäre gern Soldat. Sie ist zehn. Wenn sie groß ist, möchte sie am liebsten Veteran sein. Vor dem Schmerz und den Kugeln hätte sie keine Angst, aus dem Schützengraben würde sie springen und sich mit bloßen Knien in die Schlacht stürzen. Daddy hat den Tapferkeitsorden bekommen. Das weiß sie, weil es ihr Mr. MacIsaac gesagt hat.

Erst als die Sackpfeifen und Trommeln verstummen und die Blaskapelle im Hintergrund *Rule Britannia* anstimmt, spürt Lily das erste Ziepen in ihrem linken Fuß, dem kleinen. Ihr brauner Stiefel mit der dicken Sohle, Daddys Spezialanfertigung, fest zwischen die Metallstreben ihrer Schiene geschnallt, hat ihre Ferse aufgescheuert, denn er ist neu. Unter ihrem Knöchel breitet sich ein roter Fleck aus. Lily sieht sich verstohlen um, ohne aus dem Takt zu geraten. Da stehen Daddy und Mercedes. Dort Mr. und Mrs. MacIsaac. Lily schenkt ihnen ein tapferes Lächeln; jedenfalls hofft sie, daß es tapfer ist. Viele Leute, nicht nur die, die sie kennt, lächeln zurück.

Lily weiß nichts von der Ächtung ihres Vaters, und alle – nicht nur ihre Familie – haben sich verschworen, sie weiterhin in Unkenntnis zu belassen. Viele Kinder haben Beinschienen, manche auch verkrümmte Rücken, doch Lily marschiert als einzige von ihnen mit. Sie ist auch das hübscheste Kind, das je von der Krankheit befallen wurde. Und das liebreizendste. Dank Mercedes wurde Lily in der ganzen Stadt bekannt; doch daß sie so beliebt ist, verdankt sie allein sich selbst.

New Waterford hat sich kaum verändert. Die Werksläden gibt es nicht mehr. Besco hat sie nach der Plünderung 1925 nicht wieder eröffnet. Viele Bergleute gingen mit einer achtprozentigen Lohnkürzung erneut an die Arbeit, doch viele andere kamen als Bolschewiken auf die schwarze Liste und zogen schließlich südlich der Grenze nach Boston und in die Fabriken und Holzfällerlager Neuenglands. Das war der Beginn des Exodus in südlich und

westlich gelegene Gegenden, und ein Ende ist nicht abzu-
sehen. Der Börsenkrach des Jahres 1929, der die Welt
erschütterte, wurde auf Cape Breton nur als leichtes Zittern vermerkt; hier dauert es eine Weile, bis sich die Weltwirtschaftskrise bemerkbar macht, weil die heimische
Krise schon so lange anhält. Außerdem gilt als erwiesen,
daß die Konföderation 1867 die größte Katastrophe für
Neuschottland war. Danach kamen nur noch Nachbeben.
Niemand kann sich vorstellen, daß die dreißiger Jahre
schlimmer als die zwanziger werden könnten. Und wie
R. B. Bennett gern sagt: »Der Wohlstand ist gleich um die
Ecke.«

Doch dem Bürgerstolz tut das keinen Abbruch, wie die
Zuschauerzahlen von heute beweisen. Die Bewohner von
Cape Breton haben es geschafft, ihre Treue zu König und
Vaterland mit Verachtung und Skepsis gegenüber allem
und jedem »von draußen« zu kombinieren – den blöden
Eseln im Oberen Kanada und den nichtsnutzigen Melo-
nenhutträgern in Whitehall. Einerseits sind sie unbändig
stolz auf ihre Veteranen, andererseits verbittert darüber, daß
die kanadische Armee so oft in die Kohlenreviere einmar-
schiert ist. Trotzdem wird das Heer zunehmend zu einer
Ausweichmöglichkeit für die Arbeitslosen und die Min-
derbemittelten, die von diesem verfluchten, gottverlasse-
nen Felsen runterwollen, den sie mehr lieben als die Luft
in ihren Lungen. Das »bei uns daheim« wird erst wichtig,
wenn man »draußen« ist. Im November 1929 beginnt die
Entwicklung, in deren Verlauf mehr Leute ein »bei uns
daheim« als ein »Zuhause« haben werden. Am Volks-
trauertag kommen für gewöhnlich eine Menge widerstrei-
tende Gefühle hoch.

An solchen Tagen erscheint das Alkoholverbot doppelt
absurd. Am Abend versammeln sich in allen Küchen
Familien bei Musik und Gesprächen. Krüge und Teetassen
werden herumgereicht. Mounties drücken vor Hotelbars
und Flüsterkneipen beide Augen zu, und mehr als eine
Kneipenschlägerei trägt zur Unterhaltung am Abend bei.

Heute nacht wird James nicht arbeiten. Und er wird sich keinesfalls unter die Leute mischen, obwohl heute die eine Gelegenheit ist, Brücken zu schlagen. Schließlich ist James ein für seine Tapferkeit dekorierter Veteran. Doch es ist auch eine von zwei Nächten im Jahr, in denen er sich nicht in die Nähe einer Flasche wagt, weil er den Tag der Waffenstillstandsunterzeichnung vergessen, nicht feiern will. Überall in der Stadt fragen die Leute einander fast beiläufig: »Weißt du noch, wo du warst, als der Krieg zu Ende ging?« James weiß es nur zu gut. Er war in New York. In Giles' Wohnung im Greenwich Village. Er ging durch die Wohnungstür, denn sie war nicht verschlossen. Auf sein Rufen hatte er keine Antwort bekommen. Er betritt den Flur, die Wohnung riecht nach Lavendel, er sucht Kathleen, er findet sie ... *Halt.*

Heute abend muß James zu Hause sein, geborgen im Schoß seiner Familie.

Frances sitzt schon zu Hause am Klavier, stellt sich ihr zukünftiges Leben als weiße Sklavin und Varietétänzerin in Kairo vor und spielt Mamas verbotene Musik nach den Noten aus der Wäschetruhe ... Daddy sagt, das ist Negermusik, weg damit. Sie hopst auf dem Klavierschemel zu *Coal Black Rose*, als James und Mercedes mit Lily reinstürmen. Daddy trägt Lily die Treppe rauf, Mercedes hastet hinterher. Frances läßt das Klavier Klavier sein und nimmt immer zwei Stufen auf einmal ins Badezimmer, wo Daddy den Strumpf abrollt, der an Lilys Füßchen klebt, und Mercedes das Karbol holt. Lily schreit nicht vor Schmerz, sie schaut nur über Mercedes' Schulter auf die in der Tür stehende Frances. Frances sagt: »Ist schon gut, kleiner Lebkuchenmann«, das gehört zu ihrer Geheimsprache, und fügt hinzu: *»Hayula kellu bas helm.«* Lily sieht sie unverwandt an und antwortet: *»Inschallah.«* James wirft der auf der Schwelle stehenden Frances einen Blick zu, sagt aber nichts. Mercedes verbindet Lilys Fuß und betet, daß es nicht später zu einer Szene kommt.

Inschallah ist Lilys Zauberwort. Wie sie weiß, gehört es zu der Sprache, die tagsüber nicht gebraucht werden darf, es sei denn im Notfall. Weil die Wörter wie die Wünsche eines Flaschengeistes sind ... Man darf sie nicht verschwenden. Lily kann Arabisch nicht einmal bruchstückhaft; für sie ist es eher wie ein Traum. Nachts im Bett im Dunkeln, lange nach dem Zapfenstreich, unterhalten sie und Frances sich in der fremden Sprache. Ihrer Bettsprache. Frances benutzt Wendungen, an die sie sich noch halbwegs erinnert, erzählt Versatzstücke alter Geschichten und füllt die vielen Lücken mit ihren eigenen erfundenen Wörtern aus, dem Klang von Mamas Muttersprache aus der alten Heimat nachempfunden. Lily unterhält sich fließend in dieser erfundenen Sprache, ohne zu ahnen, welche Wörter echt, welche Phantasieprodukte und welche Zwitterwesen sind. Der Sinn liegt im Klang und in der Intimität ihres Fliegenden-Teppich-Bettes. Tausendundeine Nacht.

Später am selben Abend, als Mercedes in die Küche gegangen ist, um Kakao für alle zu kochen, rutscht Lily von Daddys Schoß auf dem Ohrensessel, ohne ihn zu wecken, und bittet Frances leise, ihren Verband neu anzulegen; Mercedes hat ihn ein wenig zu fest gewickelt.

SÜSSE SECHZEHN

Frances ist vier Zentimeter gewachsen. Jetzt ist sie einen Meter zweiundfünfzig groß und alt genug, um von der Schule zu gehen. Was sie auch vorhat, nur leider will Daddy nichts davon wissen. Frances möchte in die Welt hinaus und praktische Erfahrungen sammeln, damit sie als Krankenschwester in die französische Fremdenlegion eintreten kann. Sie möchte die Wüste durchqueren, tagsüber als Kameltreiberin, nachts verführerisch gekleidet, und den Alliierten Geheimdokumente zuschmuggeln. Mata Hari und ihre sieben Schleier. Nur daß Frances dem Erschießungskommando in letzter Sekunde entkommen würde. Doch Daddy kennt immer nur die eine Antwort, wie extravagant Frances' Berufswünsche auch sein mögen: »Auch Spione – und ganz besonders die – brauchen Schulbildung.«

Frances hat Mercedes schon genug Schande gemacht, weil sie zweimal sitzengeblieben ist. Was so viel nun auch wieder nicht ausmacht, denn schließlich hat man sie beide die erste Klasse überspringen lassen, da sie bei ihrer Einschulung schon lesen und dividieren konnten. So wie Frances es sieht, ist sie also eigentlich nur einmal durchgerasselt.

Frances saß immer bei den großen Bengeln hinten in der Klasse, bis die Lehrerin merkte, daß es wohl besser wäre, sie ganz nach vorn zu holen. Sie hatte sich ziemlich eng mit den beiden Corneliussen zusammengetan. Der jüngere Cornelius ist ein netter Bursche geworden, seine Freunde nennen ihn Samtauge. Jeder rechnet damit, daß er Pfarrer wird, weil man ihn sich einfach nicht als Bergmann oder Soldat vorstellen kann. Der ältere Cornelius ist verdorben, er trägt den Spitznamen Schnucki. Frances hat

vor drei Jahren Schnuckis Ding gesehen, ihm aber nie
ihres gezeigt. Frances hat Schnucki, im Austausch gegen
falsche Hoffnungen, verbotenes Wissen und Zigaretten entlockt. Schnucki nahm an, eines schönen Tages
würde Frances ihn gewähren lassen, doch sie blieb stur
bei ihrem Ausspruch: »Du bist nur ein Rohling. Verpiß
dich.« Schnucki ist letztes Jahr von der Schule abgegan-
gen und nach Vermont gezogen, um Holz zu fällen
und Amerikaner zu terrorisieren, also hat Frances außer
Samtauge und Mercedes, die nicht zählt, auf Mount Carmel keinen würdigen Verbündeten. Es sei denn, man
wollte Schwester Saint Eustace Martyr eine Verbündete
nennen.

Sie ist die Direktorin und daher Frances' Erzfeindin.
Nicht weil sie gedroht hätte, Frances von der Schule zu
weisen, sondern weil sie sich weigert, es zu tun. Und wie
soll Frances sonst von der Schule runterkommen? Sie hat
sich wieder und wieder bemüht, es auf die Spitze zu treiben. Doch der Glaube von Schwester Saint Eustace, der –
jedenfalls was Frances angeht – Berge versetzen könnte,
ließ sich von rein gar nichts erschüttern.

»Du besitzt reiche Gottesgaben, Frances. Wann wirst
du dich entsprechend verhalten?«

Schweigen. Es riecht nach Bienenwachs. Frances zappelt herum.

Die Schwester bohrt nach: »Gescheite Schülerinnen
bekommen Stipendien, doch dazu müßtest du dich ins
Zeug legen und gleichbleibende Leistungen erbringen.«

Oder: »Warum tust du so etwas, Frances?« Das kann
sich auf alles beziehen, von Diebstahl über Beschädigung
fremden Eigentums bis hin zu der Missetat, eine Mitschü-
lerin mit der Behauptung zum Weinen zu bringen, ihre
Eltern seien bei einem Verkehrsunfall ums Leben gekommen: »Der Kopf deiner Mutter wurde regelrecht vom
Rumpf getrennt.«

»Warum, Frances? Dabei wissen wir doch, daß du im
Grunde deines Herzens ein gutes Mädchen bist.«

298

»Entschuldigung, Schwester. Ich will versuchen, mich so zu betragen, wie es die vielen Anstrengungen verdienen, die Sie meinetwegen unternehmen.«

»Wie wär's mit: wie du es selbst verdienst, Frances?«

Schweigen. Frances sieht zu dem armen enttäuschten Jesus am Kreuz empor. Und auf ihre Nikotinfinger hinunter.

»Was möchtest du werden, wenn du groß bist, Frances?«

»Ein Varietéparasit.«

Die Schwester verzieht keine Miene. Unter dem starren Blick der blauen Glupschaugen läuft Frances puterrot an. Endlich: »Weißt du, Frances, manchmal werden die ungebärdigsten Mädchen von dem mächtigsten Ruf ergriffen.«

Kommt nicht in die Tüte, daß ich Nonne werde.

»Doch du mußt keine Nonne werden, um eine gute Bildung zu erhalten und einen Beruf zu wählen, der dich ausfüllt. Heutzutage können Frauen alles erreichen. Du bist ein intelligentes Mädchen, Frances. Dir stehen alle Türen offen.«

Allerdings, und es zieht wie Hechtsuppe.

Frances fragt sich, was man wohl anstellen muß, um freizukommen. Denn Schwester Saint Eustace bohrt immerzu in einer alten, empfindlichen Wunde herum, die Frances daran erinnert, was für ein verdorbenes Früchtchen sie wirklich ist.

Vor lauter Warten darauf, daß ihr Leben endlich anfängt, ist Frances fast durchgedreht. Sie hat die Ärmel von beinahe allen Kleidern abgeschnitten und die Säume selbst gekürzt – asymmetrisch ist der letzte Schrei. Sie hat herausgefunden, daß sie die ideale Figur hat, nämlich gar keine. Sie wickelt sich ihre Zöpfe, natürlich ohne Schleifen, um die Stirn, und sie hat ausprobiert, wie sie mit einer Perlenkette um die Stirn aussieht, wobei ihr Mercedes' Opalrosenkranz gute Dienste leistete. In der Spitze eines alten Strumpfs in ihrer Schublade bewahrt sie einen Roseof-Araby-Lippenstift auf, den sie bei MacIsaac geklaut hat. Bei dem Versuch, ihre Haare glattzuziehen, hat sie sie versengt, und im Geiste sieht sie immerzu Louise Brooks mit ihrem tintenschwarzen Bubikopf vor sich.

Louise Brooks hat Lillian Gish in Frances' Herz und an Frances' Wand verdrängt. Lillian überlebt jetzt nur noch anstandshalber, allein auf ihrer jungfräulichen Eisscholle. Louise schmachtet hinter einem schwarzen Witwenschleier, grinst in einem Smoking, flirtet über dem Rand eines Champagnerglases, lächelt auf einem Knie von Jack the Ripper und breitet in der Hocke die verführerischen Arme aus, nackt bis auf eine Handvoll Federn. Sie ist das beste und das schlimmste Mädchen der Welt. Außerdem das modernste. Frances sehnt sich danach, in ein »sündiges Leben« verkauft zu werden, auf die Bühne und in »übel beleumundete Häuser« gezwungen zu werden, wo das Leben zwar tragisch ist, aber großen Spaß macht.

Bis dahin schwänzt sie die Schule, ist unten am Strand oder im Kino. Neuerdings trabt sie die ganzen fünfzehn Kilometer Küstenstraße bis Sydney, wo sie sich zu den Hafenbecken an der Esplanade begibt und in der Nähe der Schiffe herumlungert. Sie spielt mit dem Gedanken durchzubrennen. Sie plaudert mit Matrosen von Handelsschiffen aus der ganzen Welt und unterhält sie für ein paar Pennys mit ihrem improvisierten Steptanz-Charleston. Läßt sich hin und wieder vom frechsten von ihnen für einen Vierteldollar an die Brust fassen, bevor sie wieder abhaut.

Nur Lily hält Frances vom Ausreißen ab. Sie muß sicherstellen, daß mit Lily alles in Ordnung ist, ehe sie ihr eigenes Leben beginnen kann. Was »in Ordnung« heißt, ist nicht ganz klar. Das wird Frances erst wissen, wenn sie es sieht. Fürs erste gibt sie sich mit einem neuen Zeitvertreib zufrieden: Am 12. November folgt sie James zu seinem Geheimversteck im Wald.

Das war schwierig, weil sie kein Auto hatte, um ihm zu

folgen, und außerdem wäre ihm ein Auto aufgefallen. Also legte sie sich auf den Boden hinter der Rückbank seines Hupmobils unter eine Decke und fuhr mit.

Als der Wagen anhält, merkt sie, wie er aussteigt. Dann hört sie ein anderes Automobil vorfahren. Klingt wie ein Lastwagen. Sie hört James' Stimme und eine andere, weich und tief. Wartet ab, bis die Schritte der Männer verklungen sind, richtet sich dann vorsichtig auf und späht aus dem Fenster. Da steht eine Hütte, und Rauch quillt aus dem schmalen Schornstein … Hatte ich doch recht!

Sie ist so aufgeregt, daß sie sich instinktiv wieder duckt, als hätte sie ein Geräusch gemacht. Sie schaut rechtzeitig wieder heraus, um zu sehen, wie James aus der Hütte tritt und mit dem Rücken zu ihr stehenbleibt. In der Nähe parkt ein Laster, die Ladefläche ist mit einer über ein Holzgestell gespannten Leinwand abgedeckt wie ein Planwagen. Der andere Mann verläßt die Hütte mit einem großen Faß auf der Schulter.

Er kommt Frances bekannt vor, auch wenn sie ihn nirgends einordnen kann. Er ist stämmig, aber nicht übermäßig groß, hat breite Schultern und einen kräftigen Brustkorb; er muß stark sein, sieht aber überhaupt nicht kantig aus. Sein Körper ist ein Kissenberg, sein Gesicht eine Einladung an alle, zu kommen und auszuspannen. Ehrliche runde Stirn, große Augen – er hat etwas an sich, und Frances kommt einfach nicht dahinter, was es ist. Dann hat sie eine Idee. Er sieht freundlich aus. Etwas an ihm erinnert Frances an Lily. Vielleicht kommt er ihr deshalb bekannt vor. Der Mann rollt das Faß von seiner Schulter auf die Ladefläche seines Lasters, wo Frances einen aufgemalten Namen sieht, »Leo Taylor Transporte«. Auch das kommt ihr irgendwie bekannt vor, aber es ist für sie nicht greifbar.

Frances sieht zu, wie der Mann ein Faß nach dem anderen und eine klirrende Kiste nach der anderen trägt, während James wartet. Als der Mann fertig ist, bindet er die Leinwandklappen der Plane zusammen. James nimmt ein Bündel Geldscheine aus seiner Tasche und schält ein paar ab. Der Mann sagt: »Danke, Mr. Piper.«

Und James erwidert: »Schon gut, Leo. Fahren Sie vorsichtig.«

DAS ALTMODISCHE MÄDCHEN

»Weißt du, warum du ein Stiefelbein hast, Lily?«

»Weil ich als klitzekleines Baby Kinderlähmung hatte, aber Gott wollte, daß ich am Leben blieb.«

Es ist ein regnerischer Samstagnachmittag. Frances und Lily haben auf Mercedes' Bett Planwagen gespielt. Mercedes arbeitet als Freiwillige im Krankenhaus, und Daddy ist weg, Frances-weiß-wo. Die Tagesdecke aus Chenille ist die Wagenplane, und hinter ihnen sind ihre Kinder aufgereiht: Diphtherie-Rose, das Lumpenmaiglöckchen, Spanische Grippe, Maurice und die anderen. Sie sind eine Pionierfamilie, unterwegs nach Westen, und werden demnächst skalpiert. Lily hat endlich die Zügel ergriffen.

»Du hast sie dir im Bach geholt.«

Die Pferde bleiben stehen. Lily wartet.

»Du hast sie dir im Bach geholt, weil Mama gleich nach deiner Geburt versucht hat, dich zu ertränken.«

»Frances«, zitternde Unterlippe, so etwas Schlimmes hat Frances noch nie gesagt, »Mama hatte mich lieb, sie hätte mir nie weh getan.«

»Du warst ein dunkelhäutiges Baby. Du und Ambrose.«

»Frances, Daddy sagt …«

»Er ist nicht dein Daddy.«

»Ist er wohl!«

»Wenn du nicht ruhig bist, Lily, sag ich dir gar nichts mehr.«

Flüsternd: »Ist er wohl!«

Frances steht auf und geht zur Tür. »Was soll's, Lily, anscheinend willst du ja nicht einmal wissen, wer dein richtiger Vater ist.«

»Doch.«

Frances sieht Lily lange an, so als taxiere sie deren Fähigkeit, der Wahrheit zu widerstehen. Dann: »Dein Vater ist ein Schwarzer aus den Coke Ovens in Whitney Pier.«

Das muß Lily erst mal verdauen.

»Mama hat versucht, dich zu ertränken, weil du dunkelhäutig warst.« Jedesmal, wenn Frances die wahre Geschichte erzählt, wird die Geschichte noch ein wenig wahrer.

»Ich hab dich gerettet, Lily.«

Lily beißt sich auf die Unterlippe. Frances' Lippen sind hart und weiß geworden. Ihr Hals ist ein weißes Seil.

»Vorm Ertrinkenen?«

»Ertrinken, nicht Ertrinkenen, Dummchen.«

Frances wirft die Puppen auf den Fußboden und macht das Bett. Lilys seidige schwarze Augenbrauen zittern.

»Mama hat Ambrose getötet?«

»Allerdings.« Das wirft sie beiläufig hin, während sie dem Kissen einen Knick verpaßt.

Lily bricht in Tränen aus.

Frances führt Vernunftgründe an: »Sie hatte Angst, von Daddy umgebracht zu werden.«

»Aber das hätte er doch gar nicht getan!« schluchzt Lily.

Frances sieht ein Weilchen zu. Sie verspürt immer eine unendliche Erleichterung, wenn Lily anfängt zu weinen. Sie setzt sich neben Lily, legt einen Arm um sie und streichelt ihren hübschen Kopf. Liebe Lily.

»Ist ja schon gut, Lily … Daddy könnte nie jemandem weh tun.«

»Nie.«

»Ich erzähl dir nichts mehr, du bist zu klein.«

»Gar nicht!« Lily reißt sich los und wischt sich schwungvoll die Tränen von den Wangen.

»Bist du wohl, Lily. Du bist ein süßes kleines Mädchen.«

»Erzähl's mir, Frances! Ich bin groß.«

»Klein.«

»Groß!«

»Winzig.«

»NEIN!«

»Oui.«

»SAG'S MIR!« Lily ist puterrot, ihre Fäuste trommeln aufs Bett.

Frances läßt sich mit hinter dem Kopf gefalteten Händen auf das Kissen fallen und singt, während ihr über ein Knie gelegter Fuß im Rhythmus wippt: *Mademoiselle aus Armentières, pa-a-arlez-vous?* Lily macht sich daran, das frisch geglättete Bett auseinanderzunehmen. *Mademoiselle aus Armentières, pa-a-arlez-vous?* – Tagesdecke unter Frances rausgezerrt – *Mademoiselle aus Armentières* – Laken und der mit einer Sicherheitsnadel festgesteckte Rosenkranz weggezogen – *hat vierzig Jahr' kein' Kuß gekriegt* – Lily wird fast ohnmächtig vor Wut – *klitzekleine parlez-vo-o-ous* – Lily wirbelt durchs Zimmer, packt ein großes Buch und reißt den Rücken ab. Sie reißt bündelweise Seiten heraus und schmeißt sie aus dem Fenster. Den ausgeweideten Einband pfeffert sie hinterdrein wie eine heruntergewehte Dachschindel, wirbelt auf ihrem gesunden Bein mit seitwärts rudernder Metallschiene herum und erblickt das Altmodische Mädchen, das *Let Me Call You Sweetheart* spielt. Es hält einen gelben Sonnenschirm in der Hand. Und hat seinen Platz auf einem eigenen Spitzendeckchen auf Mercedes' Frisierkommode. Lily ergreift es.

»Sag's mir, Frances, oder ich zerschmeiß sie.«

»Ich sag dir gar nichts, du bist nicht ganz bei Trost.«

Lilys Arm fährt nach oben: »Sag's mir.«

»Nein.«

Lily hält inne … Als ihr die Ungeheuerlichkeit der Vorstellung, das Altmodische Mädchen auf den Boden zu werfen, langsam bewußt wird, läßt sie die Figur einfach fallen. Sie schlägt unten auf. Der Sonnenschirm und der Kopf. Klirr. Roll-roll, schepper-schepper. Entsetzt sieht Lily, was sie getan hat. Frances sorgt für die Pointe.

»Wenn du das alles gemacht hast, um dich an mir zu rächen, bist du schief gewickelt, du hast nämlich nur Mercedes' Schätze kaputtgemacht.«

Nicht schon wieder. O nein! Mit offenem Mund und Stirnhubbel steht Lily da. O nein, o nein, o nein!

»Also gut, Lily. Ich sag's dir«, Lily weiß nicht mehr, wovon Frances redet, »aber du mußt schwören.«

Stumm steht Lily da.

»Mach dir nichts draus, Lily, wir bringen alles wieder in Ordnung.«

»Aber ein paar Sachen sind kaputt.«

»Die reparieren wir wieder, sei unbesorgt. Jetzt schwöre.«

»Ich schwöre.«

»Du mußt auf etwas schwören.«

»Hm ... Auf mein Lumpenmaiglöckchen.«

Davon kommen Lily wieder die Tränen, weil sie sich vorstellt, wie ihr zumute wäre, wenn jemand daherkäme und ihrem Lumpenmaiglöckchen das antäte, was sie gerade mit dem Altmodischen Mädchen gemacht hat. Ihr Lumpenmaiglöckchen enthauptet. Und die Füllung quillt in grauen Klümpchen heraus. Doch Frances schweben andere Einsätze vor.

»Schwör auf dein Hinkebein.«

»Bei meinem kleinen Bein.«

»Möge es amputiert werden, wenn du darüber sprichst.«

Lily guckt auf ihre Beine hinunter: das kräftige rechte und das schmächtige linke. In seinem warmen beigefarbenen Wollstrumpf, der wie leere Haut in dem Stahlgeschirr durchhängt; sein hoher schmaler Schuh mit dem leichten Spitzklumpfuß, das Eisenstück unter die Sohle geklemmt. Ihre Ferse ist jetzt fast geheilt, vom Waffenstillstandstag ist nur noch eine Narbe zu sehen.

»Gut«, sagt Lily. Keine Sorge, kleines Bein, ich halte meinen Schwur.

»Gut. Also. Mama ist vor Scham über das, was sie mit dem Mann aus Coke Ovens getan hat, verrückt geworden. Außerdem verblutete sie an einer Wunde, die daher rührte, daß Daddy dich und Ambrose mit einem Bajonett aus ihrem Bauch schneiden mußte.« So, jetzt mach es dir gemütlich. »Es war mitten in der Nacht. Daddy hat Mama schlafend zurückgelassen und ging den Arzt holen. Aber sie ist aufgestanden, obwohl sie aufgeschnitten war.« Frances bedient sich nun der unheimlichen Stimme, die zu ihrer Geschichte über die streunende rote Katze gehört. Mit dieser Stimme spricht sie, wenn sie etwas Wahres erzählt. »Ich stand in meinem karierten Morgenmantel am Fenster von meinem Zimmer. Ich hab Mama im Bach gesehen. Ambrose lag unten auf dem Grund. Sie war drauf und dran, dir das gleiche anzutun. Doch als sie aufschaute und bemerkte, daß ich sie beobachtete, hielt sie inne. Der Mond schien hell, so hell, und ich sah ihr einfach nur in die Augen, bis Daddy kam und sie mit dir ins Haus zurückschleifte. Dann starb sie.«

»Arme Mama.« Lily weint.

Endlich wundert sich Frances. »Arme Mama? Sie hat versucht, dich umzubringen, du Dämlack, ich hab dich gerettet.«

»Warum hast du Mama nicht gerettet?«

»Niemand konnte Mama retten.«

»Du hast mich gerettet.«

»Ja, du Dummerchen, dich hab ich gerettet.«

»Danke, Frances.« Lily umarmt Frances. »Weiß es Daddy?«

»Daß ich dich gerettet habe? Ja.«

»Weiß er, daß er nicht mein richtiger Vater ist?«

»Ja, aber das darfst du nie erwähnen, Lily, es würde ihn sehr kränken. Denn obwohl du nicht sein eigen Fleisch und Blut bist, liebt er dich mehr als uns andere.«

»Er hat dich auch lieb, Frances.«

»Ja, aber dich liebt er am meisten.«
»Ich will, daß er dich auch am meisten liebt.«
»Ist schon in Ordnung, Lily, es muß so sein.«
»Ich hab dich am liebsten, Frances.«
»Und was ist mit Daddy und Mercedes?«
»Die hab ich auch am liebsten.«
»Alle am liebsten haben, das geht nicht.«

Mercedes hat den Vormittag im Krankenhaus von New
Waterford verbracht. Sie hat einem von Kampfgas ver-
gifteten Veteranen vorgelesen, Bettpfannen geleert, das
Wasser in Blumenvasen gewechselt und sich allgemein
nützlich gemacht. Sie hätte Lily mitgenommen, doch
Daddy möchte sicher sein, daß Lilys Fuß vollständig
geheilt ist, ehe sie sich hinauswagt. Vom Krankenhaus
aus ging Mercedes in die Mount-Carmel-Kirche und half
den Nonnen, das Altargitter zu polieren und den Altar
abzustauben. Sie zündete eine Kerze an, kniete am Podest der schönen zweieinhalb Meter hohen Marienstatue
und sprach ein paar Gebete für Mama, Kathleen, Valentino und all die armen gefangenen Seelen im Fegefeuer.

Valentino ist vor drei Jahren gestorben. An dem Tag,
als Mercedes die unfaßbare Nachricht hörte, fehlte nicht
viel, und sie wäre zu Helen Fryes Haus gelaufen. Sie fand
die Kraft, gerade noch zu widerstehen. Im Grunde ist es
ganz einfach: Wenn man sich nicht bewegt, macht man
auch nichts, was man später bereuen könnte. Den ganzen
Tag über saß Mercedes wie erschlagen auf ihrer Bettkante
und starrte Valentinos Bild an. Als sie aufstand, ersetzte
sie sein Gesicht in dem Rahmen durch ein Gedicht mit
dem Titel *Klage nicht*, das sie in *Reader's Digest* gefunden
hatte.

Mercedes wechselt immer die Straßenseite, wenn sie
Helen Frye sieht. Helen blickt sehnsüchtig zu Mercedes
hinüber, hat es aber aufgegeben, sie zu grüßen. Inzwischen
wissen die Fryes bestimmt, wie gründlich sie sich geirrt

haben, zweifellos hat Helen reichlich heiße Tränen vergossen. Geschieht ihnen recht. Seit der Zeit mit Helen hat Mercedes ihre Tage nicht mehr mit albernen Freundinnen vergeudet. Mit der Schule und ihrer Familie hatte sie mehr als genug zu tun. In dieser Reihenfolge setzt sie ihre Prioritäten: Gott, Familie, Schule, Klavier, Freunde.

Mercedes wird bald siebzehn – November ist der einzige Monat, in dem sie und Frances gleich alt sind. Mercedes ist in ihrem letzten High-School-Jahr. Sie ist eine sichere Kandidatin für ein Stipendium der Saint-Frances-Xavier-Universität auf dem Festland. Gewiß kann Daddy sie dann schon entbehren. Sie gibt sich alle Mühe, nicht eigennützig zu sein, doch sie möchte so gern auf die Universität. Für ihr anderes Ziel ist es zu spät: die beste Schülerin zu sein, die je die Hallen von Holy Angels mit ihrer Anwesenheit zierte. Sie gibt sich damit zufrieden, die beste zu sein, die Mount Carmel je gesehen hat, und eine der besten in der Provinz Neuschottland. Das alles, und obendrein Kochen, Putzen und Kinderhüten. Mercedes bemüht sich, nicht stolz, sondern nur dankbar zu sein. Wenn man bedenkt, wie vielen Mädchen es nicht vergönnt ist, ihren High-School-Abschluß zu machen! Und die armen Kinder, in deren Familie es nur ein einziges Paar Schuhe für alle gibt.

Mercedes tritt aus der Kirche, spannt ihren Regenschirm auf und geht durch den anhaltenden Nieselregen die Plummer Avenue entlang, mit höflichem Kopfnicken nach links und rechts grüßend. Trotz ihrer Jugend wird sie von vielen »Miss Piper« genannt. Es drängt sich einem auf. Teils wegen ihrer Haltung und ihrer guten Taten. Teils wegen ihrer guten Manieren. Sie ist in Tweed gekleidet, trägt eine frisch gestärkte weiße Bluse mit schwarzer Halsschleife, Handschuhe und ein steifes Strohhütchen schräg auf ihrem blassen Dutt. Nie geht sie ohne Hut und Handschuhe aus dem Haus, nicht nur aus Anstand, sondern auch, weil ihr Teint sommers wie winters etwas zu rasch braun wird. In Paris hat Coco Chanel gerade die Sonnenbräune erfunden, was sich aber noch nicht bis New Waterford herumgesprochen hat. Untendrunter ist Mercedes anständig mit Korsett und Unterrock ausstaffiert. Frances hat ihr gesagt, sie sähe aus wie soeben der Zeitmaschine entstiegen. Aber guter Geschmack ist immer zeitgemäß. Die Zivilisation ist ein wahrhaft dünner Firnis. Denn wodurch unterscheiden wir uns von den wilden Tieren des Waldes, sieht man von unserer unsterblichen Seele einmal ab? Natürlich durch Umgangsformen und angemessene Bekleidung.

Weil sie die Tugend der Wohltätigkeit pflegt, erkennt Mercedes auch, daß die Mahmouds drüben in Sydney ihrer Gebete bedürfen. Also betet Mercedes nicht nur für die Toten, sondern auch für ihre unbekannten Verwandten. Im stillen betet sie jetzt für sie, während sie an den neuen Benzinzapfsäulen vorbeigeht und Mr. MacIsaac zunickt. In der Kirche hatte sie nicht daran gedacht, doch was Gebete betrifft, gibt es keinen unpassenden Moment. Das ist das Wunderbare daran. »Bitte, lieber Gott, richte über Deine Diener in Sydney, die ihr eigen Fleisch und Blut verstoßen haben, nicht zu streng. Amen.«

Auch wenn Mercedes zu jung war, um gnädig auf die ersten fünfundzwanzig Katastrophenjahre zu reagieren, gab sie sich große Mühe, das wettzumachen. Und dafür bleibt reichlich Zeit; schließlich schreiben wir erst 1929. In dem schwer verletzten, aber noch jungen zwanzigsten Jahrhundert beendet Mercedes ihr Gebet mit einem unauffällig mit dem Zeigefinger auf ihren Daumen geritzten Kreuzzeichen und betritt Luvovitzens koschere kanadische Metzgerei, um einen Sonntagsbraten zu kaufen.

Luvovitzens Delikatessenhandlung führt jetzt auch Obst, Gemüse, Konserven, Textilien und Behälter mit großen Lebensmittelmengen, weil nur wenige es sich leisten können, regelmäßig Fleisch zu kaufen.

Die Glocke bimmelt, als Mercedes die Tür öffnet, und hinter dem Tresen schaut Ralph Luvovitz auf. Als er sie sieht, werden die Spitzen seiner allerliebsten Segelohren so rot wie die Streifen auf seiner Schürze. Als Mercedes ihm zulächelt, sieht sie für einen Augenblick so jung aus, wie sie ist. Sie tauschen Liebenswürdigkeiten aus, einer weicht dem Blick des anderen aus und sucht ihn dann wieder, während Ralph das Packpapier betont langsam abmißt und schneidet, ein Stück Schnur abrollt, genau den richtigen Braten aussucht, ihn einwickelt und verschnürt. Als dieser Vorgang abgeschlossen ist, scheint ihm entfallen zu sein, daß Mercedes erwartet, das Päckchen von ihm überreicht zu bekommen. Und sie erinnert ihn auch nicht daran.

»Was macht die Klarinette, Ralph?« erkundigt sie sich.

»Ich habe geübt …«

»Gut. Bist du …?«

»Bist du was? Wie bitte?«

»Verzeihung.«

Lächeln.

»Kannst du Sonntagabend noch zu uns herüberkommen?« fragt Ralph.

»O ja! Darf ich die Mädchen mitbringen?«

»Natürlich, das wäre fein.«

Lächeln.

Mercedes denkt nicht zum erstenmal, daß Ralphs glänzende braune Augen und sandfarbene Locken irgendwie ansprechender sind als der Turban und die kohlschwarzen Glühaugen Valentinos. Vielleicht liegt es daran, daß sie Ralph jetzt anfassen könnte, wenn sie eine Hand nach ihm ausstrecken würde. Sie errötet erneut und tastet unsicher nach dem Braten. Ralph läßt ihn fallen.

Sie kennen einander von Kindesbeinen an, doch seit den letzten paar Monaten behandeln sie einander plötzlich mit ausgesuchter Höflichkeit. Diese Veränderung entgeht Mrs. Luvovitz nicht, die gerade auf der anderen Seite des Ganges Inventur macht.

Mercedes ist ein gutes Mädchen. Ein großartiges Mädchen. Ich habe geholfen, sie auf diese Welt zu holen. Ihre Mutter habe ich wie eine Tochter geliebt. Aber.

Das Problem ist, wenn Mr. und Mrs. Luvovitz Enkel bekommen sollten – jüdische Enkel –, dann doch wohl nicht von einem *scheinen* katholischen *Meidel*, oder?

»Bleib ruhig«, hat Benny zu ihr gesagt.

»Wie soll ich ruhig bleiben? Willst du etwa ein katholisches Enkelkind?«

»Ein Enkelkind hätte ich gern.«

Mrs. Luvovitz verschluckt sich, muß husten und kann nicht weiterreden. Benny sagt: »Na komm, komm schon.«

Sie beruhigt sich. Er sagt: »Du willst, daß er weggeht, studieren, und du willst, er soll bleiben zu Hause.« Sie nickt. Er sagt: »Du willst, er soll sein Arzt, und du willst, er soll sein Kaufmann.« Sie nickt wieder, lächelt durch die Tränen. »Und«, sagt Benny, »er soll heiraten ein nettes jüdisches Mädchen und wohnen in einem Haus in unserer Straße.« Sie nickt und stopft ein Taschentuch zwischen seine Schulter und ihre Nase.

»Weißt du, *Liebkeit*, wir sind schließlich hierhergezogen. Wären wir in der alten Heimat geblieben, hätte er reichlich nette jüdische Mädchen zur Auswahl. Ralph kann nichts dafür, daß wir ihn hier in die Welt gesetzt haben.« Er hält inne. »Und er kann nichts dafür, daß ...«

Doch er muß nicht weiterreden. Sie wissen beide. Wären Abe und Rudy nicht im Krieg gefallen, würde es Mrs. Luvovitz nicht so schwerfallen, Ralph Mercedes heiraten zu lassen.

Über die Büchsen mit holländischer Schmierseife hinweg beobachtet Mrs. Luvovitz, wie Mercedes Ralph das Geld hinzählt und wie er es dann sorgfältig in der Registrierkasse verstaut. Sie sieht, wie er Mercedes eine Rosenknospe aus Schokolade in die Hand drückt, bevor sie geht.

Mercedes schwebt wie auf Wolken, als sie Luvovitzens koschere kanadische Metzgerei verläßt. Das rosige Glühen ihrer Wangen wird noch mehrere Straßenzüge lang von der Überlegung angeheizt, wie ihre und Ralphs

Kinder wohl aussehen würden. Mercedes Luvovitz. Mrs. Ralph Luvovitz. Natürlich würden ihre Kinder katholisch.

Bis zur King Street läßt Mercedes solchen Gedanken freien Lauf, dann reißt sie sich zusammen und spannt ihren Regenschirm auf. Ob wohl Frances und Lily zu ihrem Picknick aufgebrochen sind? Hoffentlich nicht, bei dem Wetter.

Sie biegt in die Water Street ein und sieht, daß Daddy noch nicht daheim ist. Auch gut. Ich könnte ein kleines Nickerchen vertragen, bevor ich mit dem Kochen anfange.

Mercedes steigt die Treppe zu ihrem Zimmer hinauf. Im Haus ist es still. Lily und Frances sind wohl doch zu ihrem Picknick gegangen. Es ist lieb von Frances, so viel mit Lily zu spielen – so muß ich mich nicht ständig um sie küm-mern –, aber ich wünschte doch, Frances hätte eine Freun-din in ihrem Alter. Eine nette.

Mercedes legt sich auf ihr perfekt gemachtes Bett und gestattet sich, ihre Blicke zufrieden durchs Zimmer schweifen zu lassen. Sie hat nur schöne Dinge. Bücher. Auf ihrem Nachttischchen steht das gerahmte alte Foto von Mama und Daddy unter dem Torbogen. Und gut verbor-gen ist das einzige übriggebliebene Foto von Kathleen ... Hmm, wie kommt es bloß auf den Fußboden? Es steckt doch immer in *Jane Eyre*, wo Daddy es nicht findet. Mer-cedes greift nach unten, hebt das Foto auf und legt es auf ihren Nachttisch. Nach ihrem kleinen Nickerchen wird sie es ins Buch zurückstecken.

Mercedes' müde Augen finden auf der Wand über der Frisierkommode Ruhe, wo das Bild Unserer Lieben Frau hängt, wie sie Bernadette in der Grotte in Lourdes er-scheint. Gelbe Rosen sprießen zwischen den Zehen Unse-rer Lieben Frau, und in einem Glorienschein um ihren Kopf stehen die Worte, die sie zu Bernadette sagte: »Ich bin die Unbefleckte Empfängnis.« Eine Quelle sprudelt zwischen den beiden. Aus der Quelle wurde das heilkräf-tige Wasser von Lourdes, das jetzt Tag für Tag dreimal sechsunddreißigtausend Liter spendet. Unsere Liebe Frau erschien Bernadette drei mal sechs Male. Sie forderte Bernadette dreimal auf, aus der Quelle zu trinken, was Bernadette tat, nachdem sie die ersten drei Handvoll Wasser weggeschüttet hatte. Unsere Liebe Frau verriet ihr drei Geheimnisse, die Bernadette mit ins Grab nahm.

Bernadette entging dem öffentlichen Rummel um ihre Person, indem sie Nonne wurde. Im Kloster half sie im Krankenhaus und in der Kapelle aus und bemühte sich ihr Leben lang, ihr aufbrausendes Wesen zu zügeln. Nach ihrer Beschäftigung befragt, erwiderte Bernadette: »Meine Arbeit verrichten: Kranksein.« Drei Tage nach dem Fest der Unbefleckten Empfängnis wurde sie bettlägerig. Im Alter von drei mal zwölf Jahren hatte sie Asthma, Tuberkulose, einen Tumor am Knie und starb. Dreimal erhielt sie die Sterbesakramente. Drei Nonnen knieten neben ihr, als sie starb, und jetzt pilgern jedes Jahr drei Millionen Gläubige zu den drei Basiliken in Lourdes, wo das Wasser gelegentlich eine wundersame Heilung bewirkt.

An Bernadette zu denken macht Mercedes immer schläfriger. Als ihr Blick von dem Bild abgleitet, fällt er zwangsläufig auf die Porzellanfigur des geliebten Altmodischen Mädchens. Mercedes reißt die Augen auf. Teuflisch.

Das Altmodische Mädchen hat einen Sonnenschirm als Kopf und einen Kopf als Sonnenschirm. Zierlich hält sie ihren Ringellockenkopf in die Sonne, während der leblose gelbe Sonnenschirm wie eine Fahne im leeren Hals feststeckt. *Frances.*

Blinzelnd hält Mercedes die Tränen zurück. Es ist immer das gleiche, sobald ich mal etwas Gutes, Sauberes habe. Sie geht zur Kommode und wischt sich mit zitterndem Handgelenk die Tränen ab.

Sie untersucht den Körper. Die Stücke wurden so festgeklebt, das läßt sich nicht richten. Wenigstens nicht jetzt. Was macht man damit, wohin legt man es unterdessen, damit es nicht wie ein ekelhafter Geruch ist, unsichtbar und doch lästig? In die Wäschetruhe. Die wurde stets verschlossen gehalten, seit Frances Trixie das Taufkleid angezogen hat. Mercedes besitzt den Schlüssel.

Sie hebt die entstellte Porzellanfigur auf, ohne hinzusehen. Die klirrt kurz. Im Hinausgehen hebt Mercedes das Foto von Kathleen auf, das sie zwischen die Seiten von *Jane Eyre* zurückstecken möchte, doch Jane ist ausgeflogen. Im Regal neben dem Fenster steht sie nicht. Sie ist nirgends zu sehen. Frances muß sie sich ausgeliehen haben. Schon wieder.

Alles zu seiner Zeit. Mercedes wird später nach dem Buch suchen. Sie steckt Kathleen in ihre Tasche und geht zur Bodentreppe. Horcht. Stille. Sie steigt die Treppe hinauf.

Die Dachkammer ist fast völlig leer. Nichts außer der Wäschetruhe. Selbst das andere auffällige Merkmal des Raums ist nicht mehr da: auf halber Höhe der Wand, wo immer das Kruzifix hing, ahnt man nur noch den Umriß. Mercedes weiß, daß dies Kathleens Zimmer war. Bevor sie hier starb, friedlich entschlief.

In der Wäschetruhe lassen sich kaputte Dinge wie das Altmodische Mädchen gut verstauen, weil die Dachkammer vom übrigen Haus wie abgeschnitten ist. In einem Zustand ewiger Quarantäne. Eigentlich ein aufgegebenes Zimmer. Deshalb wird man hier wohl so traurig, denkt Mercedes. Traurig wie in einer aufgegebenen Kirche. Vielleicht hänge ich hier oben mal wieder ein Kruzifix auf, wenn ich es nicht vergesse. Oder doch nicht, denn dann könnte man so etwas wie das kaputte Altmodische Mädchen nicht mehr hier verstauen. Mercedes erkennt, wie praktisch es ist, ein Nicht-Zimmer im Hause zu haben.

Sie öffnet die Wäschetruhe. Der Zederngeruch steigt leicht und lebendig hervor und erweckt einen alten Schmerz zum Leben. Mercedes hegt nicht den Wunsch, hier zu verweilen oder in der Vergangenheit zu wühlen. Sie nimmt das Nächstbeste – das Taufkleid liegt seit dem Vorfall mit Trixie zuoberst – und wickelt das Altmodische Mädchen darin ein. Nach allem, was das Gewand durchgemacht hat, läßt sich das kaum noch als Entweihung betrachten. Sie klappt den Deckel zu und schließt ihn ab. Für einen Moment bleibt sie im leersten aller Zimmer stehen. Dann geht sie hinaus und macht leise die Tür hinter sich zu.

Im Wohnzimmer angekommen, hat Mercedes sich etwas beruhigt. Bald wird Daddy zu Hause sein, und sie darf sich nicht anmerken lassen, daß etwas nicht stimmt. Sie setzt sich ans Klavier. Zweifellos ist Lily die Figur aus Versehen runtergefallen, schließlich ist ihre kleine Schwester noch ein Kind – *plong, plong, plong* auf das verklemmte hohe C, Daddy sagt immer, er wolle es reparieren, kommt aber nie dazu ... Mercedes bildet sich ein, Lily den Vorfall mit dem Stammbaum verziehen zu haben, und jetzt macht sie Anstalten, ihr die Verstümmelung des Altmodischen Mädchens zu verzeihen. Sie schlägt Seite zweiunddreißig in *Lieblingslieder von Jedermann* auf. Seltsamerweise ist es Mercedes schon immer viel leichter gefallen, Frances zu verzeihen als Lily, obwohl Frances vom Teufel geritten und Lily unbestreitbar unschuldig ist.

Mercedes hat das Bedürfnis, Frances zu verzeihen – so wie Frances das Bedürfnis hat, Lily zu trösten.

Mercedes schlägt die Tasten jetzt spielerisch leicht an, hält aber wieder inne und greift an ihre Tasche, in der sie Kathleen vergessen hat. Sie nimmt das Foto heraus und stellt es auf die Notenleiste neben das Liederbuch. Die lachende Kathleen in ihrer Holy-Angels-Uniform, die Hände auf die Knie gestützt. Sie war wunderschön. Ihr Haar ein wenig verwackelt, weil sie für die Kamera nicht lange genug stillgehalten hat. Bitte sehr, sagt Mercedes insgeheim zu Kathleen, du kannst zuhören und zusehen, und ich spiel dir ein Lied.

Mercedes beginnt zu spielen. Und mit Inbrunst zu singen: »*Liebling mein, ich werde alt. Silberfäden, wie gemalt, leuchten aus mei'm gold'nen Haar, mein Leben flieht dahin fürwahr. Doch du, mein Liebling, du bleibst jung – und schön in der Erinnerung.*«

Leise schleichen sich Trixie und Frances, dann Lily herein. Lilys Gesicht ist bis auf ein helles Oval um den Mund kohlegeschwärzt. Mercedes erblickt die drei, singt aber weiter. Frances sieht Mercedes an und denkt: Wahrscheinlich war sie noch nicht oben in ihrem Zimmer.

Frances, Lily und Trixie setzen sich aufs Sofa und hören zu.

»*Blüht im Mai der Rosenhag, küß ich deinen Mund und sag: O mein Liebling, Liebling mein, du wirst niemals älter sein.*«

Daddy steht in der Tür. Das Lied ist zu Ende.

»Das war hübsch, Mercedes.«

»Danke, Daddy.«

»Spiel noch etwas anderes, Liebes«, sagt er und durchquert das Zimmer, um im Ohrensessel Platz zu nehmen.

»Spiel *Oh My Darlin' Clementine*«, bittet Lily.

»Was um alles in der Welt hast du mit deinem Gesicht angestellt?«

»Wir haben im Keller Theater gespielt, Daddy«, sagt Lily.

James sieht Frances an. Frances gibt nur den Blick zurück. Daddy lächelt Lily zu: »Komm her, du kleine Kröte.«

Lily hüpft auf Daddys Schoß.

»Spiel weiter, Mercedes.«

Mercedes spielt, und Daddy und Lily singen, in den Ohrensessel gekuschelt. Frances beobachtet sie wie versteinert. Ihre Lieblingsstelle schmettert Lily laut heraus: »*Herring boxes without topses, shoes they were for Clementine.*« Lily fragt sich jedesmal, was mit Clementine passiert ist, der Tochter des kalifornischen Goldgräbers, »lost and gone forever«, ist sie verlorengegangen?

Das Lied ist zu Ende; Daddy hebt Lily sanft von seinem Schoß und steht auf.

»Weißt du was, Mercedes? Ich werd dieses hohe C jetzt sofort reparieren.«

»Ach wie gut, Daddy, es war so lästig.« Mercedes ist

eine Dame. Wie sie mit Daddy plaudern kann! Frances
staunt. James klappt den Klavierdeckel auf und schaut
hinein. »Schlag es kurz an, Mercedes.«

Das tut sie prompt.

»Nur eine Kleinigkeit«, sagt James. »Ich hol mein
Werkzeug.« Dann sieht er das Foto. Das lachende, nach
vorn gebeugte Mädchen mit den in der Bewegung ver-
wischten Konturen: »Daddy!« Hinter ihr ist das Haus,
und Materia kann man eben noch winkend am Küchenfenster erkennen. Etwas glänzt in ihrer Hand. Blitzt auf
in Richtung Objektiv. James hört, wie Kathleen ihm
zulacht, völlig furchtlos, nichts zu befürchten. Nicht wie
jetzt in diesem Zimmer. Jetzt ist die düstere Vergangenheit. Damals war die strahlende Gegenwart. Er hört ihr
Lachen. Er hört das Wasser im Bach rieseln, und Materias
winkende Hand blitzt auf, während ihr Gesicht kaum zu
sehen ist. Kathleen ist vierzehn. Da glaubt man, in Sicherheit zu sein. Und auf einmal sieht man so ein Foto.
Da weiß man, daß man ewig ein Sklave der Gegenwart
sein wird, denn die Gegenwart ist mächtiger als die Vergangenheit, mag die Gegenwart auch noch so lange her
sein.

Hätte er sie nur nicht so weit von zu Hause fortziehen
lassen. Hätte er sie doch nach New York begleitet. Nie
wäre es zu all dem gekommen. Sie wäre nicht schwanger
geworden. Nicht, daß ich Lily bereue, Lily ist mein Trost,
aber meine erste Tochter ... Sie wäre jetzt bei mir. *Oh my
darlin'.* James' Lungen rebellieren, denn er hat den Atem
angehalten; jetzt taucht er aus dem Schwarzweißfoto in
das Zimmer mit lebensechten Farben auf.

Und sieht sich um. Meine gute Tochter. Meine böse
Tochter. Und die liebe Tochter meiner Tochter – mit
geschwärztem Gesicht. Es lohnt sich nicht einmal, sich
darüber aufzuregen, denn genau das bezweckt Frances mit
so etwas.

»Was hat das hier zu suchen?« fragt er Mercedes leise.
Nirgends gibt es Fotos von Kathleen. Kein Spinnrad im

ganzen Königreich, sozusagen, und plötzlich sticht man sich in den Finger.

Mercedes erwidert: »Entschuldigung, Daddy.«

Frances starrt James an. »Ich war's.«

Mercedes dreht sich auf dem Klavierhocker herum. Sie möchte Frances zurufen: Nein, dir nimmt er es viel mehr übel, du brauchst nicht für die Zerstörung meiner albernen Sachen zu büßen, indem du die Schuld für das hier auf dich nimmst. Doch Frances schaufelt sich vorsätzlich ihr eigenes Grab. »Kathleen war meine Schwester, und ich möchte sie gern ab und an sehen.«

James erbleicht. Das Blaue in seinen Augen kocht.

Frances schürt das Feuer. »Warum dürfen wir denn nicht? Hat was nicht gestimmt mit ihr? War sie verrückt oder irgend so was?« Lässig hingeworfen, unverschämter Tonfall.

Mercedes hat keine Stimme mehr. In ihrem Mund ist es Herbst, und ihre Zunge kann nur noch rascheln. Lily mag es gar nicht, wenn Daddy Frances so ansieht. Das ist nicht mehr Daddy. Nicht ihr Daddy.

»War sie 'ne Schlampe?« Frances, in hilfsbereitem Ton. Ahh, das hat gesessen. Seht ihn euch an, brennt wie eine Osterkerze.

James sagt ruhig zu Frances: »Komm mit.«

Schulterzuckend steht Frances auf, unbekümmert, und grinst in Richtung Mercedes. Die schlägt die Hände vors Gesicht. James sagt zu Mercedes: »Geh ein Weilchen mit deiner Schwester spazieren.«

»Komm, Lily.«

Auf Lilys Stirn ist der Hubbel, aber sie gehorcht.

Frances schlendert durchs Zimmer auf James zu, der endlich explodiert, als er sie auf sich zulatschen sieht, sie am Genick packt und durch die Tür schleudert. Mercedes scheucht Lily zur Haustür hinaus.

»Wohin gehen wir, Mercedes?«

»Raus.«

»Ich hab deine schöne Porzellanfigur kaputtgemacht.«

»Das macht nichts, Lily, geh bitte einfach weiter.« Über die Verandatreppe.

»Frances hat sie geklebt, aber ich hab sie zerbrochen, und ich hab auch dein Buch zerrissen, es war keine böse Absicht.«

»Es sind bloß Sachen, Lily, sie sind bedeutungslos.«

Lily kommt kaum mit, doch sie hat keine andere Wahl, Mercedes packt sie am Handgelenk.

»Es tut mir leid, Mercedes.«

Keine Antwort.

»Mercedes ...«

»Es reicht, Lily.«

Halb gehen sie, halb werden sie durch die Stadt gezogen, bis sie zum Steilfelsen über dem Strand kommen. Dort bleibt Mercedes stehen und starrt auf das graue Meer hinaus. Lily setzt sich und läßt ihre Beine über den Felsrand baumeln.

»Warum hab ich das Foto vorher noch nie gesehen?«

»Das weißt du ganz genau. Weil Daddy nicht gerne an Kathleen erinnert wird. Es schmerzt ihn.«

»Hattest du es versteckt?«

»Ja. In dem Buch, das du kaputtgemacht hast. Deshalb lag es für alle sichtbar herum.«

»Das ist das Buch, das Frances gern liest. Deshalb hab ich's aus Versehen kaputtgemacht. Weil Frances mich aus Versehen so in Wut gebracht hat.«

»Nun ja. Was auch immer Daddy ihr verpaßt, das hat sie also dir zu verdanken.«

»Warum hast du das Foto auf das Klavier gestellt, Mercedes?«

Mercedes erstarrt. Ja wirklich, warum? Bestimmt nicht in böser Absicht. Langsam dreht Mercedes den Kopf und betrachtet Lily. Sie sieht sie vom Felsen auf die Steine unten fallen. Das einzige, was nicht zerschmettern würde, wäre ihr verkümmertes Bein in seiner Metallschiene.

Ohne Mercedes anzusehen, steht Lily auf und geht zurück in Richtung Küstenstraße. Sie dreht sich um und schaut, ob Mercedes ihr folgt, doch Mercedes kniet am Abgrund, das Gesicht dem Meer zugewandt.

»Mercedes«, ruft Lily. »Fall nicht, Mercedes.«

Mercedes bekreuzigt sich und steht auf. Gott wird ihr vergeben. Sie hat Ihm etwas versprochen.

In der Water Street wummern die Außenwände des Schuppens in kurzen Abständen: wie eine Baßtrommel mit Fußpedal, das den Takt schlägt. Im Schuppen hat die Vorstellung begonnen. Der Auftakt packt sie am Genick, bis ihre Position stimmt, der erste Takt schleudert sie mit dem Rücken gegen die Wand, zwei Achtelnoten lang Kopf gegen Holz, dazu klappernde Knöchel. Im Halbnotenrest beleuchten die blauen Dochte seiner Augen ihr blasses Gesicht, und der Gesang fällt *con spirito* ein: »Was für ein Recht maßt du dir an, du hast kein Recht, nicht mal das Recht, ihren Namen in den Mund zu nehmen, wer ist hier die Schlampe, sag mir, wer hier die Schlampe ist!« Die nächsten beiden Takte sind wie der erste, und schon sind wir im zweiten Satz, wirble deine Partnerin von der Wand in die Werkbank, die sie im Kreuz erwischt, als Verzierung ein Stolpern, weil sie abprallt, jung, wie sie ist. *Staccato* quer übers Gesicht, dann erweitert sie ihren Perkussionsumfang und wird zu einem stummen Tamburin. Diesen Teil steht Frances durch, indem sie so tut, als sei sie eigentlich das Lumpenmaiglöckchen, was sie zum Lachen reizt und ihn die zweite Strophe anstimmen läßt: »Ich will nie wieder hören, daß du ihren Namen in den Mund nimmst«, zufällige Note auf die Nase löst sich in großem Hauptakkord auf: »Hast – Du – Das – Ka – Piert?« Das ging prächtig voran; von nun an geht es mit ganzen Noten weiter. Sie fliegt gegen eine andere Wand, und er folgt ihrer Flugbahn, läßt sich jetzt Zeit, weil wir uns dem großen Finale nähern. Noch ein Zusammenstoß von Balken und Gewebe, und endlich haben wir die Oper: »Ich schneid dir die Zunge aus dem Kopf.« Sie streckt ihm die Zunge raus und schmeckt Blut. Letzter Einsatz in die

Magengrube. Frances klappt zusammen und liegt auf dem Boden. Moderne Tänzerin.

Als erstes brachte Mercedes Frances die Spanische Grippe und dann die anderen lieben Kinder und verteilte sie zärtlich auf dem Bett. Auch wenn Frances die Ankunft der Puppen nicht mitbekommen hat, wußte Mercedes, daß es sie trösten würde, sie um sich zu haben. Dann holte sie eine Schüssel und einen Lappen und säuberte Frances das Gesicht.

Die Schwellungen lassen Frances noch jünger aussehen als sechzehn, besonders jetzt, da sie umgeben ist von all ihren Puppen. Schließlich fragt sie: mit etwas belegter Stimme. »Wo ist Trixie?«

»Ist schon in Ordnung, Trixie geht es gut.«

Frances tut alles weh, und deshalb ist sie friedlich gestimmt. Es ist ein schönes Gefühl, das sie sehr selten hat.

Mercedes drückt den Lappen aus. »Du solltest ihn nicht so wütend machen.«

»Er hat es verdient.«

»Du kriegst die Schläge.«

Frances schluckt vorsichtig. »Tut mir leid, das mit deinen Sachen.«

»Ist schon gut, Frances. Du hättest nicht die Schuld für das Foto auf dich nehmen müssen.«

»Hab ich aber.«

»Warum?«

»So ist es eben, Mercedes. Es geht nun mal nicht anders.«

»Das finde ich nicht, es ergibt keinen Sinn, er sollte dich nicht für etwas verprügeln, was ich getan habe.«

»Dich würde er wohl kaum schlagen.«

»Na gut, aber dann hätte doch niemand geschlagen werden müssen.«

»Doch, es mußte wohl sein. Außerdem kann ich mich so an ihm rächen.«

»Wofür?«

Frances sieht Mercedes an und lächelt leicht, und der frische Riß in ihrer Unterlippe platzt wieder auf.

»Für etwas, was du nicht weißt. Und was du nicht weißt, macht dich nicht heiß.«

Mercedes schweigt. Frances greift nach Diphtherie-Rose, schließt sie in die Arme und macht die Augen zu.

Mercedes hat Daddy gesagt, sie habe das Foto im Herd-feuer verbrannt. Aber das ist eine Lüge. Sie kann sich nicht davon trennen. Sie verläßt die schlafende Frances, doch bevor sie in den Kohlenkeller geht, um ihr Verspre-chen an Gott einzulösen, steigt sie zum zweitenmal an diesem Tag die Bodentreppe hinauf. Mercedes weiß, daß Daddy nie in die Wäschetruhe sieht. Dort wird das Foto vollkommen sicher sein.

Als es im Haus ruhig ist, läuft Trixie die Treppe zu Frances' und Lilys Zimmer hinauf und springt leise auf das Bett. Sie kuschelt sich zwischen die Puppen in Frances' Armbeuge. Eine Zeitlang beobachtet sie die schlafende Frances. Dann legt sie ihren Kopf auf das Kissen, streckt eine Pfote aus und stützt sie gegen Frances' Stirn. Keine von beiden bewegt sich bis zum Morgen.

WIR SIND DIE TOTEN

Ich muß ganz alleine wandern
Niemand sagt mir, wo es langgeht
Einsam folg ich der Bäche Lauf
Und steig die Berge meiner Träume hinauf ...
ROBERT LOUIS STEVENSON, Das Land Nod

Ein Loch in der Erde, ein Drittel eines steilen Hangs aus Kalkstein, spärlichem Gras und karger Erde hinauf. Hie und da wachsen verrückte Kiefern parallel zum schrägen Hang. Ein Höhleneingang. Keine Inschrift. Eine verlassene illegale Grube. Ein Stollen: von der Art, die in einen Hang gebohrt und horizontal in den Berg gegraben wird.

Jedesmal wenn Leute in dieser Gegend auf eine alte Grube stoßen, glauben sie, sie hätten die alte französische Grube entdeckt. Es liegt kein Schatz in der alten französischen Grube, sie war nur zufällig das erste Loch, das man buddelte, um »vergrabenen Sonnenschein« herauszuholen. Solche Sachen werden wichtig, wenn man keine Kathedralen hat.

»Es ist die alte französische Grube«, sagt Frances. »Kein anderer weiß, daß sie hier ist.«

Frances und Lily stehen am Fuß des Hangs und sehen hinauf. Hinter ihnen ragt der Wald auf, wo Frances gerade mit der Küchenschere in den Kiefernstämmen einen Weg markiert hat. Mit einer Hand überschattet sie ihre Augen wie ein Kommandeur der französischen Fremdenlegion, ungeachtet des bedeckten Himmels über Cape Breton. Ihre linke Augenhöhle ist fast geheilt, nur noch hellgelb, die rechte noch dunkellila geschwollen – Wunden, die ich mir in meinem letzten Handgemenge mit den Algeriern zugezogen habe, *mon Dieu*!

Frances hofft, in ihrer blauen Pfadfinderinnenuniform eine schneidige Figur abzugeben. Ihr Halstuch ist ordentlich geknotet, ihr Barett vorschriftsmäßig schräg aufgesetzt, ihre Ledertasche an den Gürtel geschnallt. Nur die Abzeichen fehlen. Die wird sie sich verdienen. Sie muß erst noch an einem zweiten Pfadfinderinnentreffen teilnehmen. Lily trägt ihre Brownie-Uniform. Daddy hat sie schließlich eintreten lassen, weil sie schon sehr, sehr lange nicht mal mehr erkältet war. Eigentlich hätte Frances sie heute nachmittag zu ihrem ersten Brownie-Gruppentreffen bringen sollen, hat sie aber statt dessen hierhergeführt. Sie haben die ganze Strecke zu Fuß zurückgelegt, viele Kilometer. Frances hat Lily erzählt, sie würde sich ihr Wanderabzeichen verdienen.

»Da drin sind tote Männer, Lily. Und Diamanten.«

»Wie bei Aladin?«

»Genau.«

»Komm, wir gehen nach Hause, Frances.«

»Wir gehen rein.«

Frances greift nach Lilys Hand, doch Lily weicht zurück. »Komm schon, Lily, bloß ein kleiner Besuch.«

»Nein, Frances, da drin sind Tote.«

»Tote sind vollkommen harmlos.«

»Und was ist mit Gespenstern?«

»So was gibt es nicht.«

»Wen besuchen wir dann, wenn sie alle tot sind?«

»Ambrose.«

Lilys Blick wandert suchend über Frances' Gesicht. »Ambrose ist tot.«

»Stimmt nicht.«

»Ist er wohl, er ist ertrunken, das hast du *gesagt*.«

»Ja, er ist ertrunken, aber er ist nicht tot, Lily, sondern ein Engel. Weißt du nicht mehr? Er wurde ein Engel, das kommt vor. Und er ist da drin. Dort wohnt er. Ich finde, es wird Zeit, daß du ihn kennenlernst.«

»Nein.«

»Komm schon, ich geh ja mit.«

»Nein.«

Frances packt Lily am Arm und zerrt sie weiter, als versuchte sie, einen Hund eine Treppe hinaufzuziehen.

»Du bekommst ein Abzeichen dafür, Lily.«

»Ich will da nicht rein, Frances.« Lilys Stimme zittert vor Angst.

»Wenn du dir nicht dein Schutzengel-Abzeichen verdienst, kriegst du nie deine Flügel und fliegst nie zu den Pfadfinderinnen rauf.«

Als Frances lacht, weiß Lily, daß es schlimm werden wird. Sie steigen jetzt den Hang hinauf, Lily versucht, sich Frances' Griff zu entwinden. Frances packt sie und legt sie sich wie einen Mehlsack über die Schulter. Lily gibt ihren Widerstand auf. Sie klettern zum Grubeneingang hinauf. Sie gehen rein.

Es gibt nicht viel zu sehen – ein paar vermodernde Holzlatten und Grubenstützpfeiler, ein verrosteter Spaten. Frances trägt Lily weiter. Es wird dunkler. Modriger Geruch. Sie folgen einer Tunnelbiegung und verlieren das Licht am Eingang aus den Augen. Frances geht langsam in die naßkalte konturlose Dunkelheit.

Lily fragt leise: »Und wenn wir uns verirren?«

»Tun wir nicht. Ambrose findet uns.«

Lily wimmert.

»Er hat dich lieb, Lily, hab keine Angst.«

»Ich will nach Hause.«

»Wir sind zu Hause. Wir sind dort, wo er wohnt.«

Frances bleibt stehen und setzt Lily ab. Sie tastet nach der Schnalle an ihrer Pfadfinderinnentasche, fischt eine Zigarette heraus und entzündet an der Gürtelschnalle ein Streichholz. Die Flamme beleuchtet: *ein stehendes Gewässer wenige Zentimeter vor ihren Füßen, du lieber Gott, wie tief ist es? Und dort drüben, an der Wand ...* Lily schreit auf. Frances zündet ihre Zigarette an und pustet das Streichholz aus.

»Da ist jemand, Frances.« Lilys Stimme zittert.

»Ich weiß.«

»Er steht da drüben. Am anderen Ufer.«

Frances nimmt einen tiefen Zug. »Wie sieht er aus?«

»Er hat einen Overall an. Und er hat eine Spitzhacke. Und einen Helm.«

»Ist eine Lampe an seinem Helm?«

»Ja. So eine bauchige.«

»Der ist bestimmt schon ziemlich lange tot.«

Frances bläst unsichtbare Rauchringe in die Luft.

»Frances ...« Lilys Angst nimmt überhand.

»Das ist nicht Ambrose, Lily. Nur ein toter Bergmann.«

Frances zündet noch ein Streichholz an: *das Wasser, die feuchte Wand* – Lily schreit wieder auf, als die Flamme erlischt.

»Es ist kein Bergmann, Frances.«

»Was denn dann?«

»Er hat eine Maske auf.«

»Eine Halloween-Maske?«

»Eine Gasmaske. Er hat ein Gewehr mit Bajonett vorne dran.«

»Ein toter Soldat.«

Frances zündet noch ein Streichhölzchen an: *das schwarze Wasser, Steine und Lehmwände ...*

»Er ist weg«, sagt Lily.

»Ambrose hat ihn weggeholt, weil er wußte, daß du Angst hast. Baby. Brownie-Baby.«

»Ambrose ist nicht da.«

»Doch.«

»Wo?«

Frances läßt ihre Zigarette fallen, und sie zischt in den unsichtbaren See.

»Dort drin.«

Lily schaut nach unten, von der Dunkelheit benommen. »Engel wohnen im Himmel.«

»Sie wohnen, wo sie wollen, zum Teufel noch mal.«

»Das verrate ich. Du hast geraucht und geflucht.«

»Mach doch, verpetz mich. Ambrose und ich, wir beschützen dich trotzdem, egal, was passiert.«

327

»Es gibt gar keinen Ambrose.«

»Nachts taucht er in diesen See und schwimmt in einen unterirdischen Fluß, der irgendwann an die Erdoberfläche kommt und in unseren Bach mündet. Er holt Luft und schwimmt durch das seichte Wasser, lang und weiß, bis er schließlich in unseren Garten kommt. Dann klettert er über die Uferböschung, geht langsam und triefend quer über unseren Hof und öffnet die Tür zur Küche. Er kommt am Herd vorbei. Er geht am Wohnzimmer vorbei in die Diele. Lautlos steigt er die Treppe rauf, geht an der Tür zur Bodentreppe vorbei. Er betritt das Zimmer, in dem du schläfst. Er steht am Fußende des Bettes und sieht auf dich hinab. Er hat rote Haare.

Und dann verschwindet er. Doch er kann nicht zurückschwimmen. Er muß den Felsbrocken im Garten wegrollen und einen Tunnel hinuntersteigen, der jetzt zu klein für ihn ist, bis er zu der tristen einsamen Grube gelangt. Meilenweit geht er barfuß an all den stillen Soldaten und Bergleuten vorbei, die sich an die Wände gelehnt ausruhen. Und wenn er wieder zum See zurückwandert, bricht ihm jedesmal das Herz. So sehr liebt er dich nämlich, Lily, daß er sich Nacht für Nacht auf einen so weiten Weg macht.«

Schweigen. Lily pinkelt sich in die Hose.

Frances' Schritte traben davon und um die Biegung, bis Lily sie nicht mehr hört. Ihre Brownie-Strümpfe sind klatschnaß. Sie wird ohnmächtig.

Als Frances Lily nicht schreien oder rufen hört, läuft sie durch die Dunkelheit zurück und zündet noch ein Streichholz an. O mein Gott! »Lily!« Aber Lily liegt reglos da, mit zehn am Herzinfarkt gestorben, so was soll vorkommen. »Lily!« Frances schüttelt sie und bespritzt ihr Gesicht mit Wasser, und Lily wacht auf. Frances trägt sie huckepack aus der Grube und rutscht zwischen Steinen und Erde den Hang halb hinunter. Unten angekommen, lehnt sie Lily gegen einen bemoosten Baumstamm und schnappt nach Luft, die Hände auf die Knie gestützt.

Lily schlägt die Augen auf. »Frances, ich hab mich naß gepinkelt.«

»Das macht nichts, wir gehen sofort nach Hause und ziehen dich um, los, komm.«

Lily bleibt sitzen. »Frances. Was ist, wenn Ambrose der Teufel ist?«

»Er ist nicht der Teufel. Ich weiß, wer der Teufel ist, und es ist nicht Ambrose.«

»Wer ist der Teufel?«

Frances kauert sich hin, als würde sie mit Trixie reden. »Das werde ich dir nie sagen, Lily, ganz egal, wie alt du bist, denn der Teufel ist menschenscheu. Er wird wütend, wenn ihn jemand erkennt, und dann verfolgt er den, der ihn erkannt hat. Aber ich will nicht, daß der Teufel dich verfolgt.«

»Verfolgt der Teufel dich?«

»Ja.«

»Jesus kann den Teufel besiegen.«

»Wenn Gott es will.«

»Gott ist gegen den Teufel.«

»Gott hat den Teufel erschaffen.«

»Warum?«

»Zum Spaß.«

»Nein, um uns auf die Probe zu stellen.«

»Wenn du's weißt, warum fragst du mich dann?«

»Daddy sagt, den Teufel gibt es gar nicht, es ist nur ein Hirngespinst.«

»Der Teufel lebt unter uns.«

»Nein, das stimmt nicht.«

»Du siehst den Teufel jeden Tag. Der Teufel umarmt dich und sitzt bei Tisch neben dir.«

»Daddy ist nicht der Teufel.«

»Hab ich nie behauptet …«

Frances sieht trocken aus, ihre Augen glühen; ihre Stimme ist ein Heuhaufen, der sich von innen aufheizt, ihr Mund ein dünner aufgenähter Strich. »Ich bin der Teufel.«

In diesem Moment verliert Lily jede Furcht vor allem, was Frances jemals sagen oder tun könnte. Fürchtet sich überhaupt vor gar nichts mehr. Sie greift nach Frances' Hand und hält sie fest. Die weiße Hand, die immer nach wilden Blümchen riecht, Maiglöckchen. Die Hand, die immer Lilys Knöpfe und Schnürsenkel zugemacht und ihr wunderbare Dinge gezeigt hat. Sie hält Frances' Hand und sagt zu ihrer Schwester: »Das macht nichts, Frances.«

Frances' grün und blau geschlagenes Gesicht legt sich in Falten, und ihre Stirn schlägt auf die Knie, daß sich ihr Pfadfinderinnenbarett verschiebt. Sie weint, die Arme um die Knie geschlungen. Lily streichelt den sehnigen Rücken, während Frances etwas immer wieder vor sich hin murmelt.

Jahre später erinnert sich Frances, daß sie gesagt hat: »Es tut mir leid, Lily, es tut mir leid, Lily, es tut mir leid.«

Doch die Erinnerung spielt uns Streiche. Erinnern ist ein anderes Wort für Erfinden, und nichts ist unzuverlässiger.

DAS ERSTE WUNDER

Meine Seele schreit auf vor Qual, so sehr dür-
stet es sie nach Reinigung und Läuterung. Selbst
während des Schlafs verlangt meine Seele nach
der völligen Hingabe an Jesus. O mein Erlöser,
mein Herz blutet vor Schmerzen und Liebe.
O Jesus, du allein weißt es – mein Jesus!
Die Geheimnisse des Fegefeuers, Autor unbekannt

Während Frances und Lily in der alten französischen
Grube waren, löste Mercedes zu Hause im Kohlenkeller
ihr Versprechen an Gott ein.

»Mea culpa, mea culpa, mea maxima culpa.« Die Buße
hat nicht nur ihre Seele geläutert, sondern auch der Jungfrau Maria Gelegenheit gegeben, Mercedes auf die Idee
zu bringen, einen Lourdes-Fonds für Lily einzurichten.
Warum ist mir das nicht vorher eingefallen? Aber Mercedes weiß die Antwort. Sie war es nicht wert, diese Einge-
bung zu empfangen, ehe sie nicht ihre Sünden erkannte
und Gott demütig um Vergebung bat.

Selbstverständlich hat Mercedes eine umfassende
Beichte abgelegt: »Vater, vergib mir, denn ich habe gesündigt … Ich wünschte meiner lahmen Schwester den Tod
durch einen Sturz, ich habe meinem armen Vater Kummer
bereitet, ich habe zugelassen, daß meine Lieblingsschwester für meine Sünde bestraft wurde. Ich habe eine Lieblingsschwester.« Ihr wurden die üblichen Bußgebete auferlegt, doch darüber hinaus hat sie sich eine private Buße
hier im Keller zugedacht.

Auch wenn sie keinem etwas von ihrer Buße verriet, hat
sie doch Daddy und Frances von dem Lourdes-Fonds
erzählt, damit sie ihren Beitrag leisten können, und sie

hat es Lily gesagt, um ihr Hoffnung zu machen. Das ist erst eine Woche her, und in der Kakaobüchse sind schon fast zwei Dollar. Wenn das so weitergeht, kann Lily mit vierzehn nach Lourdes reisen. Ein gutes Alter für eine Heilung. Kurz bevor sie zur Frau heranreift. Man stelle sich vor, wie wunderhübsch Lily ohne ihr Gebrechen wäre.

Mercedes steht auf, zieht das weiße Bußgewand aus und versteckt es hinter dem Heizkessel. Einen Moment lang steht sie nackt im Dunkeln und sagt dem Unbefleckten Herzen Marias ein Dankgebet. Allerseligste Jungfrau, Heilige Gottesgebärerin, Unbefleckte Himmelskönigin, Gottesmutter der Rührung, Schmerzensmutter, Mutter der Barmherzigkeit, Trösterin der Betrübten, Königin der Apostel, Märtyrer und aller Heiligen, Gebenedeite Mutter Gottes, bitte für uns. Maria vom Rosenkranz, Schmerzensreiche Jungfrau, Wegeführerin, Thron der Weisheit, Siegbringende Erlöserin. Möge der Tod nichts weiter als ein Präludium zu Deinem Kuß sein. Amen.

Dann zieht sie sich wieder an und geht nach oben, um sich die Zunge zu waschen, ehe alle nach Hause kommen.

Als Lily und Frances ziemlich spät von den Brownies und den Guides heimkommen, hat sie den Tisch fürs Abendessen gedeckt. Lily geht schnurstracks ins Badezimmer, um ihre Uniform und die Wollstrümpfe zu waschen: »für ein Sauberkeitsabzeichen«. Frances geht schnurstracks ins Bett, um nicht mitessen zu müssen. Dafür wurde noch kein Abzeichen erfunden. Mercedes sagt Daddy, Frances sei »unpäßlich«, weil sie weiß, daß er dann nicht nachfragt. Solche Lügen sind keine Sünde, sondern ein Opfer. Mercedes geht nach oben, um Lily zu holen.

Lily kniet barfuß vor der Wanne, und da sieht Mercedes, daß die Wunde an ihrer linken Ferse wieder aufgeplatzt ist. Das ist gar nicht gut. Der Waffenstillstandstag ist jetzt zwei Wochen her. Mercedes wringt Lilys Brownie-Uniform aus und badet den schlimmen Fuß in warmem Salzwasser.

»Das soll sich morgen der Arzt ansehen.«

In letzter Zeit ist Lily eine Veränderung an Mercedes aufgefallen. Zum Beispiel jetzt – ihre Bewegungen. Sie sind … geschmeidig geworden. Mercedes holt aus dem Schränkchen einen sauberen Verband. Sie verbindet die Wunde sanft und geschickt, diesmal nicht zu fest. Warum also bekommt Lily Angst, während sie zusieht, wie die weiße Binde immer und immer wieder um ihren kleinen Fuß gewickelt wird?

»Bitte sehr.«

»Danke, Mercedes.«

Mercedes schenkt Lily das friedvolle Lächeln der Buß-fertigen. Lily bringt ihre Mundwinkel dazu, sich gleich-zeitig nach links und rechts auseinanderzuziehen. Und wieder verspürt sie eine gewisse Furcht, weil man bei Mer-cedes' Lächeln unwillkürlich annimmt, es gelte der Person hinter einem, nur daß hinter einem die Wand ist.

Zum Abendessen gibt es heute Sardinen auf Toastbrot, weil niemand besonders hungrig ist.

Als Lily ins Bett kriecht, schläft Frances bereits. Und Lily tut es ihr bald nach.

Ambrose ist da. Er steht am Fußende ihres Bettes und sieht auf sie hinunter, wie es seine Art ist. Lily ist wieder an dem Ort zwischen den Fronten. Diesmal betrachtet sie ihn sorgfältig. Seine breiten grünen Augen, die er selbst in diesem schummrigen Licht zusammenkneift. Seine glatte Stirn mit der Andeutung eines Hubbels. Sein blasser Kör-per, unter seiner Haut schlummern grüne Schatten. Elfen-beinfarbener Bauch, seltsame braune Anhängsel zwischen die Oberschenkel gebettet. Haarlos bis auf die feinge-sponnenen rötlichen Engelshaare auf seinem Kopf.

Lily fragt ihn: »Wer bist du?«

Sie rechnet mit der Sturzflut, doch er öffnet den Mund nicht. Statt dessen wendet er ihr seine Handflächen zu. Sie sind leer.

Sie fragt ihn noch einmal: »Wer bist du?«

Er macht den Mund auf, und das Wasser strömt heraus, doch Lily bleibt an dem Zwischenort und gibt keinen Laut von sich, bis sie, das Bett und die neben ihr schlafende Frances durchnäßt sind. So schlimm ist es gar nicht. Das Wasser ist warm, es war ja in ihm drin. Auch als alles Wasser aus ihm geflossen ist, schaut er sie noch stumm und lange an, die leeren Handflächen ihr zugekehrt.

Sie fragt ihn zum drittenmal: »Wer bist du?«

Ambrose spricht die ersten Worte. Er hat eine dunkle Stimme, weil er an einem dunklen Ort wohnt. »Ich bin Niemand.«

»Hab keine Angst, Ambrose. Keine Angst. Wir haben dich lieb.«

Ambrose sagt: »Hallo.«

»Hallo«, erwidert Lily. »Hallo, kleiner Junge. Hallo.« Lily wacht auf, weil Mercedes ihr mit einem Schwamm den Kopf benetzt. »Sie wacht auf.«

»Ambrose«, sagt Lily.

»Sie deliriert.« Lily empfindet Mercedes' Stimme wie einen chirurgischen Eingriff in ihre Haut.

»Wer hat mir meine Haut weggenommen?«

»Sie glüht vor Fieber.«

Lily vergräbt den Kopf in ihrem nassen Kissen, weil das Licht ihr weh tut wie bei einer Augenoperation.

»Das Licht ist aus, siehst du, Lily? Es ist kein Licht an.«

Daddy hat den Arzt geholt. Es ist ein gutes Zeichen, daß Lilys Fieber heruntergeht, falls ihre Temperatur nicht wieder steigt. Wundbrand. Irgendwo im skalpellscharfen Licht hört Lily den Arzt mit Daddy und ihren Schwestern reden: »Das hast du richtig gemacht, Mercedes.« Die beiden sollen Lily während der Nacht weiter im Auge behalten, denn falls ihr Fieber wieder steigt, falls es steigt ...
Sie gehen in den Flur hinaus, Lily kann sie nicht mehr hören, hört nur, daß Mercedes etwas schreit, dann kommt Frances wieder und singt Lily vor. Hübsche Lieder. Schön traurige in Moll, lange Balladen, die unsere Vorfahren auf

den Auswandererschiffen in anderen Sprachen gesungen haben.

Das war um Mitternacht. Um halb vier Uhr morgens wacht Lily auf. Das Fenster glänzt im hellen Mondschein. Zu beiden Seiten ruhen Frances und Mercedes auf Stühlen unter Laken, die wie blaue Schatten werfende Schneewehen leuchten. Es ist Heiligabend. Die Hirten sind bei ihren Schneeherden eingeschlafen. Lily setzt sich in ihrem Bett auf. Ihre Haut brennt nicht mehr. Lily fühlt sich kühl und ruhig, mitternachtsklar. Zwischen den Schneewehen mit den beiden tief schlafenden Mädchen geht sie zum Fenster, weil sie eingeladen wurde. Ach, es ist gar nicht der Mond, heute nacht scheint kein Mond, das Licht kommt vom Bach her.

Ambrose ist im Bach. Er beugt sich vor, um zu winken, den linken Arm über dem Kopf, den rechten Arm lang am Uferrand ausgestreckt. Sein Unterleib wird von der Uferböschung verborgen, er sieht aus wie ein Wassergeist, der Lily in dem trägen Wiegenlied des Meeres zuwinkt, *Hallo …* Seine Haut ist nicht mehr weiß, sondern bernsteinfarben, und das Leuchten hat Lily geweckt und ihr Feuerbett in lindernde Rosenmilch verwandelt. Sie legt eine Hand ans Fenster, *Hallo …* Ambrose ist die ertrunkene Sonne, der begrabene Sonnenschein, er sagt: *Komm, Lily, komm. Meine Schwester. Und ich werde dich heilen. Ein verschlossener Garten, ein versiegelter Born, so daß auch viele Wasser mich nicht auslöschen.* Er sagt: *Der Brunnen in meinem Garten fließt vom Libanon, steh auf, meine Freundin, meine Schöne, und komm her.* Und Lily sagt: *Ja.* Sie schläft, doch ihr Herz ist wach: *Ja, ich komme, Ambrose. Warte auf mich, lieber Bruder, ich komme.*

Lily läßt die Schneeschläferinnen am Fenster zurück und geht barfuß die Treppe hinunter, durch die Küche, zur Hintertür hinaus und über die Kohleschlacken im Hinterhof, eigentlich kann sie mit ihrer wunden Ferse gar nicht gehen, doch sie spürt keinen Schmerz. Nur die Sehnsucht nach Ambrose, ihrem großen Brüderchen, das im Bach auf sie wartet. Er breitet die Arme aus. Sie geht zu ihm. Er hebt sie in ihrem weißen Nachthemd auf und wiegt sie in den Armen, ihr Kopf ruht in seiner linken Schulterbeuge, sein rechter Arm umschlingt ihren Körper. So warm und friedlich war ihr noch nie zumute; *sind meine Augen offen oder geschlossen,* es spielt keine Rolle. Luft und Wasser fühlen sich beinahe gleich an, es dauert ein Weilchen, bis sie erkennt, warum sie sich jetzt leichter und noch zärtlicher umschlungen fühlt ... Erst als sie sieht, wie ihre Haare vom Kopf abtreiben und daß das weiche bernsteinfarbene Licht dämmriger wird, merkt sie, daß sie unter Wasser ist, ihre Wange ruht an seiner Brust, ihr Körper ist an seinen ersten Gefährten geschmiegt. *Ich wollte dich führen und in meiner Mutter Haus bringen, in die Kammer der Frau, die mich gebar ...* Lily hat sich nie ans Alleinsein gewöhnen können. Sie drehen sich im Wasser um und noch mal um, dann hebt Ambrose sie wieder über die Oberfläche, und der Bach regnet von ihr herab. Er legt sie sanft am Ufer ab, und ihr bricht das Herz. Ihre Tränen fließen, weil er sie verläßt ... *Geh nicht!* Er steigt rückwärts ins Wasser ... *Nimm mich mit!* Sein Körper wird wieder weiß, die Gliedmaßen schimmern, dann verschwindet alles. Lily liegt mit dem Gesicht nach unten im rechten Winkel zum Bach, der Kopf baumelt über den Rand, die Arme zu der Stelle ausgestreckt, wo sie ihren Bruder zuletzt sah.

So findet Mercedes sie um fünf Uhr morgens, im ersten Schnee dieses Winters.

Mercedes gab sich die Schuld an dem Fieber, das an Lily zehrte und womöglich den Verlust ihres Beines oder Schlimmeres zur Folge haben konnte. Deshalb ging sie sofort nach der Arztvisite in den Kohlenkeller. Während Frances Lily im Dunkeln etwas vorsang, kniete Mercedes nackt unter Sackleinen am Heizkessel und bot Gott ihr Opfer dar.

Sie nimmt den Kohlebrocken in beide Hände, hebt ihn hoch und neigt ihren Kopf: »Mea culpa.« Als sie das letzte Woche tat, war sie heiter gestimmt, ein törichtes Lächeln umspielte ihre Lippen. Doch diesmal weint sie wirklich heiße Tränen. Diesmal ist sie wahrhaft reumütig. Beim erstenmal war das ihr Problem: Stolz. Sie war stolz auf sich, weil sie ihre Buße im Keller vornahm, weil sie die Kakaobüchse für Lourdes eingeführt hatte. Sie war eingebildet, weil sie Lilys Fuß fachkundiger badete und verband, als es ihrer Meinung nach die Schwestern im Krankenhaus von New Waterford getan hätten. Ihre Frömmigkeit war Stolz im Teufelsgewand, ihre Buße nichts als ein neuerlicher Anlaß zur Sünde, oh, wie oft müssen wir uns ein und dieselbe Lehre erteilen lassen? Gott reagierte flugs und strafte Lily. »Mea culpa«, Mercedes bringt die Wörter kaum heraus, und als sie den ersten Bissen Kohle nimmt, ihn kaut und herunterschluckt, wird sie von Reue überwältigt. Ihr ist so bitterlich bewußt, wie tief sie Gott gekränkt hat. Und daß Gott ihr in seiner unendlichen Güte diese zweite Chance schenkt, die sie gar nicht verdient hat. »Mea maxima culpa.« Sie beißt noch einmal von der Kohle ab …

Als Mercedes im Keller fertig war, stand sie mit wackligen Beinen auf, zog sich ihr Nachthemd wieder an und ging nach oben, um sich Ruß, Rotz und Tränen vom Gesicht zu waschen, wusch sich, so gut es ging, die Zunge, nahm ihren Opalrosenkranz und ging hinein, um bei Lily zu wachen. Auf einem Stuhl gegenüber von Frances schlief sie ein. Als sie ganz von selbst um fünf vor fünf aufwachte, war Lily nicht mehr da. Einem alten Reflex gehorchend, schaute Mercedes aus dem Fenster und hinunter zum Bach.

Als Lily am nächsten Abend die Augen aufschlägt und in Mercedes' betenden Mund sieht, hat sie zum erstenmal den Eindruck, daß sie träumt, denn wieso sollte Mercedes sonst eine schwarze Zunge haben?

Lily hat geschlafen, während ihr die Sterbesakramente gespendet wurden, und sie hat geschlafen, als der Arzt sagte, jetzt habe es auch keinen Sinn mehr, ihr Bein zu amputieren. Und ob sie Schlafwandlerin sei? Sie schlief, als Daddy schluchzend seinen Kopf auf ihre Brust legte. Sie verschlief, daß Frances Gott bestechen wollte und ihm drohte: »Du Mistkerl, von jetzt an bin ich brav. Okay? Bring sie bloß nicht um, dann hör ich auch auf zu rauchen. Okay? Ich fluche nicht, ich mach meinen scheißtobsüchtigen Vater nicht mehr wütend, und ich bete zehnmal am Tag den Rosenkranz und werd eine gottverdammte Nonne. Okay? Amen.«

Aber Mercedes' geflüsterte Gebete weckten Lily.

Lily fragt: »Wieso hast du eine schwarze Zunge, Mercedes?«

Mercedes ruft: »O Gott sei Dank – Daddy! Daddy!«

Er fegt ins Zimmer – »Gott sei Dank« – und kniet neben Mercedes an Lilys Bett.

Lily sagt: »Ich hab Hunger.«

Daddy und Mercedes umarmen einander lachend und danken Gott erneut. Frances lungert auf der Schwelle herum und sagt zu Gott: »Glaub ja nicht, daß ich deswegen Nonne werde.«

Mercedes weist jeden noch so kleinen Gedanken daran von sich, daß Lilys wundersame Heilung auch nur im geringsten mit ihren Selbstkasteiungen im Keller zu tun hat. Das würde bedeuten, Gott noch mehr von seiner unendlichen Barmherzigkeit abzuverlangen. Daher ist sie erleichtert, als Lily eine eigene Erklärung anbietet.

»Ambrose hat mich geheilt. Er hat mich im Bach gewaschen.«

»Wer ist Ambrose?«

»Mein Schutzengel.«

Mercedes erzählt es dem Priester. Er nickt, sagt ihr aber, es sei von größter Wichtigkeit, bei diesen Dingen nicht vorschnell zu urteilen. In Rom benötige man mehr als ein isoliertes Ereignis, während für Laien nicht viel dazu gehöre, um aus einem Bach einen Wallfahrtsort und aus einer Zehnjährigen eine Heilige zu machen. Am besten warte man ab und halte Ausschau nach weiteren Zeichen.

Das tut Mercedes. Sie versucht, nicht bei den Zeichen zu verweilen, die im nachhinein plötzlich eindeutig sind: Lilys verkümmertes Bein – Heilige werden oft in ihrer Kindheit von Leiden befallen. Ihr hübsches Gesicht – der Spiegel ihrer Seele. Die tragischen Umstände ihrer Geburt – armes, mutterloses Kind. Man stelle sich vor, wenn herauskäme, daß Lily Heilkräfte besitzt! Oder wenn sie in Lourdes zum Instrument eines posthumen Wunders von Bernadette würde. Mercedes gibt sich alle Mühe, solcherlei Gedanken in Schach zu halten, da sie die Verkleidungen des Teufels aus bitterer Erfahrung kennt. Er ist ein Spötter und Verwandlungskünstler, bietet Spiegelungen und Täuschungen feil. Man braucht sich nur die vielen vermeintlichen Heiligen anzuschauen, die von der Kirche vor einigen Jahrhunderten verbrannt werden mußten. In ihren Anfängen gleichen sich Heilige und Gefäße des Teufels oftmals. Man muß schon genau hinsehen, um zu erkennen, welche Macht als erste die höchst formbare Seele des Anwärters für sich beansprucht … Denn es kann nur die eine oder die andere sein. Mercedes weiß: Riecht der Teufel auch nur den leisesten Anflug von Ehrgeiz ihrerseits, kommt er und holt sich Lily.

Doch da Mercedes ihren Wunsch nicht unterdrücken kann, Lily möge als Heilige offenbart werden, bemüht sie sich, es sich nur Daddy zuliebe zu wünschen. Die äußerste Rechtfertigung.

Nach diesem Ereignis braucht Frances Lily keine Ambrose-Geschichten mehr zu erzählen, denn er ist zu Lilys Geschichte geworden. Frances ist es endlich gelungen, ihn Lily zu schenken. Lily geht es gut. Einstweilen. Frances kann sich um andere Dinge kümmern. Um ihr Leben.

Sie plündert die Lourdes-Büchse. Sie zieht ihre Pfadfinderinnenuniform an und versteckt sich im Hupmobil. Bei
James' Destille angelangt, gleitet sie heraus und versteckt
sich im Gebüsch, bis Leo Taylors Laster hält. Sie wartet,
bis er ihn fertig beladen hat und zu James zurückgegangen
ist, um sein Geld abzuholen, und prescht dann von den
Bäumen zum Laster, hechtet auf die Ladefläche und verschwindet zwischen den Kisten und Fässern.

»Danke, Mr. Piper.«

»Schon gut, Leo. Fahren Sie vorsichtig.«

Frances steckt ihren Kopf zwischen den Planenklappen
durch und sieht die Küstenstraße unter sich dahinrasen.
Sie dreht den Kopf in die andere Richtung, grinst wie ein
Hund in den sonnigen Wind vom Meer und läßt ihre
Zöpfe hinter sich herflattern.

Als sie in Sydney ankommen, verlangsamt der Laster
seine Fahrt und hält im Coke-Ovens-Bezirk von Whitney
Pier. Frances duckt sich, während Taylor aussteigt, her-
umgeht und die Plane für seine erste Lieferung aufschnürt.
Als er ihr seinen breiten Rücken zudreht, springt sie heraus und erleichtert seine Ladung gleich noch um weitere
tausend Gramm. Sie wartet hinter einem nach Teer rie-
chenden Balken der Eisenbahnbrücke, bis Taylor wegge-
fahren ist. Dann geht sie zu dem verlotterten Schindelhaus
hinüber und klopft an eine große Stahltür.

> If I should take a notion
> to jump in to the ocean,
> t'ain't nobody's business if I do, do, do …

> I swear I won't call no copper,
> if I'm beat up by my Poppa,
> t'ain't nobody's business if I do …

The roses all have left your cheek ...

Liebes Tagebuch!

Wo soll ich bloß anfangen? Ich muß alles jetzt aufschrei-
ben, solange es frisch ist. Hier sitze ich unter meinem
Baum im Central Park, und der ganze Nachmittag bis
zum Abendessen liegt vor uns. Ich muß auf ein paar Tage
zurückschauen, denn trotz meines vielen Gejammers, daß
nie irgend etwas passiert, ist mir jetzt klar, daß ungeheuer
viel geschehen ist und daß alles zu dem einen hinführte,
was ich dir mitteilen muß und was mir ALLES bedeutet.

... Vor dir empfinde ich keine Scham, Tagebuch, denn
du bist ich. Du zierst dich nicht, dich kann man nicht
schockieren, du weißt, daß in der Liebe nichts verwerflich
ist, daher versuche ich, dir gegenüber so freizügig zu sein
wie in meinen geheimsten Gedanken. Ehe ich es vergesse,
laß mich ein aufrichtiges Dankgebet an Giles richten. Sie
ist die am wenigsten neugierige Person auf Erden. Wäre
sie nicht derartig arglos, hätte mein Leben nie beginnen
können. Wenn Daddy wüßte, was für eine nachlässige
Anstandsdame sie ist, er wäre im Handumdrehen hier
unten, um mich bei den Nonnen einzuquartieren. Da fällt
mir ein, ich sollte ihm wohl besser schreiben. Ach herrje,
ich spanne dich auf die Folter, nicht wahr, Tagebuch? Du
kannst es sicherlich kaum erwarten. Nur ruhig, öffne dein
Herz, und ich fange ganz von vorn an und lasse dich so
am Geschehen teilnehmen, wie ich daran teilgenommen
habe ...

I've watched them fade away and die ...

FÜNFTES BUCH

Tagebuch einer Verlorenen

TINGELTANGEL

Ein quadratisches Guckfensterchen wird aufgeklappt, und Frances wird von zwei braunen Augen unter einer einzigen Braue ins Visier genommen. Sie hält eine Flasche von James' Spezialabfüllung hoch. Das Fenster geht geräuschlos zu, und einen Augenblick später öffnet sich die Stahltür. Drinnen steht ein großer Mann. Wellige schwarze Haare, Nase wie eine Faust, Arme wie Kanonenrohre, leicht bräunliche Haut, die aber offensichtlich lange nicht mehr an der Sonne war. Jung und, wie Frances annimmt, beschränkt. Ausdruckslos starrt er auf sie hinunter, nichts von der inneren Schwermut, nach deren Anzeichen sie sich so verzehrt hat.

»Mach die Kacktür zu, Boutros, Scheiße, es ist mitten am Tag, Kerl.«

Ein kleiner Mann schubst den jüngeren zur Seite und packt Frances' Arm, wobei er nicht auf sie, sondern über ihre Schulter hinweg starrt. »Rein mit dir, rein mit dir.«

Sie ist drinnen.

Das Innere der Flüsterkneipe entspricht dem Äußeren. Es ist das einzige triste Haus in den Coke Ovens. Abblätternde graue Farbe, verrammelte Fenster; um es zu finden, müßte man schon wissen, wonach man sucht, weil es verlassen aussieht ... Nur der erste Stock nicht, wo sich ein paar müde Petunien und angeknabberte Ringelblumen vor einem Fenster mit Blick auf den Schlackenabladeplatz der Dominion-Eisen-und-Stahl-Gesellschaft ans Leben klammern. Drüber verläuft die Eisenbahnbrücke. Es ist die Railway Street.

Frances blinzelt in die staubigen Schatten, und der Raum nimmt Konturen an. Entlang der Wände stehen Bänke. Verblichene, mit Lords und Ladys gemusterte

Tapetenstreifen hängen abgelöst von nikotinverfärbten, schmuddeligen Ecken der Decke herab. Auf dem Boden ein echter Messingspucknapf, randvoll mit braunem Schleim, dazu etliche rostige Blechdosen, die dem gleichen Zweck dienen. Zigarettenkippen wurden in der Mitte des Dielenbodens auf einen Haufen zusammengefegt. Eine behelfsmäßige Theke – Blechplatte auf zwei Ölfässern –, Flaschen und Fässer. Kein einziger Spiegel, kein einziges Schnapsgläschen, keine Stiche von Schiffen oder Zügen, kein Regimentsfoto, keine Boxhelden schmücken die Wände. Hinten in der Ecke steht ein lädiertes mechanisches Klavier.

Frances sieht in das angespannte fahle Gesicht des kleinen Mannes. Seine schwarzen Bartstoppeln sind so schwarz wie seine Augen.

»Wer hat dich geschickt? Du verkaufst keine Kekse.« Er kichert. Plötzlich kommt sich Frances lächerlich vor in ihrer Pfadfinderinnenuniform, die sie für eine geniale Verkleidung gehalten hat.

»Es ist ein Kostüm«, stammelt sie. »Ich bin eine ...«

»Eine was?«

Sie kann nicht antworten. Ihre Augenbrauen zittern. Sie ist auf sich selber wütend ... Baby. Jammerbaby Frances. Sie beißt sich in die Wange und senkt den Blick.

»Ich hab dich was gefragt.«

Sie schaut ihn an. So einer ist neu für sie. Keine Nonne, kein Lümmel, nicht ihr Vater.

»Raus hier. Wird's bald? Zieh Leine.«

Er schiebt sie zur Tür, Frances stolpert und stößt die Worte aus: »Ich bin Unterhaltungskünstlerin.«

Lachend bleibt er stehen, die Hände in den Taschen – ein fieses, freudloses Lachen, seine spitze Zunge ragt über die Unterlippe, während er in einer Hand mit Wechselgeld klimpert. Boutros neben ihm hat seinen Gesichtsausdruck beibehalten – glotzt Frances immer noch stumm an. Vielleicht fällt er mich an und gibt mir nicht mal 'n Vierteldollar, läßt sich nicht abwimmeln. Frances sieht sich um, doch es gibt keinen Fluchtweg. Der tumbe Riese hat sich zwischen ihr und der Tür aufgepflanzt. Warum ist sie nicht gegangen, als der schmierige kleine Mann sie dazu aufgefordert hat? Plötzlich will Frances nichts wie weg, nur noch nach Hause zu Lily und Mercedes.

»Wie heißt du, Kleine?«

Frances sagt: »Ich muß jetzt gehen. Verzeihen Sie die Umstände.«

Der kleine Mann bedeutet ihr, zu ihm zu kommen. Langsam geht Frances zu ihm zurück. Er grapscht ihr die Flasche aus der Hand. Der Mann gleicht einer gespannten Feder, die einem jeden Moment ins Auge springen kann. Frances sieht nicht, daß er sich bewegt, aber sie landet plötzlich hart auf einer der Bänke, so daß sie ihr Steißbein spürt.

»Bitte, Mister, ich will nur nach Hause.«

»Komm schon, Kleine, wie heißt du?«

Frances antwortet nicht. Er packt ihr Kinn mit Daumen und Zeigefinger – offenbar ist er stärker, als er aussieht – und schüttelt ihren Kopf, bis ihr Hals weh tut. Sie entspannt sich.

»Willst du wohl brav sein? Antwortest du mir jetzt?«

Eigentlich ist es gar nicht so schwer. »Verpiß dich«, sagt sie.

Er packt ihre Haare mit der Faust und zieht Frances mit einem Ruck wieder auf die Füße. Frances gerät in Hochstimmung über die Macht des Wortes, hier zum erstenmal an einem fremden Erwachsenen erprobt. Sie lacht und faucht ihn an: »Was glaubst du, wer ich bin, sieh dir die Flasche an, Blödmann.«

Er gibt ihr eine kräftige Ohrfeige, schielt aber mit einem Auge schon auf das Etikett. Er untersucht es, noch mit offenem, verächtlich verzogenem Mund. Dann sieht er sie wieder an und schüttelt langsam den Kopf. Frances rückt ihr Barett zurecht. Ohne hinzusehen, wirft der Mann Boutros die Flasche zu und fragt Frances: »Weiß er, daß du hier bist?«

»Nein. Aber er wird's schon noch erfahren.«

»Blödsinn.«

Frances zuckt nur mit den Schultern.

Er wiederholt: »Blödsinn, wenn du's ihm sagst, bringt er dich um …«

»Und gleich danach Sie. Sie haben mich angefaßt.« Mit hochnäsiger Miene reckt sie das Kinn in die Luft. »Das würde Daddy nicht gefallen.«

Der Mann denkt darüber nach. Dann sagt er: »Welche bist du?«

»Frances.«

Er senkt den Blick. »Was willst du, Frances?«

»Arbeit.«

Er lacht wieder los, aber Frances sieht ihm nur fest in die Augen. Da hört er auf und fragt: »Was kannst du?«

»Ich kann tanzen. Ich kann singen und Klavier spielen.«

Er mustert sie von Kopf bis Fuß. »Was noch?«

Sie verzieht den Mund zu einem, wie sie hofft, stahlharten, spöttischen Grinsen. »Ich kann alles.«

Er lacht kurz und knapp. Noch einmal. Und dann nickt er. »Du bist in Ordnung, Frances.« Ohne sie aus den Augen zu lassen, sagt er zu Boutros: »Sag deiner Cousine guten Tag, Jungchen.« Frances sieht zu Boutros hoch. Beton mit Augäpfeln. Sie wendet sich wieder dem kleinen Mann zu. »Was reden Sie da?«

»Ich heiß Jameel. Ich bin dein Onkel, Süße.«

In dem Moment sieht Frances zwischen gelbgrauen Vorhängen im Dunkel einer Türöffnung nach hinten eine aufgedunsene Frau, die sie so anstarrt, daß sie einen Schrecken bekommt. Nur wer mich wirklich gut kennt, kann mich dermaßen hassen. Wer ist sie? Dann, während es ihr fast den Magen umdreht, erkennt Frances die andere Seite einer Medaille, die ihr vertraut war und die sie sehr geliebt hat.

»Camille, komm her, dann stell ich dir deine Nichte vor, meine Liebe«, sagt Jameel.

Doch Camille dreht sich nur weg und verschwindet im Hinterzimmer. Frances hört, wie sie mit langsamen, schweren Schritten die Treppe hinaufsteigt. Es ist zu furchtbar. Nicht diese Männer, nicht der braune Auswurf in den Dosen, die Kippen auf dem Boden, der Geruch nach Schnaps und Kotze – sondern daß diese haßerfüllte Frau Mamas Schwester ist.

Am nächsten Samstag steht Frances auf, ohne erst abzuwarten, bis James zu seiner Mitternachtsfahrt aufbricht, zieht ihre Pfadfinderinnenuniform an, bindet zwei Laken aneinander, macht Knoten hinein und befestigt ein Ende an der Heizung. Sie klettert aus dem Fenster und läßt sich seitlich am Haus hinunter. Lily zieht die Strickleiter wieder hoch, sobald Frances sicher unten gelandet ist. Bis kurz vor Morgengrauen wird Lily unruhig schlafen, immer in der Erwartung, Schlackestückchen gegen die Fensterscheiben prasseln zu hören. Sie hilft Frances, weil sie sich für das kleinere Übel entschieden hat: Es ist zwar gräßlich, nicht zu wissen, wo Frances die lange Nacht verbringt, aber noch gräßlicher, sich vorzustellen, wie Frances' Gesicht wohl aussehen würde, falls Daddy sie erwischt. »Bitte, lieber Gott, bitte laß Ambrose auf Frances aufpassen.«

Ain't she sweet? She's a' walkin down the street.
Now I ask you very confidentially, ain't she sweet?

Reiche Leute erstehen ihren Schnaps unauffällig und trinken ihn auf zivilisierte Weise daheim. Normale Leute lassen in einer geselligen Küche den Krug herumgehen. Einzelgänger und junge Raufbolde kommen in Jameels Flüsterkneipe am Pier, um sich zu schlagen, Karten zu spielen und sich bis zum Umfallen zu besaufen. Bergleute, Matrosen der Handelsmarine, manche so lieb und manche so grimmig wie Soldaten. Ein paar echte Formalin-Trunkenbolde, gelegentlich ein vereinsamter Fremder auf der

Durchreise, ein Veteran ohne sichtbare Verletzungen. Keine Musik – nicht einmal das alte mechanische Klavier wird angekurbelt. Dieser Schuppen ist nicht anheimelnd genug, als daß hier mehr als Katzenjammer-Gegröle zur Sperrstunde zustande käme. Bis auf den einen oder anderen amerikanischen Matrosen ist die Kundschaft weiß. Mit Sicherheit kommen keine Leute aus dem Bezirk Coke Ovens hierher. Und keine Frauen. Auch keine Touristen – wir sind hier nicht in Harlem. Keine Sprößlinge aus besserem Hause, die sich aus Neugier im Elendsviertel umsehen. Frances ist die einzige gefallene Prinzessin, die die Schwelle überschritten hat. Ihre Tante Camille zählt nicht, weil sie nicht freiwillig hier ist. Sie bleibt oben, bis es Zeit ist, unten die Spucknäpfe zu leeren und die Pisse von der Schwelle zu wischen.

Frances kommt vor der Stahltür an, atmet noch einmal tief die Kokereiluft ein, bevor sie die lärmerfüllte, schummrig beleuchtete Kneipe betritt, unter Boutros' Arm durch, als sei der eine Brücke. Die Luft ist zum Schneiden, nicht nur vom Rauch, sondern auch von der dunklen Masse männlicher Stimmen und Gliedmaßen, schmutziger Arbeitskleidung, dem Geruch von Schmierfett, Schwefel und Schweiß. Ein unruhiger, stampfender Ankerplatz für harte dreckige Rümpfe in der Nacht, und Frances schwimmt zwischen ihnen, ohne auch nur ein Paddel oder eine Stange zu besitzen. Was wäre wohl beängstigender: bemerkt und eingefangen – oder zufällig zerquetscht zu werden? Sie findet Jameel und bringt den Mut auf, mit, wie sie hofft, erfahrener Stimme einen Drink zu ordern, neugierig auf ihren ersten echten Vorgeschmack von Sünde. Jameel meint, das solle sie vergessen und gleich an die Arbeit gehen.

Sie sieht sich um. Arbeit ... Keine Bühne. Kein Rampenlicht. Und ganz gewiß dreht niemand den Kopf nach ihr um, und es wird nicht leiser, als sie sich dem Klavier nähert. Wo soll sie anfangen? Frances wünscht sich eine gute Fee herbei, die sie in Straußenfedern hüllt und ihr

Brüste, Hüften, Lippen und Lippenstift schenkt – und eine rauchige Altstimme, so wie sie sich Louise Brooks' Stimme vorstellt. Kein Gedanke. Gerade mal eins fünfzig, flach wie ein Waschbrett, Hüften wie Eßstäbchen … Weiblicher als mit sechzehn wird Frances nicht mehr. Sie steht vor dem Klavier, weil kein Hocker da ist. Ein paar Zähne fehlen, andere sind stark lädiert, wieder andere zwar intakt, aber stumm. Seine pockennarbigen und vergilbten Walzen stammen aus einem längst nicht mehr existenten Salon der Jahrhundertwende.

Frances dreht sich zum gleichgültigen Baßgemurmel um und spürt, wie ihre Knie zu Wackelpudding werden. Um nicht davonzurennen, läßt sie ihre Beine in den Pseudosteptanz verfallen, der ihr in den Docks so viele Pennys eingebracht hat. Keine Reaktion. Nicht einmal ein Buhruf – sie ist unsichtbar. Ein tabakverschmierter Spuckefladen landet zufällig neben ihrem Schuh. Sie würgt kurz, schließt die Augen, ballt die Fäuste und zwingt sich zum Singen, schmettert, so laut es ihre schmale Lunge erlaubt: »*Mademoiselle aus Armentières, parlez-vous? Mademoiselle aus Armentières, parlez-vous? Mademoiselle aus Armentières, wurd' seit vierzig Jahren nicht gefickt, klitzekleine pa-arlez vou-ous.*« Vergebens. Was auf dem Schulhof Anstoß erregt, wird in der Kneipe nicht einmal bemerkt.

Sie geht ihr ganzes Repertoire durch, doch alles umsonst. Wer will sich schon eine dürre Pfadfinderin ansehen, die solo einen zweitklassigen, von der Filmleinwand abgeguckten Foxtrott hinlegt, geschweige denn sich ihr piepsiges Gekreische anhören? Jameel bestimmt nicht. Lieber zieht er sie am Ohrläppchen raus. Er packt ihr Halstuch, sie entwindet sich ihm und landet in einem verzweifelten letzten Versuch auf dem Schoß eines Mannes, dem sie sein Glas mopst – »He!« –, runter mit dem Schnaps, sie schnappt nach Luft, dann plaudert sie, wie sie es aus dem Kino kennt: »Du liebe Güte, Baby, wie konnten dich die Engel bloß aus dem Himmel rauslas-

sen?« Zwischen schmalen Hüften und breiten Schultern
schlängelt sie sich außer Reichweite, stibitzt noch einen
Schnaps von einem Mann mit drei Buben – »Was soll
das?« – und kippt ihn mit dem Versprechen runter: »Was
ich hab, findste nicht in Büchern«, hustet, spuckt und
wirft ihm eine Kußhand zu. Jameel kommt mit einer
Flasche hinter ihr her, glättet die Wogen und bedeutet
Boutros: »Wirf sie raus.« Als Frances ihr drittes Glas in
rascher Folge von einem »›großen starken stattlichen
Mann mit dicker Brieftasche‹« geklaut hat und überzeugt
ist, daß ihre Speiseröhre und ihre Brust weggeätzt sind,
bekommen ihre Füße plötzlich Flügel, werden glück-
glück-glücklich, und sie kurbelt das Klavier an. Das
mechanische Gehämmer einer Nagelarmee spielt *Coming
thru' the Rye*, und Frances windet sich mit ihrer Kombi-
nation von Highland Fling und Cancan bis auf die Unterwäsche aus ihrer Uniform. Jetzt gucken sie hin.

Am Montag schwänzt Frances die Schule und macht sich
zu Ranzenarsch-Chisms Friseurladen auf. Er schüttelt den
Kopf.
    »Mit Damenfrisuren kenn ich mich nicht aus …«
    »Ich bin keine Dame.«
    »Hör mal, meine Liebe …«
    Sie schnappt sich seine Schere, schnippelt einen ihrer
Zöpfe ab und sagt: »Jetzt machen Sie was draus.«
    »Herr behüt', Mädchen!«
    Die anderen Männer sahen von ihrem Halmaspiel auf,
als sie hereinkam; sie runzelten die Stirn, als sie sich in den
Barbierstuhl fallen ließ, und jetzt grinsen sie ihr zu. »Nur
weiter so.«
    Ranzenarsch schüttelt den Kopf und gibt sich redliche
Mühe. »Ich weiß nicht, warum Sie nicht in einen ordent-
lichen Damensalon nach Sydney fahren.«
    Die Halmaspieler nennen ihn flüsternd und kichernd
»Pierre«.
    »Ich hab keine Zeit, mich in Sydney zu verlustieren«,

sagt Frances genüßlich in ihrer neuen Gangsterbraut-Sprache. »Ich hab zu tun.«

Zwanzig Minuten später tritt sie auf die Plummer Avenue hinaus, ihr Kopf ein tanzender Wirrwarr rostiger Sprungfedern. Kanada hat soeben ein neues Schätzchen bekommen.

Sie biegt in MacIsaac's Drogerie und Süßwarenhandlung ein. »Hallo, Mr. MacIsaac. Krieg ich bitte ein Päckchen Stecknadeln?«

»Deine Frisur gefällt mir, Frances, sieht richtig fesch aus.«

Als er sich umdreht, klaut sie ein Päckchen maschinell gedrehte türkische Zigaretten. Er gibt ihr die Nadeln mit einem Zitronendrops und fragt: »Was hast du für Pläne, wenn du nächstes Jahr mit der Schule fertig wirst, Mädel?«

»Nun, ich könnte mir vorstellen, zu unterrichten, Mr. MacIsaac. Ich halte es für äußerst wichtig, daß Kinder einen guten Start im Leben haben, und den kann ihnen eine gute Lehrerin vermitteln.«

»Ihr seid mir schon ein paar gescheite Mädchen. Ihr seid begabt, jede von euch.«

Sie steckt sich das Zitronendrops in den Mund und läßt die Nadeln auf dem Tresen liegen.

Während der großen Pause mischt sie sich unter die Menge auf dem Schulhof. Frances hat beschlossen, daß dies ihr letzter Schultag ist. Wenn sie nach dem, was sie vorhat, nicht von der Schule fliegt, dann gibt es keine Gerechtigkeit. Sie zündet sich eine Zigarette an und sieht sich nach dem Mittel zu ihrem Zweck um. Drinnen wischt Mercedes eine Tafel. Sie guckt aus dem Fenster und sieht ihre Schwester in aller Öffentlichkeit rauchen. Und was um alles in der Welt hat Frances da auf dem Kopf? Ein merkwürdiges Mützchen … aus Haaren. Grundgütiger! Als Mercedes draußen angekommen ist, hat sich Frances mit Samtauge Murphy irgendwohin verdrückt. Was mag sie wohl vom armen lieben Samtauge wollen?

Dabei hat sich »Samtauge« seit einiger Zeit in »Sankt Auge« verwandelt, und jetzt nennen ihn die meisten »Pius« oder »Papst«, so sicher sind sich alle, er selbst macht da keine Ausnahme, seiner Berufung zum Geistlichen. Also steht Mercedes auf der Schulveranda, schlägt Polierleder gegen die Steinstufen und kann sich einer gewissen Unruhe nicht erwehren, obgleich sie weiß, daß jedes Mädchen mit Cornelius »dem Papst« Murphy so sicher wäre wie in Abrahams Schoß.

Als es zum Ende der Pause läutet, stolpert Samtauge aus einem der baufälligen Klohäuschen am Rand des Schulhofs und rennt schluchzend durch Kletter-, Seilspring- und Himmel-und-Hölle-Spiele über die Straße auf das Baseballspielfeld und bis nach Hause. Warum hat er eine Hand zwischen den Beinen? Mercedes sucht das Schülermeer nach Frances ab und entdeckt sie, wie sie sich eben von den Klohäuschen entfernt. Um Himmels willen, was ist passiert? Die Schüler, die an Mercedes vorbei die Treppe emporhasten, überlegen laut, was Frances Pipers neuestes Verbrechen wohl sein mag ... »Hat ihn in die Eier getreten.« »Hat ihm eine Schlange in die Unterhose gesteckt.« Mercedes blickt Frances nach, bis sie außer Sicht ist, holt dann tief Luft, sammelt ihre Bürsten und Polierleder ein, geht in die Klasse zurück und hofft auf das Beste.

An diesem Nachmittag erhält James eine Benachrichtigung von Schwester Saint Eustace. Frances wird der Schule verwiesen.

Mitten beim Abendessen kommt Frances nach Hause und setzt sich zu ihrer Familie an den Küchentisch. »Hmm, gekochte Pampe mit Pampe.«

Lily staunt, als sie Frances' gekürzte Haare sieht, doch bevor sie sich dazu äußern kann, fordert James sie und Mercedes auf, sich vom Tisch zu entfernen. Wortlos legen sie Messer und Gabeln hin und gehen. James steht auf und hebt die Hand. Frances rührt sich nicht. Sie schaut nicht einmal auf, kein Muskel zuckt unwillkürlich vor Erwartung. Sie greift nur nach Lilys Gabel und beginnt zu essen. James läßt die Hand sinken. Plötzlich müde geworden, sagt er: »Bring es nicht mit nach Hause.« Sie kaut nur. Vorsichtig rückt er ihren Teller außer Reichweite. »Hast du gehört, Frances?«

Mit gespielt bereitwilliger Zerstreutheit schaut sie auf: »Wie war das?«

»Wenn du hier wohnen bleibst ... Was auch immer du vorhast ... Halt es von Lily fern.«

Frances greift zum Teller und sagt: »Keine Sorge, Daddy.«

Als er sie ansieht, wird er geradezu von Müdigkeit übermannt. Die anmaßende Miene, die frisch gestutzten Locken. *Lost. And gone forever.* Verloren. Und kehrst nie wieder. Was ist aus ihr geworden? Meine kleine Frances. James seufzt. Mit all dem kann er sich jetzt nicht befassen. Es ist alles zuviel. Da drin ist es zu dunkel, und er hat nicht die Energie. Er beobachtet sie: Die Ellbogen auf dem Tisch, summt sie beim Kauen vor sich hin. Dann geht er, ohne sie angerührt zu haben. Sie wird nie mehr Prügel von ihm beziehen.

Frances hat Samtauge erzählt, sie brauche seinen Rat wegen einer furchtbaren Sünde, die ihr jemand gebeichtet habe. Kaum waren sie im dunklen Lokus mit seinem jahrealten Gestank, schlug Frances Samtauge zu Boden und steckte ihm eine Hand in die Hose, während sie mit der anderen Faust seine Haare packte und ein Knie gegen sein Brustbein stemmte. Sie packte zu und holte ihm einen herunter, während er weinte. Je steifer er wurde, desto lauter heulte er, beides konnte er nicht unterdrücken, und es dauerte nicht lange, er war erst fünfzehn.

Frances wischte sich die Hand am Boden ab und ging. Auftrag ausgeführt. Schließlich hab ich ihn nicht verletzt oder so was.

Samtauges Mutter sah ihm alles an, als er nach Hause

kam, er mußte nicht viel sagen außer dem Namen seiner Peinigerin. Zu Frances' Glück war sein Vater tot und Schnucki weit weg. Witwe Murphy ging in die Schule und beklagte sich so wortkarg wie möglich bei Schwester Saint Eustace.

Falls noch irgend jemand ein Fünkchen Glaube daran hatte, daß Frances im Grunde ihres Herzens gut sei, so wurde dies Fünkchen hiermit ausgelöscht.

Am nächsten Morgen kommt Mercedes wie gewöhnlich früh in die Schule und hat vor dem Klingeln gerade noch Zeit, einen Eimer mit Seifenwasser zu füllen und die Ruß-schrift an der Seitenmauer abzuwaschen: »FRANCES PIPER SOLL IN DER HÖLLE SCHMOREN«.

LEICHTE MÄDCHEN
UND SCHWERE JUNGS

Put another nickel in, in the nickelodeon,
all I want is having you and music, music, music.
I'd do anything for you, anything you'd want me to …,
all I want is loving you and music, music, music.

Seit Unterhaltung geboten wird, kommen Männer hin und
wieder in weiblicher Begleitung in die illegale Kneipe.
Jameel stellt ein paar Tische auf. Bindet sich eine Schürze
um. Die Frauen sehen sich die Show mehr oder weniger
ungläubig, verächtlich oder fasziniert an, während sich
ihre Männer gleichgültig geben. Frances hat die Walzen
aus dem mechanischen Klavier entfernt und haut in die
Tasten, spielt zuerst Mamas alte Varietémusik aus der
Wäschetruhe, dann nach Gehör von den Schallplatten, die
Matrosen ihr aus New York City mitbringen.
   In einer Nacht ist Frances eine bizarre Mississippi-
Delta-Diva, trällert mit ihrem dünnen Sopran den *Moon-
shine Blues* und *Shave 'em Dry*, verkündet eine Oktave
über der Norm: »*I can strut my pudding, spread my
grease with ease, 'cause I know my onions, that's why I
always please.*« Am nächsten Samstag singt sie dann oben
ohne, aber mit James' alter Roßhaar-Kriegsfelltasche als
Perücke *I'm just wild about Harry* in Pidgin-Arabisch.
Aus der Sommersprosse auf ihrer Nase macht sie mit
einem Strich Eyeliner ein Ausrufezeichen, sie trägt Rouge
auf ihre Wangen auf, malt sich einen Kußmund und tanzt
nackt hinter einem selbstgebastelten Fächer aus Möwen-
federn, »*I wish I could shimmy like my sister Kate*«.
   Ihre ersten Einnahmen investiert sie in Schminke und
Kostüme. Gern fängt sie als Valentino mit gestreiftem

Gewand und Turban an. Während sie mit einer Hand die Klaviertasten bearbeitet, legt sie das Gewand ab, und zum Vorschein kommt Mata Hari, in Lila und Rot gehüllt. Zu *Scotland the Brave* fallen nacheinander die sieben Schleier, und für den Fall, daß jemand mehr Geilheit als Amüsement verspürt, hat sie immer eine Überraschung parat, um die Erhitzten abzukühlen und die Nichtsahnenden zu stimulieren. Etwa wenn sie sich bis auf eine Windel auszieht und sich den Daumen in den Mund steckt: »*Yes my heart belongs to Daddy, so I simply couldn't be baad ...*«

Angeheizt wird ihr Auftritt mit »Jazzoline«, denn zunächst erhält Frances ihre Gage hauptsächlich in flüssiger Form, bis sie geschäftstüchtiger wird. Alkohol ist nur Mittel zum Zweck: er dient als Inspiration für ihre Solo-Revuen und macht sie unberührbar, wenn sie die Männer einen nach dem anderen mit nach draußen nimmt. Denn das dicke Geld verdient sie nicht in der Kneipe, sondern draußen vor der Hintertür.

Frances ist ein versiegelter Brief. Ganz egal, wo sie war und wer sie begrapscht hat, niemand darf an den Inhalt, wie schmutzig der Umschlag auch sein mag. Und sie über Wasserdampf zu öffnen, das schafft garantiert keiner. Für zwei Dollar hopst dir Frances bei zugeknöpftem Hosenstall so lange wie nötig auf dem Schoß herum. Kein Pappenstiel, aber man muß auch bedenken, was sie pauschal nur für Garderobe ausgibt. Dem Kunden einen runterholen macht zwei fünfzig; dabei trägt sie einen Spezialhandschuh, den sie noch von ihrer Erstkommunion hat. Für weitere fünfzig Cents kriegt man Geplapper, ein Lied, jeden Namen, den man hören will. Berühr ihre kleinen Brüste und spuck noch mal einen Dollar aus; nichts unter ihrer Gürtellinie. So sieht die Speisekarte aus, keine Sonderwünsche. Wenn sie dich auslacht, knall ihr besser keine, sonst ruft sie nach Boutros.

Allmählich verdient Frances Geld. Als sie genug Tinnef und Tand erstanden hat, um schick ausstaffiert zu sein, fängt sie an, ihr Geld an einer geheimen Stelle zu horten.

Und zwar für Lily. Nicht für eine »Heilung« – Frances schließt sich Mercedes' frommen Wünschen nicht an. Frances weiß nicht einmal, warum sie sich so sicher ist, daß Lily das Geld bekommen soll. Sie spart es »für alle Fälle«. Welche Fälle? Alle.

Die ganze Zeit über bleibt Frances technisch gesehen eine Jungfrau. Wofür bewahrt sie sich auf? Sie weiß es nicht. Es ist ein Gefühl. Ihr bleibt noch etwas zu erledigen. »Für Lily.« Was denn, Frances? Etwas.

Jede Nacht, wenn die letzten Besoffenen aufgesammelt und draußen abgelegt werden, geht Frances durch die schlaffen Vorhänge ins Hinterzimmer und zieht sich um. Eines Nachts zu Beginn ihrer Laufbahn schlich sie sich auf Zehenspitzen die Hintertreppe hinauf und entdeckte ihre Tante Camille, die unter einer trüben gelben Funzel in einer Küche saß und Patiencen legte. Wieder wurde Frances von Traurigkeit gepackt, als sie den tristen Haufen Mensch sah, Mama so ähnlich – und doch wieder nicht. Camille war zu sehr in ihre Karten vertieft, um Frances zu bemerken, die um den Türpfosten lugte. Frances beobachtete, wie Camille an ihrem Tee nippte und sich beschwindelte.

Frances wundert sich doch sehr, daß Camille hier gelandet und mit Jameel verheiratet ist. Andererseits, wo ist Mama denn gelandet? Vielleicht ist Camille einst auch durchgebrannt. Frances' Ansicht zum Thema große Liebe bringt die Schlußszene aus der *Büchse der Pandora* auf den Punkt: Als Louise Brooks endlich einen Kerl gratis ranläßt, bringt er sie mir nichts, dir nichts um.

Frances hat nicht den Wunsch, noch tiefer in die schäbigen Geheimnisse von Tante Camille einzudringen, daher hat sie ihren Vorstoß in die oberen häuslichen Gemächer der Flüsterkneipe nicht wiederholt. Zur Schließzeit zieht sie ihr Kostüm zwischen den Kisten und Fäßchen im kalten Hinterzimmer aus und wäscht sich an der Pumpe Gesicht und Hände. Die Kostüme wäscht sie nie. Sie steigt in ihre beigefarbenen Wollsocken, ihre schwarzen Knöpfstiefel und die Pfadfinderinnenuniform mit Barett und macht sich auf den Rückweg nach New Waterford.

Lily steht immer treu am Fenster und hält die Lakenleiter bereit, obwohl Daddy an den Wochenenden nie mehr vor Frances nach Hause kommt. James möchte nicht da sein, wenn Frances sich rein- oder raussstiehlt. Er will nicht wissen, wohin sie geht. Morgens wirft er einen kurzen Blick in ihr Zimmer, erwartet halb, daß sie weg ist. Vielleicht mit einem Mann durchgebrannt. Oder tot in einem Straßengraben.

»Rapunzel, Rapunzel, laß dein Haar herunter!« krächzt Frances, und Lily läßt die geknoteten Bettlaken herunter. Wenn Frances dann durchs Fenster einsteigt, ist sie meist schon wieder einigermaßen nüchtern, falls sie nicht eine Flasche für unterwegs hat mitgehen lassen.

»Willste 'n Schluck, Lily?«

»Nein danke.«

»Na los, komm, Püppchen.« Lily steigt auf Frances' Füße, und sie drehen sich, während Frances singt: »*Let's dance, though you've only a small room, make it your ballroom, let's dance ...*«

Mercedes steht in der dunklen Türöffnung, geisterhaft in ihrem weißen Nachthemd.

»Nimmste noch 'n Schlummertrunk mit mir, Schnuckelchen?«

»Frances, du bist betrunken.«

Frances brabbelt im Eiltempo: »Das-Laken-ist-locker-wer-hat-das-Laken-gelöst-der-das-Laken-gelöst-hat-ist-ein-guter-Lakenlöser. Sag's mir schnell nach, Lily.«

»Frances, es ist Schlafenszeit.« Mercedes versucht, freundlich, aber bestimmt zu klingen.

»Ich piß auf dich, Schwester.« Frances lacht.

Ab und an, wenn sie sich stark genug fühlt und Frances ausreichend alkoholisiert ist, packt Mercedes sie um die Taille, trägt sie zur bereitstehenden Badewanne und unterzieht sie einem Zwangsbad, mit Uniform und allem. Ansonsten könnte man mit Frances nicht unter einem

Dach leben, denn sie wäscht sich überhaupt nur noch Gesicht und Hände. Und ihre Uniform wäscht sie nie. Mercedes durchsucht die Gürteltasche nach schmutzigen Taschentüchern, findet aber nur einen verdreckten weißen Handschuh.

»Wo ist dein zweiter Handschuh, Frances?«

»Ich benutze nur einen.«

»Hm. Nun, dann waschen wir eben den einen.«

Mercedes drückt ihn unter heißem Wasser aus und fragt: »Ist er nicht ein wenig klein für dich?«

»Er erfüllt seinen Zweck.«

Mercedes fragt nicht weiter nach.

An einigermaßen nüchternen Abenden rollt sich Frances neben Lily zusammen und haucht ihr Whiskeyatem ins Ohr: »Lily. Wir sind die Toten« – Lily stellt sich schlafend –, »aber wir wissen es nicht. Wir denken, wir wären am Leben, sind es aber nicht. Wir sind alle gleichzeitig mit Kathleen gestorben, und seither spuken wir durchs Haus.« Lily betet für alle, falls Frances recht hat.

An fast ganz nüchternen Abenden macht Lily ihren Ängsten Luft.

»Frances, muß ich nach Lourdes?«

»Nein. Du mußt gar nichts, was du nicht willst.«

Lily steckt ihren kleinen Fuß zwischen Frances' Knöchel.

»Frances. *Al akbar inschallah?*«

»*In fallah inti,* klitzekleine Spinne.«

»*Yakusa,* Lebkuchenmann, *kibbeh?*«

»*Shalom bi',* Salami.«

»*Aladdin bi',* Sesam.«

»*Bezella ya aini,* Beirut.«

»*Te' berini.*«

»*Te' berini.*«

»Tipperary.«

Jeden Abend, sturzbetrunken oder stocknüchtern, verstaut Frances ihr Geld für Lily im Geheimversteck.

GUTE FEE

Mercedes macht 1930 ihren Schulabschluß als Klassen-
beste. Ralph Luvovitz ist zweiter. Mercedes hält auf der
Feier eine Rede, in der sie ihre jungen Mitbürgerinnen und
Mitbürger auffordert, aus den Fehlern der Vergangenheit
zu lernen, sich den zahlreichen Herausforderungen der
Gegenwart zu stellen und auf Gott und Seinen eingebore-
nen Sohn, Unseren HERRN Jesus Christus, zu vertrauen,
Amen.

James sitzt mit Lily und den Luvovitzens ziemlich weit
hinten in der Aula. Frances, die sich besser nicht auf dem
Schulgelände blicken läßt, bleibt dieser Feier fern; allerdings hat Mercedes früher am Tag, als sie ihr Zimmer betrat, eine neue, in Maroquinleder gebundene Ausgabe von
Charlotte Brontës *Gesammelten Werken* im Schuber auf
ihrer Frisierkommode vorgefunden. Ach, Frances! Die
Kosten. Die zweifelhafte Herkunft der erforderlichen Mittel. Die Großzügigkeit. Weinend hat Mercedes Frances
umarmt und ihr gesagt, daß sie sie liebe. Frances entgegnete, Mercedes möge doch bitte ihre Uniform nicht so naß
heulen.

Nach der Abschlußfeier begeben sich Mercedes, Lily
und James zum Tee zu den Luvovitzens. Lily wundert sich
wieder, daß in Mrs. Luvs Haus alle Spiegel verhängt sind,
fragt aber nicht, warum. Mercedes und Ralph spielen auf
Klavier und Klarinette traurig-vergnügte Klezmer-Musik,
während Mr. Luvovitz singt und tanzt und Mrs. Luvovitz
so entzückt wie peinlich berührt ist.

Als Mercedes' und Ralphs Köpfe sich über dem alten
jiddischen Gesangbuch näher kommen, tauschen Mr. und
Mrs. L. quer durchs Wohnzimmer vielsagende Blicke aus.
James merkt nichts; er ist ungewöhnlich entspannt und

genießt nur die Musik. Ein kultivierter Abend mit alten Freunden. So etwas sollten wir öfter machen. Zum erstenmal seit Jahren empfindet er das wohltuende Gefühl von Normalität. Seit Frances immer seltener daheim ist, gelingt es James hin und wieder, sich wie ein guter Mensch zu fühlen.

»Nimm noch ein *Ruggalech*, James.«

»Danke, Ben, herzlich gern. Sie schmecken köstlich, Missus.«

Ralph begleitet sie nach Hause und bleibt noch ein wenig mit Mercedes auf der Veranda. Er sagt ihr, daß er fortgeht. Nicht für immer. Sie können sich schreiben.

»Versprich mir, daß du schreibst, Mercedes.«

»Aber natürlich, Ralph.«

Seine Eltern haben jeden Groschen zusammengekratzt, um ihn auf die McGill University nach Montreal zu schicken.

»Ich dachte, du würdest auf die Saint F. X. gehen.« Mercedes hat ihre Stimme in der Gewalt. Die Saint Frances Xavier University ist nur eine Tagesreise mit dem Zug entfernt. Dort will sie studieren. Sobald ihre Familie sie nicht mehr braucht. Aber Montreal …

»Es ist eine einmalige Gelegenheit.«

»Gewiß doch, Ralph.«

Er fährt nächste Woche, alles kommt ganz plötzlich. Er wird bei den Weintraubs wohnen, es sind Freunde von Verwandten seiner Mutter, die unlängst aus München eingewandert sind. Sie haben ihm Arbeit in einer Bäckerei besorgt. Ralph wird Medizin studieren. Als gewissenhafter Junge, der er ist, macht er keinen übereilten Antrag, den er noch nicht verantworten kann. Er wird warten, bis er das Grundstudium abgeschlossen hat, und dann um Mercedes' Hand anhalten.

»Mercedes …«

»Ja, Ralph?«

Mercedes' Herz schlägt so schnell, daß sie fürchtet, die Rüschen ihrer gelben Seidenbluse könnten ins Flattern geraten. Ralph neigt sich unvermittelt vor und streift ihre Lippen mit den seinen. Dann ist er fort und läßt Mercedes atemlos zurück.

Oben kühlt sie ihre Wangen am scharlachroten Leder ihrer brandneuen *Jane-Eyre*-Ausgabe.

Diesen ganzen Sommer und den Herbst hindurch schreiben sich Mercedes und Ralph leidenschaftliche Briefe, berichten einander Neuigkeiten. Der Briefwechsel gibt Mercedes die Kraft, durchzuhalten und den Beginn ihres eigenen Lebens zu verschieben. Ein Stipendium für die Saint Frances Xavier University hat sie abgelehnt, denn wie könnte sie von zu Hause fortgehen, solange Lily noch ein Kind ist? Mercedes ist so daran gewöhnt, alles Daddy zuliebe zu tun, daß es ihr nur natürlich vorkommt, ihm auch dieses Opfer zu bringen. Doch im tiefsten Innern hat sich ein anderer Grund herauskristallisiert: Sie muß sich um Frances kümmern. Die hat es nötiger als Daddy oder Lily. Was ist, wenn ich weit weg auf der Hochschule in Antigonish bin, und Frances kommt eines Nachts nicht nach Hause?

Unterdessen ist Mercedes um lohnende Beschäftigung nicht verlegen. Ihr Projekt heißt Lily. Seit der Nacht im letzten November, als Lily krank war, sind keine weiteren deutlichen »Zeichen« aufgetreten. Die rötlichen Strähnen, die seither in Lilys Haaren gewachsen sind, läßt Mercedes nicht gelten, ja sie versucht sogar, sie zu ignorieren. Und sie ruft sich in Erinnerung, daß Wunder allein nicht genügen, die besondere Nähe zu Gott anzuzeigen, die Heiligen eigen ist; was für ein Leben man führt, wird mit berücksichtigt. Daher verdoppelt sie ihre Bemühungen, mit Lily im Schlepptau Gutes zu tun.

Mercedes' seit ihrem Schulabschluß scheinbar überreichlich bemessene Freizeit schrumpft zu einem kläglichen Rest zusammen, sobald sie die Bedürftigkeit ihrer Nächsten aufgelistet hat. Daraus zieht sie eine wertvolle Lehre: Wenn du dir einbildest, gut zu sein, versuche, Gutes zu tun, und du wirst früh genug feststellen, daß deine Taten ein Tröpfchen auf den heißen Stein sind. Besonders in einer Bergwerksstadt. Und dann noch während der Weltwirtschaftskrise.

Mit grimmiger Entschlossenheit widmet sich Mercedes ihrem Auftrag; wenn es vergnüglich wäre, sich in die übelriechenden Niederungen der vom Glück weniger Begünstigten zu begeben, würde es nicht als Opfer gelten. Damit hilft man den armen Seelen im Fegefeuer. Und nicht vergessen: Zeit ist ein wichtiger Faktor. Denn Heilige, die als Kinder erkannt werden, erreichen nur selten das Erwachsenenalter. In Lilys Leben gab es schon Schmerzen genug, und Mercedes vermutet, daß es kurz sein wird. Sie betet. Lily braucht nur bis zu ihrem vierzehnten Geburtstag zu überleben. In der Lourdes-Büchse sind schon fast dreißig Dollar.

Mercedes ist Lilys besonderes Talent im Umgang mit den Veteranen aufgefallen. Im obersten Stockwerk des schönen Westflügels vom Krankenhaus in New Waterford hat man eine Handvoll Männer mit schweren Verletzungen als Dauergäste einquartiert. Sie haben keine Angehörigen. Manche sind arm- oder beinamputiert. Drei sind Giftgasopfer – äußerlich fehlt ihnen nichts, nur die Lungen wollen nicht mehr richtig. Mit ihren Sauerstoffmasken sitzen sie still am Fenster, bis die Sonne untergeht und es Zeit für sie wird, sich vollkommen reglos in ihre Sauerstoffzelte zu legen. Ihre Augen sind größer geworden, und die Falten um ihre Mundwinkel sind hinter den Masken verschwunden. Sie sehen wie große Kinder aus; vielleicht freuen sie sich deshalb so über Lilys Besuche. Es sind Kind-Erwachsene, und Lily ist ein erwachsenes Kind.

Lily schreckt auch nicht vor der Begegnung mit dem Mann zurück, der kein Gesicht hat – nur eine leere, glatte Fläche Babyhaut mit Nasenlöchern und einen lippenlosen Mund, der nicht ganz zugeht. Er verdeckt sein fehlendes Gesicht nicht, denn er geht nie aus, und alle auf der

Station haben sich an ihn gewöhnt; außerdem kann er sich selbst nicht erschrecken, er hat ja keine Augen. Seine größte Freude ist es, eine Zigarette zu rauchen, und jetzt, seit kurzem, Lilys Gesicht zu berühren. Er hat den Hubbel auf ihrer Stirn entdeckt, und der belustigt ihn. Er schwört, vorher häßlicher gewesen zu sein, und er zeigt Lily zum Beweis ein Foto. Lily stimmt ihm zu, daß er abscheulich ausgesehen hat, und er lacht. Mercedes merkt sich das als eine Anekdote für das *Leben der heiligen Lily*, denn sie selbst hat vorher noch nie gehört, daß dieser Mann mehr als einen gegrunzten Fluch von sich gegeben hätte, von Lachen ganz zu schweigen.

Lily findet die Veteranen nicht abstoßend. Sie tun ihr leid, sie wurden schlimm verwundet, doch Mitleid ist eine giftige Salbe. Lily hat Mitleid am eigenen Leib erfahren, wußte zwar nicht, was es war, aber es machte ihr furchtbare Angst. Als sei sie verschwunden und ein Geist geworden. Da sie weiß, wie es ist, so zu verschwinden, weiß sie auch, wie wichtig es für Menschen ist, gesehen zu werden. Daher sucht sie nach den Menschen, auch dann, wenn sie Blinde anschaut, nur für den Fall, daß sie verlorengegangen sind und gefunden werden müssen.

Sie spielen Rommé, bis Lily Pokern lernt. Nur die Gasopfer lachen nie, obwohl auch sie ihren Spaß haben.

Auf dem Nachhauseweg, wenn Mercedes sie ausfragt, hat Lily immer das Gefühl, ihre Schwester irgendwie zu enttäuschen, wenn sie wahrheitsgemäß antwortet: »Es hat mir Spaß gemacht.«

Jeden Abend, wenn das Tagwerk geschafft ist, gönnt sich Mercedes ein wundervoll leeres Blatt Papier: »Lieber Ralph ...«

Manches, was Lily Mercedes sagen könnte, würde eine ganz andere Wirkung erzielen, doch das fällt Lily gar nicht ein. Beispielsweise hat Mr. MacIsaac mit dem Trinken aufgehört. Er sagt Lily, daß sie ihn geheilt habe. Er sagt ihr, sie habe »die Gabe«. Es geschah eines Tages, als Lily ihn bat, ihr zu zeigen, wo er die Arzneipflanzen zog. Mr. Mac-Isaac nahm sie mit nach hinten in sein Gewächshaus.

Mr. MacIsaac ist auch ein Veteran, allerdings aus dem Burenkrieg. Auch das war ein schlimmer Krieg. Er sagt, es gäbe keinen guten. Er und Lily humpeln beide auf dem gleichen Bein, und er sagt ihr gern, sie beide zusammen würden ein mordsmäßiges dreibeiniges Rennen laufen können. Er sagt ihr, wie ähnlich sie ihrer schönen Schwester Kathleen sähe, »der Herr hab sie selig«. Besonders jetzt, seit das Rot in ihren Haaren durchschimmert. »Feenhaar« sagt Mr. MacIsaac zu ihr und zwinkert dazu mit seinem freundlichen trüben Auge.

»Sei unbesorgt, Kleine, das ist was Gutes.«

Durch eine Zeltleinwandtür betraten sie das Gewächshaus. Die Luft zum Atmen war eigenartig, feucht wie über einem unterirdischen See. Überall standen eingetopfte Pflanzen, jede mit einer besonderen Kraft, wenn auch offenbar keine darunter war, die ihn heilen konnte.

Doch das wirklich Erstaunliche befand sich oben. Lily sah zum Glasdach hinauf. Die Sonne trat hinter den Wolken hervor und schien durch die kleinen Scheiben. Vor ihren Augen formierte sich ein Heer. Grüne und graue Schatten, eine ewig junge Geisterarmee in Uniform, die auf sie herablächelte.

Belichtete Fotoplatten aus Glas. Mr. MacIsaac sammelte sie ... Unmengen waren nach dem Krieg weggeworfen worden, da keine Nachfrage nach Abzügen bestand, wenn die Abgelichteten gefallen waren.

»Das sind meine Kinder«, sagte er. »Wir wurden nicht mit eigenen gesegnet, also denke ich an all die Menschen, die ihre Kinder verloren haben, und daß ich meine vielleicht auch verloren hätte, so wie die Dinge nun mal liegen.«

Mrs. MacIsaac war zu Beginn dieses Jahres gestorben, und es wurde allgemein erwartet, daß Mister ihr bald nachfolgte, so wie er sich gehenließ, ständig vor sich hin trank.

Lily sagte: »Dann bin ich dein Kind.«

Er lachte sein pfeifendes Lachen und bedeckte dann sein Gesicht mit beiden Händen. Er griff nach ihrer Hand und legte sie auf seinen Glatzkopf. Nach einer Weile gab er ihre Hand wieder frei und sah auf. Er bat sie, etwas für ihn zu tun.

»Jedesmal, wenn du an meiner Tür vorbeikommst, ein ›Gegrüßet seist du Maria‹ für mich aufsagen. Würdest du das tun?«

Lily versprach es, und sie hielt sich daran. Macht es heute noch. Sie verriet es keinem, weil es ihr wie eine Privatangelegenheit vorkam. Bald sagten die Leute, es sei ein Wunder, daß Mr. MacIsaac das Trinken aufgegeben habe. Obwohl ihm fast jeder in der Stadt Geld schuldete, sahen ihn doch alle lieber munter hinter seinem Tresen.

MacIsaac lebte lange genug, um die Kredite die ganze Weltwirtschaftskrise hindurch zu stunden und als ein auf dem Papier reicher Mann zu sterben.

Lily hatte nicht das Gefühl, Daddy gegenüber treulos zu sein, als sie Mr. MacIsaac erklärte, sie wolle sein Kind sein. Frances hätte gesagt: »Na klar, Daddy ist ja auch nicht dein richtiger Vater.« Doch Lily weiß, daß er es ist. So wie sie auch weiß, daß man jeden am liebsten haben kann. Auch wenn sie Frances am liebsten hat, ob sie will oder nicht.

GINGER

An Abenden mit Vorführung verlangt Jameel jetzt Eintritt. Er läßt Boutros einen Fez tragen. Den verblichenen Vorhang hat er durch einen aus Perlschnüren ersetzt. Es gibt Aschenbecher. Es gibt Gläser. Er setzt den Schnapspreis herauf. Frances zahlt er immer noch fünf Cents pro Abend. Im September hat er die Unverfrorenheit, einen Teil ihrer Einnahmen von den Privatkunden zu verlangen. Damit handelt er sich eine neue Vereinbarung ein.

»Hör zu, Kumpel, ich hab aus dieser Absteige ein kulturelles Mekka gemacht, also erzähl mir nichts von Prozenten für dich, du gibst mir Prozente, Freundchen, ich kriege fünfzig Prozent vom Eintritt, oder ich hau ab und verpfeif euch.«

»Am Arsch.«

»Sechzig.«

»Vierzig.«

»Auryvoir.«

Er packt ihren Arm. »Fünfundvierzig.«

»Leck mich.«

»Fünfzig.«

»Gib mir mal Feuer.«

Er zündet ihre Zigarette an. »Na gut. Du bist jetzt beteiligt, wenn du also Scheiße baust, schneid ich dir die Kehle durch wie jedem Mann.«

»Stell mir ein ordentliches Klavier hier rein.«

Weder bestätigt Boutros Jameels Drohung, noch nimmt er sie zurück, sondern er zählt einfach nur die Hälfte vom Eintrittsgeld des Abends ab und überreicht es Frances.

»He, Boutros«, sagt sie. »Wußte ja gar nicht, daß du

zählen kannst, Jungchen.« Sie blinzelt ihm zu und geht ins Hinterzimmer, um sich ihre Windel und das Lustige-Witwen-Kostüm auszuziehen.

In so einem Lokal legt man sich am besten den Status eines Mannes zu; die Drohung, die Kehle durchgeschnitten zu bekommen – und nur das –, vereinfacht das Überleben einer Frau. Frances wechselt ihre Münzen und Zwei-Dollar-Lappen auf der Bank in größere Scheine, damit alles in ihr Versteck paßt.

Als das Schätzchen von Whitney Pier siebzehn wird, gibt es eine Torte, Geschenke und alles, was dazugehört. Die Kunden, die genau wie Frances' Ruf schillernder geworden sind, singen *Happy Birthday.* Eine Frau, die Frances die »Gräfin« nennt, weil sie wie die Lesbe in der *Büchse der Pandora* aussieht, schenkt ihr einen einfachen Fahrschein nach Boston. Die Gräfin ist sehr gebildet und hat dort unten irgendein Etablissement; zwar hat sie es Frances tausendmal beschrieben, doch die begreift einfach nicht – obwohl sie es schafft, mit beiden Augäpfeln in die gleiche Richtung zu gucken, ganz gleich, wieviel sie intus hat –, ob diese Frau einen Nachtclub oder ein Heim für gefallene Mädchen leitet. »Ich habe nur die lautersten Absichten, Fanny«, beteuert die Gräfin, woraufhin Frances ihr ins Gesicht gähnt und zwinkert. Ein Heizer namens Henry schenkt Frances die neueste Bessie Smith, *Black Mountain Blues.* Sie gibt ihm einen großen feuchten Kuß, hält ihm dann die Hand hin, als verlange sie einen Vierteldollar dafür, und alle lachen. Archie »White-Socks« MacGillicuddy, der, wie jedermann weiß, ein Waschlappen ist, trägt seinen Schniepel fröhlich mit Schleife und Kärtchen verpackt – »Für Frances« – außerhalb des Hosenstalls vor sich her. Frances sagt Boutros, er solle es für sie öffnen. »Mach schon, Butterroß, gute Sachen kriegt man in kleinen Päckchen.« Boutros weigert sich. Leo Taylor taucht gerade rechtzeitig an der Vordertür auf, um zu sehen, wie Jameel mit einer Miniaturhure mit Sonnenschirmchen auf den Schultern durch die Menge paradiert. Den Lärm übertönend, ruft Taylor: »Mr. Jameel, ich bringe, was Sie bestellt haben.«

Jameel setzt Frances ab, und diverse Hände bedecken ihre Augen, ehe sie sich umdrehen darf: »Wer hat das Licht ausgemacht?!« Boutros geht mit Taylor. Kurz darauf kommen sie mit vor Anstrengung hervortretenden Halsadern wieder und schieben Stückchen für Stückchen ein praktisch neues Wandklavier durch die Tür.

Taylor liefert den Schnaps nachmittags während der Woche aus, hat also den Laden noch nie in Betrieb gesehen, was ihm nur recht war. Betrunkene mag er nicht, und Prostituierte erschrecken ihn … Sie sind alle die Töchter von jemandem. Diese hier ist so klein, daß sie noch ein Kind sein könnte, doch das ist ja wohl nicht möglich – er ist richtig froh, daß jemand ihr Gesicht mit den Händen bedeckt. Die übergroßen roten Ringellocken ihrer Perücke lassen sich nicht übersehen, und ihre Hände, die den Sonnenschirm zwirbeln, sind lilienweiß bis zu den Handgelenken, wo zwei Schmutzmanschetten anfangen. Schmutz, der sich im Lauf der Zeit angesammelt hat. Und Taylor kann ihrem Geruch nicht ausweichen, als er an seiner Seite das Klavier vor ihr absetzt. Sie riecht wie ein vernachlässigtes Baby, dieser triste Geruch nach saurer Milch und Pisse. Taylor geht und kommt dann mit einem Klavierhocker wieder, doch sie sitzt bereits, dreht ihm den Rücken zu und gibt affektiert *Let Me Call You Sweetheart* zum besten. Es irritiert ihn: eine richtige Kleinmädchenstimme.

Frances kommt überhaupt nicht aus dem Takt, als sich Boutros von allen vieren erhebt und durch den Hocker ersetzt wird.

Als Leo Taylor geht, ist ihm ein wenig übel. Hinter ihm fällt die Stahltür zu, und er hört, wie aus dem Klavier ein Klimperkasten und aus der Schnulze ein Boogie wird. Er steigt in seinen Laster und läßt den Motor an. Am liebsten würde er jetzt nach Hause fahren und seine Frau und die Kinder noch einmal zum Abschied küssen, doch dafür

371

fehlt die Zeit. Außer Schnaps liefert er lebende Hummer nach New York City für all die vornehmen alten Familien und frischgebackenen Ganoven, die sich welche leisten können.

Auf dem Highway 4 lenkt er seinen Laster Richtung Süden und beschwört zu seiner Gesellschaft die Stimme und Erscheinung seiner Frau herauf. Jede kostbare Einzelheit ruft er ab: rostfarbene drahtige Haare, dunkelbraune Sommersprossen auf ihrem hellbraunen Gesicht. Adleraugen. Schmal und brutal, darüber muß er kichern. Sie bleiben den ganzen Weg über bis zur Meerenge von Canso in Kontakt, bis er die Insel verlassen hat und meint, jetzt müsse er ihr ein wenig Schlaf gönnen. »Gute Nacht, Addy«, sagt er und lächelt darüber, wie sie ihn wegen seiner Sentimentalität herunterputzen würde, wenn sie sähe, wie er in seinem Laster, der jetzt auf die Fähre rollt, laut mit ihr plaudert. Er sieht ihr schiefes Grinsen, während sie sich reckt, um ihn zu küssen, und sagt: »Gute Nacht, Ginger. Fahr vorsichtig, Baby.«

Leo Taylor wird nicht etwa Ginger, »Ingwer«, genannt, weil seine Hautfarbe hellbraun wäre. Er ist so schwarz wie seine Schwester Teresa. Vielmehr deshalb, weil er richtiges Ginger-ale nach einem Rezept aus der Karibik braut, das ihm seine Mutter Clarisse vermacht hat. Clarisse hatte das Getränk verkauft, aber Leo kann es sich leisten, es zu verschenken. Er hat die starken Arme und den weichen Bauch eines zufriedenen Mannes. Oft hält er Rückschau und fragt sich, wie er zu so viel Glück im Leben gekommen ist. Gute Arbeit, gesunde, schöne Kinder, eine starke Frau.

In dieser Nacht kriecht Frances wie gewöhnlich zu Lily ins Bett, doch schon bald wird sie von einem Alptraum geweckt. An manche Träume hat Frances sich mittlerweile gewöhnt, etwa an den, wie sie Lily ihr eigenes amputiertes Bein schenkt, aber die Größe stimmt nicht. An manche Träume wird sie sich nie gewöhnen, etwa an den, wie sie

Lily aus Versehen in den Ofen schiebt und sie brät, aber weder Mama noch sonst jemand am Tisch scheinen zu merken, daß der Braten Lily ist. Doch heute nacht fährt Frances mit zusammengeschnürter Kehle und einem stummen Schrei aus dem Schlaf: Mama im Garten am Vogelscheuchenpfahl, mit dem alten Filzhut auf dem Kopf, angetan mit einem ihrer unförmigen geblümten Kleider, das vorne ganz schmutzig ist, in der Hand die Steak-und-Nieren-Pasteten-Schere, an der ein Stück rosa Knorpel hängt. Doch das schlimmste ist: Sie hat kein Gesicht. Mama!

Frances ist wild entschlossen, sich diesen Stummfilm nicht bis zu Ende anzusehen, denn wer weiß, vielleicht wird ja noch ein Tonfilm draus. Sie muß an einem traumlosen Ort schlafen. An einem ebenso leeren wie vollkommen stillen Ort. Die Dachkammer ist beides, weil dort das permanente Entsetzen herrscht.

Trixie tapst hinterdrein, als Frances eine Decke und ein paar Kissen durch den Flur zur Bodentreppentür schleppt. Sie öffnet die Tür, doch sowohl sie als auch Trixie zögern. Das Problem ist, daß es in der Dachkammer zwar nicht spukt, aber auf der Treppe dort hinauf schon.

Frances steht barfuß unten und sieht in den schmalen Korridor hinauf. Ihre Kopfhaut fühlt sich so straff an, als hätte sie noch Zöpfe. Im Dunkeln dehnt sich ihr Körper aus und zieht sich zusammen wie ein Gummiband ... Auf einmal ist sie drei Meter lang und gewellt, dann wieder winzig wie ein Kleinkind. »Ich hab vergessen, meinen Morgenmantel überzuziehen« – Frances sieht ihren grünkarierten Morgenmantel vor sich –, »aber das ist Quatsch, denn den hatte ich doch nur, als Mercedes und ich klein und immer gleich angezogen waren.« Frances steht auf der ersten Stufe. Ein klammes Frösteln läuft ihr den Rücken hinunter, schraubt ihren Körper wieder auf Normalgröße zurück, und Furcht packt sie, weil sie Stimmen hört. Direkt unter Wasser sind es zwar Fischstimmen, aber sie nähern sich blubbernd der Oberfläche, und Frances wird jeden Moment verstehen, was sie sagen. Die Hände auf die Ohren gepreßt, murmelt Frances vor sich hin und zwingt sich auf die zweite Stufe. Kalte Schatten glitschen vorbei, Kathleen ist dort oben. Aber nein, es sind nur die Kätzchen, *Halt* – sie müssen getauft werden – *nicht* – »wer ist hier die Mörderin?!« – *nicht* – »du bist der Teufel!« – *nicht, nicht, nicht, nicht*, ganz die Treppe rauf, bis sie oben ist und die Tür aufmacht.

In der Dachkammer anzukommen ist wie in der Wüste zu landen, nachdem man beinahe ertrunken ist. Sie schließt die Tür hinter sich. Trixie springt lautlos auf das Fensterbrett. Frances legt sich auf den Boden. Sie schließt die Augen und schläft tief und traumlos, ohne Angst haben zu müssen, daß sie an einem Alptraum stirbt.

Am nächsten Tag wacht Frances nüchterner auf, als sie seit fast einem Jahr gewesen ist. In ihrer Pfadfinderinnengürteltasche findet sie einen Fahrschein nach Boston, ohne zu wissen, wie er dorthin kam. Sie geht zum Bahnhof in Sydney und verkauft ihn gegen Bargeld. Die Insel will sie erst verlassen, wenn sie genügend Geld für Lily beisammenhat. Und noch etwas zuwege gebracht hat. Was, Frances? Etwas. Das wird sie erst wissen, wenn sie es sieht. Sie ist ein Einsatzkommando für eine Mission, die so geheim ist, daß nicht einmal sie selbst Bescheid weiß. Doch sie ist bereit. Nacht für Nacht der Hindernislauf. Manöver hinter den feindlichen Linien. Getarnt, damit sie mit der Landschaft verschmilzt.

Your voice is sad whene'er you speak ...

In der Nacht vor dem Kriegsende bindet Kathleen eine smaragdgrüne Schärpe von der Taille ihres gewagten neuen Kleides aus lindgrünem Seidenchiffon und windet sie wieder und wieder um einen kohlschwarzen Filzhut. Sie läßt ihre Hände die diamantenbesetzte Hemdbrust hinaufgleiten und schiebt ihren Schenkel zwischen den Nadelstreifenstoff der weiten schwarzbeigen Hosenbeine.

Uptown gibt es gemischte Clubs, in die sie gehen können. Und sie haben eine geheime Stelle im Central Park. Sie müssen vorsichtig sein, und das ist schwer. Sie sind jung und vergessen leicht, daß die Welt nicht so verliebt in sie ist, wie sie es ineinander sind.

And tears bedim your loving eyes ...

SECHSTES BUCH

Die Pfadfinderin

KLAGE NICHT

Im Mai 1931 ist Mercedes ernsthaft besorgt. Seit acht Wochen hat sie nichts mehr von Ralph gehört. Mrs. Luvovitz fragt sie lieber nicht nach ihm, weil es sich für ein junges Mädchen nicht schickt, sich anmerken zu lassen, daß es Absichten auf einen jungen Mann hat. Und Mercedes möchte nicht den Eindruck erwecken, sie ergriffe die Initiative, besonders nicht in den Augen ihrer zukünftigen Schwiegermutter. Außerdem wüßten Ralphs Eltern, wenn er in Schwierigkeiten steckte, doch sie wirken gänzlich unbekümmert. Dennoch schaut Mercedes mehrmals wöchentlich in Luvovitzens koscherer kanadischer Fleischerei vorbei, weil ihr doch immer wieder etwas entfällt: »Ach, Mrs. Luvovitz, stellen Sie sich vor, jetzt habe ich doch das Pfund Blutwurst für Daddy vergessen.«

Eines Donnerstagnachmittags kehrt Mercedes zu Luvovitzens zurück, um eine Schachtel Salz zu kaufen, die sie am selben Vormittag vergessen hat. Als Mrs. Luvovitz den Preis eintippt, lächelt sie Mercedes etwas seltsam an und erkundigt sich: »Soso. Und wie geht es deinem Vater, meine Liebe?«

»Oh, danke gut, Mrs. Luvovitz.«

Sie nicken und lächeln einander zu, und keine von beiden rührt sich von der Stelle. Mercedes fragt: »Und wie geht es Mr. Luvovitz?«

»Ach, du kennst ja den Mister, Liebes, dem geht's blendend, einfach blendend.«

Mercedes kichert vor sich hin und nickt.

Mrs. Luvovitz fragt: »Wie geht es deinen Schwestern?«

»Lily geht es sehr gut, danke, und Frances wirkt … Nun ja, ich mache mir ein wenig Sorgen um sie, sie … ist noch auf der Suche nach sich selbst, wissen Sie …«

»Wir sind alle besorgt, Liebes, aber sie ist eine … Im Grunde ihres Herzens geht es ihr gut, und das ist die Hauptsache, weißt du.«

»Danke, ja.«

Mrs. Luvovitz greift nach einer Dose Ovomaltine und überreicht sie Mercedes. »Hast du das schon mal probiert? Wir bekommen es aus England.«

»Ach wirklich? Nein, noch nicht.«

»Hier, probier es, es wird dir schmecken.«

»Oh« – Mercedes errötet und greift nach ihrem Geldbeutel, unsicher, ob sie … Doch Mrs. Luvovitz legt eine Hand auf ihre und sagt in dem wohlbekannten scheltenden Tonfall, der Mercedes wieder aus der Verlegenheit erlöst: »Joi-joi-joi, was machst du da, steck dein Geld nur schnell wieder weg.«

Mercedes sagt: »Vielen Dank, Mrs. Luvovitz, das ist schrecklich nett von Ihnen«, und sie kommt sich dumm vor, denn offenbar hat sie sich etwas zu überschwenglich bei Mrs. Luvovitz bedankt, deren Lächeln nun ein wenig angestrengt wirkt. Eigentlich hat Mercedes noch nie ein so lang anhaltendes Lächeln auf dem Gesicht der guten Frau gesehen. Mercedes lächelt zurück und hätte am liebsten gefragt: »Haben Sie etwas von Ralph gehört?« Statt dessen bedankt sie sich noch einmal bei Mrs. Luvovitz und wendet sich zum Gehen, doch da platzt Mrs. Luvovitz heraus: »Hast du etwas von Ralph gehört?«

Mercedes kommt zurück. Jetzt macht sie sich wirklich Sorgen. »Nein, o weh …«

»Es geht ihm gut, es geht ihm gut, unsere Freunde schreiben, daß es ihm gutgeht, alles bestens, allerdings …«

»Ah, das sind ja gute Neuigkeiten …«

»Er hat uns nicht geschrieben, und ich habe mich gefragt …«

»Oje.« Sie sehen einander kurz an, dann schüttelt Mercedes den Kopf. »Leider habe ich auch schon seit einiger Zeit keinen Brief mehr bekommen.«

Was nun folgt, ist für Mercedes verwirrend und peinlich zugleich. Mrs. Luvovitz nimmt Mercedes' Hände fest zwischen ihre, drückt sie und sagt mit zitterndem Kinn, während sie mit ihrem Lächeln gegen Tränen ankämpft: »Du bist ein gutes Mädchen, Mercedes, ein großartiges Mädchen.«

»Danke, Mrs. Luvovitz.« Mercedes läßt die Ovomaltine in ihr Einkaufsnetz fallen, vergißt fast das Salz und sagt noch schnell: »Ich lasse von mir hören, sobald Ralph sich bei mir gemeldet hat.«

Doch Mrs. Luvovitz hat sich wieder den Regalen zugewandt und rückt sorgfältig einen Karton Stahlwolle gerade.

Drei Wochen später trifft der ersehnte Brief ein. Mercedes trägt ihn nach oben in ihr Zimmer und nimmt dabei auf ungewohnte Weise immer zwei Treppenstufen auf einmal. Sie wirft sich auf ihr Bett, küßt den Umschlag, bevor ihr Kopf auf dem Kissen landet, bleibt ein Weilchen auf der Seite liegen und streichelt nur das Siegel. Lieber Ralph. Im Lauf dieser langen letzten Monate sind für sie seine Gesichtszüge weicher, ist seine Stimme tiefer geworden. Seufzend erblickt sie im Frisierkommodenspiegel ihre geröteten Wangen und befiehlt: »Sei nicht so eine dumme Gans, Mrs. Ralph Luvovitz«, was sie zum Kichern bringt, und sie umarmt ihr Kissen, in das sie gleichzeitig ihr Gesicht vergräbt. Schließlich beruhigt sie sich so weit, daß sie den Brief öffnen kann. »Liebe Mercedes« – lieber Ralph –, »es kommt mir irgendwie selbstgefällig vor, Dir dies zu schreiben, weil Du ein so phantastisches Mädchen bist und ohnehin jeden Kerl auf der Welt haben könntest, statt Dich mit mir zu begnügen, aber mir scheint, ich sollte es Dir besser mitteilen, weil Du mich sonst vielleicht für einen Feigling hältst. Na dann: Es tut mir schrecklich leid, falls ich Dich je zu der Hoffnung verleitet habe …«

Als Mercedes aufstehen kann, geht sie zu ihrer Frisierkommode, entfernt das Foto von Ralph aus dem Rahmen, und darunter kommt das Gedicht zum Vorschein, mit dem sie vor nahezu fünf Jahren Valentinos Bild ersetzt hat. Wieder auf ihrem Bett, sitzt sie vollkommen reglos da und zwingt ihr aufwallendes Blut zum Herzen zurück, bis sie, selbst wenn sie es wollte, nicht einmal eine Hand zur Faust ballen könnte. Allmählich geht ihre Temperatur zurück, während sie auf die weisen Worte in dem Rahmen starrt, die Ralph auslöschen.

Am Abend ist sie vollkommen ruhig. Eigentlich sogar zum erstenmal wieder klar im Kopf, seit sie sich in den Kaufmannssohn verguckt hat. Ein Hebräer. Du liebe Güte! Unterdessen habe ich die vernachlässigt, die mich wirklich brauchen.

Mercedes geht die Treppe hinunter, den Kopf perfekt ausbalanciert auf dem Hals, eine Hand ruht leicht auf dem Geländer. Heute abend kommt Frances in die Wanne, keine Widerrede. Mercedes betritt die Küche, geht schnurstracks zur Lourdes-Büchse und zählt das Geld. Hmm. Da müssen wir uns noch ein wenig anstrengen, nicht wahr? Sie zündet eine Herdflamme an und entledigt sich der zerknitterten Fotografie des Knaben mit den abstehenden Ohren. Und kocht ein opulentes Abendessen für Daddy. Die Erkenntnis, wie sträflich sie ihre Pflichten am Herd in letzter Zeit vernachlässigt hat, schmerzt sie. Und Daddy hat darauf so freundlich reagiert und nur gesagt: »Ich hole auf dem Nachhauseweg kalten Braten, Mercedes, mach dir keine Umstände.« Mercedes hat vor, von nun an so viel aufzutragen, daß der Tisch sich biegt. Armer Daddy.

Mercedes hat niemandem von dem Brief erzählt, daher sind Mr. und Mrs. Luvovitz, als sie Anfang Juni zum freudigen Wiedersehen mit ihrem Sohn nach Sydney fahren, nicht auf die Begegnung mit ihrer Schwiegertochter gefaßt. Marie-Josée ist so zierlich und untersetzt, wie es sein soll. Dunkelhaarig und hübsch. Katholisch und schwanger. Dieses kleine Mißgeschick ändert nichts an der Tatsache, daß sie und Ralph bis über beide Ohren ineinander verliebt sind.

Klage nicht

Ein hübsches Mädchen sah ich heut, mit Haaren
    blond und fein,
Und war neidisch, denn so schön wollt' ich auch
    wohl sein.
Doch da stand sie auf und humpelte an Krücken,
Sie hatte nur ein Bein, doch ein Lächeln zum
    Entzücken.
O Gott, verzeihe mir meine Klagen,
Zwei Beine hab ich, die mich tragen.

Unterwegs hielt ich an und kaufte mir Bonbons.
Der Verkäufer war so freundlich zu mir.
Wir plauderten – gerne kam ich zu spät dafür.
Als ich ging, sprach er: »Danke, mein Kind,
Du warst sehr nett zu mir, ich bin nämlich blind.«
O Gott, verzeihe mir meine Klagen,
Zwei Augen hab ich, was soll ich da noch sagen.

Später traf ich ein Kind mit Augen, so blau,
Das sah nur beim Spielen zu und wurde draus
    nicht schlau.
»Warum spielst du nicht mit den anderen
    Kleinen?«
Er konnte nichts hören, fing leis' an zu weinen.
O Gott, verzeihe mir meine Klagen …

                                    Verfasser Unbekannt

DUNKELHÄUTIGE DAMEN

In einer Märznacht 1932 zieht sich Frances in dem bitter-kalten Hinterzimmer der Kneipe wieder ihre Pfadfinderin-nenuniform an. Obwohl sie kälteempfindlicher ist als die meisten anderen, hat sie nichts dagegen einzuwenden, weil die Kälte ihre Kostüme wie neu aussehen läßt. Heute abend erschrickt sie nicht schlecht, denn eine schwabbe-lige Frauenstimme berührt sie wie eine Qualle: »Du taugst nichts.«

Frances sieht auf. Der dunklere Umriß im schummrigen Licht ist zweifellos Camille.

»Ach, hallo, Tante Camille.«

»Du bist Abschaum.«

Frances zieht ihre miefigen Wollstrümpfe an. »Unterm Nerz sind wir alle Schwestern, Süße«, sagt sie.

»Du solltest dich besser umbringen.«

Frances lacht laut auf und geht.

Wenn sie ihre Pfadfinderinnenuniform trägt, mag man auf den ersten Blick kaum glauben, daß Frances achtzehn ist und kein zwölfjähriges Kind. Auf den zweiten Blick mag man kaum glauben, daß Frances jemals ein Kind war. Camille sieht ihr nach und fragt sich, womit ihre Schwe-ster das bloß verdient hat. Tja, und womit habe ich mein Leben verdient?

Als Mahmouds älteste Tochter Materia mit dem *enk-lieschen* Mistkerl durchbrannte, gab Mahmoud seine zweitälteste Tochter Tommy Jameel. Er nahm an, es genüge bereits, daß Jameel Libanese war. Es genügte nicht. Mahmoud weiß das jetzt; Jameel ist nicht sein Schwieger-sohn.

Zum Glück waren noch drei Töchter übrig, mit denen er den Verlust der beiden ersten wettmachen konnte. Alle drei sind glücklich. Zwei haben nette junge Kanadier libanesischer Abstammung aus Sydney geheiratet, und die jüngste einen Arzt – einen *enklieschen*, aber einen guten. Und alle seine Söhne haben gut geheiratet: drei haben Frauen aus der alten Heimat gefunden, besser geht es nicht. Drei haben Kanadierinnen geheiratet: eine ist libanesischer Abstammung, zwei sind Neuschottländerinnen französischer Abstammung. Ein Sohn ist Priester geworden, Gott ist groß. Bisher hat Mahmoud vierzig Enkelkinder, vierundzwanzig davon erkennt er an, und fünfzehn davon sind Jungen. *Bneschkor Allah.*

Camille hätte sich ihren Mann aussuchen können. Sie war wirklich die schönste von allen, man sah ihr an, daß sie viele Söhne gebären würde. Sie hätte Camille McNeil, Camille Shebib oder Camille Stubinski heißen können. Statt dessen ist sie Camille Jameel. Sie macht Pa keine Vorwürfe ... Ihn verehrt sie schließlich. Und wie könnte sie Materia Vorwürfe machen, die sie abgöttisch liebt? Also haßt sie Frances, die Nutte, die nur lebt, um das Andenken an die arme Materia zu beflecken.

Camille ist eine einfache Frau und hat sich ein einfaches Leben gewünscht. Statt dessen ist es kompliziert geraten. Sie hat gekichert und mit den Wimpern geklimpert, und wohin hat das geführt? In Jameels Schnapsschuppen. Pa hat Jameel eine großzügige Mitgift gegeben, Gott allein weiß, was aus dem Geld geworden ist. Camille hat keine besondere Begabung. Das, wozu sie erzogen wurde, hätte sie gut gemacht. Die Welt sollte nicht so beschaffen sein, daß sie nach Heldinnen verlangt, und wenn eine versagt, nach der verlangt wird, sollten wir kein harsches Urteil über sie fällen. Sondern nur sagen: Arme Camille, aus ihr ist ein Ekel geworden, wie aus den meisten anderen an ihrer Stelle eins geworden wäre – und uns von ihr fernhalten.

Doch tief im Herzen hegt sie noch Erwartungen. Eine Lichtung im Wald. Aber nicht, wenn sie sich ihre fünf Söhne ansieht, die Jameel für sich vereinnahmte, sobald sie groß genug waren, eine Kiste zu tragen oder Botendienste zu leisten. Auch nicht, wenn sie ihren Mann ansieht, der es nicht einmal in ihrer Hochzeitsnacht für nötig hielt, sich zu rasieren, aber sich und das Laken gleich danach überprüfte, um sicherzugehen, daß man ihn nicht geprellt hatte. Nein. Auf der Lichtung im Wald verharrt Camille wie ein Reh und wartet darauf, daß Pa sie wahrnimmt.

In der nächsten Nacht lauert die tintenschwarze Spukgestalt wieder im Hinterzimmer. Frances wird schon richtig ein bißchen unruhig ... Camille ist so eine, die still dahockt wie ein Klotz und dann, eines Tages, unversehens zur Axt greift.

»Hallo, Tante Camille, kann ich etwas für dich tun?«

»Du bist ein Stück Scheiße.«

»Meine Güte, was hast du nur für ein hübsches Ensemble an!«

»Du bist eine Schande für meinen Vater.«

»Wie geht es ihm, ich wollte schon längst mal vorbeischauen.«

»Du bist es nicht wert, einen Fuß in meines Vaters Haus zu setzen.«

Frances läßt ihre vollgestopfte Gürteltasche zuschnappen und geht. Camille hat sie auf eine Idee gebracht.

Die Adresse steht im Telefonbuch. Frances arbeitet sich zu einem Haus auf dem Hügel vor. Sie huscht von Hecke zu Baum. Von einem Gebüsch zur Seitenmauer ... Die Kohlenrutsche ist gerade groß genug für ein Kind. Als sie endlich im Haus ihres Großvaters ist, finden sich reichlich geheime Beobachtungsplätze. Und jede Menge Beutestücke, man weiß kaum, wo man anfangen soll.

An der Innenwand des überladenen Wohnzimmers befindet sich ein Gitter. Dort wäre Frances' Gesicht oft hinter schmiedeeisernen Weinreben zu erkennen, doch niemand kommt auf die Idee, hinzuschauen. Der Schrank unter der Treppe ist voll von weichen dunklen Sachen.

Wenn die Tür einen Spalt offensteht, läßt sich ein schmaler weißer Streifen erkennen, der die finstere Ecke durchbricht. Da schaut Frances hervor. Nach Pelzen und Schals
suchende Hände haben ihre Locken gestreift, halten kaum
inne, um sie als ein weiteres Stück Schafspelz wahrzuneh-
men. Und falls der Schläfer im Elternschlafzimmer eines
Nachts grundlos aufwachen und unter das Bett schauen
sollte, sähe er sie da womöglich, die Arme vor der Brust
verschränkt, wie sie dort hinaufstarrt, wo sein Herz ruht.
Falls sie nicht durch die Metallstäbe am Fußende seines
Bettes zu ihm hinüberspäht.

Frances saugt die lange dünne Gestalt ihres Großvaters
in sich auf, seine Haut von der Farbe und Geschmeidigkeit
alten Hirschfells. Mama entdeckt sie einzig und allein in
seiner Farbe, in dem flüssigen Elfenbein der Augen – auch
wenn seine scharf sind – und den gewellten stahlgrauen
Haaren. Jäh wird sie von Sehnsucht nach ihrer Großmutter gepackt und fragt sich, wie einem etwas fehlen kann,
was man nie hatte. Zu ihrer Überraschung stellt sie dann
doch eine Familienähnlichkeit fest: In der Eckigkeit von
Mahmouds Körper, seiner Haltung und seinem unbeug-
samen Rückgrat steckt etwas von Mercedes. Nicht zum
erstenmal kommt Frances zu dem Schluß, daß sie selbst
ein Wechselbalg sein muß.

Immer bringt sie ein Geschenk für Lily mit. Einen
Kamm mit Griff aus Sterlingsilber, mit Schildpattzähnen.
Einen Mondsteinring. Einen Zopf.

Lily streichelt den trockenen schwarzen Zopf, als wäre er
ein lebendes Wesen, dem plötzlicher Tod durch Erschrecken droht.

»Er hat Mama gehört«, sagt Frances.

»Darf ich ihn behalten?«

»Jetzt gehört er dir.«

»Woher hast du ihn?«

»Ich hab eine Falltür gefunden wie in *Tausendundeine
Nacht*. Sie führt in einen unterirdischen Garten. Dort

unten wächst einfach alles, was du dir nur vorstellen kannst, an den Bäumen. Edelsteine, Haare ... und ungeborene Babys.«

Lily nimmt an, daß Frances von der alten französischen Grube erzählt. Sie stellt sich Frances nicht gern allein dort vor, wie sie nach Schätzen sucht. Die Toten beraubt. Lily bettelt darum, sie begleiten zu dürfen, doch Frances sagt, der Garten aus *Tausendundeiner Nacht* sei eine »Solomission«. Als Frances Lily allerdings eine einzelne Perle mitbringt, macht Lily sich allmählich Sorgen, weil das bedeutet, daß Frances getaucht ist. Sie befürchtet, Frances könne sich entschließen, in dem See in der alten französischen Grube zu ertrinken. Weil Lily weiß, wie verlockend es sein kann, Wasser einzuatmen, bittet sie Ambrose, auf Lily achtzugeben. Bitte, lieber Bruder, errette unsere liebste Frances vorm Ertrinken, wie du mich errettet hast.

Als Frances das erstemal über Nacht wegblieb, war Mercedes völlig außer sich. Sie zog ihr Nachthemd an und wieder aus, rang die Hände und war schon mehrmals halb draußen, durch die Haustür, doch da sie keine Ahnung hatte, wo sie suchen sollte, kehrte sie gleich wieder an den Küchentisch zurück und setzte ihre Nachtwache fort. Und was, wenn Frances anrief, während sie draußen war?

Mercedes ängstigte sich stumm zu Tode, um Daddy nicht zu stören, der im Ohrensessel in einen sehr nötigen und ungewöhnlich tiefen Schlaf gefallen war. Als Lily am Morgen nach unten kam, traf sie Mercedes beim Zwiebelschälen in der Küche an.

»Was kochst du, Mercedes?«

»Nichts, Lily, geh wieder ins Bett.«

»Es ist Morgen ... Ist Frances jetzt zu Hause?«

Mercedes wischte sich aus Versehen mit ihrer Zwiebelhand die Augen und konnte auf einmal nur noch schlucken.

»Mercedes ...«

»Ich schneide bloß Zwiebeln, Lily, sei nicht albern.«

»Mach dir um Frances keine Sorgen, Mercedes, ich hab Ambrose gebeten, auf sie aufzupassen.«

Mercedes packte Lily und umarmte sie. Lily spürte etwas Hartes an ihrer Wirbelsäule – Mercedes hatte vergessen, das Schälmesser aus der Hand zu legen –, war aber zu höflich, etwas zu sagen. James kam händereibend in die Küche, erfrischt, obwohl er die Nacht angezogen auf dem Sessel verbracht hatte: »Wer hat Lust auf Eier mit Schinken? Ich mache Frühstück.«

»O Daddy«, sagte Mercedes, »mach dir keine Sorgen um Frances. Sie kommt bestimmt wieder.«

Was sie an dem Nachmittag auch tat, mit einer winzigen geschnitzten Ballerina für Lily.

Von da an macht sich Mercedes keine Sorgen mehr, wenn Frances wie eine Katze tagelang verschwindet, und vertraut darauf, daß sie dank Lilys besonderer Fürbitte beschützt wird. Mercedes vermerkt dies als ein weiteres Zeichen, das sie eines Tages in naher Zukunft in den immer länger werdenden Bericht an den Bischof aufnehmen wird.

Mahmoud fällt nie auf, daß der Zopf fehlt, weil er keine Ahnung hat, daß der die Materia-Säuberungsaktion überstanden hat. Frances hat ihn unter dem roten Samtfutter am Boden von Giselles Schmuckkästchen gefunden. Das war knapp.

Mahmoud lag am anderen Ende des Zimmers im Bett und schlief wie ein Stein. Frances stand am Frisiertisch ihrer toten Großmutter und betrachtete die vor ihr ausgebreitete Beute. Silberbürsten, Kämme und Handspiegel. Ein Schmuckkästchen aus Rosenholz. Sie klappte den Deckel hoch, da kam ein Spieluhrorchester mit einer rosa Ballerina zum Vorschein. Frances machte das Kästchen sofort wieder zu und drehte sich zu Mahmoud um, der sich ächzend auf die Seite drehte und ihr in die Augen sah. So verharrten sie reglos und starrten einander an, bis ihr aufging, daß er noch schlief. Sie winkte ihm zu. Zeigte

ihm den Stinkefinger. Sie wandte sich wieder dem
Schmuckkästchen zu und öffnete es einen winzigen Spaltbreit ... Ja, jetzt sah sie die kleine Ballerina platt auf dem
Gesicht liegen. Frances steckte einen Finger durch den
Spalt und hielt das Ding in der Toten-Schwan-Position
fest, während sie das Kästchen öffnete und ausräumte. Sie
suchte nach einem doppelten Boden, unter dem Geld liegen könnte, hob das rote Samtfutter ab und stieß dabei
auf den abgeschnittenen Zopf, der zusammengerollt in
seinem Edelsteinnest lag. Der mußte von Mama sein,
warum wäre er sonst wohl versteckt? Relikte verlorener
Töchter werden immer verboten. Frances steckte den
Zopf und die Schmuckstücke in ihre Gürteltasche und
ließ nur eine einreihige echte Perlenkette zurück. Die Ballerina riß sie mit Stumpf und Stiel aus, kleine Samt-
stückchen baumelten von den Fußspitzen. Erst hatte sie
vor, sie wie ein unheimliches Geschenk von der Zahnfee
auf Mahmouds Kissen zu legen, doch dann dachte sie, sie
wäre wohl eher etwas für Lily. Zu guter Letzt hob sie die
Perlenkette hoch und durchtrennte die Schnur vorsichtig
mit den Zähnen. Sie entfernte eine Perle, legte dann die
übrigen zusammengerollt in das ansonsten leere Rosenholzkästchen zurück und schlich auf Zehenspitzen mit
ihrer Beute aus dem Zimmer.

Viel lieber würde Frances allerdings Teresa stehlen, die
immer noch für Mahmoud arbeitet, oder sich von ihr
stehlen lassen. Teresa mit dem schwarzweißen Bonbon.
Königin Teresa, als Dienstmagd verkleidet. Frances läßt
sich von der großen Handtasche und dem schlichten Kleid
nicht täuschen. Es kommt ihr schon fast eitel vor, wenn
sich jemand mit einem Gesicht wie Teresa so bescheiden
kleidet, daß die Schönheit der Trägerin dadurch erst recht
hervorgehoben wird. Als Frances Teresa zum erstenmal
erspähte, wie sie mit ihrem eigenen Schlüssel zur Hintertür hereinkam, war sie der irren Überzeugung, Teresa sei
jetzt Mrs. Mahmoud geworden – ihre Stiefgroßmutter!
Doch Teresa ging an dem Abend um sechs, nachdem sie

Mahmoud das Abendessen hingestellt hatte, und Frances wurde klar, daß sie zu sich nach Hause ging – wo zweifellos glückliche Kinder auf sie warteten.

Aus der Küche führt eine Tür in den Keller, und Frances sitzt zu gern hinter dem Lichtspalt und sieht Teresa bei der Arbeit zu. Das tut sie stundenlang, bis sie sich in den Teig verwandelt, den Teresa knetet, in das Glas, in das Teresa Milch gießt, oder in die Schürze, an der sie ihre Hände abwischt. Es ist so friedlich, daß Frances einmal einschlief und die ganze lange Kellertreppe hinunterkullerte. Sie versteckte sich, als Teresa nach unten kam, um nachzusehen, was das für ein Tumult war, und obwohl Frances darauf brannte: »Ich bin's, ich hab mir weh getan« zu sagen, gab sie nur ein »Miau« von sich.

Eines Tages kommt ein Mann und ißt am Küchentisch zu Mittag, während Teresa arbeitet. Er heißt Ginger – »Komm schon rein, Ginger, Schätzchen.« Er ist ihr Schatz, aber nicht ihr Ehemann ... Teresa ruft Mahmoud im Wohnzimmer zu: »Mein Bruder ist da, Sir.« Ginger trägt einen Arbeitsoverall, ist aber kein Bergmann, dazu sieht er zu gesund aus. Frances erkennt ihn auf Anhieb: Er hat Kathleen immer in einem schwarzen Ford Modell T zur Schule und wieder nach Hause gefahren. Er hat Kathleen an dem Tag gebracht, als Teresa Frances das schwarzweiß gestreifte Bonbon geschenkt hat. Er rief Teresa etwas zu, sie fuhren zusammen weg, und Kathleen nahm Frances das Bonbon weg und warf es in den Bach. Frances erinnert sich sogar noch, was es bei ihnen damals zu Abend gab – Steak-und-Nieren-Pastete. Frances fragt sich, warum ihr so lächerliche Details wie das Abendessen nicht aus dem Kopf gehen, während andere Dinge ihr einfach nicht mehr einfallen wollen, auch wenn sie sich noch so sehr anstrengt, zum Beispiel wie es war, als ihre Mutter sie zum letztenmal berührt hat.

Mr. Mahmoud kommt herein und sagt: »Hallo, Leo.« Und Frances verliert beinahe wieder das Gleichgewicht auf der Treppe, weil in ihrem Kopf zwei Männer kollidieren. Frances sieht den Schnapslaster, der vor James’ Destille parkt, und den hinten aufgemalten Namen; dann verwandelt sich der Laster in den Ford Modell T, nur der mit Schablone aufgemalte Name bleibt: »Leo Taylor Transporte«.

Er sagt: »Hallo, Mr. Mahmoud.«

Mahmoud fragt mit seinem dunklen Akzent: »Haben Sie meine Sonderbestellung?«

»Allerdings, Mr. Mahmoud, und stark, wie Sie es mögen.«

Die Überraschung, als sie Leo Taylor wiedererkennt, wiegt die Überraschung auf, ihren Großvater eine braune Flasche »Sonderbestellung« leeren zu sehen. Frances hätte ihn nie für einen Trinker gehalten. Was er natürlich nicht ist; es ist nur Gingerale. Als Teresa sich und ihrem Bruder Gläser einschenkt, erkennt es Frances, und außerdem merkt sie, daß sie durstig ist. Während sie zusieht, wie das sprudelnde Gold zwischen Teresas Lippen verschwindet und ihre Kehle hinabbrinnt, verspürt Frances ein heftiges Verlangen danach. Leo Taylor trinkt sein Glas schlück-chenweise leer.

Frances sieht zu und denkt daran, wie sie Lily erzählt hat, ihr richtiger Vater sei ein Schwarzer aus den Coke Ovens. Damals dachte sie an Leo Taylor, den sie bei James’ Destille gesehen hatte. Sie hatte Lily diese Geschichte erzählt, um herauszufinden, ob sie stimmte. Wie bei der alten Geschichte von der roten Katze, die Ambrose erstickte und von Daddy im Garten begraben wurde. Wie bei der Geschichte, in der Mama Ambrose im Bach ertränkte, und bei der über die alte französische Grube. Frances muß eine Geschichte laut erzählen, um beurteilen zu können, wieviel Wahrheit sich unter der Oberfläche verbirgt.

Auf ihren gefährlichen nächtlichen Streifzügen die Bodentreppe hinauf hat Frances ein Bild gesehen, von dem sie überhaupt nicht wußte, daß es ihr gehörte: Kathleen mit schwarzrotem Bauch und schweißnassen Haaren, zwischen ihren Knien zwei lebende winzige Babys. Niemand sonst außer der Betrachterin ist auf dem Bild – *das muß ich sein.* Ganz tief in Frances' Hinterkopf ruft eine Stimme etwas in den Wind. Noch kann sie es nicht verstehen, es ist nur ein Seufzen, die Stimme seufzt eine Frage. Die Frage lautet: *Wie sind die Babys in den Bach gekommen, Frances?* Die Stimme kommt näher. Sie ist auf der ersten Stufe. Halb um die Stimme zu ertränken, halb um sich Beistand auf ihrem Weg zur Begegnung mit ihr zu sichern, erzählt sich Frances eine andere Geschichte.

Dort oben auf der Kellertreppe ihres Großvaters, hinter dem Türspalt, murmelt Frances, während sie zusieht, wie Teresa und deren Bruder Gingerale trinken, laut, schnell und atemlos wie Mercedes, wenn sie den Rosenkranz herbetet: *Kathleen ist Lilys Mutter, warum Ambrose ertrunken ist, wissen wir nicht, Kathleen war nicht verheiratet, sie hatte einen Tumor im Bauch, aber das stimmt gar nicht, der Vater war geheim, es war Ginger – er hat sie gefahren, und auf dem Schulweg haben sie sich verliebt, darum sagt Daddy, spiel nicht die Negermusik aus der Wäschetruhe … Er hat Kathleen nach New York geschickt, aber Ginger ist in seinem Laster hinterhergefahren, Daddy holte sie wieder heim, aber es war zu spät, sie ist an Zwillingen gestorben – kennst du wohl den Ginger-Mann, Ginger-Mann, Ginger-Mann, kennst du wohl den Ginger-Mann, er wohnt an der Ginger Lane. Amen Lily und Ambrose.*

»Leb wohl, Ginger-Herz«, sagt Teresa an der Hintertür, »fahr vorsichtig.«

Teresa spült die Gläser, und Frances tappt die Kellertreppe hinunter. Ihre Geschichte stimmt zum Teil. Und ist zum Teil ziemlich wahr. Frances hat vor, herauszufinden, wo er wohnt, und sich einen Kasten Gingerale zu kaufen.

Sie tanzt die Kohlenrutsche hinauf und hinaus in einen Sonnenstrahl.

Auf der Küstenstraße zwischen New Waterford und Sydney hat Ginger ein kleines Mädchen gesehen. Sie stromert am Grabenrand entlang und schaut überall hin, nur nicht vor die eigenen Füße. Warum darf sie so allein die Landstraße entlangspazieren, und warum ist sie nicht in der Schule? Wer ist ihr Vater? Wo ist ihre Mutter? Sie trägt immer eine Pfadfinderinnenuniform, was merkwürdig ist, denn sie sieht nicht alt genug aus, um ein Girl Guide zu sein, eher wie ein Brownie.

Als Ginger das drittemal vorbeikommt, sind sie beide in dieselbe Richtung unterwegs, und er fährt ein wenig langsamer und überlegt kurz, ob er sie mitnehmen soll, entscheidet sich aber dagegen, weil er ihr keine Angst einjagen will. Sie schaut allerdings zu dem langsamer fahrenden Laster vor ihr auf, und er sieht im Seitenspiegel ihr Gesicht. Es schmerzt ihn. Wer läßt schon seine kleine Tochter tagein, tagaus allein die Küstenstraße entlangwandern? Er bestimmt nicht. Er hat drei Töchter, zwei Brownies und ein Girl Guide.

Fröstelnd fährt er weiter und sieht auf die Plakette mit dem heiligen Christophorus, die von seinem Rückspiegel baumelt. Ginger hatte noch nie einen Unfall, er ist ein guter Fahrer, hat aber in letzter Zeit ein merkwürdiges Gefühl auf der Straße. Früher hat er alles gleichzeitig gesehen, und Fahren war für ihn so natürlich wie Blinzeln und Atmen, aber jetzt kommt es ihm so vor, als würde er jedes Stück Straße einzeln und erst in dem Moment wahrnehmen, wenn seine Räder drüber rollen. Auf jeder Seite stehen jeder Stein und jeder Baum isoliert, und er ist nicht mehr in der Lage, vorauszuahnen, wie die Straße wohl hinter der Kurve aussieht. Vom Fahren lebt er; er kann es sich nicht leisten, Angst zu haben.

Seit seiner letzten Fahrt nach New York fühlt sich Ginger eigenartig. Nie ist er ganz ausgeruht, nie ganz wach. Als hätte man vergessen, ein Fenster in seinem Kopf zu schließen, und nun käme Zugluft herein. Er reicht nicht ran, kann es nicht schließen. Doch er kann hinaussehen, obwohl er außer Nebel fast nichts erkennt. Der zieht durch seinen Kopf, stiehlt ihm die Gemütsruhe, läßt ihn frösteln. Doch er sieht immerzu hinaus. Denn er spürt, daß dort draußen im Nebel irgend etwas seinen Blick erwidert.

Seine Frau Adelaide weiß, daß etwas nicht stimmt, aber wie soll Ginger ihr erklären, was er sich selbst nicht zu erklären weiß? In New York hat er Musik gehört. Das klingt verrückt, und er weiß es, also behält er es zumindest für sich. Kann Musik einen mit einem Zauberbann belegen? Ja. Das weiß jeder. Und jeder würde ihn auslachen, wenn er es laut sagte.

Es war in einem Club oben in Harlem. Ginger hatte Zeit, weil er auf eine Ladung Kleider wartete, die er in Mahmouds Warenhaus an der Pitt Street befördern sollte. Jedesmal wenn Ginger sich an einem Ort aufhält, an dem viele andere Schwarze sind, wird ihm gleichsam eine Last von den Schultern genommen, deren er sich nicht bewußt war, bis sie von ihm abfällt. Unbeschwert ging er die Lenox Avenue hinauf. In Harlem war Ginger glücklich, aber auch einsam. Zu Hause und doch nicht zu Hause. Er betrat einen kleinen Club an der 135th Street, in dem Neger auch als Gäste willkommen waren, nicht nur auf der Bühne. Ein Trio spielte ruhige Musik für ruhige Zuhörer. Alles war äußerst ungewöhnlich. Keine Bühnenshow, keine Bläser und kein Tamtam. Klavier, Baß und Flöte. Ginger blieb stehen und hörte zu.

Der Klavierspieler war die Seele des Trios. Ein schlanker Mann mit langen, schmalen Fingern, die Handgelenke wie gemeißelt. Er spielte so gut, daß er inzwischen am liebsten improvisierte. Das war nicht jedermanns Geschmack, und der Pianist hatte schon sehr lange keinen neuen Anzug mehr kaufen können. Verschlissene Hose, ein am langen hübschen Hals offenes weißes Hemd. Ein schräg in die Stirn gezogener kohlschwarzer Filzhut, um den ein schimmerndes grünes Seidenband gewunden war.

Drei Minuten oder drei Stunden später erkannte Ginger

das Stück als *Honeysuckle Rose*, was ihn aber nicht davon abhielt, seinen rechten mit seinem linken Arm zu verwechseln, als er sein Glas Bier an die Lippen führen wollte. Das Merkwürdige daran war, daß Ginger einen eher hausbackenen Musikgeschmack hatte. Lieder für die ganze Familie waren genau das richtige für ihn. Jedenfalls konnte er nicht von sich behaupten, ein großer Experte zu sein. Doch als der Pianist seine Finger für die nächste interstellare Melodie wie Nebel auf die Tasten sinken ließ, mußte Ginger bleiben und zuhören.

Während der nächtlichen Fahrt zurück nach Cape Breton bemerkte er zum erstenmal die Erdspalte, die sich in seinem Kopf aufgetan hatte, und zweimal mußte er sich zwingen, anzuhalten, wo das Land zu Ende war: einmal, als er an Bord der Fähre fahren mußte, und dann wieder, weil er zu Hause angekommen war. Er umarmte Adelaide, als wäre sie die erste feste Nahrung, die er seit Wochen zu sich nehmen konnte.

Und doch ist es ihm noch nicht gelungen, die innere Unruhe abzuschütteln, und wenn er beispielsweise die einsame kleine Pfadfinderin sieht, berührt ihn das vielleicht tiefer, als es sonst der Fall wäre. Als er sie das drittemal sieht, nimmt Ginger sich vor, Adelaide davon zu erzählen, doch es entfällt ihm, um dann in der Nacht in einem Traum wiederzukehren. Er sieht das schmale weiße Gesichtchen ganz nah im Seitenspiegel ... Die ernsten grünbraunen Augen, eine Sommersprosse auf der Nase. Noch sieht sie wie ein Kind aus, aber ein unsagbar altes Kind. Ein so trauriges Gesicht hat er noch nie gesehen. Ginger wacht auf, obwohl es kein Alptraum ist. Zum erstenmal kommt er auf die Idee, daß die kleine Pfadfinderin womöglich ein Gespenst ist. Was sagt sie ihm mit den Augen? »So bin ich gestorben ... Bete für mich.« Ginger wischt sich übers Gesicht... Es ist naß, anders als sein übriger Körper, also kann es kein Nachtschweiß sein. Wie merkwürdig. Er sieht nach all seinen Kindern in ihren Betten. Als er wiederkommt, sieht er auf seine Frau mit den rostroten Haaren hinunter; selbst im Schlaf sieht sie kampfeslustig aus. Und er dankt Gott für Adelaide.

Ginger nimmt sich zwar vor, seiner Schwester Teresa am nächsten Tag, wenn er Mr. Mahmoud sein Gingerale zum Geschenk macht, von der kleinen Pfadfinderin und von seinem Traum zu erzählen, vergißt es aber wieder.

Jameel blinzelt auf Frances hinunter. »Wozu?«

»Sag's mir einfach.«

Frances hat ihn mitten am Tag aufgeweckt, er ist gelb im Gesicht wie die Sonne.

»Warum?«

»Weil ich sonst dein Scheiß-Haus anzünde.«

Jameel hustet das Nikotin der letzten Nacht hoch. »Sieh dich bloß vor, mehr will ich nicht gesagt haben, Leo Taylor hat eine tückische Frau.«

»Seine Frau interessiert mich nicht.«

»Er wohnt in dem lila Haus an der Tupper Street.«

Frances wendet sich zum Gehen; Jameel schüttelt den Kopf und warnt: »Heul mir hinterher nicht die Ohren voll.«

Aber sie beachtet ihn nicht.

Ginger Taylor zuckt zusammen, als er von der Muschel in der Hand seines jüngsten Kindes aufschaut und die kleine Pfadfinderin sieht, die in seinem Garten steht und ihn anstarrt. Sie ist ein Gespenst. Was will sie?

»Krieg ich was von Ihrem Gingerale?«

Adelaide kommt an die Hintertür. »Was willst du?«

Frances sieht zu ihr auf. Die rötlichen Haare der Frau sind für Frances ein Indiz dafür, daß sie andere durchschauen kann. Also hütet sie sich, zu antworten.

Adelaide läßt Frances nicht aus den Augen. »Wer ist sie, Ginger?«

»Ich weiß nicht, Schatz.« Dann wieder zu Frances: »Wie heißt du, kleines Mädchen?«

Frances geht weg. Der Kleine macht Anstalten, ihr zu folgen, doch Ginger nimmt ihn auf den Arm.

Adelaide und Ginger sehen zu, wie sich Frances den Weg hinuntertrollt, dann sagt Adelaide: »Das ist kein kleines Mädchen.« Und geht ins Haus zurück.

SALZ

Als erstes fällt Mahmoud auf, daß ein Silberkamm fehlt.
Das bringt ihn auf das Schmuckkästchen aus Rosenholz.
Er macht es auf. Ein leerer Metallstift klappt hoch und
dreht sich zu den Klängen des *Anniversary Waltz*. Das
Kästchen ist leer – bis auf die Perlen. Vor Ungläubigkeit
zitternd, greift er danach: sie gleiten an der durchtrennten
Schnur hinunter und kullern kreuz und quer über den
Fußboden.

»Teresa!« brüllt er.

Schon ist sie oben, wischt sich die Hände ab, an denen
weiße Burgul-Körner kleben – sie macht gerade Kibbeh –,
und gleich darauf hat sie Glück, daß er nicht die Polizei
gerufen hat: »Nimm deine Sachen und verschwinde.«

Mahmoud wendet sich an seine jüngste Tochter, die
unter der weiblichen Verwandtschaft einen Notdienst
organisiert. Die Familie ist ohnehin sehr aufmerksam,
aber einem alten Mann den gesamten Haushalt führen,
das ist noch etwas anderes. Sie werden einen bezahlten
Ersatz suchen müssen, weil Mahmouds Familie so erfolgreich ist, daß keine unbeschäftigten weiblichen Wesen zu
finden sind.

Eine Schlange irischer und farbiger Mädchen marschiert vor ihm auf, doch offenbar kann sich Mahmoud
nicht für eine neue Teresa entscheiden, daher bleibt die
meiste Arbeit an Camille hängen. Ihre Lage kommt der
einer Witwe am nächsten.

Wütend macht Mahmoud, daß er sich hinreißen ließ,
Teresa zu vertrauen … Zu glauben, sie wäre anders. Dann
beißt die Natter nämlich zu. Nie hätte er ihre Hautfarbe
vergessen dürfen. Es können die nettesten Menschen der
Welt sein, aber genau wie Kinder darf man sie nicht mit

Verantwortung überfordern. In dieser Hinsicht sind sie wie die üblere Sorte Frauen, sogar die Männer ... Da fällt mir ein, wer weiß, ob der Bruder nicht mit ihr unter einer Decke gesteckt hat.

In Mahmouds Augen ist es ungemein lästig, wenn man jeder Frau aus der Verwandtschaft, die sich um einen kümmert, jede Kleinigkeit erklären muß. Sie alle geben ihr Bestes. Doch traurig, aber wahr, keine von ihnen kennt ihn so gut wie Teresa. Und – am allertraurigsten – keine von ihnen kocht so wunderbar libanesisch, wie sie es konnte. Besser als seine Frau, Gott hab sie selig und Gott möge mir verzeihen. Teresa schien seine Gedanken zu lesen. Ihr fiel alles so leicht. Und Mahmoud wußte, wenn die Zeit gekommen war, hätte er ihre intimsten Dienste annehmen können, ohne ein Körnchen Würde zu verlieren. Wenn das keine gute Frau ist! Und was ist sie wert? Mehr als Rubine. Verdammt noch mal! Was waren dagegen schon ein paar Schmuckstücke? Bereitwillig hätte er ihr den ganzen Plunder überlassen, all den Tinnef und ... Was denke ich da? Ich bin ein törichter alter Mann. Und was bin ich wert? Einen Esel, wenn ich nicht aufpasse. In so einer Stunde brauche ich meine Töchter, mein eigen Fleisch und Blut, das zeigt sich hier deutlich.

Mahmoud kränkt die Erkenntnis, daß die Diebstähle mit Teresas Entlassung kein Ende nehmen. Unter der immer umfassenderen Betreuung durch seine Tochter Camille gehen sie weiter.

Mahmoud macht sich Vorwürfe. In der alten Heimat hätte er Jameel nie und nimmer eine seiner Töchter gegeben, weil dort die unüberbrückbare Differenz zwischen ihren beiden Familien deutlich zutage getreten wäre. Die Jameels sind Araber. Wir Mahmouds sind eher mediterran orientiert. Eigentlich beinahe Europäer. Im neuen Land, wo man einem Bruder aus der Heimat, der dieselbe schöne Sprache wie man selbst spricht, seine Arme weit öffnet, werden solche Unterschiede leicht verwischt. Was für eine Erleichterung nach der Kälte des Englischen, bei dem einem so ist, als stecke man seine Zunge in Eiswasser. Und schließlich sind wir für die *Enklieschen* doch alle miteinander »schwarze Syrer«. Zu spät erst merkte Mahmoud, daß seine Maßstäbe aus der alten Heimat so verblaßt waren, daß er seine schönste Tochter einem dreckigen, halbzivilisierten Araber gegeben hatte. Arme Camille, eine gute Tochter, die nur Söhne geboren hat, fünf an der Zahl – schade drum. Und obendrein hat er auch noch Teresa verloren.

Mahmoud sitzt neben seinem Bett und vergießt Tränen. Hier oben hat er sich vor einer stümperhaften Enkelin in Sicherheit gebracht. Er sitzt auf dem Sessel mit zur Bettwäsche passendem Volant – Giselles Geschmack, provenzalisch, Gott hab sie selig –, und sein Blick fällt auf die geschnitzte Mahagoni-Reproduktion von Dürers *Betenden Händen* an der Wand. Das hat meine Frau gekauft. Ein schwaches Sehnen nach Giselle weicht heißen Tränen, weil es Teresas Hände sind.

Na mach schon, heul es dir von der Seele, und fertig. Dann fall auf die Knie und danke Gott, daß deine Tochter Camille von ihrem nichtsnutzigen arabischen Mann zu einer Diebin abgerichtet wurde und daß du Teresa für Camilles Verbrechen gefeuert hast. Danke Gott, denn sonst hättest du Teresa in nicht allzu ferner Zeit einen Heiratsantrag gemacht.

Mahmoud gleitet vom Sessel und fällt auf die Knie. Gott muß Seine Hand im Spiel gehabt haben, als die Perlen durchs Zimmer flogen, denn wäre Mahmoud bei klarem Verstand gewesen, hätte er nie angenommen, der Dieb könnte eine Frau sein, der er in den vergangenen fünfzehn Jahren allwöchentlich das Haushaltsgeld anvertraut hatte. Gott sprach aus seinem Munde. Danke. Unendliche Weisheit, unendliche Güte, ich bin Deiner nicht würdig.

Kniend weint Mahmoud in seine eigenen betenden Hände. Unter dem Bett liegt Frances und lauscht fasziniert.

Teresa weint ebenfalls, aber vor Wut. Sie sitzt zu Hause auf ihrem Zweiersofa unter der handkolorierten Fotografie von Bridgetown und fragt sich, was sie jetzt machen soll. Schlimmer als der Verlust ihrer Stellung ist ihr beschädigter Ruf. Und aus welchem Grund? Weil sie zu Unrecht beschuldigt wurde. Noch dazu eines Verbrechens, das so weit unter ihrem Niveau und ihrer Herkunft liegt. Wie kann er es wagen? Verbitterter alter Mann. Wie alle anderen, nur schlimmer. Abscheulicher, gemeiner, dreckiger Syrer – ach lieber Gott, ich gebe mir ja Mühe, aber Du machst es einem nicht leicht. Wie kann man gleichzeitig vergeben und leben?

Es ist immer das alte Lied: Nichtfarbige ertragen es nicht, wenn eine Schwarze etwas zu gut kann. Teresa macht sich Selbstvorwürfe, weil sie annahm, für Mahmoud unersetzlich zu sein. Hochmut kommt vor dem Fall. Alles hat sie für ihn getan. Die Namen und Geburtstage all seiner Enkel hat sie sich gemerkt und an seiner Stelle die zahllosen Geschenke eingekauft. Sie merkte sich die Lieblingsgerichte seiner Söhne und kochte das Passende, wenn sie zum Essen kamen. Sie wußte, wann ein Strumpf zu stopfen und wann er wegzuwerfen war, wo Mahmoud seine Diamantkrawattennadel und seine Lesebrille hingelegt hatte, sie brachte sein Geld zur Bank, zahlte seine Rechnungen und weichte seine Körner ein. Hätte sie ihre Arbeit nicht so gut erledigt, hätte Mahmoud sie nicht abgelehnt und mit einer niederträchtigen Lüge rausgeschmissen. O doch, er hätte! Er hätte ihr gekündigt, weil sie faul sei »wie alle anderen Schwarzen«. Es nimmt immer das gleiche Ende, egal, was vorher war, und alles, was einem bleibt, ist Salz zu lutschen und Jesus anzuflehen, den Haß von einem zu nehmen.

Hector beugt sich zu ihr rüber und wischt ihr eine Träne ab, was ihr weitere Tränen entlockt. Seit dreizehn Jahren sind sie verheiratet. Den lieben langen Tag sitzt Hector treu und brav unter seiner Decke und wartet darauf, daß sie nach Hause kommt. Dem Herrn sei Dank für

Ginger, Adelaide und deren Kinder, dem Herrn sei Dank für gute Nachbarn, sonst wäre Hector inzwischen vor Einsamkeit gestorben.

Hector wurde nicht entlassen, er wurde nie fälschlich irgendeines Vergehens beschuldigt, und anders als Ginger hat er sich nie darauf verlegt, mit illegalen Methoden Geld zu verdienen. Hector hatte einen guten Arbeitsplatz im Stahlwerk. Als er und Teresa vierzehn Monate verheiratet waren, fiel ein heißer Stahlträger herunter und erwischte ihn seitlich am Kopf. Inzwischen kann er kleine Spaziergänge machen, wenn man ihn an der Hand nimmt, aber meistens wird er im Rollstuhl geschoben.

Hector und Teresa hatten mit dem Kinderkriegen gewartet, weil er Geistlicher werden wollte und sie beide nach New York umziehen und amerikanische Kinder kriegen und ein besseres Leben führen wollten. Teresa tätschelt Hectors Hand und holt ihm dann eine frische Windel aus dem Wäscheschrank. Sie hat schon längst aufgegeben, sich vorzustellen, wie ihre Kinder wohl ausgesehen hätten.

Jameel stürmt in Boutros' Zimmer im ersten Stock und befiehlt: »Sag Leo Taylor, er soll heute abend herkommen und einen Kasten Gingerale bringen.«

Boutros wendet sich vom Fenster ab und sagt: »Ich hol es selber, Pa.«

»Halt's Maul und mach, was ich dir sage.«

»Warum?«

Jameel langt nach oben und versetzt Boutros einen kräftigen Schlag auf den Hinterkopf: »Darum.«

»Au.«

Lachend erklärt Jameel: »Deine Cousine will ihn, Kerl.«

Boutros sagt nichts. Jameel schüttelt den Kopf, du lieber Himmel, diesem Knaben muß man aber auch alles einzeln erklären, genau wie seiner Mutter: »Königin von Saba, die verfluchte Frances, Kerl, die hat's auf seinen schwarzen Arsch abgesehen.«

Boutros zittert. Bei einem, der so groß ist wie Boutros, weiß man nie. Er ist neunzehn. Bald wird er sich nicht mehr beherrschen können und seinen Vater vertrimmen. Jameel lacht Boutros aus, packt sein massiges Gesicht mit beiden Händen, quetscht die Backen zusammen und gibt ihm einen liebevollen Klaps. »Los, mach, was man dir sagt.«

Als Jameel geht, wendet sich Boutros wieder seinem offenen Fenster zu. Er nimmt eine verbeulte Ölkanne vom Sims und gießt weiter seine Ringelblumen und Petunien.

Der Name Boutros heißt Peter. Peter heißt Felsen. Und auf diesem Felsen hat Jameel seinen Schnapsladen errichtet. Auf Boutros lastet der Fluch, der Älteste zu sein. Er hat vier jüngere Brüder. Die meisten sind genau wie Jameel und also wie dazu geschaffen, der Älteste zu sein, nur der mittlere nicht, der ist offensichtlich zum Priesteramt berufen. Boutros träumt davon, genug Geld zu sparen, um einen Bauernhof zu kaufen; dann will er seine Cousine Frances heiraten und mit ihr und seiner Mutter Camille aufs Land ziehen, wo sie alle glücklich wären. Sie hätten haufenweise Kinder, die er alle lieben würde, doch vor allem würde er seine Frau lieben, und er würde seiner Mutter die letzten Jahre ihres Lebens zu den schönsten machen. Nach außen hin ist Frances ein geschminktes besoffenes Flittchen, doch Boutros durchschaut die Fassade, weil er Frances liebt und vorhat, sie eines Tages in naher Zukunft zu retten.

»Pa möchte, daß Sie heute abend kommen und einen Kasten Gingerale bringen.«

Ginger sieht zu Boutros auf, der den Türrahmen ausfüllt. Adelaide ruft aus der Küche: »Nimm ihn selbst mit, Kumpel.«

»Papa sagt, der Mister soll kommen.«

»Ist schon gut, Addy, ich bleib nicht lange weg.« Ginger holt seine Jacke.

»Nicht jetzt«, sagt Boutros, »heute nach Mitternacht.«

»Wieso?« will Adelaide wissen.

»Ich weiß nicht, Mrs. Taylor, Pa hat's gesagt.«

»Das wird teuer«, sagt Adelaide und schenkt Teresa heißen Tee nach. Adelaide hatte gerade Hackfleischpastetchen gemacht und sich erboten, dem alten Mahmoud die Knochen zu Brei zu schlagen.

Ginger sagt zu Boutros: »Richt ihm aus, daß ich komme.« Aber Boutros geht noch nicht. Er bleibt ein Weilchen stehen und sieht auf Ginger hinunter. Schließlich dreht er sich um und zieht wortlos ab.

»Habt ihr das gesehen?« fragt Ginger die Frauen, als er an den Küchentisch zurückkommt. »Gafft der mich an, als wär ich ein Gespenst!«

»Die ganze Familie ist total übergeschnappt«, sagt Adelaide und denkt dabei nicht nur an den alten Geier, der Teresa rausgeschmissen hat, sondern auch an die bösartige Camille – wohnt seit zwanzig Jahren in den Coke Ovens und hat noch nie einen Menschen gegrüßt. Dann ist da noch der New-Waterford-Zweig der Familie. Zu dumm, daß Ginger ausgerechnet mit den Leuten zu tun hat.

»Herr, sei ihnen gnädig«, sagt Teresa, die Hände um ihre Tasse gefaltet.

»Gnädig, daß ich nicht lache«, sagt Adelaide, »hier, Baby.« Sie stellt einen Teller mit Nellie's Muffins vor Ginger hin. Er gibt ihr einen Kuß, setzt sich und reicht den marmeladigsten dem entzückt grinsenden Hector.

Adelaide kocht all die guten, einfachen neuschottischen Gerichte. Sie stammt aus Africville, einer Wohngegend in Halifax. Sie ist stolz auf ihr afrikanisch-irisches-Vereinigtes-Königreich-Loyalistenblut, stolz darauf, daß sie in der Meeresbucht Bedford Basin getauft wurde, und sie wird es nie müde, auf die Explosion von 1917 anzuspielen ... Aus gutem Grund wurde ich verschont: um dich auf die Nase zu boxen, Kumpel – um heut abend mit dir zu tanzen, Schatz –, um zu erleben, wie meine Kinder aufwachsen.

Später, als Teresa und Hector weg sind und sie die

Kinder ins Bett gebracht haben, sagt Adelaide, ohne ihn anzusehen: »Geh nicht, Leo.«

»Baby, ich muß.«

»Dann komm gleich wieder, bleib nicht länger als unbedingt nötig.«

»Wär das letzte, was ich wollte.«

»Komm her«, sagt sie und sieht ihn an.

Lächelnd gehorcht er.

Ginger trägt den Kasten zur Vordertür von Jameels Flüsterkneipe. Er kann dieses Haus nicht leiden. Er hört den üblichen Festlärm drinnen. Von hier draußen riecht er den Schnaps, der wie das Rohmaterial zur Herstellung von Kotze riecht. Jameels Frau tut ihm leid.

Wenn er es sich recht überlegt, geht er lieber hintenrum. Ginger kommt nicht gern durch die Hintertür, doch diesmal möchte er lieber unbemerkt von der Menge eintreten, die sich nach jedem Neuankömmling umdreht wie ein mehrköpfiges Ungeheuer; von dem Flittchen am Klavier ganz abgesehen, das wie ein krankes Baby riecht. Ich sollte mit dieser Arbeit aufhören und sehen, ob ich im Stahlwerk was finde. Aber Ginger weiß, daß es weder dort noch sonstwo freie Stellen gibt. Nicht mal für Weiße.

Als Ginger den kalten Lagerraum betritt und die über leere Fäßchen ausgebreitete dreckige Pfadfinderinnenuniform sieht – Strümpfe, Barett, die kleine Gürteltasche –, ist das für ihn wie ein Schlag in die Magengrube. Instinktiv sieht er sich nach dem nackten Körper um ... So etwas passiert kleinen Mädchen, um die sich keiner kümmert, ich hätte rauskriegen sollen, wer sie war, ich hätte sie mitnehmen müssen ... Als er sie nirgends entdeckt, beruhigt er sich ein wenig. Doch das bedeutet noch lange nicht, daß sie nicht von einem Betrunkenen aus der Kneipe nach draußen geschleppt und vergewaltigt wurde. Auf einmal ist Ginger außer sich vor Wut – für einen wie Jameel zu arbeiten, zu helfen, daß solch ein Lokal in der Stadt floriert, in der seine Töchter aufwachsen! Ginger hämmert

406

gegen die Tür. Boutros macht auf und sagt: »Pa ist dort drüben.«

Ginger schiebt sich mit seinem Kasten durch die Menge, an der Nutte am Klavier vorbei – »*Jeepers creepers, where'd ya get those peepers*« – bis zu Jameel. »Jameel, was ist dem kleinen Mädchen mit der Pfadfinderinnenuniform zugestoßen?«

»Für Sie immer noch Mister Jameel, Kerl.«

Ginger läßt den Kasten fallen und packt Jameel am Kragen.

»Wo ist sie, du Teufel?«

Ein kalter Schmerz in Gingers Nacken, und er sieht Boutros' Schuhe aus nächster Nähe. Jameel lacht auf ihn herunter. »Der kann's wohl kaum erwarten!«

Ein kalter Tropfen platscht auf Gingers Stirn. Er sieht nach oben. Die Prostituierte mit der orangefarbenen Perücke schüttelt eine Flasche Gingerale. Er sieht die weiße Unterseite ihres Kinns und ihren dreckigen Hals.

»Hier ist sie doch, Leo, Kerl«, grinst Jameel. »Bedien dich. Nur Barzahlung.«

Mit ernsten grünbraunen Augen sieht sie auf Ginger herab. Goldener Schaum sickert aus einem Winkel ihres rotverschmierten Mundes. Er bedeckt seine Augen mit den Händen.

»Ich hör auf, ich fahr nicht mehr«, das ist alles, was Adelaide zwanzig Minuten später aus ihm herauskriegt.

Er muß sich erst mal so richtig ausheulen, also läßt sie ihn in Ruhe. »Du hast zuviel gearbeitet, jetzt treten wir mal etwas kürzer, was, Mann?«

Er kann nur nicken und in ihren Armen schluchzen, bis er einschläft.

Adelaide drückt ihn an sich und zählt nach: Jetzt sind fünf Wochen seit seiner letzten Fahrt nach New York vergangen. Irgend etwas stimmt nicht.

Am Morgen scheint alles nur ein böser Traum gewesen zu sein. Er erzählt Adelaide: »Jameel hat ein kleines

Mädchen als Prostituierte angestellt.« Adelaide hört zu.
»Und da mußte ich an unsere Töchter denken, und was
wäre, wenn ...«

»Ich weiß, Schatz.« Er ist zu sensibel. »Warum läßt du's
heute nicht mal ganz ruhig angehen?«

»Ist schon in Ordnung, Addy, mir geht's gut.«

Und er klettert in seinen Laster.

Als er wegfährt, fällt ihm ein, daß er vergessen hat,
Adelaide das Wichtigste an der Geschichte zu erzählen:
daß die Kinderhure die kleine Pfadfinderin ist, die damals
in ihren Garten hinterm Haus gekommen ist. Und daß er
sie am Straßenrand und in seinem Traum im Seitenspiegel
gesehen hat. Aber er hat's vergessen. Und was hatte Adelaide damals doch gleich über die Pfadfinderin gesagt?
»Das ist keine Pfadfinderin.« Na ja, offenbar keine richtige, das weiß er jetzt.

Heute abend erzähl ich's Adelaide, denkt er, als er in die
Küstenstraße einbiegt.

SCHLEIERTANZ

Anfangs fragte sich Frances, wann Teresa wohl von ihrem Urlaub oder ihrer Krankheit oder was auch immer wiederkommen würde. Doch als sie an diesem Nachmittag die Küstenstraße nach New Waterford entlangwandert, packt sie ein schrecklicher Gedanke. Was, wenn Teresa entlassen wurde? Wenn Mahmoud ihr die Diebstähle angelastet hat? Dazu müßte er verrückt sein ... Erst gestern hat Frances doch noch eine Royal-Dulton-Schäferin und einen chinesischen Fischer vom Klavier stibitzt, und da war Teresa schon drei Tage fort.

In seinem Laster merkt Ginger, daß er die Küstenstraße nach der Pfadfinderin abgesucht hat. Er möchte mit ihr reden, mehr nicht, aber nicht in der Kneipe. Er will herauskriegen, wer ihr Vater ist und wo ihre Verwandten leben, falls sie welche hat. Falls nicht, können er und Adelaide vielleicht helfen.

Weder schaut Frances auf, noch bleibt sie stehen, als sie den Laster auf dem unbefestigten Seitenstreifen hinter sich bremsen hört.

»Hallo.«

Sie wartet, dreht sich aber nicht um.

»Verzeihung, kleines Fräulein.«

Sie dreht sich um und sieht zu ihm auf, wie er sich aus dem Fenster seiner Fahrerkabine lehnt. Ich hatte recht, denkt Ginger, allerhöchstens zwölf. Sie geht zum Laster, stellt sich aufs Trittbrett und steigt neben ihm ein. Sie hat schon gemerkt, daß er ein netter Mann ist ... Bestimmt muß man ihr Zeit lassen.

»Wie heißt du, mein Kind, wer ist dein Vater?« Während er auf die Fahrbahn zurücksteuert.

»Ich heiße Frances Euphrasia Piper. Mein Vater ist

James Hiram Piper, mein Großvater Ibrahim Mahmoud. Seinen zweiten Vornamen kenne ich nicht.«

Ginger wendet den Blick nicht von der Straße. Das ist ein Schock für ihn, er weiß nicht, was er sagen soll.

»Tatsächlich?« fragt er. »Ich hab deine Schwester Kathleen gekannt.«

»Ich weiß.«

Er wirft ihr einen Blick zu. Sie sieht ihn an.

»Ich hab sie gefahren, weißt du, ich bin Leo Taylor.«

»Ich weiß.«

Ginger sieht zu seiner Linken einen Baum vorbeiziehen. Dann einen Felsen. Noch einen. Er sagt das Übliche, was stimmt, dabei kommt es ihm absurderweise so vor, als würde er lügen. »Was für eine Schande, daß sie so jung von uns gegangen ist, sie war wirklich ein hübsches Mädchen.«

»Ich weiß. Ich hab sie gesehen.«

»Du meinst wohl, du hast sie auf Fotografien gesehen, hm?«

»Ich kann mich ausgezeichnet an sie erinnern.«

»Aber da warst du doch noch nicht auf der Welt.« Er kichert, was nun wirklich verlogen ist.

»Ich war fast sechs«, sagt sie. »Ich kann mich an alles erinnern.«

Ginger bremst und fährt rechts ran, auf jeden Kieselstein einzeln.

»Was ist?«

»Ich hab dich für ein Kind gehalten.«

»Sie sind Teresas Bruder. Hm?«

»Ja.« Er ist etwas benommen. Das liegt am Fahren, ich kann nicht mehr Auto fahren.

»Wieso arbeitet sie nicht mehr bei meinem Großvater?«

»Er hat sie rausgeschmissen. Er behauptet, sie hätte gestohlen, aber das stimmt nicht.«

»Das wird ihm noch leid tun.«

Er setzt sich gerade hin. »Hör mal zu, weiß dein Daddy, was du machst, und warum machst du es überhaupt, wenn du ein gutes Zuhause und eine Familie hast?«

»Weil ich schlecht bin.«

Er sieht sie an. »Das stimmt nicht.«

»Woher wollen Sie das wissen?«

Ginger holt Luft. Mit Tränen in den Augen sagt er: »Ich spüre es. Wenn ich dir in die Augen seh. Du bist nicht schlecht ... Nur vom Weg abgekommen.«

»Ich weiß ganz genau, wo ich bin.«

»Deswegen kannst du trotzdem vom Weg abkommen.«

Er streckt einen Arm aus und bettet ihre Schläfe in seine Hand. Sie hat kluge Augen. Sie machen ihn so tieftraurig, daß etwas geschehen muß. »Ich möchte, daß du zu mir nach Hause kommst und mit meiner Frau sprichst, sie ist ein guter Mensch.«

»Willst du mein Freund sein?«

»Ich würd dir gern helfen, Schätzchen.«

»Dann nimm mich mit, wohin du fährst.«

»Das geht nicht.«

»Mit meiner Schwester hast du es getan.«

»Ich hab deine Schwester nie quer durch den halben Kontinent gefahren.«

»Wohin hast du sie denn gefahren?«

»Zur Schule und zurück. Was glaubst du denn?«

»Kleiner Ginger-Mann ... Ich brauch einen, der sich um mich kümmert. Ich bin zwar erwachsen, aber innerlich nur ein kleines Mädchen. Ich will, daß du mich findest, denn ich bin vom Weg abgekommen, dort, wo es tief und dunkel ist, bitte, bitte, bitte, oh, du riechst gut.«

Er nimmt ihre Hand weg und schiebt Frances sanft ans äußerste Ende der Sitzbank. »Wo soll ich dich absetzen?«

»Am Empire.«

Er gibt Gas, hält mit quietschenden Reifen in New Waterford, und Frances hüpft vor dem Kino raus. Heute zeigen sie zwar einen Tonfilm, aber Frances kauft sich trotzdem eine Karte. Sie muß über einiges nachdenken.

411

Jetzt weiß sie, was sie für Lily zuwege bringen muß. Allerdings bleibt vorher noch etwas anderes zu erledigen.

Camille hat sich oft vorgestellt, eine Witwe zu sein. Dann würde sie nach Hause zurückkehren und sich um Pa kümmern, und er würde merken, daß sie die einzige Tochter ist, die ihn wirklich liebt. Es hat sie bedrückt, daß er seit Mamas Tod ganz allein in dem großen Haus wohnte, nur mit einer Schwarzen als Bedienung. Darüber hat Camille geweint. Es ist das einzige, worüber sie seit der Anfangszeit ihrer Ehe geweint hat, als sie noch die Energie hatte, sich selbst zu beweinen. Und jetzt, seit Teresa fort ist, ist Camille in ihrem Element. Sie bedauert nur, daß sie abends wohl oder übel zu ihrem Mann zurückmuß.

Camille weiß, daß Teresa keine Diebin ist. Die Schmuckstücke, die aus Mamas Rosenholzkästchen entwendet wurden, sind in der Flüsterkneipe wieder aufgetaucht, wo sie Frances' Finger bedecken, von ihren Ohren baumeln und um ihren schmalen Hals glitzern. Aus ihrer Pfadfinderinnentasche ragt der Silbergriff eines Kamms. Könnte Camille Frances mit ihren Blicken einäschern, wäre Frances inzwischen weggepustet, doch Camille hat gute Gründe, das mit dem Schmuck für sich zu behalten.

Sie durchsucht das Haus ihres Vaters vom Dachboden bis zum Keller, um die undichte Stelle zu finden, durch die die Seuche eingedrungen ist. Unten im Keller entdeckt sie den verdächtigen Lichtspalt um die Klapptür am oberen Ende der Kohlenrutsche. Fürs erste nagelt sie ein Brett davor, dann geht sie in die Diele hinauf, um die Eisenwarenhandlung anzurufen.

Frances wartet geduldig im Garderobenschrank, bis Camille den Hörer auflegt und in die Küche zurückgeht, dann huscht sie geräuschlos, immer zwei Stufen auf einmal nehmend, nach oben ins Elternschlafzimmer, wo sie ihre Vorstellung für heute nacht vorbereitet. Ihre letzte auf dieser Bühne.

Camille hat das Rattenloch verstopft, verrät aber kein Wort über die Ratte. Wenn Pa erfährt, daß nicht Teresa die Diebin war, stellt er sie nur wieder ein und schickt Camille zu ihrem Mann zurück.

Mahmoud hat den Tag wie gewöhnlich in seinem Laden verbracht, wo er vorne saß, an einem Speckstein schnitzte und mit den anderen alten Burschen Halma spielte, während seine Söhne sich um alles kümmerten. Sie haben das Geschäft erweitert und sind jetzt eine bedeutende ostkanadische Import-Export-Gesellschaft mit einem großen Lagerhaus in Sydney und einer Zentrale in Halifax. Als nächstes werden sie ins Versandgeschäft einsteigen. Mahmoud hat nie mit Aktien spekuliert, nie auf Kredit gekauft, und das hat sich ausgezahlt. Die Weltwirtschaft steckt in der Krise, aber das Familienunternehmen expandiert. Die Mahmoud-Söhne ehren ihren Vater, indem sie ihm das Gefühl vermitteln, noch der Chef zu sein – »Na klar, Pa, ganz wie du meinst« –, bevor sie einfach das machen, was sie für richtig halten.

Mahmoud hat einen angenehmen Tag damit verbracht, seine Enkelsöhne anzuknurren und dem Treiben auf der Straße zuzusehen. Jeder kennt ihn, jeder respektiert ihn. Wie noch an jedem Tag seines Arbeitslebens trägt er ein kariertes Hemd mit Krawatte unter einer taubenblauen Jacke. Heute ist Mittwoch, daher freut er sich auf seinem Heimweg auf gefüllte Kusa, so wie Teresa sie zubereitet. In letzter Zeit ist er so vergeßlich geworden. Das ist nicht so schlimm, wenn es ihm wieder einfällt, bevor er die Haustür aufschließt. Dann kann er sich darauf einstellen, daß Teresa nicht da ist. Doch wenn er es bis in die Küche schafft und an den Herd, um zu kosten, was im Topf ist – »Teresa!« ruft er dann, kann es nicht fassen, wie sie ihre Spezialität mit Salz abmurksen konnte. Und wenn er sich dann umdreht, sieht er Camille auf der obersten Kellerstufe stehen.

»Was gibt's, Pa?«

»Nichts.«

Er macht Camille keine Vorwürfe. Die beste Köchin der Familie ist nicht ganz so gut wie Teresa, und Camille ist die einzige schlechte Köchin. Noch ein Nebeneffekt ihrer verfehlten Ehe – jede unglücklich verheiratete Frau ist eine schlechte Köchin – und deshalb sein Fehler, wie er sehr wohl weiß. So wie es auch sein Fehler ist, daß sie stiehlt. Tja, warum sollte sie nicht die hübschen Dinge ihrer Mutter haben? Sonst hat sie nicht viel, nicht einmal ein Talent zum Kochen. Er verzeiht ihr.

»Hast du großen Hunger, Pa?«

Er grunzt und schlurft davon. Er will ihr schales Lächeln nicht sehen, davon wird er müde. Er hält einfach ein Nickerchen, bevor er sich ans Abendessen wagt, das, wie gewöhnlich, wie das Tote Meer schmecken wird. Er vergibt ihr, weil er sie nicht liebt.

Er tröstet sich mit dem Gedanken an seine anderen Töchter, die er liebt ... Bitte, lieber Gott, laß die mit den erwachsenen Kindern bald Witwe werden, und erlöse mich von Camille, Gott verzeih mir, ich habe es nicht so gemeint.

Nach dem Abendessen trinkt Mahmoud ein großes Glas Wasser und schläft in seinem malvenfarbenen Satinsessel im Wohnzimmer ein. Zur Zeit kann nichts seinen Durst löschen und seine Müdigkeit mildern. Er denkt viel an Giselle. Nicht wie es üblich ist, an die liebe Verstorbene, sondern so, als hätte sie soeben das Zimmer verlassen. Und zum erstenmal seit zweiunddreißig Jahren läßt er die Erinnerung an Materia zu. Sie erscheint mit ihren schwarzen Zöpfen und dem schelmischen Lächeln. Des Lächelns auf seinen Lippen ist er sich nicht bewußt – *la houn, ya helwi*. Sie sah aus wie ihre Mutter, und als sie durchbrannte, war sie ungefähr in dem Alter, in dem Giselle war, als Mahmoud sie heiratete, aber das konnte man nicht vergleichen, soviel steht fest. Es war in der alten Heimat, und sie hatten alles miteinander gemein.

Damals gehörte die alte Heimat zu Syrien, und viele

wanderten nach Amerika aus. Giselle und er landeten auf
Cape Breton, weil der Kapitän, dieser verlogene Hund,
ihnen ihr Geld abgenommen und sie dann auf dem öden
Felsen abgesetzt hatte. Tagelang hatten sie zum Horizont
gespäht und nach Land Ausschau gehalten, und endlich –
Land in Sicht! Sie erwarteten, die Freiheitsstatue aufragen
zu sehen und an Ellis Island anzulegen, bevor sie mit der
Fähre auf die gesegnete Insel Manhattan übersetzen dürften. In Sydney ließ der Kapitän ankern und schmiß sie
raus … – »Wo ist der Unterschied, schließlich ist es ’ne
Insel, oder etwa nicht?«

Jameels Vater war auch auf dem Schiff. Mahmoud
konnte nicht wissen, daß Jameel senior vor seinen Gläu-
bigern in Syrien geflohen war. Denn er sagte, er würde
wie alle anderen vor den Türken und den Drusen fliehen.
Und wenn man Mahmoud nach seiner eigenen Geschichte
fragte, antwortete er: »Die gottlosen moslemischen Teufel.« In Wirklichkeit sind er und Giselle ausgewandert,
weil ihre Familie fest entschlossen war, ihn verhaften zu
lassen und sie in ein Kloster zu stecken. Aber es war etwas
ganz anderes als das, was mit Materia und dem *enklieschen* Mistkerl passiert war; beispielsweise hatten Giselle
und er den rassischen, kulturellen, sprachlichen und reli-
giösen Hintergrund gemeinsam. Obwohl Giselles Familie
da anderer Meinung war. Es waren Ärzte und Anwälte,
sie sprachen mehr französisch als arabisch und hielten sich
für mediterraner, fast schon für Europäer. Sie stammten
aus Beirut. Er war Araber aus dem Süden. In den Libanon,
sein Geburtsland, war er zurückgekehrt, nachdem er als
Knabe in Ägypten Baumwolle gepflückt hatte. Er wußte,
was es heißt, zu arbeiten.

Er brachte Giselle in ein besseres Land jenseits des Meeres und gab ihr alles, was ihre Familie ihr gegeben hätte –
und mehr. Sobald es möglich war, verbot er ihr zu arbeiten, auch wenn sie als die gute Frau, die sie war, zunächst
nichts davon wissen wollte. Er ehrte sie, erhob niemals
im Zorn die Hand gegen sie – was auch nie nötig war. Er

stattete sie mit einem schönen Haus aus, sorgte für Dienstboten und schenkte ihr an jedem Hochzeitstag Schmuck. Ein Seidennegligé aus Beirut – um wiedergutzumachen, daß sie nie ein Hochzeitskleid hatte – in drei mittelmeerblauen Farbtönen, dazu einen Schleier mit echtem Perlenbesatz. Der Schleier war natürlich nur als Spaß gedacht, ein romantischer Scherz. Es war unwahrscheinlich erregend, sie in diesem Aufzug zu sehen.

Wenn ihre arrogante Familie doch sehen könnte, was Mahmoud in der Neuen Welt alles erreicht hatte!

»Pa? ... Pa.«

Mit einem leisen Stöhnen wacht er auf und sieht Camille. Sie hat ihren Mantel an, und im Zimmer ist es dunkel.

»Ich geh jetzt nach Hause, Pa.«

»Wo ist deine Mutter?«

Er redet arabisch, doch sie antwortet auf englisch, um ihn wieder zur Besinnung zu bringen: »Wach auf, Pa. Möchtest du noch etwas, bevor ich gehe? Ein Täßchen Tee vielleicht?«

Oh. Was? Es ist Schlafenszeit, wo ist Ter...? Oh. »Nein, nein, nein, ich gehe schlafen.«

Camille eilt ihm zu Hilfe, doch er scheucht sie mit einer Handbewegung beiseite, während er aufsteht.

»Ich mach dir das Licht an, Pa.«

»Nein, nein, geh nach Hause, Camille.« Ach, sein Leben ... Was ist aus seinem Leben geworden?

Für Camille gibt es nichts mehr zu tun: Sie hat ihm seinen Schlafanzug zurechtgelegt, er will kein Licht. Als Mahmoud an der untersten Treppenstufe ankommt, wedelt er leicht mit der Hand und sagt, ohne sich umzudrehen: »Danke, Camille.«

Wenn seine anderen Töchter Pa hören könnten, wie er danke sagt ... »Bei mir bedankt er sich nie.« »Bei mir auch nicht, meine Liebe.« »Zu mir hat er nie was anderes gesagt als ›Beine zusammen‹.« Mahmoud bedankt sich bei Camille, weil er sie nicht liebt.

416

Camille sieht ihm nach, wie er langsam die Treppe hinaufsteigt, bis er in der Dunkelheit des ersten Stocks verschwindet. Dann geht sie, obwohl sie weiß, daß es eine Sünde ist, einen alten Mann in diesem großen Haus die ganze Nacht allein zu lassen, selbst wenn er darauf besteht. »Bin ich die einzige, der er etwas bedeutet?« fragt sie sich.

Doch sie ist nicht die einzige. Noch jemand macht sich genug aus ihm, um ihm die lange einsame Nacht hindurch Gesellschaft zu leisten.

Ein paar Stunden später wacht Mahmoud lächelnd auf: er hört Dialoge eines arabischen Schwanks. Ein Ehepaar, das sich wechselseitig der Untreue bezichtigt. Dann stimmen sie gemeinsam ein Liebeslied an. Diese Platte hatte er sich mit vielen anderen aus Beirut schicken lassen. Dann saß er immer mit Giselle auf dem Sofa, und sie wurden es nie müde, über dieselben Witze zu lachen. Dann tanzte sie für ihn, und er für sie. Aber nur, wenn die Kinder nicht da waren. Und nur manchmal. Was für kostbare Stunden das waren …

Das Lächeln erstirbt auf seinen Lippen, als ihm dämmert, daß er unmöglich hören kann, was er hört. Ist er etwa tot? Oder ist ein Dieb im Haus? Der seine zerkratzten alten Platten auflegt? Warum?

Er zieht seinen Samtmorgenmantel an, bindet sich die Kordel um die Taille und schleicht die Treppe hinunter. Er ist tot. Es kann nicht anders sein. Dort ist Giselle.

Hinter dem Torbogen erstrahlt das Wohnzimmer in Kerzenlicht und drei Abstufungen Mittelmeerblau. Wirbelnd, sich wiegend und Vierteldrehungen vollführend, mit verführerischem Hüftschwung, sich in der Luft ineinander verschlingenden Fingern, sich über dem Kopf liebkosenden Handgelenken, die Perlen ihres Schleiers wippend im Rhythmus der Hirtenflöten, der Trommeln und der klagenden Stimmen des Liebesliedes.

Mahmoud ist von Sehnsucht erfüllt, und sein Herz

417

schmerzt, da es sich nach einer so langen Ruhezeit wieder
regt; und sonderlich elastisch war es ohnehin nie. Sie hat
ihn gesehen, und jetzt lockt sie ihn zum Tanz. Oh. Er bewegt sich durch den Torbogen, weiß nicht, wie ihm geschieht. Im Kreis aus Kerzenlicht beugt sie sich vor, die
blaue Seide bauscht sich an ihren im Halbdunkel liegenden Brüsten – komm näher, damit du mich besser sehen
kannst, *Habibi.* Ihre Augen über dem Schleier sind vergnügt, und ihre Finger kitzeln die Leere zwischen ihr und
ihrem Geliebten, näher, näher. »Giselle«, flüstert er und
greift nach ihr. Sie kichert, und er lacht ebenfalls, ohne
zu wissen, was so komisch ist. »Giselle«, flüstert er.
»*Habibi.*«

Doch sie huscht aus dem Ring aus Licht und verschwindet. Er ruft nach ihr, erhält aber keine Antwort.
Er nimmt einen Kandelaber, hütet sich, auf der Suche
nach einer Vision das elektrische Licht anzumachen, hält
im ganzen Erdgeschoß Ausschau, dann im Keller. Er geht
ins Wohnzimmer zurück. Die Kerzen bläst er aus und
schaltet den elektrischen Kronleuchter an, weil er spürt,
daß sie fort ist. Die Platte ist abgelaufen, nur noch das
wiederholte Seufzen am Ende ist zu hören; er hebt den
Tonarm ab und geht in sein Schlafzimmer zurück. Dort
macht er den Eichenschrank seiner Frau auf, in dem all
ihre feinen Kleider noch zwischen Mottenkugeln hängen.
Ganz hinten ist das schimmernde blaue mit seinem knisternden Schleier. Bestimmt hat er geträumt. Doch was
ist mit den Kerzen? Der Schallplatte? Ich verliere den
Verstand. Oder es war eine Schwindlerin. *Mir egal.* Er
streckt die Hand nach der Seide aus, die man unmöglich spüren kann, wenn man sein Leben lang mit den Händen gearbeitet hat. Er berührt sie, fühlt aber nichts ... So
wie er gesehen hat, was nicht dasein konnte. *Mir ist egal,
was du warst, komm zu mir zurück. Bitte, bitte, bitte.
Ohhh.*

Es ist seine letzte Erregung und seine letzte Liebeswallung, so frisch und schmerzhaft wie eine Jugend, die über die Zeit und über ein Meer hinweg verpflanzt wurde. Jetzt bleibt ihm nur noch der Tod, doch der läßt noch eine Weile auf sich warten, weil Mahmoud ein Gewohnheitstier ist und sich daran gewöhnt hat, am Leben zu sein.

BEI NACHT UND NEBEL

Frances würde es nichts ausmachen, wenn Ginger ein brutaler Mensch wäre. Sie würde genauso handeln. Freundlich oder brutal, alles ist Zufall. Und was ist eigentlich schlimmer? Brutalität läßt sich leichter ertragen, also ist Freundlichkeit schlimmer. Die Frage ist bloß: Wie bringt man einen netten Mann dazu, etwas Schlimmes zu tun?

Sie hört auf zu trinken. Für die vor ihr liegende Aufgabe muß sie im Vollbesitz ihrer Kräfte sein. Die nüchterne Frances ist für ihre Kunden ein klein wenig beängstigend. Kein Süßholzraspeln und keine Küßchen mehr für Gin, sie läßt sich vorher bar bezahlen und bedient sie kaltblütig mit dem Kommunionshandschuh. Mit dem Schmuck ihrer Großmutter behangen, macht sie sich nicht mehr die Mühe, ihre kohleverschmierte Pfadfinderinnenuniform auszuziehen, und am Klavier spielt sie Chopin und spricht trotz zahlreicher Buhrufe laut und monoton Bluestexte. Zu ihrem Striptease singt oder tanzt sie nicht mehr, nein, sie zieht sich aus wie ein Automat und grölt mit bleierner Stimme: »*IRENE GOOD-NIGHT. IRENE GOOD-NIGHT. GOOD-NIGHT IRENE GOOD-NIGHT IRENE I'LL REAM YOU IN MY DREAMS.*« Sie ist nicht mehr lustig, bald werden sie sich hier nach was anderem umsehen müssen. Wenn Frances nüchtern ist, könnte man meinen, sie verachte ihre Kunden, und was könnte beleidigender sein. Und woher nimmt sie sich eigentlich dieses Recht?

Frances will dreitausend Mäuse für Lily zusammenhaben, ehe sie sich als Handlanger-Diva zur Ruhe setzt, also erhöht sie den Preis. Auch das kommt nicht gut an – die einen versuchen, sich um die Bezahlung zu drücken, während die anderen wegen der Beleidigung handgreiflich werden. Boutros hat einem Mann das Handgelenk ge-

brochen und einem anderen den Wangenknochen zerschmettert, doch Frances ist es egal, ob ihre Kunden sie
schlagen, solange sie nicht vergewaltigt wird … Nichts
soll ihre Pläne durchkreuzen.

Ginger Taylor ist jetzt seit anderthalb Wochen mit seinem Laster unterwegs. Frances hat sein lila Haus unter
Beobachtung. Sie weiß, daß er morgen wiederkommt, weil
sie nahe genug herangeht, um zu lauschen. Sie hat ein
Motiv. Sie hat Mittel und Wege. Sie beobachtet den Mond
und wartet auf ihre Gelegenheit.

Heute nacht folgt Boutros Frances wie immer nach
Hause. Die Hoffnung, sie zu begleiten, hat er aufgegeben,
weil sie ihm jedesmal sagt, wohin er sich trollen soll. Also
eskortiert er sie heimlich den ganzen Weg bis nach New
Waterford und sieht zu, wie sie zur Rückseite des Hauses
an der Water Street schleicht. Er wartet, bis er den Schein
ihrer Kerze im Giebelfenster ganz oben im Haus auftauchen sieht. Während er heute nacht wartet, beleuchten
die Scheinwerfer eines vorüberfahrenden Autos zwei gelb
glühende Flecke im Mansardenfenster. Dort oben liegt ein
zum Sprung geduckter Dämon und lauert Frances auf! Als
Boutros schon fast auf der Veranda ist, sieht er, wie ihre
Kerze aufleuchtet und einen Hof aus schwarzem Fell um
die zwei gelben Augen wirft. Er sieht zu, wie Frances ans
Fenster kommt, sich auf das Sims setzt und die Katze in
die Arme nimmt. Seine Miene wird sanfter. Er freut sich,
daß er nicht ihr einziger Freund ist.

Bisher hat Boutros noch keinen erwischt, der Frances
auf dem Heimweg überfallen wollte. Doch falls es je dazu
kommen sollte, überlebt der Kerl das nicht. Knacks. So
einfach ist das.

Als Ginger Taylor am nächsten Tag heimkommt, legt er
Weihnachten im August auf den Küchentisch. Rollen mit
weißem Spitzenbesatz und bunten Schleifen, meterweise
Stoff. Ein Muster mit Sonne, Mond und Sternen vor
rauchigem Mitternachtsblau, ein Ballen schillerndes

Schwarz mit smaragdgrünen Punkten, Frühlingsblumen für die Mädchen, grauen Flanell für die Jungen. Süßigkeiten, Ananas. Und ein ganzes Reh, das hinten im Laster auf Eis liegt.

Beim Anblick der Stoffbahnen treten Adelaide die Tränen in die Augen. Die Damen, für die sie näht, kaufen sich auch feine Stoffe, aber nichts so Flottes. Sie hat für die meisten Hochzeitsfeiern in Sydney die Kleider genäht. Für ihre Damen nimmt sie Seide, Satin und Organdy, und für ihre Familie nimmt sie die Phantasie zu Hilfe. Oft bleibt ein hübscher Rest von einem Auftrag übrig, aber wenn die Dame den nicht zurückverlangt, schenkt Adelaide ihn einer Nachbarin, weil es ihr gegen die Berufsehre geht, ihre Kinder in Auftragsreste zu kleiden. Lieber näht sie perfekte Schürzenkleidchen aus Mehlsäcken. Bis zum Teresa-Fiasko waren die Mahmouds Adelaides beste Kunden, und wenn man dann noch bedenkt, daß die Zeiten schlechter denn je sind, sollte Leo das Geld wirklich nicht für all diesen Klimbim aus dem Fenster werfen.

Madeleine, Sarah, Josephine, Cleo, Evan, Frederick und Carvery stürzen sich auf die Süßigkeiten, die sie kreischend und streitend aufteilen, und Adelaide möchte wissen: »Was in Herrgotts Namen hat das alles zu bedeuten, Mister?«

Ginger strahlt sie an. »Das ist ein ganzer Haufen Nichts, einfach so.«

Sie betastet die Stoffe. »Was hast du gemacht? 'ne Bank überfallen? Ich will's zu deinen Gunsten hoffen.« Sie haben für das Studium der Kinder gespart. Wie konnte er nur?

Er beschwichtigt sie: »Ich war so froh, Addy, ich mußte einfach losziehen und Geld ausgeben, weil ich dich liebe. Weil du die beste Frau bist, du bist die zäheste, die tollste, die hübscheste, und ich kann's nicht fassen, daß du mir gehörst!« Er umarmt sie fest und dreht sich mit ihr in einer tapsigen Umarmung.

»Du spinnst. Weißt du das? Du bist völlig plemplem,

und jetzt laß mich runter, Kerl!« Sie versetzt seiner weichen Schulter einen knochigen Fausthieb. »Laß mich runter, damit ich dich nach Strich und Faden vermöbeln kann!«

Er gehorcht. »Na los, komm«, sagt er und täuscht eine rechte Gerade an, und sie erwischt ihn mit einem linken Haken, drahtig ist sie wirklich – die Schläge prasseln auf seine erhobenen Unterarme und tanzenden Fäuste ein, sie landet einen prima Treffer genau in seiner Magengrube, bis sie sich krümmen muß, weil sie sich vor Lachen fast in die Hose pinkelt und nicht mehr sieht, wohin sie boxen muß, da ihr die Tränen über die Wangen strömen.

»Lad die Nachbarn ein«, sagt er. »Ich geh und hol Trese und Hector. Evan, Süßer, ich möchte hinterm Haus ein großes Feuer haben.«

Das läßt sich Evan nicht zweimal sagen. Mit zwölf ist er der Älteste.

Rehbraten und gekochte Maiskolben, genug für die ganze Nachbarschaft, und die Nachbarn haben sich alle im Garten hinterm Haus versammelt. Die Sonne ist untergegangen, die Flammen lodern auf, und der Mond steht hoch am Himmel. Mit großen Augen sitzt Hector lächelnd unter seiner Decke und wippt mit dem Fuß im Reel-Rhythmus zur Fiedel des sehr alten Mr. Prince Crawley. Teresa fühlt sich zum erstenmal seit ihrer Entlassung wohl. Sie hatte die Freuden der Geselligkeit schon ganz vergessen: wenn man einfach nur so mit Leuten quatscht, inmitten von Kindern, Essen und Musik. Sie hat ein Fischcurry gemacht, mit dem man Tote zum Leben erwecken könnte. Und sie erneuert damit ihren Anspruch auf den Königsthron der heimischen karibischen Küche. Außerdem eine Riesenschüssel Eiscreme, um die Flammen zu löschen. Sie läßt sich sogar von Adelaide zum Singen überreden: »Nur weil du es bist, Addy, und nur das eine Mal.« Teresa stimmt ein Lied an, das ihre Mutter Clarisse immer für sie und Ginger gesungen hat:

»Sly mongoose, / Sly enough but the dog knows your ways. / Sly mongoose, / Sly enough but the cat is on your track …«

Und wozu soll ein Lied gut sein, wenn man nicht dazu tanzt? Teresa ist eine ausgezeichnete Tänzerin, wenn man sie erst mal mit sanfter Gewalt auf die Beine und in Schwung gebracht hat. Sobald sie sich bewegt, ist sie froh und glücklich …

»The mongoose went in the missus' kitchen, / Took up two of her fattest chickens, / Passed them into his vestcoat pocket, / Sly mongoose …«

Alle machen mit, jetzt geht's hoch her, Hector lacht und klatscht, und die kleinen Mädchen sind alle aufgestanden, um sich Teresa anzuschließen. Sie strahlt übers ganze Gesicht, ihre Hüften kreisen kokett, sie schnippt mit den Fingern und trommelt mit den Handflächen: »Go girl!«

»You look to me like a mile and a quarter, / You look to me like you require some water, / You look to me like your blood's out of order, / Drink bush tea, / Drinky bush tea …«

Sie beginnt, Strophen zu improvisieren, und es wird urkomisch, weil sie allen möglichen gereimten Klatsch und Tratsch über die Anwesenden erfindet und die Leute es ihr mit Stegreifversen heimzahlen. Schließlich nimmt Teresa den Refrain des Liedes wieder auf, und alle stimmen ein und wirbeln vor Begeisterung mit Holzscheiten aus dem Feuer. Teresa hat noch nicht wieder durchgeatmet, als sie merkt, daß Adelaide wachsam wie eine Katze in Richtung Gartenzaun starrt. Noch ehe sie fragen kann: »Was ist, meine Liebe?«, hat Adelaide einen Satz gemacht – über den Gartenzaun und die Gasse hinunter.

Adelaide setzt der kleinen fliehenden Gestalt nach und packt sie mit Leichtigkeit am Kragen.

»Was geht hier vor, he? Warum spionierst du meiner Familie nach?«

»Verpiß dich … Au.«

Adelaide beherrscht die hohe Kunst des Armumdrehens.

»Wie heißt du, Mädchen?«

»Harriet Beecher Stowe, haha … Au!«

Teresa hat sie eingeholt. Frances sieht sie. Und kann nicht anders, sie muß mit ihr reden.

»Hallo, Teresa.«

Adelaide sieht Teresa an. »Wer ist das, Trese?«

»Ich weiß es nicht, Addy.«

»Teresa.« Frances schaut zu ihr hoch. »Kennst du mich nicht mehr?«

Frances vergißt zu lügen. Sie vergißt, daß Adelaide ihr den Arm auf den Rücken gedreht hat, und ist drauf und dran, Teresa alles zu erzählen. Weil Teresa verstehen würde. Teresa würde ihre Stirn berühren, und alles würde von ihr abfallen, das Gewicht von allem, was Frances weiß und nicht weiß. Das furchtbare Gewicht ihres zentnerschweren Gewissens.

»Du lieber Gott«, sagt Teresa. Sie hat soeben die Doppelreihe kostbarer Steine an Frances' Fingern entdeckt. »Wo hast du die Ringe her, Kind?«

»Gefunden.« Lieblich wie Milch ist das – sie hat mich »Kind« genannt.

Ginger kommt hinzu, bleibt aber ein Stück entfernt stehen. Adelaide dreht sich zu ihm um: »Sie schon wieder, keine Ahnung, wer sie ist. Was zum Teufel will sie?«

Kaum hat sie das gesagt, kennt Adelaide bereits die Antwort auf ihre Frage: Während sie auf ihre Gefangene hinunterstarrt, bemerkt sie, wie Frances Ginger mit ausgesprochen coolem Gesichtsausdruck mustert.

»Wer ist das, Leo?« fragt Adelaide schneidend und läßt sein Gesicht nicht aus den Augen.

Er sieht die falsche Pfadfinderin an, und Adelaide weiß, daß sie als nächstes eine Lüge aufgetischt bekommt.

»Ich weiß es nicht, Addy.«

Leo hat sie noch nie zuvor belogen. Adelaides Begabung, Lügen zu erkennen, könnte man einen sechsten Sinn

nennen, doch sie findet das ganz und gar nicht ungewöhnlich. Wahrheit läßt sich so leicht von Lüge unterscheiden wie Salz von Zucker.

»Egal«, sagt sie zu ihrem Mann und seiner Schwester.
»Geht zurück und amüsiert euch, ich komm gleich nach.«
Doch sie bleiben. »Zischt ab, na wird's bald, sapperlot
noch mal, zischt ab!« Da gehorchen sie.

Adelaide dreht Frances' Handgelenk noch einen Zehn-
telzentimeter weiter, damit sie ihr auch wirklich zuhört.
Dann beugt sie den Kopf vor, bis sie sich Auge in Auge
gegenüberstehen. Leise und jede Silbe betonend sagt sie:
»Wenn ich dich noch einmal an meinem Haus erwische,
wenn du meine Kinder oder meinen Mann anfaßt, bring
ich dich um.«

»Jawohl, Ma'am.«

Adelaide läßt Frances' Handgelenk los und geht in
ihren Garten zurück.

Teresa und Leo haben jedem erzählt, Adelaide habe
einen Voyeur erwischt, einen Weißen, und ihn das Fürchten gelehrt. Alle lachen, weil sie jeden bedauern, der sich
mit Adelaide anlegt, und als sie mit so finsterem Gesichtsausdruck durch das Tor tritt, lachen sie noch mehr. Adelaide marschiert geradewegs ins Haus und kommt mit
ihrer Mundharmonika wieder raus. Sie spielt *The Old
Rugged Cross*. Und zwar so, daß es sich wie ein Blues
anhört, das klingt am besten. Bei dem Lied muß Teresa
immer weinen, so wie ein müder Katholik bei *Ave Maria*.
Lachen und Weinen, alles an einem Abend – es war eine
wundervolle Party.

Wenn Teresa von der dreckigen Pfadfinderin mit Mrs.
Mahmouds Ringen absieht. Wo um alles in der Welt hat
sie die her? Vom Schwarzmarkt? Aus der Gosse? Der
eigentliche Dieb muß inzwischen längst über alle Berge
sein. Teresa hat der Anblick zu sehr erschreckt, als daß sie
hätte überlegen können, was zu machen war, doch jetzt
weiß sie, daß nichts zu machen ist. Es hätte keinen Sinn,
ihr die Ringe abzunehmen oder es Mahmoud zu sagen, er

würde ihr nie glauben, soviel steht fest. Und er verdient die Wahrheit nicht – verzeih mir, Herr, Du allein weißt, was jeder von uns verdient. Wie auch immer. Warum Adelaide aufscheuchen, wenn sich sowieso nichts ausrichten läßt? *The Old Rugged Cross* mahnt Teresa, die andere Wange hinzuhalten und nicht weiter drüber nachzugrübeln, vorbei ist vorbei. Prince Crawley stimmt mit der Geige ein, etliche Leute singen, und Hector summt. So findet dieser Abend seinen perfekten Abschluß.

Teresa schiebt Hector die Straße entlang und schüttelt eine irritierende Frage ab: Woher kannte das kleine Biest meinen Namen?

Ginger ist darauf bedacht, vor Adelaide im Bett zu sein. Er schämt sich, sich schlafend zu stellen, während sie sich auszieht und neben ihm in die Federn kriecht. Er hat nichts falsch gemacht. Doch wie könnte er es ihr je erklären? Eine kleine, harmlose Lüge, völlig grundlos. Es hat nichts zu bedeuten.

Erst beobachtet sie ihn ein Weilchen, dann ruft sie ihn leise bei seinem geheimen Namen – nicht »Ginger«, ein anderer Kosename. Den nur sie beide kennen. Er rührt sich ein wenig, schlägt aber die Augen nicht auf. Sie küßt ihn auf die Schulter und legt sich neben ihn. Für ihre Familie würde sie alles tun.

Der nächste Tag.

Adelaide bringt aus Beel's Gemischtwarenladen einen Umschlag voll glänzender neuer Knöpfe nach Hause.

»Josephine, Evan, kommt her, damit ich euch beiden die Hälse umdrehen kann. Was ist das?!«

»Entschuldigung, Mama – 'tschuldigung, Mama.«

Zwei weiche Ohrläppchen zwischen nadelspitzen Daumen und Zeigefinger eingeklemmt: »Ich sag euch, was das ist, das ist euer Brüderchen Carvery, wie es am Herd spielt!«

»Ja, Ma'am – Ja, Ma'am.«

Ohrläppchen losgelassen, ah.

»Er ist euer Bruder. Ihr seid für ihn verantwortlich, wie ihr füreinander verantwortlich seid.«

»Ja, Ma'am – Ja, Ma'am.«

»Ihr sorgt gefälligst dafür, daß eure Geschwister nie, nie in Gefahr geraten.«

»Jawoll, Ma'am – Jawoll, Ma'am.«

Dann droht sie ihnen mit Bestrafung durch ihren Vater, wenn der nach Hause kommt, und die beiden Kinder seufzen erleichtert auf, denn ihr Vater nimmt sie auf seinen weichen Schoß und fragt nur: »Wie ist das passiert? Nun erzählt mal.«

Am Küchentisch.

Adelaide nimmt vor ihren Knöpfen und kostbaren Stoffballen Platz. Fürstliche Kniebundhosen für Frederick, eines Gentlemans würdige lange Hosen für Evan, weiße Hemden und Kragen für beide, mit Schleifen übersäte Sonntagskleider für die Mädchen, ein auffallendes Hemd mit Sonne, Mond und Sternen für Leo und ein dazu passendes für den kleinen Carvery. Und schließlich, obwohl sie entsetzt ist, wieviel Zeit sie dafür vergeudet – »Ich mach das nur dir zuliebe, Mister« –, ein ärmelloses, hautenges, tief dekolletiertes Kleid aus schwarzem Satin mit smaragdgrünen Tupfen. Wenn man Adelaide darin sieht, muß man sie einfach zum Tanzen auffordern, nur um zu spüren, wie sie einem wie ein glitzernder Fisch durch die Arme schlüpft.

Bei der Matinée.

»Hat der Film angefangen?«

»Schon fast vorbei.«

»Einmal bitte.«

Ginger zahlt seine fünf Cent und betritt das Empire. Es ist ein Stummfilm, *Tagebuch einer Verlorenen* mit Louise Brooks. Kaum Zuschauer. Frances müßte leicht zu entdecken sein, falls sie hier ist. Er steht am Ende des schräg abfallenden Mittelgangs und wartet, bis seine Augen die

428

Schatten als Gestalten erkennen. Der Umriß ihres Baretts. Erste Reihe Mitte, aber sie ist nicht allein.

Der Film ist zu Ende: »GÄBE ES MEHR LIEBE AUF DIESER WELT, WÄRE NIEMAND MEHR VERLOREN.« Die Lichter gehen an, und er beobachtet, wie Frances von ihrem Platz aufsteht. Ihre Begleiterin sieht wie ein Kind aus – Ginger ist mit dieser Schlußfolgerung etwas zurückhaltender geworden. Aber nein, es ist eindeutig ein richtiges kleines Mädchen, das sieht er, als sie aufsteht und sich umdreht, um ihren Pullover von der Rückenlehne zu nehmen. Ein wirklich hübsches Kind mit rotgoldenen hüftlangen Haaren, kommt ihm irgendwie bekannt vor. Jetzt, wo er Frances neben einem richtigen Kind sieht, kann er nicht mehr verstehen, wie er sie je für eines halten konnte. Ihr Gesicht sieht sogar ziemlich alt aus. Er beobachtet sie. Die beiden gehen ihre Sitzreihe entlang zum Gang, und das langhaarige Mädchen scheint mit einem Bein zu stolpern. Dann wieder, bei jedem Schritt. Irgendwie muß sie sich verletzt haben, denkt er, doch als sie den letzten Sitz in der Reihe umrundet und durch den Gang auf ihn zukommt, begreift er. Hübsches kleines Ding, was für ein Jammer! Das jüngste Piper-Kind natürlich, und an die erinnert sie mich, an ihre ältere Schwester Kathleen. Je näher sie kommt, desto frappierender wird die Ähnlichkeit.

Ginger wartet, daß Frances ihn sieht. Doch falls sie das tut, läßt sie sich nichts anmerken. Sie plaudert mit ihrer kleinen Schwester: »Am nächsten Samstag zeigen sie *Der Wind* mit Lillian Gish, der handelt von einem schönen Mädchen, das in den Westen zieht, aber als sie dort ankommt, scheißt der Wind ihr ins Hirn.«

»Wie scheißt er ihr ins Hirn?«

»Sag nicht ›ins Hirn scheißen‹, Lily, sag ›den Verstand rauben‹.«

»Wie raubt er ihr den Verstand?«

Frances legt einen Arm um Lily und geht einfach an Ginger vorbei.

»Hallo, Frances.«

Das langhaarige Mädchen dreht sich um und schaut ihn mit ihren grünen Augen an – dem Mädchen Kathleen so ähnlich, und doch auch wieder nicht, denn Kathleen hat ihn nie angesehen. Frances blickt sich nicht um, zerrt nur die kleine Schwester hinter sich her und bringt sie fast aus dem Gleichgewicht. Ginger ist verwirrt. Soll das eine Ohrfeige sein? Falls ja, wofür? Er kommt sich vor wie das schmutzige Geheimnis einer anderen. Aber das bin ich nicht. Ich hab nichts Verkehrtes gemacht und hab's bestimmt nicht vor. Will es auch gar nicht!

Aber er muß mit ihr reden. Ihr sagen, daß sie nicht so um sein Haus schleichen und sich nicht wie eine Hure an ihn ranschmeißen darf, so einer ist er nicht. Ja, er muß so bald wie möglich mit ihr reden. Also in der Flüsterkneipe. Heute, Samstagnacht.

Ginger hat nicht vor, diese Büchse der Pandora je wieder zu betreten, daher verläßt er sein Haus erst um drei Uhr morgens, wenn sie normalerweise geht.

»Ach übrigens, Addy, tut mir leid, ich hab ganz vergessen, es dir zu sagen: Jameel möchte, daß ich zur Schließzeit vorbeikomme.«

Die zweite Lüge. Wie soll Adelaide ihre Familie beschützen, wenn sie nicht weiß, wovor? Fröstelnd hat sie gesehen, daß die falsche Pfadfinderin ihrem Mann gegenüber nichts Gutes im Schilde führt. Wie ein Ungeheuer hat sie ihn angesehen: ausgehungert, aber geduldig.

Adelaide hört die Haustür hinter Ginger ins Schloß fallen. Sie wälzt sich im Bett und fragt sich: Was will sie von ihm? Und was findet Leo nur an dem schmutzigen, kleinen weißen Ding? Verrücktes Mädchen, böser Kobold, elternloses Kind ... Mit einem Ruck setzt sich Adelaide auf, als sie plötzlich erkennt: Sie tut ihm leid. O nein. O nein, nein, nein, nein, nein.

Ginger wartet unter einem hölzernen Pfeiler der Eisenbahnbrücke, während die Kundschaft aus Jameels Kneipe strömt. Auf dem Klavier wird in rasendem Tempo der *Begräbnismarsch* gehämmert. Als die letzten Säufer weg sind, geht Ginger zum Hinterausgang. Er denkt sich, daß er sie schon erwischen wird, bevor sie in irgendein Auto steigt, das sie nach Hause bringt. Von der Hausecke aus beobachtet er, wie sie aus der Tür kommt. Im Lichtschein sieht er, daß sie wieder die Uniform anhat, aber noch geschminkt und mit Schmuck behangen ist. Für viele Männer dort drinnen, ebenso für viele Frauen, die mitlachen, ist sie eine Art Clown. Das mit der Hure ist schlimm genug. Aber wer hat je von einer Clownshure gehört? Ginger fragt sich, wie es wohl sein mag, mit den Augen derjenigen zu sehen, die sie lustig oder sexy finden. Sie schließt die Tür zum Lagerraum ab, und Ginger will sich gerade zu erkennen geben, als sie ins Dunkel verschwindet. Hä? Wo ist sie hin?

Er will nicht rufen, damit Jameel nicht aufmerksam wird. Er geht ums Haus nach vorn. Kein wartendes Auto, da war auch kein Motorengeräusch. Über sich hört er, wie jemand mit einem Stock die Eisenbahnschwellen entlangrattert. Durch die Strebepfeiler sieht er nach oben auf die Schattenfüße, die zwischen den Leisten dahinfliegen, und trabt hinterher. Der Boden steigt an, bis er sich mit den Schienen trifft, und er rennt die Böschung hinauf, ganz außer Puste, doch sie spurtet immer noch drauflos, nimmt drei Schwellen auf einmal, mit wild schlenkernden Armen. Jetzt sind sie schon am Stadtrand, und sie wirft ihren Stock weg. Er bückt sich und schnappt nach Luft – besonders sportlich ist er nicht. Als er sich wieder aufrichtet, kann er sie weit vorn im Mondschein sehen; es wirkt, als hüpfe sie in einem wüsten Stepptanz auf der Stelle auf und ab, doch sie wird kleiner, immer kleiner. Er trabt weiter.

Zu seiner Linken schimmert hinter der Steilküste das Wasser wie dunkles Silber; seine Atemgeräusche und das Herzklopfen übertönen den Lärm seiner Schritte und das Grillenzirpen und Froschquaken im hohen Gras, das die Schienen säumt. Sie verlaufen parallel zur Küstenstraße.

Frances rennt den ganzen Weg, so kommt sie nach Hause. Lieber Himmel! Die Stadt liegt weit hinter ihnen, eigentlich sollte er jetzt rufen können: »Fra …« Da liegt er auch schon platt auf der Nase auf den nach Pisse stinkenden Schienen, kriegt vor Schreck keine Luft mehr, und sein Rücken registriert erst jetzt den Stoß, der ihn lang hinschlagen ließ … Eine Faust packt in seine Haare und schmettert ihn wieder und immer wieder in den Kies, und dann wird es dunkel.

Heute abend pustet Frances ihre Kerze aus, bevor sie in die Dachkammer hinaufsteigt. Der Mond scheint. Vier Lichtrechtecke fallen durch das Sprossenfenster auf den Boden. Männer mag der Mond in den Wahnsinn treiben, doch er beruhigt ein ungebärdiges Mädchen, denn er ist kühl, klar, er ist luzid. Besonders in einem so leeren Raum. Frances hält inne und kommt zur Ruhe. Dann geht sie ans Fenster. Es ist eine gute Nacht, um hinauszuspähen.

Ein Stockwerk tiefer, an der Rückseite des Hauses, steht Lily an ihrem Fenster und beobachtet den Bach. Ihre Lippen bewegen sich ein wenig, als flüstere sie jemandem dort unten etwas zu, doch es ist keine Menschenseele zu sehen, nur glitzernde Mondpartikel im Wasser. Genau unter dem Dachkammerfenster, an das Frances sich gerade gesetzt hat, schläft James tief und fest und träumt viel, so wie immer, seit Frances aus seinem Leben verschwunden ist. Er ist wieder ein kleiner Junge, und nur er und seine Mutter stehen auf einer mit wilden Blumen bewachsenen Wiese. Mercedes schläft auch, in ihrem kleinen Zimmer, und das Weiße in ihren braunen Augen sieht man gerade noch in schmalen Streifen zwischen den fast geschlossenen Lidern. Sie träumt von Stahl, von der Farbe Grau, von Docken mit grauen Haaren auf einem Webstuhl.

Frances streichelt Trixie auf ihrem Schoß, als ihr aufgeht, daß ihr jemand nach Hause gefolgt ist. Sie kann Boutros dort unten sehen, aber er sie nicht. Er späht nach oben und wartet darauf, daß ihre Kerze auftaucht und das Zimmer in warmes Licht taucht. Er starrt auf die Fensterscheibe und sieht dort nur den Mond.

Frances hat sich ihre Jungfernschaft nicht bewahrt, um sich von etwas in dieser Größe vergewaltigen zu lassen – weshalb sollte er mir wohl sonst gefolgt sein? In ihrem Kopf spukt *Die katholische Ehefrau* herum. Vor Jahren hat sie Ralph Luvovitz' Zimmer durchstöbert, als alle anderen unten Klezmer-Musik spielten, und ihm *Was jeder Junge wissen sollte* gestohlen. *Die katholische Ehefrau* war viel einfacher zu kriegen, ist aber viel komplizierter. Eine katholische Ehefrau muß stets und ständig eine Schemazeichnung im Kopf haben und die schwerfällige Reise der Eizelle planen, die stur wie ein Eisbrecher zu der Stelle vorrückt, wo sie auf Trilliarden von Schnellbooten stößt. Die Wahrscheinlichkeit, daß das passiert, ist an sechs oder sieben Tagen im Monat ziemlich groß, während es an den übrigen Tagen eher unwahrscheinlich ist. Das ist die Knaus-Ogino-Methode. Wie in Komödien kommt es dabei auf das richtige Timing an. Knaus-Ogino ist natürlich eine Sünde, aber eine läßliche, die vom Heiligen Vater in Rom sanktioniert wird, vorausgesetzt, man empfindet beim Fortpflanzungsakt keine Lust und hofft nicht, nicht schwanger zu werden. (Es sei denn, die Frau läßt sich auf den Fortpflanzungsakt ein, um die Lust des Ehemannes auf eine andere Frau abzuwenden, dann ist es zwar eine Sünde, wenn sie seiner Begierde nachgibt, sie wiegt jedoch weniger schwer dank der Absicht, ihn vor einer schlimmeren, noch dazu ehebrecherischen Sünde zu bewahren. Geh zur Beichte, dann ist alles wieder gut.) Jede andere Art der Empfängnisverhütung ist eine Todsünde, für die man auf direktem Wege in die Hölle wandert, sollte einem auf dem Totenbett keine Absolution erteilt werden.

Frances bekommt ihre Regel in vollkommen gleichmäßigen Abständen, wenn auch äußerst spärlich. Heute ist der erste von fünf oder sechs wahrscheinlich fruchtbaren Tagen. Und deswegen schaudert ihr bei dem Gedanken, daß Boutros dort unten im Hof herumlungert. So schlimm bereits die Vorstellung sein mag, wie er in sie eindringt, so ist der Gedanke doch noch viel schlimmer, wie es wäre, wenn in neun Monaten ein Span von diesem groben Klotz aus ihr herauskäme. Sie wird die Dinge etwas beschleunigen müssen. Das ärgert sie. Warum mußte sich Ginger Taylor auch als netter Mensch entpuppen?

»Paar Besoffene haben mich vor Jameels Kneipe überfallen.«

Die dritte Lüge.

»Au, Addy, sachte!«

Adelaide zieht noch einen Holzsplitter raus und kippt Karbol auf Gingers lädierte Stirn. Zum Glück ist das der stabilste Teil des Schädels. Ein Glück auch, daß seine Nase und Zähne den Kies nur gestreift haben, während seine Stirn auf die Schwelle schlug. Am meisten Glück hatte er allerdings, als ihn das leise Summen der stählernen Schienen unter ihm rechtzeitig genug weckte, daß er zur Seite rollen und den Mittagszug vorbeilassen konnte. Wer ist sein Schutzengel?

»Ich will wissen, wer sie ist, und erzähl mir keinen Scheiß.«

»Wie?« Doch Ausreden sind zwecklos. Warum hat er auch nur eine Sekunde lang geglaubt, er käme damit durch? »Eine von den Piper-Töchtern aus New Waterford.«

Adelaide läuft es kalt den Rücken runter, doch sie nickt nur und sagt: »Frances.« Sie weiß, daß die Schlimme Frances heißt.

»Keine Ahnung, was sie will. Gestern nacht bin ich ihr gefolgt, wurde aber niedergeschlagen, bevor ich sie fragen konnte. Ich weiß nicht, wer es war oder wie viele.«

Adelaide sieht ihn an. Wartet auf den Rest.

»Tut mir leid, Addy. Ich hab sie einmal im Wagen mitgenommen, mehr nicht, ich weiß auch nicht, warum ich vorhin gelogen hab.« Auf einmal wird er müde. »Sie ist das kleine Mädchen aus der Flüsterkneipe, und ich wollte ihr helfen. Ich hab gedacht, wir könnten ihr helfen.«

Adelaide faltet einen weichen weißen Verband für seine Stirn. »In dieser Familie gibt es jede Menge Probleme, Leo. Das Mädchen ist nicht richtig im Kopf. Sie wird dich wegen Vergewaltigung ins Gefängnis bringen.«

Ginger ist entsetzt. »Ich würde nie, nie ...«

»Die Pipers haben Geld. Du bist ein Farbiger, und das Mädchen hat's auf dich abgesehen.«

Er hat seinen Stirnverband um und ein ziemlich verschorftes Gesicht; so klopft er an die Stahltür.

»Scheiße, willste 'ne Gehaltserhöhung, Kerl, oder was?«

»Nein, Mr. Jameel, ich hör einfach auf; richten Sie Piper aus, ich hör auch bei ihm auf.«

»Sag's ihm selber.«

Ginger wendet sich zum Gehen und sagt: »Dann merkt er's wohl, wenn ich Ihre Bestellungen nicht mehr abhole.«

Ginger möchte einen großen Bogen um alles machen, was Piper heißt.

»Scheiß-Nigger, verschwinde verdammt noch mal von meinem Grundstück – Boutros!«

Ginger verschwindet schon, aber nicht im Laufschritt. Er schaut zurück und sieht den großen Sohn in der Tür stehen. Ginger hat keine Angst vor Boutros, trotz des Nackenschlags, den er damals bekam, als er Jameel an den Kragen ging ... Der Junge hatte nur seinen Vater verteidigt. Ginger weiß, daß solche Burschen eher sanft sind wie Schmusekätzchen, keine richtigen Raufbolde.

»Scheiß-Nigger«, murmelt Jameel. »Hol das Auto, Kerl«, zu Boutros, ohne ihn anzusehen.

»Daddy, ich werde heiraten.«

Jameel wirbelt herum und schlägt Boutros ins Gesicht. »Hol das verdammte Auto!«

Das war so gegen fünf.

»Was für Probleme?« fragt Ginger.

Ginger weiß einiges über die Pipers – was alle wissen,

und was er damals im Lauf der Jahre bei den Fahrten zu und von ihrem Haus aufgeschnappt hat. Heutzutage fährt er zwar Pipers Schnaps, doch dabei kommt er immer nur zur Schwarzbrennerei im Wald, und Piper sagt nie was anderes als: »Danke, Leo, fahren Sie vorsichtig.«

Adelaide hingegen weiß, was Teresa ihr erzählt hat. Teresa käme nicht im Traum auf die Idee, ihrem kleinen Bruder so etwas zu verraten. Ginger war ein liebes Kind, und ihr ist es in Fleisch und Blut übergegangen, alles Unangenehme von ihm fernzuhalten. Außerdem kann man manches zwar einer Freundin erzählen, doch ansonsten behält man es aus Taktgefühl besser für sich. Manche Dinge sind reines Gift, wenn man sie mit einem geliebten Ehegatten oder Bruder bespricht. Gute Frauen reden über derartige Dinge so, wie Epidemiologen eine ansteckende Krankheit diagnostizieren und behandeln, ohne die Öffentlichkeit in Panik zu versetzen. Das ist Frauenarbeit. Männer sind von Natur aus für so etwas ungeeignet und sollten ebenso davor geschützt werden, wie Frauen nicht unter Tage arbeiten sollten. Männer sind so zerbrechlich.

»Sag's mir, Addy.«

Jetzt ist die richtige Zeit zum Impfen. Adelaide holt tief Luft.

»Die Mutter hat Selbstmord begangen. Das war Mahmouds Tochter, die mit Piper durchgebrannt ist. Mahmoud hat sie enterbt. Ihre Tochter, die mit der Stimme, die du gefahren hast ...«

»Kathleen ...«

»Die hat ein uneheliches Kind gekriegt, das kleine verkrüppelte Mädchen. Piper hat seine Tochter auf dem Gewissen, weil er nicht den Arzt geholt hat, als sie nach der Geburt im Sterben lag. Pearleen Campbell, die in Ferguson's Bestattungsinstitut arbeitet, hat die Leiche gewaschen, da war ein hausgemachter Schnitt im Bauch, Pearleen und Teresa kennen sich von klein auf, daher weiß es Teresa. Vor Jahren hat Teresa Piper einen dicken Scheck vom alten Mahmoud gebracht. Und eh du dich versiehst, ist die singende Tochter in New York, während ihre Mutter in Lumpen rumläuft. Die Sängerin war ein Ekel. Die Mutter ist einen Tag nach der Beerdigung der Tochter gestorben, ohne einen Kratzer am Leib, aber ihre Haare rochen nach Gas, als sie zu Ferguson's gebracht wurde. Teresa ist zur Beerdigung der Mutter gegangen und hat das Mädchen Frances lachen sehen. Soviel weiß ich, und Gott weiß, was da sonst noch im Busch ist oder womit diese Frances aufgewachsen ist. Die hat allen Grund, verrückt zu sein, Junge, aber das macht sie nicht unschuldig.«

Das war nach dem Abendessen. Ginger hatte sich vor Tisch sein Sonne-Mond-und-Sterne-Hemd angezogen, um seine Erlösung von allem Übel kundzutun. Johnny-Pastete mit Sirup, Bohnen und Cape-Breton-Steak: Man nehme anderthalb Pfund Fleischwurst, schneide sie in Scheiben und brate sie schön braun an. Eine Feier, obwohl sein Ausstieg aus dem Rumtransport-Geschäft wieder weniger Geld bedeutet. Ginger hatte gar nicht gewußt, wie wichtig die Mahmouds für seine Familie waren, bis Teresa ihre Stelle, Adelaide etliche Kundinnen und er den größten Teil der legalen Seite seines Transportgeschäfts verlor. Und jetzt ist es auch noch mit der illegalen Seite vorbei … In letzter Zeit lief es für alle noch schlechter als sonst; den Taylors ging es da vergleichsweise gut. Wenigstens haben sie einiges für die Zukunft der Kinder gespart. Davon werden sie jetzt erst mal leben.

Die Kinder sind im Bett. Teresa ist mit Hector angekommen, der Adelaide mit breitem sabberndem Lächeln ein Früchtebrot überreicht.

»Danke, Baby!«

»Wo ist dein Mann, Addy?« fragt Teresa.

»Draußen in New Waterford, Piper kündigen.«

»Warum kündigt er?«

»Setzt euch, ich schenk uns Tee ein.«

Gott sei Dank gibt es Tee, Gott sei Dank gibt es Teresa, mit der ich reden kann. Hector nickt in seinem Rollstuhl, während Adelaide Teresa die ganze Frances-Geschichte erzählt und mit den Worten endet: »Ich hab ihm gesagt, fahr nicht da raus, aber er meint, es wär ›unmännlich‹, einem nicht in die Augen zu sehen, wenn man nach so vielen Jahren bei ihm aufhört.« Sie nimmt ein Schlückchen Tee. »Wenigstens ist das jetzt alles beendet.«

Teresa hat kein Wort gesagt.

»Trese?«

»Ja, meine Liebe, sie ist verrückt, die sind alle total plemplem.« Doch Teresa wirkt zerstreut, und sie steht auf. »Ich will bloß mal einen Blick auf Carvery werfen, bevor ich gehe.«

Teresa betrachtet zu gern den schlafenden Carvery. Er sieht aus wie Ginger als Baby, als Teresa sich immer um ihn gekümmert hat. Als sie Hector heiratete, wollte sie ein Baby, so süß wie Ginger. Carvery hat auch das Wesen seines Vaters geerbt. Schläft fest in seinem winzigen Sonne-Mond-und-Sterne-Hemd. Lieber, lieber kleiner Junge.

»Tante Teresa?« flüstert da Evan.

»Ja, Schätzchen?«

»Sticky Leary hat sich heute in die Garderobe geschlichen und mein Lunchpaket geklaut, er hat's Niggerfraß genannt.«

»Was hat er damit gemacht?«

»Er hat gesagt, er hätt's weggeworfen, aber ich hab gesehen, wie er es aufgegessen hat.«

»Er hatte Hunger.«

»Mama hat gesagt, ich soll ihn nach Strich und Faden verhauen. Meinst du, sie hat recht?«

»Ich glaube, er kriegt nicht genug zu essen.«

»Warum fragt er mich nicht, ob ich ihm was abgebe, statt mich zu beschimpfen?«

»Er schämt sich, und deshalb versucht er, dich zu beschämen.«

»Ich schäm mich aber für gar nichts. Ich hau ihm einfach eins auf die Schnauze. Was, Tantchen?«

»Wenn du dich wie ein Christ verhalten willst, dann steckst du jeden Tag die Hälfte von deinem Brot in seine Tasche, ohne daß es einer sieht. Und die übrige Zeit vergißt du ihn einfach und denkst nur daran, was du erreichen willst. Du bist groß und stark. Du kannst jeden Jungen in deinem Alter besiegen, aber wenn du erst mal damit anfängst, heißt das neueste Spiel auf dem Schulhof bald: ›Wer kann Evan schlagen?‹ Dann verfolgen dich die älteren Jungen, und wenn die Lehrer rauskommen, schiebt man dir die Schuld in die Schuhe. Willst du Boxer werden, wenn du groß bist?«

»Nein, Tierarzt.«

»Dann vergiß das Kämpfen und befaß dich mit Lernen, und du kannst sie allesamt schlagen, denn, Schätzchen, die meisten von denen werden doch bloß Grubenkumpel.«

»Oder Stahlarbeiter.«

»Genau.«

Teresa kommt wieder nach unten. »Ich hab Evan gesagt, er soll sich nicht schlagen; er hat mich gefragt.«

»Gut, ich hab ihm gesagt, er soll dich fragen.« Adelaide meint, alle Kinder sollten genügend Erwachsene um sich herum haben, die sie lieben, so daß einer sie zum Kämpfen auffordern kann, der andere zu Friedlichkeit, wieder ein anderer dazu, sich nicht zu viele Sorgen zu machen.

Teresa geht mit Hector. Es ist früh, sie haben noch nicht einmal Karten gespielt. Adelaide steht in der offenen Tür und sieht ihnen nach. Wahrscheinlich regt es Teresa immer noch auf, wenn man auch nur über einen Sprößling von Mahmoud spricht. Ich muß mir ein nettes Geschenk für Trese einfallen lassen. Ich mach ihr eine Stola. Aber das ist wirklich schwierig, weil Teresa immer nur geben will. Es macht sie verlegen, etwas anzunehmen.

Teresa schiebt Hector durch die Gasse nach Hause, um ganz allein sein zu können. Sie ist immer noch erschüttert, daß es Frances Piper ist. Mahmouds enterbte Enkelin. Der schmalgesichtige Kobold mit den ungekämmten Locken und Mrs. Mahmouds Ringen. Irgendwie ist sie in das Haus geschlüpft – klein genug ist sie ja – und hat aus Rache bei hellichtem Tage gestohlen. Mir hat sie meine Stelle gestohlen. Meinen guten Ruf. Den guten Ruf meines Bruders. Sie hat Essen von seinem Tisch gestohlen. Und jetzt will sie auch noch ihn stehlen.

Teresa konnte Adelaide jetzt nichts über den Schmuck erzählen. Das der Ginger-Geschichte noch hinzufügen, laut und deutlich vor ihrer besten Freundin? Nein. Das würde bedeuten, alle Bitterkeit in eine Tasse eingeschenkt zu bekommen, so daß man sehen kann, wieviel genau man getrunken hat. Von dem bloßen Gedanken daran wird Teresa schwindlig, sie verliert vor Wut noch den Verstand – o Jesus, lieber Herr Jesus, bitte laß mich nicht hassen. Kümmere Dich um die Grausamen und die Verrückten, und erlaube mir, daß ich mich um meine Familie kümmere. Amen.

Noch während Teresa betet, wird ihr etwas Scheußliches klar: Frances hat sie in der Nacht mit Adelaide auf dem Weg erkannt. *Also muß sie mich beobachtet haben. Tagsüber in Mahmouds Haus, als ich glaubte, allein zu sein. Das Mädchen, das bei der Beerdigung ihrer Mutter gelacht hat.* Teresa fröstelt. *Und sie hat zugesehen, wie ich getanzt und das Lied meiner Mutter gesungen habe.*

Der Dieb, den man am meisten fürchten muß, ist nicht der, der lediglich Dinge stiehlt.

Ginger ist noch nicht zu Hause. Elf Uhr. Adelaide macht sich selbst etwas vor, wie es sonst gar nicht ihre Art ist. »Er hat auf ein Kartenspiel bei Beel reingeschaut, er hat eine Reifenpanne, er hat sich entschlossen, noch eine Fahrt für Piper zum doppelten Preis zu machen, ich werd's jeden Moment erfahren.« Sie muß wirklich Angst haben, sich so etwas vorzulügen, obwohl sie weiß: »Das Biest hat ihn.« Nach der Lügenphase kommt die Stinksauerphase: »Dämlicher arschgesichtiger Scheißkerl, der kann hier abhauen und zu der nuttigen Schlampe aus der Hölle ziehen.« Dabei weiß sie nur eins: »Das Biest ist gestört, ist gefährlich, und jetzt ist sie bei ihm.«

Am selben Abend um sechs trafen Jameel und Boutros dort im Wald ein, wo Piper nächtens seine Schnapsbrennerei und -panscherei betreibt.

»Scheiß-Nigger, hat einfach den Bettel hingeschmissen«, sagt Jameel und steigt auf der Beifahrerseite aus.

James verachtet Leute, die »Nigger« sagen. Ein zivilisierter Mensch braucht nicht auf Kneipenjargon zurückzugreifen, wenn er seiner Meinung Nachdruck verleihen möchte.

»Andere stehen schon Schlange«, mehr hat James nicht zu sagen, während er die Fässer und Kästen der Reihe nach Jameel reicht, der sie wiederum Boutros reicht, und der wirft sie hinten in den nagelneuen schwarzen Achtzylinder Kissel Brougham, der keine Rückbank mehr und dafür Vorhänge vor den Fenstern hat.

James vermeidet es, Jameel mehr als unbedingt nötig anzusehen. Er bedauert, daß in seiner Branche der Kontakt mit solch einem Menschen unvermeidlich ist. Kurzer schwarzer Schnurrbart auf gelblicher Haut, ölige tiefschwarze Haare und der muffige Geruch von gebratenem Brot. James verachtet Jameel mit seinem »Nigger hier« und »Nigger da«, weil ihm sonnenklar ist, daß Jameel eine Scheißangst davor hat, für einen Farbigen gehalten zu werden. Jemand, der seine Angst auf dem Tablett vor sich herträgt, ist ein Narr. Außerdem, so denkt sich James, mag Jameel vielleicht kein Schwarzer sein, aber farbig ist er allemal, denn weiß ist er nun mal nicht. James ist dankbar, daß seine Töchter alle so hell geworden sind. Doch in dem Blut, das sie von Materia geerbt haben, muß eine morbide Tendenz stecken, die Kathleen die Vorliebe für dunkle Hautfarbe mit auf den Weg gab. James hat sich noch eine Kiste mit Büchern liefern lassen. Bei dem Versuch, die Schuld an Kathleens Perversion ausfindig zu machen, hat er bei Dr. Freud nachgelesen. Freud nennt

442

Frauen den »dunklen Kontinent«. Das ist James aus der Seele gesprochen. Er hat nichts gegen Schwarze, solange sie die Finger von seinen Töchtern lassen.

»Dafür werdet ihr drei oder vier Fahrten brauchen«, sagt James, während er das Geld zählt.

»Hör mal, Jimmy, wir sollten uns einen eigenen Laster kaufen und einen meiner Jungs fahren lassen.« James läßt sich von Jameel »Jimmy« nennen, weil das immer noch besser ist, als wenn sich Jameels schmieriger Mund an »James« versucht. Außerdem ist es so: Wenn man sich von jemandem mit dem falschen Namen anreden läßt, erinnert einen das jedesmal daran, was für ein dummer Arsch der andere ist.

»Ich nehme keine Teilhaber auf, Jameel, wenn Sie einen kaufen, miete ich ihn.«

Der Heckraum des Autos ist proppenvoll, und jetzt schließt Boutros die Heckklappe. In dem Jungen erkennt James etwas von Materia. Die gleiche Leere – steht da und glotzt mich an, als wollte er was sagen, und dann kommt nichts. Hat nichts zu sagen, das ist der Grund, nicht ein Gedanke in seinem Hirn. Schleichende Idiotie in der Familie, das kommt noch dazu.

Boutros läßt den Motor an. Jameel rutscht neben ihn. »Wir seh'n uns in ein paar Wochen, Jimmy.«

»Wir sollten uns besser in einer Stunde sehen.«

»Wozu?«

James lehnt sich in das offene Beifahrerfenster. »Leo Taylor hab ich eingestellt, weil ich wußte, daß ich ihm die Ware anvertrauen konnte, und bis ich von einem Ersatzmann überzeugt bin, sind Sie mir persönlich verantwortlich.«

»Was soll das Gerede, Kerl? Boutros übernimmt die Fahrten.«

»Sie begleiten ihn.«

»Was, Sie vertrauen einem Nigger mehr als meinem Jungen?«

»Hier geht's nur ums Geschäft, Jameel. Ich sehe Sie hier

in einer Stunde wieder oder überhaupt nicht mehr.« James richtet sich auf und tritt vom Fenster zurück.

Jameel steckt seinen Kopf ins Freie: »Du kannst mich mal, Piper, du scheißarrogantes Arschloch. Hast du gewußt, daß du mein Lokal mit Piper-Muschi belieferst, hä? Und daß sie es deinem kostbaren Bimbo besorgt, Leo Taylor?«

James schaut durch die Windschutzscheibe auf Boutros, der ihn immer noch anstarrt. Jameel grinst hämisch. Solange der große Bursche neben ihm sitzt, kann James ihm nichts anhaben.

»Von wem reden Sie da, Jameel?« fragt er ruhig.

»Von deiner Tochter Frances, Kerl«, mit kumpelhaftem Grinsen.

»Ich habe keine Tochter dieses Namens.«

Na, der ist wirklich abgebrüht!

»Wenn ich Sie binnen einer Stunde nicht wieder hier sehe, Jameel, gehe ich davon aus, daß unsere Geschäftsverbindung beendet ist.«

Er dreht sich um und geht seelenruhig zur Baracke.

Aufgebracht steckt Jameel Kopf und Schultern aus dem Fenster: »Jeder hat sie gehabt, Kerl! Jeder außer Ihnen, schätz ich mal. Oder haben Sie sie auch gehabt?«

Boutros tritt das Gaspedal durch, und Jameels Kopf knallt gegen den Chrom außen. »Scheiße!« Boutros kriegt eine geballte Faust ans Ohr, bemerkt es aber anscheinend nicht, sondern konzentriert sich auf James im Rückspiegel, der in der Baracke verschwindet.

Drinnen trinkt James seinen ersten Drink seit dreizehn Jahren. Diese Jameel-Transaktion hat er in ein paar Stunden hinter sich gebracht. Dann wird er sich ein Gewehr holen und auf ein Schwätzchen zu Leo Taylor rübergehen.

»Langsamer, du hetzt uns noch die Bullen auf den Hals.«

Boutros überhört den Befehl.

»Langsamer, hab ich gesagt!«

Doch Boutros fährt mit konstant hundertzehn Stunden-

kilometern durch Low Point. Während der nächsten drei
Fahrten sagt Boutros kein Wort, und Jameel, der sonst bei
jeder seiner Redepausen auf ein »Klar, Pa, stimmt genau,
Pa« bauen kann, findet keinen Spaß daran. Er bleibt
schmollend im Auto sitzen, während Boutros den Schnaps
von Piper abholt, der jedesmal betrunkener und ebenfalls
stumm wie ein Fisch ist. Damit machen einen die *Enklieschen* fertig, denkt Jameel, mit ihrem Schweigen. Sie setzen Eis ein, sind schlau, aber nicht richtig menschlich.
Keine Gefühle. Über seinen Sohn Boutros denkt Jameel
allerdings nicht »schweigsam«, sondern »dumm«.

Boutros ist ruhig, weil er beschlossen hat, daß es heute
nacht soweit ist. Er wird sich sein rechtmäßig verdientes
Geld aus dem Safe seines Vaters nehmen, dann Frances
holen, und los geht's. Wohin sie will. Vergiß den Bauernhof, vergiß deine Mutter, das war ein Kindertraum, die
Erwachsenen wissen, daß er Frances sofort von dieser
Insel wegschaffen muß. Hier gibt es zu viele Männer, die
umgebracht werden sollten, an erster Stelle ihr eigener
Vater. Was ist das für ein Mann, der seine Tochter ver-
stößt? Frances ist ein Diamant, der zwar von einer
Drecksspfote zur anderen wanderte, aber nie sein Leuchten
verlor. Die Männer, die sie begrapschen, können keine
Spuren hinterlassen, weil Frances' Wert weit über dem
ihren liegt. Hart, hilflos, begraben. Man hört es ihrer
Stimme an und sieht es in ihren Augen, sie wartet auf
einen starken, furchtlosen Bergmann, der nach ganz unten
steigt und sie rettet, an die Erdoberfläche bringt, wo sie
erstrahlen kann, wie es ihr zukommt.

Boutros muß sie heute abend hier wegbringen, bevor
etwas passiert, er weiß nicht, was. Er hatte ein furchtbares
Gefühl, als sein Vater Piper verhöhnte, daß der es mit seiner eigenen Tochter getrieben hätte. Boutros wußte, daß
es wahr sein mußte. Was sie tut, kann Frances nur direkt
unter der Nase ihres Vaters tun, weil der weiß, daß sie
schon verdorben ist, und er weiß es, weil er sie selbst verdorben hat. Doch Boutros weiß, daß niemand die Macht

hat, etwas zu verderben, was Gott gut geschaffen hat. Das hat Hiob bewiesen. Der Teufel mag es zwar versuchen, doch er kann nicht obsiegen.

Warum hat Adelaide Ginger geglaubt, als er sagte, er wolle die Sache mit Piper wie ein Mann ins reine bringen? Weil sie es leid war, ihm nicht zu glauben. Wenn Leute etwas leid sind, machen sie manchmal Sachen, die sie sonst nicht tun. Materia hielt ein Nickerchen, den Kopf im Backofen. So etwas liegt Adelaide nicht. Wenn sie eine Sache leid ist, gibt sie die Suche nach der Wahrheit auf. In einem Augenblick der Erschöpfung wollte sie, daß alles in Ordnung war, doch Wünschen hat noch nie etwas in Ordnung gebracht. So etwas passiert, wenn Adelaide mal kurz aufhört, stark zu sein.

Hätte es Adelaide nicht so eilig, würde sie nach draußen laufen und sich im Abort übergeben, doch dazu ist jetzt keine Zeit, also geht sie auf zittrigen Beinen zu Beel's Gemischtwarenladen an der Ecke. »Haben Sie heute abend meinen Mann gesehen, Missus?« Eine rhetorische Frage. Mrs. Beel geht sofort zu Adelaides Haus, um die Kinder zu hüten, während sich Adelaide um ihre Sorgen kümmert. Wilfrid Beel mit seinen weißen Philosophenhaaren ist da. Er bietet ihr an, sie überallhin zu fahren.

»Ich sag Ihnen Bescheid, Wilf.«

Sie geht zu Teresas Haus.

Früher am selben Abend hatte Ginger Carvery in sein Bettchen gelegt, als er in der Garage Licht sah. Er ging nach unten, und sobald er die Flügeltür aufstieß, schienen ihm die Scheinwerfer seines Lasters ins Gesicht. Einen Moment lang stand er geblendet da und hörte leises Weinen.

»Hallo?« sagte er.

Wieder das leise Wimmern.

Es kommt aus der Kabine. Ginger öffnet die Fahrertür

und sieht eine an der Beifahrertür kauernde dunkle Gestalt. Ein leises Stimmchen sagt: »Verrat mich nicht.«

Sein Adamsapfel hüpft vor Angst. Sie ist es. Instinktiv drückt er auf den Schalter, und in Zeitlupe gehen die Scheinwerfer aus.

»Ich hab Angst«, sagt sie mit hinter ihren Händen gedämpfter Stimme.

»Ich tu dir nichts.«

Sie sagt etwas, was er nicht verstehen kann, kaum hörbar und gequält.

»Hier kannst du nicht bleiben, Frances.«

Das Weinen setzt wieder ein – leise, rhythmisch, regelmäßig, bar jeder Leidenschaft. Wie ein Kind, das sich schon in den Schlaf geweint hat, dann wieder aufgewacht ist und jetzt nicht mehr weint, um gehört zu werden, weil es das schon aufgegeben hat.

»Was hast du?«

Leiser Schluckauf, die Stimme klingt tränenerstickt und erschöpft: »… hat mir weh getan.«

»Was?« fragt er und steigt auf das Trittbrett. In einem Angstreflex rückt sie von ihm ab.

»Pscht, pscht, ich tu dir nicht weh, was hast du denn?«

»Mir tut schon alles weh.«

»Was ist passiert?«

»Kann ich dir nicht sagen.«

»Doch, sag's ruhig. Aber Frances, du kannst nicht hierbleiben, komm ins Haus.«

»Nei-ei-ein.« Neues Entsetzen, neue Tränen.

»Wie kann ich dir helfen, wenn du nicht reinkommst?«

»Bring mich an einen sicheren Ort.«

»Wohin?«

»Ich weiß einen Ort, wo er mich nicht kriegt.«

»Wer?«

»Mein Vater.«

»Frances! Hat dein Vater dir weh getan?«

Sie klingt jetzt erwachsener. Tapfer. »Ich hab ihn wütend gemacht.«

447

»Erzähl mir, was er mit dir gemacht hat.«

Ihre Stimme wird kalt. »Ich bin selber schuld«, schnief, »ich tauge nichts, er hat recht. Warum sollte sich irgendwer was aus mir machen, du schon gar nicht, ich schade allen.«

Ginger hat in seiner Tasche ein Streichholz gefunden. Als er es anzündet, schreckt sie zurück und bedeckt ihr Gesicht mit den Händen: »Nein!«

Er betrachtet sie, wie sie zusammengekauert in der Ecke hockt, so zerbrechlich. Er greift nach ihr, zieht sanft eine Hand von ihrem Gesicht. Kurz bevor die Flamme ausgeht: »Du lieber Gott!« Er ist schockiert. Wer bringt so etwas fertig?

»Sieh mich nicht an, ich bin häßlich.«

»Du bist nicht häßlich.«

»Doch, doch, geh weg.«

»Man hat dir weh getan. Ich werde dir helfen, ich hol meine Frau.«

»Nein!« zischt sie.

Ihr Leben hängt davon ab. »Niemand darf es wissen. Ich bin heute abend hergekommen, weil du der einzige bist, dem ich vertraue. Wenn es jemand erfährt, wenn er rauskriegt, wo ich bin, kommt er und bringt mich um.« Sie holt tief Luft. »Ich verstehe, wenn du dich nicht dazu durchringen kannst, mir zu helfen, du hast genug eigene Sorgen, trotzdem vielen Dank.« Im Dunkeln wird die Beifahrertür aufgestoßen.

»Warte, warte doch …«

Mit baumelnden Füßen hält sie inne.

»… wo möchtest du hin?«

»Es ist ungefähr acht Kilometer hinter New Waterford. Niemand kennt es, es ist eine alte Grube. Ich hab Essen und Geld. Wenn ich ein paar Tage dort bleiben kann, wird er glauben, ich hätte die Insel schon verlassen. Dann komme ich per Anhalter zur Fähre und kann verschwinden.«

»Wohin?«

»Bloß weg.«

Er zögert.

»Vergessen Sie's«, sagt sie. »Tut mir leid wegen der Umstände, Mr. Taylor.«

»Ich bring dich hin.«

Schweigen.

»Ich hab gesagt, ich bring dich hin, Frances.«

»… Gott segne dich.«

»Warte nur kurz hier.«

Boutros sitzt gelassen am Steuer. Sie sind auf dem Rückweg nach Sydney, es ist die letzte Fahrt in dieser Nacht, die Sonne ist schon längst untergegangen, es war ein zu heißer Tag. Wenn Frances einverstanden ist, fahren sie nach British Columbia. Er möchte alles mögliche anbauen. Kirschen. Und Trauben, Weintrauben. Er stellt sich seinen eigenen Obstgarten vor, und Frances ist frei und blüht auf zwischen den Reihen knorriger Bäume, reifes Obst, schwere Reben … Er stellt sich vor, wie er eigene Weinblätter mit Reis und Lammfleisch füllt, er kocht fürs Leben gern, alles, wobei man irgendwas in etwas anderes einwickelt. Beim Fahren kann man so herrlich träumen.

Boutros ist kein Freund von Gewalt. Sie gehört zur Arbeit, die er immer für seinen Vater erledigt. Meistens bedeutet das für ihn, bei Gewalttätigkeiten anderer Männer einzuschreiten und sie zu beenden. Dabei muß er ihnen häufig weh tun. Wütend wird er fast nie. Allerdings ist er letzte Nacht mit Taylor auf den Eisenbahnschienen wütend geworden. Mrs. Taylor zuliebe hat Boutros ihn verschont. Sie ist eine fleißige Frau und hat es nicht verdient, zur Witwe zu werden. Und Taylor hat offenbar daraus gelernt und sich zurückgezogen.

»Lieber Himmel, fahr doch langsamer, du Trottel!« Jameel ist fertig mit den Nerven.

Vor ihnen taucht Leo Taylors Laster auf. Er prescht auf der Landseite der Küstenstraße an ihnen vorbei. Als seine

449

Scheinwerfer das Fahrzeug eine Sekunde lang anleuch-
teten, entstand für Boutros ein Foto, das gerade als
Schwarzweiß-Negativ auf seiner Netzhaut entwickelt
wird: Frances in der Fahrerkabine, wie sie ihn mit grün
und blau geschlagenem Gesicht ansieht, Taylor hinterm
Steuer, wie er sie auslacht.

»Verdammte Scheiße, was machst du da!« Jameel
stemmt sich gegen das Armaturenbrett und wird an die
Beifahrertür geschleudert, während im Fond Glas bricht –
»Scheiße!« – und der Kissel aus der Kehrtwende schlingert
und in einer Wolke aus Roggenwhiskey hinter dem Laster
herrast.

»Leo Taylor hat Frances.«

Jameel schreit: »Scheiße, verdammte, na und?« und
schlägt auf Boutros ein.

Boutros hält eine Hand hoch, um freie Sicht zu haben,
sie kommen dem Laster immer näher.

»Sie ist meine Cousine.«

»Sie ist 'ne Nutte!«

»Red nicht so über sie.«

Jameel bricht in Gelächter aus. Boutros zittert.

»Biste in sie verknallt, Jungchen? In die Nutte verknallt? Willste sie vernaschen? Haha!«

Boutros blinzelt heftig.

»Und jetzt heulst du auch noch, Heulsuse?« Boutros
hat wirklich Tränen in den Augen. »He, du kleiner Waschlappen, Quengelbaby, he, kleines Muttersöhnchen. Jetzt
heulst du wohl los, wie? Na los, mach doch …«

Jameels Kopf knallt in die Windschutzscheibe, und
Boutros' Sicht auf die Straße splittert. Gerade noch rechtzeitig steckt er das Gesicht aus dem Fenster, um einer entgegenkommenden Wagenladung Nonnen auszuweichen.
Seine Hand umklammert immer noch den Nacken seines
Vaters, als der Kissel von der Fahrbahn abkommt, über
die Spurrillen und mit hundertzwanzig über die Steilküste,
bis abrupt ruhige Luft den Boden ablöst. Jameel ist tot,
ehe sie auf den Felsen unten aufschlagen.

Die Nonnen wenden und fahren zurück, wo drei aussteigen, um nach dem Rechten zu sehen, während die anderen drei nach New Waterford fahren, um einen Krankenwagen zu holen. Als die Rugby spielende von den dreien unten am Wasser angelangt ist, findet sie nur einen Mann, dessen Kopf praktisch vom Rumpf getrennt ist. Der andere Mann wird am nächsten Tag gefunden. Der Lokführer konnte den Kohlenzug nicht rechtzeitig bremsen, aber der auf den Schienen liegende große Mann war schon vorher tot.

»Ich rede nur kurz mit Piper, dann mach ich sofort kehrt und komm wieder nach Hause«, hatte Ginger Adelaide kurz nach neun gesagt.

»Ich liebe dich ...«

Als sie seinen Kosenamen sagte, versetzte ihm das einen Stich, aber er log ja nicht in seinem eigenen Interesse, und diesmal hatte er einen Grund – er mußte das arme verprügelte Mädchen beschützen, das im Laster auf ihn wartete. In ein paar Tagen hatte sie diesen Felsen verlassen, was ihm ein Gefühl von Leichtigkeit gab, selbst als er log.

Obwohl es eine bewölkte Nacht ist, bekommt Ginger Frances deutlich zu sehen, als sie an den Feuern des Stahlwerks vorbeifahren. Ihre Nase ist blutverkrustet, genau wie die Rinne zwischen Nase und Oberlippe. Auf der linken Seite ist die Lippe aufgeplatzt und geschwollen. Auch ihr linkes Auge ist dick und blau. Dieser Piper ist mehr als nur ein Vater, der seine Aufsichtspflicht vernachlässigt. Das erklärt alles.

»Was ist dir denn zugestoßen?« fragt sie, und einen Moment lang weiß er nicht, was sie meint, weil er sich auf ihre Verletzungen konzentriert hat.

»Letzte Nacht«, sagt er, »hat mich einer überfallen.« Er spürt, wie er rot wird. »Ich bin dir nach Hause gefolgt, auf den Schienen. Ich wollte dich was fragen.«

»Was?«

»Inzwischen weiß ich ja die Antwort, ich wollte dich bloß fragen, warum du mir nachstellst.«

»Weil du der einzige gute Mann bist, den ich kenne.«

Ginger schämt sich. Sydney liegt jetzt hinter ihnen. Auf der Küstenstraße beschleunigt er.

»Tut mir leid, daß ich dich im Kino nicht gegrüßt hab«, sagt sie. »Es ist besser für Lily, wenn sie nichts weiß.«

»Ist das deine kleine Schwester?«

Er dreht sich zu ihr um. Es ist gerade dunkel genug, daß ihre Wunden verschwinden und ihre Augen leuchten. Sie wirft ihm einen ruhigen, wissenden Blick zu. Wie eine Einladung, sich auszuruhen. Er bedeutet: Gib dir keine Mühe mehr, hör auf, dich zu wehren, ich weiß Bescheid. Ich verstehe etwas, was so tief vergraben ist, daß du meinst, es läge hinter dir. Doch das stimmt nicht. Es steckt in dir drin. Laß es mich berühren.

»Lily«, sagt er. »Ein hübscher Name.« Für seine eigenen Ohren hört sich das töricht an. Etwas hat ihn mitten im Magen getroffen wie ein brennender Schnaps, und es strahlt in seine Gliedmaßen aus. Er schüttelt es ab. »Du und ich, wir geben ein gutes Paar ab, was?« Er lacht in sich hinein.

»Wie meinst du das?«

Ihre Stimme klingt so erwachsen, daß er sich unerfahren vorkommt, aber er spinnt den Faden weiter: »Ich mein, wir beide mit unseren ramponierten Gesichtern, was für ein Anblick.« Lachend wendet er sich ihr zu, und sie lächelt ein wenig, wie er zu seiner Freude im Licht eines entgegenkommenden Autos erkennt. Frances behält die Straße im Auge, als die Scheinwerfer des Kissel am Laster vorbeizischen.

»Kann diese Kiste auch schneller fahren?« erkundigt sie sich.

Bei Teresa zu Hause schaukelt Hector still im Stuhl neben dem Küchenherd und folgt dem Gespräch mit den Augen. Adelaide ist übel vor Sorgen.

»Ich muß da raus, Teresa, sie hat ihn, mein Gott, mein Gott«, sie beugt sich vor und hält sich die Hände auf den Magen.

»Jetzt beruhige dich, ich sag dir, was wir machen, Addy. Erst finden wir raus, ob sie zu Hause ist, und wenn ja, brauchst du dir keine Sorgen zu machen. Wir bitten Wilf Beel, uns rauszufahren, und, paß auf, wir machen folgendes, jetzt hör zu: Ich geh zur Tür und sag, der alte Mahmoud liegt im Sterben und will in letzter Sekunde seine Enkelinnen sehen, und wenn Piper sich weigert, geb ich ihm zu verstehen, daß es vielleicht um Geld im Testament geht. Klar? Und dann sag ich, Mahmoud will auch, daß sie alle kommen, oder gar keine, und so kriegen wir raus, ob Frances da ist … Was machst du da, Mädchen, setz dich.«

»Wo ist Hectors Gewehr?«

»Was willst du damit?«

»Stell keine dämlichen Fragen und erspar uns deine dämlichen Vorschläge.«

Hector starrt Adelaide mit aufgerissenen Augen an und deutet auf den Hängeschrank. Adelaide steigt auf den Küchentresen, und Teresa packt sie um die Knie.

»Trese, ich warne dich.«

»Addy, was soll das …«

Wammm, ein Fußtritt nach hinten in Teresas Magen. »Tut mir leid, meine Liebe.« Adelaide schnappt sich das Gewehr vom Hängeschrank. »Danke, Hector.«

»Das Ding funktioniert doch gar nicht mehr«, sagt Teresa, die noch auf dem Boden liegt.

Adelaide schießt einmal in die Decke, Teresa schreit. »Es funktioniert.« Adelaide springt von der Anrichte, sie ist so ruhig, wie Leute werden, wenn sie eine Grenze überschritten haben.

Teresa redet schnell. »Ist gut, Addy, wir holen Wilf und

fahren, bis wir sie finden, hat keinen Sinn, erst zu ihrem Haus rauszufahren, du hast recht, da ist sie nicht, sondern bei ihm, also beruhigen wir uns erst mal und lassen uns dann hinfahren.«

Als sich die Jameels mit ihrer letzten Fuhre entfernt hatten, war James sturzbetrunken. Er kletterte in seine tadellose leichtgängige 1932er Buick-Limousine und ließ den Motor an. Sie ist beige. Gangster haben schwarze Autos. Gemächlich fuhr er nach New Waterford zurück. Er hat beschlossen, gar nicht erst nach einem Gewehr zu suchen. Aus nächster Nähe tötet man am besten mit dem Bajonett. Ein Gewehr ist eigentlich nur ein nützliches Anhängsel, falls die Klinge in den Rippen steckenbleibt und man sie freischießen muß. Doch wenn man so seine Erfahrung hat, weiß man, wie man lautlos vorgeht. Runter und rauf.

»Halt.«

Kiefernäste werden von Gingers Laster quietschend beiseite geschoben. Das hier ist nicht mal eine Straße. Er stellt den Motor ab.

»Von hier aus müssen wir zu Fuß gehen«, sagt Frances. »Nimm meine Hand.«

Er gehorcht. Es muß sein, schließlich kennt sie den Weg, er nicht, und die Nacht ist so dunkel. So eine schmale weiche Hand.

Mercedes staubt das Klavier ab. Alle Nippesfiguren und Deckchen hat sie heruntergenommen und will gerade das Zitronenöl auftragen, als Daddy hereinkommt: »Gib mir die Schlüssel zur Wäschetruhe, Mercedes.«

Er riecht nach Schnaps. Mercedes kriegt es mit der Angst zu tun.

»Was ist denn, Daddy?« Doch sie ist klug genug, ihm die Schlüssel entgegenzuhalten, während sie fragt.

»Keine Sorge, meine Liebe, ich bleib nicht lange weg.«

Er nimmt zwei Treppenstufen auf einmal, ohne sich zu

beeilen. Mercedes schraubt den Deckel wieder auf das Zitronenöl, wischt sich die Hände ab und folgt ihm hinauf in die Dachkammer. Dort kniet er, und der Inhalt der Wäschetruhe liegt auf dem Boden verstreut.

»Was ist mit dem Altmodischen Mädchen passiert?« fragt er sanft und hält es in seiner Hand.

»Sie ist mir beim Staubwischen heruntergefallen, Daddy, ich wollte es dir nicht sagen und dich dadurch kränken.«

»Ich besorge dir eine neue Puppe, Mercedes.« Er kramt weiter. »Tut mir leid wegen der Unordnung.«

Trixie springt vom Fensterbrett und drückt sich an der Wand entlang nach draußen. Mercedes wird es eiskalt. Er hört sich so merkwürdig an, als stünde er fünf Zentimeter neben seinem normalen Selbst, wie paßt das zusammen mit seinem alkoholisierten Zustand? Der Geruch erinnert sie daran, wie übel ihr immer ist, selbst wenn es ihr gutgeht.

Ganz unten findet er, was er sucht. »Autsch.« Er war darauf eingestellt, es erst noch kurz schleifen zu müssen, doch es ist rasiermesserscharf, obwohl er noch weiß, daß er es stumpf vom Krieg in die Kiste gelegt hatte. Auch gut, denkt er, während er ein oder zwei Blutstropfen von seiner Fingerkuppe saugt.

»Wohin gehst du, Daddy?«

Er tätschelt ihr schwerfällig den Kopf, dieser Mann, der sie nie berührt. »Du bleibst hier und kümmerst dich um deine Schwester.«

»Was macht ihr beide da oben?« Lily vom Fuß der Bodentreppe.

»Geh wieder ins Bett«, befiehlt Mercedes.

James stapft die Bodentreppe hinunter und ruft Mercedes über die Schulter zu: »Ich muß Frances finden.«

»Nein!« Mercedes stößt einen schrillen Schrei aus.

Lily bekommt einen Schrecken – das Geräusch ist noch seltsamer als die Tatsache, daß Daddy sie mit einem langen Messer in der Hand auf den Scheitel küßt. Mercedes springt in den dunklen Schacht der Bodentreppe, stößt die

Handflächen gegen die Wände, fängt sich auf und treibt sich so voran. James packt ihre Handgelenke, als sie im Flur landet, und läßt fast das Bajonett fallen, das er jetzt schräg hält. Lily läßt es nicht aus den Augen.

»Ich tu Frances nichts. Ich bin hinter dem Mann her, der ihr nachgestellt hat, das ist alles.« Allmählich spürt er jetzt den Schnaps. »Mein kleines Mädchen ...«

Er wirbelt herum, schaut die zur Eingangsdiele führende Treppe hinunter und legt seine Bajonetthand aufs Geländer. »Ich bin gleich wieder da.«

Mercedes hält Lily eine Hand vor die Augen. Dann stößt sie ihren Vater die Treppe hinunter.

Der Boden steigt steil an. Sie haben den Hügel mit dem hineingegrabenen Stollen erreicht.

»Man muß ein bißchen klettern«, sagt Frances.

»Ich geh vor.« Er paßt sich der Neigung des Hanges an, und sie machen sich auf den Weg nach oben.

Sie atmet schwer, und ihre Hand rutscht aus seiner; sein Arm ruckt vor, und er bekommt ihren Uniformärmel zu fassen. »Geht's denn?«

»Ja.« Sie steht auf. »... Au.«

»Warte mal.« Er hebt sie auf seine Arme. Federleicht. Notgedrungen legt sie ihm einen Arm um den Hals und sagt leise und würdevoll: »Danke.« Er trägt sie den Hang hinauf.

»Da wären wir.« Sanft setzt er sie vor einem vollkommen finsteren Eingang auf dem Boden ab.

»Sie können jetzt gehen, Mr. Taylor.«

Er ist baff. Er kann sie doch nicht einfach hierlassen, im Dunkeln. Oder?

»Warte mal, Frances. Hast du keine Taschenlampe, hast du eine Decke oder so was da drin?«

»Keine Sorge, ich komm schon zurecht. Auf Wiedersehen.«

Sie dreht sich um, wird zu einem Schatten ihrer selbst und dann vom Stollenmund verschluckt.

»Frances?«

Keine Antwort. Er tritt von einem Fuß auf den anderen. Er beugt sich in die Dunkelheit vor: »Frances!«

Er zögert. Er betritt die Grube.

Mit einer Hand tastet er sich an der feuchten Wand entlang, die andere streckt er aus und geht langsam, langsam, horcht nach ihren Schritten. »Frances?« Warum flüstert er, und warum antwortet sie nicht? Schritt, Schritt, Schritt über den unebenen Boden. Er läßt die Wand los und zündet ein Streichholz an – neben und unter ihm nichts als das feuchte Glänzen, seine staubigen Stiefel sehen so zuverlässig aus. Die Flamme verlischt. Schritt. Schritt. Beide Hände jetzt vor sich ausgestreckt, geht er zwei lange Minuten. Mit der Schuhspitze stößt er gegen einen Stein, der einen Moment lang rutscht, dann drei Sekunden Stille, danach ein nasser Plumps. Dieses Geräusch nennt man dem Teufel die Kehle durchschneiden – kein Platschen, tiefes Wasser. Sein Herz pocht heftig, er greift nach der Wand, doch die ist weiter weg, als er dachte, was ihn in die Leere in entgegengesetzter Richtung stolpern läßt … Er fällt zu Boden und tut sich dabei an der Schulter weh. Der Boden war näher, als er dachte. Einen Moment lang liegt er zusammengekrümmt auf der Seite, ihm ist fast schlecht vor Erleichterung. Im Dunkeln in einen Gott weiß wie hoch unter Wasser stehenden Schacht fallen – erst sinkt man tief ein, dann gerät man in Panik, kann oben und unten nicht mehr unterscheiden, so ertrinken selbst gute Schwimmer.

Er holt tief Luft, und kaum steht er wieder auf beiden Beinen, da fragt er sich: »Was ist, wenn sie reingefallen ist?« Er hat zwar kein Platschen gehört, aber sie war ja so schnell weg, es konnte passiert sein, bevor er die Grube betrat. Entweder das, oder – er zündet sein letztes Streichholz an, ja, ein großer Tümpel, schwarzes Wasser – sie könnte lautlos unter Wasser geglitten sein, hatte womöglich vor, sich heute nacht zu ertränken. Das Streichholz erlischt. Vorsichtig läßt er sich zu Boden gleiten, liegt lang auf dem Bauch, taucht einen Arm ins Wasser, im Kopf ein Gebet, Entsetzen im Herzen, und fischt im Wasser herum. Kälte. Nichts. Etwas Seidiges. *Großer Gott!* Schreiend rutscht er über Schlacke, von einem jähen Klammergriff um sein Handgelenk nach vorn gerissen, hinunter ins Wasser, taucht mit Kopf und Schultern ein, bis zur Taille, seine Knie klammern sich an den Rand, während er einen Arm, den er nicht sieht, mit beiden Händen packt und sie alle beide herausschleppt; sie durchbrechen die Wasseroberfläche mit einem Schwall, der sich anhört, als klatschte ein Scheuerlappen kräftig auf den Boden.

Sie ist nackt. Er findet ihre Achselhöhlen und legt sie auf den harten Boden, sie antwortet nicht, hat die Augen geschlossen, das fühlt er, er sucht tastend nach ihrem Mund, öffnet ihn, holt tief Luft – Ertrinkende versuchen, ihre Retter zu ertränken –, läßt eine Hand unter ihren Kopf gleiten und drückt seinen Mund auf ihren, wobei der Riß in ihrer Lippe aufplatzt, er schmeckt Blut, und das erinnert ihn an Leben, noch warm, er atmet in sie, sie hustet und beginnt zu weinen.

»Alles in Ordnung, Frances? Ich wollte dir nicht weh tun, Schätzchen, hier.« Er will sich die Jacke und das Hemd vom Leib reißen, sie einwickeln, aber seine Kleider sind klatschnaß, also hüllt er sie statt dessen in seine Arme.

»Tut mir leid«, weint sie, »es tut mir leid«, und klammert sich an ihn.

»Schon gut, schon gut«, er tätschelt ihr Schulterblatt.

Nach einer Weile läßt ihr Zittern nach, und sie streichelt seinen Nacken, küßt ihn auf die Wange, streift mit den Lippen sein Ohr. »Danke.« Sie schiebt einen Schenkel zwischen seine Beine und berührt zufällig seinen Mund mit den Lippen. »Entschuldigung.«

»Macht nichts.«

»Bitte laß mich nicht allein, ich hab solche Angst im Dunkeln«, sie schmiegt sich an ihn.

»Ich laß dich nicht allein, aber ...« Verlegen stellt er

fest, daß er einen Steifen hat, bis jetzt wußte er nicht, daß er sie begehrt, weiß es noch immer nicht. »Du mußt schon entschuldigen«, und er will sie loslassen.

»Schon gut«, flüstert sie und küßt ihn auf den Mund, kommt immer näher, »ohhh«, sagt sie, und ihre Finger graben sich in seine Schultern. Ungewollt zieht er sie ein wenig näher, sie seufzt wieder und faßt nach unten, »schon gut, kleiner Ginger-Mann«, ihre Stimme ist so sanft, sie macht seinen Hosenschlitz auf und preßt sich gegen ihn, »schon gut …«, und sie sagt seinen Kosenamen. Er stöhnt. Elend und Verlangen, denn schon ist sie auf ihm und überall, und er kann sich nur in ihr bewegen.

Gingers Kosename darf nicht aufgeschrieben werden. Es ist schon schlimm genug, daß Frances ihn kennt.

Als Mercedes die Hand von Lilys Augen nimmt, sieht Lily ihren Vater zusammengesackt am Fuß der Treppe liegen. Das Bajonett ist sichere sechs Stufen über ihm gelandet. Im nachhinein veranschlagte Mercedes die Wahrscheinlichkeit als sehr gering, daß er irgendwo in der Nähe der Klinge landen würde, wenn man bedenkt, wo seine Hand auf dem Geländer lag und wie locker er bei seinem Fall die Waffe hielt. Außerdem war er so betrunken, daß ein tödlicher Sturz höchst unwahrscheinlich erschien. Doch Mercedes muß der Tatsache ins Auge sehen, daß sie ihn einfach gestoßen hat. Und erst hinterher nachdachte. Freud hat sie nie gelesen. Sie findet keinen Trost im Unterbewußten. Sie übernimmt Verantwortung. In diesem Moment beschließt sie, ihre Selbstkasteiung im Kohlenkeller zu beenden. Plötzlich kommt es ihr unendlich weinerlich vor. Ja, sie wird diese Sünde beichten, daß sie ihren Vater gestoßen hat. Doch sie weiß jetzt, daß Gutes immer Böses mit sich bringt. Das haben wir der Erbsünde zu verdanken. Es macht uns menschlich. Die Unausweichlichkeit der Sünde ist das Kreuz, das wir tragen müssen.

Gott hat mich nicht in diese Welt gesetzt, damit ich die Hände in den Schoß lege, während meine Schwester

Frances umgebracht wird. Mißhandelt werden ist eine Sache. Mit dem Bajonett erstochen eine andere. Schubs ihn. Sei stark genug, die Last der Sünde zu tragen, die mit der guten Tat einhergeht. In dieser Familie gibt es nur eine Heilige, und die bin nicht ich.

Gott hat Mercedes zur Richterin bestimmt. Für so etwas wird man nicht geliebt. Anders als ein verkrüppeltes Kind, das zu Visionen neigt. Und das von Mercedes hoch geschätzt wird. Anders als ein gefallenes Mädchen, das Leute zum Lachen bringt. Und von Mercedes geliebt wird.

Mercedes steht stocksteif da und starrt auf James hinab. Im allgemeinen heißt es, Menschen mit braunen Augen hätten einen weichen Kern. Und wären warmherzig. Wer's glaubt.

Vorsichtig geht Lily barfuß die Treppe hinunter und hält sich auf beiden Seiten am Geländer fest. Sie beugt sich über James. Aus einem Mundwinkel rinnt ein Spuckefaden. Sie streichelt seine Haare und küßt ihn auf die Wange. Seine Lider zucken. Sie schaut zu Mercedes hoch und sagt: »Er ist nicht tot.«

»Gut. Geh jetzt ins Bett.«

Tief in der Wäschetruhe zusammengerollt, die James offengelassen hat, hört Trixie, wie Frances sie ruft, und springt mit einem Satz heraus, tappt die Treppe hinunter und quer über den Flur in das Zimmer, das Frances früher mit Lily teilte. Doch Frances ist nicht da. Nur Lily kniet am Fenster, die Hände auf dem Sims gefaltet, und schaut ins Freie. Trixie streift Lilys Fußsohle, als Mercedes an der Zimmertür vorbeifegt, das blitzende Bajonett in der Hand. Oben in der dunklen Dachkammer wirft Mercedes alles so rasch wie möglich wieder in die Wäschetruhe und klappt den Deckel gegen Luft und Motten fest zu.

Frances' Augen springen auf. Gerade hat sie von Trixie geträumt. Frances rief sie immer und immer wieder, doch

Trixie war in eine Kiste gesperrt und erstickte. Es war nur ein Traum. Nicht bewegen. Nicht diesen Mann wecken, der mich gerade halb zerquetscht.

Frances will nicht aufstehen müssen und etwas von seinem Samen an ihren Beinen runterlaufen lassen. Aber sie wird aufstehen müssen, wenn er aufwacht, weil er sich polternd zurückziehen und sich fragen wird, was um Himmels willen er da angestellt hat, und wenn er geht, wird sie mitgehen müssen, weil sie garantiert nicht vorhat, die siebeneinhalb Kilometer bis nach Hause zu laufen. Nicht in ihren, wie sie hofft, gesegneten Umständen. Da bleibt sie noch ein paar Stunden still liegen.

»Wackel mit den Zehen.«

James stöhnt und läßt den Kopf schlaff hängen. Mercedes schüttet ihm noch mehr Eiswasser ins Gesicht, und er richtet sich mit einem Ruck etwas auf.

»Gut«, sagt sie. Sie stellt sich hinter ihn, hakt die Hände unter seine Achseln und zerrt ihn in eine sitzende Position.

»Hilf mir jetzt«, befiehlt sie. Er plumpst auf die Knie. Sie bringt ihn auf die Beine und schleift ihn dann wie einen Baumstamm ins Wohnzimmer, wo er auf dem Sofa zusammensackt und wieder ohnmächtig wird. Sie sieht ihn einen Augenblick an, die Arme verschränkt, geht dann und kommt mit einer Decke wieder. Die wirft sie über ihn.

Langsam, aber sicher drängt sich in ihrem Kopf die Erinnerung an das in den Vordergrund, was Frances und sie nicht aussprechen können. Diese Erinnerung hat sie auf einem Stapel ganz hinten in ihrem Kopf abgelegt. Nicht begraben. Wo sie es jedesmal sieht, wenn sie an der offenen Tür vorbeikommt. Doch solange sie es im Hinterstübchen läßt, kann sie sich einreden, daß es zu dem anderen alten Gerümpel gehört. Solange sie nicht darüber spricht, wird es weiterhin von Amateuren wie Experten übersehen: der verstaubte Goldrahmen, das mit einer

Schicht Vernachlässigung überzogene Gemälde – wer käme schon darauf, was darunter schlummert.

Doch es hat sich bewegt. Sich selbst aus dem Rahmen gerissen, und jetzt kommt es immer näher ... Halt. Das ist nahe genug.

Mercedes schraubt den Deckel vom Zitronenöl und nimmt ihr Staubtuch in die Hand. Wenn sie sich ansehen will, was soeben hinter ihren Augen aufgetaucht ist, muß sie die Hände mit etwas beschäftigen.

Es war hier im Wohnzimmer. Das Bild vom Gerümpelstapel heißt *Daddy und Frances im Schaukelstuhl.* Doch es gab nie einen Schaukelstuhl, weder in diesem noch in einem anderen Zimmer im Haus. Nur den lindgrünen Ohrensessel. Mercedes' weißes Staubtuch beschreibt immer neue Kreise und läßt das Klavier in frischem Mahagoniglanz erstrahlen.

Es war in der Nacht nach Kathleens Beerdigung. Ich bin aufgestanden, weil Frances nicht mehr in unserem Bett lag. Man konnte den Abdruck ihres Körpers auf den schneeweißen Laken und dem Kissen sehen. Ich sah zum Bach hinaus, doch dort war sie nicht. Gut. Vielleicht ist sie nach unten gegangen, um etwas zu essen. Inzwischen muß sie hungrig sein, hat seit Tagen nichts als Phantasiespeisen zu sich genommen. Ich gehe auch nach unten und mache uns Zimttoast. Ich stellte mir vor, wie Frances und ich am Küchentisch saßen, Zimttoast aßen und Kakao tranken, zog aber meinen karierten Morgenmantel und die Hausschuhe nicht an, daher weiß ich, daß ich das mit dem Zimttoast nicht wirklich glaubte. Wenn Frances nachts aufsteht, passiert etwas Schlimmes. Ich hab keine Angst vor der Dunkelheit. Ich hatte zwei lange Zöpfe. Als ich die Treppe hinunterging, hörte ich ein Geräusch wie von einem jungen Hund. Ich ging weiter hinunter auf das Licht zu, das rechts aus der Türöffnung zum Wohnzimmer drang. Links liegt die dunkle Küche, und daraus riecht es nach dem Inneren eines Körpers. Im Wohnzimmer muß die Leselampe an sein, die gelbe mit dem plissierten

Schirm, die über dem Ohrensessel steht. Ich trete auf die Schwelle. Ich hatte recht, es ist die Leselampe. Frances ist da und sieht mich bereits an. Ich frage mich, wie lange sie schon auf mich wartet. Damals hatte sie blonde Löckchen und noch keine Lachfältchen. Sie sitzt quer auf Daddys Schoß und schaut mich an. Und schaukelt. Er schaukelt sie. Doch es funktioniert nicht, sie ist hellwach. Mich sieht er nicht, weil er in ihr Haar starrt. Sein Mund steht ein wenig offen, ein gedrehter Neumond. Er macht das Geräusch. Seine Gesichtshaut sieht aus, als werde sie von einer Strömung zurückgezogen, er streckt den Kopf vor, um nicht zu ertrinken. Seine rechte Hand ist in der Schwebe, berührt nur ganz leicht den Flaum aus blonden Engelslöckchen, die Frances immer vom Wälzen auf ihrem Kissen bekommt, und seine linke Hand steckt wie die eines Puppenspielers unter ihrem Nachthemd. Er sagt etwas Unverständliches, atmet laut durch die Nase ein, dann »mein kleines Mädchen« und das halbverschluckte Wort »schön«, dann schiebt er sie zwischen seinen Beinen nach unten, hat eine Hand quer über ihre Brust gelegt und hält sie so fest, während die andere Hand immer noch unten rumfummelt; jetzt sehen beide in dieselbe Richtung, aber Frances dreht ihr Gesicht herum, damit wir weiter in Blickkontakt bleiben. Sein Kopf fällt zurück, und er rammt sie zwischen seinen Beinen einmal, noch mal, drei-einhalbmal hoch, bis er zitternd zur Decke sieht. Da ver-läßt ihn die Angst, und er sackt über ihr zusammen und weint in ihr Haar. Frances und ich sehen uns unverwandt an, bis er einfach so einschläft, dann kriecht sie unter seinen Armen hervor und kommt zu mir. »Es tut nicht weh«, sagt sie. Jetzt sehe ich ein Stück von ihm hinter sei-nem offenen Hosenschlitz. Ich hole die Häkeldecke vom Sofa und lege sie über ihn, ohne noch einmal hinzusehen. Anstarren ist unhöflich. Aus der Küche dringt ein Brutzeln über den Flur. Ich mag diesen Geruch gebratener Nieren nicht. »Ich auch nicht«, sagt Frances. Wir gehen die Treppe rauf ins Bett zurück, und ich singe ihr Lieder vor,

463

bis ich einschlafe. Am nächsten Tag hat Frances Teig gelutscht, und Mama ist in der Küche gestorben.

Das Klavier ist wie ein Spiegel, aber Mercedes starrt nicht sich an, sondern ihren Vater, der bewußtlos unter der Häkeldecke liegt.

»Mercedes?«

»Wieso bist du aufgestanden, Lily?«

»Ist Frances nach Hause gekommen?«

»Nein.«

»Machst du dir diesmal Sorgen?«

»Ja.«

»Ich weiß, wo sie ist. Ambrose hat es mir gesagt.«

Lily kann Mercedes nicht verraten, woher sie weiß, wohin Frances geht, wenn sie nicht nach Hause kommt. Das würde bedeuten, Frances zu verpetzen, die ihr damals in der alten französischen Grube solche Angst eingejagt hat, daß sie sich in die Hose machte, als sie eigentlich bei den Brownies und Guides sein sollten. Außerdem müßte sie dann auch sagen, daß Frances Lily überhaupt erst auf Ambrose gebracht und ihr gesagt hat, wo er jetzt wohnt und was er nachts tut. Wenn Mercedes das erfährt, behandelt sie womöglich auch Frances so, als hätte sie ein besonderes Verhältnis zu Gott. Das würde Frances nicht gefallen. Wer weiß, vielleicht läuft sie dann weg. Oder noch schlimmer, wenn Mercedes rauskriegt, daß Ambrose ein Geschenk von Frances ist, hält sie ihn gar für böse.

Mercedes weiß, daß Frances böse ist, liebt sie aber trotzdem, denn so schwer es auch ist, die Gute in der Familie zu sein, so ist es doch noch schwerer, die Böse zu sein. Das versteht Lily. Wen auf der Welt liebt Lily mehr als Frances? Nicht einmal Daddy. Wen auf der Welt fürchtet sie mehr als Mercedes, deren Kakaobüchse sich zwanzigmal in Erwartung von Lilys vierzehntem Geburtstag gefüllt hat? Dann nämlich soll sie mit Unmengen anderer besonderer Menschen nach Lourdes reisen, um im Bach Unserer Lieben Frau zu baden und ihre Besonderheit für immer abzulegen. Lily hat sich selbst, oder besser: ihrem kleinen Bein, versprochen, daß sie es – erstens – nie amputieren und es – zweitens – nie durch ein Wunder verschwinden lassen wird. Was für eine Vorstellung, so ein tapferes Körperteil zu verraten, das sie über reine Pflichterfüllung hinaus getragen hat und mit ihr marschiert ist. Zu sagen: Hier ist deine Belohnung … Aufhören zu sein und statt dessen ein falscher Zwilling des guten Beins zu werden! Ihr schlimmes Bein ist etwas Besonderes, weil es so stark ist. Lily hat allerdings erfahren, daß andere es für etwas Besonderes halten, weil es so schwach ist. Sie läßt niemanden, nicht einmal Unsere Liebe Frau mit ihrem heiligen Wasser, an ihr kleines Bein heran.

Ich kann Mercedes die wahre Geschichte von Ambrose nicht erzählen, denkt Lily. Mercedes liebt mich, weil ich etwas Besonderes für Gott bin. Wenn sie glaubt, daß ich etwas Besonderes für den Teufel bin, muß ich womöglich weglaufen. Durch die Ritzen zwischen Mercedes' Fingern hab ich gesehen, wie es dazu kam, daß Daddy die Treppe hinunterfiel.

»Wo?« Mercedes' Gesicht ist ausdruckslos.

Lily sieht zu Mercedes hoch, und der Hubbel auf ihrer Stirn tritt leicht hervor. »Ambrose sagt, wir sollen uns keine Sorgen machen. Sie ist mit keinem bösen Mann zusammen.«

Lily ist sich ziemlich sicher, daß wenigstens letzteres stimmt. Daddy war heute bei seiner Arbeit, Mercedes hat in der Our-Lady-of-Mount-Carmel-Kirche die Sakristei geputzt, und Lily saß in ihrem Zimmer und fing gerade ein Tagebuch an – »Liebes Tagebuch, darf ich mich vorstellen« –, als Frances aus der Dachkammer herunter und an ihrer Zimmertür vorbeilief, wo Lily sie kurz sah und »Frances!« rief.

Doch Frances polterte die Treppe ins Erdgeschoß hinunter, übersprang die letzten fünf Stufen, plumpste unten auf und prallte gegen die Tür. Lily lief, so schnell sie sich traute, die Treppe hinunter: »Frances, was ist mit dir?«,

465

sie stolperte und klammerte sich ans Geländer. »Frances!« rief Lily.

»Fwances!« wurde sie verspottet, und Frances riß die Tür auf, drehte sich um und grinste Lily an, die linke Gesichtshälfte blutüberströmt, ihr Pfadfinderinnenhalstuch naß von Blut. Lily schossen Tränen in die Augen, doch Frances sagte, als sei das ganz selbstverständlich: »Keine Sorge, Frances, es ist kein echtes Blut.«

Und weg war sie.

Lily stieg zum Dachboden hinauf, fand dort aber nichts als die leere Kohlenschaufel. Als sie die am Rand berührte, zog sie einen roten Finger zurück. Sie schmeckte daran. Salz und Eisen. Sie wusch die Kohlenschaufel im Badezimmer ab und stellte sie in den Keller zurück.

Lily kann Mercedes nicht sagen, daß Frances sich selbst übel zugerichtet hat. Sonst hält Mercedes Frances womöglich für verrückt. Noch ein Anlaß, in ein besonderes Verhältnis zu Gott zu treten.

»Los, zieh dich an, Lily.«

Mercedes hat noch nie zuvor das Auto gefahren. James stellt es immer mit eingelegtem zweitem Gang ab; so blieb es die ganze Strecke über im zweiten, während Mercedes das Steuer umklammert hielt und voraus in die angestrahlte Dunkelheit starrte.

»Sie hat ein verprügeltes Gesicht, aber der Mann war es nicht.«

»Ich weiß, Lily.«

Lily wirft Mercedes einen scharfen Blick zu und prüft sie vorsichtig: »Ich hab gesehen, wie es passiert ist.«

Mercedes erwidert den Blick. »Hat er gemerkt, daß du zugesehen hast?«

»Ich glaube nicht.«

»Keine Sorge, Lily, er wird sie nie wieder anrühren …«

Lily ist drauf und dran, »Daddy war es nicht« zu sagen, schweigt aber. Der Nebel hat sich gesenkt, und sie sind mitten in einer weichen Leere – als hätten sie aufgehört, überhaupt weiterzufahren, und das Auto würde nur sanft hin und her schaukeln. Mercedes richtet den Blick wieder auf die vernebelte Windschutzscheibe. »... das laß ich nicht zu.«

Eine Weile schlingern sie stumm weiter. Wo der Straßenrand ist, merkt man, wenn man den Arm so weit aus dem Beifahrerfenster streckt, daß man die vorbeirauschenden Kiefernnadeln spürt. Lily ist völlig in diese Beschäftigung versunken, zuckt aber zusammen, als sich etwas Kaltes auf ihre andere Hand legt.

»Sprich mit mir ein kleines Gebet für Daddy, Lily.« Und Mercedes schließt ihre Hand um Lilys. »Wir wollen Gott um Vergebung für ihn bitten.«

»Denn er weiß nicht, was er tut ...«, sagt Lily.

»Laß uns einen Rosenkranz beten.«

»Hast du deinen mit?«

»Wir brauchen keinen Rosenkranz, Lily. Wir haben den Glauben.«

Aber Mercedes braucht etwas zum Zählen, also zählt sie die Rillen im hölzernen Lenkrad, eine Rille für jedes geflüsterte Gebet, und läßt sie unter ihren Fingern wandern. Eine. Nach. Der anderen.

Als Mercedes' linke Hand dreimal um das Lenkrad gewandert ist, hat ihre Rechte Lilys Hand alle Wärme entzogen, und beide frieren. Daran, daß ihre Rücken fester gegen die Lehnen gepreßt sind, merken sie, daß die Straße jetzt ansteigt. Die letzten Nebelschwaden umschmeicheln das Auto und entlassen es wieder in Zeit, Raum und Nacht.

»Ehre sei dem Vater, dem Sohn und dem Heiligen Geist, wie am Anfang, so jetzt und immerdar ...«

»Bieg hier ein.«

»Das ist keine Straße, Lily.«

»Ich weiß.«

Sie schlingern und rumpeln durch quietschende Zweige, bis in ihrem Scheinwerferlicht das Heck eines Lasters auftaucht. Mercedes spürt, wie sich in ihren

Augen und in ihrem Magen Flüssigkeit sammelt. Sie liest den aufgemalten Namen: »Leo Taylor Transporte.«

»Er ist kein schlechter Mann, Mercedes.«

Ihre Scheinwerfer beleuchten den Laster nicht mehr. Sie steigen aus dem Wagen. Mercedes hat Daddys alte Grubenlaterne mitgenommen. Die zündet sie an.

Es ist eine Sünde, daß Lily Mercedes in dem Glauben läßt, Daddy hätte Frances so zugerichtet. Aber er hat es früher getan. Mit Sicherheit kann Wahrheit über die Zeit hinweg geborgt werden, ohne zu verderben. Konserviert sozusagen. Obwohl Lily weiß, daß der Mann, der mit Frances in der Grube ist, ihre Schwester nicht geschlagen hat, macht sie sich doch Sorgen. Wenn sich in Filmen eine junge Frau für einen Mann interessiert, macht sie sich fein, pudert ihre Nase und legt ein wenig Lippenstift auf. Doch was muß das für ein Mann sein, für den sich ein Mädchen attraktiver machen möchte, indem es das eigene Gesicht so verunstaltet?

Lily und Mercedes gehen langsam, arbeiten sich durch den Wald vor und biegen füreinander Äste zur Seite. Lily hält angestrengt nach den Wegmarkierungen Ausschau, die Frances an jenem Novembertag vor fast drei Jahren in Baumstämme ritzte. Mercedes hat sie nichts von dem Pfad gesagt. Nach so langer Zeit würde man die Markierungen nie bemerken, wenn man nicht wüßte, daß sie da sind. Frances hatte jede einzeln mit der Küchenschere eingeritzt. Scheren haben sich seit der Antike nicht verändert. Die Ägypter hatten Scheren, Lidschatten, Schmuck und Hauskatzen, genau wie wir, steht in einem schönen goldenen Buch, das Lily zu Weihnachten von Daddy bekommen hat, *Die Geheimnisse des Königs Tutanchamun*. Nur das Rad kannten sie noch nicht.

»Glaubst du, die Ägypter kannten das Rad, Mercedes?«

»Das weiß ich nicht, und es interessiert mich auch nicht sonderlich.«

»Ich glaube, sie hatten es, aber es war ihnen zu heilig, um es zu zeichnen. Oder sie wollten es für sich behalten.«

Mercedes bleibt stehen. »Wie weit noch?«

»Wir haben die Hälfte geschafft.« Sie sind gerade an dem mit einem »R« markierten Baum vorbeigekommen – der vierte von sieben Buchstaben, immer im Abstand von sieben Bäumen.

»Schließlich«, fährt Lily fort, »haben sie die Sonne angebetet, und die Sonne ist rund.« Lily zählt sieben Bäume und bleibt wieder stehen. Mercedes hält die Laterne an eine Kerbe in der Rinde, auf die Lily starrt.

»Was guckst du da an?«

»›O‹«, liest Lily. Und wendet sich zu Mercedes um: »Wir sind fast da.«

Mercedes weiß nur, daß ihre Schwester geleitet wird. Sie sieht hinunter in Lilys Augen, und Lily hat das Gefühl, daß sich ihr Rücken zu beiden Seiten der Wirbelsäule öffnet wie ein Buch, auf einen dunklen endlosen Gang voll von etwas, wonach sich Mercedes sehnt. Es ist der Blick der Verehrung, und er ist ebenso beängstigend wie der Blick des Mitleids. Doch Lily hat gelernt, sie selbst zu bleiben, wenn ihr dieser Blick zugeworfen wird. Sie hält ihre Augen so ruhig, wie man vielleicht seine Arme hält, wenn man zu jemandem hinaufsieht, der in Gefahr ist, aus großer Höhe herabzufallen: unbewegt, unverwandt, geradeaus. Das hält den anderen davon ab, zu springen und beide zu töten, denn vielleicht wollte er nur wissen, daß unten jemand wartet, der ihn auffängt. Lilys Ausdruck, wenn sie einen so ansieht, nennen die mit dem Mitleid und der Verehrung im Blick »beseligend«.

»Bist du müde, Lily?« fragt Mercedes sanft, und Lilys Rücken darf sich wieder schließen.

»Nein. Wir sind fast da.«

Und sie gehen weiter. »S« und schließlich »E«.

»Dort oben.« Lily zeigt hin.

Mercedes richtet die Laterne auf den jäh ansteigenden Hang. »Du wartest besser hier, Lily.«

»Nein. Ich komme besser mit.«

Hand in Hand klettern sie den Hügel hinauf. Anders als

Frances, hat Mercedes bei den Pfadfinderinnen aufgepaßt und gelernt, wie man einen Steilhang erklimmt, ohne zu stürzen, und wie man sicher eine Stromschnelle durchschwimmt.

Mercedes weiß, daß Frances einige Erfahrung mit Männern hat, und fragt sich nur, wie sie es so lange geschafft hat, nicht schwanger zu werden. Doch heute abend ist es anders als gewöhnlich. Sonst hätte Daddy sich nicht so aufgeregt. »Wie anders?« überlegte Mercedes, sobald James stumm und reglos am Fuß der Treppe lag. Sie hat diese Frage hin und her gewälzt und eine Antwort gefunden. Lilys Bemerkung, Frances sei nicht mit einem »schlechten Mann« zusammen, gab Mercedes den Hinweis. Bestimmt ist Frances verliebt. Und hat vor, mit diesem Mann durchzubrennen, wer auch immer er ist. Aber warum durchbrennen? Es muß ein Hindernis geben. Bestimmt ist der Mann verheiratet.

Was wird aus Frances, wenn sie mit einem Mann wegläuft, der nicht gesetzlich verpflichtet ist, sich um sie zu kümmern? Wie lange kann es jemand, ob Mann oder Frau, mit Frances aushalten? Wer außer Mercedes kann Frances wirklich lieben? Und wo könnten Frances und ihr Liebhaber sein, wenn er irgendwann genug von ihr hat? Hunderte, vielleicht Tausende von Meilen entfernt, womöglich in einem anderen Land. Die verlassene Frances, ohne Geld, ohne Liebe, würde fern der Heimat sterben. Diesen Gedanken erträgt Mercedes nicht. Er schnürt ihr die Kehle zu und macht ihre Augen salzig. Liebe Frances. Meine kleine Frances, allein, sterbend, und niemand bei ihr, der sie liebt, weil niemand dort Bescheid weiß.

Mercedes lehnt sich gegen den Hügel, sie sind fast da. »Beeil dich, Lily.« Danke, Dank sei Jesus, Maria und Joseph und allen Heiligen für Lily, die göttlich Erleuchtete. Wenn Lilys Vorahnung sich als richtig erweist und Frances davon abhält wegzulaufen, dann ist das wahrlich ein Wunder. Zeit genug, sich an die Erzdiözese zu wenden, wenn Frances erst einmal sicher zu Hause ist.

Die alte Grubenlaterne beleuchtet den Rand des Eingangs – aufgerissene Erde, umgeben von einem Wirrwarr aus Gras, ein Spalt im Kalkstein, und drinnen die glänzenden Wände. Hier drin würden sich keine Höhlenmalereien halten, zu feucht.

Mercedes ruft leise: »Frances.«

Lily flüstert: »Der Tunnel führt um eine Ecke, und dann kommt ein tiefer Tümpel ...«

Bitte, lieber Gott, mach, daß es ein guter Mann ist.

Sie gehen hinein.

»Frances.«

Bestimmt versteckt sich Frances, denkt Mercedes, daher geht sie langsam weiter, schwenkt dabei die Laterne von einer Seite zur anderen und untersucht jeden kleinen Winkel. Lily sieht auf ihre Füße und wartet auf den Angstschrei, wenn Mercedes den toten Bergmann, den toten Soldaten sieht. Doch es bleibt still. Wie bei so vielem anderen, woran sie sich erinnert, fragt sich Lily, ob es nur ein Traum war. Ist das wirklich passiert? Hab ich es erlebt?

Der Gang beschreibt einen Bogen nach links.

Frances hat ihren Namen gehört und schiebt Ginger von sich runter. Er wacht auf, elend durchgefroren und völlig zerknirscht.

»Mund halten«, sagt sie. »Da kommt jemand.«

Sie tastet nach dem Stein, unter dem sie ihre Uniform versteckt hat.

»Bleib hier, Frances, ich geh nachsehen, wer es ist.«

»Es ist meine Schwester mit Gott weiß wem«, und sie schlüpft hastig in ihre Kleider.

Er ist bestürzt. Das Wasser im Tümpel war nicht so kalt, wie sie jetzt ist.

»Frances, ich wollte dich nicht ausnutzen.«

Lachend zwängt sie sich in ihre Schuhe.

Diesmal hören beide, wie nach Frances gerufen wird.

»Lieber Himmel!« Er tastet nach seinem Hosenstall und knöpft ihn zu. Merkt, wie Frances weggeht. Ginger greift mit einer Hand nach ihr und packt sie am Oberarm, so zerbrechlich.

»Au.« Sie windet sich, doch er läßt nicht locker.

»Wohin gehst du?«

»Nach Hause.«

»Was ist los mit dir, Mädchen?«

»Faß mich nicht an.«

»Tut mir leid, daß ich dich berührt hab, wenn ich dich in Schwierigkeiten bringe, falls ich dir weh getan hab ...« Sie lacht. Er läßt sie los.

»Hör zu«, rein geschäftlich hört sich das an, »vergiß das Ganze einfach. Wir haben beide gekriegt, was wir wollten.«

»Du wolltest, daß ich dir helfe.«

»Hast du auch, danke. Wenn das hier nichts wird, bin ich bestimmt unfruchtbar, denn du bist es ja wohl nicht.«

Da packt er sie wieder und preßt ihre Ellenbogen an den Körper. »Was soll das heißen?« Seine eigene Wut erschreckt ihn.

»Immer mit der Ruhe, Kumpel, ich will weiter nichts von dir. Und wenn du keinem was sagst, tu ich's auch nicht.«

Doch er läßt sie nicht los, bläst ihr seinen heißen Atem ins Gesicht. Er hat das Gefühl, er könnte sie in diesem Moment in Stücke brechen, einfach so, und das macht ihm angst. Frances weiß es besser. Wenn ein Mann dich übel verdreschen wird, fällt der erste Schlag binnen drei Sekunden. Jetzt sind es über zehn, und er klammert sich immer noch nur an sie und atmet schwer.

»Na komm, Leo. Es hat dir gefallen, das hab ich gemerkt.«

»Ich hab dir das Leben gerettet.«

»Am Arsch hast du mich gerettet.«

Er zaudert, will es einfach noch nicht wahrhaben.

»Was ist mit deinem Daddy? Du kannst nicht zurückgehen, er bringt dich um.«

Da wird sie so richtig hochnäsig und vornehm. »Mein

Vater hat mir nie auch nur ein Härchen gekrümmt.« Er läßt sie los. Hinter der Biegung taucht ein Lichtschein auf. Frances geht darauf zu.

Er sieht nicht, wer oder wie viele kommen, um sie zu holen. Am allermeisten schämt er sich wohl dafür, daß er zusammengekauert zurückbleibt und sich auf ihr Versprechen verläßt, nichts zu verraten. Doch was widerführe seiner Familie, wenn er heute abend hier getötet würde? Schande und bittere Armut.

Mit dem Gedanken an seine Familie taucht Ginger aus einer Art Drogenrausch auf – so kommt es ihm jetzt vor. In dieser feuchten Höhle hat er zum erstenmal seit geraumer Zeit einen klaren und freien Kopf. Seit New York. Sein Herz ist schwer, löchrig und verschlissen, doch es gehört ihm. In jeder Faser seines Körpers fühlt er sich zu Hause und gegenwärtig, und sein Körper ist verbrauchter als damals, als er ihn zuletzt bewußt wahrnahm … Wie der Körper eines lange für tot gehaltenen Angehörigen, der wiederkehrt, und zwar älter aussieht, aber sich selbst so viel ähnlicher ist als alles, was Erinnerung oder Fotografien von ihm bewahrt haben. Die Wiedervereinigung mit sich selbst erfüllt ihn mit Freude und Kummer. Vergebung.

Jeden Moment wird die Sonne aufgehen. Das Gewehr wackelt auf Adelaides Knien hin und her, und sie kann sich ein Gähnen nicht verkneifen. Teresa und Wilfrid Beel sehen sich an. Wilf sagt: »Weiter unten an dieser Straße liegt eine Jagdhütte, die ich früher mal genutzt habe, wenn die noch steht, käme sie als Versteck in Frage …«

»Vergiß es, Wilf«, sagt Adelaide. »Fahren wir nach Hause, bestimmt ist er jetzt schon dort und wartet auf mich.«

Teresa atmet erleichtert auf. Die ganze Nacht haben sie Addy herumgefahren und mit dem Geruckel auf Schotterstraßen müde gemacht, haben den halben Weg nach Meat Cove zurückgelegt, und jetzt wirkt es endlich. Teresa hatte nie befürchtet, daß ihre Suche irgendwas ergeben würde. Sie wollte nur Adelaide mit dem Gewehr vom Haus der Pipers fernhalten. Ihre Schwägerin ist ein jähzorniger Mensch, Gott sei mit ihr. Sinnlos, ihr zu sagen, daß Ginger dieses Gerippe von einem Mädchen nicht mal mit der Kneifzange anfassen würde.

Adelaide hat recht. Als sie vor ihrem Haus anhalten, ist es hell genug, daß man durch die Fenster der verschlossenen Flügeltür Gingers Laster wohlbehalten in der Garage stehen sieht.

Als Frances Lily und Mercedes in der Grube entgegenkam, sagte sie nur: »Seid ihr mit dem Auto da?«

Vor lauter Erleichterung bemerkte Mercedes zunächst nicht, daß Lily um die Biegung weiterging, aus der Frances aufgetaucht war. »Lily, wir fahren jetzt heim.«

»Was ist mit dem Mann?«

»Der hat seinen eigenen Wagen«, antwortete Mercedes. Sie wollte lieber nicht sehen, was hinter der Biegung war. Ihr genügte, daß Frances damit zufrieden war, es hinter sich zurückzulassen.

Wieder zu Hause, weigert sich Frances zu baden: »Ich hab gestern erst gebadet.« Als Mercedes es mit ihrem oberschwesterhaften Schraubstockgriff versucht, wehrt Frances sich wie eine Katze und stemmt sich mit Händen und Füßen gegen die Wannenseiten, bis Mercedes es aufgibt. Dann wäscht Frances sich Hände, Gesicht und Füße, während Mercedes mit einem sauberen Handtuch wartet.

»Liebst du ihn?«

Frances schnaubt nur.

»Hast du vor, ihn wiederzusehen?«

»Bist du etwa eifersüchtig, Mercedes?«

»Ich möchte nicht, daß du verletzt wirst.«

»Vielleicht biste ja 'ne Lesbe, Mercedes. Hast du dir das schon mal überlegt? Hast du's versucht? Willste mal? Könnten wir doch.« Frances lacht, ohne es lustig zu finden, nichts kommt ihr noch besonders lustig vor, ein köstliches Gefühl der Erschöpfung breitet sich in ihr aus.

»Hast du Hunger?« fragt Mercedes.

»Ja.«

»Ich mach uns Zimttoast.« Und sie wendet sich zum Gehen.

»Mercedes?«

Mercedes bleibt in der Badezimmertür stehen, dreht sich aber nicht um. Frances fährt fort: »Von nun an bin ich brav. Ich will ein gesundes Kind zur Welt bringen.«

Mercedes atmet tief durch und senkt den Kopf.

»Mercedes?«

»Ja?«

»Machst du uns auch Kakao?«

»Aber sicher.«

»Kommt ihr auf ein Täßchen mit rein?«

Wilf und Teresa lehnen höflich ab. Adelaide betritt ihr Haus, hundemüde.

Ginger hat Tee und Kekse aufgetischt, er ist frisch gebadet und hat sich umgezogen. Er sagt zu seiner Frau: »Addy, ich erzähl dir alles, und dann kannst du entscheiden, ob ich gehen soll.«

»Schenk mir erst ein Täßchen Tee ein, Leo.« Sie läßt sich derartig erschöpft und erleichtert auf einen Küchenstuhl fallen, daß man denken könnte, sie wäre die ganze Nacht hindurch marschiert, statt im Auto gesessen zu haben.

Als er seine Geschichte beendet hat, treten Adelaides Sommersprossen deutlicher hervor, doch das mag an ihrer Müdigkeit liegen. Das folgende Schweigen unterbricht er mit: »Willst du, daß ich gehe?«

»Nein.«

»Ich bleibe nur, wenn du mir verzeihen kannst, sonst hat es keinen Sinn.«

Sie sieht ihn über den Tee hinweg an. Es ist, als hätte sich ein Nebelschleier von seinem Gesicht verzogen. Er ist

475

wieder da. Bei dem Gedanken, wie verloren er in einer fremden Wildnis umhergeirrt ist, überläuft sie im nachhinein ein Schauer.

»Kannst du dir selbst verzeihen?« fragt sie.

»Das habe ich wohl schon. Denn weißt du, ich bin sie ganz los.«

»Ich glaube dir.«

»Aber verzeihst du mir?«

»Das hab ich doch gesagt!«

»Du hast gesagt …«

»Ich verzeih dir.« Sie weint eigentlich nie. Wenn sie es dann doch tut, brennen ihre Tränen scharf wie Pfeffer.

»Es tut mir leid«, sagt er.

Sie umfängt ihn mit ihren langen Muskeln, anmutigen Knochenzangen, ihren rötlich schimmernden Haaren. »Verlaß mich nie.«

»Das mach ich nie, nie.«

»Ich liebe dich.«

»Ich liebe dich.«

Sie fährt mit einer Hand über seine zentimeterkurzen, drahtigen Haare, drückt seine Schultern, schmiegt ihren schmalen Körper an seinen weichen Bauch und spürt, wie ihr Rücken von seinen Armen gestützt wird, die so stark sind, wie sie aussehen. Sie halten sich in den Armen, denken an all ihre Kinder und spüren in ihrem Innern keine Grenzen bei dem, was sie zusammen erreichen, was sie einander geben können. Sie läßt ihre Hände auf seine Hüften gleiten. Oben wacht das Baby auf. Es ist Morgen.

EIN STRAHLENDER NEUER MORGEN

Am anderen Ende der Stadt kocht Camille ihre erste Kanne Tee als Witwe. Von ihrem Sohn hat sie noch nichts erfahren, aber sie weiß, daß sie ihren Mann verloren hat. Ein sehr junger Mountie hämmerte kurz vor Mitternacht an die Tür. Sie war nicht hingegangen, um aufzumachen, weil sie an einen Raubüberfall dachte; dann überlegte sie sich: und wenn schon? Schließlich hat ihr Mann ihr nicht gerade den Lebensstandard geboten, den die Frau eines erfolgreichen Nachtlokalbesitzers mit Fug und Recht erwarten könnte. Also öffnete sie, und der junge Mann sagte mit tragischem Gesicht: »Es tut mir leid, Missus, aber ich hab schlechte Nachrichten für Sie.« Dann rückte er mit dem genauen Gegenteil heraus.

Als Camilles ältester Sohn nach Hause kam, hatte er Schwierigkeiten, die Haustür aufzustoßen, denn ihr Schrankkoffer stand davor.

»Ma, was ist hier los?«

Sie stapfte die Treppe hinunter, in einer Hand eine Hutschachtel und in der anderen einen Koffer, der ihr Hochzeitskleid enthielt. »Dein Vater ist tot, ich fahr nach Hause.«

Jetzt macht Camille eine Tasse Tee, so wie Pa ihn mag, und trägt sie die Treppe in sein Schlafzimmer hinauf. Es wird Tag. Er weiß nicht, daß sie hier ist. Es wird eine Überraschung.

Mercedes sitzt auf der Klavierbank und beobachtet James, bis er bei Tagesanbruch die Augen aufschlägt. Das hat er sich im Krieg so angewöhnt. Sie versucht, ihn zu taxieren.

»Was weißt du noch von letzter Nacht?«

James blinzelt mit kristallblauen unschuldigen Augen.

»Wach auf«, sagt Mercedes. Es fehlte ihr gerade noch, ihn als verwuschelten kleinen Jungen zu sehen. Mit einem Ruck setzt er sich auf, und da sind sie schon – seine Kopfschmerzen. Sie ziehen sich fest um seine Kopfhaut zusammen, und er altert um vierzig Jahre, bis er sich wieder in der Realität befindet.

»Was ist passiert?« fragt er.

»Du warst betrunken und bist gestürzt.«

Er fährt auf und schaut zu Boden. Dann fällt es ihm ein: »Wo ist Frances?«

»Frances schläft, setz dich wieder.«

Jetzt ist er vollständig wach und hat Mercedes' ungewohnten Tonfall bemerkt. Er sieht sie an und nimmt langsam wieder Platz. »Was hab ich getan?«

»Du hast versucht, Lily anzufassen.«

Er ist am Boden zerstört, seine Hände fliegen vor sein Gesicht, damit es nicht auf den Teppich fließt, und zwischen seinen Fingern sickert ein Stöhnen durch. Mercedes verspürt leichte Gewissensbisse, sticht dann aber mit ihrer Lüge zu, rein und raus: »Ich mußte dich von ihr runterzerren.«

Er bricht zusammen, zwischen die Rippen getroffen, und sein Stöhnen verwandelt sich in ein Quieken. Mercedes gewährt Pardon: »Sie ist nicht wach geworden.«

Zitternd schüttelt er hinter seinen Händen den Kopf, erhebt sich vom Sofa, ohne sich aufzurichten, um seine Eingeweide nicht zu verlieren, und torkelt so aus dem Zimmer, aus dem Haus. Mercedes hört, wie der Motor anspringt. Falls ihr Vater beschließt, über eine Klippe zu fahren, auch recht. Und falls Mercedes dafür noch ein Jahrtausend länger im Fegefeuer schmoren muß, so hat man diesen Preis eben zu zahlen, wenn man mit Gott Geschäfte macht. Wichtig ist nur, daß sie Frances gerettet hat. Endlich. Mercedes ist weder eine Heilige noch eine Sünderin. Sondern ein Mittelding. Für solche wie sie wurde das Fegefeuer erfunden.

Bei einem späten und ungewöhnlich üppigen Frühstück liest Frances in der *Cape Breton Post* von dem Unfall. Jameel, nun ja, bei dem kommt's ohnehin nicht drauf an, da ihre Tage als Flüsterkneipenkönigin vorbei sind, aber Boutros… Das ist eine Erleichterung. Wie der sie angesehen hat. Nicht wie die anderen Kerle. Dumpf vor sich hin brütend, als wollte er etwas, was sie nicht im Angebot hatte. Was das sein mochte, konnte sie sich nur als Vergewaltigung vorstellen.

»Möchtest du wirklich noch mehr Haferbrei, Frances?«

»Sieh mal, Lily, das sind unser Vetter und unser angeheirateter Onkel.«

Lily gibt Frances noch eine Portion und liest die Schlagzeile: »Heldentod eines Mannes aus Whitney Pier.« In dem Artikel steht, daß der nagelneue 1932er Acht-Zylinder-Kissel einen Schlenker machte, um einem Wagen mit Nonnen vom Notre-Dame-Orden auszuweichen, die auf dem Rückweg von Holy Angels waren, wo sie einer Kirchenchorprobe beigewohnt hatten.

»Mercedes war da!«

»Na und, Lily?«

»Na ja, sie hat gesagt, Schwester Saint Monica hätte ihr angeboten, sie auf der Rückfahrt im Auto mitzunehmen, und sie wollte lieber laufen, aber wenn sie ja gesagt hätte, wären die Schwestern nicht an dem Auto mit unserem Cousin und unserem Onkel drin vorbeigefahren, und die wären nicht verunglückt.«

»Klar, Lily, und wenn hier vor einer Trillion dämlicher Jahre keine zigtausend Wirbellose gestorben wären, hätten wir keinen Schotterweg.«

Lily liest weiter. »Hier steht, als die Mounties zum Auto kamen, haben sie auf Anhieb erkannt, daß jemand anders am Steuer gesessen hat, denn ›Mr. Jameel war auf der Beifahrerseite des Fahrzeugs eingeklemmt. Boutros Jameel wurde auf den Gleisen gefunden. Nachdem er bei seinem Ausweichmanöver verunglückt und in den Fängen des Todes war, schleppte er sich drei Kilometer weit in Richtung New Waterford, vermutlich, um einen Arzt für seinen Vater zu holen.‹«

Frances läuft es eiskalt den Rücken runter. Man stelle sich diesen Koloß von einem Untoten vor, wie er auf New Waterford zuschlurft, davon besessen, sich mit seinem versiegenden Atem auf sie zu hieven. Daran, wie lange es gedauert hat, bis er tot war, kann sie ermessen, was ihr bevorgestanden hätte, wenn er sie je in seine massigen Pranken bekommen hätte.

Der junge Mountie lenkt seinen Streifenwagen über einen vielbefahrenen Schleichweg durch den Wald, wobei er sich an eine grob skizzierte Karte hält. Jameel war ein halbwegs ordentlicher Geschäftsmann. Er verwahrte eine penible Auflistung all seiner geschäftlichen Transaktionen in einem ledergebundenen Notizbüchlein, das in seiner Brusttasche am Unfallort gefunden wurde. Allerdings hatte Jameel darauf geachtet, keine richtigen Namen zu verwenden. Sein Codename für James: der enkliesche Mistkerl. Die bleistiftgezeichnete Karte bei sich zu haben, die zur Destille des enkliesschen Mistkerls führt, war zwar unvorsichtig, aber sie war nur provisorisch – Jameel hat sie nach James' telefonischen Anweisungen gefertigt, nachdem Taylor gekündigt hatte.

Ein X bezeichnet die Stelle, doch als der junge Mountie an diesem Vormittag in der Erwartung anhält, entweder den Gesetzesbrecher zu verhaften oder sich auf die Lauer zu legen, ist von dem X nichts als ein verkohlter Flecken Erde übrig, dazu noch ein paar rauchende Bretter. Soviel zum Corpus delicti. Der Mountie macht kehrt und fährt nach Sydney zurück. Die in einer Schlucht in der Nähe abgestellte beigefarbene Buick-Limousine sieht er nicht.

»Wird sie ihn wegen Vergewaltigung anzeigen?«
»Nein.«
Die *Cape Breton Post* liegt auf Teresas Küchentisch. Sie und Adelaide sind übereingekommen, daß Ginger sich

genau den richtigen Zeitpunkt ausgesucht hat, um Jameel zu kündigen. Hector sitzt schaukelnd auf seinem gewohnten Stuhl. Teresa schenkt Adelaide Tee nach.

»Wieso bist du dir so sicher?« erkundigt sich Teresa.

»Weil sie selbst gesagt hat, daß sie gekriegt hat, was sie wollte.«

»Und was ist das?«

»Ein Kind.«

Teresa ist wie vom Donner gerührt, läßt sich aber nichts anmerken. Sie setzt sich vorsichtig, durchpflügt ihren Tee gründlich mit dem Löffelchen und fragt: »Glaubst du das?«

»Wenn sie den Zeitpunkt richtig gewählt hat, sicher. Man spürt, wenn es hinhaut, weißt du, ich hab's immer gemerkt, vom ersten Baby an.«

Auf einmal schämt sich Adelaide, daß sie sich hier mit Teresa darüber unterhält, wann eine Frau merkt, daß sie schwanger ist; und Teresa wird es nie erleben, obwohl sie es sich am meisten gewünscht hat.

Adelaide hat sich schon immer gefragt, warum eine Kopfverletzung die Manneskraft beeinträchtigen konnte. Der Stahlträger ist ja nicht auf Hectors Weichteile gefallen, bestimmt ist sein Samen so gut wie eh und je, und er ist nicht völlig gelähmt, nur weitgehend eingeschränkt. Adelaide hätte an Teresas Stelle überprüft, ob er noch konnte, und sich dann ein Kind von ihm machen lassen. Hector liebt Kinder. Die beiden hätten es schaffen können. Sie und Ginger hätten ihnen bei der Kinderbetreuung geholfen. Aber Adelaide weiß, daß Teresa anders ist, alles in allem vornehmer. Sie ist wie aus dem Hochadel, echt, nicht versnobt, einfach durch und durch vornehm. Es ist unvorstellbar, daß Teresa rittlings auf einem Invaliden hockt, um ihm den Samen zu entlocken. Daher ist Adelaide sicher, daß Teresa noch nicht probiert hat, ob Hector es noch kann. Teresa ist Anfang vierzig. Bald wird sie zu alt sein, wenn sie es nicht schon ist.

»Addy, wenn es aber stimmt?«

481

»Keine Sorge, Trese, ich hab mir da was überlegt.«

»Addy ...«

»Trese, stell keine Fragen, weil ich keinem vorher was sage, diesmal will ich nicht, daß es mir jemand ausredet oder mich durch die ganze Pampa fährt.« Adelaide tätschelt Hector den Kopf und geht nach Hause, um Abendessen zu machen. »Danke für den Tee, Mädchen.«

Teresa bringt sie zur Tür und geht in die Küche zurück, wo Hector mit besorgter Miene zum Küchenschrank hinaufstarrt.

»Keine Sorge, Schatz«, sagt sie, »es ist noch da.«

Doch nur zur Sicherheit holt sie eine Trittleiter aus der Kammer, um nachzusehen. Teresa klettert nicht auf Anrichten.

Adelaide hat niemandem von ihrem Plan erzählt. Sie hat Ginger verziehen. Sie hat Teresa verziehen, daß sie sie letzte Nacht von der Fährte abgebracht hat. Doch inzwischen dürfte klar sein, daß sie in dieser Angelegenheit einzig und allein sich selbst trauen kann. Sie hat es sorgfältig geplant, und diesmal wird niemand sie davon abbringen.

Gleich nach dem Abendessen setzt sie sich auf ihr Fahrrad mit den langen, seitlich befestigten Weidenkörben. Als ihr Geschäft gut ging, hat sie ganze Stoffballen darin transportiert. Heute transportiert sie in dem einen etwas anderes. Sie fährt auf der Küstenstraße nach New Waterford. Ein schöner Sonnenuntergang zeichnet sich ab.

Adelaide könnte drei Monate warten und herausfinden, ob Frances wirklich schwanger ist, ehe sie ihren Plan ausführt. Doch was hätte sie davon? Wenn sie nicht schwanger ist, wird sie Ginger wahrscheinlich erneut nachstellen. Hier herumschleichen. Am irritierendsten an Leos irritierender Geschichte war, daß Frances Adelaides Kosenamen für ihn kannte. Um den zu kennen, mußte sie praktisch mit ihnen im Bett gewesen sein. Und ein Mädchen, das sich selbst verletzt und den Tod durch Ertrinken riskiert, um zu kriegen, was sie will ... Würde so ein Mädchen nicht auch zur Erpresserin werden? Und Leo wegen Vergewaltigung anzeigen, wenn er ihr nicht gibt, was sie will? Adelaide tritt fester in die Pedale und würdigt den flammenden Himmel zu ihrer Rechten und das glitzernde Wasser zu ihrer Linken keines Blickes.

Nach ihrem Gespräch mit dem Priester geht Mercedes nach Hause. Er hat sich bereit erklärt, den Bischof zu unterrichten. Dann wird Seine Exzellenz entscheiden, ob es angebracht ist, Lily zu der immer länger werdenden Liste bemerkenswerter Ereignisse zu befragen ... Selbstverständlich ohne Lily den Grund für seine Erkundigungen zu verraten. Mercedes sieht in die schräg einfallende Sonne. Alles ist in rotgoldenes Licht getaucht, Gottes Segnung in sanftester Form, »mit der Welt steht es zum besten«. Frances' Probleme haben ausgerechnet jetzt, als Lilys Heiligkeit überdeutlich wurde, ihren Gipfel erreicht, und Mercedes ist dankbar, daß sie mit beidem fertig wird. Morgen wird sie zur Beichte gehen und Absolution dafür erlangen, daß sie ihrem Vater Schaden zugefügt hat.

Zu Hause angekommen, stellt sie beunruhigt fest, daß das Auto immer noch nicht zurück ist, und beim Anblick der im Wohnzimmer wartenden Schwester Saint Monica kämpft sie gegen die aufkommende Panik an. Mercedes kennt Schwester Saint Monica aus dem Kirchenchor, wo sie sich auf Anhieb verstanden haben, allerdings Distanz wahrend. Doch zu dieser bestimmten Stunde denkt Mercedes nur noch »schlechte Nachrichten«, wenn sie einen Nonnenschleier und das Habit sieht. Lily hat die Schwester hereingeführt und ihr eine Tasse Tee und Dattelplätzchen gebracht. Mercedes nimmt in dem Ohrensessel Platz, bedeutet Lily freundlich, sie könne jetzt gehen, und macht sich auf die Nachricht vom Tod ihres Vaters gefaßt.

Aber nein. Es geht um etwas ganz anderes. Schwester Saint Monica saß am Steuer, als Boutros vor ihr quer über die Straße in den Tod schlingerte, und kurz zuvor hatte sie Frances mit einem Schwarzen in einem Laster gesehen.

»Ich hatte vor, es Ihnen umgehend zu berichten, Mercedes, doch durch den Unfall ist es mir zeitweilig entfallen.«

Mercedes eröffnet Schwester Saint Monica, daß Frances höchstwahrscheinlich in anderen Umständen ist.

»Gott verzeihe mir.«

»Schwester, Sie trifft an dieser Situation keine Schuld.«

Doch beide Frauen wissen, daß niemand ohne Schuld ist.

»Hätte ich rascher reagiert, wäre es Frances vermutlich nicht gelungen, sich in Versuchung zu begeben.«

»Schwester, ich hätte Sie nicht mit dieser Information belastet, müßte ich nicht für Frances vorsorgen, und ich wüßte nicht, wen ich sonst um guten Rat bitten sollte.«

»Selbstverständlich.«

Es ist das mindeste, was Schwester Saint Monica tun kann. Es gibt viel zu besprechen. Zu welchem Zeitpunkt Frances New Waterford verlassen, wo genau sie untergebracht werden sollte ... »Ich werde das mit dem Kloster in Mabou regeln. Dort haben sie eine ausgezeichnete Krankenstation.«

Bei der Zukunftsplanung für das Kind ist es höchst bedeutsam zu wissen, daß es farbig sein wird. Erstens kommt es somit nicht in Frage, es zu behalten. Außerehelichkeit ist ein furchtbarer, aber unsichtbarer Makel, Rassenmischung hingegen läßt sich nicht verbergen. Weder Mutter noch Kind haben ein solchermaßen zwiefach stigmatisiertes Leben verdient. Das verlangt die christliche Nächstenliebe. Daher geht es als zweites um die Wahl eines passenden Waisenhauses, wenn man bedenkt, daß eine Adoption unter den Umständen wenig wahrscheinlich ist. Denn wie viele gute katholische Familien wären wohl willens, ein farbiges Kind aufzunehmen? Besonders, falls es ein Junge wird. Und gute katholische farbige Familien sind dünn gesät, da diese Bevölkerungsgruppe auf der Insel überwiegend anglikanisch und auf dem Festland baptistisch ist. Und das ist vielleicht auch besser so, denkt

Mercedes. Denn hat dieser Zweig der Menschheitsfamilie in der Regel nicht Schwierigkeiten, seine eigenen Kinder großzuziehen, von denen anderer Leute ganz zu schweigen?

»Danke, Schwester.«

Schwester Saint Monica gleitet in Weiß und Schwarz die Straße hinunter, vorbei an Adelaide auf ihrem Fahrrad. Adelaide vermag sich beim besten Willen nicht auszumalen, wie jemand ein Keuschheitsgelübde ablegen kann, doch dann fällt ihr Teresa ein, die sie sich problemlos als Nonne vorstellen kann. Sie hebt den Deckel ihres Weidenkorbs, um ihre Fracht zu überprüfen, nachdem sie vor dem Haus der Pipers abgestiegen ist.

Bei Teresa und Hector daheim ist das Gewehr unterdessen aus dem Hängeschrank verschwunden. Hector ist außer sich und stößt Quieklaute aus, und ein Spuckefaden läuft ihm das Kinn hinunter; seine gesamte Ausdruckskraft liegt in seinen Augen. Irgendwo in seinem Kopf ist er noch komplett vorhanden, aber er ist sozusagen in eine überfüllte Wohnung im Hinterkopf mit Blick auf sein altes Hirn umgezogen. Teresa versucht, ihn zu besänftigen: »Hector, Schätzchen, beruhige dich, alles wird gut.«

»Mercedes«, ruft Lily vom Wohnzimmerfenster, »eine Dame kommt den Gehweg rauf.«

»Nicht so laut, Lily. Wer ist es?«

»Weiß ich nicht.«

Mercedes macht die Tür auf und will gerade erklären, daß der Lieferanteneingang hinten ist, doch ein Blick genügt, und sie hat begriffen, daß die Frau nicht gekommen ist, um etwas zu verkaufen.

»Dürfte ich bitte Miss Frances Piper sprechen?«

Jetzt weiß Mercedes genau, wer das ist.

»Meine Schwester ist indisponiert. Möchten Sie nicht eintreten?«

Adelaide wirft einen Blick über die Schulter auf ihr

Fahrrad, und Mercedes ergänzt: »Ich versichere Ihnen, daß es dort vollkommen sicher ist, aber Sie können es gerne auf die Veranda stellen, wenn Sie wünschen.«

»Ja, das ist mir lieber.«

Im Wohnzimmer nimmt Adelaide genau dort auf dem Sofa Platz, wo erst kürzlich Schwester Saint Monica gesessen hat.

Frances hat Adelaide vom Dachkammerfenster aus gesehen. Ihr Magen krampft sich noch vor Angst zusammen, als sie sich zum Flur im ersten Stock hinunterschleicht. Dort würde sie gern aus einem Fenster klettern, traut sich aber nichts zu, was das neue Wachstum in ihr gefährden könnte. Frances zieht sich nicht mehr wie eine Pfadfinderin an. Sie trägt ein altes Kleid von Mama aus der Wäschetruhe. Unförmig und geräumig. Zwar ist sie erst einen Tag schwanger, doch Frances hält es keineswegs für verfrüht, sich den Umständen entsprechend zu kleiden. Verblaßtes Blumenmuster in tropischen Rot- und Grüntönen. Es riecht noch nach Mama – Teig, Rosenwasser, feuchte Haut und Zedern. Um aus dem Haus zu fliehen, muß Frances die Treppe hinunter und dann an der Wohnzimmertür vorbei. Aber wie? Sie bleibt auf der obersten Stufe stehen.

Mercedes starrt die Besucherin unverwandt an.

»Mach uns bitte noch eine Kanne Tee, Lily.«

Lily geht widerstrebend. Sie hat fast noch nie eine Schwarze aus der Nähe gesehen. Adelaides Sommersprossen faszinieren sie. Adelaide sieht sich Lily auch lange an, das Baby, das aus der klaffenden Wunde in Kathleen Pipers Bauch gekommen ist.

Als Lily aus dem Wohnzimmer tritt, wird sie vom Lumpenmaiglöckchen an der Schläfe getroffen. Oben an der Treppe steht Frances und zieht mit einer Handbewegung einen Reißverschluß zwischen ihren Lippen zu. Lily hebt das Lumpenmaiglöckchen auf und geht leise die Treppe hoch.

Im Wohnzimmer ist noch kein Tee angekommen, doch

Mercedes, die gebannt Mrs. Taylors Worten lauscht, denkt nicht mehr daran. »Wir würden das Kind als unser eigenes in die Familie aufnehmen. Es würde nie etwas erfahren, und auch sonst niemand.« Adelaide kneift die Augen ein klein wenig zusammen, als sie hinzufügt: »Aber Sie müßten schon die Verantwortung für Ihre Schwester übernehmen, Miss.«

Die letzte Bemerkung reißt Mercedes aus der Ehrfurcht, die sie unwillkürlich bei dem erstaunlichen Angebot der Frau ergriffen hat – das natürlich nicht in Frage kommt, aber in christlicher Absicht erfolgte, wenn es auch unangebracht war. Ein wenig Feuchtigkeit verläßt Mercedes ein für allemal und verdunstet, um anderswo als Regen niederzugehen.

»Mrs. Taylor. Sofern überhaupt jemand in der Lage ist, meiner Schwester Hüter zu sein, so bin ich es. Was eine eventuelle Schwangerschaft betrifft – deren Bestätigung noch aussteht –, übernehme ich ebenso die Verantwortung für das Wohlergehen des Kindes.«

»Könnten Sie es lieben?«

Wieder ist Mercedes befremdet. Ihr Zorn zieht herauf wie eine Gewitterwolke an einem schönen Tag. Adelaide fürchtet sich nicht. Sie wartet auf eine Antwort.

»Sie können jetzt gehen, Mrs. Taylor.«

Mercedes steht auf, doch Adelaide bleibt sitzen und sagt: »Wissen Sie, ich könnte es lieben. Und ich habe weniger Grund dazu als Sie, meine Gute.«

Das »meine Gute« klingt ganz und gar nicht gut.

»Sie brauchen mich nicht auf meine Pflichten hinzuweisen, Mrs. Taylor.«

»Mädchen, Pflicht ist Ihr Problem.« Jetzt steht Adelaide zum Gehen auf und schließt: »Halten Sie Ihre Schwester von meinem Mann fern, sonst erschieße ich sie, schwanger oder nicht.«

Damit geht sie. Mercedes zittert. Zum Glück steht im Medizinschränkchen Sherry.

Während sie durch New Waterford radelt, denkt Adelaide darüber nach, wie seltsam die Familie Piper ist. Als gäbe es nicht schon genügend Anzeichen, ist ihr auf ihrem Weg aus dem Wohnzimmer noch das Mädchen Lily begegnet, wie es einen mit Puppen und einer lebendigen Katze vollgestopften großen alten Kinderwagen zur Tür hinausschob. Die Kleine muß dreizehn oder vierzehn sein und spielt immer noch mit Puppen. Adelaide sah zu, wie das hinkende Mädchen den Wagen die Verandatreppe hinunterschob, während die rostigen Radfedern unter einem offensichtlich gewaltigen Gewicht schier zusammenbrachen. Was hat sie noch da drin, fragte sich Adelaide – Schnaps in Krügen?

Teresa hat auch ein Fahrrad. Früher gehörte es Hector. Natürlich hat es oben eine Querstange, und Teresa ist nicht sehr erfreut, ihr Kleid darüberspannen zu müssen, doch da kann man nichts machen. Wenigstens ist sie groß genug und sieht nicht total lächerlich aus. Früher ist sie öfter auf diesem Rad gefahren, aber als Mitfahrerin vorn auf der Lenkstange vor Hector, der in die Pedale trat und Schlangenlinien fuhr, damit sie anfing zu quietschen und zu kichern. Als sie jetzt den Weg entlangholpert, staunt sie: War ich je so mädchenhaft? Sie war ein richtig mädchenhaftes Mädchen. Eine Prinzessin. Alles mußte damenhaft sein, der Tisch perfekt gedeckt, wenn er zu ihr und ihrer Mutter zum Abendessen kam. Es war wunderbar, weil Hector auch ein Gentleman war, oder sich immerhin zu einem entwickelte, denn damals war er noch ein rechter Kindskopf. Für Zukunftspläne waren sie allerdings nicht zu jung. Sein Studium und seine Weihe zum anglikanischen Priester. Richtung Süden ins Ausland ziehen. Sie wollten jede Menge Kinder. Menschen wie wir sollten Kinder kriegen, da waren sie sich einig. Teresa hatte den Traum, eine Dynastie von Menschen zu gründen, die nicht nur für ihre Rasse Vorbilder sein würden, sondern für alle, die sie kannten.

Weit unter diesem hehren Ziel lag am Grund des Brunnens eine einsame Stimme ohne Seil oder Leiter, die nach oben heulte: »Denen werd ich's zeigen! Ich werd's ihnen allen zeigen!« Frohlockend, ausgelassen; die Heftigkeit der Stimme war die Energie hinter ihrer damenhaften Würde und Zielstrebigkeit. Obgleich sie die Stimme kaum hören konnte. Sie war sich der Kraft des hoffnungsfrohen Wütens in ihrem Innern nicht bewußt; einer Kraft, die Berge versetzen und siegessicher aus Brunnen klettern konnte. Sie kannte ihre eigene Stärke nicht. Seit Hectors Unfall war die Stimme zwar lauter, wurde aber immer noch durch ihren Entschluß gedämpft, mit Gottes Hilfe alles geduldig zu ertragen. Als sie ihre Stellung ungerechterweise verloren hatte, hörte jedes Gerangel mit der Stimme auf, und Teresa konnte sie deutlich hören. Die Stimme sagte nicht mehr: »Denen werd ich's zeigen«, sondern: »Denen werd ich's geben.« Sie hatte sich in Haß verwandelt. Und Teresa betete zu Jesus, er möge den Haß von ihr nehmen. Doch Haß gehörte auch zu ihrer Antriebskraft. Wie sollte sie also jetzt ohne ihn auskommen? Dieser spezielle Haß ist so etwas wie beseelter Metallschrott. Er rostet, korrodiert im Körper und dringt in die lebenswichtigen Organe ein. Teresa ist krank davon. Er kann töten.

Adelaide hält vor MacIsaac's Drogerie und Süßwaren an. Mr. MacIsaac will Feierabend machen, sie erwischt ihn beim Verlassen seines Ladens.

»Mr. MacIsaac, ich bin Addy Taylor aus dem Pier.«

»Hallo, Mrs. Taylor.«

Er reicht ihr seine alte rote Hand, die sie schüttelt. Sein Blick ist klar, aber immer noch freundlich.

Adelaide greift tief in ihren Weidenkorb. »Nehmen Sie einen Schluck von dem, Mister Mac.«

Sie entkorkt eine braune Flasche. MacIsaac schüttelt den Kopf, denn er ist seit zwei Jahren trocken.

»Es ist das beste Gingerale, das Sie je probiert haben«, sagt Adelaide.

Er lächelt. Greift zu und trinkt. Es stimmt. Süß auf der Zunge, und dann brennt es hinten im Rachen, bis einem das Ohrenschmalz klingelt.

»Wie nennen Sie es?«

»Clarisses Inselbräu.«

»Stammen Sie von den Inseln, Mrs. Taylor?«

Adelaide lacht: »Ich stamme seit hundertsechsundfünfzig Jahren aus Halifax, Mister. Und Sie?«

»Seit achtzig oder neunzig Jahren von hier, und soweit ich weiß, waren es davor die Isle of Skye, die Isle of Man und, wollen mal sehen, die Isle of Wight.«

»Ihre Familie hatte was für Inseln übrig.«

»Man sollte meinen, wir wären inzwischen schlauer geworden, was?«

Er wiehert, und sie lacht. Er bestellt drei Kästen für den Laden, um zu sehen, wie es geht.

Frances ist aus dem Kinderwagen gestiegen, sobald sich Adelaide auf ihrem Rad auf und davon gemacht hat. »Wie eine Hexe auf ihrem Besen«, denkt Frances schaudernd. Sie hat Lily nach Hause geschickt, weil sie, wie sie behauptet, das Bedürfnis verspürt, »Zwiesprache mit der Natur« zu halten.

Leichte sportliche Betätigung gehört zu Frances' neuem Gesundheitsprogramm. Wie soll man wissen, was für Schwangerschaften gilt, wenn in Filmen Fehlgeburten ebenso zum Standardrepertoire gehören wie quasi die nächste Treppe, während die Frauenzimmer in Büchern wie *Große Pionierfrauen* alle bis unmittelbar vor ihrer Niederkunft Mais ernten und mit Bären kämpfen? Frances hat sich für die goldene Mitte entschieden: regelmäßige Strandspaziergänge. Romantischen Heldinnen wird immer Seeluft verordnet. Falls sie nicht tuberkulös sind und in das Land verbannt werden, wo die Blutorangen wachsen. Frances hat an sich selbst keine tuberkulösen Tendenzen festgestellt. Mit der Überzeugung, schwanger zu sein, sieht sie sich sogar als eine viel massigere Frau. Behäbig und kurvenreich, mit Busen statt flacher Brust.

Trixie begleitet sie auf dem Spaziergang. Mit ihrem anhänglichen Verhalten und dem trottenden Gang wegen der fehlenden Pfote wirkt Trixie eher wie ein Hund als wie eine Katze. Auch hat sie die Angewohnheit, hin und wieder rasch einen prüfenden Blick auf Frances zu werfen, genau wie ein Hund. Sie kommen am Rand der Steilküste an. Trixie folgt Frances, die den steinigen Abhang schräg hinuntergeht, entgegen ihrer früheren Angewohnheit, auf Händen und Haxen ungestüm runterzurutschen. Unten angekommen, hält Frances inne und atmet die salzige Luft tief ein.

Sie wendet sich nordwärts und schlendert wie durch warmes Wasser, oder, rhythmisch, wie über den endlosen feuchten Sand eines Strandes, auf dem sie instinktiv wüßte, wohin sie zu treten hätte, obwohl sie noch nie dort war. Dieser Gang paßt zu ihrem neuen Becken, das geworden ist, was man gemeinhin »gebärfreudig« nennt.

Sie gehen weiter. Dies ist die beste Zeit des Sommers. Noch nicht acht Uhr abends, und die Sonne hat das Grün des Meeres zum Vorschein gebracht und den Himmel in einem wohltuenden feurigen Balsam gebadet. Solche Tage sind unendlich kostbar. Frances bleibt stehen und blickt aufs Meer hinaus, das unter der Liebkosung der Sonne bebt. Sie spürt Mama ganz nah … Als wäre sie nie von ihnen gegangen. Frances empfindet ein vertrautes und doch unsagbar altes Gefühl. Eins, dessen Verlust sie nie bemerkt hat. Glück. Anders als ihr neuer Phantasiekörper, ist dieses Gefühl echt.

Trixie schaut auf und sieht Teresa auf der Felskante stehen. Im Gegenlicht sieht Teresa herrlich dunkel aus, strahlender denn je. Von weit unten wirkt sie noch größer als sonst. In diesem Licht und in dieser Höhe wird alles zu einem klar definierten Kohlestrich. Teresas Körper ist ein ausgeprägter senkrechter Strich. In der Mitte wird sie von einer waagrechten Linie durchschnitten, halb so lang wie ihr Körper. Vor dem rotgoldenen Abendleuchten. Frances sieht nach oben und spürt, wie ihr bei dieser Kreuzvision ein Pfeil durchs Herz geht. Der Pfeil ist Liebe, sein Schmerz strahlt nach außen, und der Schmerz ist Vertrauen; die Quelle des Pfeils hieß Leid. »Teresa«, denkt Frances, und ihre Lippen formen den Namen, während sie ihre Arme in die Höhe wirft und der weit oben stehenden Frau entgegenstreckt.

Die quer zu Teresa gehaltene Waagrechte dreht sich wie eine Kompaßnadel, bis sie in der Vertikale ihres Körpers verschwindet, und im nächsten Augenblick ertönt ein Schuß. Frances fliegt durch die Luft und landet rücklings auf dem Kiesstrand.

BLUT UND WUNDEN

Niemand weiß, wieviel Hector genau versteht, nicht einmal Teresa. Sie hat vor geraumer Zeit aufgehört, nach Lebenszeichen ihres geliebten Hector zu suchen, da sie seinen Verlust nur so verkraften kann. Außerdem hat der Arzt gesagt, Hectors Hirnschaden lasse ihn nur noch fröhlich vor sich hin vegetieren. Obgleich er sich aus der Zeit vor dem Unfall nur an Gerüche erinnern kann, hat Hector gelernt, wieder Englisch zu verstehen, so wie ein Kind lernt, nämlich in Substantiven, Verben und Konzepten. Er könnte auch wieder lesen lernen, wenn jemand auf die Idee käme, es ihm beizubringen. Anders als ein Kind wird er die Wörter allerdings nie sprechen können. Geblieben ist ihm die Sprache von Hunden.

»He, he, Hector. Was ist los, Jung'?«

Der alte Wilf Beel hat Hector in seinem Rollstuhl eingeholt und ihn an den Straßenrand gezogen. Hector stößt seine Laute aus und tatscht nach Wilfs Jacke, hat vor lauter Panik Schaum vor dem Mund, und Wilf fragt: »Hast du dich verfahren, Hector?«

Hector stöhnt vor Ärger und explodiert gleich danach vor Zorn, als Wilf den Rollstuhl tatsächlich heimwärts wendet und losschiebt.

»Brrr, brr, brr, Jung' …«, sagt Wilf. Aber Hector drischt auf die Armstützen ein und ruckt in dem verzweifelten Versuch, Wilf zu sehen, den Kopf nach hinten.

»Wolltest du Leo und Adelaide besuchen, ist es das, Heck?«

Und Hector kann nur freudlos strahlend mit dem Kopf nicken, um sich laut und deutlich verständlich zu machen: JA! ALLMÄCHTIGER GOTT, JA!

»Na gut, ich bring dich gerne hin.«

Und Wilf wendet den Rollstuhl erneut und schiebt Hector vorwärts, zwar langsamer, als es Hector aus eigener Kraft geschafft hatte, aber immerhin nicht in Schlangenlinien.

»Wo steckt Teresa, Hector?«

Hector ignoriert die Frage, aber das merkt Wilf nicht.

Teresa kann es nicht fassen. Noch vor wenigen Minuten ist sie auf dem Fahrrad die Küstenstraße entlanggefahren, und das ging nach etwa dreizehn Kilometern wie von selbst. Sie bemerkte die Gestalt auf dem Strand unten wegen der bunten Farben ihres Kleides, die im Licht der untergehenden Sonne leuchteten. Das Kleid kam ihr bekannt vor. Teresa legte das Fahrrad hin und trat an die Felskante, um besser sehen zu können. Der Anblick des Kleides weckte in ihr ein von diesem Kontext losgelöstes Gefühl. Mitgefühl – und ... Mitleid. Ja. Sie tat ihr leid. Die Frau, die in diesem Kleid an die Tür gekommen war, oh, vor langer Zeit, ein blondes Kind am Schürzenzipfel, war verheiratet mit ... Es ist das Kleid von Materia Piper. Teresas linken Arm überlief ein Streifen Gänsehaut, als sie das Kleid und die Trägerin erkannte, deren zielloser Gang und deren Haltung auch nach Materia aussahen. Ein kleiner schwarzer Hund war noch da unten und wich der Frau nicht von den Fersen. Hatten die Pipers damals einen Hund? überlegte Teresa, während sie sich langsam auf der Steilküste parallel zu ihnen hielt, das Gewehr quer in ihren verschränkten Armen.

Die arme Frau ... Teresa wünschte immer, sie hätte Materia einmal einen kleinen Gefallen erwiesen, weil ihr kein anderer Mensch begegnet war, der offenbar noch schlimmer dran war als sie selbst.

Teresa glaubte zwar nicht an Gespenster, erwartete aber jeden Moment, daß die Figur aufleuchten und im Meereslicht verschwinden würde.

»Vielleicht ist es ein Zeichen«, dachte sie, »mit dem sie mich bittet, ihre Tochter zu verschonen.«

Und Teresa hatte Mitleid mit der Frau, die nicht stark genug war zu leben, aber stark genug, dem Tod zu entwischen, um ihr Kind zu beschützen.

Teresa hatte gerade beschlossen, in Frieden hinzugehen, als die Gestalt stehenblieb, sich umdrehte und zu ihr hinaufsah. Eine Teufelsfratze hatte sich in der bemitleidenswerten Gestalt eingenistet. Teresa beobachtete, wie Frances triumphierend die Arme hob und, die Lippen zu einem höhnischen Grinsen verzogen, den Namen »Teresa« zischte. Teresa riß das Gewehr herum, bremste es mit der Schulter, zielte und schoß. Der Dämon machte einen Satz rückwärts und schlug auf wie eine Lumpenpuppe.

Jetzt bleibt Teresa wie angewurzelt stehen, hält das qualmende Gewehr in der Schwebe und müht sich, zu begreifen, was sie getan hat.

Endlich in Adelaides und Gingers Küche angekommen, ist Hector erschöpft.

»Hector, Schätzchen, jetzt ruh dich erst mal aus, wir werden Teresa finden. In Ordnung?«

Ginger ist schon unterwegs, um in Teresas Haus nachzusehen. Es ist erschreckend. Hector verläßt das Haus nie ohne Begleitung. Doch er will sich nicht beruhigen.

»Hector, ist Teresa etwas passiert?«

Er schüttelt verneinend den Kopf, was nur für jemand verständlich ist, der ihn kennt. Dann nickt er zweimal ebenso dringlich bejahend, bis ihm schließlich etwas einfällt. Er zeigt. Nach oben, auf Adelaides Küchenschrank.

»Was ist, Hector? Willst du was? Da oben ist nichts, Jung', was willst du?«

Hector stöhnt ein paarmal entnervt auf, ohne den ausgestreckten Arm zu senken, obwohl er schon zittert. Schulterzuckend geht Adelaide zur Anrichte und ist schon halb hinaufgeklettert, als es ihr einfällt und sie reglos verharrt.

»Mein Gott, Hector.«

Sie wendet sich um, und er nickt mehrmals ernst und eindringlich. »Ja. Ja. Ja. Ja. Ja.«

»Brav, Hector«, sagt sie und schnappt sich ihren Pullover, »bleib du hier bei den Kindern«, und schon ist sie aus der Tür.

Teresa atmet wieder, und das Gewehr wiegt wieder etwas an ihrer Schulter und in ihren Händen. Es ist getan. Ihr Herz wummert, weil es versucht, ihr Hirn zu wecken. Sie greift mit beiden Händen nach dem Gewehr, packt es fest und schleudert die sich mehrmals überschlagende Waffe nach unten auf den Strand, wo sie sich in einem Haufen Kieselsteine noch einmal entlädt. Erst diesen zweiten Schuß hört sie, und er läßt sie losspurten wie eine Sprinterin, die die Startpistole hört. Sie keucht die Klippen entlang, rennt immer weiter, ohne zu überlegen, wohin, bis sie neben den Eisenbahngleisen nach New Waterford einschwenkt, und noch immer weiß sie nur, was sie vorbeihuschen sieht, nicht, was sie vorhat. Die gewaltige Zeche Nummer zwölf, stillgelegt, zu ihrer Rechten, die kleinen Zechenhäuser, die vorbeizischen wie Telefonmasten an einem unter Dampf stehenden Zug. Sie läuft nicht wie eine Dame, sondern wie eine Spitzensportlerin. Und schon hetzt sie die Stufen vor dem Krankenhaus von New Waterford hinauf, woraus sie schließt, daß sie für das von ihr getötete Mädchen Hilfe holen will.

Während Adelaide neben Ginger in seinem Laster auf New Waterford zubraust, ruft sie plötzlich: »Halt!«

Da liegt Hectors Rad neben den Gleisen auf der dem Meer zugewandten Straßenseite. Adelaide springt vom noch rollenden Laster und flitzt über die Straße. Ginger holt sie ein, als sie an der Felskante steht und nach unten starrt.

»O mein Gott.«

Trixie schmiegt sich um Frances' Kopf. In den zehn Minuten seit dem Schuß hat sie Frances' Kopfhaut schmerzhaft mit ihren nie geschnittenen Krallen massiert. Zwei Menschen sind den Abhang hinuntergeschlittert, und jetzt kommen sie knirschend auf sie und Frances zu.

Als die beiden näher kommen, wiederholt Frances, was sie zuvor gemurmelt hat: »Au. Trixie, laß das.«

Frances' Augen haben sich zu Schlitzen verengt, der einzige Farbfleck in ihrem Gesicht ist das winzige Muttermal auf ihrer Nase, sie ist wieder mager, eine kleine Frau in einem großen Kleid.

In jeder Hand hält sie einen Stein, beide gleich schwer. Es ist Zeit zu schlafen.

»Ob wir sie hochheben dürfen?«

»Wir haben keine andere Wahl«, erwidert Adelaide.

Weil überall so viel Blut ist, kann man die Wunde nur schwer finden und kaum erkennen, wo man Frances am besten anfaßt und hochhebt. Trixie knetet weiter, und solange das geschieht, redet Frances. Ginger schiebt seine Hände unter Frances und hebt sie behutsam hoch. Daß sie sich nicht verstellt, ist diesmal so eindeutig, daß er sich wieder fragt, wie er vorher nur auf ihre Schauspielerei hatte hereinfallen können. Er beschließt, nicht so streng mit sich zu sein, und gesteht sich ein, daß sie eine begnadete Schauspielerin ist. Adelaide hebt das Gewehr auf, und sie machen sich auf den Weg zurück nach oben. Trixie mit flehendem Blick hinterher. Sie beobachtet, wie der Laster wegfährt, und trottet dann durch das Feld nach Hause.

Frances blutet in Adelaides Kleid, ihre Füße liegen auf Gingers Schoß. Er bemüht sich um einen Kompromiß zwischen schnellem und vorsichtigem Fahren.

Teresa hat an der Aufnahme des Krankenhauses von New Waterford eine Tasse Tee bekommen. Die Oberschwester ist ihr als erste über den Weg gelaufen. Wäre es der nette junge Praktikant von auswärts gewesen, hätte die hysterische Frau statt einer Tasse Tee eine Spritze verabreicht bekommen. Der Oberschwester ist hingegen aufgefallen, daß es egal ist, ob man den Tee trinkt oder nicht, allein schon die Geste, etwas in die Hand zu nehmen, was nicht verschüttet werden darf, hat auf alle nicht durch und durch Geisteskranken grundsätzlich eine beruhigende Wirkung.

»Also, meine Liebe, wenn das Mädchen tot ist, warum braucht es dann einen Krankenwagen?«

Die Teetasse mit beiden Händen im Gleichgewicht haltend, bringt Teresa ihre ersten Sätze seit den Schüssen zustande: »Möglicherweise ist sie noch am Leben. Sie liegt unten am Strand. Sie hat eine Schußwunde.«

Ein gutes Beispiel dafür, daß Tee wirksamer sein kann als Beruhigungsmittel.

Die Oberschwester steht sofort auf und schwirrt ab, um die Maschinerie in Gang zu setzen. Teresa ergänzt: »Ich habe auf sie geschossen.«

Die Schwester hört das, denkt sich: »Alles zu seiner Zeit« und geht weiter in Richtung Notaufnahme.

Der überflüssige Krankenwagen wird gerade rechtzeitig losgeschickt, daß er haarscharf einem Zusammenstoß mit Gingers Laster entgeht, da Ginger sich inzwischen für Tempo statt sanften Fahrstil entschieden hat. Frances' Blick wird allmählich glasig, und Adelaide und Ginger haben ihr zwar auf der kurzen Fahrt immer wieder etwas zugerufen, doch Adelaide konnte unmöglich wissen, daß man Frances mit Kopfhautpieksen davon abhalten konnte, in Bewußtlosigkeit zu fallen.

Teresa hat die Teetasse zu einem ersten Schluck an die Lippen gehoben, als Adelaide durch die Vordertür hereinplatzt und brüllt: »Bedient uns hier denn keiner?« Zwei junge Krankenschwestern kommen angerannt, um die bluttriefende Adelaide zu stützen, und sie fährt die beiden an: »Nicht mich!« Sie wirbelt herum und zeigt auf Ginger, der mit Frances auf den Armen durch die Tür kommt und Teresa entdeckt, die auf einem Stuhl an der Wand kauert und Tee trinkt. Auf leisen Sohlen kehrt die Oberschwester wieder. Mit ihrem geübten Blick geht sie ohne mit der

Wimper zu zucken an Adelaide vorbei, nimmt Frances aus Gingers triefenden Armen und trägt sie zu der Bahre auf Rädern, die jetzt, von den zwei jüngeren Schwestern angeschoben, auf sie zurollt. Im Laufen legt die Oberschwester Frances ab, sie rammen eine Doppelschwingtür auf und verschwinden im Operationssaal.

Zum Glück war die Oberschwester im Krieg. Sie kann mit Schußwunden umgehen.

Diesmal hat Lily nicht die leiseste Ahnung, wo Frances sein könnte. Ambrose hat sich nicht gemeldet. Mercedes, die Trixie vom Ohrensessel scheucht, findet einen Blutfleck an der Stelle, wo sie gelegen hat. Noch feucht.

»Trixie, komm mal her.«

Wie jeder weiß, hören Katzen nicht. Mercedes durchsucht das Haus, bis sie Trixie im Keller zwischen Heizkessel und Wand findet. Falls der Katze irgend etwas zugestoßen ist, dreht Frances durch.

»Komm her, Trixie.«

Nein.

Mercedes greift nach ihr, aber Trixie weicht noch weiter zurück. Mercedes geht rauf in die Küche und kommt mit einer Untertasse und einem Räucherhering wieder, doch mit diesem Köder hat Frances Trixie immer in Schwierigkeiten gebracht.

Lily kommt zu Hilfe: »Vielleicht hört sie ja, wenn du arabisch redest.«

Mercedes hat einen steifen Hals. »Du lieber Himmel, Lily …«

»Trixie. *Inschallah.*«

Trixie setzt eine Pfote vor.

»Trixie«, sagt Mercedes, »*taa'i la haun, habibti … ya helwi.*«

Trixie kommt angeschlichen.

Mercedes untersucht Trixie auf der Küchenarbeitsplatte – »*Te'berini*« – und tupft das Blut mit einem feuchten Tuch ab, bis feststeht: »Sie hat keine Wunde.«

Lily hebt das blutige Tuch auf und berührt es mit der Zunge. Mercedes wirft ihr einen strengen Blick zu. Lily schmeckt daran und sagt: »Ich glaube, Frances ist in Gefahr.«

»O Gott«, denkt Mercedes und ringt mit trockenen Schluchzern um Atemluft. »Ich werde mein möglichstes tun, o Herr, aber wann gönnst du mir eine Atempause?«

Mercedes ruft im Krankenhaus an und greift sofort nach ihrem Hut: »Du bleibst hier, Lily.«

»Wann kommt Daddy nach Hause?«

Doch Mercedes ist schon zur Tür hinaus.

Beim Anblick des Taylor-Lasters, der vor dem Krankenhaus abgestellt ist, zögert Mercedes kurz. Dann geht sie hinein und sieht sich von Angesicht zu Angesicht Mrs. Taylor und einem Farbigen gegenüber, der wohl ihr Mann ist, sowie einer unbekannten Frau, die ihre Hände um eine Teetasse gefaltet hat.

»Was ist passiert?« fragt Mercedes kerzengerade, den Rücken zur trauerweidengrünen Wand. Teresa ist ganz in ihrer eigenen Welt aus Gebeten aufgegangen. Mercedes erkennt in ihr auf Anhieb eine gute Frau. Die einzige, die nicht mit Blut befleckt ist. Dem Blut meiner Schwester.

»Sie ist verletzt«, antwortet Adelaide. »Wir haben sie gefunden und hergebracht. Ich hätte Sie angerufen, aber zum Nachdenken war noch keine Zeit.«

Mercedes wendet sich Adelaide zu, deren Baumwollkleid von Schuld scharlachrot gefleckt ist. »Ihre Geschichte können Sie der Polizei erzählen«, sagt sie und zwingt das Zittern aus ihrer Stimme, »wenn Sie sich alles gründlich überlegt haben.«

Teresa betet jetzt laut. Mercedes schließt die Augen und stimmt in das Gebet ein. Den Luxus, zu weinen, versagt sie sich. Tränen halten Frances nicht am Leben. Mercedes' Magen brodelt, ihr Hals zuckt konvulsivisch. Sie zieht sich aus dem Tumult ihres Körpers an jene unversehrte Stelle direkt über ihren Augenbrauen zurück, wo Gebete entstehen. Durch Gebete wird Frances am Leben bleiben.

Eine junge Schwesternhelferin kommt aus der Aufnahme.

»Ihre Schwester ist noch im Operationssaal, Miss Piper. Möchten Sie eine Tasse Tee?«

Als die junge Schwester mit drei dampfenden Tassen wiederkommt, sitzt Mercedes neben Teresa. Sie halten sich an den Händen und beten leise miteinander, Augen geschlossen und Köpfe gesenkt. Adelaide, die der Schwester das Tablett abnimmt, denkt im stillen: »Ich könnte ein Buch schreiben. Wirklich wahr.«

Lily kommt mit einer Reisetasche an. Ginger bemerkt den schwarzen Schwanz, der zwischen den Holzgriffen heraushängt. Er steht auf und bietet ihr seinen Stuhl an.

»Danke, Sir.«

Lily stellt die Reisetasche unter ihren Stuhl auf den Boden. Die Tasche bewegt sich ein wenig. Adelaide und Ginger werfen sich einen Blick zu. Lily fragt die beiden nicht nach ihren Blutflecken. Sie wird früh genug erfahren, ob sie eine oder zwei Schwestern hat. Mercedes hat Lilys unverwechselbare klackende Schritte gehört, öffnet aber nicht die Augen. Sie möchte ihre unbekannte Gebetspartnerin nicht loslassen. Diese gute, starke Frau. Man fühlt die Stärke ihres Glaubens.

Am schlimmsten bei einer Unterleibswunde ist der Blutverlust. Die Oberschwester hat Frances mit ihrer Feldlazarett-Chirurgie hervorragend operiert, aber die Zeit entscheidet, und jetzt steht es auf Messers Schneide. Die Schwester geht zu dem bunt zusammengewürfelten Grüppchen, das im Empfangsbereich wartet, und fragt Mercedes: »Welche Blutgruppe haben Sie, meine Liebe?«

Am anderen Ende der Wachstation liegt Lily: ein Schlauch kommt aus ihrer rechten Armbeuge und speist einen prallen, von einem Metallständer hängenden Beutel, aus dem ein zweiter, zu Frances' Hand führender Schlauch wächst. Mercedes steht aufrecht wie ein Soldat in Habachtstellung am Fußende des Bettes und starrt ihre Schwestern an. Die weißen Bettvorhänge wurden aufgezogen, weil die anderen Betten im Zimmer nicht belegt sind.

Frances hat sich nicht bewegt, seit ihrer stummen Blutmahlzeit haben ihre Lider nicht gezuckt. Mercedes überlegt, was sie Gott im Austausch für Frances' Leben noch versprechen könnte, als ihr einfällt, daß Lilys drittes Wunder in Vorbereitung sein könnte. Doch nein, denk nicht daran, laß keinen Stolz, keinen Ehrgeiz in das Krankenzimmer, bete nur. Mercedes legt lautlos die fünfzehn Schritte bis zur Tür zurück und geht, um Lilys Werk nicht zu stören.

Im Aufnahmebereich beten Mercedes' und Teresas Hände wieder zusammen. Eine junge Pflegerin legt Mercedes eine Hand auf die Schulter, weil sie ihren Namen zweimal überhört hat. Bei der Berührung sieht Teresa auf.

Die Pflegerin sagt: »Ihre Schwester ist wach, Miss Piper.«

Mercedes springt auf die Füße, doch die Pflegerin fährt fort: »Sie fragt nach einer gewissen Teresa.«

Teresa erhebt sich, läßt Mercedes' Hand los und folgt der Pflegerin zur Treppe. Mercedes sieht Teresa zu, wie sie nach oben steigt, und fragt sich, woher Frances sie wohl kennt.

»Wer ist das?« fragt Mercedes die Frau am Schalter.

»Das ist meine Schwester«, antwortet Ginger.

Das alles hat auch sein Gutes, denkt Mercedes, als sie ihn ansieht. Falls Frances schwanger ist, wird sie mit Sicherheit aufgrund der Verletzung eine Fehlgeburt haben. Er sieht nicht wie ein schlechter Mann aus. Aber seine Frau sieht aus wie eine Frau, die töten könnte. Kommt an, um mich unter dem Vorwand christlicher Nächstenliebe zu beleidigen, hat mein Haus verlassen, meiner Schwester nachgestellt und sie niedergeschossen wie einen Hund. Dafür muß sie büßen. Sie wird hängen.

Adelaide sieht weg.

Mercedes steht auf. »Schwester?«

Die junge Schwester sieht vom Schreibtisch auf: »Möchten Sie noch Tee, Miss Piper?«

»Dürfte ich Ihr Telefon benutzen?«

»Natürlich.«

Adelaide und Ginger warten und sehen zu, wie Mercedes die Polizei anruft.

Die Oberschwester knetet den Blutbeutel, sagt zu Teresa: »Machen Sie es kurz« und zieht die Vorhänge zu, wie Frances es verlangt hat. Sie tritt zurück, um sich in Hörweite und eine Armeslänge entfernt zu setzen, und grübelt über ihrem Wettschein.

Zu ihrer Überraschung sieht Teresa eine am Fußende des Bettes zusammengerollte Katze.

»Frances. Teresa ist da.«

Das verkrüppelte Mädchen mit den meergrünen Augen starrt jetzt Teresa an, statt weiter in Frances' Ohr zu flüstern. Frances schlägt die Augen auf, bewegt aber nicht den Kopf.

»Sie sollten herumgehen, damit sie Sie sehen kann, Ma'am«, sagt Lily.

Teresa geht auf die rechte Seite des Bettes hinüber und denkt, wie ähnlich Lily ihrer Mutter sieht, der jungen Sängerin.

»Teresa.« Frances' Stimme ist ein Hauch.

»Ja?«

Widerstrebend bückt sich Teresa, bis sie neben dem Bett kauert; knien wird sie nicht, ganz gleich, was sie getan hat. Sie sieht in Frances' Augen. Haselnußbraun. Oder eher braun mit feststeckenden oder schwimmenden grünen Splittern.

»Teresa. Erzähl mir von meiner Mutter.«

»... ich hab deine Mutter nicht gekannt.«

»Du warst auf ihrer Beerdigung.«

»Ja.«

»Du mußt sie ein bißchen gekannt haben.«

»Ein kleines bißchen.«

»Was hast du gewußt?«

Teresa holt Luft. »Sie hat mir leid getan, mehr nicht«, und zu ihrer Überraschung spürt sie Trauer in ihrem Hals. Um wen? Eine Frau, die sie gar nicht kannte.

»Du hast mir ein Bonbon geschenkt.«

»Wirklich?«

»Pfefferminz-Lakritz.«

»Ich kann mich nicht an dich erinnern.«

»Ich war damals blond.«

Teresa hat gedacht, die Blonde wäre die andere gewesen, die, mit der sie vorhin gebetet hat. »Du warst zu klein, um dich an so was zu erinnern.«

»Ich erinnere mich an alles.«

Frances schließt kurz die Augen und hält das Bild von Teresas phantastischem Gesicht auf der Innenseite ihrer Lider fest. Teresa wartet. Sie sucht nach dem kleinen Mädchen, dem sie das Bonbon geschenkt hat. Frances schlägt die Augen wieder auf.

»Und ich erinnere mich, wie du gekommen bist und dich über mein Bett gebeugt und mich an der Stirn berührt hast, damit ich mich nicht fürchte.«

»Das war ich nicht.«

»Wer denn?«

Und Teresa tut etwas Nettes, erweist einen kleinen Gefallen, wie sie es schon immer mal tun wollte, aber nie geschafft hat. »Das war deine Mutter, Kind.«

Frances schließt die Augen, und es sieht so aus, als wäre sie wieder eingeschlafen, doch dann lächelt sie und sagt: »Danke, Teresa.«

Und schläft ein.

Einen Stock tiefer marschiert Mercedes fast so stramm wie bei einem langsamen Militärmarsch auf und ab. Der beruhigende Tritt der Royal Canadian Mounted Police unterbricht das Sackpfeifen-Klagelied in ihrem Kopf.

»Miss Piper?« Der ist doch schrecklich jung, oder? »Worum geht's denn?«

Mercedes zieht kaum merklich eine Augenbraue hoch und läßt dadurch ahnen, was für eine Sorte Lehrerin sie einmal werden wird.

»Meine Schwester schwebt zwischen Leben und Tod, weil ihr die Frau, die Sie dort sitzen sehen, eine Schußverletzung zugefügt hat.« Sie zeigt, ohne hinzuschauen.

Der Mountie blickt auf Adelaide, zückt sein Notizbuch und fragt: »Stimmt das, Ma'am?«

Mercedes herrscht ihn an: »Natürlich stimmt das, sehen Sie doch ihr Kleid!«

Doch als sie sich umdreht und die Blutflecken der beiden mit der Fleckenlosigkeit der Frau im ersten Stock vergleicht, geht ihr endlich ein Licht auf. »Mein Gott.« Ihr Gerüst aus Stolz stürzt ein, und ihr Gesicht fällt so zusammen, daß selbst Adelaide sich durchringen könnte, ihr zu verzeihen, doch dazu bleibt keine Zeit, weil Mercedes die Treppe hinaufeilt und den Mountie ein klein wenig ratlos unten stehenläßt. Er wendet sich an Adelaide: »Ma'am, ich muß Sie bitten, mir auf…«

»Momentchen noch, Jung'«, sagt sie, schiebt ihn aus dem Weg und stürmt die Treppe rauf.

Ginger hinterher, und dann natürlich auch der Mountie. Der Neuling hat ein paar turbulente Tage hinter sich. Einen Abend zuvor hat er einer Frau die Nachricht vom Tod ihres Gatten in einem verunglückten Auto überbracht, und sie nahm es auf wie den Wetterbericht. Heute ist ihm die Sicherstellung von Beweismaterial für illegale Alkoholherstellung mißglückt, und eben wäre er fast ohnmächtig geworden – den Anblick von Blut kann er ertragen, solange es sich nicht auf ihn abfärbt. Er schließt sich der Prozession in den ersten Stock an, fest entschlossen, durch eine Verhaftung seine Berufsehre wiederherzustellen.

Mercedes läuft jetzt, rutscht auf Bienenwachs aus,

bekommt mit rudernden Armen den Türknauf der Wachstation zu fassen, schiebt sich in den Raum und sieht das
vorhangverhangene Bett am anderen Ende – wie ein ver-
hüllter Kelch. Betend eilt sie darauf zu. Ein Geräusch
dringt nach draußen. Aus sechs Metern Entfernung sieht
die Oberschwester Mercedes' Gesichtsausdruck, steht auf,
legt ihren Wettschein beiseite und packt Mercedes' Handgelenke, bevor diese die Vorhänge aufreißen kann. Unter
dem stählernen Blick der Schwester holt Mercedes wieder
Luft und lauscht. Jemand singt. Die Oberschwester läßt
Mercedes los und schiebt sanft die Vorhänge auseinander.
    Teresa steht über Frances gebeugt und singt leise ein
karibisches Schlaflied. Eine Hand ruht leicht auf Frances'
Stirn. Frances, Lily und Trixie schlafen alle drei. Zur
Schwester und Mercedes, die zusehen, stoßen Adelaide,
dann Ginger, und ihnen folgt der Mountie. »Also,
worum...« Mercedes bringt ihn mit einem Blick zum
Schweigen.
    Teresa singt das Lied zu Ende. Sie dreht sich zu dem
Mountie um. »Gehen wir.«
    Lily und Trixie machen die Augen auf. Teresa will vom
Bett wegtreten, aber Frances hält ihr Handgelenk
umklammert. Frances, das Gesicht noch von den selbst-
applizierten Prügeln vom Vortrag gezeichnet, wendet sich
ihrem Publikum zu, das zwischen den aufgezogenen Vorhängen steht, und spricht:
    »Mercedes?«
    Warum hat Frances plötzlich einen englischen Akzent,
fragt sich Lily.
    »Ich bereue aufrichtig, Scham und Schande über meine
Familie gebracht zu haben. Constable, tun Sie Ihre Pflicht
und verhaften Sie mich, denn als ich mich in anderen
Umständen, doch ohne Ehegatten wußte, begab ich mich
ans Ufer der tiefen See und jagte mir eine Kugel in den
Leib. O wäre ich doch tot!«
    Frances wendet das Gesicht zur Bühnendecke, und
ihrem Busen entringt sich ein Schluchzer. Dann scheucht

die Schwester alle anderen aus dem Krankenzimmer.
»Vorstellung beendet, Leute.«

Und so befreite Frances Teresa von ihrem Haß.

Neuneinhalb Monate später bringt Teresa ein kerngesun-
des kleines Mädchen zur Welt, das sie Adele Claire nennt.
Adelaide hatte recht, Hector kann es noch.

Oh I will take you back, Kathleen
to where your heart will feel no pain …

29. Oktober 1932

Sehr geehrter Mr. Piper!

Als Testamentsvollstreckerin der kürzlich
verstorbenen Miss Giles M. MacVicar füge
ich hiermit entsprechend den Wünschen
besagter Dame gewisse Habseligkeiten Ihrer
verstorbenen Tochter Kathleen bei.

Hochachtungsvoll
Miss Lucy Morriss

And when the fields are fresh and green,
I'll take you to your home again.

SIEBTES BUCH

Die Kugel

DU BIST GEBENEDEIT UNTER
DEN WEIBERN

Die Stiche der Oberschwester waren ein Kunstwerk. Die Fäden sind jetzt seit etwa einem Monat gezogen, und rechts unter Frances' Brustkorb ist nichts als ein schüchternes Lächeln zurückgeblieben. Daß dieses Lächeln allmählich immer breiter wird, deutet auf das wachsende Leben in Frances hin. Sie streichelt ihren Bauch und erwidert das Lächeln, *Hallo.*

Mercedes stellt beifällig fest: »Du nimmst zu.« Frances ist gerade der dampfenden Badewanne entstiegen, und Mercedes hat sie in ein großes, auf dem Heizkörper vorgewärmtes Badetuch gehüllt. Es ist der erste November, aber Mercedes heizt seit dem »Unfall« im Juli mit Kohlen, weil sie weiß, daß Frances sich leicht erkältet. Und Frances hat sich in die Wanne stecken, baden und abtrocknen lassen, gefügig wie ein unter Beruhigungsmittel gesetztes Kind.

Frances' Genesung ging so friedlich vonstatten. Sie sitzt am Tisch, ohne herumzuhampeln, und ißt große Portionen. Statt zu grinsen, lächelt sie. Sie treibt sich nicht mehr herum, verbringt ihre Tage unter einer leichten Decke auf der Veranda und spaziert, wenn es ihr gut genug geht, abends mit Lily und Trixie zur Steilküste. Frances ist sauber und weich, sie riecht gut. Und ihr Gesicht ist voller. Ihre Augen sind ruhig geworden, blicken nicht mehr verstohlen drein. Der weiße Streifen auf ihrem Nasenrücken, das Anzeichen von Übermut, ist kein einziges Mal mehr aufgetreten. Sie hat Brüste. Üppige. In deren Mitte gehen lila Höfe in walnußbraune Nippel über, der einzige Teil ihres Körpers, der nicht entspannt ist. Und ihre strubbeligen Haare glänzen jetzt. Eine Haube aus funkelndem Kupfer mit goldblonden Strähnen.

Frances ist hübsch. Genau so ist es.

»Es sind jetzt vier Monate, höchste Zeit, daß man mir was ansieht«, erwidert Frances gelassen unter dem Kamm, den Mercedes durch ihre nassen Locken zieht. Mercedes hält inne, sieht nach unten und liest ein goldenes Haar von den Zinken.

»Frances, das ist unmöglich.«

Die Oberschwester hat Mercedes gesagt, in Anbetracht der Schußwunde werde die Natur Frances' mißlicher Lage abhelfen. Es würde sich in nichts anderem als in einer besonders heftigen Regelblutung äußern. Mercedes hat darauf gewartet, daß Frances' Krämpfe einsetzen, doch offenbar hat Frances in der Stille gelitten, denn wie könnte sie wohl immer noch...

»Sieh mich an.« Nackt und heiter steht Frances auf den Badezimmerkacheln.

Mercedes sieht hin. Und läuft feuerrot an. Sie braucht sich nicht länger vorzumachen, sie hätte sich um ein Kind gekümmert. Gewaschen, gestreichelt, gefüttert, abgetrocknet hat sie eine Frau, die aufblüht wie eine Treibhausrose. Die Brustwarzen sehen aus, als könnten sie jeden Moment platzen und Samen verstreuen, die rostroten Schamhaare hängen stolz herab wie eine Weinrebe. In diesem Fall würde ein Feigenblatt nicht reichen – reif und roh, rosa und körnig wie diese Frucht, befindet sich Frances' Schiffsladung genitaler Fracht als Reaktion auf das neue Wachstum in ihrem Körper in ständig wogender Bewegung. Fast immer ist sie leicht erregt, spürt, wie sich ihre weichschalige Barke öffnet, schließt, von innen Wasser aufnimmt. Ihr Körper befriedigt sich selbst. Bis dahin hatte Frances keine Ahnung, warum um diesen Zustand so ein Aufhebens gemacht wurde.

Endlich einmal ist Frances bar jeder Ironie. Sie sieht sich mit etwas Größerem konfrontiert: mit sich selbst. Oder jedenfalls mit dem Selbst, das in ihrem neuen Körper steckt. So sucht uns die Heilige Jungfrau heim. Sie nistet sich in unserem Fleisch ein und verwandelt es in

Liebe. Bei der ersten Liebe ist nichts ironisch. Und Frances ist verliebt. In ihren Körper und in das, was er hervorbringt.

»Frances. Du kannst unmöglich noch schwanger sein. Nach allem, was passiert ist.«

Frances antwortet: »Gerade nach dem, was passiert ist.« Sie nimmt ihr weißes Nachthemd vom Heizkörper, streift es sich über und sagt: »Danke, Mercedes.«

Mercedes leidet weiter, als Frances aus dem Bad gegangen ist. Plötzlich allein gelassen, sinkt sie zu Boden und lehnt ihre Wange an die Emaillewanne. Das letzte bißchen Wasser gluckert durch den Abfluß, und ehe sie sich's versieht, fließen ihre Tränen. Es ist dieselbe Trauer, die in ihr wie in einer zugekorkten Flasche auf Frances' Todestag gewartet hat. Warum wurde die Trauer jetzt entkorkt und verkostet? »Frances … Meine kleine Frances.« Mit raschem Zugriff stöpselt Mercedes die Flasche wieder zu, als wäre ihr nicht klar, daß es eine Zauberflasche ist, die sich von allein ewig auffüllt.

Als sie sich kaltes Wasser ins Gesicht klatscht, wird ihr klar, daß sie geweint hat, weil Frances tatsächlich von ihr gegangen ist – und zwar ihre Frances. Die neue Frances bedankt sich, achtet auf ihre Gesundheit, freut sich auf die Mutterschaft. Meine Frances ist keine Mutter. Meine Frances ist ein Kind. Ungezogen, aber so lieb. Mein Kind.

James hatte seinen ersten Schlaganfall. Doch niemand weiß davon, nicht einmal er selbst. Er sieht einfach älter aus und fühlt sich auch so. Eine Gesichtshälfte ist auf ihrem Fundament leicht verrutscht. Das linke Auge ist jetzt immer etwas müde, der linke Mundwinkel ständig traurig nach unten gezogen. Und er kann die linke Hand nicht richtig zur Faust ballen. Seine ganze linke Körperhälfte wirkt beständig wie »eben erst aufgewacht«.

Der Schlaganfall war im Grunde eine angenehme, wenn auch seltsame Erfahrung. Er ereignete sich, als James an jenem Unglückstag vor vier Monaten die Destille im Wald abbrannte.

James überschüttete die Destille mit Benzin, zündete es an und lief weg. Die Baracke ging in einer gewaltigen Explosion auf, weshalb der junge Mountie auch nicht viel mehr als schwelende Erde vorfand. Vielleicht löste der Knall James' Schlaganfall aus, brachte ein empfindliches Stückchen Arterienwand zum Beben, bis es nachgab und einen kleinen umliegenden Bereich seines Hirns überflutete. Abgesoffene Neuronen.

Als er aufwachte, hatte er das Zeitgefühl verloren. Er stellte fest, daß die Sonne an derselben Stelle stand wie damals, als er weglief und sich vor der Explosion duckte. Er stand auf und ging ein paar Schritte, bis das neuerdings fehlende Gleichgewicht seinen Körper einholte und er nach links wegkippte.

Nach allem, was er in letzter Zeit durchgemacht hatte, war es kein Wunder, daß James sich in diesem Moment benommen fühlte. Die Vorstellung, er könnte einen kleinen Schlaganfall erlitten haben, wäre ihm absurd vorgekommen. Übertrieben. Er rappelte sich auf und tastete sich vorsichtig von Baum zu Baum bis zum abgebrannten Rand der Lichtung; dort ließ er sich auf alle viere nieder und kroch bis zu dem verkohlten Fleck auf dem Boden, wo seine Baracke gestanden hatte. Der Fleck war kalt. Nun wußte James, daß mindestens vierundzwanzig Stunden verstrichen waren.

Er schlief ein. Oder wurde ohnmächtig. Als er die Augen wieder öffnete, sah er in einen sternenklaren Himmel und auf den Neumond. Einen Moment lang hatte er keine Vergangenheit. Er war niemand, kein Mensch. Er war die klare Nachtluft. Und im nächsten Augenblick war er eine Grube voller Erinnerungen. Ausgefranste Umrisse vertrauter, jetzt bis zur Unkenntlichkeit entstellter Dinge. Er hievte sich auf alle viere, sein Kopf eine Abrißbirne, blind vor Schmerzen. Flüssiger Leim wälzte sich durch die Adern seiner linken Körperhälfte, wo sein Blut fließen sollte. Seine rechte Hälfte bekam einen Vorgeschmack davon, wie es sein würde, die linke Seite wie einen verwundeten Kameraden mitzuschleppen, als er sich hochzog und mit der Rechten an einem ramponierten Bäumchen abstützte. Er blieb lange genug da stehen, daß der Saft seine Hand mit dem schlanken Stamm verklebte, und ließ einen Hautfetzen zurück, als er sich befreite und weiterstolperte.

Jedesmal wenn die Schwerkraft die neue Austarierung seines Innenohrs überwältigte, ließ er sich vorsichtig auf die Knie nieder und senkte den Kopf, damit eine neue Blutwelle sein Hirn überspülte. Es tat höllisch weh, war aber die einzige Möglichkeit, nicht wieder bewußtlos zu werden. Manchmal zog ihn das Gewicht seines Kopfes tiefer, von den Knien auf die Hände, und seine Linke öffnete sich beim Aufprall nicht und schlug mit bloßen Knöcheln auf die steinige Erde. Nach dieser kurzen Pause hob der gesunde Soldat den verwundeten wieder auf und ging die nächsten paar Meter weiter; aus der rechten Handfläche sickerte Blut, und die linke Hand war an den Knöcheln aufgerissen.

Sein Auto war knapp hundert Meter von der Destille entfernt abgestellt. Bei Tagesanbruch hatte er fünfundzwanzig geschafft. Dann schlief er ein. Oder wurde bewußtlos.

Doch der Schlaganfall an sich war wundervoll. Wie ein Traum, nur intensiver. Er sah seine Mutter. Er war ein erwachsener Mann, wie im wirklichen Leben:

Wie in anderen Träumen von seiner Mutter wird sie von ferner, aber allgegenwärtiger Musik begleitet. Eine altmodische Melodie auf dem Klavier, unsagbar lieblich und bedeutungsvoll, unbenennbar und doch so vertraut wie der Schlag seines eigenen Herzens. Er weiß, daß seine Mutter in der Musik ist. Seine Tränen quellen hervor, fallen und erfrischen ihn. Er steht auf einer Lichtung in einem hellgrünen Wald. Keine Kiefern, nichts Dunkles wie in dieser Gegend, sondern alte Laubbäume, hoch und schattig. Unter den Eichen und Ulmen steht eine Birke. Er weiß, daß das seine Mutter ist. Er betrachtet die weiße Baumrinde und erkennt ihr Kleid.

Er legt sich hin, rollt sich unter der Birke zusammen und hört ihre Stimme, *Hallo.* Er weiß: wenn er sich umdreht, um in ihr Gesicht zu sehen, wird sie weggehen, daher konzentriert er sich auf einen Grashalm vor seinen Augen, und sie spricht zu ihm, ruft ihn bei seinem gälischen Namen, *Hallo, Seamus. Mo ghraidh. M'eudail.* Seine Tränen sind Balsam auf seinem zu Zunder versengten Gesicht.

Er spricht zu ihr, erzählt ihr seine Geschichte. Ihre Hand liegt kühl auf seiner Schläfe. Er weiß, daß sie ihn heilt, spürt aber auch, daß sie sich so darauf vorbereitet, ihn von sich wegzuschicken: »Nein!« Er hat das Gefühl, sie verbannt ihn in eine Hölle zurück, an die er sich nicht richtig erinnern kann: »Nein!« Er schlägt die Augen auf.

Und schloß sie gleich wieder gegen die Sonne. Machte sich wieder auf den weiten Weg zum Auto.

> So sehr ich mich auch müh und plage
> Niemals find ich hin bei Tage
> Noch hör ich unverfälscht und klar
> Musik, die dort so seltsam war.

»Falls Daddy tot ist, wird es meine Aufgabe sein, für die Familie zu sorgen.«

Der Tag nach dem Schuß brach an. Dank der Krankenschwester, die schon Schlimmeres gesehen hatte, war Frances über den Berg, aber James war immer noch verschwunden. Mercedes ließ die Möglichkeit, ihr Vater könnte tot sein, in ihr Bewußtsein dringen. Sie saß auf der Veranda, beobachtete die Straße und schälte einen Granatapfel, den sie aus einer extravaganten Laune heraus an der Ecke Seventh Street von einer Frau aus der Karibik gekauft hatte.

»Falls Daddy tot ist, muß ich mit dem Unterrichten anfangen. Dann verkaufe ich sein Werkzeug.«

Dieser logische Gedankengang beruhigte Mercedes; die Richtung, die er nahm, erschreckte sie allerdings ein wenig: »Falls Daddy tot ist, sind wir besser dran.«

Sie biß in die süßen, saftigen Kerne. »Falls er nicht tot ist«, denn diese Möglichkeit mußte Mercedes ebenfalls in Betracht ziehen, »wird meine Aufgabe eben noch anspruchsvoller.«

Als sie schließlich den Umriß des Buick hinter den Scheinwerfern erkannte, waren Mercedes' Pläne gefestigt genug, daß sie vorgab, ihn nicht zu sehen. Während sie beobachtete, wie das Auto im zweiten Gang dahinschlich und dabei in jedes Schlagloch sackte, war ihr erster Gedanke: »Ich werde Autofahren lernen müssen.«

Mit verschränkten Armen schaute sie zu, wie das Auto in die Auffahrt einbog und mit einem Ruck zum Stehen kam. Als die Scheinwerfer ausgingen, sah sie, wie James' Kopf zurückrollte und sein Mund aufklappte. Gleich darauf hörte sie ihn eine ganze Weile am Türgriff herumfummeln. Endlich gab der nach, und James stieg aus. In der sich ausbreitenden Dämmerung sah sie ihn langsam auf die Knie sinken. Auf Knien rutschte er den Kiesweg zur Veranda hinauf.

Damit hatte Mercedes nicht gerechnet: daß ihr Vater als Büßer wiederkehrte. So durchkreuzte er womöglich ihre Pläne. Ihre Energie reichte nicht aus, die Tochter eines guten Mannes zu sein. Sie hatte nur noch genug Energie, um das Oberhaupt dieser Familie zu sein.

Als er endlich die Treppe erreichte und sich auf allen vieren hinaufschleppte, war sie nahe genug, um sein mühsames Atmen zu hören, und ihr wurde klar, daß er nicht bußfertig, sondern lediglich krank war. Da sie vermutet hatte, er sähe sie nicht, zuckte sie zusammen, als er sie ansprach: »Hallo, meine Liebe.«

Inzwischen war er vor der Haustür zusammengesackt. Ihr erster Impuls, sich zu schämen, wurde von dem kühlen

517

Gefühl abgelöst, daß sie beide die Karten ebensogut offen ausspielen konnten. Ja, ich habe gesehen, wie du gefallen bist, und keinen Finger gerührt, um dir zu helfen.

James blickte auf und sah sie an. Seine Augen waren jünger, blauer geworden. Oder vielleicht war das nur eine durch sein gealtertes Gesicht verursachte Illusion. Mercedes bemerkte das noch nicht, sondern nur, daß seine Augen jung aussahen und daß sein Gesicht zur Hälfte im Schatten lag. Erst als sie ihn später am Abend bei elektrischer Beleuchtung sah, merkte sie, daß es gar kein Schatten war, jedenfalls nicht im herkömmlichen Sinn.

Sie stand von ihrem harten Holzstuhl auf und brachte ihren Vater ins dunkle Haus.

»Daddy!« Lily wirbelte wild die Treppe hinunter, barfuß, im Nachthemd, und umschlang ihn: »Daddy, mein Daddy.«

Was für ein kleines Kind sie noch ist, dachte Mercedes bemüht freundlich.

James tätschelte Lilys Kopf ungelenker als sonst.

»Du hast dir an den Händen weh getan«, rief Lily aus, nahm seine Hände in ihre und spürte: seine Linke mit den aufgeschrammten Knöcheln war wehrlos gekrümmt, die Rechte kräftig, aber innen verschorft.

»Ich mache uns Tee«, sagte Mercedes, die auf dem Weg von der Diele zum Küchenherd zwei Zentimeter wuchs und wegen des ungewohnten Luftzugs durch die neuen Lücken in ihrem Rückgrat ein wenig zitterte.

James schwankte etwas, und nur Lily hielt ihn, es fehlte nicht viel, daß er wieder umgefallen wäre, doch sie ließ ihn nicht los.

»Paß bloß auf!« Er hatte Angst, sie zu verletzen.

»Schon gut, Daddy, leg die Hand auf meine Schulter.«

Er weigerte sich, wollte lieber auf die Wand zuwanken, doch sie packte ihn um die Taille, hielt ihn fest und führte ihn, im Vertrauen auf ihr kräftiges rechtes Bein, ins Wohnzimmer.

Zum zweitenmal binnen zwei Tagen wurde er aufs Sofa gelegt. Lily hob seine Beine hoch und knipste die Leselampe an. Sie sah sofort, wie er gelitten hatte, und ihr kamen die Tränen. Sie setzte sich zu ihm und legte ihre kühle Hand auf sein verletztes Gesicht. Er schloß die Augen, war zu erschöpft, um sich befreiende Tränen zu verbieten. Sie bildeten sich zwischen seinen langen blonden Wimpern und kullerten in den neu entstandenen Vertiefungen seines Gesichts hinab.

»Ich hab dich lieb, Daddy.«

Mercedes trat mit dem Teetablett in den Türbogen zum Wohnzimmer und blieb im Lichtkreis stehen, den die Leselampe warf. Sie fiel durch eine Zeitspalte, ohne einen Tropfen Tee zu verschütten. Als sie zurückkehrte, war der Tee noch dampfend heiß, und Lily hauchte die gleichen warmen Atemzüge über James' Brust, auf der ihr schlafender Kopf ruhte. James lag lang auf dem Rücken ausgestreckt da, schlafend oder im Koma, und Lily hatte sich wie ein kühles Blatt an seine Seite geschmiegt, ihre rechte Hand unter sein Kinn geschoben wie eine Blüte in der Nacht.

In der folgenden Woche schlief James fast immer. Wenn er wach war, aß er etwas von dem, was Lily ihm brachte, und hörte dann zu, während sie ihm vorlas. Märchen und Freud, bis er gesund genug war zu merken, daß er das Interesse an seiner alten Lieblingslektüre verloren hatte und es ihm besser gefiel, wenn sie ihm den *Halifax Chronicle* von der ersten bis zur letzten Seite vorlas. In Europa wurde es wieder interessant.

Als Frances aus dem Krankenhaus nach Hause kam, saß James aufrecht und schnitzte sich einen Spazierstock.

Mit ihren zwei Rekonvaleszenten hatten Lily und Mercedes alle Hände voll zu tun, doch sie genossen es. Und die Patienten waren die reinsten Engel – geduldig, dankbar, auf dem Weg der Besserung. Mercedes konnte sich an keine glücklicheren Tage erinnern, denn selbst als Mama noch am Leben war, hatte ständig eine Gewitterwolke in der Luft gehangen. Doch jetzt ist alles ruhig. Alles ist eitel Sonnenschein.

Bedrückend an dieser glückseligen Zeit war einzig James' Neigung, von Materia zu reden. Es ist nichts Ungewöhnliches, liebevoll über Verstorbene zu sprechen. Doch weil es vierzehn Jahre zu spät kam, war es für Mercedes eher eine schmerzhafte Störung. Sie war dankbar, daß er Kathleen noch nicht erwähnt hatte.

James schnitzte sich einen Stockknauf in Form eines Hundekopfes und ging mit Lily auf einen langsamen Spaziergang. In seinem Arbeitsschuppen nahm er ein neues Projekt in Angriff. Zum erstenmal seit vielen Jahren benutzte er wieder sein Schusterwerkzeug. Die Arbeit geht langsam voran, seine schlimme linke Hand muß er stützen. Und er verrät nicht, was er macht. Allen außer Trixie ist das Betreten des Schuppens untersagt. Es soll eine Überraschung werden.

Es ist alles zu schön, um wahr zu sein – bis zu dem Tag, an dem Frances aus der Wanne steigt und Mercedes nicht mehr leugnen kann, daß ihre Schwester immer noch schwanger ist.

»Die Schwestern sind bereit, wenn es soweit ist, Mercedes.«

»Danke, Schwester Saint Monica.«

Im Erdkundezimmer auf Holy Angels hält Mercedes Zwiesprache mit Schwester Saint Monica, unter dem Farbdruck, der immer noch mitten über der Wandtafel prangt. Saint Monica: Schutzheilige der Mütter. Geißel afrikanischer Konkubinen.

»Haben Sie mit Frances darüber gesprochen?«

»Noch nicht, Schwester. Ich befürchte, sie könnte sich weigern, das Kind herzugeben.«

»In dem Fall ist es wahrscheinlich am besten, ihr nichts davon zu sagen.«

»Das war auch meine Überlegung.«

»Es gibt andere Methoden.«

»Sanftere.«

»Ganz recht.«

Das Räderwerk wurde in Bewegung gesetzt. In fünf Monaten wird Frances in die Krankenstation des Klosters in Mabou aufgenommen. Dann wird man das Neugeborene in ein passendes Waisenhaus verlegen.

»Ein schönes Bild ist das, Schwester.«

»Danke, Mercedes.«

Nun wird es Zeit, daß Mercedes sich mit Lily unterhält. Lily ist dreizehn. Eigentlich hatte Mercedes vor, mit dieser Unterredung zu warten, bis Lily ihre erste Periode bekommen hätte, doch es sieht ganz so aus, als wäre Lily später dran – vielleicht ein weiteres Zeichen. Vielleicht bekommt sie gar keine Regel. Das wäre wahrhaftig ein Fingerzeig dafür, daß Gott mit ihr etwas Besonderes vorhat. Jedenfalls wird es jetzt höchste Zeit, da Frances' Zustand bald nur allzu offenkundig sein wird.

»Lily. Weißt du, woher die kleinen Kinder kommen?«

»Von Gott.«

Sie backen in der Küche Teeplätzchen, die Arme bis zu den Ellenbogen weiß gepudert, als trügen sie lange Opernhandschuhe für Damen.

Mercedes errötet. »Das stimmt. Doch Gott wirkt durch unser Fleisch, um neues Leben zu erschaffen.« Gar nicht übel. Mercedes' Anspannung läßt nach. Vielleicht wird es ja nur halb so schlimm.

»Das weiß ich, Mercedes«, sagt Lily und senkt züchtig den Blick auf den Teig in ihren Fäusten.

»Woher weißt du es?« fährt Mercedes sie an.

»Frances hat es mir gesagt.«

Es wird also doch schwierig.

»Was hat sie dir erzählt, Lily?«

Lily errötet ein wenig, was sehr hübsch aussieht, und knetet den Teig weiter.

»Also?« Mercedes wartet.

»Es ist doch etwas Intimes, nicht wahr?« sagt Lily, schaut zur Seite und beißt sich auf die Lippen.

»Ja. Es ist sehr intim. Es spielt sich nur zwischen zwei Menschen und Gott ab.«

Lily schweigt.

»Lily, ich bin nicht … Ich will … Ich möchte nicht, daß du dich schämst oder daß es dir peinlich ist, sondern ich will dich nur auf gewisse … wundervolle … Dinge vorbereiten … die eintreten werden, während du heranreifst.«

Lilys Hände kneten immer weiter, aber Mercedes hat aufgehört zu arbeiten und ist zur Spüle gegangen, um ihre Verlegenheit zu verbergen.

Mit Herzenstakt sagt Lily: »Schon gut, Mercedes. Ich hab letzten März meine erste Periode gekriegt, und Frances hat mir erzählt, was man macht.«

Aha. Und welches Wissen wird mir in diesem Haus sonst noch verheimlicht, fragt sich Mercedes, während sie sich heftig am Spülstein zu schaffen macht. Verstohlen schielt Lily nach ihrer älteren Schwester. Plötzlich merkt sie, daß sie Mercedes gekränkt hat. Sie wäre nie auf die Idee gekommen, daß Mercedes sich bei so etwas ausgeschlossen fühlen könnte. Sie hatte nur gedacht, Mercedes wollte vielleicht lieber nichts davon wissen. Lily möchte sich ja entschuldigen, spürt aber, daß das ihre Schwester nur noch mehr demütigen würde.

»Mercedes, erwartet Frances wirklich ein Kind?«

»Sie hat es dir also gesagt.«

»Ja, aber ich wußte nicht recht, ob es stimmt.«

»Es stimmt.« Mercedes spült alle Mehl- und Teigreste ab, greift dann nach einem Stück Schmierseife und fragt: »Hat Frances dir gesagt, wie sie schwanger wurde?«

»Ja.«

Mittlerweile ist Lily puterrot angelaufen, nicht vor Schuldbewußtsein, sondern weil sie auf ihre feinfühlige Art darunter leidet, in eine fremde Intimsphäre einzudringen.

Mercedes schabt mit einer rauhen Bürste über die angefeuchtete Schmierseife und schrubbt drauflos, erst die Fingernägel, dann die Ellenbogen.

»Na? Was hat sie dir gesagt, Lily?«

Lily bearbeitet den Teig mit wahrer Hingabe, formt ihn behutsam.

»Sie hat mit erzählt, daß sie nach der Nacht schwanger wurde, die sie mit Mr. Taylor in der Grube verbracht hat ...«

Mercedes' Hände sind steril.

Würdevoll fährt Lily fort: »Aber daß sie durch den Schuß eine Fehlgeburt hatte.«

Mercedes hält die tropfnassen Hände hoch und läßt das Wasser an den Ellenbogen abtropfen. Sie fragt: »Und welche Erklärung hat Frances für ihren gegenwärtigen Zustand?«

Lily antwortet: »Die Kugel.« Und formt den Teig weiter.

Mercedes bringt ihre Hände mit einem sauberen Geschirrtuch in Berührung und trocknet sie unermüdlich ab. »Das hat sie dir gesagt, um dir nicht die Wahrheit erzählen zu müssen, Lily.«

»Nein. Sie glaubt es.«

Mercedes hält inne. Faltet das Geschirrtuch. »So werden Frauen nicht schwanger.«

»Das weiß ich, Mercedes.«

Mercedes ist mit ihrer Geduld am Ende. »Würdest du mir dann freundlicherweise sagen, was du im Namen unseres Herrn Jesus Christus am Kreuz nun tatsächlich über die menschliche Pfortflanzung weißt?!«

Fortpflanzung, denkt Lily, schweigt aber. Statt dessen bindet sie ihre Schürze ab, sagt: »Entschuldige mich bitte« und geht aus der Küche.

Mercedes ist baff. Das Mädchen ist ein Buch mit sieben Siegeln. Heilige hin oder her, warum kann niemand in diesem Haus einfach ein offenes, ehrliches Gespräch führen?

Dann sieht sie die Skulptur: Penis und Vagina in stilisierter koitaler Vereinigung, bereits erschlaffend, weil der Teig zu lange geknetet wurde.

»Frances, warum hast du Lily die Geschichte mit der Kugel erzählt?«

»Weil sie wahr ist.«

Das hätte Mercedes am wenigsten erwartet. Sie hatte sich auf einen obszönen Witz oder eine weitere Lüge eingestellt, nicht auf das. Welche Frances hat sie da vor sich? Dieselbe merkwürdige, die neulich aus der Wanne stieg.

»Glaubst du das wirklich, Frances?«

Träge zusammengerollt liegt Frances auf einem Feldbett auf der Veranda und beobachtet den Nachmittagsverkehr. Trixie jagt im Vorgarten Motten. Frances macht noch etwas, was ihr überhaupt nicht ähnlich sieht: Sie nimmt Mercedes' Hand. Frances' Hand ist warm. Sie lächelt.

»Ich bin glücklich, Mercedes. Ich bin glücklich.«

Frances' Lächeln ist echt. Es enthält die Erinnerung an all ihre anderen Lächeln, ihr lebenslanges falsches Grinsen, nichts wurde aus ihrem Gesicht weggenommen ... Aber etwas Unschätzbares wurde hinzugefügt.

»Alles wird gut, Mercedes.«

Mercedes drückt Frances' Hand und steckt die Decke um sie herum fest.

»Keine Bange, Mercedes, ich bin nicht verrückt.«

»Mir ist nicht bange.« Frances wird mich immer brauchen.

»Sei nicht traurig, Mercedes.«

»Ich bin fröhlich, Liebes.« Und Mercedes lächelt durch Tränen, während sie ihrer Schwester die Locken aus der Stirn streicht.

»Mercedes.«

»Ja, Liebes?«

»Sei nicht beunruhigt wegen Lily. Sie war zu schüchtern, es offen auszusprechen, daher hat sie eine Plastik geformt.«

»Du hast recht«, sagt Mercedes heiter und steht auf, um zu gehen. »Lily ist die Unschuld in Person.«

»Entweder das, oder sie ist vom Teufel besessen.«

Mercedes dreht sich abrupt um.

»Nur ein kleiner Scherz, Mercedes.«

Und auf Frances' Nasenrücken erscheint der weiße Streifen, was Mercedes' so sorgfältig geschmiedete Pläne vorübergehend über den Haufen wirft.

»Wann können Sie anfangen, Mercedes?«

»Ich kann heute anfangen, Schwester Saint Eustace.«

Mercedes genießt den Geruch nach Holzpolitur im Direktorinnenbüro der Mount Carmel High School. Die vielgelesenen, in den Regalen aufgereihten Bücher, Jesus an Seinem lackierten Kreuz, breiter Eichenschreibtisch, Tintenfaß und Feder makellos, in Ablegefächern steckende glatte Notizzettel. So ein Büro hätte Mercedes gern irgendwann einmal. Eines Tages werde ich meine

Haare abschneiden und ins Kloster gehen. Ich werde unterrichten. Oder vielleicht einem beschaulichen Orden beitreten.

Mercedes erstickt diese Phantasie im Keim, denn ihr fällt ein, daß alle ihre Familienmitglieder tot oder verheiratet sein müßten, damit sie eine Braut Christi werden könnte. Und da bei ihnen allen eine Eheschließung äußerst unwahrscheinlich ist, würde ihr Traum bedeuten, daß sie ihnen den Tod wünscht. Halt, nein. Frances könnte als Pflegebedürftige mit mir kommen. Oder nicht?

»Wie geht es Frances?«

»Einfach großartig, Schwester Saint Eustace, sie ist gesund und ...«

»Wird sie das Kind behalten?«

Diese unverblümte Frage verwirrt Mercedes, auch wenn ihr durchaus klar ist, daß ganz Cape Breton über den letzten Piper-Skandal auf dem laufenden sein muß.

»Nun, ich glaube ... Ich würde sagen, Frances könnte sich durchaus dazu durchringen, es zur Adoption freizugeben.«

»Ach wirklich?«

Unter Schwester Saint Eustaces funkelnden Brillengläsern wird es Mercedes plötzlich heiß. Warum? Ich habe nichts verbrochen.

Die Schwester fährt fort: »Gottes Wege sind unergründlich. Frances könnte endlich zu sich selbst finden. Wenn sie ein Kind großzieht.«

»Aber gewiß doch, Schwester, ohne jeden Zweifel.«

Mercedes lächelt und weiß, daß sie lügt, hat aber keine Ahnung, wie sie es an diesem Sonntag als Sündenbekenntnis formulieren soll. Denn ist es eine Lüge? Ja. Und nein. Mein Kopf tut weh.

»Soll ich mich zu den Erstkläßlern begeben, Schwester?«

»Ja.«

Mercedes erhebt sich. »Danke, Schwester Saint Eustace.«

Doch Schwester Saint Eustace widmet sich schon wieder ihrem Papierkram.

James genießt seinen Ruhestand. Der Ohrensessel ist von einem wachsenden Bücherturm umstellt. Das ist sein anderes Projekt, neben dem geheimen im Schuppen. Er hat die letzte Kiste geöffnet und alle Bücher aus den Regalen gezogen, die er aus Zeitmangel nie gelesen hat. Zuerst hat er sie alle gezählt: hundertunddrei. Dann stapelte er sie in der Reihenfolge, in der er sie lesen will, die letzten ganz unten. Er geht langsam und bedächtig vor. Allerdings weiß er, was er zuallererst lesen will, und hat es daher als Krönung seiner Mauer beiseite gelegt: Dantes *Paradiso*. Nachdem er vor Jahren das *Inferno* durchgelesen hat, ist er nun fest entschlossen, zu mogeln und das *Purgatorio* zu überspringen, weil er die beseligende Vision und die Wiedervereinigung mit Beatrice herbeisehnt.

Von seinen Mühen ruht er nun im Sessel hinter dem teilweise fertiggestellten Wörterwall aus und läßt die Gedanken in die Zukunft schweifen. Seine tüchtige Älteste hält den Laden in Schwung. Seine wilde Mittlere kommt zur Ruhe, um ihr farbiges Kind großzuziehen – o ja, das hat er nicht vergessen. Er hat bloß vergessen, wie ihn so etwas je zur Mordlust reizen konnte: die Geburt eines unschuldigen Kindes. Und Lily. Mein Trost.

Entfernter Kanonendonner reißt ihn aus seinen Träumen. Lily steht neben seinem Sessel und kämmt ihn: »Schon gut, Daddy ...«

»Wa ...?«

»Es ist elf Uhr.« Aber James ist immer noch verwirrt. »Vormittags.« Lily nimmt eine seiner Locken zwischen die Finger, beginnt sie zu flechten und erklärt sanft: »Es ist Waffenstillstandstag.«

»Ach.«

Gemeinsam legen sie zwei Schweigeminuten ein, dann ruft James mit seiner strohdünn gewordenen Stimme: »Frances.«

Frances und Trixie kommen langsam herein. »Ja, Daddy?«

»Spiel etwas, meine Liebe.«

»Was möchtest du gern hören?«

»Irgendwas Altes.«

Sie fängt an: »*Swing low, sweet chariot, comin for to carry me home ...*«

»Das ist wunderschön.«

»*Swi-ing low, sweet cha-ario-ot, comin for to carry me home ...*«

·Um halb fünf kehrt Mercedes von ihrem ersten Tag als Lehrerin heim, um das neueste Phänomen zu bestaunen: Frances spielt den *Maple Leaf Rag,* während Daddy in seinem Sessel döst. Von seinem Kopf stehen massenhaft winzige Zöpfe ab. Frances unterbricht ihr Spiel und steht auf. »Ich trag das Abendessen auf, Mercedes.«

Mercedes hat keine Einwände. In letzter Zeit hat Frances ein natürliches Kochtalent entwickelt. Sie kocht unermüdlich. Braten und Curry, Eintöpfe und Aufläufe. Es ist verblüffend. Frances gleicht einem jener seltsamen Geschöpfe, die eines Morgens aufwachen und Bachs Gesamtwerk spielen, ohne je eine Unterrichtsstunde genommen zu haben.

»Daddy«, sagt Mercedes. Er faltet seine Augen auf und blinzelt in verschiedene Richtungen, ehe er Mercedes ansieht. Sie beugt sich mit einem in Packpapier gewickelten Päckchen über ihn. »Das ist für dich abgegeben worden.« Sie legt es auf seinen Schoß und geht.

James betrachtet den Poststempel. New York City. Die Adresse ist in einer gezierten Handschrift geschrieben, wie von einer alten Dame. Erleichtert stellt er fest, daß es nicht dieselbe Handschrift ist, in der vor Jahren der infame Brief abgefaßt wurde. Wer könnte sonst dahinterstecken? Er braucht eine Weile, bis er die Schnüre entknotet hat.

Das Päckchen enthält ein zusammengefaltetes lavendelfarbenes Brieflein auf einem in weißes Seidenpapier gewickelten Bündel.

Abendessen.

Mercedes nimmt ihren Platz am Kopfende des Tisches ein. Lily stellt eine Platte mit *kibbeh nayeh* in die Mitte, danach kommt eine Schüssel mit *tabuleh*, dann eine randvolle Kasserolle mit gefüllten *kusa* und ein Topf mit *bezella* und *roz*. Mercedes faltet ihre Serviette auseinander und fragt sich, wo Frances das Essen ihrer Mutter kochen – oder, was auch vorkommt, nicht kochen – gelernt hat. Die *kibbeh* sieht genau wie bei Mama aus, nur daß in der Mitte kein Kreuz, sondern ein Kürbisfratzengrinsen eingeritzt ist …

»Frances.«

»Ja, Mercedes?«

»Ach, nichts.«

Aus der Diele hört man James' langsamen Schritt mit dem rhythmischen Pochen seines Stocks. Er tappt durch die Küche bis zu seinem Stuhl am anderen Tischende, gegenüber von Mercedes. Mercedes wirft Frances einen Blick zu, doch Frances fällt nichts Außergewöhnliches auf, oder doch, ach verdammt … »Daddy«, sagt Mercedes.

»Was ist?«

»… nichts.«

Schon gut. Soll er doch mit geflochtenen Haaren essen. Wem tut es weh? Besser, als bei Tisch eine Szene heraufzubeschwören. Wie in der schlechten alten Zeit.

Sie sprechen das Tischgebet. James zeigt sich nicht erstaunt angesichts des vor ihm aufgetischten libanesischen Festmahls. Er drückt seine Portion *kibbeh* mit der Gabel flach, beträufelt sie mit Olivenöl, reißt ein mundgerechtes Stück Fladenbrot ab, wickelt einen Bissen *kibbeh* darin ein und ißt. Bescheiden, wie es immer seine Art war, selbst als er unter Tage arbeitete, im Bewußtsein dessen, welch eine intime Verrichtung das Essen ist.

»Du hast dich selbst übertroffen, Frances«, sagt er. »Es schmeckt genauso gut wie bei deiner Mutter.«

Mercedes weiß, daß sie sich freuen müßte, aber dieser

merkwürdige neue Frieden zwischen Daddy und Frances geht ihr auf die Nerven.

»Danke, Daddy«, erwidert Frances und zieht ihren Stuhl näher heran. »Ich habe es ihr abgeguckt.«

»Dann hast du ein fotografisches Gedächtnis. Das ist ein Zeichen von Genie.«

Mercedes' Augenbrauen nähern sich der Decke ... Sagen wir einfach, an diesem Tag häufen sich die Überraschungen. Sie nimmt ihre Gabel in die Hand und probiert vorsichtig die *kibbeh*. Es schmeckt mehr als köstlich. Man könnte meinen, Mama wäre hier. Mercedes schließt für einen Moment die Augen und erinnert sich an eine kostbare Zeit, die es in der Art gar nicht gegeben haben kann: als Mama noch lebte und wir alle sooo glücklich waren. Zu welcher Zeit, in welchem Land? Nieselregen tropft gegen das Küchenfenster, Frances hebt den Deckel vom dampfenden Topf mit *bezella* und *roz*, und Mercedes fällt es wieder ein: das war im Krieg. In der Küche mit Mama und der alten Heimat. So glücklich. Mercedes öffnet die Augen wieder.

»Stimmt etwas nicht, Mercedes?«

»Alles bestens, Lily.«

Mercedes gestattet sich eine kleine Ruhepause. Sie lehnt sich auf ihrem Stuhl zurück und beobachtet die tadellosen Tischmanieren ihrer Familie. Sie sonnt sich in ihrem herzlichen, aber zivilisierten Gespräch. Offenbar hat jeder an diesem Tag etwas Interessantes erlebt. Frances teilt Nachschläge aus. Lily wischt mit ihrer Serviette einen Essensrest von James' linkem Mundwinkel, ein kleiner Gefallen, kein Grund zu Dank oder Verlegenheit. Am Küchentisch nichts Neues.

Frances gießt kochendes Wasser in die Teekanne, und zu ihrem Schrecken stellt Mercedes fest, daß James im Wasserkessel sein Spiegelbild erblickt. Starrend vor Zöpfen. Seine rechte Mundhälfte verzieht sich zu einem Lächeln, groß genug zum Ausgleich dafür, daß die linke Hälfte das nicht mehr hinkriegt, und er muß so laut

lachen, daß er zwischen keuchenden Atemstößen gefährlich leise wird. Frances und Lily lachen auch, bis sie Hals-
weh haben, bis ihnen Tränen über die Wangen laufen und
ihre auf den Tisch schlagenden Ellenbogen das Besteck
zum Klappern bringen. Selbst Mercedes fällt ein und
kann, nachdem sie einmal angefangen hat, nicht mehr aufhören, auch dann nicht, als die anderen sich beruhigt
haben und sich wieder bei ihr anstecken.

Erschöpft, stärken sie sich mit einer Schüssel saftiger
Muffins, frisch aus dem Ofen. Sie schlürfen ihren Tee.
Lauschen dem Regen. Draußen ist die ganze Welt hungrig
und elend. Doch hier drin ist ihre kleine Insel der Zufrie-
denheit.

Endlich, denkt Mercedes, sind wir eine Familie. Daddy
ist senil, Frances verrückt, Lily lahm, und ich bin ledig.
Aber wir sind eine Familie. Bald kriegen wir Zuwachs.
Und zum erstenmal kommt Mercedes der Gedanke, Frances' Kind zu behalten.

GEWISSE HABSELIGKEITEN

»Frances«, sagte James nach dem phantastischen libanesischen Essen, »komm her. Ich hab etwas für dich.«

Frances ging zu ihm ins Wohnzimmer. Sie setzte sich auf die Klavierbank, und er überreichte ihr das weiße, in Seidenpapier gehüllte Bündel.

»Was ist das?« fragte sie.

»Ein paar Kleinigkeiten, die deiner Schwester Kathleen gehört haben.« Damit ging er aus dem Zimmer.

Frances angelt eine neue Kerze aus einer Küchenschublade. Sie geht die Bodentreppe hinauf, wo die Stimmen lauter denn je sind. Sie bleibt stehen und wünscht, sie würden nacheinander reden und nicht mehr so schreien. »Ich höre zu«, sagt sie. Doch der dumpfe Lärm wütet weiter, daher setzt sie ihren Weg nach oben fort.

Jetzt sitzen sie und Trixie mit der brennenden Kerze auf dem Boden der Dachkammer. Frances betrachtet das auf ihrem Schoß liegende Bündel. Sie schlägt das Seidenpapier auseinander. Obenauf liegt eine alte Kladde, darunter ein weicher Haufen. Der Umschlag ist mit dem Union Jack, der Fahne von Neuschottland und dem Wappen der Holy-Angels-Klosterschule bedruckt. In einem mit *Name* bezeichneten Freiraum eine pompöse Unterschrift. »Kathleen Piper«. Und in der mit *Thema* bezeichneten Spalte ebenso schwungvoll: *La vie en rose!*

Frances nimmt die Kladde in die Hand. Blättert zuerst zur letzten Seite vor und liest:

O Tagebuch. Mein treuer Freund. Es gibt Liebe, es gibt Musik, es gibt keine Grenzen, es gibt Arbeit und das kostbare Gefühl, daß dies die Stunde der Gnade ist, da alle Dinge zusammenfließen und aus ihrem Destillat der Rest meines Lebens erschaffen wird. Ich glaube nicht an Gott, ich glaube an alles. Und ich staune, wie selig ich bin. Danke.

Dann blättert Frances zur ersten Seite zurück und fängt an:

New York City, 29. Februar 1918, 8 Uhr abends
Liebes Tagebuch!

Nein, diese Form der Anrede werde ich nicht verwenden. Sie ist ein Relikt aus der Kindheit. Dieses Buch soll zur Aufzeichnung meiner Fortschritte als Sängerin dienen. Ich werde nur wichtige Fakten vermerken, die sich im weiteren Verlauf meiner Ausbildung als nützlich erweisen. Keine Ergüsse …

Wachs tropft von dem ausgehöhlten Kerzenstumpf, als Frances erneut auf der letzten Seite angekommen ist. Sie klappt das Tagebuch zu. »Gute Nacht, Kathleen.«

Sie wendet sich dem zu, was noch im Seidenpapier liegt. Dann öffnet sie die Wäschetruhe.

Am nächsten Tag kommt James zu Frances auf die Veranda.

»Frierst du auch nicht?«

»Nein. Danke, Daddy.«

Doch er hat eine alte karierte Decke mitgebracht, die er auf alle Fälle über sie und Trixie breitet. »Bitte.« Er setzt sich rechts von ihrer Liege auf einen Küchenstuhl. Den Blick auf einen unbestimmten Punkt in der Ferne gerichtet, ergreift er das Wort: »Ich bin damals nach New York gefahren, weil ich einen Brief bekommen hatte.«

Frances unterbricht ihn nicht. Sie sieht ihn nicht an. Sie weiß, daß sie ihn damit vertreiben würde, also bleibt sie ganz still und hört sich seine Geschichte an.

»Es war der Tag des Waffenstillstands. Ich stieg in der

Grand Central Station aus und legte den ganzen Weg bis zu ihrer Unterkunft zu Fuß zurück, weil ich kein Taxi bekam. Es wimmelte nur so von Menschen. Ich wußte nicht, daß der Krieg zu Ende war ...«

Er verliert den Faden. Eine Weile sitzen sie wohltuend schweigsam da, bis er ins Leere hinein sagt: »Nun wird es Zeit, daß ich mich wieder an die Arbeit mache.« Er nimmt seinen Stock und schlurft zum Schuppen hinüber, Trixie hinter ihm her.

Es dauert sechs Tage. Mercedes läßt sie jeden Morgen auf der Veranda zurück, und jeden Nachmittag sieht sie die beiden schon von weitem, wenn sie auf der Straße zurückkommt. Als hätten sie sich nicht vom Fleck gerührt ... Obwohl Lily ihr versichert, sie seien ausreichend mit Nahrung und Getränken versorgt worden. Sie sehen so friedvoll aus, wie sie Seite an Seite dasitzen, jeder den Blick auf eine andere Stelle des Himmels gerichtet. Wie alte Freunde. Daddy und Frances.

Mercedes würde auch gern dasitzen und mit einem alten Freund plaudern, aber sie hat keinen. Sie hatte ihre Freundin Helen Frye. Und vor allem hatte sie Frances. Wo ist Frances jetzt?

Während sie näher kommt, sieht Mercedes, wie sich James' Lippen bewegen. Was erzählt er Frances? Tag für Tag? Sobald Mercedes in Hörweite kommt, ist er jedesmal schon verstummt.

Als Mercedes am frostigen siebzehnten November von der Schule durch die Water Street nach Hause geht, sieht sie seinen Atem. Er redet ununterbrochen, doch als sie endlich die Veranda erreicht, haben sich die dampfenden Geister seiner Wörter verflüchtigt. Wie gewöhnlich grüßt sie die beiden auf dem Weg ins Haus, und endlich hört sie etwas.

»Wie sind die Babys in den Bach gekommen, Daddy?«

Mercedes erstarrt auf der Schwelle. Geht dann forsch in den Hausflur und hastet die Treppe hoch in ihr Zimmer, ohne vorher den Mantel auszuziehen. Sie lehnt sich gegen ihre Tür, steckt eine Hand in die Bluse und tastet nach dem Opalrosenkranz.

James streckt seine verkrümmte linke Hand aus, ohne hinzusehen. Er findet Frances' Kopf, tätschelt ihn und gibt ihr freundlich zur Antwort: »Das ist alles vorbei und vergessen.«

»Ich war da«, sagt Frances. »Oder?«

James steht auf. »Ich werd mich mal an die Arbeit machen.« Und tritt seinen langsamen Gang zum Schuppen an. Seine Erzählung ist beendet.

Frances bleibt und betrachtet den Himmel in seinen fünfzehn Grautönen.

Benny Luvovitz fährt mit James und Lily auf einem Schlitten hinaus und hilft James, genau den richtigen Baum zu fällen.

Auf dem Heimweg von der Schule öffnet Mercedes MacIsaac's Bimmeltür und sieht Frances, die eine Zimtstange lutscht und mit dem alten Mann, der an einem Gingerale nippt, plaudert und kichert. Er sieht auf: »Fröhliche Weihnachten, Mercedes.« Seine Regale sind nicht so voll wie früher, in besseren Zeiten, aber er reicht ihr eine verstaubte Schachtel Erdnußkrokant herunter.

»Danke, Mr. MacIsaac.«

»Jetzt dauert's nicht mehr lang, hm?«

»Was?« erkundigt sich Mercedes.

»Das freudige Ereignis.« Mr. MacIsaac strahlt Frances an. Mercedes verstaut die Süßigkeiten in ihrer Schultasche und sagt: »Komm, Frances, wir müssen nach Hause.« Sie vergißt, daß sie Kopfschmerzpulver kaufen wollte.

Mercedes packt Frances am Arm und schlägt auf der Plummer Avenue ein flottes Tempo an, vorbei an leeren Schaufenstern mit nichts im Angebot, »zu vermieten, zu vermieten, zu vermieten« … Wenigstens lauern hinter diesen Tresen keine neugierigen Augenpaare.

Frances möchte bei Luvovitzens vorbeischauen, um Rosinen für eine Pastetenfüllung zu kaufen.

»Ich hol die Rosinen, Frances, geh du nur schon mal vor nach Hause. Es ist kalt.«

»Nein, ich möchte gern guten Tag sagen.«

Mercedes hält das Wechselgeld abgezählt bereit, aber Mrs. Luvovitz stellt Frances einen Stuhl hin, sagt: »Wenn es soweit ist, *Taier,* holst du mich«, und bietet ihren fachkundigen Rat an, was das Geschlecht des Kindes betrifft: »Du hast einen spitzen Bauch, also ist es wahrscheinlich ein Mädchen, oder vielleicht auch ein besonders kluger Junge.« Mrs. Luvovitz blinzelt. Lächelnd fragt Frances: »Wie geht's Ralph?«

Mercedes greift nach einer Dose Zauber-Backpulver, um Mrs. Luvovitz' entsetzlich taktvollem Blick in ihre Richtung auszuweichen. Nach kurzem Zögern holt Mrs. Luvovitz ein Foto des vollkommensten Enkelsohns der Welt hervor. Jean-Marie Luvovitz.

Frances johlt: »Er hat die Segelohren!«

»Was sagst du da, ›Segelohren‹? Ich werd dir geben Segelohren!«

Doch Frances lacht, und Mrs. Luvovitz stimmt ein. Mit hocherhobenem Kopf tritt Mercedes an die Theke. Nach einem kurzen Blick auf das Foto sieht sie Mrs. Luvovitz in die Augen und sagt höflich: »Meinen Glückwunsch.«

Endlich draußen, sagt Mercedes: »Wahrscheinlich ist es zur Zeit am besten, wenn du nicht aus dem Haus gehst, Frances. Es ist zu kalt für dich, um draußen herumzulaufen, du holst dir noch den Tod.«

Frances antwortet nicht. Sie biegt in die Ninth Street ein.

»Frances.« Wohin um alles ...? Guter Gott.

Frances klopft an Helen Fryes Tür. Von der dunklen Straße aus beobachtet Mercedes, wie die Tür aufgeht und im Lichtrechteck Helen erscheint. Frances dreht sich zur Seite, stellt ihren schamlosen Umriß zur Schau und sieht zu Mercedes hinüber, als warte sie auf ihre Schwester. Mercedes sieht, wie Helen langsam die Hand zum Gruß hebt. Doch Mercedes reagiert nicht. Nach einem Weilchen läßt Helen die Hand wieder sinken. Mercedes hört Frances »Fröhliche Weihnachten, Helen« sagen.

Frances gesellt sich wieder zu Mercedes auf der Straße, und sie gehen nach Hause. Frances hakt sich bei der zitternden Mercedes ein.

Zu Hause haben Daddy und Lily angefangen, den Baum zu schmücken. »Nächstes Jahr um diese Zeit krabbelt ein kleiner Störenfried unter dem Baum herum«, sagt James und fädelt sorgfältig ein Popcorn auf. Frances macht sich ans Backen. Im Wohnzimmer entdeckt Mercedes einen Scheck auf dem Klavier; James hat ihn in seiner zittrigen Handschrift für den Wohltätigkeitsfonds der Our-Lady-of-Mount-Carmel-Kirche ausgestellt – vierstellig. Sie zerknüllt ihn und schmeißt ihn ins Feuer. Ob das Geld vom Schwarzbrennen stammt oder nicht, diese Familie kann nicht vom Gehalt einer Anfängerin im Lehrberuf leben. Mag Daddy sein Gewissen erleichtern wollen, indem er seine unredlich erworbenen Einkünfte herschenkt, für Mercedes geht das Familienwohl vor. Jemand muß ja daran denken.

An diesem Abend schützt Mercedes Schularbeiten und Kopfschmerzen vor und zieht sich nach oben zurück. Eine Notlüge. Nicht ihr Kopf tut weh. In ihrem Zimmer angekommen, knipst sie das Licht aus und legt sich angezogen aufs Bett. Von unten hört sie Weihnachtslieder – Frances am Klavier, wie sie mit Daddy und Lily singt: »*God rest you merry gentlemen, let nothing you dismay …*« Mercedes kommen die Tränen. Es ist ungerecht, daß Frances sich wegen etwas in Daddys Zuneigung und der Anerkennung diverser Krämer sonnt, wofür sie eigentlich vor Scham im Boden versinken sollte. Es ist ungerecht, daß Schwester Saint Eustace es geschafft hat, Mercedes das Gefühl zu geben, sie sei die Böse – wo doch jeder weiß, daß sie die Gute ist. Es ist ungerecht, daß Frances ein Kind bekommt, während Mercedes kein Mann vergönnt war. Das alles ist ungerecht, doch nicht deswegen weint Mercedes hemmungslos in ihr Kissen. Nicht daß sie Frances die neue Sympathie neidet, die ihr von allen Seiten zuteil wird ... Mercedes hat Frances schließlich als erste geliebt. Sie weiß, sie könnte sogar die Stärke aufbringen und die Schande ertragen, wenn sie das Kind aufziehen. Doch sie erträgt es nicht, Frances zu verlieren. Und das hat ihr an diesem Abend auf dem Heimweg so weh getan. Die neue Frances ist kein widerspenstiges Kind mehr. Auch keine verruchte Weibsperson. Die neue Frances ist überall zu Hause – besonders in ihrem eigenen wachsenden Körper –, und an Freunden fehlt es ihr nicht. Offenbar glauben alle, Mutterschaft sei das Beste, was ihr überhaupt passieren könne. Alle – außer Mercedes. Denn Mercedes weiß: Wenn Frances ein Kind hat, braucht sie keine Mutter mehr.

Mercedes schlägt einen Arm vors Gesicht und läßt zu, daß sich die älteste Wunde in ihrem Herz öffnet. Wohin geht meine kleine Frances? Sie wird verschwinden. Sie wird sterben, und dann habe ich niemanden, den ich lieben und für den ich sorgen kann. Klein-Frances wird ein verlorenes Geisterkind, das nachts auf der Treppe weint, kalt und durchsichtig, mit ihren verwuschelten goldblonden Zöpfen und dem tapferen Blick: »Es tut nicht weh.« Und dann kann ich sie nicht mehr trösten.

Mercedes weint, bis sie wieder trocken und leer ist. Dann erhebt sie sich und setzt sich auf die Bettkante. Unten singen sie *Stille Nacht*. Sie greift in die Schublade ihres Nachttischchens, findet ein sauberes Taschentuch und putzt sich die Nase. Im Dunkeln flicht sie ihre Haare neu. Na bitte. Klage nicht. Bring es in Ordnung.

Januarstürme lassen die Wellenkämme im Meer zu Eis gefrieren, die Kiefern klirren in ihren Eiskleidern, und drinnen ist es warm.

»›Hitler zum Kanzler ernannt‹.«

Lily lies James die Schlagzeilen vor.

»Es gibt wieder Krieg«, sagt er. Und baut noch ein Buch in seine Mauer ein.

Frances schiebt sich ans Klavier und spielt *My Wild Irish Rose.*

»Sing, Lily«, sagt James und läßt sich in den Ohrensessel fallen.

Oben führt Mercedes ihr Fernstudium an der Saint-Francis-Xavier-Universität fort. Damit sie mal mehr verdienen kann.

Der Februar geht nie zu Ende, aber so ist das nun mal.

Lily hält die Zeitung im richtigen Abstand zu James' neuer Brille, damit er das Foto erkennen kann: Kanzler Hitler und Seine Heiligkeit Papst Pius XI. Händeschüttelnd.

»Jawoll«, sagt James. »Paßt bloß auf.«

Und er döst unvermittelt ein – wie so häufig in letzter Zeit.

Der März kommt mit Macht.

»›Franklin D. Roosevelt zum Präsidenten gewählt‹. Möchtest du das Foto sehen, Daddy?« Zusammen schauen sie sich das Foto des großgewachsenen Mannes mit Brille an, der winkend auf einem mit dem Sternenbanner verhüllten Podium steht. »Verspricht, Amerika wieder auf die Beine zu bringen.«

Erster April. Am Morgen strömt die Sonne durch das Dachkammerfenster.

»Diphtherie-Rose«, sagt Frances.

Lily reicht ihr die lädierte, aber immer noch hübsche Puppe. Frances hält Dippy Rose über die offene Wäschetruhe und rezitiert: »*Rosige Knaben und Mädchen sind all', wie Sandburgen geweiht dem Verfall.*«

Frances legt sie neben die Spanische Grippe, Typhus-und Tuberkulose-Ahoi, Blattern, Scharlach und Maurice. Trixie und Lily sehen ehrfürchtig zu. Auf dem Boden neben der offenen Wäschetruhe liegt das Taufkleid ausgebreitet.

»Musik bitte, Lily.«

Lily zieht das Altmodische Mädchen auf und stellt sie auf den Fußboden, damit sie sich dort dreht, den Kopf niedlich auf der Hand balancierend. Sie klimpert: *Let me call you sweetheart, I'm in lo-o-ve wi-ith you-ou* ... Trixie folgt der Figur mit den Augen, bereit, sich auf sie zu stürzen, falls sie sich aus ihrer Verankerung entfernt.

Frances hebt das Taufkleid auf und legt es sanft über ihre Puppen. »Das nächstemal öffne ich diese Kiste, um meinem Kind das Kleid hier anzuziehen.«

»Und um deine Puppen wieder rauszuholen.«

»Nein.«

Frances schickt sich an, den Deckel zu schließen, aber Lily fällt ihr in den Arm.

»Das hier hast du vergessen, Frances.«

»Es gehört dir, Lily.«

Das Foto von Kathleen. Das Mercedes in *Jane Eyre* versteckt hatte, bis Lily das Buch zerfetzte; eine Ewigkeit scheint das jetzt her zu sein. Lily betrachtet es nachdenklich. Mama steht im Hintergrund, im Fenster.

»Was hat Mama in der Hand?« fragt Lily.

»Eine Schere.«

»Sie winkt.«

»Ja.«

Die Augen noch auf das Foto gerichtet, saugt Lily langsam nacheinander ihre Ober- und Unterlippe zwischen die Zähne ein und läßt sie dann wieder frei.

»Dieses Foto gehört Mercedes«, sagt sie schließlich.

»Das stimmt nicht.«

»Ich will es nicht.« Lily sieht weg.

»Sie ist hübsch, nicht wahr?«

Lily sagt nichts. Blickt zu Boden.

»Sie ist deine Mutter, Lily.«

Das Altmodische Mädchen dreht sich zwar nicht mehr, doch Trixie hält es für alle Fälle weiter unter Beobachtung.

Frances fährt sanft fort: »Sie ist gestorben. Es war nicht deine Schuld.«

Lily sitzt sehr still und hört zu, hinter einem Schleier aus Haar, das sie in letzter Zeit offen trägt; wie ein feuriger Vorhang umhüllt es sie bis auf den Boden.

»Sie ist nach New York gezogen«, sagt Frances. »Sie war Opernsängerin. Dort ist etwas passiert. Daddy hat sie nach Hause geholt. Sie lag in diesem Zimmer und hat kein Wort gesprochen. Ambrose ist im Bach ertrunken. Es war ein Unfall. Du bist nicht ertrunken, sondern hast Kinderlähmung gekriegt. Ich war dabei.«

Je mehr Frances erzählt, desto mehr fällt ihr wieder ein. Als würde alles, abgestellt hinter der fadenscheinigsten Kulisse – vielleicht aus dünnem Stoff –, warten und unversehens von einem Scheinwerferstrahl aufgedeckt werden; die Landschaft löst sich auf, um das Schlachtfeld zu zeigen, das schon immer dahinter lag.

»In der Nacht deiner Geburt. Ich weiß nicht, warum ich dich an den Bach gebracht habe. Ich hatte dich lieb. Es lag nicht daran, daß ich dich nicht liebgehabt hätte. Ich hab dich ins Wasser getragen. Ich hab dich gehalten und gebetet.« Frances streicht über ihren Bauch, fühlt nach, ob es tritt, aber alles ist ruhig.

»Hast du auch Ambrose getauft?«

»Ja.«

Lange sitzen sie so zusammen da, ohne zu reden, und atmen die sanfte Zedernwolke ein.

Frances legt das Altmodische Mädchen in die Wäschetruhe zurück und dreht sich dann zu Lily um, die heranwächst.

»Lily. Wenn du mich etwas fragen möchtest, sag ich dir die Wahrheit.«

Lily hat das Foto mit dem lachenden Mädchen fallen lassen. Sie schaut auf.

»Ambrose liebt dich, Frances.«

Frances nimmt Lilys Hand und legt sie an ihren Bauch. »Hier. Du kannst ihn fühlen. Er ist jetzt wach.«

Lily spürt die wellenartige Bewegung. Sie drückt ihr Ohr an die Stelle.

»Was hörst du, Lily?«

»Das Meer.«

Draußen trötet die Hupe; Mercedes hat Autofahren gelernt. Frances und Lily gehen ans Fenster und winken nach unten. Daddy steht auf seinen Stock gestützt neben dem Auto und lächelt nach oben. Lily wendet sich vom Fenster ab, möchte die Wäschetruhe schließen, bevor sie nach unten geht, sieht aber, daß Frances ihr zuvorgekommen ist. Vor der ersten Treppenstufe bleibt sie stehen und fragt: »Kommst du, Frances?« Frances dreht sich um und geht geradewegs zu ihrer Schwester an der Treppe. Die Wäschetruhe braucht sie nicht zu schließen, denn sie sieht, daß Lily das schon getan hat.

Es ist ein schöner Tag für die Fahrt nach Mabou. Frances hätte ihr Kind lieber hier zu Hause mit Mrs. Luvovitzens Hilfe bekommen, gab aber nach, weil es Mercedes offenbar so viel bedeutete. »Sie sind für Notfälle ausgestattet, Frances, es ist noch sicherer als im Krankenhaus, bitte, Liebes, und wenn du es nur mir zuliebe tust.«

James hält die Beifahrertür auf. Mercedes zieht ein Paar Glacéhandschuhe an, als Frances neben ihr einsteigt.

»Frances, ich muß dir ein Geheimnis verraten.«

»Und das wäre?«

»Ich bin auch schwanger.«

Mercedes' Lächeln zittert einen Augenblick, ehe sie in schrilles Gekicher ausbricht: »April, April!«

Mercedes setzt das Auto im Rückwärtsgang die Auffahrt hinunter. Frances beobachtet ihre lachende Schwester im Profil und denkt, daß Mercedes in letzter Zeit offenbar unter großer Anspannung gestanden hat.

BLAUES KLEID

Daddy und Lily sind sehr glücklich miteinander, ganz allein zu Hause. Es ist so friedlich. Dreieinhalb Wochen verstreichen. Lily ist nicht klar, wie hinfällig James geworden ist, bis er allmählich ein wenig streng riecht. Einmal die Woche hilft sie ihm in die Badewanne. Sie legt ihm jeden Tag frische Unterwäsche hin und bleicht die andere. Frisch und sauber. Sie sieht nach ihm, wenn er zu lange auf der Toilette bleibt. Manchmal schläft er dort ein. Sie putzt ihn ab und weckt ihn dann. Er arbeitet noch eine Stunde am Tag im Schuppen, aber Trixies Gesellschaft fehlt ihm. Seit Frances weg ist, haben sie die Katze nicht mehr gesehen. Lily vermutet, daß Trixie am Fußende von Frances' Bett in Mabou auftauchen wird. Unterdessen mußte Lily in Keller und Küche Mausefallen aufstellen.

Am 25. April erhalten sie das Telegramm: *Es ist ein Junge Stop Heimfahrt Mittwoch Stop.* Lily und Daddy stoßen mit Milch auf den Neuankömmling an. Sie lassen sich Unmengen von Namen durch die Köpfe gehen – Isador, Ignatius, Malcolm, Rupert, Bingo, George, Sebastian, Christopher, Pius, Lief, Horace, Romulus, Patrick, Pierre, Cornelius, Michael, Alec, Eustochium, Felix, Augustus, David – und verwerfen sie wieder. Bis Lily Aloysius vorschlägt; treffender geht es nicht.

»Aloysius«, sagt James. » … Aloysius. Ja.«

»Aloysius«, wiederholt Lily.

Der erste Tag im Mai, Monat der Unbefleckten Maria. Lily trägt noch ihr weißes Kleid mit Kopfschmuck von der Mittagsprozession die Plummer Avenue entlang bis hinauf zur Kirche. Es scheint die passende Aufmachung zu sein, um ihre Schwestern und den neuen Neffen zu begrüßen. Den Schotterweg zum Haus hat sie mit den weißen Dolden der Wilden Möhre und mit Gänseblümchen bestreut. *Willkommen daheim* hängt in gotischer Schrift vom Verandageländer. In der Küche kühlen Brotfiguren auf dem Tisch aus – die Prager Madonna mit dem Kinde und eine Pietà. Lily hat ein Festmahl vorbereitet: ein im Ofen ein wenig zusammengeschrumpelter Braten mit rohen Rübenscheiben, Preiselbeersoße, Backkartoffeln – den beiden, die nicht im Ofen explodiert sind –, Teeplätzchen und Sirup. Dattelkekse mit Kernen. Oben verströmen Maiglöckchen ihren Duft auf Frances' Kissen. Alles ist bereit. Nicht zuletzt eine große blaue Torte mit weißer Zuckerschrift: *Alles Gute zur Geburt von Aloysius.*

In der nachmittäglichen Hitze ist der Vormittagsregen zu verdunstenden Diamanten geworden. Lilys Blicke waren in den letzten drei Stunden auf die Straße geheftet.

»Sie kommen!«

James tritt zu ihr auf die Veranda. Sobald das Auto nahe genug heran ist, winkt Lily und rennt ins Haus zurück, um den neuen Fotoapparat zu holen. Sie macht eine Aufnahme vom Auto, wie es in die Auffahrt einbiegt. Jetzt winkt auch Mercedes, aber Frances kümmert sich natürlich mehr um das leuchtendblaue Bündel an ihrer Brust. Klick. Das Auto hält. Mercedes' Hand winkt aus ihrem Fenster. Klick. Die Fahrertür geht auf. Klick. Mercedes steigt aus, immer noch winkend. Klick. Sie läuft den Weg rauf zu Lily. Klick, Klick, Klick. Und packt die Kamera, reißt zugleich Lilys Kopf nach vorn, denn an der neuen Kamera ist ein Tragriemen. Sie faucht Lily an: »Kein Wort, hörst du? Nicht ein Wort.«

Mercedes sieht auf, um James in diese Anweisung einzubeziehen, doch der geht schon an seinem Stock die Stufen hinunter und Frances entgegen, die mitten auf dem blumenbestreuten Weg stehengeblieben ist. Mercedes macht Anstalten, ihn einzuholen, aber Lily sagt: »Nein, Mercedes.«

Mercedes ist zwar überrascht, gehorcht aber, weil sie begreift, daß Lily etwas Heiliges vorhat.

James ist nun bei Frances und reicht ihr den Arm, den sie ergreift. Gemeinsam gehen sie zum Haus. Frances trägt ein himmelblaues Kleid, passend zu dem dunkleren blauen Bündel, das sie mit ihrem freien Arm hält. Als sie an den Verandastufen angelangt sind, sieht Lily, daß Frances gar kein Bündel hält, sondern ihre Brüste. Die groß sind und nässen. Den Stoff ihres hellblauen Kleides leuchtend blau verfärben.

Am Abend schläft Frances immer noch oben auf ihrem Bett, ihr Gesicht preßt aus den Maiglöckchen süßlichen Duft. In den unteren Regionen wurden die Dekorationen abgehängt. Sie haben nichts zu Abend gegessen. Mercedes läßt sich zu einer Tasse Tee überreden.

»Die Geburt ging glatt.« Mercedes hebt ihre Tasse an, muß sie jedoch auf den Küchentisch zurückstellen, weil ihre Hand so zittert. »Frances war sehr tapfer. Die Schwestern sagten, man könnte meinen, sie spürte keine Schmerzen.«

Lily und James warten, daß sie fortfährt.

»Es war ein Junge. Natürlich mit dunkler Haut. Und ganz gesund.«

»Du hast ihn gesehen«, sagt James.

Mercedes nickt, und ihr kommen die Tränen. »Er war schön. Ein schönes Baby, und er schrie kräftig.« Bei der Erinnerung daran lächelt sie leicht.

»Hast du ihn im Arm gehalten?« fragt Lily.

Mercedes nickt.

»Und Frances?«

»Er hat gleich die Brust angenommen, es gab keine Probleme.«

Mercedes' Blick gilt James, der kopfschüttelnd zu Boden sieht.

»Was ist mit ihm geschehen?« Lily ist verwirrt. Anscheinend ist sie die einzige, die nicht begreift. Mercedes wendet sich ihr zu und erklärt sanft: »Er ist einfach gestorben, Lily. Es kommt manchmal vor, daß ein Baby im Schlaf stirbt, und keiner weiß, warum.«

James nickt mit fest geschlossenem Mund. In bemüht nüchternem, sachlichem Tonfall sagt er: »Plötzlicher Kindstod. Das ist auch der ersten Lily zugestoßen.«

»Der anderen Lily?«

»Genau«, sagt James und steht auf, um zu gehen. »War er getauft?«

Mercedes nickt, ihr kommen wieder die Tränen. Im Vorbeischlurfen täschelt James beiden mit seiner schlimmen Hand liebevoll den Kopf und sagt, ohne hinzusehen: »Gute Nacht, Mädchen.«

»Gute Nacht, Daddy.«

Er tappt aus dem Zimmer. Sie hören, wie er sich in der Diele ein- oder zweimal räuspert.

Mercedes streckt eine Hand aus und streicht Lily über die Haare. »Manchmal, wenn ein Kind etwas ganz Besonderes ist, möchte Gott ihm vielleicht die Qualen und Versuchungen dieser Erde ersparen, und dann nimmt Er es gleich zu sich.«

»Was hat ihm gefehlt?« Lily ist mißtrauisch.

»Gar nichts, Lily. Er war kerngesund.«

»Du hast gesagt, er wäre was ›Besonderes‹ gewesen.«

»Ja, von Gott besonders geliebt.«

»Das bedeutet, daß ihm was gefehlt hat, daß er behindert war.«

»Er war nicht behindert.«

»Ich glaube dir nicht.«

»Lily. Sieh mich an.« Mercedes fährt sanft fort: »Ich habe auch einige gute Nachrichten.«

Lily wartet, weiter mißtrauisch. Mercedes nimmt Lilys Hand und lehnt sich vor. »Als ich in Mabou war, hatte ich eine Unterredung mit dem Bischof. Er würde sich gern mit dir unterhalten.«

Lily schaut auf. »Wozu?«

»Er möchte etwas über deine Visionen erfahren.«

»Meinst du Ambrose?«

»Ja. Unter anderem.«

»Was noch?«

Während Mercedes' Hand sich aufwärmt, wird Lilys kühl und feucht.

»Deine besondere Befähigung im Umgang mit den Kranken und Verlorenen.«

»Mit wem?«

»Zum Beispiel mit den Veteranen. Und mit Frances. Und Daddy …« Jetzt hat Mercedes glänzende Augen bekommen, was Lily wieder den unheimlichen Eindruck vermittelt, nur die Kulisse für eine direkt hinter ihr stehende Person zu sein, eine Person, die, wie sie weiß, immer schon weg ist, ganz gleich, wie rasch Lily sich nach ihr umdreht … »Und daß du besondere Kenntnisse über Gottes Plan besitzt.«

Lilys weiche Nackenhärchen stellen sich auf. Sie hält es nicht länger aus und dreht sich auf ihrem Stuhl um, doch da ist niemand hinter ihr … Nichts zu sehen als der Ofen, der an seinem üblichen Platz steht.

»Wo siehst du hin, Lily?«

»Nirgendshin. Ich dachte, ich hätte was gehört.«

Mercedes' Blick folgt dem Lilys zum Ofen. Und jetzt sträuben sich auch Mercedes' dünne Nackenhaare.

»Was will er?« fragt Lily, als sie sich wieder umdreht.

»Wer?«

»Der Bischof.«

»Er möchte sich mit dir unterhalten. Um herauszufinden, ob Gott etwas Besonderes mit dir vorhat.«

»Wie will er das herausfinden?«

»Er hört zu, wenn du deine Geschichte erzählst. Und – Lily, jetzt kommt das Wundervollste. Du weißt doch, daß ich gespart habe, damit wir an deinem vierzehnten Geburtstag nach Lourdes fahren können?«

Lily wartet.

»Nun, Gott sorgt für die Seinen. Wir haben jetzt mehr als genug Geld, um zusammen hinzufahren und so lange

zu bleiben, wie man braucht, wenn man die Heilige Jungfrau um eine Heilung anflehen will.«

»Ich bin nicht krank.«

Mercedes läuft blaßrot an, ihren Blick wieder auf diese
Welt gerichtet.

»Lily. Möchtest du nicht zwei gesunde Beine haben?«

»Nein.«

Damit hat Mercedes nicht gerechnet.

»Aber Lily. Wenn dir eine Heilung zuteil wird, ist das
der Beweis dafür, daß Gott wirklich etwas Besonderes mit
dir vorhat.«

»Ich brauche keinen Beweis.«

Mercedes ist verärgert, denn Lily hat natürlich recht.
Sie braucht keinen Beweis, weil sie glaubt. Aber der
Bischof braucht den Beweis. Rom braucht den Beweis.
Und Mercedes braucht das Erlebnis, daß das Gute in Lily
– das grundlegende Gute in dieser Familie – vor aller
Augen an den Tag gebracht wird.

»Lily ...« Mercedes nimmt eine Locke Lilys zwischen
ihre Finger und zwirbelt sie langsam: »Weißt du, wie
hübsch du bist?«

Lily nimmt ihre Angewohnheit wieder auf, die Lippen
nacheinander einzusaugen und über die Zähne vor- und
zurückzuschieben.

»Ich weiß, daß du dich fürchtest, Lily.« Lilys Haare
sind so weich, ihre Honigwangen rosig gefärbt, ihre Lippen
voll und glänzend. »Veränderungen ängstigen uns, selbst
wenn sie zum Guten führen. Aber, Lily, ich weiß auch, daß
du deine Familie liebst und am Ende das tun wirst, was für
alle das Beste ist.« Mercedes streicht über den langen glänzenden Zopf und zieht die Hand wieder weg.

Lily verharrt reglos, während Mercedes aufsteht und
mit ihrem Tee aus dem Zimmer geht. Nach einem Weilchen hört Lily das Klavier und Mercedes' dünne Stimme,
die sich darüber erhebt: »*A-A-A-A-A-A-A-A-ve Mari-i-
i-i-i-i-i-i-i-i-i-i-ia* ...«

Wie *Londonderry Air* – oder, wie Frances es immer

nennt, *London Derrière* –, so können viele auch dieses Kirchenlied nicht hören, ohne von zarten Gewissensbissen geplagt zu werden, weil sie nicht nett genug zu ihren Eltern waren, solange es ihnen noch vergönnt war. Doch Lily macht es seltsamerweise nur wütend. Vielleicht weil sie immer so nett war.

Lily steht auf und geht aus der Küche, vorbei am Wohnzimmer – »*gra-a-a-a-a-zi-ia-a ple-ena-a-a-a-a*« –, wo gerade noch die Oberkante von Daddys spröden Flachshaaren über seinem Bücherwall zu sehen ist. Sie geht die Treppe hinauf und vorbei an dem Zimmer, wo Frances sich zwischen feuchten Laken nicht gerührt hat, in die Dachkammer, um das einzige zu machen, was sie für Frances tun kann.

Lily ist fest entschlossen, mit bloßen Händen das Schloß der Wäschetruhe aufzubrechen, um das Taufkleid herauszuholen und es ein- für allemal zu beseitigen, damit Frances es nie wieder sehen muß. Doch die Wäschetruhe ist nicht verschlossen. Der Deckel ist zwar unten, aber nicht ganz fest auf die Fuge des Kistenrandes gepreßt. Lily hebt den Deckel an. Der aufsteigende Zedernduft überdeckt einen anderen Geruch – sehr wahrscheinlich wieder eine lebendig begrabene Maus, die verwest. Das spärliche Licht wird vom vergilbten Satin des alten Taufkleids schwach reflektiert. Lily erinnert sich, daß das Gewand leicht über Frances' geliebte Puppen gebreitet war, nicht darum gewickelt, doch sie muß sich irren, denn als sie darunterfaßt und es heraushebt, fühlt es sich voll und schwer an. Schwerer als Puppen. Kaltes Fell. Trixie. Eingewickelt und verfangen.

»Trixie.« Sie muß hineingesprungen sein, um sich kurz zum Schlafen hinzulegen, und dann ist der Deckel zugefallen. O nein. Dann geriet sie in Panik und hat sich verfangen, sich gedreht und gewunden, bis sie schließlich zur Ruhe kam. »Arme Trixie.« Mit einem Streicheln schließt Lily die gelben Augen, doch an dem aufgesperrten Maul läßt sich nichts ändern.

Jetzt, da der Kadaver bewegt wurde, stinkt es wirklich entsetzlich. Lily atmet möglichst wenig, um ihren Brechreiz zu unterdrücken, während sie Trixie die Bodentreppe hinunterträgt. Als sie an Frances' Zimmer vorbeikommt, sieht sie Mercedes bei flackerndem Kerzenschein mit einem leeren Tablett auf dem Schoß auf Frances' Bettkante sitzen. Lily geht weiter die Treppe hinunter.

In Frances' Zimmer hört Mercedes, wie die Küchentür zuschlägt. Sie will zum Fenster gehen, als sie sieht, daß Frances bei dem Geräusch aufwacht.

»Frances?«

Frances schaut zu Mercedes auf.

»Frances, es ist Zeit, daß du sauber und trocken wirst, Liebes.«

Frances blinzelt. Mercedes lächelt.

»Ich hab dir deine Leibgerichte gebracht. Sieh mal.«

Frances betrachtet das Tablett, während Mercedes erklärt, was drauf ist: »Blancmange, Sirup, Honigwein und Hammel ...«

»Es ist leer.«

»Frances ...« Auf einmal zittert Mercedes' Kopf.

»Mercedes, was hast du?«

Mercedes tastet wie blind mit den Fingern an ihrem eigenen Gesicht herum, befingert ihre Augenhöhlen ... Frances greift nach oben und zieht sanft die Hand ihrer Schwester hinunter. Mercedes holt Luft und reißt sich zusammen. »Es tut mir leid, ich wollte nicht, daß er ...« – zittert aber und klappt in sich zusammen wie eine gebrochene Sprungfeder – »stirbt! ... Ich ...« Frances streckt die Hände aus und zieht Mercedes runter in ihre Arme, so daß sie beide naß werden. Mercedes riecht die neue Milch. »Es tut mir leid, Frances.«

»Er ist gestorben. Du kannst nichts dafür.«

Mercedes trauert in Frances' Hals. »Wären wir hiergeblieben und hätten Mrs. Luvovitz ...«

»Pst«, und sie tätschelt ihr den Rücken. »Sei still. Ist ja schon gut.«

550

Mercedes murmelt viele Worte gegen Frances' Hals, alle unverständlich, bis auf: »Ich liebe dich, Frances.«

»Schsch.«

»Kann ich heute nacht hier schlafen?«

Doch Frances sieht über Mercedes' Schulter aus dem Fenster. »Was macht Lily da?«

Mercedes schaut auf.

Sie sehen Lily auf allen vieren im Garten. Irgendwie hat sie den großen Felsbrocken allein beiseite gerollt. Ein in der Nähe liegender Gegenstand hebt sich als heller Fleck vom Boden ab. Lily schaufelt Schutt aus einem frisch gegrabenen Loch.

»Sie gräbt«, sagt Mercedes.

Sie beobachten, wie Lily innehält und sich ein Weilchen an den Stein gelehnt ausruht.

»Sie betet«, sagt Frances.

Sie sehen, wie Lily sich aufrichtet und das schimmernde Bündel hochhebt. Einen Moment wiegt sie es in den Armen, ehe sie es in das Loch senkt. Mercedes steht auf und strafft die Schultern.

»Ich mache mir Sorgen um Lily, Frances.«

»Laß sie.«

»Weißt du, Frances, das eine sieht aus wie das andere.«

»Mercedes ...«

»Was für ein Geschöpf möchte lieber behindert sein, Frances? Das würde ich gern wissen.« Mercedes hat ein verrücktes Klassenzimmer betreten, *i kommt vor e außer nach c,* »*Die Zeit ist reif*«, *das Walroß sprach,* »*für vierzig Hiebe allgemach.*«

»Mercedes, komm zurück.«

Doch Mercedes hat das Zimmer verlassen und fällt jetzt fast in Ohnmacht von dem üblen Gestank, der den Flur erfüllt. Sie folgt der stinkenden Wolke die Treppe hinunter und in die dunkle Küche, ehe Lily auf ihrem Rückweg ins Haus halb über den Hof ist. Mercedes wartet, die Hand auf dem Lichtschalter, und versucht, nicht einzuatmen. Eins sieht aus wie das andere, doch die Nase läßt sich nicht täuschen. Es gibt den Duft der Heiligkeit. Und den Gestank der Hölle.

Die Küchentür geht auf, und Lily tritt in das unerwartete Licht.

»Was hast du getan?« fragt Mercedes gebieterisch.

Lilys Hände sind um ein Geheimnis gewölbt. Sie sieht aus wie ein Kind mit einem Rotkehlchenei: *Es ist aus dem Nest gefallen, ich hab's gerettet, wirklich wahr.*

»Trixie begraben«, sagt Lily.

Mercedes wartet. Räumt ihr eine letzte Chance ein. Lily geht zum Küchentisch und legt ihren Schatz darauf ab. Kohlegeschwärzt, in einen Überrest fleckiges Leinen gebettet: ein winziger menschlicher Schädel, zerbrechlich wie eine Muschel, die Nähte noch offen. Dazu ein paar dünne Knochen wie Zweige und Kiesel, das Zeug, aus dem Vogelnester sind.

»Und ich habe meinen Bruder gefunden.«

Sie beobachtet, wie Mercedes auf die Knie sinkt, die Augen zukneift und mit bühnenreifem Flüstern Gott anfleht, den Teufel aus Lily auszutreiben – »*exorcizo te, immunde spiritus, maledicte diabole*« –, und die Wörter wiederholt, bis es keine Wörter mehr sind, sondern nur noch Geräusche. Sie bekreuzigt sich pausenlos; später wird sie sich an den Bischof wenden, damit Lily an einen Ort gebracht werden kann, wo ein dafür zuständiger Priester den unreinen Geist aus ihr austreibt, durch die Kraft von Gebeten und vielleicht auch anderer Mittel, hart für den Leib, aber heilsam für die Seele. Später wird Mercedes dann Gott um Vergebung dafür anflehen, daß sie so eitel war, sich einzubilden, die Schwester einer Heiligen zu sein.

Lily geht an Mercedes vorbei, deren verzerrter Mund zischt wie ein geplatzter Reifen, und weiter ins Wohnzimmer. Sie ist soweit, James eine Frage zu stellen. Sie hat ihm bereits verziehen, was sie noch gar nicht weiß. Die Leselampe brennt. Als Lily durch eine Lücke in seiner Bücherwand tritt, findet sie ihn wie gewöhnlich zusammengesackt und mit halboffenem Mund im Ohrensessel. Dantes *Paradiso* ist ihm aus den Händen geglitten. Lily hebt es auf und legt es ihm vorsichtig auf den Schoß. Sie bückt sich und küßt ihn auf die Stirn, stellt ihm aber nicht die Frage, weil er tot ist.

Sie geht in die Diele zurück, wo Mercedes' Flüstern zu einem Summen und Surren angestiegen ist. Lily geht die Treppe hinauf in Frances' Schlafzimmer, das von dem Duft, der unschuldigen Leidenschaft wilder Blumen erfüllt ist.

»Frances, ich habe Trixie begraben und ein Gebet für sie gesprochen. Ich hab Ambrose gefunden.«

Frances sagt: »Lily, greif mal nach oben und reich mir die *Sturmhöhe*.«

Lily gibt Frances das Buch.

»Weißt du noch, wie wir den Stammbaum vergraben haben?« fragt Frances mit der Andeutung eines Grinsens.

»Er ist vermodert«, erwidert Lily. »Er war bloß aus Papier.«

»Hast du mein Nachthemd gefunden?«

»Einen Fetzen davon.«

Frances schlägt die *Sturmhöhe* auf. In der Mitte wurden die Seiten ausgehöhlt und an der Stelle ein dickes Bündel Geldscheine hineingesteckt. Frances überreicht Lily das Geld.

»Ist das Lourdes-Geld?«

»Nein. Ich hab's ehrlich verdient.«

»Daddy ist tot.«

»Ich hab ein Geschenk für dich, Lily. Eigentlich wollte ich bis zu deinem Geburtstag warten, aber jetzt möchte ich, daß du es noch heute abend bekommst.«

»Was?«

»Es ist in der Wäschetruhe.«

»Frances …«

»Was ist das für ein Geräusch?« Frances legt den Kopf schräg, um zu horchen. »Hörst du das? Es klingt wie ein Schwarm …«

»Es ist Mercedes. Ich fürchte mich vor ihr.«

»Sie hält dich für eine Heilige.«

»Jetzt nicht mehr.«

»Ich weiß.«

»Ich glaube nicht an den Teufel, Frances.«

»Mercedes schon.«

»Und?«

»Ich kann nicht mehr auf dich aufpassen.«

»Das macht nichts, Frances, ich kann auf mich selbst aufpassen, ich hab keine Angst vor Mercedes.«

»Es ist nicht nur wegen Mercedes. Du mußt gehen, Lily. Keine Sorge, ich sag dir, wohin.«

»Nein.«

Frances umfaßt Lilys Gesicht mit beiden Händen und sieht ihr in die Augen. »O doch.«

Wie kann jemand in sein eigenes Gesicht sehen und sich daraus verbannen lassen? Für Lily ist Frances so ursprünglich und vertraut wie der Himmel, wie ihre eigene Handfläche. Die Sommersprosse auf der Nase, die grünen Edelsteine in den Augen, der pfiffige Mund ... Was bedeutet es, aus dem Gesicht verbannt zu werden, das einen als erstes im Leben begrüßt hat?

»Ich will nicht weg von dir.«

Auf Lilys Stirn erscheint der Hubbel, aber Frances bleibt hart: »Du mußt gehen, kleiner Lebkuchenmann, lauf weg, und was du auch tust, sieh dich nicht um.«

»Das ist keine Geschichte, Frances.« Lilys Trauer wird von Zorn angefacht.

»Doch. Lily. *Hayula kellu bas helm.*«

»Gar nicht!«

»*Taa'i la haun, habibti ...*«

»Nein!«

»*Te'berini.*«

»Hör auf!«

Frances will Lily in die Arme nehmen, doch rasend vor Wut schlägt Lily die Arme weg, bis sie vergißt, daß Frances weder ein Buch noch eine Porzellanfigur ist. Frances rührt sich nicht, hält nur die Hände schützend vor Gesicht und Brüste, bis Lily erschöpft aufgibt.

Als Lily schließlich abläßt, wird sie von ihren Gefühlen mitgerissen, die ihr Gesicht zu der Grimasse eines trauernden Clowns verzerren. Die gleiche Strömung dehnt ihre Stimme: »Ich will nicht weg von dir, Fra-anc-ees.« Aus ihren Mundwinkeln fließt klarer Speichel, sie kann weder den Mund schließen noch Luft holen. Frances berührt Lilys Faust und öffnet so ihre Kehle. Kratzend strömt Atemluft hinein, und ein gequältes Schluchzen setzt ein.

»Komm her, Lily.«

Frances öffnet ihr Nachthemd und führt Lilys Mund zum Trinken an ihre Brust.

Kurz vor Morgengrauen kniet Lily zum zweitenmal in dieser Nacht vor der offenen Wäschetruhe. Sie greift tief hinein und zieht ein weiches, in weißes Seidenpapier gehülltes Bündel hervor. Aus dem holt sie ein schönes fließendes Gewand aus lindgrüner Seide. Und hebt dann die Kladde auf, die aus den Falten gerutscht ist. Klosterschule Holy Angels.

Zehn Minuten später geht die Tür des Schuppens auf, und Lily spaziert hinein. Sie braucht nicht zu suchen, denn dort ist es. Daddys Projekt. Fertig. Noch sind sie auf die Leisten gespannt. Zwei leuchtendrote Stiefel. Der kleine, der auf seiner erhöhten Sohle thront, lächelt sie ebenso an wie sein großer Bruder. Lily holt die neuen Stiefel von ihren Eisenfüßen. Sie zieht beide an, spannt den linken vorsichtig bei seinem ersten Auftritt ins Geschirr. Ihren Knöchel umwickelt sie mit dem Geld, das Frances ihr gegeben hat, dann zieht sie die Schnürsenkel fest und stellt sich hin. Kalbsleder. Sie sitzen wie angegossen, müssen nicht eingelaufen werden. Sie passen gut zu ihrem schönen neuen grünen Seidenkleid – das ihr natürlich ein wenig zu groß ist, und die Schärpe fehlt, was man an den leeren Schlaufen erkennt, aber trotzdem wunderhübsch.

Mit ihrer Kladde unter dem Arm tritt Lily aus dem Schuppen.

Die Luft ist kühl und feucht, mit einer Prise Salz darin. Die Nacht wird langsam grau. Um diese Zeit sieht man die Stadt am besten – die Zechen, die Gleise, die Loren und Zechenhäuser machen sich am besten im bleiernen Morgengrauen, genau wie das Meer und die Felsenküste. *Lebewohl.* Lily fühlt sich frisch. Als könnte sie endlos wandern. *Lebwohl mein Nova Scotia.* Sie zieht die Tür hinter sich ins Schloß und macht sich zur Küstenstraße auf. Einmal schaut sie zurück. Und geht weiter.

ACHTES BUCH

Hejira

New York City, 29. Februar 1918, 8 Uhr abends
Liebes Tagebuch!

Nein, diese Form der Anrede werde ich nicht verwenden.
Sie ist ein Relikt aus der Kindheit. Dieses Buch soll zur
Aufzeichnung meiner Fortschritte als Sängerin dienen. Ich
werde nur wichtige Fakten vermerken, die sich im weiteren Verlauf meiner Ausbildung als nützlich erweisen.
Keine Ergüsse. Sollen andere Mädchen von ihren Schwär-
mereien und Kleidern, ihren Zöpfen und ihrer Aussteuer
schwatzen. Ich bin hier, um zu arbeiten. Alles, was ich
lerne, werde ich wie in einem Laborbericht wissenschaft-
lich präzise festhalten. Ich werde objektiv und uner-
schrocken selbstkritisch sein. Von dem geschäftigen Treiben dieser Stadt lasse ich mich nicht ablenken. Und in
meinen Aufzeichnungen werde ich nicht zulassen, daß
Gefühle meine Wahrnehmung trüben.

Nachts, 1 Uhr 12 – Ich lodere. Ich muß leben, ich muß
singen, ich möchte mich in tausend verschiedene Charak-
tere verwandeln und ihr Leben mit mir auf die Bühne tragen, wo es so warm und so kalt zugleich ist, schon allein
zu wissen, daß sich dort draußen dreitausend Leute
danach sehnen, von der Leidenschaft fortgeschwemmt zu
werden, die sich jeden Moment aus scharlachroten Vorhängen ergießen wird, dem weihe ich mich mit Leib und
Seele, mehr kann ich nicht geben als mich selbst mit Haut
und Haar, mir ist, als wäre mein Herz ein stampfender
Motor und meine Stimme das Ventil, eine Art pfeifender
Zug, sie muß singen oder explodieren, da ist zuviel Treib-
stoff, zuviel Feuer, und was soll ich nur mit dieser Stimme

anfangen, wenn ich sie nicht freilassen kann, dabei geht es nicht nur ums Singen. Ich bin hier wie ein Funke, habe aber keine Angst oder gar das Gefühl, gleich weggeweht zu werden, eher, daß ganz New York eine warme Umarmung ist, ungeduldig und bereit, mich zu empfangen. Ich bin verliebt. Aber nicht in einen Menschen. Ich bin leidenschaftlich in mein Leben verliebt.

Freitag, 1. März 1918 – Meinen Gesangslehrer werde ich einfach Herrn Blutwurst nennen. Er ist grob und, falls sich aus meiner ersten Stunde überhaupt Schlüsse ziehen lassen, vollkommen unqualifiziert. Ich kann mir nur denken, daß er ein Schwindler ist. Bis zum Wochenende gebe ich ihm noch. Er ist ein wahrer Stockfisch. Meine Kehle wird staubig, wenn ich nur an ihn denke. Ich war formvollendet höflich. Er musterte mich von Kopf bis Fuß, als wolle er ein Pferd kaufen. Er hat einen fürchterlichen deutschen Akzent. Und mit diesem Akzent befahl er mir, »etwass« zu »ssingen«. Was ich auch tat, woraufhin er ein Gesicht zog, als hätte er eine verdorbene Auster verspeist. Wie konnte es diesem Menschen je einfallen, einen Beruf zu wählen, der auch nur im entferntesten mit Musik zu tun hat, da er Musik offensichtlich haßt? Nachdem ich mein *Quanto affetto* gesungen hatte, sagte er: »Uns steht viel Arbeit bevor.« Am liebsten hätte ich auf deutsch erwidert: »Das weiß ich, Käsekopf, darum bin ich schließlich hier.« Er will mich zum Weinen bringen, doch den Gefallen tue ich ihm nicht, mein Daddy hat erst kürzlich jede Menge seiner Landsleute umgebracht.

Mein erster Vorteil: Ich habe alles. Mein zweiter Vorteil: Das hier ist auch nur eine Insel. Mein dritter Vorteil: Ich bin größer als alles andere.

2. März – Ich war im Central Park spazieren. Ich habe nicht vor Herrn Kaiser geweint. Ich habe nicht vor Herrn Kaiser gesungen, weil er etwas gegen Sänger hat, die singen; er behauptet, Ungar zu sein, aber ich weiß, daß er ein

Fritze ist. Warum wurde er nicht verhaftet? Angeblich haben wir doch Krieg.

Montag, 4. März – Heute habe ich etwas ganz Köstliches gegessen. Eine Brezel. Das ist etwas Gebackenes, zu einem Knoten geschlungen. Man ißt sie mit Senf. Klingt nach nichts Besonderem, ist aber eine Offenbarung. Habe eine überflüssige überraschende theoretische Klausur für Kaiser geschrieben.

Dienstag – Könnte mir bitte mal jemand verraten, welchen Sinn »Zischen« haben soll? Wir machen Fortschritte, liebes Tagebuch! Jetzt darf ich nicht nur nicht singen, sondern auch keinen anderen stimmlichen Laut von mir geben!

Mittwoch – Naturgeschichtliches Museum mit Giles samt verknöcherter Freundin, Miss Morriss. Tee, dann zu einer Aufführung: Sechs in Bettlaken gehüllte junge Frauen fuchtelten mit Messern herum. Vielleicht sollte ich Tänzerin werden. Nehme das über Miss Morriss zurück, sie sind beide so nett, und ich langweile mich so.

Donnerstag – Kaiser schlich sich von hinten an mich ran, legte seine Skeletthände um meine unteren Rückenrippen und sagte: »Im Interesse dieser Übungen muß ich Sie bitten, Ihr Korsett zu lockern oder abzulegen.« Dreckiger *bodechean.*

Freitag, 8. März – Trage meine Haare offen wie Lady Godiva, um mich ohne Korsett nicht so nackt zu fühlen. Wunderbares Gefühl, wenn auch ungewohnt, so als wäre ich allzeit bereit, schlafen oder schwimmen zu gehen. Habe die weite Reise bis zur Insel Manhattan gemacht, nur um unmodernes Stück Unterwäsche abzulegen.

Samst. – Habe die dumme theoretische Prüfung hervorragend bestanden. Das zuzugeben brachte ihn fast um. »Sie haben sozusagen das absolute Gehör, Miss Piper.« Das »sozusagen« kann er sich schenken, was er auch weiß. Habe ihn gefragt, wann ich wieder singen kann. Seine Antwort: »Soweit ich das beurteilen kann, Miss Piper, haben Sie noch nie in Ihrem Leben gesungen.«

Sonnt. – Giles hat mich gefragt, ob ich etwas mit ihr besichtigen möchte. Nein. Danke.

Montag, 11. März, Hochbahn in der Eigth Avenue, eingequetscht wie eine Ölsardine – »Was mich nicht umbringt, macht mich nur härter.«

Dienst. – Mein Kreuz schmerzt ständig. Ich habe nicht geweint, das liegt hinter mir, ich fühle nichts mehr, wäre aber fast in Ohnmacht gefallen. »Nein«, sagt er auf deutsch. »Noch mal von vorne. Einatmen, ja, und ...« Und dann »zische« ich.

Mittw. – Freude über Freude! Heute durfte ich einen Laut von mir geben! Mit geschlossenem Mund. Die meiste Zeit über habe ich keine Ahnung, wovon er redet, und das liegt nicht an Sprachproblemen: »Stellen Sie sich vor, Sie müßten hinten in Ihrer Kehle ein gekochtes Ei festhalten.« Mit oder ohne Schale? Als ich ungefähr in der Mitte der Stunde mit geschlossenem Mund ein schwaches kleines Summen von mir gab, die Zunge in »N«-Stellung, und mich abmühte, »ein Lächeln in das Geräusch einzubringen«, sagte er: »Genau so.«

Offensichtlich hat er herausgefunden, wo meine Stimme wirklich hingehört. In das hinterste Regal einer unbenutzten Bibliothek.

? – Ich frage mich, ob schon mal jemand aus purer Langeweile Selbstmord begangen hat. Heute durfte ich meinen Mund ein winziges Stück weit öffnen und das aller-

zarteste »I« herauslassen. Dann wies er mich an, ein »Ä« in das »I« zu legen. »E« und »O« kamen danach, doch das ließ er mich nicht beenden, sondern teilte mir mit, ich hätte keine Luft mehr. Ich sagte, ich hätte noch reichlich Luft, worauf er entgegnete, vielleicht reiche meine Luft ja noch aus, um mich am Leben zu erhalten, aber bestimmt nicht dazu, den Ton zu halten. Ich müsse lernen, »mit dem Atem« zu singen, sagte er. Ich muß stark bleiben!

Giles hat mich gerade zum Abendessen gerufen. Alles, was sie kocht, ist weiß oder hellbraun. Bis auf das gekochte Gemüse, das ist grau. Sie sagte mit einer Stimme, die mich an Staub auf einer Nippesfigur erinnert: »Ehe du dich's versiehst, hast du bestimmt haufenweise Freundinnen, und die Stadt wird dir ganz verändert vorkommen.« Ich will keine Freundinnen, ich bin nicht hier, um Freundschaften zu schließen. Aber sie ist trotzdem nett. Warum kann ich nicht einfach nur dankbar dafür sein, daß immerhin ein Mensch freundlich mit mir spricht? Mitunter kriege ich bei ihr allerdings eine Gänsehaut. Dann sieht sie mich an, als wüßte sie etwas, sagt aber etwas völlig Harmloses. In der ganzen Wohnung riecht es nach Lavendel, überall sind Spitzendeckchen und betende Hände. Alles ist wie eine verblassende Fotografie, nur ich nicht. Ich sehe immerzu vor mir, wie ich hier umherwirbele und alles zerdeppere, ohne es auch nur zu berühren, ich kriege Lust, lauter zu reden, tiefer zu atmen, Schandtaten zu begehen!

Ich betrachte meinen nackten Körper. Ja, ich bekenne. In dem Ganzkörperspiegel am Kleiderschrank in meinem Zimmer. Ich sehe mich nur an, um mich daran zu erinnern, daß es mich gibt. Nein, ich sehe mich an, weil es mir gefällt, und daher weiß ich, daß es nicht recht ist. Aber wie sollte es unrecht sein? Ich verspüre eine brennende Sehnsucht. Jemand soll mich ansehen und berühren, ehe ich alt bin. Noch vor dem Verschrumpeln und Verblassen, dem Verfall, auch wenn ich nicht glauben kann, daß mir das je zustößt.

14. – Zweierintervalle. Rauf und runter und rauf und runter und rauf und runter und *lasciatemi morir.*

15. – Habe das Fahrgeld eines ganzen Monats für ein neues Kleid ausgegeben – lindgrüner Seidenchiffon, *très chic, très moderne*, ich sehe darin ungefähr wie fünfundzwanzig aus. Ich wüßte nicht, wo ich es anziehen könnte.

16. – Dreierintervalle

Sonntag, 17. März – Heute kein Unterricht, keine Folterkammer. Außerdem mußte ich nicht im Morgengrauen aufstehen, um rechtzeitig dorthin zu GEHEN, weil ich ein kleines Vermögen für das dumme Kleid vergeudet habe, das ich nie tragen werde. Doch *oubliez* das alles! Ich bin vergnügt wie ein Fisch im Wasser, weil ich mich ganz allein im Central Park aufhalte. Die Sonne scheint, das Leben ist lang, ich habe alle Zeit der Welt, und ich werde singen. Er hat meine Stimme in eine triste Einzelzelle gesteckt, aber sie wird fliegen. Ich weiß das, weil ich spüre, wie sie pocht und stärker wird, je länger sie schweigt. Ob die Übungen des Kaisers doch ihren Zweck erfüllen? Oder gedeiht meine Stimme erst recht gegen Widerstände? Das ist der unbezwingbare Pipersche Widerstandsgeist. Danke, Daddy.

Ein Pärchen »schmust« keine drei Schritte von mir entfernt, mitten am hellichten Tage, und zwar vor den Augen eines Kindermädchens mit einem sechsjährigen sommersprossigen Mädchen, das mich unverdrossen angrinst ... Erinnert mich an Frances. Das Schlingelchen hat mich gerade mit ihrem Gummiball beworfen, er prallte von der Bank ab, jetzt ist er im Teich gelandet.

Habe den Ball herausgefischt und die nächsten anderthalb Stunden wie eine Schwachsinnige mit der Kleinen gespielt, sehr zur Erleichterung des Kindermädchens.

après diner: – Weil das hier mein Tagebuch ist, stelle ich

564

folgende Frage: Glaubst du, daß Giles je in Gedanken oder Taten unkeusch war? Warum denke ich so etwas über eine vollkommen unschuldige alte Dame? Aber niemand ist vollkommen unschuldig. Eine gute Sängerin weiß das. Ich bin furchtbar. Ist mir doch egal. Ich will es vor dreitausendvierhundertfünfundsechzig Leuten auf einmal mit meiner Stimme treiben.

Dienst., 19. – Ich wurde in den Bereich der *mezza voce* verbannt. *Il passaggio.* Er nennt es »das Niemandsland der Stimme«. Noch so eine seiner sadistischen Techniken. Ich werde anderthalb Oktaven über dem mittleren C gefangengehalten, zwischen dem E und dem G.

Mittw., 20. – Er will meine Stimme zerstören.

Frei. – *Il passaggio* ist verlassen. *Il passaggio* ist so gut wie still. *Il passaggio* ist ein anderes Wort für Limbus.

Samst. – Heute morgen kam ich zu spät. Konnte gestern abend nicht einschlafen und heute früh nicht aufwachen. Herr K. daraufhin noch schlimmer als gewöhnlich.

Montag, 25. März – Offenbar ist *Il passaggio* doch nicht unbewohnt. Dort spukt es nämlich. Gespenstisches Stöhnen und Seufzen allüberall.

2:00 nachts – Ich hab von Pete geträumt. Er hatte Mamas Schürze und Daddys Grubenstiefel an, und er weinte und wollte von mir umarmt werden. So etwas gibt es nicht. Das Licht ist jetzt an. Gibt keinen Pete.
    Ich will nach Hause. Zu meinem Daddy.
    Kathleen, werd erwachsen.

3:30 morgens – schreib's nicht auf
    Ich kann nicht aufhören zu weinen.
    Und wenn jemand draußen vor meiner Tür steht?

O Gott. Wenn ich daran denke, geht meine Tür bestimmt auf.

»Laß dich von nichts aus der Ruhe bringen oder ängstigen. Alles ist vergänglich.« Heilige Teresa, *ora pro nobis.*

Donn., 28. – Giles gab mir gestern nacht einen speziellen Tee zu trinken, damit ich schlafen konnte. Er hat gewirkt. Spioniert sie mir nach?

Freit. – War ein verflixtes mittleres C heute! Kam mir so vor, als hätte ich an einem Schokoladenéclair zu würgen. Kaiser nicht gerade hoch erfreut … Schließlich bin ich ein Sopran. Soprane singen nicht schokoladig.

Samst. – Heute habe ich geweint. Er wies mich an, die C-Dur-Tonleiter zu singen, das erstemal, daß ich mehr als zwei Noten hintereinander wegsingen durfte. Aber immer noch keine Konsonanten, nur »ah«. Mir war, als würde ich im Dunkeln eine Steintreppe erklimmen, und als ich am oberen Ende etwas Licht sah, mußte ich weinen, habe aber die elende Tonleiter zu Ende gebracht.

Erster April – Heute mustert mich Herr Knibs mit seinem blutleeren Geierblick und … Nein, er ist eher wie ein Lurch, wahrscheinlich von Kopf bis Fuß mit trockenen Schuppen bedeckt (und besonders auf den Ohren, ha ha!), vom Kragen bis zu den Manschetten, und dreimal täglich verspeist er heimlich kleine Pelztiere. Ich sehe regelrecht vor mir, wie der zappelnde Brocken seinen dürren Hals hinunterrutscht. Würgt er jeden Abend Knochen aus? Jedenfalls hat er mir heute eröffnet: »Ich nehme Sie als Schülerin an, Miss Pipah.« Warum nur hatte ich nicht die absolut eisige Antwort parat? Ich sagte – ich bin jetzt vollkommen ehrlich, nehme also kein Blatt vor den Mund –, ich habe gesagt: »Danke, Sir.« Der Schlag soll mich treffen.

Mittw. – Daddy hat mir heute ein Buch geschickt, und Mercedes und Frances Sahnebonbons! Ich hätte nie gedacht, daß mir meine kleinen Elfen so sehr fehlen könnten. Wenn Daddy sie doch wie Kätzchen in eine spezielle Kiste stecken und mir für ein, zwei Tage schicken würde.

Donn. – »*La voix mixte*«: In jedem Kopfton hallt der Brustkorb wider. In jedem Brustton den Kopf anklingen lassen. Steige direkt in den Himmel auf.

Freit. – Heute nachmittag hat Giles mich gebeten, etwas für sie zu singen, und ich mußte sagen: »Leider darf ich nichts außer Tonleitern und Arpeggios singen.« Der Kaiser sagt, er merke es, wenn ich heimlich »Liedchen trällere«. Als würde ich mit meiner Stimme Ehebruch begehen oder so ähnlich, er ist abscheulich.

Mont. – Er verlangt von mir, meine Haare zu einem Dutt zusammengesteckt zu tragen. Wofür hält er mich, eine Ballerina?

Dienst. – Ich hatte eine Epiphanie. Jetzt weiß ich, was damit gemeint ist, wenn es heißt, man müsse für seine Kunst leiden. Ich dachte immer, das hieße üben bis zum Umfallen, auftreten, wenn einem nicht danach ist, hungern, bis man entdeckt wird, und dann dachte ich: »Großartig, ich kann's kaum erwarten zu leiden.« Aber das ist ja nicht alles. Das wahre Leid ist dieser Lehrer, der versucht, mich mit Langeweile umzubringen, indem er mich jede nur denkbare Tonleiter rauf- und runterjagt. Prima. Ich werde ihn mit seinen eigenen Waffen schlagen. Ich habe angefangen, den gesamten Vormittagsunterricht dreimal täglich zu wiederholen.

Mittw. – »Ihr Stimmumfang ist eine Laune der Natur, Miss Piper, nicht mehr und nicht weniger beeindruckend als der Mount Everest. Es wird sich noch herausstellen, ob

Sie das Stehvermögen und Geschick besitzen, ihn zu formen.«

Donn. – Ich liebe die Hochhäuser. Sie heißen Wolkenkratzer und kommen hier dem am nächsten, was bei uns das Meer ist. Allerdings ein Meer, das sich in die Höhe, nicht in die Weite erstreckt. Es heißt, das Gewässer, das sich östlich von Manhattan erstreckt, wäre Meer, aber das stimmt nicht. Jedenfalls nicht mein Meer. Schon eigenartig, denn zu Hause habe ich sie einfach für selbstverständlich gehalten, meine graugrüne See. Jetzt habe ich ein granitenes Meer. Es verschafft mir genau das wehmütige Gefühl, das ich manchmal brauche. Wenn ich an den Häusern hinaufsehe, fühle ich mich zwar allein, aber gut. Nicht wie bei dieser fürchterlichen Niemand-kennt-mich-Tour.

Freit. – Das hier ist keine Stadt. Sondern eine Welt mit ganzen Ländern darin. Hier kann man leicht verrückt werden, falls man jemand ist, der sich eigentlich für geistig gesund hält. Hinter dem Granitmeer habe ich etwas entdeckt. Es ist eine erstaunliche Welt für sich. Dort kann man eine Stunde lang umhergehen, ohne auch nur ein Wort Englisch zu hören, in fünf Straßenzügen hintereinander kann man in fünf verschiedenen Ländern essen, überall hört man Musik. Warum lerne ich, warum will ich auf einer Bühne eingesperrt sein, während die wahren Sänger hier draußen sind, von Fischen singen und zu den Kesselpauken der Tin Pan Alley über Obstkarren hinweg rhythmisch schreien, und dazu der Chor der Straßenbahnen, Hufeisen, Messer und lebenden Tiere, das hier ist die wahre Oper. Die Met ist ein Mausoleum. Das Musikzimmer ist ein Beerdigungsinstitut. Gott, ich will nicht in einem Museum enden.

Mont. – Manche Stellen im Central Park sollte man besser nicht erkunden, und ich sage dir nicht, warum, um dich nicht zu schockieren.

Dienst., 16. April – Coney Island! Habe nur Rosafarbenes gegessen. Mußte mich übergeben. Das war es wert.

Mittwoch – Fange bei den South St. Docks an. Halifax mal zwanzig. Hoffentlich fliegt das nie in die Luft. Ich sehe Pferde, die mit Bauchgurten auf Schiffe gehievt werden. Sie wurden zwangsverpflichtet. Dazu sind die meisten Schiffe da. New York speist den Krieg. New York geht in die ganze Welt hinaus, und die ganze Welt kommt nach New York. Ich sehe so gern große Kisten mit chinesischen Schriftzeichen durch die Luft schweben und wie sie dann am Kai neben all den anderen Sprachen der Menschheit aufgestapelt stehen. Am liebsten würde ich von morgens bis abends nur die Männer und die Fracht beobachten, aber zu lange darf ich mich dort nicht aufhalten wegen all der harten Burschen, die sich fragen, was so ein nettes Mädchen wie ich dort alleine macht … etc. Was die wohl täten, wenn ich sagen würde: »He, Kumpel, du gefällst mir, du bewegst dich wie Nijinskij, genauso stelle ich mir einen griechischen Gott im Arbeitsoverall vor.« Aber ich darf gar nichts sagen, sonst denken sie, ich wollte was von ihnen. Männer können mit Fremden reden und alles mögliche herausfinden. Frauen können sich ein Buch aus der Bücherei leihen. Wenn ich eine berühmte Sängerin bin, rede ich, mit wem ich will.

Zu Fuß die Bowery rauf, das Italienische Viertel – Kinder, Karren, Essen, schwarzgekleidete Frauen, gutaussehende Burschen, die bloß nicht merken dürfen, daß man hinsieht, *opera verismo* – Greenwich Village, Damen und Herren, Tenderloin –, da werde ich hungrig, kauf mir eine Brezel, Mittagessen in Hell's Kitchen – also wirklich! Warum dieser Name? Die Gegend macht doch so einen netten Eindruck, in der Devlin's Saloon Bar bekommt man sogar *gratis Mittagessen.* Das stimmt, auf einem Schild steht »Eingang für Damen«, also ging ich hinein, und da waren jede Menge Frauen mit roten Gesichtern und rauhen Ellenbögen, und man braucht nur fünf Cents für ein

Bier zu bezahlen und kriegt dazu einen vollen dampfenden
Teller. Etwas beschwipst den Broadway rauf – nicht an
Bier gewöhnt –, die goldene Meile, Union Square, Madi-
son Square, Herald Square, vorbei an der Met – ein
Knicks – über den Times Square schlendern, Columbus
Circle, Popcorn für die Tauben kaufen, um sie bei ihren
Denkmalsgeschäften bei Laune zu halten (denn sie verrichten einen wertvollen öffentlichen Dienst, indem sie die
ruhmreiche Vergangenheit in die richtige Perspektive
rücken), in den Park, hakenschlagend durch diesen riesigen Batzen Land mitten in der größten Schau der Welt,
vorbei am Pond, am Lake, am Castle, das Reservoir
schenke ich mir, es ist zu groß und zu klein zugleich, ich
nehme mir das Versprechen ab, das nächstemal ins Metropolitan Museum zu gehen, Harlem Meer (ich setze mich
und entscheide, daß ich weit genug gegangen bin), raus
auf die Central Park North, siebenunddreißig Häuserblocks die Lenox zum Harlem River hinauf. Es ist Nacht.
Ich nehme die Eigth-Avenue-Hochbahn zurück, bin
todglücklichmüde, habe die ganze Stadt wie einen Heili-
genschein um meinen Kopf. In Harlem gibt es keine
Holländer. Bei Spaziergängen ist mir aufgefallen, daß die
Farbigen und überhaupt die Ausländer hier ganz anders
sind. In New York hat man nicht den Eindruck, als gehöre
die Stadt anderen Leuten, jedenfalls nicht in den Vierteln,
wo sie wohnen. Diese Wohngegenden sind ganze Städte
für sich. Wenn ich zu Hause am Pier oder an Fourteen
Yards vorbeikam, haben mir die Leute immer leid getan,
und ich dachte, was ich doch für ein Glück habe, nicht da
hineingeboren zu sein, aber wenn ich durch Harlem ging,
fühlte ich mich als Weiße sonderbar. Da sind sehr viele
Kirchen; und Familien, die einfach ihren Abendbummel
machen. Ich kam mir richtig verdächtig vor. Aber zu
Hause gehöre ich auch nie dazu. Wo ist also der Unterschied?
Alles in New York ist eine Fotografie. Was woanders
als schmutzig, roh oder unkultiviert gilt, ist hier am aller-

schönsten. Mülltonnen am Ende von kleinen Gassen sehen aus, als wären sie die ganze Nacht wach geblieben und hätten miteinander geplaudert. Hauseingänge mit abblätternder Farbe sehen aus wie Weisheitsfältchen um die Augen eines alten Mannes. Ich verharre, um hinzusehen, kann aber nicht stehenbleiben, weil Männer immer denken, ich würde etwas feilbieten. Oder noch schlimmer, verschenken. Wenn ich doch unsichtbar wäre! Oder wenigstens nicht wie jemand aussähe, den sie ansehen wollen. Sie wollen nicht mehr Teil des Fotos sein, stehen von ihrem Schachbrett auf, gehen aus dem Rahmen auf mich zu und verstellen mir den Blick. Was sehen sie, wenn sie mich ansehen?

Freit., 19. April – Jesus, Maria und Josef, gestern hab ich mich um Mitternacht rausgeschlichen, als Giles schlief. Warum hab ich das nicht schon vor Wochen getan? Ich hatte mir eingebildet, am Tage Musik zu hören, aber die Nacht besteht aus nichts anderem. Das Problem ist nur, daß man mich ohne Begleitung in kein interessantes Lokal hineinläßt. Doch für den Anfang genügt es, daß ich die Nacht, die Laternen, das Leben auf den Vordertreppen von Brooklyn und hinter zugezogenen Vorhängen in mich aufsauge, Privatclubs mit verrammelten Türen, leiser Trompeten- und Trommelklang, und die längsten Automobile, die ich je gesehen habe. Ich hatte gedacht, Harlem schliefe, wenn ich dort ankäme, bedenkt man die vielen Kirchen dort, aber vielleicht verwandeln sich die Kirchen nachts in Clubs, wie Spielzeug, das zum Leben erwacht, denn es war eine ganz andere Stadt – jedenfalls auf den Hauptstraßen. Daddy sagt immer, in Irland werde die Anzahl der Kirchen nur von der Anzahl der Pubs übertroffen. Auf der Lenox Avenue wimmelte es von Leuten, die sich in Schale geworfen hatten, Limousinen und einer nicht unbeträchtlichen Anzahl Weißer; sogar gemischtrassige Pärchen strömten in und aus Lokalen. Bei Nacht wird es etwas weißer. Ich bin drauf und dran, dem nächsten

Mann, der mich anquatscht: »He Süße, wo hast du deinen Freund gelassen?«, zu antworten, nur damit ich irgendwo reinkomme, egal wo, Hauptsache, es gibt Musik, Musik, Musik. Ein Lokal habe ich allerdings betreten. Jerry Chan's Chop-Suey-Haus an der Canal, Ecke Bowery. Köstlich. Auf dem Zettel in meinem Glücksplätzchen stand: »Sie werden einen großen dunklen gutaussehenden Fremden kennenlernen.« *Très romantique, n'est-ce pas?*

Dienst. – Heute ließ mich der Kaiser während meiner Stimmübungen barfuß in einer Schüssel mit Eiswasser stehen.

Freitag – Heute vormittag hat er *Vaccai: Praktische Methode italienischen Gesanges* hervorgeholt! Ich hätte fast geweint, als ich den Freund meiner Kindertage wiedersah. Nie hätte ich geglaubt, daß es mich so glücklich machen würde, wieder ganz von vorn anzufangen. Wie tief ich doch gesunken bin. Kaiser schlug Seite eins auf. »Die Tonleiter« – wenigstens mit Text –, und sagte: »Nur Vokale, wenn ich bitten darf.« Ich sagte ihm, ich könne Italienisch lesen, doch das überhörte er. Tja. Ich darf also immer noch keine feste Kost zu mir nehmen. KEINE KONSONANTEN. Ich schmiede Mordpläne.

Habe jetzt eine Begleiterin am Klavier. Sie ist eine Maschine, die er importiert hat, um durch den *Vaccai* zu pflügen, während ich die Vokale absondere. Was soll das? Und er hat die Frechheit, von mir zu verlangen, daß ich auf die »Musik« achte, die sie herunterhämmert.

Samst. – Ich höre, wenn ein Klavier verstimmt ist, und, o doch, es macht etwas aus.

Mont. – Warum vergeude ich meine Zeit und die aller anderen? Ich kann nicht singen, hab vergessen, wie und warum ich es je wollte. Giles sagt, ich sehe blaß aus – gut. Morgen bleibe ich im Bett.

Mittw., 1. Mai – Der Kaiser ging die Wände hoch, als ich heute hinkam: »Wo sind Sie in Herrgotts Namen gewesen?!« »Ich war krank.« »Mir egal, ob Sie hier ankommen und Blut spucken, Sie haben gefälligst zu erscheinen! Wenn Sie nächstesmal unpäßlich sind, will ich es allerhöchstens per Todesanzeige aus der Zeitung erfahren, haben Sie mich verstanden?« »*Ja, mein Kaiser.*« Er drohte, mich rauszuschmeißen, wenn ich noch eine einzige Stunde versäumte.

Ich sagte nicht: »*Ja, mein Kaiser*«, sondern: »Verzeihen Sie, Sir.« Dann dachte ich, was soll's, wütend ist er ohnehin schon auf mich, also ergänzte ich: »Sir, ich hätte nicht für möglich gehalten, daß ein Tag Tonleitern mehr oder weniger einen so schweren Verlust für die Musikwelt darstellt.« Da gab er mir eine Ohrfeige. Ich sah zu der Begleiterin hinüber … Das Mädchen ist aus Stein. Sie sah mich nicht an, sondern wartete nur auf ihren Einsatz: »E-Moll, Miss Lacroix.« Und schon legte sie los wie ein automatisches Klavier, das man nicht verschenken sollte. Ich sang, weiß aber nicht, wo ich es hernahm.

Wenn ich es meinem Vater sage, kommt er und bringt diesen Mann um. Warum habe ich nicht zurückgeschlagen? Das Seltsame ist, daß ich heute das Gefühl hatte, ich sänge die vermaledeiten Tonleitern zum erstenmal. Ich kann es nicht erklären, es war ohne Worte, eine jähe Erkenntnis, als hätte ich es schon immer gewußt, ohne zu wissen, daß ich es wußte, und zwar: Die gesamte Musik steckt in dieser Tonleiter. Die Tonleiter ist einfach ein sicherer Ort, an dem sich die ganze Musik zusammenklappen und verstauen läßt. Wie Samen.

Und die Tonleiter klang in meinen Ohren so rein. Als würde man schließlich, wenn man auf einer einsamen Insel leben müßte, nicht *La Traviata* oder *La Bohème* mitnehmen, sondern eine Tonleiter. Weil alles in ihr steckt. Ich hoffe, ich muß nicht jedesmal erst geohrfeigt werden, um zu einer lausigen, schäbigen, überwältigenden Einsicht zu gelangen.

Donn., 2. Mai – Singe Wörter!

Samstag – Heute hat er mich gefragt, ob ich den Unterschied zwischen Empfindung und Gefühl kenne.

Montag – Heute sagte er: »Ihre Stimme ist ein schönes Gesicht. Das Sie mit der Derbheit eines Zirkusclowns behandeln.« Mein erstes Kompliment vom Kaiser.

Donnerstag, 9. Mai – Der Kaiser hat für mich einen Termin zum Vorsingen bei Mr. Gatti-Casazza vereinbart, *il numero uno* der Metropolitan Opera! Am 12. November. Er wird mich eine Arie singen lassen. Arie, was ist das? Der Kaiser sagt, wenn ich Glück habe, nimmt Mr. G-C mich in der nächsten Spielzeit in den Chor der Met auf. Und ich hatte endlich den Mumm, ihm zu sagen, lieber führe ich nach New Waterford zurück und bekäme zehn Kinder, als im Chor der Met hinter einem Kanonenofen von überalterter Diva die Töne herzuschleppen. Nein, Tagebuch – ich muß bei der Wahrheit bleiben. Ich sagte: »Sir, ich tauge nicht zum Chorsingen.« Und er erwiderte: »Das ist die richtige Antwort, Miss Piper.«

Samstag – »Hören Sie auf das Klavier, Sie hören nicht hin, Miss Pipah.« Ich habe die Nase gestrichen voll von dem Klavier. Höchste Zeit, daß das Klavier mal auf die Stimme hört.

Montag – Ich habe die Begleiterin vollkommen höflich gefragt, wie lange sie schon Klavier spiele, und sie zog eine Augenbraue hoch und sagte: »Ich habe schon immer gespielt.« Gestattet, daß ich mich vor Euch in den Staub werfe, o edle Sphinx der Klaviatur!

Dienstag – Miss Lacroix steckt mit dem Kaiser unter einer Decke. Sie kann nichts falsch machen. Sie spielt wie ein Automat, und ich soll mich nach ihr richten. Ich habe dem

Kaiser gesagt, ebensogut könne ich in Henry Fords Fabrik gehen und zum Rhythmus des Fließbands singen. Genau das waren meine Worte, und er zuckte nur kurz mit den Schultern. Vielleicht wird er mürbe. Vielleicht kriege ich ihn allmählich klein, oder vielleicht – o Graus – mag er mich. Sie würdigt mich immer noch keines Blickes und sagt schon gar nicht guten Morgen. Für wen hält sie sich eigentlich? Wo hat er die ausgegraben? Ich dachte immer, Farbige hätten Rhythmus im Blut.

Freitag – Sie hat einen Vornamen: Rose. Könntest du sie sehen, wüßtest du, wie unpassend der ist. Und noch etwas: Sie kann tatsächlich Klavier spielen.

Heute kam ich zu früh. Ich sah den Kaiser vor dem Haus mit Seiner gar schröcklichen Majestät Signor Gatti-Casazza schwatzen und schlich mich an ihnen vorbei die Treppe rauf. Da hörte ich die zarteste, wunderschönste Musik. Zunächst hielt ich es für Chopin, so romantisch und versonnen war es, wußte aber, daß es das nicht ganz genau traf, dann dachte ich: Debussy, verträumt genug klang es, aber zwischen manchen Noten war zuviel Abstand und zwischen anderen zuwenig, und Tempiwechsel huschten vorbei, bevor man sie greifen konnte, und unvermittelt, schon fast schmerzhaft, liebliche Melodienfetzen, die einfach wie eine Brücke mitten in der Luft endeten oder sich in etwas anderes verwandelten, und obwohl viele Melodien zu hören waren, konnte man nie das Ganze summen oder gar herausfinden, wie sie alle in ein und dasselbe Stück paßten, doch es gelang ihnen, und man hat keine Ahnung, wie oder wann es endet. Es endet auch gar nicht, sondern bricht ab. Bestimmt irgendein moderner Komponist.

Jedenfalls hatte *sie* gespielt! Die sauertöpfische Begleiterin. Sie hat mich nicht gesehen. Jemand müßte mal was wegen ihrer Kleidung unternehmen. Sie trägt Rosa, Puffärmel, Plisseeröcke, der Saum zweieinhalb Zentimeter über den Knöcheln. Sieht aus, als wäre sie gerade aus der

Kirche gekommen, vor ungefähr zwanzig Jahren. Eventuell abgelegte Kleider von irgendeinem reichen alten Drachen aus der Abstinenzlerliga. Egal, als sie zu spielen aufhörte, sagte ich: »Das war hübsch. Von wem ist es?« Und sie funkelte mich bloß an. Wenn Blicke töten könnten. In dem Moment kam der Kaiser herein und unterbrach unsere angeregte Unterhaltung. Er sagte sein übliches: »Wir fangen mit C-Dur an, Miss Lacroix«, und niemand hätte geglaubt, daß sie eine Musikerin ist. Aber ich weiß es.

Mittwoch – Miss Lacroix und ich haben uns ein Spiel ausgedacht. Es heißt: »Kathleen kommt vor dem Kaiser an und hört Miss Lacroix beim Klavierspielen zu, die so tut, als wüßte sie nicht, daß Miss Piper da ist.« Warum sind die einzigen Menschen, die ich in dieser Stadt kennengelernt habe, entweder senil, sadistisch oder exzentrisch?

Donn. – Nachdem ich Miss Lacroix morgens vor meinem Unterricht beim Spielen zugehört habe, fühle ich mich regelrecht wie eine Schwindlerin ohne musikalisches Können. (Wie sie sich freuen würde, wenn sie das wüßte!) Ich bin hinter eines ihrer Geheimnisse gekommen. Sie ist die Komponistin der schönen seltsamen Musik, die sie spielt. Falls sie die überhaupt »komponiert« – ich glaube, sie erfindet sie einfach beim Spielen, weil ihre Stücke immer genau dann aufhören, wenn gleich darauf unten die Haustür aufgeht, also wenn sie durch das Fenster den Kaiser gesehen hat.

Samstag – Heute morgen war ich sogar noch früher da und habe die Regeln des Kaisers übertreten. Ich sang das, was mir verdammt noch mal Spaß machte. Ich sang Tosca! Ich kam mir wie eine Kriminelle oder eine Nymphomanin vor. Und als Miss Lacroix eintraf, konnte ich es nicht erwarten, ihre Miene zu sehen, wenn sie feststellte, daß sie in ihrem eigenen Spiel besiegt worden war, wollte aber ihre Anwesenheit ebensowenig zur Kenntnis nehmen wie sie die meine. Als sie ging, hätte ich sie umbringen können, obwohl ich vermute, daß sie nur zum Zuhören auf den Flur trat, weil sie mir nicht die Genugtuung gönnte, Publikum zu haben.

Freitag, 31. Mai – Ich hab sie erwischt! Heute morgen stand ich gleich nach *Let the Bright Seraphim* leise auf, schlich mich zur Tür, und da saß Rose mit geschlossenen Augen auf einem schräg an die Wand gelehnten Stuhl. Sie hat ein eindrucksvolles Profil. Ich wünschte, ich könnte es zeichnen. Selbst mit geschlossenen Augen ist sie arrogant. Besonders mit geschlossenen Augen. Sie hat eine hohe runde Stirn und eine lange gerade Nase mit unten weiter werdenden Nasenflügeln, und ihre Lippen ruhen wie dunkle Kissen aufeinander. Beinah lila. Meine Lippen könnten nur annähernd so ähnlich aussehen, wenn ich sie zu einem Kuß schürzte, aber sie sieht nicht so aus, als erwarte sie, von irgendwem geküßt zu werden. Ihre Augen stehen ein wenig schräg, was ihr einen leicht asiatischen Anstrich verleiht. Sie hat hohe Wangenknochen und ein Grübchen im Kinn, was bei ihr völlig fehl am Platze ist, denn Grübchen sind schließlich ein Attribut mädchenhaften Charmes. Ich muß bei ihr an die Bilder afrikanischer Frauen auf den Zirkusplakaten von P. T. Barnum denken, nur daß sie keine Ringe um den Hals hat. Und keinen bunten Turban trägt, sondern die Haare mit Schleifchen zu Affenschaukeln geflochten hat, was an ihr regelrecht widernatürlich aussieht. Von ihrem Pollyanna-Rüschenkleid ganz zu schweigen. Hat sie keine Mutter? Oder einen Spiegel? All das fiel mir in den drei Sekunden ein, bevor sie die Augen aufschlug und mich ansah. Sie sagte kein Wort, stand einfach nur auf, ging ins Musikzimmer und fing an zu spielen. TONLEITERN. Dann redete sie, und ich hätte ihr am liebsten eine geklebt. Sie sagte, ohne mich auch nur anzusehen: »Sie singen mit zu vielen Koloratu-

577

ren. Das gehört der Vergangenheit an.« Habe ich schon erwähnt, daß sie etwa eins fünfundsiebzig groß ist?

2:30 nachts – Die Harlem Rhythm Hounds!! Aber die Sonne geht auf, gute Nacht.

Samst. – Kannst du klagen wie das Saxophon, gehen wie die Baßgitarre, reden wie die Trompete und schlagen wie die Trommel? Was machst du dann so fern von zu Haus, kleines Mädchen?

Mont., 3. – David traut sich nicht zu tanzen, aber jede Menge andere Burschen wollen mit mir tanzen, und ich fühle mich dabei vollkommen sicher, denn schließlich habe ich einen Begleiter! Er war schockiert, als ich mit einem Farbigen namens Nico tanzte, hat es aber zu seinem Glück verwunden; ich begreife nicht, daß Hautfarbe solche Irritationen auslöst. Ich frage mich, ob sich so etwas wie das hier daheim am Pier oder in Fourteen Yard abspielt? Damals war ich zu zimperlich, um es herauszufinden. Morgen abend nimmt mich David mit zu den Ziegfeld Follies. Vielleicht stelle ich ihn Giles vor.

Dienst. – Ich möchte Varietétänzerin werden, ich werde Tanzunterricht nehmen, Schluß mit der Oper. Ich glaube, dies ist eine verzauberte Stadt, in der man mit anderen Ohren hört und mit anderen Augen sieht. Mir ist, als hätte ich bislang auf einem Friedhof gewohnt. Tote Bücher gelesen, tote Musik gehört, tote Lieder übers Sterben gesungen. Schön, ja, aber tot, wie Schneewittchen in ihrem Glassarg – nur daß die Musik, die ich gesungen habe, nicht zum Leben erwacht, wenn man sie küßt. Oder falls doch, bin ich jedenfalls noch nicht hinter das Geheimnis gekommen.

Mittw. – Ich bin ja so unzuverlässig, liebes Tagebuch, wie konnte ich dir verschweigen, wer David ist?

Er ist mein Soldat. Er sagte: »Gestatten, Miss, ist dieser Platz noch frei?« Er ist neunzehn und unterwegs an die Front. Er ist so lässig-elegant. Jedenfalls seine Uniform. Wie nett er plaudert. Er ist Farmer, und sein Vater nimmt ihm übel, daß er sich freiwillig gemeldet hat, aber David ist fest entschlossen. Bevor er sein Leben lang an einen Pflug gekettet ist, will er ein wenig leben. Und wer könnte es ihm verdenken? Ich bin ihm bei Chan's begegnet, wohin ich manchmal gehe, um zu lesen und etwas Knuspriges zu essen. (D. ist groß und sieht sehr nett aus, aber ich glaube nicht, daß er der aus meinem Glückskeks ist, er hat nämlich rotblonde Haare und blaue Augen.) Jedenfalls waren wir bestimmt in fünfzehn verschiedenen Clubs, und zuletzt landeten wir in einem, der halb Theater und halb Kneipe war und Club Mecca hieß. Der ist oben in Harlem an der Seventh Avenue, und ich mußte meinen Soldaten da reinzerren. Und dort habe ich JAZZ gehört.

Wie kann ich es beschreiben? Zu Hause habe ich meine Mutter Ragtime spielen hören, aber Jazz ist noch etwas anderes.

Freit., 7. Juni – Sweet Jessie Hogan ist eine Sängerin. Ich bin keine Sängerin.

Sonnt. – David eingeladen, um ihn Giles vorzustellen. Er mochte sie. Aß seinen Teller leer. Sie zeigte ihm ein uraltes Fotoalbum – eine Galerie alter Jungfern –, und entweder ist er ein großartiger Schauspieler, oder es hat ihn wirklich interessiert.

Dienst. – Jazz.

Mittw. – Razzmatazz.

Donn. – Ich laß mir was bieten. Ich laß die Puppen tanzen, vielleicht bin ich verrückt, aber närrisch bin ich nicht. So Rock Me in the Cradle of Love.

Freit., 14. Juni – Ein Rätsel: Wie kann ich auf der Upper West Side Tonleitern für den Kaiser singen, während etliche Häuserblocks nordöstlich von hier Sweet Jessie Hogan, die Diva des Club Mecca, den Jazz der letzten Nacht ausschläft? Hat Miss Hogan je Tonleitern gesungen? Würde sie sich dieses Theater bieten lassen?

Samst. – Sie singt wie zwölf Saxophone und ein Güterzug, trägt ungefähr ein Pfund Gold am Leib, die Band versucht einfach nur, mit ihr Schritt zu halten. Sie ist keine Dame. Ihre Songs sind alle unglaublich unglücklich oder obszön. Es heißt Blues. Sie singt über wunde Füße, sexuelle Beziehungen, Gesottenes und Gebratenes, wie man seinen Liebhaber umbringt, wie es ist, wenn man pleite ist, über Männer, die Daddy heißen, Frauen, die sich wie Männer kleiden, übers Arbeiten und wie es ist, wenn man um Regen betet. Über Knast und Züge. Whiskey und Morphium. Zwischen den einzelnen Strophen erzählt sie Geschichten, und jeder im Lokal ruft ihr zu, wie recht sie damit hat. Man stelle sich vor: Je mehr Unterbrechungen, desto höher das Lob, wie ein *richtiger* Chor. Man stelle sich Sweet Jessie Hogan in der Met vor. Die beste Oper ist nichts weiter als vornehmer Blues.

Sonnt. – David hat gesagt, was wäre, wenn er fällt, er will nicht sterben, »ohne überhaupt zu wissen, was Liebe ist«. Soll heißen: Er will nicht als Jungfrau sterben. Ich glaube nicht, daß er eine Jungfrau war, aber ich war eine, doch das ist jetzt vorbei. Ich möchte nicht, daß irgendeiner meint, er müsse mir etwas Besonderes »beibringen«, und außerdem ist David nett. Wir nahmen uns ein Zimmer für zwei Stunden. Er hat gesagt, wir wären frischvermählt, aber dem Mann am Tresen schien das schnurzegal zu sein. Tja, das Küssen und was als nächstes kam, hat mir gefallen. Und alles übrige hat mir nicht soviel ausgemacht, aber er wirkte eher, als – na ja, er flog zum Mond, und ich blieb auf der Erde. Und er sah vollkommen überwältigt aus, wie

ein liebes dummes Hündchen, und sagte: »Ich liebe dich.«
Mir kam es so vor, als wären wir gerade in zwei verschiedenen Filmen gewesen, ohne es zu wissen.

Dienst. – »Täuschen Sie nichts vor, was außerhalb Ihres Erfahrungsbereichs liegt, Miss Pipah. Erzeugen Sie keine Imitation von Leiden, wenn Sie nie gelitten haben. Wenn Sie nie verliebt gewesen sind, beleidigen Sie Ihre Zuhörer nicht mit einer abscheulichen Fälschung.«

Mittw. – Ich glaube, ich bin in David verliebt. Jedenfalls kommt es mir so vor, wenn wir beide allein sind. Aber dann denke ich bis zum nächsten Wiedersehen nicht mehr an ihn. Kann das also Liebe sein? Gestern ist mir etwas Komisches aufgefallen, und zwar, daß ich ihm noch gar nicht erzählt habe, daß ich Sängerin bin. Was denkt er wohl, was ich den lieben langen Tag mache?

Samst. – Sex ist gut für die Stimme. Warum bringen sie einem das nicht in der Schule bei?

Sonnt. – Apropos Sünde. Ich kann mir ehrlich nicht vorstellen, daß Gott so gelangweilt oder so lüstern ist, daß er sich darum kümmert, wie nah mein Körper und meine diversen Teile dem eines anderen und seinen diversen Teilen kommen.

Mont. – Ich muß unaufhörlich du-weißt-schon-wie an David denken.

Die. – Heute kam ein Brief von Daddy, der wissen will, ob es mir gutgeht, weil ich so lange nicht mehr geschrieben habe, ich schämte mich so und schrieb sofort. Natürlich nicht übers Mecca. Oder über David. Sondern über alles andere. Und ich habe meinen zwei Mäuschen zwei passende Matrosenjungen-Puppen geschickt, eine für Mercedes und eine für Frances.

Freit., 28. – Heute bin ich in der Straßenbahn grundlos in Tränen ausgebrochen. Der Wagen war überfüllt, und ich habe ein kleines Mädchen angesehen – mit dunkelblonden Zöpfen, wie meine kleine Frances sie hat –, als zwei Frauenhände nach unten tasteten, um dem Kind über das Haar zu streichen. Das waren Mamas Hände. Mit den weichen zerfurchten Knöcheln und den Adern, dazu Linien auf den Handflächen wie auf Sand getrocknetes Blut. Mein Hals tat weh, und ehe ich mich's versah, weinte ich. Und dann bekam ich einen Schrecken. Der Straßenbahnwagen leerte sich, und ich sah das Gesicht der Frau. Es war eine Schwarze. Mamas Gesicht kann ich mir inzwischen schon nicht mehr richtig vorstellen, aber ihre Hände sehe ich ganz deutlich vor mir. »*Assalam edeek*«, hat sie immer gesagt. Mögen deine Hände uns erhalten bleiben.

Samst. – Heute wartete Rose Lacroix auf mich, als ich eintraf, und fragte mich, warum ich in letzter Zeit nicht mehr früh gekommen sei. Ich fragte: »Habe ich Ihnen gefehlt?« Sie wurde rot. Man könnte meinen, daß das schwer zu sehen ist, weil sie so dunkel ist, aber es war überhaupt nicht schwierig. Den Rest des Tages wollte sie nicht mit mir sprechen, und ich bereute meine Schnoddrigkeit, aber wenigstens habe ich ihr endlich so etwas wie eine menschliche Reaktion entlockt. David ist nach Frankreich abgefahren. Er hat geweint und ich nicht, und da kam ich mir so schäbig vor, daß ich ihm sagte, ich würde ihn lieben. Das ist nicht richtig gelogen, manchmal habe ich ihn geliebt.

Mont., 1. Juli – Die Königin von Saba redet immer noch nicht mit mir. Gestern habe ich sie gefragt, ob sie mich auf eine Tasse Kaffee begleiten wolle, und sie antwortete: »Nein, danke.« Heute habe ich sie wieder gefragt, wieder die gleiche Antwort. Ich fragte: »Warum nicht?«, und sie warf mir einen ihrer überheblichen Blicke zu, so als hätte die Katze soeben gewagt, das Wort an die Königin zu richten, und antwortete: »Ich habe Verpflichtungen.« Als ob *ich* keine Verpflichtungen hätte. Als ob es keine Verpflichtung wäre, daß ich mich in den Fußstapfen der Malibran und der Patti abrackere. Als ob es ein Kinderspiel wäre, dem Genie der Komponisten von Monteverdi bis zu Puccini Leben einzuhauchen. Bestimmt ist die Lacroix nie um eine Entschuldigung verlegen, wenn sie kein Paganini des Klaviers wird, dieser Luxus ist mir nicht vergönnt.

Dienst. – Habe heute meine Periode bekommen, Jesus, Maria, Josef und allen Heiligen sei Dank.

Mittw. – Heute morgen sagte der Kaiser zu mir: »Schön, daß Sie wieder da sind, Miss Pipah.« Ich war gar nicht weg, was ich auch sagte, woraufhin er erwiderte: »O doch«, und wenn ich von nun an nicht mit Leib und Seele anwesend wäre, würde er mein Vorsingen absagen. Bis nach dem 12. November werde ich mich aller nächtlichen Eskapaden enthalten.

Samst. – Arbeit.

Mont. – Arbeit.

Dienst. – Brief von David. Er bittet mich, ihn zu heiraten!! Ich werde ihm so nett wie möglich antworten müssen, aber … Also wirklich. Ebensogut könnte ich einen Bergmann heiraten. Kannst du dir mich als Bauersfrau vorstellen? In Montana? Lieber Himmel, das liegt noch unter Winnipeg! Aber was mir wirklich zu schaffen macht: Eine Zeitlang habe ich mehr daran gedacht, in unserem urinstinkenden Hotelzimmer mit David zu spielen, als zu arbeiten. Mir war eine Schwarze wichtiger, die in einem Schuppen mit hundert Sitzplätzen singt, begleitet von einem Haufen Musiker, die wahrscheinlich nicht einmal Noten lesen können, als meine Karriere in den größten Opernhäusern der Welt. Mein Vater hat mich nicht hergeschickt, damit ich mich in die Gosse ziehen lasse, das hätte ich zu Hause haben können. Von nun an werde ich nur noch zu menschenwürdigen Zeiten ausgehen, um zivilisierte Musik zu hören. Wirklich verrückt finde ich, daß ich David nie erzählt habe, daß ich Sängerin bin, und er nie gefragt hat. Er weiß nichts über mich und ist doch bereit, mich zu heiraten!

Freit., 12. – Auf dem Nachhauseweg vom Unterricht holt sie mich ein und sagt: »Sie arbeiten zu schwer.« Wer hat sie gefragt? Ich tat, als hätte ich nichts gehört. Sie hat ihre Chance vertan, sich mit mir anzufreunden.

Samst. – »Miss Pipah, dasss Lied issst nicht Ihr Feind.«

Dienst. – Ich habe keinen Stolz. Ich habe das Fräulein Musikalische Autorität gefragt, was sie mit: »Sie arbeiten zu schwer« meinte, und das hat ihr gefallen, ich hab's gemerkt. Sie wartete ab, nur um mich ein wenig am Haken zappeln zu sehen, und sagte dann: »Heute muß ich gleich nach Hause, aber morgen nachmittag könnten wir irgendwohin gehen und uns unterhalten.«

Mittw., 17. Juli – Sie ist der klügste Mensch, den ich je kennengelernt habe! Wenn man von Daddy absieht. Sie ist anders als alle anderen. Sie hat weder einen New Yorker Akzent noch einen Harlemer Südstaatenakzent. Woher sie wohl stammt? Vielleicht ist sie reich.

Samst. – Jeden Nachmittag gehen wir in Abernathy's Cozy Coffee Shop. Sie findet, daß Musik einen schon überall umgibt, und es liegt an uns, sie in unsere Welt einzulassen, damit wir sie hören können. So als wäre die Welt voller Musik, die man mit »bloßem Ohr« nicht hören könnte. Im Unterricht heute habe ich mir also vorgestellt, na schön, das Lied, wie es gesungen werden sollte, flirrt um mich her wie Luft in der Wüste, und ich muß es nur hereinlassen. Also schloß ich die Augen, öffnete mich, ließ das Lied durch mich hindurchfließen und dachte: »Sing das Lied nicht, sondern laß es nur heraus.« Als ich fertig war, nickte der Kaiser. Ich sah Rose an, und sie lächelte kaum merklich die Tasten an.

Mont. – Sie behauptet, ich sei eigentlich ein Mezzo!!!! Sie muß verrückt sein.

Dienst. – Ich habe sie gefragt, ob sie Chop Suey mag. Aber außer unserer halben Stunde Kaffeetrinken kann sie nirgends hingehen und nichts machen und will mir weder sagen, warum, noch wo sie wohnt oder sonst was. Sie tut, als langweile es sie, und wechselt das Thema, aber ich bin fest entschlossen, hinter ihr Geheimnis zu kommen. Vielleicht ist sie so arm, daß sie sich schämt, mir ihre Wohnung zu zeigen. Vielleicht ist sie verheiratet. Vielleicht hat sie ein uneheliches Kind.

Mittw. – Sie hat gesagt: »Die Malibran war im Grunde eine Altistin mit einer sehr robusten Einstellung.« Die Malibran hat die Desdemona *und* den Othello gesungen. Und Romeo *und* Julia. Und alles dazwischen. Doch das war vor fast hundert Jahren, heute darf das niemand mehr. »Damals durften sie es auch nicht«, hat sie gesagt.

Donn., 25. – Ich habe Rose zum Abendessen eingeladen. Ich dachte mir, vielleicht hat sie kein Geld für das Chop Suey. Sie überlegte es sich nicht mal, sondern lehnte dankend ab.

Freit., 26. Juli – Ich bin ihr gefolgt. Sie wohnt in der 135th Street Nummer 85 1/2, zwischen Lenox und Seventh Avenue, Wohnung drei, über einer Kirche, die im ersten Stock liegt; unter der Kirche ist noch eine Metzgerei, die wiederum zwischen einem Zahnarzt und einem Herrenbekleidungsgeschäft namens »Dash Daniels Harlem

Gentlemen's Emporium« eingepfercht ist. Man nimmt die Eigth-St.-Hochbahn.

Samst. – Heute bin ich ihr erneut gefolgt, und beinahe hat sie mich erwischt, weil sie, fünf Sekunden nachdem sie ihr Haus betreten hatte, wieder herausgerannt kam. Ich ging in einem Hauseingang in Deckung und sah, wie sie im Metzgerladen telefonierte. Ein kleines Kind wollte mich an seinem Himbeereis lecken lassen. Ich ging darauf ein, und aus irgendeinem Grund fand mich der Kleine urkomisch.

Der Tag des Herrn – Gesegneter Sonntag. Kirchgang mit Giles und Miss Morriss die einzige Tortur. Ich fuhr zur 135th Street hinauf, um nach Rose Ausschau zu halten, und falls sie aus der Gegend wegspazierte, würde ich ihr folgen, bis sie weit genug entfernt wäre, daß wir uns »zufällig« über den Weg laufen könnten.

Als ich dort ankam, brandete Musik aus dem Fenster im ersten Stock ... Wenn es in der Kirche bei mir daheim so zuginge, wäre ich religiös. Es war umwerfend. Jemand spielte Klavier, und jemand, vermutlich ein Geistlicher, gab die Lieder vor, und die Gemeinde stimmte ein, hin und her, hin und her, einzelne übernahmen Soli, mit Koloraturen, wie man sie nicht einmal in einer Barockoper zu Ohren bekommt, und ich schwöre, ich sah, wie das Haus erbebte. Das muß wohl Verzückung sein. Dann strömten die Menschen in Sonntagskleidern auf die Straße hinaus, und eine Matrone, auf dem Kopf einen Hut mit mehr Blumen drauf, als in New Waterford in einem ganzen Sommer wachsen, scheuchte mich fort mit den Worten: »Das hier ist eine anständige Wohngegend!«

Doch die kirchengewaltige Dame kam mir gerade recht, denn sie versteckte mich vor du-weißt-schon-wem, die mit den anderen herauskam, in einer Eisbecher-mit-Früchten-Variante ihrer üblichen peinlichen Kleider, und ich fragte mich, ob sie dort oben das Klavier traktiert hatte. Irgendwie kann ich es mir nicht denken, obwohl mir die Vorstellung gefällt. Rose ging in Richtung Westen, und ich hinterher. Sie stieg in die Hochbahn. Ich beschattete sie den ganzen Weg bis zur West 14th, wo sie ausstieg, die Greenwich hinunterlief, in meine Straße einbog und geradewegs zu meinem Haus marschierte! Ich kam mir vor wie in einer Theateraufführung. Der Pförtner machte ihr Schwierigkeiten, also trat ich ein und sagte mit meiner hochnäsigsten Stimme: »Danke, Ernie, das genügt.« Und er erwiderte: »Tut mir leid, Miss, ich dachte, die junge Dame hätte sich geirrt.«

Ich war drauf und dran, ihr zu erzählen, daß ich ihr den ganzen Weg von ihrem Haus aus gefolgt war, aber irgendwas warnte mich: Sie würde das nicht sehr spaßig finden – ich habe sie genau ein halbes Mal lächeln sehen. Und nie lachen. Also unterdrückte ich mein Lächeln, und sie griff so ernst wie immer in ihre lederne Schultasche und zog ein paar Notenblätter heraus. Die überreichte sie mir mit den Worten: »Ich finde, Sie sollten sich das einmal ansehen.« Also bedankte ich mich, und sie sagte auf Wiedersehen. Sie wollte gleich wieder nach Hause! Aber ich lud sie zu einem Spaziergang ein, und sie kam mit.

Ich öffnete die Notenblätter, als wir zum Washington Square kamen, und es waren Carmens *Oiseau Rebelle* und Rosinas *Una Voce Poco Fa*. Rose meinte, das sei – gelinde gesagt – ein guter Kontrast zu *Cherubino* und *Let the Bright Seraphim*, und Mr. Gatti-Casazza werde mich wahrscheinlich auffordern, außer dem Vorbereiteten auch etwas nach freier Wahl zu singen, und da wäre es nützlich, wenn ich zufällig gerade eins von diesen dabei hätte. Sie überreicht einem ein Geschenk so, als wäre es ein schwarz umrandetes Telegramm. Ich sagte: »Wenn wir mal ein Momentchen darüber hinwegsehen, daß ich ein Sopran und kein Mezzosopran bin ... Warum helfen Sie mir?« Und sie entgegnete: »Sie werden sowieso berühmt, das ist sonnenklar.« Ich sagte, mir sei das gar nicht sonnenklar, zumindest nicht in letzter Zeit, und sie gab zurück: »Ihr

Lehrer weiß es, er hat Gatti-Casazza bereits darauf eingestellt. Es gibt furchtbar viele Sänger, aber eine Stimme wie
die Ihre ist selten. Wie auch alles andere.«»Welches
andere?« fragte ich. »Bühnenpräsenz.«

Bei ihr klang das so, als wäre sie eine Ärztin, die bei mir
eine seltsame Krankheit diagnostiziert. Ich sagte: »Sie
haben mir immer noch nicht verraten, warum Sie mir helfen.« Und sie erwiderte: »Die Leute bezahlen dafür, sich
berühmte Sänger anzuhören. Ich finde, dann sollten sie die
Musik wenigstens so zu hören bekommen, wie sie komponiert wurde.« Sie tut also nur der Allgemeinheit einen
Gefallen? Sie ist schrecklich selbstbewußt. Ich fragte sie,
ob sie nicht mit der allgemeinen Auffassung überein-
stimme, daß der Kaiser zu den besten Lehrern der Welt
gehöre. Darauf sie: »Er ist ein genialer Techniker. Sie können viel von ihm lernen. Und eine Menge Angelerntes
ablegen, all den Unsinn, den Sie vorher gemacht haben.
Jetzt sind Sie so weit, daß Sie die Musik und die Worte
nicht mehr singen, sondern hören.« Sie könnte einem
Franzosen den Eiffelturm verkaufen. Sie redet Wischiwa-
schi, läßt sich nicht festlegen, im Grunde genommen ist es
sinnloses Zeug. Aber es funktioniert. Zum Abendessen
konnte sie nicht bleiben. Sie ist neunzehn; ich habe
gefragt.

Donn. – Nach dem Unterricht lief ich wieder schnell hinter ihr her, um sie einzuholen und ihre Meinung über die
heutige Arbeit zu erfragen. Sie sagte mir: »Sie sollten mich
dafür bezahlen«, also bot ich es ihr an. Eigentlich hatte ich
erwartet, Rose wäre über das Geldangebot gekränkt, aber
sie sah ganz so aus, als würde sie es sich überlegen. Dann
fragte sie: »Glauben Sie wirklich, ich könnte für Geld
unterrichten?« Also bejahte ich, wandte aber ein, daß es
eine entsetzliche Vergeudung wäre. »Warum?« »Weil Sie
so eine begabte Komponistin und Musikerin sind«, antwortete ich. Da ging sie weiter und sagte zum Bürgersteig:
»Ich bin keine Komponistin. Ich denke es mir einfach nur

aus.« Ich sagte, das nenne man gemeinhin Komponieren, aber sie entgegnete, sie schreibe es nicht auf. Es sei jedesmal anders.

»Dann schreiben Sie es auf«, sagte ich. Darauf sie: »Nein.« »Warum nicht?« fragte ich.

»Weil man dann den Vogel tötet«, gab sie zurück.

Sie ist so seltsam. Aber ich weiß genau, was sie meint. Ich habe noch nie jemanden wie sie reden oder spielen hören, und wenn sie spielt, habe ich jedesmal das Gefühl, als hörte ich zum erstenmal Musik. Es klingt so schön, daß es weh tut. Ich bat sie, mit zurück in Giles' Wohnung zu kommen und mir etwas vorzuspielen. »Bitte«, flehte ich, »bitte, bitte, bitte.« Und sie schlug es mir nicht sofort ab, sondern sagte nach einer Weile: »Das würde ich gern. Ich würde auch gern Ihre Einladung zum Abendessen annehmen. Aber heute abend kann ich nicht.« Wie es mit morgen wäre? »Ich werde fragen«, sagte sie. Wen fragen, hätte ich gern gewußt, aber ich schwieg. Ich will nicht, daß der Vogel wegfliegt.

Abend – Frances hat mir ihre Buntstiftzeichnung von mir geschickt, wie ich singe. Sie sieht allerliebst aus. Und weißt du was Sonderbares? Nicht nur Noten, sondern auch Vögelchen kommen aus meinem Mund!

Freitag, der 2. August, 17:45 – Sie kommt zum Abendessen! In einer Viertelstunde ist sie hier.

später: – Wenigstens ist Giles unvoreingenommen. Sie ließ sich keine Überraschung anmerken, als ich ihr Rose als meine Freundin vorstellte, die Begleiterin am Klavier. Rose … Endlich hat sie mir erlaubt, sie Rose zu nennen, ich hatte sie schon vor Wochen gebeten, Kathleen zu mir zu sagen, und sie nennt mich jetzt zwar nicht mehr Miss Piper, vermeidet aber jede direkte Anrede – Rose war also ausnehmend höflich und befragte Giles des langen und breiten nach ihrer ehrenamtlichen Tätigkeit im Kloster.

589

Giles übt die morbideste Tätigkeit der Welt aus. Sie kümmert sich um Nonnen, die im Sterben liegen. Ich wäre entsetzt, wenn ich eins dieser alten Mädchen wäre und sie mit einem Tablett auf mich zukommen sähe. Ich bekenne, ich habe ein wenig Wein getrunken. Giles hat uns tatsächlich welchen eingeschenkt – offenbar hat Wein für sie nicht nur medizinische, sondern auch festliche Wirkung. Ob man also einen Geburtstag oder eine Beinamputation hinter sich hat, man kann mit einem Gläschen von Giles' zuckersüßem Kirschwein rechnen. Ob Rose wohl schockiert war? Zuerst legten wir eine Schallplatte auf das Grammophon, und dann hob Giles die Nadel ab und bat uns, etwas zu spielen und zu singen. Wir waren beide verlegen, aber Rose fragte Giles, ob sie ein bestimmtes Lied wünsche. »Ja, meine Liebe«, sagte Giles, »*My Luve's Like a Red Red Rose*«. *Ich dachte, ich sterbe!* Ich konnte Rose nicht in die Augen sehen. Doch sie verzog keine Miene, sondern blätterte nur zu dem Lied vor und spielte, ohne mit der Wimper zu zucken. Und ich sang. Und nach einer Weile kam es mir gar nicht mehr so dumm vor, und ich war froh, daß Giles es sich gewünscht hatte, weil es mich an Daddy und an Zuhause erinnerte.

Als es zu Ende war, hatte Giles die Augen geschlossen, und sie sagte: »Wunderhübsch, Mädchen. Das war wunderhübsch.« Ich wollte Rose fragen, was als nächstes käme, da spielte sie bereits. So fangen ihre Stücke immer an … Ehe man merkt, daß sie begonnen haben, sind sie schon da und entfalten sich. Es läßt sich nicht erklären. Ich weiß nicht, wie lange das Stück dauerte, denn erinnerst du dich, wie ich einmal sagte, man verlöre jedes Zeitgefühl? Nun, so war es mit der gesamten Zeit während ihres Spiels. Ich hatte keinerlei Zeitempfinden mehr. Ich wollte in der Musik leben, nein, sie sollte mich wie eine zweite Haut lose umhüllen, und nach einer Weile übermannte mich die Vorstellung, dies alles seien Roses Gedanken. Ich höre mich viel irischer an, als mir guttut. Die libanesische Linie wird es doch wohl nicht sein, oder?

Erst dachte ich, es läge am Wein. Aber es ist die Musik. Giles schlief, als Rose aufhörte zu spielen. Mein Gesicht war tränenüberströmt, obwohl mir gar nicht nach Weinen zumute war. Rose blieb ein paar Takte stumm sitzen, drehte sich dann um und sagte, sie müsse gehen. Ich wollte, daß sie blieb und mit mir sprach, wußte aber, daß es falsch wäre, die Musik zu zerstören, also begleitete ich sie zur Straßenbahnhaltestelle, und wir redeten kein Wort. Anfangs kam es mir genau richtig vor, so zu schweigen. Dann wurde es peinlich, aber dieses eine Mal wollte mir durchaus nichts einfallen. Daher bedankte ich mich einfach nur. Schließlich kam die Straßenbahn, und weg war Rose.

Samst. – Man könnte meinen, wir wären einander vollkommen fremd. Sie hat »Miss Piper« zu mir gesagt! Ich wollte sie nach dem Unterricht einholen, aber Kaiser hielt mich zurück, um mir ein Geschenk zu geben! Und zwar ein schönes Buch, die Memoiren von Emma Albani, *Vierzig Jahre Gesang.* Er sagte, es würde mich inspirieren, »da sie Ihre Landsmännin ist«, und zu jeder anderen Zeit wäre es der Höhepunkt meines ganzen Lebens gewesen, aber heute bedeutete es, daß Rose schon in der Straßenbahn saß, als ich mich beim Kaiser endlich gebührend bedankt hatte.

Er hat hineingeschrieben: »Für Miss Piper. Die kurz davor steht, die Fackel zu ergreifen. Mögen Sie sie weitere vierzig Jahre tragen.« Eine Wucht!

Emma Lajeunesse hat ihren Namen in Emma Albani geändert. Vielleicht sollte ich meinen auch in etwas mit italienischem Klang ändern. Kathleen New Waterfordi. Aus Capo Bretoni.

Mont., 5. – Sie hat mich die ganze Stunde über kaum angesehen. Also ließ ich sie hinterher nicht in die Straßenbahn steigen, sondern schnappte mir ihre Tasche mit all den Noten drin und lief in den Central Park. Ich lachte mich schief und krumm, aber sie war wütend. Und sie ist sehr stark. Riß mir fast den Arm ab, als sie sich das Ding zurückholte. Dachte schon, sie würde mich umbringen, aber sie stapfte davon, daß ihre albernen Haarschleifen hüpften, also machte ich ihr eine Szene. Zuerst schrie ich aus vollem Hals: »Ich mag dich, ich will deine Freundin sein. Warum bist du so eine dumme Gans?« Aber sie ging einfach weiter. Dann holte ich sie ein und fing an zu singen. Mittlerweile mußte ich so lachen, daß ich das Lied kaum herausbekam: »*My Luve's Like a Red Red Rose*«. Ich weiß nicht, warum ich lachte, ich kam mir richtig dämonisch vor und konnte nicht aufhören. Sie beachtete mich nicht, bis wir wieder am Eingang zum Park angelangt waren, dann drehte sie sich um und preßte mir eine Hand so fest auf den Mund, daß mir die Tränen in die Augen schossen. Das machte mich fuchsteufelswild. Ich biß sie in die Hand, was Bewegung in sie brachte, und schnappte mir wieder ihre Schultasche, aber diesmal nicht nur zum Spaß. Ich rannte – sie war mir dicht auf den Fersen – bis rüber zum Teich und wußte, sie würde mich windelweich schlagen, wenn sie mich einholte. Gott sei Dank kam ich gerade noch vor ihr am Teich an, sprang auf einen Felsen und hielt die Schultasche am ausgestreckten Arm übers Wasser.

Wir waren außer Atem, und ich kam mir sofort schäbig vor, als sie sagte: »Bitte.« Aber ich ließ nicht locker: »Bitte, was?«

» … Bitte, Miss Piper, lassen Sie sie nicht fallen.«

Da schrie ich sie an wie eine *Furie*, ich weiß nicht, was in mich gefahren war: »Bitte, WER?«

»Bitte …«

»Wie heiße ich?!«

»Kathleen.«

Auf einmal schämte ich mich, und sie war nicht mehr wütend, sondern etwas anderes, ich weiß nicht, was. Aber so leicht sollte sie mir nicht davonkommen, deshalb sagte ich: »Vielleicht werfe ich einfach mal einen klitzekleinen Blick rein, um hinter dein großes Geheimnis zu kommen.«

»Nein!«

Sie machte einen Satz vorwärts, und ich ließ die Tasche fallen. Aber nur in meine andere Hand; jedenfalls entlockte es ihr einen Aufschrei. Ich machte eine Schnalle auf. Und was seltsam war ... Sie drehte sich um und ging langsam weg. Da brachte ich es nicht übers Herz, auch die zweite aufzumachen. Ich ging hinter ihr her und sagte: »Hier, du kannst sie wiederhaben.« Aber sie gab mir keine Antwort. Ich holte sie leicht ein, und da sah ich, daß sie weinte. Zum erstenmal paßten die Kleider, die sie anhatte, wirklich zu ihr. Ich kam mir furchtbar vor und wünschte, sie würde wieder böse werden. Ich drückte ihr die Schulmappe in die Hand und sagte: »Ich hab sie nicht aufgemacht.« Doch sie wischte sich nur mit der freien Hand die Augen und sah mich nicht an. Ich gab ihr mein Taschentuch, und sie schneuzte sich. Ich begleitete sie den ganzen Weg bis zur Straßenbahnhaltestelle, blieb neben ihr stehen und wartete mit, obwohl sie mich überhaupt nicht ansah und kein Wort sagte.

Ich gab mir Mühe, sie auch nicht anzusehen, weil sie pausenlos weinte. Ich ertrug es kaum, wie sie jeden Laut zu unterdrücken versuchte, und auch nicht, wie hoch sie ihren Kopf dabei hielt, warum sah sie nicht wenigstens zu Boden? Ich hätte das getan. Ich schämte mich so. Ich hatte es absichtlich gemacht, ich wollte sie zum Weinen bringen. Warum? Wahrscheinlich stimmt was nicht mit mir. Sie sollte nie vor irgendwem weinen müssen, die schöne Rose. Es tut mir leid. Ich liebe dich.

Rose würde mich verabscheuen, wenn sie das lesen könnte.

Kein Wunder, daß ich keine Freunde habe.

Dienst. – Heute ist sie nicht gekommen. Kaiser sagt, sie hätte gekündigt. Und: »Das war zu erwarten.« Ich fragte, warum, und er sagte: »Sie ist von Natur aus sehr talentiert, hat aber im Grunde genommen kein Rückgrat.« Ich widersprach und sagte, sie sei der aufrechteste Mensch, den ich kenne. Darauf er: »Sie hat ihre Möglichkeiten ausgereizt, und zu ihrem eigenen Besten wäre es ratsam, wenn sie ihre Begabung in eine andere Richtung lenkt.« Und ich: »Musik hat keine Hautfarbe.« Er lächelte. Ich hätte ihn umbringen können.

Aber weißt du, er hat recht, Musik hat eine Farbe, es sollte nur unwichtig sein, wer sie spielt. Wird Brahms etwa schwarz, wenn Rose ihn spielt? Wenn ja, dann steht es ihm gut zu Gesicht, und er könnte froh darüber sein. Warum sollte sie überhaupt diesen muffigen alten Schund spielen, wer macht sich was draus? Ich natürlich. Ich liebe Brahms. Ich liebe Verdi und Mozart, aber auch die Rhythm Hounds und Sweet Jessie Hogan, sie ist die amtierende Diva dieser Stadt, aber die Pferdeärsche, die dieses aufgeblähte Kaff regieren, wissen das nicht und haben es auch gar nicht verdient. Diese ganze Stadt stinkt nach Musik, von der der Kaiser keine Ahnung hat. Ich mag das alles. Aber am besten gefällt mir Roses Musik.

Sie braucht die anderen alle nicht. Ich konnte heute meine Stimme nicht finden, und der Kaiser ließ mich gehen, sagte natürlich, es habe mich aus dem Gleichgewicht gebracht, daß eine Begleiterin, die von Glück reden konnte, die Stelle bekommen zu haben, mich so schmählich im Stich ließ. Ich wollte Rose aufsuchen, wußte aber, daß sie mich haßt und daß ich daran schuld bin, daß sie gekündigt hat. Es ist meine Schuld, daß der Kaiser so schlecht über sie denkt. Was bilde ich mir also ein, einfach zu behaupten, sie würde nichts und niemanden brauchen? Die Stelle hat sie gebraucht.

4 Uhr morgens – Gerade nach Hause gekommen. Bin auf Giles' Fahrrad bis rauf nach Harlem gefahren. Saß in einer Toreinfahrt gegenüber von Roses Haus. Was habe ich erwartet? Daß sie aus dem Fenster schaut und mich zu Zimttoast einlädt?

Aus dem vorderen Zimmer drang Grammophonmusik, kratziger Ragtime, grelles rotes und gelbes Licht. Die Vorhänge waren aufgezogen. Die Fensterscheibe war trübe, aber ich konnte die Umrisse eines Mannes und einer Frau beim Tanzen sehen. Sie umarmten sich. Ich hörte Gelächter. Dann verschwanden sie. Hat Rose einen Freund? Einen Mann?

Mittw., 7. Aug – Heute habe ich dem Kaiser gesagt, daß ich aufhöre. Ich dachte, er würde wütend werden, das war aber nicht der Fall. Erst sagte er gar nichts, dann fragte er mich, warum. Ich sagte ihm, ohne Rose könne ich nicht weitermachen. Er bat mich, Platz zu nehmen, was er noch nie getan hatte. Ich dachte schon, seine Möbel wären durchweg Bühnenrequisiten. Ich saß auf einem rosa und grau gestreiften Zweiersofa, während er mir in aller Ruhe erklärte, ich dürfe nicht auf eine bestimmte Klavierbegleitung fixiert sein, sondern müsse lernen, daß die Leute kommen und gehen, das gehöre nun mal zu dem Leben, für das ich mich entschieden hätte. Ich müsse einsehen, daß eine Primadonna sein bedeute, die meiste Zeit allein zu sein, trotz der Scharen von Bewunderern. Aus seinem Mund hörte sich das grausig und romantisch zugleich an. Warum sollte es Alleinsein bedeuten? Er fragte nur: »Wollen Sie singen?« Ich antwortete, es sei das einzige, was ich wolle. Da sagte er: »Dann verlangen Sie nichts weiter vom Leben, denn Sie können nur entweder singen oder leben.«

Er will mir Angst einjagen, aber das schafft er nicht. Ich werde singen. Und außerdem leben. Ich hatte noch nie Freunde, immer nur meine Musik, da tut sich nun wirklich kein großes Divengeheimnis vor mir auf – das Sakrament der Einsamkeit. Also sagte ich ihm, was er meiner Meinung nach hören wollte: »Ich bin bereit, diese Opfer zu bringen, Sir. Doch ich stelle mich auch darauf ein, immer das Beste zu verlangen. Deshalb lerne ich bei Ihnen. Und deshalb werde ich meine Ausbildung nicht ohne Miss Lacroix fortsetzen.« Das fiel mir alles spontan ein, und so spontan sagte ich es auch. Er dachte kurz nach. Und in diesem Augenblick fragte ich mich: Wie weit kann ich bei ihm gehen? Ich betrachtete sein marineblauschwarzes Halstuch. Was für ein geschniegeltes Kerlchen er doch ist; ich weiß wirklich nicht, warum ich solche Angst vor ihm hatte. Er sagte: »Wir werden sehen, was sich machen läßt.« Und ich überlege nur, was er wohl ausrichten kann, so stur, wie sie ist.

Donnerstag – Sie ist wieder da. Er muß sie tüchtig bestochen haben. Aber jetzt weiß ich nicht mehr, warum es mir so wichtig war. Sie redet nicht mit mir. Sieht mich nicht an.

Sonnt. – Ich habe Daddy und den Mädchen einen langen Brief geschrieben. Habe ihnen alle guten Neuigkeiten erzählt. Und es gibt fast nur gute Neuigkeiten. Dieser das Klavier bearbeitende Klotz ist mir gleichgültig. Daddy berichtete ich, wie aufgeregt ich wegen meines Vorsingens im November bin. Die Zeit bis dahin vergeht schnell. Das ist meine Chance, mein Können unter Beweis zu stellen, und wenn ich daran denke, verscheucht das meine Grübelei über treulose ehemalige Freundinnen.

Montag – Ich habe schwerer denn je gearbeitet und war noch nie glücklicher. Ich fühle mich wie eine Stahlplatte, die frisch aus dem Hochofen in Whitney Pier kommt. Die Sonne erblindet, wenn sie mich ansieht.

Dienst. – Die Rache des *quanto affetto*. Da bist du ja wieder, Gilda. Dem Kaiser gefällt's, das merke ich. Sein Mundwinkel zuckt ein wenig, so als bekäme er einen kleinen Anfall. Und so, wie er sich benimmt, würde man bei den meisten anderen auf Wut tippen, bei ihm jedoch bedeutet es, daß er glücklich ist. Je mehr er einen anschnauzt und je ruckhafter seine Bewegungen werden,

je öfter er »Nein, nein, nein, nein« sagt, als würde ich ihn
mit Nadeln pieksen, desto glücklicher ist er, das weiß ich.
Jetzt finde ich nicht mehr, daß er wie eine Albino-Eidechse
aussieht, sondern wie ein afghanischer Windhund.

Donn. – Heute hat Kaiser mich gefragt, was ich singen
würde, falls Mr. G-C mich um ein weiteres Lied bittet. Er
sagte, ich könne frei wählen, und er würde mir bei der
Vorbereitung helfen. Also sagte ich, ich wolle Cherubinos
Liebesgedicht aus *Le Nozze* vorbereiten. Ich sah zu Rose
hinüber, aber die tat, als hätte sie nichts gehört. Kaiser
nickte und sagte, das sei eine gute Wahl, »ausgesprochen
passend«.

Heute stand sie noch an der Straßenbahnhaltestelle, als
ich vorbeikam, also sagte ich: »Willst du mir nicht sagen,
daß ich einen Fehler mache?« Sie schaute aus großer Höhe
auf mich herab und erwiderte: »Woher soll ich das wissen?« »Du weißt doch so viel über Musik, es heißt, du
wärst die Kapazität in Sachen zukünftige Sangesgrößen.«
»Das hat doch wohl nichts mit dir zu tun, stimmt's?« Das
saß. Aber mir kann es völlig gleichgültig sein, was sie über
mich denkt, außerdem weiß ich sowieso, daß sie lügt, sie
ist nur beleidigt, daß ich mich nicht für Carmen entschieden habe, weiter nichts.

Ich wußte, daß ich es immer schlimmer machte, konnte
aber nicht anders, ich muß einfach immer weiter nach-
bohren. »Warum haßt du mich?« fragte ich. Und sie antwortete, ganz von oben herab: »Mädel, an dich ver-
schwend ich kein' Haß.« »Und warum redest du auf
einmal so ungebildet, was ist aus deinem ›Ich bin hoch
erfreut über Ihre Einladung zum Dinner, Miss Pipah‹
geworden?« Da sagte sie nur: »Verpiß dich.«

Darauf fiel mir nichts mehr ein, weil noch nie jemand
so mit mir gesprochen hat, es wird auch nie wieder vorkommen, schon gar kein hochnäsiges dunkelbraunes
Mädchen in einem geliehenen Kleid.

Freit. – Wenn ich wollte, könnte ich dafür sorgen, daß sie rausgeworfen wird. Als ich ihr das heute sagte, meinte sie: »Mir doch scheißegal.« Und ich sagte: »Da liegt dein Problem, du kümmerst dich um alles einen Scheißdreck.« »Eine Scheiß-Ahnung hast du«, sagte sie. Und ich dachte, hier führe ich also ein Gespräch, bei dem in jedem Satz das Wort »Scheiße« vorkommt, wenn Holy Angels mich jetzt hören würde! Ich kann auch austeilen, sie sollte sich besser vorsehen: »Ich hab wohl Ahnung von Scheiße«, sagte ich, was nicht besonders schlau war, und … Sie lachte.

Schnaubte nicht verächtlich, sondern lachte. Dann nahm sie sich wieder zusammen. Also sagte ich: »Und ich will mein Scheiß-Taschentuch wiederhaben.« Da mußte sie noch mal lachen. Na prima, bin ich also zum Totlachen, immer noch besser, als von einer wie ihr überhaupt nicht beachtet zu werden. Ich sagte: »Hast du gehört? Ich will es wiederhaben.« Und gerade als die Straßenbahn einfuhr, flüsterte sie mir zu: »Ich geb's dir wieder. Sobald ich meinen schwarzen Arsch damit abgewischt hab.« Und weg war sie, mitsamt ihren Puffärmeln, den Schleifen und der Schulmappe. Vielleicht ist sie vom Teufel besessen.

Samstag, 17. August – Heute morgen lag mein Taschentuch fein säuberlich gebügelt und gefaltet, das Monogramm nach oben, adrett auf dem Klavier, als ich eintraf. Rose spielte sich gerade warm, und der Kaiser war schon da. Ich nahm das Taschentuch, und als ich wußte, daß Rose mich aus den Augenwinkeln ansah, führte ich es zur Nase und schnüffelte daran. Was unglaublich unverschämt von mir war und wirklich kindisch. Rose konnte es nicht fassen. Sie vergaß ganz ihre Taktik, mich zu ignorieren, ihre Kinnlade klappte runter, sie glotzte mich nur an, und ich grinste. Sie grinste zurück. Und der Kaiser drehte sich zu uns um und sagte: »Miss Piper, wollen wir mit ein paar tiefen Atemzügen beginnen?« Ich mußte kichern, und Rose schlug sich die Hände vors Gesicht. Der Kaiser fragte mich, was denn los sei, und da war alles aus, ich prustete los, und da mußte Rose lachen, und ich brach auf seinem Perserteppich zusammen. Ein paar Zentimeter entfernt sah ich die glänzenden schwarzen Schuhe des Kaisers, und das machte alles noch schlimmer, denn wer hätte gedacht, daß meine Nase seinen zierlichen Füßchen je so nah kommen würde? Ich schluchzte in den Teppich, Rose johlte, ich dachte schon, wir würden beide sterben, wußte nicht einmal mehr, worüber wir lachten. Der Kaiser gab auf, und als ich seine schlabbernden Hosenbeine zur Tür hinausfegen sah, schrie ich vor Lachen.

Als ich schließlich wieder Luft bekam, rollte ich mich auf den Rücken und starrte an die nüchterne Decke. Rose trocknete sich die Augen und begann zu spielen – ein Stück, das langsam, traurig und starr wie ein italienisches Begräbnis anfing, dann zu einer großen hämmernden Melodie wurde, wie sie damals aus ihrem Kirchenfenster gedrungen war, mit schwerer linker Hand. Sie wurde immer lebhafter, jeder Takt eine neue Variation, immer verrückter, bis mir nichts anderes mehr einfiel, als zu tanzen. Denn wie hätte ich wohl dazu singen können? Sieh dich vor, Isadora, wir kommen. Wie ein Derwisch wirbelte ich durchs Zimmer, immer der Musik nach, und ließ mich einfach von ihr führen, ich zuckte wie ein Wels, jede Schulter führte ein Eigenleben, meine Füße schnappten über, liefen Zickzack, ich wackelte mit den ausgestreckten Fingern, wie ich es den Jazztänzern abgeschaut hatte, ich brachte den Club Mecca ins Unterrichtszimmer! Immer schneller wurden wir, bis ich nur noch hüpfte, nicht mal mehr Schritte machte … Da kam der Kaiser wieder rein.

Mit ruhiger Stimme sagte er: »Die Außentemperatur beträgt sechsunddreißig Grad. Hier drin ist es ein klein wenig heißer. Miss Piper, wäre es Ihnen lieber, wenn wir uns für heute vertagen?« Ich entschuldigte mich und pflichtete ihm bei, die Hitze habe mich in der Tat übermannt. Rose entschuldigte sich überhaupt nicht, starrte nur auf die Tasten, aber ich sah einen Tropfen auf das Fis platschen. Ich dankte ihm und gab ihm recht, ja, es wäre besser, am nächsten Tag weiterzumachen. An mir lief der Schweiß in Strömen herunter.

Zusammen gingen wir nach draußen, und ich rannte los, ohne mich umzuschauen, denn ich wußte einfach, daß sie mir folgen würde, weil ich es so wollte. In den Park bis zum Teich, und ohne zu zögern, lief ich direkt hinein. Mein Kleid bauschte sich wie ein großer Ballon, und in seiner Mitte trieb ich auf dem Wasser wie eine Ballerina in einer Spieluhr. Es war so erfrischend. Ich sah zurück zum Ufer, und dort beugte Rose sich vor, die Hände auf die Knie gestützt, und rief: »Du bist verrückt!«

Sie stand da und lachte mich aus, daher stieg ich klatschnaß ans Ufer, legte die Arme um sie und durchnäßte sie. Sie versuchte mich wegzuschieben, aber ich stellte mir einen Schraubstock vor und wich und wankte nicht. Sie ging sogar ein paar Schritte, schleifte mich aber mit wie eine Boa constrictor. Sie versuchte mich zu kitzeln, aber ich kann mich ganz gut tot stellen. Schließlich gab sie auf und stand einfach da, während ich sie umarmte. Mein Gesicht lag an ihrem Hals. Sie riecht wie ein Gewürz zu Hause in Mamas Regal, aber mir fällt nicht ein, welches, weil ich nie gekocht habe. Sie riecht so, wie sie aussieht. Ein großes Holzschiff voll kostbarer Gewürze und Seide aus einer schönen Gegend, unterwegs zu einem tristen Bestimmungsort.

Schließlich legte sie die Arme um mich. Ich drückte sie nicht mehr ganz so fest, und wir umarmten uns lange. Sie war so warm. Ich sagte: »Ich liebe dich.« Aber nicht laut. Ich spürte, wie sich ihre Brust beim Atmen gegen meine hob, und ihren Herzschlag zu spüren machte sie so menschlich, daß mir unbegreiflich war, wie ich nur auf den Gedanken verfallen konnte, sie ließe sich weder von mir noch von sonstwem verletzen. Liebes Herz. Ich fühlte ihre Wange an meiner. Noch nie hatte ich etwas so Weiches gespürt. Ich küßte ihre Lippen. In Gedanken. Es kam mir so natürlich vor, aber ich wußte, daß es nicht richtig wäre. Selbst ein Kuß auf die Wange – und jeder darf jeden auf die Wange küssen –, selbst das wäre nicht richtig, weil es ein schwacher Ersatz für den Kuß wäre, den ich ihr geben möchte. So gesehen, war es auch nicht richtig, daß wir uns am hellichten Tage so lange umarmt hielten, mitten unter all den Leuten. Sie ist so schön. Meine Rose. Zarter als eine Skulptur, weicher als Sand. Rose, ich küsse dich jetzt. O Gott, ich muß sie küssen. Ich werde sterben, wenn ich sie nicht küsse, das weiß ich jetzt. Es steht fest. Ich werde sterben. Es bringt mich um.

Als die Umarmung zu Ende war, sagte ich ihr, daß mir alles leid täte, und sie sagte, sie sei schlimmer gewesen als ich, und ich widersprach und schlug vor, uns nicht auch noch darüber zu streiten. Sie lächelte – ihr Lächeln ist … genial.

Wir gingen Arm in Arm zum Tor zurück, wie Freundinnen eben gehen, nur daß ich klatschnaß war und sie feucht. Ich befürchtete, mich selbst zu verbrennen, wegen der Stromstöße, die mich jedesmal durchliefen, wenn ich sie ansah. Ob sie sah, wie meine Haut zuckte? Was sie wohl denken würde, wenn sie wüßte, was mir durch den Kopf ging? Ich weiß noch, wie Schwester Saint Monica uns vor »übermäßig engen Bindungen« warnte. Das trifft auf Rose nicht zu. Sie nicht zu verehren ist die Sünde.

Und weil dies hier mein Tagebuch ist und ich dir alles sage: Ich fühlte mich wie sonst manchmal mit David. Feucht. Nicht nur vom Teich. Daher weiß ich, wie verdorben ich tatsächlich bin. Warum kann ich sie nicht einfach rein geistig lieben? Ohne Dinge hineinzuziehen, die hier nicht hingehören? Von jetzt an werde ich mit ihr ganz *normal* verkehren.

Denn wenn ich sie nie küssen könnte, wäre das zwar schlimm genug. Doch wenn ich meine erste Freundin deswegen verlöre, wäre das noch schlimmer. Wenn ich nicht weiß, wie man jemanden zur Freundin macht, kriege ich es vielleicht heraus, indem ich so tue, als wüßte ich es.

Und noch eins: In diesem Tagebuch wird sie nicht mehr angehimmelt.

0:17 Uhr nachts – Ich kann nicht schlafen. Ich fahre zu ihr rüber.

1:03 – Giles' Fahrrad hat einen blöden Platten. Der Taxifahrer wollte mich hier nicht aussteigen lassen. Er ist Italiener und brabbelte mir andauernd etwas von seinen gräßlichen Töchtern vor, die zu Haus in ihren Betten lägen, und was ich überhaupt für ein Mädchen sei. Also wirklich, nur weil ich wach bin, während andere Leute schlafen, und mich als Weiße in einem Schwarzenwohnviertel aufhalte, heißt das noch lange nicht, daß ich entweder in Schwierigkeiten stecke oder sie heraufbeschwöre. Wäre ich ein junger Mann, würde er mich gar nicht beachten.

Endlich ist es kühler geworden. Ich sitze auf den Stufen im Hauseingang gegenüber von ihrer Wohnung, und niemand verscheucht mich. Alles ist sehr ruhig. In dieser Gegend gibt es keine Clubs, »das hier ist eine anständige Wohngegend«. Heute wurde die Straße abgespritzt, wie schwarze Diamanten glitzert sie den Mond an, und Blumenkästen vor den Fenstern verströmen Duft und rote Farbe. Harlem ist gemütlich und aufregend zugleich. Roses Haus ist aus schmutziggrauem Stein und hat über der Eingangstür einen stuckverzierten Bogen mit lateinischer Inschrift: »*Ora Pro Nobis*«. Beten, für wen? Ich wüßte zu gern, was für ein Haus das früher einmal war. Vielleicht irgendein Krankenhaus. Im Schaufenster von »Dash Daniels Harlem Gentlemen's Emporium« ist ein leerer Anzug mit Hut wie eine flotte, winkende Vogelscheuche aufgebaut, eine Pfeife in das leere Gesicht gesteckt. Im Fenster des Metzgers sind lauter Hälften aufgehängt, ohne Haut und Köpfe. Im Dunkeln sieht es fast so aus, als würden da Menschen hängen. Bete für uns. Mir ist es gerade kalt über den Rücken gelaufen. Das ist albern. In einem Groschenkrimi wäre dieses Schaufenster der richtige Ort, um eine Leiche zu verstecken – ganz offen zwischen all dem anderen Fleisch. Makaber. Haha. Aber ich hab keine Angst. Der Himmel ist fast lila. Der Mond trägt einen gelben Schleier. In der Nähe ist ein Karren voller Wassermelonen abgestellt, kühles Grün, das ich an meinem Gesicht spüre. Niemand hat Angst, der Karren könnte gestohlen werden.

Gerade ist jemand rausgekommen! Ich habe mich so weit wie nur möglich nach hinten in meinen Hauseingang gedrückt. Es war ein Mann. Unter dem Hut konnte ich sein Gesicht nicht erkennen. Er ging zügig weg. Federnd, könnte man sagen. Ihr Freund? Ich kann sie mir nicht mit einem Freund vorstellen. Ich kann sie mir mit niemandem vorstellen. Außer mit mir. Ich gehe zur Rückseite des Hauses. Dort muß ihr Zimmer sein.

4:53 morgens – Giles schläft, Gott sei Dank. Ich bin kein bißchen müde. Ich habe eine Freundin.

Strahlender Sonntag – Ich finde, die schönste Skulptur der Welt besteht aus Feuerleitern, die an Häusern entlangstaksen, mit ihrem kunstvollen Gitterwerk, dürre schwarze Tänzer, die aus ihren Fenstern runter auf die Straße kriechen. Bei Laternenlicht unter einem dunstigen Mond. Ich sitze auf meiner Lieblingsbank im Central Park. Es regnet, aber über mir ist ein großer Kastanienbaum, ich habe meinen Regenschirm gegen die Schultern gelehnt und trage Gummistiefel an den Füßen. Es ist genau die richtige Stelle, um mit dem lieben alten Tagebuch zu plaudern. Völlig abgeschieden, und die Welt riecht wundervoll.

GESTERN NACHT!

Ich ging durch eine stockfinstere Gasse in einen kleinen Hof hinter ihrem Haus, über dem kreuz und quer Wäscheleinen gespannt waren. Alle Fenster waren dunkel. Ich sah nach oben und fragte mich, welches wohl ihr Zimmer sei, und da saß ein Mann auf der Feuerleiter vor dem offenen Fenster! Er hatte einen Filzhut auf dem Kopf und nichts an außer seinem langen gestreiften Nachthemd. Ich erstarrte, weil er mir in die Augen sah und sagte: »Was zum Teufel machst du hier?« Mir gingen die Augen über, als ich das Gesicht von Rose und nicht das eines fremden Mannes unter dem Hut erkannte, und ich antwortete, ich könne nicht schlafen, und sie sagte, sie auch nicht. Eine Weile blieben wir einfach so und sahen uns an, wußten nicht, ob sie runter- oder ich raufkommen oder nach Hause gehen sollte. Oder was.

Sie stand auf, stieg barfuß nach unten und ließ die untersten Sprossen für mich herab, also kletterte ich rauf. Sie lächelte. Wir fielen uns nicht in die Arme oder so was, sondern setzten uns vor das Kirchenfenster. Ich schaute hinein. An den Wänden sind Bibelsprüche aufgemalt, aber sonst stehen da nur Stühle, ein Klavier, und statt eines Altars ist da ein Podest mit einer Kanzel in der Mitte. Der Hut gehörte ihrem Vater. Sie trägt ihn, wenn sie nachdenken muß. Ich fragte: »Worüber nachdenken?« Und sie sagte: »Es ist eher so … Er schirmt mich vor der Welt ab, und ich kann in meinen eigenen Gedanken verweilen.« Es ist ein kohlschwarzer Hut. Ihr Vater ist vor ihrer Geburt gestorben. Der Hut steht ihr phantastisch zu Gesicht. Er betont ihre Wangenknochen und ihre Kinnpartie. So etwas kann ein Hut. Sie ist nicht nur schön, sondern auch attraktiv, aber ich hör ja schon auf zu schwärmen, ich habe eine Freundin, und alle falschen Gefühle sind ausgemerzt, sie sind überflüssig!

Wir haben uns drei Stunden lang unterhalten, und die Zeit verging wie im Fluge, bis ich den halben Weg nach Hause laufen mußte, ehe ich ein Taxi erwischte. Das macht mir nichts. Je weiter ich laufe, desto munterer werde ich, je weniger ich schlafe, desto wacher fühle ich mich. Rose hat eine klassische Klavierausbildung bei Lehrern vom New Yorker Konservatorium. Es stimmt also. Ein Wunderkind. Sie hat mit drei Jahren angefangen zu spielen. Ihr Vater war Musiker. Mehr weiß sie nicht über ihn. Und daß er an Tbc gestorben ist. Ihre Mutter hat einen Freund, der wohl ein recht berühmter Dirigent ist und Roses Unterricht bezahlt und für sie von klein auf die richtigen Verbindungen geknüpft hat. Rose soll die erste Farbige werden, die mit den New Yorker Symphonikern in der Carnegie Hall spielt. Den Namen des Mannes wollte sie mir allerdings nicht verraten, und auch nicht, warum sie ihn mir verschwieg; sie sagte immer nur »ein Freund meiner Mutter«. Das Mädchen kann schweigen, aber nach und nach komme ich schon noch hinter ihre Geheimnisse. Ich hab mich köstlich amüsiert.

Wenn sie ein junger Mann wäre, wären wir verliebt, aber so ist es besser. Wir können uns alles sagen. Sie wollte alles über mein Zuhause erfahren, aber ich ließ sie raten. Sie riet, daß ich meine Eltern »Mutter« und »Dad« nenne, daß ich »Reitstunden« genommen habe, daß »Mama« eine »kühle Blonde« mit stahlblauen Augen und untadeligem Geschmack in puncto Porzellan ist und »Papa« ein Richter mit »ererbtem Vermögen«. Ich drehte den Spieß einfach um und sagte ihr nicht, ob sie richtig geraten hatte. Fürs erste lasse ich sie in dem Glauben, daß sie schlau ist. Irgendwann zeige ich ihr mein Familienfoto. UND sie findet, *ich* hätte einen Akzent! Sie fragte: »Wo kommste her, Mädchen?« Und ich: »Da haben wir es schon wieder, manchmal redest du mit und manchmal ohne Akzent. Wie kommt das?« Und sie wieder: »Ich hab zuerst gefragt.« Ich sagte: »Von Cape Breton Island.« Sie: »C'Bre'n in Irland?« Und ich: »So rede ich nicht.« Sie wieder: »Doch, genau so.«

»Cape Breton liegt in Kanada, nicht in Irland, was lernt ihr hier in der Schule?«

Sie sagte: »Nützliches Wissen, beispielsweise, daß jeder später im Leben Präsident werden kann.«

Ich fragte: »Weißt du gar nichts über Kanada?«

»Arschkalt da. Stimmt's?«

Ich weiß zwar nie, wann sie einen veralbert, aber inzwischen ist mir klar, daß sie mich gern auf die Palme bringt. Wir sind vielleicht zwei! Als ich ihr erzählte, daß ich im

Club Mecca gewesen bin, war sie sprachlos. Es macht mir solchen Spaß, sie mit so einem Trumpf aus der Reserve zu locken, dann sieht sie nämlich nicht mehr so drein, als gäbe es nichts Neues unter der Sonne. Ich habe sie gebeten, mich beim nächstenmal zu begleiten, weil ich allein nicht reinkomme. Sie sagte, das könne sie ihrer Mutter nicht antun. Ich fragte sie, wie ihre Mutter es je herausbekommen sollte, wenn wir beide ihr nichts davon sagen. Nach einem Weilchen antwortete sie: »Meine Mutter kennt eine Menge Leute.«

Also erzählte ich ihr von Sweet Jessie Hogan und ihren Harlem Rhythm Hounds. Rose hörte zu, während ich ihr Jessies Stimmvolumen schilderte. Wie kann eine so voluminöse Stimme so geschmeidig sein, wie kann sie eben noch am Boden knurren und stöhnen und dann beschwingt über die Band emporschnellen? Von ihren Kostümen ganz zu schweigen – Aida ist nichts dagegen. Aber am besten gefällt mir, wie sie tanzt. Der Cakewalk ist zahm dagegen. Das ist nichts für Fußlahme. Rose schaute mich an, als sähe sie mich das erstemal, und sagte: »Du bist nicht gerade ein braves Mädchen, was?«

Ich spürte, wie ich rot wurde, ein wenig gereizt war ich schon. »Ich hab noch nicht darüber nachgedacht, ob meine Vorliebe für verschiedene Arten von Musik und für den Tanz etwas darüber aussagt, ob ich brav bin oder nicht.«

Sie sagte: »Tut mir leid. Ich meine ja nur ... Du hast Mumm in den Knochen. Du traust dich was. Neben dir komm ich mir vor wie ein Feigling.«

Das verschlug mir die Sprache, weil ich mir nicht vorstellen kann, daß Rose sich vor irgend etwas fürchtet.

»Dann komm mit«, sagte ich. Doch sie zuckte nur mit den Achseln. »Was kann dir deine Mutter schon anhaben?«

Sie gab keine Antwort, sagte nur: »Das verstehst du nicht.«

»Dann erklär es mir. Ich will es verstehen.«

Nun schwieg sie endgültig und sah zu Boden. Ihr Profil unter dem Filzhut. Drei dunkle Pyramiden. »Sag es mir, Rose. Bitte.«

Sie schaute weg, und ich dachte: O nein, nicht schon wieder. Aber im nächsten Moment sagte sie mit eisiger Stimme: »Im Grunde genommen interessiert mich die Musik der Farbigen nicht sonderlich.« Und mit einem höflichen Lächeln in meine Richtung: »Aber wenn du mich zu den Symphonikern begleiten möchtest, ich habe Karten für Donnerstagabend.«

Ich wollte nicht wieder alles verderben, sagte also: »Meinen verbindlichsten Dank. Ich bin ausgesprochen entzückt, das können Sie mir glauben, meine Dame.« Da mußte sie grinsen.

Sie hat keinen Freund, ich habe sie gefragt. Ich habe ihr ein wenig von David erzählt. Sie wollte wissen, ob ich in ihn verliebt war, und ich sagte: »Mitunter dachte ich, ich wäre es. Aber jetzt weiß ich, daß es nicht stimmte.«

»Woher weißt du das?«

Ich konnte sie nicht ansehen, sagte aber die Wahrheit. »Wenn er in diesem Moment wiederkäme, würde ich nicht von der Feuerleiter aufstehen, um ihm entgegenzugehen, daher.« Mein Gesicht kribbelte, weil ich das Gefühl hatte, daß sich das irgendwie falsch anhörte, und ich spürte, wie Rose mich beobachtete, kurz davor, mich wieder neu zu hassen, daher ergänzte ich: »Mich macht viel glücklicher, daß ich eine Freundin habe.« Und nun sah ich sie an, aber sie schaute geradeaus und nickte. »Mich auch.« Ich war ja so erleichtert. Gott sei Dank habe ich neulich im Park keine richtige Dummheit begangen. Gott sei Dank habe ich mich nur vor dir lächerlich gemacht, Tagebuch.

Dienst., 20. – Symphoniker göttlich fade. Schumann. Rose wurde von allen Seiten angestarrt. Allmählich begreife ich, warum ihr üblicher Gesichtsausdruck so abweisend ist. Sie hat Konzertkarten, haust aber in einer

607

kleinen Wohnung. Die Statur einer äthiopischen Königin mit einem Grübchen und Adlernase. Trägt ein geblümtes Kleid aus dem Jahr 1905, genau das richtige für kleine Mädchen und alte Damen. La Mystère de la Rose.

Mittw. – Ich schäme mich meiner Mutter nicht.

Donn. – Bin heute im Bett geblieben.

Freit. – Ich habe keine Freunde. Nur Kollegen. Der Kaiser hat recht. Vermutlich würde jede andere jetzt nach Hause laufen. Aber was erwartet mich dort? Die Hauptstadt von Nirgendwo. Nur Daddy ist da, und wenn ich reich und berühmt bin, lasse ich ihn erster Klasse zu all meinen Auftritten anreisen. Ich bin so lethargisch. Bringe nicht einmal Ehrgeiz auf. Alles erscheint mir öde und platt. Ja, ich werde hart arbeiten und überallhin reisen. Ich sehe alles vor mir, bis hin zum triumphalen Ende. Ich mag es gar nicht, wenn ich bis zum Ende von irgend etwas sehen kann. Dann bleibt einem nur noch, sich abzuplacken, bis man dort ist. Zuviel wissen ist eine Art Tod. Ich bete, daß ich nicht alles weiß. Das ist mein inbrünstiger Glaube: zu glauben, daß ich es wirklich nicht weiß. Aber manchmal ist es so schwer. Und in meiner Religion ist Langeweile die einzige Todsünde.

Samst. – Meine Gefühle für Rose, die ich aufgeschrieben habe, erscheinen mir wie ein Traum. Sie haben jemand anderem in einem anderen Land gehört.

Sonnt. – Nie passiert etwas.

Mont. – Dito.

Dienst. – Ibid.

Freit. – plus ça change

608

Samstag, *31. August 1918*

Liebes Tagebuch!

Ich weiß nicht, wo anfangen. Ich muß alles jetzt zu Papier bringen, solange es frisch ist. Hier sitze ich unter meinem Baum im Central Park, und der ganze Nachmittag bis zum Abendessen liegt vor uns. Ich muß ein paar Tage zurückgehen, denn trotz meines vielen Gejammers, daß nie etwas passiert, ist mir jetzt klar, daß ungeheuer viel geschehen ist und in seiner Gesamtheit zu dem einen hinführte, was ich dir mitteilen muß und was mir ALLES bedeutet.

Doch immer der Reihe nach: Ich bereite Carmen vor. Der Kaiser »protestierte energisch«, gab aber nach. Denn was bleibt ihm anderes übrig? Er wendet immer noch ein, es sei »pervertiert«, meiner »natürlichen Frische und Jugend« entgegenzuarbeiten – »Mein Gott, Miss Piper, Sie sind eine Naive, Carmen ist eine Hure.« Hält die Auffassung, ich sei ein Mezzosopran, für beruflichen Selbstmord, »Hexen und Flittchen, Schätzchen«, sagt er, aber ich will mich nicht auf eine Rolle festlegen lassen. Ich habe nicht vor, ewig die Gilda zu sein. Nicht wenn ich eine faltige Mittdreißigerin bin, und meine Abschiedsvorstellung gebe ich keinesfalls auch nur einen Moment früher als unbedingt nötig. Mezzosoprane leben länger. Ich werde die Carmen singen und die Tosca geben. Und ich lasse mir keine Hosenrolle entgehen. Kaiser weiß nicht, ob er Zeuge meines ersten göttlich inspirierten Diven-Anfalls oder meines Scheiterns wird. Ich auch nicht, aber wenigstens langweile ich mich nicht mehr! Allerdings sieht er ein, daß es vernünftig ist, Gatti-Casazza die ganze Spannbreite meines Repertoires vorzuführen, nicht nur stimmlich, sondern auch schauspielerisch. Denn darauf kommt es letztlich an. Es genügt nicht, eine wunderschöne Stimme zu haben. Wenn ich häßlich singen muß, um in einer Szene ein bestimmtes Gefühl zum Ausdruck zu bringen, dann tue ich es. Die Oper soll nicht »gefällig« sein. Frauen, die

609

sich selbst und alle anderen unablässig erdolchen, sind kein hübscher Anblick, sondern leidenschaftlich, grausam und schön, und keiner kann mir weismachen, daß solche Frauen nicht genausooft die Zähne fletschen, wie sie singen. Und da sind die komischen Rollen gar nicht mitgerechnet, die noch grotesker sind. Doch ich schweife ab...

Also gut. Los geht's. Vor dir empfinde ich keine Scham, Tagebuch, denn du bist ich. Du zierst dich nicht, dich kann man nicht schockieren, du weißt, daß in der Liebe nichts verwerflich ist, daher versuche ich, dir gegenüber so offen zu sein wie in meinen geheimsten Gedanken. Ehe ich es vergesse, laß mich ein aufrichtiges Dankgebet an Giles richten. Sie ist die am wenigsten neugierige Person auf Erden. Wäre sie nicht derartig arglos, hätte mein Leben nie beginnen können. Wenn Daddy wüßte, welch eine nachlässige Anstandsdame sie ist, er wäre im Handumdrehen hier, um mich bei den Nonnen einzuquartieren. Da fällt mir ein, ich sollte ihm wohl besser schreiben. Ach herrje, ich spanne dich auf die Folter. Nicht wahr, Tagebuch? Du kannst es sicher kaum abwarten. Ruhig Blut, öffne dein Herz, und ich fange ganz von vorn an und lasse dich so am Geschehen teilnehmen, wie ich daran teilhatte. Das freudenreiche Geheimnis der Rose...

Auf der Fähre mitten in der Straße von Canso legt Lily das Tagebuch weg und schaut hinter sich auf Cape Breton zurück, weil sie es nie wiedersehen wird. Sie schnuppert den letzten Hauch salzige Inselluft, rauh, kühl, mit dem Duft von Kiefernadeln, das unbeschreibliche Grau, das alles umhüllt. Zuhause. Lebwohl.

Sie muß an die Sohlen ihrer neuen roten Stiefel denken. Elf Tage Schotter auf dem Highway 4, hundertsechzig Kilometer bis zur Straße von

Canso. Viele Menschen stehen ihr bei, daher ist Lily kaum hungrig. Sie legt Wert darauf, nichts von dem Geld in ihren Stiefeln auszugeben. Nicht bevor sie angekommen ist. Von hellem Moos hat sie Wasser geleckt und unter den niedrigen Ästen von Kiefern geschlafen, deren Nadeln im Mai weich und jung waren. Die Nächte sind kalt, aber Lily friert nicht. Wenn sie einschläft, spürt sie, wie allnächtlich jemand durch den weichen Tau geht und sie zudeckt. Und jeden Morgen wacht sie warm und trocken auf.

Der Fährmann nahm ihre Münze und musterte sie besorgt. »Wie heißt du, mein Kind? Wer ist dein Vater?«

In meiner ersten Unterrichtsstunde nach unserem »Stelldichein« auf der Feuerleiter fürchtete ich, Rose werde mich wieder wie eine Fremde behandeln. Doch es kam anders. Sie war zwar nicht übertrieben herzlich, redete mich aber mit Kathleen an und sagte: »Gehen wir an die Arbeit«, und das taten wir die nächsten langen Tage wie Nieter an einem Wolkenkratzer.

Endlich gelang es mir, sie wieder zum Abendessen einzuladen – von ihren töchterlichen Pflichten wegzulocken –, und wieder schlief Giles, während Rose spielte und ich die altmodischen Lieder sang, die Giles gefallen. Dann zeigte ich Rose mein Zimmer und versuchte sie zu überreden, sich die Schleifen aus dem Haar zu nehmen und sich eine weniger kindische Frisur zu machen. Aber ich durfte ihr Haar nicht anfassen. Ich beschloß, mal ein ernstes Wörtchen mit ihrer Mutter zu reden. Warum putzt sie eine erwachsene Tochter, die so groß ist wie ein Mann und schöner als eine Frau, wie eine Anziehpuppe heraus?

Ich wartete darauf, daß Rose die gerahmte Fotografie von Daddy und Mama auf meiner Frisierkommode entdeckte. Sie fragte: »Wer ist das?« Ich antwortete: »Das ist mein Vater.« Darauf sie: »Wer ist die Frau neben ihm?« Ich: »Das ist meine Mutter.« Und sie starrte einfach nur auf das Bild, sah dann wieder mich an und sagte: »Nicht deine leibliche Mutter.«

»Wie meinst du das?«

»Ihr seid nicht blutsverwandt.«

»Doch.«

Da sah sie sich noch einmal die Aufnahme an. »Ich kann keine Ähnlichkeit entdecken.«

»Das kann niemand.«

»Woher stammt sie?«

»Aus Kanada.«

Rose wurde rot. Hurra! Aber ich lüftete für sie das Geheimnis: »Sie ist Libanesin.«

»Eine Arabschi?«

»Sie mögen es nicht, wenn man sie Araber nennt. Schon gar nicht Arabschis.«

»Was ist daran so schlimm? Ich hab es immer so gesagt.«

»Na ja. Jedenfalls stammen viele Libanesen von der Küste und sind mediterraner, europäischer, weißt du. Nicht wie Araber.«

»Sie muß aus dem Inland sein.« Dann sah sie mich an und sagte: »Darauf wär ich nie gekommen.«

Ich antwortete: »Ich mache kein Geheimnis draus.«

»Du siehst reinweiß aus.«

»Ich bin reinweiß. Meine Mutter ist Weiße.«

»Nicht ganz.«

»Jedenfalls ist sie keine Schwarze.«

Sie lächelte – eigentlich war es eher ein hämisches Grinsen – und sagte: »Keine Sorge, Schätzchen, du bist weiß genug für euch beide zusammen.«

»Was soll das heißen?«

»Jetzt bist du wütend, weil ich gesagt habe, daß du weiß bist.« Sie lachte mich aus.

»Ich möchte mit Namen angeredet werden. Bitte.«

Sie hörte auf zu lachen, sah mich kurz an und sagte:
»Kathleen.«

Aber sie sollte begreifen, worum es ging. »Ich schäme
mich nicht für meine Mutter, aber ich komme eher nach
meinem Vater. Meine Mutter hat keinen Ehrgeiz und ist
nicht besonders intelligent, auch wenn sie eine hinge-
bungsvolle Mutter ist.«

»Wie schön für dich.«

Mir lag auf der Zunge: »Scher dich zum Teufel« oder
noch etwas Schlimmeres zu sagen, als sie plötzlich ernst
wurde und sagte: »Tut mir leid, aber du bist mir gegenüber nicht ehrlich. Du schämst dich für deine Mutter.«
Mit einemmal wurde mir speiübel. » Und das finde ich
traurig«, ergänzte sie.

Die Übelkeit dunstete regelrecht durch meine Haut aus.
Rose konnte sie bestimmt riechen.

»Kathleen?« Augenscheinlich tat ich ihr leid, und
davon wurde mir noch elender. Wie in einem ekligen
Traum, in dem ich die Augen seitlich am Kopf habe und
nicht aufstehen kann.

»Es tut mir leid«, sagte sie.

Ich mußte mich vorbeugen.

»Ist dir nicht wohl?«

Ich dachte: Bitte, lieber Gott, laß nicht zu, daß ich mich
übergeben muß.

»Soll ich Giles holen?«

Offenbar hatte ich mir irgendwas eingefangen. Die
Bodendielen schwankten. Sie legte mir eine Hand auf
den Nacken. »Durchatmen«, sagte sie. Ihre Hand war
kühl.

»Gut«, sagte sie. »Aber die Sache ist die, wenn du erst
einmal ausgeatmet hast, empfiehlt es sich, in naher
Zukunft wieder einzuatmen ... Na bitte.«

Ich atmete aus und ein, und sie ließ ihre Hand dort liegen, bis mir nicht mehr schwindlig war und mein Magen
sich beruhigt hatte.

»Jetzt geht es wieder.«

Wir lagen auf meinem Bett und spielten eine Stunde lang Halma, und Giles brachte uns Kakao und Haferplätzchen. Ich hätte Rose gern über Nacht dabehalten, damit wir uns Gespenstergeschichten erzählen konnten, aber sie muß um neun zu Hause sein, sonst macht sich ihre Mutter Sorgen.

Am nächsten Tag eröffnete ich Rose, sie habe eine gesellschaftliche Todsünde begangen, weil sie mich noch nicht zu sich nach Hause eingeladen hatte. Ich muß klammheimlich angeschlichen kommen, und selbst dann darf ich nicht in die Wohnung. Ich fragte sie rundheraus nach dem Grund. Sie sagte: »Meine Mutter ist gebrechlich.«

Sie log, das zeigte mir ihr verschleierter Blick, aber ich ließ mir nichts anmerken.

»Ich wäre mucksmäuschenstill. Du könntest mich einfach in dein Zimmer führen.«

Sie sagte: »Mal sehen.«

»Sag ja.«

»... Na gut.«

»Wann?«

»Ich sag Bescheid.«

Als sie mir etliche Tage später immer noch keinen Termin nennen konnte, zeigte ich ihr die kalte Schulter, aber das half nichts – gegen ihre eigenen Methoden ist sie immun. Also ging ich gestern abend uneingeladen hin. Zu einer akzeptablen Uhrzeit, halb acht, als das Abendessen bestimmt vorüber war, aber noch früh genug, um die Straßenbahn zu nehmen und mir einen aufdringlichen Taxifahrer zu sparen.

Auf der Straße spielten jede Menge Kinder, und überall saßen in der Abendkühle Mütter auf ihren Veranden. Männer auch, in weißen Hemdsärmeln, manche zu zweit oder zu dritt an die Häuser gelehnt, andere beim Damespiel, und alle plauderten. Das erinnerte mich an New Waterford, nur daß Harlem vergleichsweise richtig wohlhabend ist. Außerdem versteht sich, daß ich hier aus dem

Rahmen falle. Alle starrten mich an, während ich vorbei-schlich, bis ich mir vorkam, als wäre ich einem Zirkus ent-sprungen. »Sehen Sie die weiße Sklavenprinzessin, im fin-stersten Kanada von Wölfen gesäugt!« Ein paar junge Burschen sangen mir ein Liedchen vor, als ich vorbei-ging … Leise, nicht unverschämt oder so, aber rot wurde ich trotzdem. Und sie nannten mich »Süße« und »Schätz-chen«; was gäbe ich drum, unsichtbar zu sein! Oder für einen Mann gehalten zu werden.

Bevor ich zu Roses Haus kam, hörte ich ihr Klavier-spiel. Es drang aus dem Kirchenfenster, aber es fand kein Gottesdienst statt, und es war eindeutig keine Kirchenmu-sik, sondern Rose in Reinkultur. Dort übt sie also. Dafür, daß sie sonntags spielt, nehme ich an. Im Schutz von Roses Musik blieb ich unter dem Fenster stehen, wurde aber bald von drei Frauen gestört, die auf Küchenstühlen auf der kleinen Veranda vor Roses Haus saßen. Die scheuchten mich nicht weg, sondern klärten mich über Rose auf! Sie wußten nicht, ob sie Rose bedauern oder für verrückt halten sollten. Das Gefühl kenne ich. »Armes kleines Ding«, sagten sie, »sie trägt ihr Kreuz.« Ich wollte sagen: »Sie ist kein kleines Ding«, mußte aber lachen, als sie fortfuhren: »Da übt sie Tag und Nacht und kann doch kein einziges Musikstück von Anfang bis Ende, wie sehr sie sich auch anstrengt.«

»Das stimmt, sie spaziert nur auf der Tastatur herum und sieht und hört nichts anderes mehr.«

»Außer sonntags, an Sonntagen spielt sie wie die Engel.«

»Das ist das Werk des Herrn.«

»Danke, Jesus.«

Dann betete eine von ihnen, Rose möge demütiger wer-den, und sie machten Witze, weil sie sie zu wunderlich und – ausgerechnet – zu »häuslich« fanden, um einen Mann abzubekommen. Und wozu soll Stolz für eine häus-liche Frau gut sein? Ich entschuldigte mich, was die Frauen offenbar nicht merkten, sie plauderten immer so weiter, während ich an ihnen vorbei die Stufen hinauf und zum erstenmal durch die Haustür ging.

Der Hausflur hat eine hohe gewölbte Steindecke mit einem Mosaik aus türkisfarbenen und weißen Fliesen. Vielleicht war es früher mal ein türkisches Bad. Es roch nach einem köstlichen Eintopf. An einem breiten Messinggeländer ging ich die hundert Jahre lang abgetretenen und dadurch sanft geschwungenen Marmorstufen hinauf bis in den ersten Stock und wollte gerade die Kirche betreten, um Rose zu überraschen, als mir blitzartig eine Idee kam. Eine schlimme. Ich ging weiter bis in den zweiten Stock und klopfte an die Tür, die zu ihrer Wohnung gehören mußte. Einen Moment lang dachte ich, es wäre keiner zu Hause, und war schon halb die Treppe wieder hinunter, als mich eine Frauenstimme aufhielt.

»Was kann ich für dich tun, Schätzchen?«

Ich drehte mich zu der Frau um und sagte: »Entschuldigung, hab mich in der Tür geirrt.«

»Zu wem woll'n Se denn?«

»Rose Lacroix.«

»Rosie ist unten und übt.«

»Ist gut, ich schau nur kurz unten bei ihr vorbei.«

»Sie mag es nicht, wenn man sie stört.«

»Das ist schon in Ordnung, sie kennt mich.«

Die Frau lächelte spöttisch und sagte: »Besonders gut kennen Sie sie aber wohl nicht, wie? Warten Sie drinnen, in ein paar Minuten kommt sie zum Abendessen rauf.«

»Oh. Danke.« Ich war verwirrt. »Ich möchte Sie nicht beim Abendessen stören.«

»Das tun Sie nicht, wenn Sie mitessen.«

Ich ging hinter der Frau her ins Wohnzimmer. Es war elegant und schäbig zugleich. Wirkte wie eine reiche Dame, die in ihren Kleidern geschlafen hat. Überall Samt. Ein pflaumenblaues Plüschsofa mit speckigen Stellen. Zugezogene staubige Vorhänge – burgunderrot mit Goldquasten. Und über dem Kaminsims ein hoher vergoldeter

Spiegel. Vom Geruch nach Eintopf, vermischt mit ihrem Parfüm, wurde mir etwas komisch.

Ich sagte: »Ich bin Kathleen Piper, Roses Freundin aus dem Gesangsunterricht.«

»Ach ja? Ich wußte nicht, daß Rose eine kleine Freundin hat.«

Ich fand, daß sie spöttisch, um nicht zu sagen unhöflich war, wußte aber nicht, warum, ebensowenig, wie ich dahinterkam, wer sie wohl sein mochte. Obwohl sie Rose offensichtlich kannte.

»Entschuldige, Schätzchen, ich bin Jeanne, die Mutter von Rose. Bitte nimm Platz.«

Mir muß die Kinnlade wohl bis auf die Brust gefallen sein, aber ich konnte es nicht ändern, ich war sprachlos. Sie zündete sich eine Zigarette an und lachte mir träge zu. Sie hatte ein knöchellanges Abendkleid an – mattroter Satin, schmal, lose sitzend, mit dünnen Trägern, tiefem V-Ausschnitt und schwarzen Paillettenblumen. Und offenkundig nichts darunter. Das hat mich wohl noch gründlicher schockiert als ihre weiße Hautfarbe, die glatten blonden Haare, die ihr bis auf die Schultern fielen, und die schmalen blauen Augen. Winzige Fältchen, sie muß an die vierzig sein, aber in dem Raum war es so schummerig, daß ich das nicht genau erkannte. Man sah ihr an, daß sie mal hübsch gewesen ist. Seltsamerweise ungeschminkt. Sie weidete sich an meiner Überraschung. Dann bot sie mir eine Zigarette an.

»Nein, danke.«

»Gut. Sie müssen Ihre Stimme schonen. Etwas zu trinken?«

»Ja, bitte.«

Wieder dieses unverschämt vertrauliche Lächeln, als mache es uns zu gemeinen Verschwörern, daß ich etwas zu trinken annahm; sie hatte etwas Ärmliches an sich und führte sich doch auf wie eine gelangweilte Königin. Ich halte zwar nicht viel vom Trinken, wollte mich aber von dieser Frau nicht noch einmal »Rosies kleine Freundin«

nennen lassen. Sie goß mir einen Whiskey ein und lehnte sich mir gegenüber ins Sofa zurück. Ihr linker Träger rutschte runter, was sie aber nicht zu bemerken schien.

Ich sagte: »Danke.«

»Ich weiß, daß du überrascht bist, Schätzchen, das sind anfangs alle, meine Güte, bist du hübsch.«

Ich könnte mich selbst dafür ohrfeigen, daß ich so leicht rot werde. Ich regte mich von Minute zu Minute mehr über sie auf und dachte, mit der Person lebt Rose also zusammen, wenn sie meine Mutter wäre, würde ich auch wie eine Hornisse durch die Gegend schwirren. Aber ich sagte: »Danke, Ma'am.«

Und sie lachte wieder über mich. In Büchern steht immer das Wort »lasziv«, aber nun endlich hatte ich im wirklichen Leben Verwendung dafür gefunden. Mrs. Lacroix war »lasziv«.

»Sag Jeanne zu mir, Baby.«

Ich bin nicht dein Baby, dachte ich, sagte aber: »Jeanne.«

Und sie kicherte wieder, musterte mich vom Scheitel bis zur Sohle und sagte: »Jawohl, ja. Allerdings.«

Mir wurde ausgesprochen ungemütlich, wie sie sich da so hinfläzte und mich beobachtete wie ein Raubvogel, der noch zu satt ist von seiner letzten Beute, als daß es für ihn der Mühe wert wäre, das Kroppzeug vor ihm zu fressen.

Rose kam herein. Sie blieb stehen, als sie mich sah. An ihrer Miene konnte ich nichts ablesen, sie sagte nur: »Tag.«

»Tag.«

Jeanne sagte grinsend: »Rose, Liebling, deine Freundin ist schlichtweg entzückend. Ich bestehe darauf, daß Sie zum Essen bleiben, Miss Piper.«

»Sagen Sie doch bitte Kathleen zu mir, Ma'am ... Jeanne.«

Sie blinzelte mir zu. Ich wurde wieder rot. Ich sah Rose an, erwartete, daß sie mir finstere Blicke zuwarf, aber sie fragte nur: »Willst du mein Zimmer sehen?«

Erleichtert stand ich auf, obwohl mir der Gedanke kam, daß Rose mich womöglich geräuschlos mit einem Kissen ersticken wollte, sobald wir in ihrem Zimmer waren. Unterwegs hielt ihre Mutter uns auf. »Hast du meine Medizin mitgebracht, Rose?« fragte sie, ohne sich zu uns umzudrehen.

»Ja, Mutter, hab ich.«

»Gut. Warten wir damit bis nach dem Essen, ich fühle mich heute recht munter.«

»Gut.«

»Ihr Mädchen plaudert ein wenig, ich rufe euch dann, wenn der Tisch gedeckt ist.«

»Danke, Mutter.«

Das war am seltsamsten. Herauszufinden, daß Rose keine »Mama«, sondern eine »Mutter« hat.

Es regnet auf die Bay of Fundy. Diesmal ist nicht nur ein Fährmann an Bord, sondern eine ganze Mannschaft. Niemand spricht Lily an, als sie an Bord geht, niemand erkundigt sich, wer ihre Eltern sind, niemand schaut besorgt drein – ein wenig Mißtrauen schlägt ihr allerdings schon entgegen. Achtundzwanzig Tage seit New Waterford. Was soll Lily wegen ihrer Stiefelsohlen unternehmen? Das Tagebuch fest umklammernd, schaut sie über die Reling. Das Festland von Neuschottland liegt hinter ihr, New Brunswick vor ihr.

Lebwohl, mein Nova Scotia, du Land am Meer,
laß deine finsteren Berge nur dräuen.
Bin ich erst weit draußen auf der salzigen See,
wirst du dann etwa traurig um mich sein?

Roses Zimmer sieht völlig anders aus als die Wohnung sonst. Rose hat ein schmales Bett mit einer ganz schlichten weißen Tagesdecke, und am Kopfende ist kein Brett. Nicht einmal ein Teppich liegt auf dem Boden. Ein Holzstuhl, ein kleiner Schreibtisch mit einem Füllfederhalter und einem leeren Blatt Papier und, ausgerechnet, der Bibel, geöffnet auf ... Aber das habe ich nicht mehr gesehen, weil sie das Buch in dem Moment zuschlug, als mein Blick darauf fiel. Als ob ich sie bei der Lektüre eines pikanten Romans erwischt hätte. Das Zimmer sieht aus wie die Zelle einer Nonne auf Holy Angels. (Ich weiß das, weil ich mich am letzten Schultag in den Flügel der Nonnen geschlichen habe, in der Hoffnung, eine prächtige Langhaarperücke im Zimmer von Schwester Saint Monica zu finden, aber vergebens.) Der einzige Unterschied: Statt eines Kruzifixes hängt ein Bild von Beethoven an der Wand. Und kannst du dir das vorstellen? Sie hat keinen Spiegel!

Rose schloß die Tür hinter uns und sagte: »Also. Willst du Halma spielen?«

»Warum hast du mir nicht gesagt, daß sie weiß ist?«

»Warum sollte ich?«

»Ich hab dir von meiner Mutter erzählt.«

»Was ist mit ihr?«

»Du hast gesagt, sie wäre keine Weiße.«

»Sie ist permanent braungebrannt, das gilt nicht als schwarz.«

»Neulich hast du's aber behauptet.«

»Ach ja, na das war ja wohl unerheblich, wenn man dein Aussehen bedenkt.«

»Ich habe keine Chance, oder?«

»Doch, und ob, dich kann nichts aufhalten, Mädchen.«

»Du hast was gegen mich, weil ich weiß bin.«

»Ich hab was gegen dich, weil du so verdammt beschränkt bist.«

»Dann klär mich doch auf.«

»Wozu der Aufwand?«

»Weil ich deine Freundin bin.«

»Freunde spionieren nicht hinter einem her.«

»Tut mir leid. Du läßt mir keine andere Wahl.«

»Du hast eine Wahl. Laß mich in Ruhe.«

»Nein.«

»Warum nicht?«

»Weil ich dich mag.«

»Warum?«

»Von meinem Vater abgesehen, bist du der klügste Mensch, den ich kenne.«

»Soll das ein Kompliment sein?«

»Und du bist schön.«

Das brachte sie zum Schweigen. Sie sah mich an, als hätte ich ihr eröffnet, daß sie noch ein Jahr zu leben habe. Also fuhr ich fort: »Aber deine Mutter zieht dich merkwürdig an.«

»Es spielt keine Rolle, was ich anhabe.«

»Das stimmt, du bist so großartig, da spielt es keine Rolle.«

»Halt die Klappe.«

»Komm heute abend mit mir ins Mecca.«

»Ich hab dir doch gesagt, daß ich nicht kann.«

»Machst du alles, was deine Mutter sagt?«

Sie setzte sich aufs Bett, faltete die Hände im Schoß und sagte den klassischen Satz: »Sie will nur mein Bestes.«

»Ach ja? Und zwar?«

»Aus diesem Loch rauskommen.«

Ich setzte mich neben sie und versuchte zartfühlend zu sein. »Was ist mit ihr?«

»Nichts. Sie tut ihr Bestes.«

»Du bist diejenige, die sich schämt.«

Rose verstummte und sah mich an, als hielte sie ein Hündchen im Arm und flehte, ihm nicht weh zu tun. »Du denkst, weil sie hier wohnt, wäre sie kein feiner Mensch. Aber sie muß nur wegen mir hier wohnen. Weißt du, was das für sie bedeutet? Sie wird wie der letzte Dreck behandelt, die wissen ja gar nichts über sie. Ungebildete Nigger.«

Mir verschlug es die Sprache. Rose fuhr fort: »Sie hat
alles für mich aufgegeben.«

»Auf mich macht sie einen recht zufriedenen Eindruck.«

»Sie ist zu höflich, um sich etwas anmerken zu lassen.«

»Ich fand sie nicht im mindesten höflich.«

Da schaute Rose richtig verdutzt drein. Wie kann sie
über so viele Dinge so vieles wissen und doch so wenig
über ihre Mutter? Aber ich sagte nur: »Wo ist dein Hut?«

Ich ging mit ihr durchs Wohnzimmer, vorbei an der
Küche, wo Jeanne den Tisch deckte. Das heißt, sie stand
einfach da, eine Gabel in der Hand, und starrte in die
Luft. Rose führte mich in Jeannes Zimmer – oder besser
gesagt Boudoir. Zerknüllte Satinlaken in einem riesigen
Mahagonibett mit Löwenfüßen. Über dem Bett hing ein
großes Ölgemälde von einer dicken weißen Frau, die aus
einer Wanne steigt. Ein Toilettentischchen voller Silberbürsten, Schminkdöschen, Büschel blonder Haare ... Ein
kristallenes Cocktailglas mit Lippenstiftspuren, ein
Aschenbecher, randvoll mit rotgeränderten Kippen,
durcheinandergeworfener Schmuck, eine Pinzette und ein
Wimpernbürstchen. Überall lagen Kleidungsstücke verstreut, und es waren zu viele Gerüche für ein Zimmer.
Rose öffnete einen großen Kleiderschrank, kramte im
obersten Fach und zog den kohlschwarzen Filzhut herunter.

»Rosie!«

Das war Jeanne aus der Küche. Es klang, als hätte sie
sich gerade weh getan. Rose schleuderte den Hut in den
Schrank zurück und flitzte aus dem Zimmer. Ich holte ihn
wieder heraus, setzte ihn auf und ging ins Wohnzimmer.
Rose wandte mir den Rücken zu. Aber vom Sofa aus, auf
dem sie lag, sah mir Jeanne in die Augen. Man merkte ihr
zwar an, daß sie Schmerzen hatte, sie wirkte aber auch
leicht belustigt, mich mit dem Hut zu sehen. Mir wurde

unheimlich. Rose griff in ihre Schulmappe. Ich sah die Notenblätter. Sie zog eine Spritze hervor, die sie aus einem Fläschchen füllte. Jeanne hielt den linken Arm ausgestreckt und öffnete und ballte mehrmals die Faust. Die Kraft, mit der sie diese Bewegung ausführte, paßte nicht zu ihrem schlaffen Körper. Ihr Gesicht wurde auf einmal straff und noch blasser, und sie sah an die Decke. Rose verabreichte ihr die Spritze, und Jeanne schloß die Augen wie eine ins Gebet vertiefte Nonne. Ihre Faust entspannte sich, sie stieß einen kleinen Seufzer aus, langte nach Rosies Gesicht und streichelte es. Dann murmelte sie etwas und nickte ein. Rose legte Jeannes Arm quer über den Magen, stand auf und sah mich.

»Sie hat starke Schmerzen.«

Mir war es peinlich, daß Rose wieder lügen mußte.

»Hat sie dich mit dem Hut gesehen?« fragte sie.

»Ich glaube schon.«

»Mach das bitte nicht wieder. Es regt sie auf.«

»Tut mir leid.« Ich gab ihr den Hut. »Hast du ein Foto von ihm?« fragte ich.

»Nein.«

»Hast du gar nichts außer seinem Hut?«

Rose sah zu ihrer auf dem Sofa liegenden Mutter hinüber – völlig weggetreten – und führte mich in das Boudoir zurück. Dort verschwand sie im Kleiderschrank. Ich hatte die verrückte Vorstellung, sie könnte endgültig in eine andere Zeit und an einen anderen Ort verschwunden sein. Aber kurz darauf kam sie mit einem Männeranzug auf einem Kleiderbügel wieder heraus.

Nadelstreifenhose, schwarz-beige. Schwarze Weste mit Frack. Beigefarbenes Halstuch mit schwarzen Tupfen. Gestärktes weißes Hemd, mit Diamanten besetzt.

»Paßt zum Hut«, sagte ich.

Und sie erwiderte: »Und ob.«

Ich sagte: »Probier ihn an.«

Sie tat nicht schockiert, daher weiß ich, daß sie auch schon mit diesem Gedanken gespielt hatte. Außerdem weiß ich dadurch, daß gewisse Dinge zwischen uns damit passé waren. Gott sei Dank. Sie sagte nur. »Das könnte ich nicht.«

»Warum nicht?«

»Es wäre so was wie ein ... Sakrileg.«

»Er war nicht Gott, nur irgendein Kerl.«

»Er war mein Vater!«

»Und außer seinen Kleidchen hat er dir nichts hinterlassen.«

Sie zögerte. Also fing ich an, mich auszuziehen.

»Was tust du da?«

Ich antwortete nicht, weil ich es selbst nicht wußte; ich zog mir einfach das Kleid über den Kopf, nestelte an meinen Strümpfen herum, und seltsamerweise half das. Sie sagte: »Schon gut, schon gut.« Also zog ich mein Kleid wieder an, während sie die unzähligen Knöpfe an ihrem aufdröselte und befahl: »Dreh dich um.«

Ich gehorchte. Es dauerte ewig.

»Nicht gucken!«

»Tu ich nicht.«

Endlich sagte sie: »In Ordnung. Jetzt darfst du hinschauen.«

Ich drehte mich um. Herrje.

Sie ist ein großer, schlanker junger Mann in einem eigenartigen schwarz-beigefarbenen Anzug. Nichts und niemand, was sich an die Backsteine sämtlicher Häuser zwischen hier und Battery Park lehnt, kann sie ausstechen.

Sie fragte: »Wie seh ich aus?«

»Du gehst jetzt mit mir ins Mecca.«

»Ich ...«

»Schau in den Spiegel.«

Weil sie zögerte, schloß ich die Schranktür, damit sie vor dem daran befestigten Ganzkörperspiegel stand. Ich war hinter ihr, während sie den schönen jungen Mann mit dem feingeschnittenen Gesicht zwischen Hut und Halstuch ansah. Sie betrachtete sich lange. Und endlich: »Meinst du ...?«

»Und ob.«

Sie nickte sich selbst zu und drehte sich zur Seite.

Ich sagte: »Nicht einmal deine Mutter würde dich erkennen. Noch viel weniger die Freunde deiner Mutter.«

»Hast du überhaupt Geld?«

»Zwei Dollar.«

»Und ich hab Geld fürs Taxi.«

»Gehen wir.«

»Nein.«

Ich dachte: »Meine Güte, jetzt kriegt sie kalte Füße«, doch sie bot mir lächelnd ihren Arm und sagte: »Laß uns vorher speisen.«

Jeanne hatte es irgendwie geschafft, den Tisch zu decken. Es war zwar nur ein Küchentisch zwischen Spüle und Kühlschrank, aber mit einem schneeweißen Spitzentuch, und auf dem Silberbesteck waren die Initialen »J. B.« eingraviert. Rose zündete die Kerzen an. Sie goß sprudelndes Root Beer in unsere Kristall-Kelchgläser und füllte die Teller aus feinstem Porzellan mit Eintopf, wie wir bei uns daheim sagen würden. Kartoffeln, Möhren, Schweinshaxen (sie sagt: »Schweinefüße« dazu), Mehlklöße, nur statt Kohl gab es irgendein grünes Blattgemüse. Daddy hatte recht. Die Zeit ist gekommen, da es mir wie das köstlichste Essen der Welt schmeckt. Wir saßen uns gegenüber und stießen an: »Auf das Mecca.«

»Aufs Mecca.«

Und tranken. Für Jeanne war auch gedeckt.

»Sie ißt sowieso nicht viel«, sagte Rose.

»Es bringt Glück, am Tisch ein Gedeck mehr aufzutragen.«

»Warum?«

»Falls dein Schutzengel mitessen möchte.«

»Jag mir keine Angst ein.«

»Das hat nichts mit Angst zu tun, sie passen auf einen auf.«

»Das glaubst du doch selbst nicht.«

»O doch.«

»Und was hat dein Schutzengel je für dich getan?«

»Mich nach New York geschickt. Dafür gesorgt, daß du mir über den Weg läufst.«

»Du Glückspilz.«

»Wir werden uns kennen, solange wir leben.«

Nach einem Weilchen sagte sie: »Ich glaube nicht, daß ich einen Schutzengel habe. Ich glaube, ich bin allein.«

»Du hast einen, solange ich da bin.«

Sie hörte mir zu, ich merkte, daß sie mir glauben wollte, und ohne über meine Worte nachzudenken, fuhr ich fort: »Und wenn ich vor dir sterbe, komm ich wieder.«

Ihr traten Tränen in die Augen, und mir auch, wie es immer geschieht, wenn man über Geister spricht. Ich aß zwei Portionen Eintopf. Kaum zu glauben, daß Jeanne ihn gekocht hat. »Sie kocht immer.« Dann ist sie als Mutter wohl doch nicht ganz unbrauchbar.

»Was bedeuten die Initialen J.B.?«

Nach kurzem Zögern antwortete Rose: »Julia Burgess.«

»Wer ist das?«

»Meine Großmutter.«

»Lebt sie noch?«

»O ja.«

»Und wo?«

»Auf Long Island.«

»Besuchst du sie oft?«

»Ich habe sie nie kennengelernt.«

»Ich meine Großeltern auch nie.«

»Der Teufel soll sie alle holen.«

»Darauf trinken wir.«

Wir stießen wieder an, und dann erhob ich mein Glas zum drittenmal. »Trinken wir auf das zwanzigste Jahrhundert«, sagte ich. »Weil es uns gehört.«

»Auf das zwanzigste Jahrhundert.«

Glaubst du, daß man von Root Beer einen Schwips bekommt?

Lily pflückt große wächserne Blätter von einem Ahornbaum und ersetzt damit das Futter auf dem, was von ihren Schuhsohlen noch übrig ist. Sie überquert die Grenze der Vereinigten Staaten und ist in Maine. Die Straße, eben noch eine Schotterstraße, ist jetzt asphaltiert. Sie kniet am Straßenrand nieder und spricht ein kleines Gebet, schließlich hat sie unbekanntes Land betreten. Die Stelle, auf der sie kniet, ist in der Nähe von Calais, und wer heutzutage dorthin kommt, dessen Uhr bleibt stehen.

Lily weiß, wohin sie geht, sie muß sich nur an die Küste halten. Solange sie zu ihrer Linken das Meer sieht, kann sie sich nicht verlaufen.

Wir spülten rasch ab, dann machte Rose ein Silbertablett mit zwei Gläsern, einem Eiskübel, einem Sodasyphon und einer Flasche Whiskey zurecht und stellte es auf einem Tischchen neben dem Sofa ab, auf dem Jeanne lag. Ich fürchtete, Jeanne könnte aufwachen und uns erwischen, aber Rose sagte: »Keine Sorge. Sie wacht erst auf, wenn ihr Besuch kommt.« Ich fragte nicht: »Was für ein Besuch?«, weil ich nicht wieder von Rose belogen werden wollte. Sie führte mich zur Tür, hielt sie mir auf, *très galante*, und sagte: »Ladies first.« Als ich durch die Tür trat, wandte ich den Kopf, um Rose zuzulächeln, und sah Jeanne im Spiegel über dem Kaminsims. Sie lag vollkommen bewegungslos auf dem Sofa und starrte mir in die Augen.

Glaubst du, es gibt so etwas wie einen Geist, der sich als Mensch maskiert? Meinst du, es gibt Menschen, deren Körper noch hier auf Erden weilen, während ihre Seelen bereits in der Hölle sind?

Manchmal verliert Lily das Meer tagelang aus den Augen und muß dann fragen, wo es zum Wasser geht. Sie ist bei weitem nicht die einzige, die zu Fuß auf den Straßen unterwegs ist. Ein langsam gehender hagerer Mann aus Oklahoma, der kein bestimmtes Ziel hat, teilt seine gekochten Kartoffeln mit ihr. Sie fragt ihn nach dem Weg zum Wasser. Er bringt sie zu Eisenbahngleisen, die einen großen Bogen in Richtung Südosten beschreiben, bis das Meer in Sichtweite kommt. In dieser Nacht, zwischen den Bäumen und den Schienen, erzählt er unter einem pechschwarzen Himmel von seinem Haus in dem Land, wo Milch und Honig fließen, und Lily fragt, warum er von da weggegangen ist. »Es wurde fortgeweht«, sagt er. »Was liest du da?«

»Das Tagebuch meiner Mutter.«

»Wo ist deine Ma?«

»Sie ist tot.«

»Dann heb das Buch gut auf, das ist ein kostbares Andenken.«

Und er zeigt ihr ein Foto von seiner Frau und seinem kleinen Kind.

»Sind sie tot?« fragt Lily.

»Nicht daß ich wüßte.«

Von seinem rasselnden Atem wird Lily wach. Sie sieht ihm beim Schlafen zu, und das Geräusch hört auf, doch als sie einnickt, geht seine Qual von neuem los. Also bleibt sie wach. Bei Tagesanbruch setzt er sich auf und vergißt den Husten. Er faßt sie um die Taille, hebt sie hoch und stürmt, Jahre jünger geworden, auf den Troß prähistorischer Güterwaggons zu, die halbverrostet vorbeirumpeln.

Ich habe Rose nicht verraten, daß ihre Mutter uns gesehen hat.

Was für ein Gefühl, Arm in Arm mit Rose zu gehen, mit Rose als Kerl. Die Leute glotzten ganz anders. Offenbar hatte ich das einzige entdeckt, was mich in dieser Gegend noch verdächtiger wirken ließ. Es war ein windiger Abend. Rose hatte ihre alten schwarzen Schnürschuhe auf Hochglanz poliert, und ich wünschte inständig, ich hätte mein neues Kleid angezogen. Na ja, nächstesmal.

Beim Mecca angekommen, mußte ich sie schon fast mit vorgehaltener Pistole durch die Tür zwingen. Das Großartige am Mecca ist die bunte Mischung. So wie gestern nacht mit Rose hat das Lokal noch nie auf mich gewirkt. Ich sah alles mit ihren Augen und konnte die Stammkunden von den anderen unterscheiden. Die meisten sind junge Farbige, darunter nur wenige Frauen. Diese Männer sind alle schick angezogen, aber sie haben Löcher in ihren Taschen, die das Geld hineingebrannt hat. Sie verdienen besser als Bergarbeiter, sie bauen Panzer und Geschütze für »drüben«; das weiß ich, weil es mir Aldridge, der mit der Seidenkrawatte, verraten hat. Noch nie zuvor hatte ich gesehen, daß sich junge Männer so spreizen und herumstolzieren wie Pfauen. Sie lehnen sich wie nektargetränkte Staubgefäße an die Bar und warten drauf, von Frauen umschwirrt zu werden, und man spürt einfach, daß sie alle die Herzen ihrer Mütter brechen. Sie setzen ein verstohlenes Lächeln auf und glucksen vor sich hin, wenn sie mit den weißen Männern plaudern.

Ein paar Typen mittleren Alters sind auch da, ein berühmter Jockey, der am Tag fünf Portionen Salat verspeist, und ein glatzköpfiger ehemaliger Schwergewichts-Champion aus Halifax. Sie nehmen als einzige ihre Gattinnen mit, zwei sehr seriös dreinschauende Damen vorgerückten Alters, die immerzu die Köpfe zusammenstecken und schwatzen. Ein paar Burschen aus der Karibik mit bleistiftdünnen Schnurrbärten kleben auf einem Haufen. Einer von denen ist Anwalt, ein anderer ist mein

Bekannter Nico, ein kleines Energiebündel; mit Grundstücksgeschäften hat er ein Vermögen gemacht, und er lächelt ununterbrochen. Er nennt mich »Chérie«. Ein fleißiger junger Mann sitzt immer allein da und kritzelt in ein Notizheft, und an zwei zusammengeschobenen Tischen hockt ein bunt zusammengewürfeltes Trüppchen Individuen, die von sich und allem, was um sie herum vorgeht, eingenommen sind. Schauspieler, wie sich herausstellt. An der hintersten Ecke ihres Tisches hält jeden Abend ein Chinese Hof.

Heute abend fallen mir drei oder vier andere weiße Mädchen auf, die neben ihren farbigen Freunden sitzen, und ich sage zu Rose, wenigstens sind wir nicht das einzige gemischte Pärchen im Lokal, aber sie erwidert: »Doch.« Ich sage: »Sie sehen nicht wie Farbige aus.« Und sie: »Sag Neger.«

Was die weißen Stammgäste angeht: eine Handvoll robust wirkender Iren in Fünfzig-Dollar-Anzügen mit »Bräuten« am Arm. Ein Jude, der seinen Hutkarren in den Club mitnimmt; es ist ein sehr korrekter alter Herr, der die Augen schließt und langsam zur Musik nickt, wie flott das Stück auch sein mag. Heute haben auch Leute aus besseren Kreisen einen Tisch belegt, um sich mal in den Niederungen der Gesellschaft umzusehen – Mädchen und Knaben, die keinen blassen Schimmer haben, wo sie sind, und sich ungemein schlau finden, weil sie hier sind. Bestimmt nehmen sie an, daß das auch auf mich zutrifft.

Außerdem sind da noch ein paar »leichte Mädchen« aller Hautschattierungen, die mehrmals am Abend allein hereinkommen und in Begleitung gehen, und zwar unter dem wachsamen Blick ihres Zuhälters, der, in eine Ecke gelümmelt, auf seine massive Golduhr schaut. Manchmal frage ich mich, ob das wirklich schlimmer sein kann als Fußböden scheuern? Oder sieben Kinder kriegen?

Das Geschäft scheint zu florieren. Die Besitzer haben eine kleine Bühne, Rampenlichter und einen glitzernden lila Vorhang installiert, auf dem pseudoarabisch und in

Goldpailletten vor einer Minarettsilhouette das Wort »MECCA« steht. Zehn Minuten nachdem wir uns gesetzt haben, tritt ein Mann im Smoking hinter dem Vorhang hervor und verkündet: »Ladies and Gentlemen, der Club Mecca gibt sich die Ehre, Ihnen *Ali Baba und seine vierzig Possen* darzubieten!«

Der Vorhang teilt sich, und ein Harem ist zu sehen. Hellhäutige Mädchen und ein sehr dunkler fetter Sultan räkeln sich auf gestreiften Kissen. Die Mädchen führen den Tanz der sieben Schleier auf, während der Sultan einer von ihnen – der mit der hellsten Haut – ein Lied von verbotener Lust vorsingt und die Band Schlangenbeschwörermusik spielt. Die Zelttür wird aufgeschlagen, und der schöne Prinz Achmed steckt seinen turbangeschmückten Kopf herein und küßt die Heldin. Und zack, schon sind wir im lebenslustigen Paris, wo der Cancan getanzt wird, und von da flieht das junge Liebespaar vor dem bösen Sultan durch alle Hauptstädte der Welt, während die Revuemädchen sich rasend schnell umziehen und die Ziegfeld Follies in den Schatten stellen. Wir waren in Hawaii, Japan, Holland und Kanada, und sie hatten sich als Eskimos und Mounties verkleidet! Aber obwohl die Mädchen alle fünf Sekunden die Kostüme und Länder wechselten, hatten sie nie mehr als fünfzehn Quadratzentimeter Stoff am Leibe, selbst als sie pelzbekleidet in Kanadas Eiswüsten weilten.

Nach dieser Darbietung spielte die Band zum Tanz auf, aber Rose ließ sich beim besten Willen nicht auf die Beine bringen. Allerdings nickte sie gnädig, wenn feine und weniger feine Herren sie um Erlaubnis baten, mit mir tanzen zu dürfen. Ich tanzte mit dem Iren, der eine gebrochene Nase und eine Figur wie ein Baumstrunk hat, aber leichtfüßig ist wie ein Rehbock. Mit dem jüdischen Hutverkäufer, der aus allem einen Walzer macht. Mit einem blütenweißen Knaben aus Long Island – als ich ihn fragte, ob er die Familie Burgess kannte, antwortete er großspurig, das seien gute Freunde von ihm. Als ich weiterfragte, ob er Jeanne kannte, schaute er erst belämmert drein und sagte dann, wenn er sich recht entsinne sei da mal vor Jahren eine Tochter gewesen, die »in Europa auf tragische Weise ums Leben kam«. Ich lachte, und er forderte mich kein zweites Mal auf ... Was auch besser war, denn er bewegte sich wie ein Reisigbündel.

Währenddessen hockte Rose in ihrem phantastischen Anzug vor ihrem Bier. Sie sah erst auf, als ich mit meinem Kumpel Nico tanzte. Ich merkte, daß sie das störte, obwohl ich nicht verstehe, was daran so anders sein sollte als bei den Weißen. Ich sehe nur den einen Unterschied, daß die Neger – bis auf den untersetzten Iren – bessere Tänzer sind. Als die Band eine Pause machte und ich mich wieder an unseren Tisch setzte, sagte Rose: »Ich tanz mit dir, wenn du mir zeigst, wie es geht.«

Es war das erste, was sie seit einer Stunde zu mir sagte. Da wurde mir klar, daß ich sie absichtlich eifersüchtig gemacht hatte. Mich ärgerte, daß sie nur zum Schmollen aufgelegt war, obwohl wir endlich in diesen Club reingekommen waren und sie so umwerfend aussah. Ich fragte, wie ihr die Revue gefallen habe.

»Ungeheuer kindisch.«

»Sie haben doch flott getanzt.«

»Die Kostüme waren schamlos.«

»Das mußt du gerade sagen.«

»Immerhin bin ich vollständig bekleidet.«

Ich ließ sie an meinem Whiskey nippen, und dann machte ich etwas Verrücktes ... Ich küßte sie auf den Mund. Nur kurz, weißt du, aber wir wurden beide rot. Sie protestierte nicht, sondern winkte nur den Kellner herbei, verlangte noch zwei Drinks, mit tiefer Stimme, um mich zum Lachen zu bringen, und flüsterte mir dann verzweifelt ins Ohr: »Hast du genug Geld?« Ich streifte ihre Lippen mit meinem Ohr. Sie rührte sich nicht. Ich küßte ihren Hals zwischen steifem weißem Kragen und Ohrläppchen. Ich ließ meine Hand unter dem Hut um ihren Hinterkopf gleiten und streichelte die sanfte Einbuchtung unter dem

Schädel. Sie drehte sich ein klein wenig zu mir und küßte mich auf den Mund. Unendlich sanft. Ich vergaß alles um uns her. Daß wir irgendwo waren. Wir sahen uns nur in die Augen ... Das bist du also.

Die Drinks kamen. Und Rose, wieder schüchtern geworden, schaute weg. Was geschieht mit mir, falls Rose jemals aufhört, schüchtern zu sein? Dann kriege ich einen Anfall von all der Schüchternheit, die ich mir aufgespart habe.

Dann passierte etwas, was ich noch nie zuvor erlebt hatte. Das Lokal wurde brechend voll; und zwar kamen überwiegend Schwarze, Männer wie Frauen. Wenn ich ganz genau hingeschaut hätte, wären mir garantiert die Frauen von Roses Haustreppe aufgefallen, wie sie der Teufelsmusik trotzten. Seit meinem letzten Besuch mußte es sich herumgesprochen haben. Man dämpfte die Saalbeleuchtung, und die Rampenlichter beleuchteten die schimmernden Minarette von Mecca. Schweigen senkte sich über das Lokal, und der Conférencier trat vor, um die Göttin des Blues anzurufen: »Ladies and Gentlemen, der Star unserer Show: Die Kaiserin des Blues, Cleopatra des Jazz, die Tiefste, die Höchste, die Heiligste, die Reizendste, Miss! Jessie! Hogan!«

Beifall und Zurufe, die das *bravissimo* eines Opernfinales in den Schatten gestellt hätten, obwohl der Vorhang noch geschlossen ist. Er öffnet sich, lila und golden, und gibt den Blick frei auf Perlen und Pfauenblau. Vierzehn Karat blinken in alle Himmelsrichtungen. Sie beginnt im Licht eines Punktscheinwerfers, und zwar mit nichts als einem Aufstöhnen. Es hält minutenlang an ... Schwillt auf und ab, bis es explodiert und man sich fragt, ob sie betet oder flucht. Sie schleift ihre Stimme über Schotter und glättet sie dann mit Seide, sie wird gekreuzigt, stirbt, wird begraben und ist wieder auferstanden, die Stimme wird wiederkommen, zu retten die Lebenden und die Toten. Dazu spontanes Klatschen und Rufen, mal von allen Seiten, mal vereinzelt. Nach dem Eröffnungssakrament verharrt La Hogan in völligem Schweigen, während Gott unsichtbar herabsteigt, um Nachforschungen anzustellen. Dann, sobald ER wieder weg und die Luft rein ist, trötet sie los wie eine Trompete, bis die Trompete es nicht mehr aushält und zurückschlägt, sie kämpfen Schlag auf Schlag, und dann hebt sie die Arme und ruft einen Waffenstillstand aus. Sie macht einen Schritt von der Bühne herunter. Ein Aufschrei geht durchs Publikum, die Posaune schreit schockiert auf, und die Hogan stimmt ihren Song ohne Worte an, viermal so schnell wie zuvor, stolziert in die Mitte des Saals, tanzt, die Band folgt wie gehorsame Schatzträger – bis auf das Klavier –, der Schlagzeuger trommelt im Gehen auf jede erreichbare Fläche, und die Leute klatschen den Takt, während sich die Hogan irgendwie zwischen den wackligen Tischchen und ihren zahlreichen Getreuen durchschlängelt. Am Ende dieses ersten Stücks sagt sie: »Willkommen und guten Abend«, so als wäre sie eine ganz gewöhnliche Sterbliche. Der Schweiß rinnt in Strömen von ihrem Perlenstirnband, und beim Lächeln zeigt sie Elfenbein und Gold. Sie muß an die zweihundert Pfund wiegen.

Ich sah zu Rose hinüber. Während alle anderen im Raum sich wiegten, wippten und strahlten, saß sie vollkommen ernst da, verzog keine Miene, hörte und sah zu.

Weißt du, was sie hinterher über die Musik sagte?

»Primitiv, aber mitreißend.«

Wenn das kein dickes Lob ist.

Unter einer trüben Laterne stand ich meiner Geliebten von Angesicht zu Angesicht gegenüber und stemmte meine Finger gegen die Diamantenknöpfe ihrer makellosen Hemdbrust. Groß, wie sie ist, ließ sie ihre Hände wie selbstverständlich um meine Hüften gleiten und zog mich an sich. Und verwegen, wie ich bin, preßte ich meinen Mund auf ihren, gab ihr diesmal einen Zungenkuß und sagte ihr alles, was ich ihr schon so lange hatte sagen wollen. Dunkel und köstlich, das Liebeselixier ist in deinem

Mund. Je mehr ich davon trinke, desto mehr fällt mir ein, was wir noch nie gemacht haben. Ich war ein Gespenst, bis ich dich berührte. Habe nie die Nahrung der Sterblichen zu mir genommen, bevor ich dich kostete, nie das gesprochene Wort begriffen, bis ich deine Zunge fand. Ich war eine Schlafwandlerin, triste Somnambule, die ihre Hände ausstreckte, um auf das feste Etwas zu treffen, das mich endlich zum Leben erweckte. Bislang stand ich nur immer hier unter dieser Laterne, an deinen Leib gepreßt, mein ganzes Leben habe ich mich nach dir verzehrt.

Sie küßte mein Gesicht mit Feuerzungen. Da geschah es, ich wurde schüchtern und bot ihr nur meinen Scheitel dar, so küßte sie eben den. Mit einer Stimme, die ich nie zuvor gehört hatte, sagte sie: »Ich hätte nicht gedacht, daß du einen Geruch hast, aber den hast du.« Darüber mußte ich lachen. Denn was sagte sie da! Doch sie erklärte: »Nein. Jeder hat einen Geruch, den man entweder mag oder nicht mag, oder er läßt einen kalt. Nur du hattest keinen Geruch. Das fand ich unheimlich.«

»Du läßt dich leicht vergraulen.«

Ich rede so gern mit ihr, während wir uns in den Armen halten.

»Dadurch kamst du mir nicht richtig menschlich vor«, sagte sie.

»Ich hab dir doch gesagt, ich bin kein …«

»Du brauchst nicht …«

»Angsthase.«

Sie küßte mich wieder, und wir konnten nicht innehalten, rückten nur aus dem Lichtschein, wenn wir Pferdehufe hörten. Wir huschten in eine Gasse, und ich zog ihr das Hemd aus der Hose. Ich preßte meinen Unterleib gegen ihren, und sie seufzte. Innerlich schmolz ich dahin, es war die lieblichste Musik. Endlich tanzten wir miteinander. Ich ließ meine Hände unters Hemd und seitlich an ihrem weichen Körper hinaufgleiten, wollte es langsam auskosten, doch das ging nicht, sie packte mich und bewegte sich unter meinen Händen. Ich spürte ihre Brustwarzen und glaubte zu sterben. Rose stöhnte auf, als hätte ich sie erdolcht, und mit ihrem Oberschenkel zwischen meinen Beinen kam ich mir vor wie eine Wilde, die einen heiligen Baum plündert. Ich fand ihre Hand und führte sie an eine mir bekannte Stelle, küßte sie mit jenem Mund, den ich versteckt halte, nahm sie dann in mich auf und sog an ihr wie gierige Gezeiten, die sich nicht entscheiden können, ob sie verschlingen oder ausspeien sollen. Ich verlor jede Kontrolle. Und selbst als ich endlich aufhören konnte, wußte ich, daß ich nie zu Ende kommen würde.

O Rose, es ist nicht genug, bis ich dich ganz in mir habe und dich dann aus meinem Bauch der Welt frisch und neu zurückgebe. Sie machte nur leise: »Oh.« Ganz, ganz lange. Stell dir vor, in einer Gasse. Das ist nicht sehr romantisch. Aber irgendwie war es das doch. Und wie.

Primitiv, aber mitreißend.

Auf dem Schild steht »Lebanon«. Kann ich wirklich so lange geschlafen haben? fragt sich Lily.

»Raus, hab ich gesagt!«

Als Lily aus dem dunklen Güterwagen zum Vorschein kommt, bereut der Bahnwärter seinen Ton.

»Kann ich dir behilflich sein?«

»Danke, Sir.«

»Wo soll's denn hingehen, kleines Fräulein?«

»Nach New York City.«

»Na, in dem Fall bist du leicht vom Kurs abgekommen. Weißt du das?«

»Ich bin in Lebanon. Wo ist New York?«

»Ungefähr achtzig Meilen in die Richtung, aus der du gekommen bist, bis Portland, dann rechts abbiegen, haha – he, wo gehst du hin?«

»Zurück.«

»Du kannst nicht zu Fuß gehen.«

»O doch, keine Sorge.«

Zwei Stunden später:

»Hallo, da bist du ja wieder, kleines Fräulein.«

»Hallo, Sir. Ich hab das Tagebuch meiner Mutter im Zug vergessen.«

Mit der Draisine fährt er sie per Hand die zwanzig Kilometer bis zum Holzplatz. Er klettert in neunundzwanzig Güterwagen.

»Ist es das hier?«

»Ja. Danke.«

»Keine Ursache.«

»Wiedersehn.«

»Hier.«

»Danke, Sir.«

»Heb es nicht zu lange auf, is Mayonnaise drin.«

»Keine Sorge.«

6. *September* – Jeden Morgen Gesangsunterricht. Jeden Abend Mecca. Jetzt steht fest, welches die verkleidete Rose ist.

Samst., 7. – Gestern beugte sich Jeanne dicht zu mir herüber und sagte: »Du erinnerst mich an jemanden, Herzchen.«

Ich biß mir auf die Zunge und sagte: »Wirklich, Jeanne? An wen?«

Und sie antwortete mit ihrem falschen Lächeln, das manchen Männern offenbar Geld wert ist: »An mich.«

Ich schwieg. Sie nahm einen tiefen Zug von ihrer Zigarette, inhalierte und atmete dann aus. »Ich möchte wetten, dein Daddy ist ganz verrückt nach dir.«

Ich habe mir angewöhnt, ein *Gegrüßet seist du, Maria* aufzusagen, bevor ich die Wohnung betrete.

Mont., 9. – Zwei Künstlerinnen wie uns hat die Welt noch nicht gesehen. Der Kaiser ist von meinen Fortschritten entzückt. Manchmal sagt er einfach nur zu mir: »Singen Sie«, und zu Rose: »Miss Lacroix, würden Sie bitte spielen.« Und lehnt sich zurück. Wie milde der hohe Herr doch geworden ist. Bis November rudern wir einfach sanft und mit halber Kraft voraus.

Manchmal komme ich mir vor wie im Drogenrausch – kaum habe ich mich nachmittags von Rose mit ihren Schleifen, Bändern und toten Komponisten verabschiedet, treffe ich auch schon meine Geliebte in dem flotten Anzug zu einer Nacht mit Jazz und Jive. Drogen haben wir ausprobiert. Sie werden aus einer Pflanze hergestellt. Köstliches Aroma. Habe es einem Chinesen abgekauft. Damit verliert die Zeit ihre Bedeutung, man hört jede einzelne Note der Musik aus verschiedenen Richtungen gleichzeitig. Und es bewirkt, daß man sich langsam liebt. Aber mehr habe ich nicht gekauft, weil ich meine wachen Sinne nicht betäuben möchte. Wenn jede Musik gleich faszinierend ist, dann ist keine mehr faszinierend. Und wir haben reichlich Zeit, langsamer zu werden, das ganze Leben liegt vor uns.

Drei Nächte hintereinander waren wir nicht im Mecca. Ich ging zu Rose und wartete, während sie ihre Mutter verarztete und sich umzog. (Ich habe ihr die Schärpe von meinem neuen grünen Kleid geschenkt. Ich wand sie um ihren kohlschwarzen Hut, damit sie an mich denkt. Sie sagte, sie müsse nicht erinnert werden. Dann küßte sie mich so, daß ich die Zeit zu hassen begann.) Wir aßen zu Abend und gingen aus. Bei ihr zu Hause können wir wegen Jeannes »Besuch« nicht bleiben. Einer der Herren ist uns am zweiten Abend im Treppenhaus begegnet. Ein älterer hellbrauner Mann mit Wanst und Monokel. »Er ist Sparkassendirektor«, sagte mir Rose. Vermutlich kommt

Jeanne ganz gut über die Runden. Kann jedenfalls ihre Arztrechnungen begleichen. Es gibt immer noch genug Männer, die für eine blonde Prinzessin bezahlen wollen, selbst wenn sie verlebt und drogensüchtig ist.

Nicht ihr Beruf macht mir zu schaffen, sondern sie selbst. Von Jeanne bekomme ich nichts als ein lautes Echo. Wo ist sie wirklich? Noch immer hat sie mit keinem Wort verraten, daß sie uns gesehen hat. Ich habe mich mittlerweile daran gewöhnt, dabeizusein, wenn Rose ihr die Spritze verpaßt. Das ist ihr ganzer Lebensinhalt. Sie kocht noch und deckt allabendlich den Tisch für drei, obwohl sie zur Essenszeit regelmäßig flachliegt – wenn ich's mir recht überlege, habe ich sie noch nie essen sehen. Und an ihre hämisch-arrogante Tour habe ich mich auch gewöhnt. Gestern abend erzählte sie mir in nasaler Sprechweise: »Ich bin eine Burgess, müssen Sie wissen – ich weiß nicht, ob Rosie es Ihnen gesagt hat –, von den Burgess auf Long Island. Mein Vater war George Morecombe Burgess.«

Und ich gab in gleichem Tonfall zurück: »Was Sie nicht sagen. Ich bin eine Piper, von den Pipers auf Cape Breton Island. Vielleicht haben Sie von meinem Vater gehört, James.«

Sie lächelt jetzt eher spöttisch als boshaft, daher weiß ich, daß sie mich in gewisser Weise respektiert. Sie treibt ein Katz-und-Maus-Spiel: »Kathleen, meine Liebe, wartet nicht irgendwo ein dahinschmachtender junger Mann auf Sie?« und nach noch ein paar Gläsern: »Hüte dich vor der dunklen Frucht, Darling. Mit der kommst du hoch, ganz nach oben, aber nachher bist du ausgesaugt, Baby, bis auf die Knochen.«

Wodurch unterscheide ich mich von Jeanne? Sie ist morphiumsüchtig. Ich bin süchtig nach Rose. Eine Rose ist keine Mohnpflanze. Dadurch unterscheide ich mich von Jeanne.

Hinter Boston passierte etwas. Lily hielt sich an die Schnellstraße, zu ihrer Linken glitzerte das Wasser, und alles war gut, bis sie auf beiden Seiten Wasser bemerkte. Dann war kein Land mehr zu sehen. »Ist das Manhattan?« Es dauerte eine Weile, bis ihr jemand antwortete. Ein Junge warf eine Handvoll Sand und Muscheln nach ihr: »Volltrottel.« Eine Schar junger Mädchen mit Korkenzieherlöckchen schlug sich kichernd die Hände vor den Mund und lief mit zugehaltenen Nasen davon. Ein langes offenes Automobil raste vorbei.

Da das Meer hier sehr hübsch aussah, setzte sich Lily auf einen Kai, um zu lesen und zu warten, bis sich die Dinge klärten. Ein Hummerfischer sagte ihr, wo sie war, und schenkte ihr eine saftige Schere aus seinem Kessel.

»Das Wasser ist so blau«, sagte sie.

»Siehst du das Meer zum erstenmal?«

»Nein. Aber mein Meer ist grau und grün.«

»Woher kommst du?«

»Kanada.«

»Ach ja? Ich hab eine Cousine in Vancouver, vielleicht kennst du sie ja.«

»Schon möglich.«

Unsere drei Nächte nach jener ersten Nacht: Wir bummeln zum Central Park. Zu einer Stelle in der Nähe vom Pond. Rose bringt eine Decke mit und ich süßen Kirschwein. Dort ist Dickicht, in das man wie ein Kaninchen hineinkriecht. Wenn man drei, vier Meter gekrabbelt ist, kann man aufstehen und die Sterne sehen. Und wird nur von den Sternen gesehen. Wir breiten die Decke aus und trinken dann immer gemeinsam ein Glas Wein, ehe wir uns berühren. Ich dachte, ich würde ruhiger, sicherer werden, aber wenn wir uns näher kommen, ist mir jedesmal fast schlecht vor Aufregung. Als würden bei jedem Mal die vorherigen Male mitschwingen. Dann steigt eine entsetzliche Trauer in meiner Kehle hoch, warum, weiß ich nicht. Und Trost finde ich nur gegen ihren Körper gepreßt. Als ich mich zum erstenmal mit ihr hinlegte, lösten sich unter ihrer Berührung alle Schmerzen, von deren Existenz ich nichts wußte, in Luft auf. Fühlt man sich so im Fegefeuer? Brennt man, ohne Schmerz zu empfinden? Wenn ja, warum nennt man es dann nicht Himmel?

Wenn meine Finger über die schöne Rose gleiten, sie zu lieblicher Entfaltung anschwellen lassen und sie sich bei jedem meiner Atemzüge wie ein Segel bläht, wenn meine Finger glitzernd in ihr verschwinden, gleicht Rose einem auf dem Schlachtfeld gefallenen Soldaten, der, den Kopf zur Seite geneigt, von mir geheilt wird. Ich ziehe ihr die Uniform aus, und sie kann endlich heimkehren. Du weißt nicht, wie schön sie ist. Ihr zu guter Letzt gelöstes Haar: schwarzer Schaum. Ihre Haut: nächtliche Gewässer, umschmeichelt vom Mond, ihrem weißen Geliebten. Ich falte behutsam ihre Kleider und bedecke Rose mit meiner Zunge, meinen Händen, meiner feuchten Mitte, dem wahren Balsam Gileads. Wußtest du, daß er Wunden schließt und Herzen öffnet?

Mein lindgrünes Seidenkleid würden sie zu Hause als Unterkleid bezeichnen. Ich trage nichts anderes mehr. Es ist geschmeidig wie Haut und paßt sich der leisesten Liebkosung an wie das Hemd eines mongolischen Kriegers, das dazu gedacht war, den Austritt eines Pfeils aus der Wunde zu erleichtern. Wenn ich über Rose knie und sie einlade, sich in diesem kühlen Hain zu erfrischen, wirft es einen Schatten wie ein Laubbaum. »Schau«, sage ich. Und ich spüre ihren zärtlichen Blick. »Berühr mich.« Und es ist gerade so, als hätte man keine Haut. »Küß mich.« Sie lenkt meine Hüften und senkt mich auf ihre Lippen herab, als wollte sie von einer Zauberflasche trinken. Je mehr man trinkt, desto voller wird sie.

Anfangs war Rose ein wenig schockiert. Aber ich habe etwas über scheue Leute herausgefunden: Sie warten nur auf das Signal. Dann sind sie die ersten und können kaum an sich halten. Wenn sie in mir ist, stelle ich mir manchmal ihre Finger auf dem Klavier vor. Verdorben, ich weiß, aber es geht nicht anders. Sie kann eine Dezime greifen. Mitunter singe ich zwischen ihren Schenkeln eine Zeile aus *La Traviata*, was sie empörend findet, weil sie Sex so ernst nimmt wie Musik. Voller Ehrfurcht.

Wann wird sie wohl herausfinden, daß ich einem niedrigeren Geschlecht der Unsterblichen entstamme? Aber die hohen Gottheiten haben immer Kobolde gebraucht, die sie auf die Erde herunterlockten. Ob sie mich dann noch liebt, wenn sie keine Vermittlerin mehr nötig hat?

»Ich liebe dich, Rose.«

»Ich liebe dich, ich liebe dich, ich liebe dich.«

»Wen?«

»Kathleen.«

Dann baden wir im Teich.

Als ich in der dritten Nacht – eigentlich am Morgen danach – nach Hause kam, war Giles bereits auf und wartete mit dem Kaffee auf mich. Ich dachte: O nein, das war's dann wohl. Sie hatte ihren schweren Brokatmorgenmantel mit den umhertollenden Louis-XIV.-Schäfchen an – irgendwo in einem Wohnzimmer steht bestimmt ein nackter Sessel. Aber Spaß beiseite. Was soll ich davon halten? Sie stellte die Orangenmarmelade auf den Tisch und sagte mit ihrer dünnen Stimme: »Kathleen, Liebes, es wäre mir wirklich lieber, wenn du deine Freundin abends mit nach Hause brächtest.«

Hier auf dem Papier tue ich großspurig, aber ich hätte mich fast übergeben. Sie fuhr fort: »Ich weiß, daß ihr beide eine enge Bindung eingegangen seid, und es ist ganz natürlich, daß Freundinnen die Zeit vergessen. Es gibt einfach so vieles zu bereden.«

Mir schnürte es die Kehle zusammen, ich brachte den Kaffee nicht runter. Was weiß sie? Stellt sie sich vor, daß wir bis zum Morgengrauen über Verdi reden? Aber ich antwortete: »Danke. Es wäre schön, wenn Rose sich manchmal hier aufhalten könnte. Ihre häusliche Umgebung kann man nicht unbedingt erquicklich nennen.«

»Die Ärmste. Sie kann jederzeit gerne hierherkommen und auch das Klavier benutzen.«

Allmächtiger! »Meine Güte«, sagte ich, »das ist enorm großzügig von dir, Tante Giles.«

»Nein, Kathleen. Es ist eigennützig.« Sie blinzelte mir zu, nippte an ihrem Kaffee und knisterte mit der Zeitung. Ich beschloß, dem geschenkten Gaul nicht ins Maul zu schauen.

»Kein Wunder, daß die Leute auf Cape Cod mich für verrückt gehalten haben«, dachte Lily. »Wer die Insel Manhattan je gesehen hat, würde sie nie mit irgend etwas anderem verwechseln.«

Der Highway war zum Broadway geworden. Sie hatte den Harlem River überquert und gefragt: »Wo ist der Central Park?« Diesmal war sie überzeugt, daß es eine vernünftige Frage war. Doch aus irgendeinem Grund wollte ihr immer noch niemand antworten, alle sahen rasch weg. Schließlich sagte eine große weiße Dame mit Obst auf dem Hut: »Komm mit mir, Kind.«

Lily landete in einer Mission im East Village, wo eine ehrenamtliche Helferin sie in eine Badewanne und in ein neues Kleid zu stecken versuchte. Lily verhandelte: »Sie können mein Kleid waschen, aber ich will kein anderes Kleid, und Sie können mich waschen, aber meine Stiefel behalte ich an, danke sehr.«

»Deine Knöchel sind schlimm geschwollen.«

»Ich bin weit gegangen.«

»Unter all dem Dreck bist du eigentlich recht hübsch. Hab ich recht?«

»Danke.«

»Armes kleines Ding.«

»Ich bin nicht arm.«

»Gott liebt dich.«

»Ich weiß.«

Lilys grünes Seidenkleid drohte beim ersten Tropfen Wasser, mit dem es in Berührung kam, zu zerfallen. »Das gehört in den Müll«, sagte die Dame und kreischte im nächsten Augenblick vor Schmerz laut auf.

»Was ist passiert?« fragte die Leiterin, die angerannt kam, und die Helferin erwiderte: »Das kleine Biest hat mich gebissen.«

Doch da hatte sich Lily schon ihr Kleid, ihre Schiene und ihr Tagebuch geschnappt und war zur Tür hinaus.

Ein bleicher Mann mit langen schwarzen Haaren, einem Zylinder und Schläfenlocken zeigte Richtung Norden.

Sie betrat den Central Park durch das Südtor und fand den Teich, als der Abend dämmerte. Sie suchte nach dem Dickicht, aber vergebens. Sie fand eine leere Bank, rollte sich darauf zusammen, drückte das Tagebuch an sich und schlief ein. Mehrmals zog sie um, wenn sie vom Klatschen eines Polizeiknüppels auf ihre Fußsohlen geweckt wurde: »Weitergehen.«

Und wenn sie aufstand und langsam wegging, hörte sie mehr als einmal: »Tut mir leid, Kleines, hast du kein Zuhause?«

»Doch, danke, keine Sorge.«

»Bist du ganz allein?«

»Nein. Mein Bruder ist bei mir.«

23. Sept. – Sie hat gesagt: »In dir wächst ein Baum.« In meinem Zimmerchen mit den Dächern von Greenwich vor dem Fenster. Rote Geranien, kühle nächtliche Großstadtluft, Industrieblau. Lange Zeit liegen wir nebeneinander und schauen. Leichte Berührungen, so selbstverständlich wie atmen. Schwarz und weiß. Aber sie glaubt, ich sei eigentlich grün.

»Da ... Siehst du?« Mit dem Finger zieht sie die grünen Triebe dieses vermeintlichen jungen Baums nach, angefangen bei einer Stelle hinter meinem Ohr, meinen Hals hinunter, wo der Baum verschwindet und dann unterhalb meiner Brust wieder zum Vorschein kommt, nach oben wächst und sich in zwei Äste teilt, die meine eine Warze umschließen. An der Innenseite meines Oberschenkels findet sie weitere Beweise.

»Er wächst zu deinem Bauchnabel hinauf. Ich wüßte gern, wo die Wurzeln sind.«

»Kommt ganz drauf an, ob ich ein Laubbaum oder eine Wasserpflanze bin.«

»Du bist grün.«

»Meine Augen sind grün.«

»Du bist so weiß, daß du grün bist.«

»Was sagst du doch für Nettigkeiten.«

»Du bist schön.«

»Ich bin grün ...«

»Die Grüne Diva, la Diva Verde ...«

»Und ich rieche ...«

»Du hast einen Geruch.«

»Du auch«, sagte ich.

»Was für einen?«

»Du riechst nach Passatwinden ...«

»Ha ...«

»... nach allem, was sich je zu stehlen lohnte.«

»Hm.«

»Und ich?«

»... mineralisch.«

»Weißt du, weil ich dich kenne, kann ich das übersetzen. Ich weiß, daß du in Wirklichkeit sagst: *Liebling, du bist hinreißend, Milch und Honig sind unter deiner Zunge …*«

»*Und der Duft deiner Kleider ist wie der Duft des Libanon.*«

»Ha!«

Sie küßte mich. Und nach einer Weile sagte sie: »Genaugenommen riechst du wie das Meer.«

»Was weißt du vom Meer, in New York gibt es kein Meer, nur einen schmuddeligen Hafen.«

»Ich kenne dich.«

»Wie rieche ich also?«

»Nach Felsen. Wie ein leeres Haus, dessen Fenster alle im Wind schlagen. Wie Nachdenken, wie Tränen. Wie November.«

»Und was ist mit dem Baum?«

»Das ist der Teil, der weiterlebt.«

»… Ist dir kalt?«

»Nein … Hier.«

»Danke.«

»Ich werde dich nie verlassen, Kathleen.«

»Verlaß mich nie.«

»Niemals.«

1. November 1918

Caro Diario!

Dies ist mein Schwanengesang. Es ist soweit. Ich bin zu glücklich, um weiterzuschreiben. Ein letztes Ereignis gilt es festzuhalten, bevor ich dich küsse und ein- für allemal schließe. Heute hat mich der Kaiser in die Metropolitan Opera mitgenommen.

Der Hausmeister ließ uns rein. Alles ist still, alles ist dunkel, wartet auf die Saisoneröffnung am elften November. Der Hausmeister zog den Goldvorhang hoch, und ich stand in der Bühnenmitte im Bühnenbild von *Simson und Delila* und blickte in den Saal.

Hinter dem Graben breiteten sich schwungvoll erster Rang und Parkett vor mir aus, ein glänzendes rotes Meer mit Vergoldungen erstreckte sich bis nach hinten und zu den Seitenwänden, wo es auf hoch übereinander aufragende Logen traf, die sich wie die Decks eines luxuriösen Kreuzfahrtdampfers über und um mich her ausbreiteten. Dreitausendvierhundertfünfundsechzig Passagiere, die Besatzung nicht mitgerechnet. An diesem Nachmittag waren nur zwei im Publikum. Rose und der Kaiser. In der Mitte des Parketts. Ich sang *Quando m'envo* aus *La Bohème*. Und man applaudierte mir stehend. Am zwölften werde ich vor Gatti-Casazza singen. Nächstes Jahr um die gleiche Zeit werde ich auf dieser Bühne debütieren. Aber heute hatte ich meine Jungfernfahrt.

O Tagebuch. Mein treuer Freund. Es gibt Liebe, es gibt Musik, es gibt keine Grenzen, es gibt Arbeit und das kostbare Gefühl, daß dies die Stunde der Gnade ist, da alle Dinge zusammenfließen und aus ihrem Destillat der Rest meines Lebens erschaffen wird. Ich glaube nicht an Gott, ich glaube an alles. Und ich staune, wie selig ich bin. Danke.

Love, Liebe, Amore,
Kathleen Cecilia Piper

NEUNTES BUCH

Der Stammbaum

»DER SAND VON MEKKA FORMT EINE ROSE«
Der Dieb von Bagdad

Die Inschrift in dem steinernen Torbogen lautet: »*Ora Pro Nobis*«. Und das tut Lily; sie faltet die Hände auf dem Tagebuch in ihrem Schoß und senkt den Kopf.

Die letzte Stunde hat sie hier lesend im Hauseingang gegenüber der Nummer 85$^1/_2$ an der 135th Street gesessen. Jetzt ist sie doch froh, daß die Dame von der Mission sie gefunden hat, denn Lilys Kleid und die Stiefel sind zwar ganz abgetragen und verschlissen, aber sie hat gewaschenes, seidig glänzendes Haar und ein sauberes Gesicht. Gegenüber im ersten Stock befindet sich immer noch die Kirche, jetzt aber mit vier neuen Buntglasfenstern: die Heilige Schrift geschlossen, die Heilige Schrift aufgeschlagen, Jesus mit Schafen stehend, Jesus mit Schafen sitzend. Der Metzgerladen ist auch noch da, trägt allerdings jetzt den Namen »Harlem's Own Community Green Grocer and Butcher Shop«, aber »Dash Daniels Harlem Gentlemen's Emporium« wurde durch »Joyce and Coralee's Beauty School: Bonaparte System«, die »A–Z Auto School«, den »Renaissance Book Store«, »Johnson's Photo Studio«, »Johnson's Barber Shop« und »R.W.J. Johnson, Notary Public« ersetzt.

Überall haben sich solche Nester vielfach unterteilter Häuser gebildet, in denen es von Geschäften und imposanten Schildern nur so wimmelt, sie werden aber von verrammelten und leerstehenden Häusern flankiert, »Betreten verboten – Lebensgefahr«. Es sieht so aus, als würden die Übriggebliebenen zusammenrücken, um sich aneinander zu wärmen, und hoffen, daß sie dem nächsten Kahlschlag entgehen. Schließlich war dies einmal eine Wohngegend, in der es nie genug Platz zu geben schien, um die

Träume, die Energie, das leise surrende geschäftige Treiben und die zur Musik laut donnernden Bekundungen von Glauben und Liebe unterzubringen. Harlem ist jetzt vermehrt auf den Tourismus angewiesen. Je schwerer die Zeiten, desto besser amüsiert man sich hier an den beweglichen Feiertagen in heruntergekommenen Spelunken und einer Kette glitzernder Nachtclubs. Genies kommen durch den Hintereingang.

Lily beobachtet drei um eine Holzkiste versammelte kleine Jungen mit Filzhüten und langen Mänteln, die ein geheimnisvolles Spiel spielen. Eine Frau, deren Kleidung an die Tracht von Nonnen erinnert, wirft ihr im Vorübergehen einen finsteren Blick zu und sagt dann, nach nochmaligem Hinsehen: »Gott segne dich.« Kleine Mädchen beim Seilhüpfen, überall sind Kinder.

Der Metzger gegenüber steht jetzt schon eine ganze Weile in seiner Ladentür und betrachtet Lily. Er ist ein gutaussehender Mann Mitte dreißig und ruft: »Wartest du auf jemanden?«

»Nein, Sir.«

Lächelnd sagt er: »Wer ist deine Mama, Mädchen, und wo ist sie?«

Lily erwidert das Lächeln ... Seit Cape Breton hat niemand mehr so zu ihr gesprochen.

»Sie ist tot.«

Er nickt. »Biste hungrig? Du siehst hungrig aus.«

»Schon gut, danke, ich werde erwartet.«

Lily steht auf, geht über die Straße und an ihm vorbei die Stufen hinauf, durch den steinernen Torbogen und in den kühlen Hausflur mit der gewölbten Decke. Die Treppe hinauf; ihre Schiene hallt auf dem abgetretenen weißen Marmor. Links die Kirche im ersten Stock. Lily steckt den Kopf hinein, will sich nur mal eine baptistische Kirche von innen ansehen. Drei ältere Damen putzen und quasseln, erstarren aber zu Salzsäulen, nachdem die älteste aufgeschaut und gekreischt hat, sobald sie Lilys neugierigen Kopf um den Torpfosten lugen sah, wie es jeder täte, wenn der Teufel in der Kirche auftauchen würde. Die anderen beiden Frauen schreien: »Herr im Himmel!« »Lieber Herr Jesus!« Wären sie katholisch, würden sie sich bekreuzigen.

Lily weicht zurück: »Entschuldigung.«

Die tapferste Dame schleicht sich zur Tür und sieht, wie Lily in den zweiten Stock hinaufsteigt. Dann wendet sie sich zu ihren Freundinnen um und erklärt: »Diese rothaarige Teufelin, die unsere Miss Rosie zugrunde gerichtet hat, ist als geschrumpfter abgerissener Krüppel unter die Lebenden zurückgekehrt.«

Recht hat sie.

Zweiter Stock. Offene Türen, ein Spießrutenlauf durch starrende Gesichter, hauptsächlich Kinder, eine alte junge Frau will gerade die übliche Frage keifen, als sie sieht, daß das Mädchen gehbehindert ist. Neugier tritt an die Stelle von Feindseligkeit. Geflüster und ein Kichern, dann das Geräusch einer schallenden Ohrfeige. Lily geht weiter ihren schiefen Gang. Wohnung drei. Lily klopft. Sie wartet und dreht sich zu ihrem still gewordenen Publikum um. Die alte junge Frau scheucht ihre Kinder in die Wohnung zurück und schlägt die Tür zu. Lily klopft noch einmal. Sie weiß, daß jemand zu Hause ist, sie hört Klavierspiel … Sanft, nur mit einer Hand, aber es ist, als wäre diese Hand eingeschlafen und träumte nun.

Sie klopft zum drittenmal. Und erhält endlich eine genuschelte Antwort: »Verpiß dich.«

Ihren Mund an den Türspalt gelegt, formt Lily höflich die Worte: »Miss Lacroix? Hier ist Lily Piper. Ich möchte Sie besuchen, und ich habe etwas für Sie.«

Stille.

Lily wartet. Es ist eine lange Stille, aber alles andere als leer. Endlich hört man einen Stuhl über den Boden scharren. Langsame, feste Schritte. Eine Stimme direkt hinter der Tür sagt: »Hier wohnt keine Miss Lacroix.«

Lily wartet.

Die Tür geht auf. Ein Mann sieht auf sie herab. Sein Gesicht ist sehr kantig, gut geschnitten und düster, er ist vielleicht etwas zu hager. Schwarze, ganz kurz geschorene Haare, langer Hals, weißes, am Hals offenes Hemd. Die ausgebeulte schwarze Hose ist speckig abgewetzt, seine unwahrscheinlich feingliedrigen Hände baumeln ziellos, warten darauf, in ihr wahres Leben zurückzukehren. Aber seine Blicke verraten, daß er Musik bis auf weiteres auf Eis gelegt hat.

Lily wartet, während er sich an ihr satt sieht. Er hebt eine Hand und berührt mit einem Finger Lilys Stirn, zeichnet ihr Augenlid, ihre Wange, die Lippen und das Kinn nach. Der Mann weint. Lily fragt: »Darf ich reinkommen?«

Sie tritt ein, als der Mann zurückweicht. Er schließt die Tür hinter ihr, und sie steht mitten im Zimmer und schaut sich um. Sie sieht ein Klavier, eine Klavierbank, Stuhl und Tisch. Lily dreht sich wieder zu dem Mann um und sagt: »Hallo, Rose.«

Rose macht zögernd einen Schritt auf sie zu. Lily geht ihr entgegen. Rose streckt die Hände aus und tastet langsam die Luft ab, als suche sie etwas in einem dunklen Wandschrank. Lily läßt sich umarmen. Als Rose zittert und bebt, läßt Lily sie nicht straucheln. Während Rose trauert, trägt Lily immer schwerer an ihr ... Sie hat schon früher vom Schlag getroffene Menschen gehalten, jetzt ist sie auch noch gestählt von ihrem Fußmarsch.

Rose benetzt Lilys Hals und Schultern und ächzt ihr ins Ohr, so als würde etwas Gezacktes und Verdrehtes aus ihrem Körper gezogen. Sie stöhnt: »O nein, nein, nein«, weil es für Rose eben erst geschehen ist.

Es ist wichtig, Beerdigungen beizuwohnen. Es ist wichtig, so sagt man, den Leichnam zu sehen und auch, wie er der Erde oder dem Feuer übergeben wird, weil man sonst das Gefühl hat, der geliebte Mensch sterbe stets aufs neue für einen.

»Nein, nein, nein ...«

Lily tätschelt Rose sanft den Rücken. Wie einem Baby.
Rose wimmert an ihrer Schulter: »Tut mir leid.«

Doch was sollte ihr leid tun? Kein Mensch braucht
einen Grund zur Reue. Reue ist eine frei verfügbare Handelsware.

»Ich liebe dich«, sagt Rose.

»Ich weiß.«

»Werd dich nie verlassen.«

»Ist gut.«

»Kathleen.«

Das Wort wird zum Klagegesang, und Rose klappt vor
Qual zusammen, als sie diesen letzten sterblichen Überrest
von sich gibt. Der schmerzt am meisten; sie wollte ihn
dort belassen, wo er war, damit er sie langsam und dumpf
tötete, dieser letzte tödliche Fetzen. Ihr Name.

Lily läßt Rose, die jetzt keine Tränen mehr hat, nur
noch würgt, zu Boden, bis Rose sich endlich auf ihren
Hacken wiegt.

»Es ist gut. Jetzt ist alles gut, Rose.«

Und Rose atmet zum erstenmal wieder befreit durch.

Lily hat Tee gemacht. Sie schenkt ihn heiß in Roses Tasse
und fragt: »Warum hast du sie nicht gerettet?«

Rose könnte wie üblich in ihrer sicheren zynischen
Distanz Zuflucht suchen, doch in diesem Moment ist ihr
entfallen, was sie je zu verlieren oder zu gewinnen hatte.
Sie beantwortete die Frage.

»Ich habe geschrieben, und meine Briefe kamen
ungeöffnet zurück. Ich dachte mir, zum Teufel mit ihr.
Weil ich glauben wollte, daß sie die Briefe zurückschickte.
Ich konnte mir nicht vorstellen, daß es irgendeinem gelungen war, sie einzusperren. Obwohl ich ihren Vater gesehen
hatte.«

Lily stellt keine Fragen.

Rose rührt lange mit gesenktem Blick in ihrem Tee, bis
sie den Faden wieder aufnimmt. »Sie hat immer gemacht,
was sie wollte, mußt du wissen. Das war das Wundervolle

655

an ihr. Lieber habe ich mir vorgestellt, daß sie mich satt hatte, als daß irgend etwas sie untergekriegt hätte. Ich dachte mir, gib ihr ein paar Monate, dann kommt sie zurück ... Ihre glänzende Karriere, weißt du. Mich konnte sie verlassen, aber doch nicht ihre Musik ...« Rose schaut auf. »Aber sie ist nicht wiedergekommen. Als ich endlich das Geld für eine Zugfahrkarte zu dieser Insel zusammenhatte, weiß der Teufel, wie sie heißt ...«

»Cape Breton.«

»Genau«, Rose lächelt, »C'Bre'n ... hat Giles mich ausfindig gemacht und mir gesagt, daß sie tot war. Hat kein Wort von Kindern erwähnt. Die Grippe, hieß es.«

Rose sieht aus dem Fenster auf eine Wäscheleine mit kleinen Kleidungsstücken. Lily sagt: »Du hättest zu Fuß gehen können.«

»Klar. Ich hätte zu Fuß gehen können.«

Ein Weilchen sitzen sie schweigend da. Dann fragt Lily: »Der Wievielte ist heute?«

»Ich weiß nicht. Irgendwas im Juni ... Der einundzwanzigste. Nein, der zwanzigste.«

»Dann hab ich Geburtstag.«

Rose preßt kurz beide Augen zu. Und öffnet sie wieder. Mit freundlicher Stimme sagt sie: »Alles Gute zum Geburtstag, Lily.«

»Eigentlich sollte ich in Lourdes sein.«

»Was du nicht sagst.«

An einem Haken an der Innentür hängt ein kohlschwarzer Filzhut mit smaragdgrünem Band. Lily holt ihn und reicht ihn Rose.

»Würdest du mir etwas vorspielen?«

Rose legt den Hut neben sich auf die Bank und spielt.

Als wieder mehr Stille als Musik ist, schaut Lily auf und sagt: »Danke.«

Rose widmet sich wieder ihrem kalten Tee und sieht zu, wie Lily ihre Schiene losschnallt, die Stiefel auszieht und sie auf dem Tisch umdreht. Ein zerknitterter Haufen Papier: als die Ahornblätter durchgelaufen waren, fütterte

Lily die Sohle ihres linken Stiefels mit Zeitungsfotos von Präsident Roosevelt, zu dem hatte sie nämlich Vertrauen, und verstärkte ihre rechte Sohle mit Versprechen eines »new deal«. Die übrigen zerknüllten Papiere auf dem Tisch schmückt das Konterfei von König George V., weshalb Rose ein Weilchen braucht, ehe ihr aufgeht, daß da dreitausend Dollar in Hundertern liegen.

»Was ist das wohl in amerikanischem Geld wert?« fragt Lily.

»Verdammt. Wo hast du das her, Kind?«

Lily antwortet: »Von meiner Schwester Frances.«

Rose nickt und sagt lächelnd: »Jeder sollte eine Schwester Frances haben.«

ST. ANTHONY, SCHUTZPATRON
VERLORENER GEGENSTÄNDE

Der schöne Farbdruck von Bernadette und Unserer Lieben Frau von Lourdes wurde hübsch eingerahmt. Er hängt über der Tafel in Mercedes' Klassenzimmer auf der Mount Carmel High School. Mercedes wird nie müde, die wundervolle Geschichte von Bernadette zu erzählen, und nur selten läßt sie mehrere Wochen verstreichen, ohne daß sie die Klasse nebenbei befragt: »Und wie oft erschien Unsere Liebe Frau der Bernadette?« Bernadette ist jetzt eine Heilige. Sie wurde an einem Tag der Unbefleckten Empfängnis, dem 8. Dezember 1933, heiliggesprochen – im selben Jahr, in dem Lily fortging. »Und was antwortete Unsere Liebe Frau, als Bernadette fragte: ›Wer bist du?‹«

Als hätte sie einen Ladestock verschluckt, so steht Mercedes auf ihrem Podest vor der Klasse und nimmt mit ihrer sparsamen Linienführung und ihrer Vorliebe für rechte Winkel die vierziger Jahre vorweg. April 1939.

»Was ist an diesem Satz falsch?«

Mit ihrem Zeigestock aus strammem Hickoryholz, Paradeplatzqualität, klopft sie an die Tafel. In ihrer Lehrbuch-Schreibschrift mit Kreide an die Tafel gemalt: *Tu, wie deine Mutter sagt.*

Ihre Zehntkläßler. Siebzehn Schüler. In der zwölften Klasse werden weiß Gott nicht mehr viele übrig sein, und höchstwahrscheinlich wird kein einziger Junge die Abschlußklasse erreichen. Zur Zeit sind noch drei übrig. Einer von ihnen, Bernie »der Elch« Muise, meldet sich. Mercedes wirft ihm einen vernichtenden Blick zu und schürzt die Lippen, ohne zu ahnen, daß sie das zur Zielscheibe des Spotts auf dem Schulhof gemacht hat. *Wer bin ich? Alte Lederlippe!*

»Ja, Bernard?«

»Also, Miss, es ist doch so: Wenn jedes Mädchen tun würde, wie ihre Mutter sagt, wär die Bevölkerung von Cape Breton Island um die Hälfte geschrumpft.«

Die Klasse bricht in Gelächter aus, stockt jedoch und verstummt. Nervöses Gekicher, während Mercedes auf das Pult des großen Jungen zugeht … Er grinst, eigentlich mag er die alte Lederlippe ganz gern. Rasch und fest prasseln die Schläge auf ihn herab, ein Hickoryhagel, und noch ehe er seine Arme über den Kopf legen kann, blutet er an einem Auge, was Anlaß zu einem neuen Spitznamen gibt.

»Sie brauchen ein wenig Erholung, Mercedes.«

»Ja, Schwester Saint Eustace.«

»Vielleicht eine kleine Luftveränderung.«

»Ich habe Freunde in Halifax.«

Halifax County.

»Anthony, komm bitte her.«

Die Vorsteherin des Nova-Scotia-Waisenhauses für farbige Kinder wartet mit gefalteten Händen, während der kleine Junge den Hühnern eine letzte Handvoll Körner zuwirft. Es ist Mercedes' erste Reise auf das Festland. Sie steht neben der Heimleiterin. Der kleine Junge trägt ein rotkariertes Hemd und eine braune Cordhose mit Hosenträgern, festes Schuhwerk. Er sieht gesund aus. Die Heimleiterin pflückt ihm ein Strohhälmchen aus den Haaren und sagt: »Anthony, das ist Miss Piper.«

Der kleine Junge blickt schüchtern zu Boden und sagt: »… Guten Tag.«

»Guten Tag, Miss Piper«, hilft die Leiterin nach.

»Guten Tag, Miss Piper.«

Mercedes wartet, bis er aufschaut. Dann fängt sie an: »›Wer hat die Welt erschaffen?‹«

Er zögert, klappt den Mund auf, dann: »›Gott hat die Welt erschaffen.‹«

»›Wer ist Gott?‹«

»›Gott ist der Schöpfer von Himmel und Erde und aller Dinge.‹«

»›Was ist der Mensch?‹«

»›Der Mensch ist ein aus Leib, Seele und Geist bestehendes Wesen, das Gott nach seinem Bilde erschaffen hat.‹«

»›Wozu hat Gott dich erschaffen?‹«

»›Gott hat mich erschaffen, Ihn zu kennen, Ihn zu lieben und Ihm ...‹«

»›Und Ihm ...‹«

»›... und Ihm auf dieser Welt zu dienen und für alle Zeiten bei Ihm im Himmel selig zu sein.‹«

»›Was müssen wir für unser Seelenheil tun?‹«

»›Für unser Seelenheil müssen wir Gott mittels Glaube, Hoffnung und Mildtätigkeit dienen, das heißt, wir müssen an Ihn glauben, auf Ihn hoffen und Ihn von ganzen Herzen lieben.‹«

»›... ganzem Herzen.‹«

»›Ganzem Herzen.‹«

Mercedes nickt. »Das ist alles. Du darfst gehen, Anthony.«

Der kleine Junge sieht zu, wie sich Mercedes mit der Heimleiterin zum Gehen wendet, und hält sie dann mit einer Frage auf. »Sind Sie die nette Dame?«

Mercedes wendet sich wieder um, ratlos. Die Heimleiterin assistiert. »Die nette Dame, die dich hierhergeschickt hat und dafür sorgt, daß du genug zu essen und Kleider hast? Ja.«

Mercedes' Gesicht bleibt ausdruckslos. Anthony sagt: »Danke, Miss Piper.«

Und flitzt, aufgeregt und schüchtern, zu den Hühnern zurück.

»Ansehnliche Farm«, sagt Mercedes zu der Leiterin.

»Kommen Sie, ich zeige Ihnen den Schulbereich.«

Mercedes hat vor Anthonys Geburt in die Wege geleitet, daß er hierhergeschickt wurde. Das erste neuschottische Waisenhaus für farbige Kinder flog samt halb Halifax 1917 in die Luft, aber draußen an der Preston Road wurde ein neues errichtet. Mercedes hatte nicht vor, Anthony als »Wohlfahrtskind« aufwachsen zu lassen, obwohl dies eine Wohlfahrtseinrichtung unter der Schirmherrschaft der African United Baptist Association ist – dort sind mit die besten Frauen versammelt, die man bei den »Damen-Hilfstrupps« antreffen kann. Es gibt sogar Musikunterricht. Anthony lernt Geige. Mercedes zahlt für ihn aus dem Lourdes-Fonds, unter der einen Bedingung, daß er katholisch erzogen wird. Auf die Baptistinnen kann man sich vollkommen verlassen, wovon Mercedes sich soeben überzeugt hat.

Er ist sechs Jahre alt. Mercedes kann sehen, daß kein Teufel in seinem Leib steckt. Er hat die Augen seiner Mutter.

WAFFENSTILLSTANDSTAG

Schreckliches kündet mein Lied: fort! fort!
ihr Töchter, ihr Väter!
Oder, wenn doch, was ich singe, vermag
euer Herz zu bezaubern,
Wollet mir hier das Vertrauen entziehen
und glaubet die Tat nicht!
Oder, wofern ihr sie glaubt, so glaubt auch
es Frevels Bestrafung!
OVID: Metamorphosen, Buch 10:
Myrrha und Cinyras

James erhielt einen Brief von jemandem, »der es gut mit
Ihnen meint«. Noch am selben Abend brach er auf. Dreieinhalb Tage später, am 11. November 1918, trat er morgens um 6:05 Uhr aus der Grand Central Station. Die
gesamte Strecke bis zu Kathleens Unterkunft im Greenwich Village legte er zu Fuß zurück, weil er kein Taxi
bekam. Auf den Straßen wimmelte es von Menschen.

Niemand reagiert auf sein Klopfen. Die Wohnungstür
ist unverschlossen, steht bei seiner Ankunft sogar einen
Spaltbreit offen. Er stößt sie auf und ruft; keine Antwort.
Er betritt den kleinen Flur und horcht. Er schaut in das
Wohnzimmer der alten Dame: »Giles? ... Kathleen?« Gra-
besstille. Er stellt sein schwarzes Köfferchen ab. Horcht
mit schiefgelegtem Kopf nach einem Geräusch. Gekicher.
Nimmt seinen Hut ab und hängt ihn auf den Garderobenständer. Ein Kreischen und gedämpftes Lachen aus ...
Durch das Wohnzimmer, den Flur entlang ... Lavendelge-
ruch ... Vorbei am WC. Er tritt leise auf. Eine geschlossene Tür. Er hält inne. Legt sein Ohr an die Milchglas-
scheibe in der Tür.

Kathleen macht die Geräusche. Durch das unebene Glas kann man nichts erkennen. Schatten. Seine eine Hand schließt sich um den Türknauf aus Porzellan – rosa Rosenknospen auf Milch. Er dreht ihn leise. Öffnet so weit, daß ein menschliches Auge hindurchsehen kann. Und sieht.

Rotgoldenes Haar über das Kissen gebreitet. Die Hände seiner Tochter streichen über einen schwarzen Rücken, verschwinden unter dem Bund einer gestreiften Hose, die sich zwischen den bloßen Schenkeln seiner Tochter bewegt, die Stimme seiner Tochter und doch nicht ihre Stimme: »Oh, oh-h, ohhh …«

Das Blut rast hinter seinen Augäpfeln, und schon ist er im Zimmer, reißt den Dreckskerl mit einem Arm von ihr herunter, um ihm mit dem anderen quer übers Gesicht zu schlagen und ihn gegen die Wand zu schleudern, seine nackte Tochter springt ihn von hinten an, weil er ihren Liebhaber mit Fußtritten umbringen wird, aber nein, James könnte nie eine Frau umbringen. Mit vorgehaltenen Armen, um ihre Blöße zu bedecken, und blutendem Mund rutscht sie von der Wand, o Gott. James reißt die Tagesdecke vom Bett, beugt sich zu dem benommenen Mädchen hinunter, umwickelt sie, als stünde sie in Flammen, schleppt sie aus dem Zimmer und durch den Flur ins Treppenhaus, wo er sie runterwirft, einen Mumiensack Knochen. Dann schließt er die Tür ab und läßt die Sicherheitskette in die Halterung gleiten.

In ihrem Zimmer tastet seine Tochter weinend auf dem Fußboden nach ihren Kleidern.

»Warum, Kathleen?« Er ist nicht wütend.

Sie sieht auf, ein blindes, würgendes Häuflein Elend. Er hält ihr eine Hand entgegen, sie greift danach, kommt auf die heftig zitternden Beine, hält den Bettvorleger umklammert, um sich zu bedecken.

»Warum?« – sein Handrücken, – »Warum?« – rasch, mit flacher Hand, – »Warum?« – geschlossene Faust.

Ihr vornübergesackter Kopf pendelt aus, das Gesicht

663

bereits geschwollen. Er sieht, was er getan hat. Er nimmt sie in die Arme. Sie schämt sich so, daß es weh tut, will nur etwas zum Überziehen, bitte ...

»Psssst«, macht er und küßt ihr Haar, ihr verletztes Gesicht. Es ist seine Schuld – ich hätte sie nie weit von zu Hause weglassen dürfen – Ekstase unter seinen Händen. »Ist ja schon gut, mein Liebling ...«

»Nicht«, sagt sie.

Er kann jetzt nicht reden, er liebt sie zu sehr – näher – oh, so weich ...

»Daddy ...«

Er wird ihr hinterher sagen, wie sehr er sie liebt – ihre Handflächen gegen seine Schultern gestemmt, sie bemüht sich, stehen zu bleiben -

Ohh, mein Liebling

– und fällt, die Fäuste gegen seinen Rücken, gefangen zwischen seinem Körpergewicht und dem weichen Bett, wenn sie kämpft, bringt sie nur das Netz zum Zittern, das Laken hat sich mit all seinen Fasern gegen sie verschworen, sie findet ihre Füße nicht mehr ...

Der Eisengeschmack in ihrem Mund, wo er ihn blutig geschlagen hat, bin untröstlich, ich hol dich wieder heim – »Ganz ruhig«, fleht er.

»Hör auf.«

Niemand darf dir je wieder weh tun

»Nein!«

niemand darf dich *berühren*

»NEIN!«

Nie mand *Nie* mand *Nie. Mand.* Wird dir je mals Sie schreit nicht mehr.

*Wie*der *Weh* tun

jetzt liegt sie ganz still da

*Nie*mals!

Er zittert. »Pssst. Jetzt ist alles gut. Pst, mein Liebling. Alles ist gut.«

664

James hakt die Sicherheitskette auf und läßt Giles herein.
»Guten Tag, Giles.«

»Wer ...? Verzeihen Sie ...«

»Ich habe mich zu entschuldigen, ich bin James.«

»James!«

Er nimmt ihr das Einkaufsnetz mit Lebensmitteln ab und hilft ihr aus dem Mantel.

»Na so was, James, dich habe ich nicht mehr gesehen, seit ...« Ein wenig verwirrt. »Wurde ich ...? Habe ich es vergessen?«

»Nein, nein, ich bin unangekündigt da ... Hab mir gedacht, ich schaue mal vorbei und sehe nach, wie sich die weltberühmte Sängerin so macht.« Er lächelt und zwinkert ihr zweimal rasch hintereinander zu.

»Weiß Kathleen schon, daß du hier bist?« Plötzlich beunruhigt, sie wird doch nicht ...

»Aber ja doch, wir haben uns bereits gesprochen«, erwidert James.

Giles macht sich auf den Weg durch den Flur: »Kathleen, Liebes ...«

James hält sie auf. »Kathleen ruht sich ein wenig aus ... Sie ist nicht gerade taufrisch.«

»Ach.« Giles zögert. »O je. War ... Hast du Rose kennengelernt?«

»Allerdings.«

Giles sieht ihm prüfend ins Gesicht. Dann sagt sie: »Ich will nur mal rasch nach dem Mädchen schauen.«

»Sie schläft wirklich, schau nur, ich habe mich nützlich gemacht.« Auf dem winzigen Eßzimmertisch steht eine Kanne Tee mit zwei Tassen.

»Ach. Ja. Das ist ja herrlich, James, danke ...«

Während sie zum Tisch gehen, plaudert Giles höflich: »Weißt du, ich bin nur eben zum Laden an der Ecke gegangen, um etwas ... Wo hab ich meine ...?«

James hält das Einkaufsnetz hoch: »Hier ist es.«

»Ach wie gut, danke, James, ja, ich bin also ein Momentchen runtergegangen, aber ich wurde aufgehalten, weißt du, von den Feierlichkeiten, kam regelrecht vom Weg ab.«

»Ach?«

»Aber ja. Weißt du es denn noch nicht?«

Höflich wirft James ihr einen verständnislosen Blick zu und schenkt mit nur leicht zitternder Hand Tee ein. Über Giles' Gesicht geht ein breites knittriges Lächeln. »O James, der Krieg ist aus. Seit heute morgen elf Uhr. Warte nur, bis ich Kathleen erzähle, daß er aus ist. Es ist alles aus.«

Rose bahnte sich ihren Weg durch die siegestrunkenen Massen und verkroch sich bis zum Einbruch der Dunkelheit im Central Park, Luftschlangen im Haar, Konfetti auf dem blutigen Gesicht festgeklebt.

Gegen neun betritt sie die Wohnung an der 135th Street und geht an Jeanne vorbei, die auf dem Sofa liegend liest, etwas Französisches. Jeanne setzt sich sogar auf.

»Was ist passiert?«

»Ich wurde zusammengeschlagen.«

Sie steht auf: »Wer hat dir das angetan?« Bedient sich ihrer High-Society-Autorität: »Antworte mir, Rose.«

Rose klatscht sich am Küchenspülbecken Wasser ins Gesicht. »Kathleens Vater.«

Jeanne schluckt einen Anflug von Hysterie hinunter. Und verfällt wieder in ihre liebevoll gedehnte Sprechweise: »Mach dir keine Sorgen, Schätzchen. Mama bringt alles wieder in Ordnung.«

Rose sieht zu, wie Jeanne auf dem Herd Wasser aufsetzt. Sie sitzt still da, während Jeanne ihre dick geschwollene, verkrustete Lippe abtupft. »Mein armes Baby.«

»Willst du den Grund nicht wissen, Mutter?«

»Ach Süße, du brauchst jetzt nichts zu sagen.«

Jeanne sagt nichts zu der blutbefleckten Bettdecke oder den Hosenbeinen, die unter den Fransen hervorschauen. Sie greift zum Telefonhörer und sagt dem Besucher für heute abend ab. Sie zündet Kerzen an und deckt den Tisch für ein »opulentes Mahl«. Ihre Spritze kann warten – »Heute abend haben die Schmerzen etwas nachgelassen.«

Jeanne sitzt Rose gegenüber. Und ißt. Gebildet und geistreich plaudert sie über Roses glänzende Zukunft. Es ist, als hätte Jeanne Long Island nie verlassen … An ihrem linken Ellenbogen spürt sie beinahe den Phantomdiener, der mit der Kristallkaraffe bereitsteht.

»Man wird dich mehr feiern als Portia Washington Pittman, Liebling.«

Rose antwortet nicht, doch das bemerkt Jeanne anscheinend nicht, während sie den zukünftigen Triumph ausmalt: Rose wird vor gekrönten Häuptern auftreten, genau wie Elizabeth Taylor Greenfield, der Schwarze Schwan. Sie wird vor dem Präsidenten brillieren, so wie Sissieretta Jones, die Schwarze Patti, die beinahe in der Met gesungen hätte. Sie wird mit den berühmtesten Orchestern Europas spielen, und Carnegie Hall wird ihr zu Füßen liegen, sie verehren. »Eine muß schließlich die erste sein, Rosie, warum also nicht du.« Jeanne betupft ihren Mund zweimal mit der Leinenserviette. »Und dann ist Mutter ganz stolz auf dich.« Sie greift nach der Hand ihrer Tochter und drückt sie. »Nicht daß ich nicht schon stolz wäre, ich bin's, Rosie, du bist mein Leben, du bist alles, was ich noch habe, und ich liebe dich.« Über die Kerzen hinweg wirft Jeanne Rose ihren versonnensten Blick zu. »So wahr ich hier sitze, Liebes.«

»Was feierst du eigentlich, Mutter?«

Jeanne schaut höflich verdutzt drein. Doch sie ist zu gut gelaunt, um sich etwas anmerken zu lassen. Heute abend fühlt sie sich mädchenhaft. Ist regelrecht kokett. Sie schenkt Rose ein Schmollmundlächeln und beugt sich im Kerzenschein vor.

»Hör mir gut zu, mein Liebes. In deinem kleinen Finger steckt mehr Talent als in zwanzig Kathleen Pipers, und eines Tages wirst du deiner *pauvre petite maman* noch dankbar sein.«

»Wofür?«

Jeanne zwinkert und zündet sich eine Zigarette an, inhaliert mit verschlagenem Blick Richtung Rose und schüttelt das Streichholz noch lange, nachdem die Flamme erloschen ist. Jemand, der es gut mit Ihnen meint.

Rose erstellt im Kopf eine Liste der Dinge, die zu erledigen sind, und beginnt mit Punkt eins: »Wer war mein Vater?«

Ein gequältes Lächeln von Jeanne – welch unpassende Bemerkung ihres Essensgastes. »Rose, mein Herzblatt, du hast immer so gern die Geschichte gehört ...«

»Die Geschichte kenne ich, ich will die Wahrheit wissen.«

Jeanne stippt ihre Zigarette aus, runzelt leicht die Stirn und seufzt; jetzt wird es allmählich wirklich lästig.

»Wer war er?«

»Wie du sehr wohl weißt, war er Alfred Lacroix, Liebling.«

»Und was hat er gemacht?«

»Er war Priester, ein Geistlicher, und eine Zierde seiner Rasse.«

»Und wo ist er jetzt?«

»Er ist im Himmel, mein Schatz.«

Da sie damit ihre Fragen beendet hat, steht Rose vom Tisch auf. Die Liste ist lang. Sie darf keine Zeit verlieren.

»Kathleen ist nach Hause gefahren, Rose.«

»Wann kommt sie wieder?«

»Das hat ihr Vater nicht gesagt.«

»Was hat sie gesagt?«

Giles macht einen müden Eindruck. »Sie hat nichts gesagt.«

Rose steht auf. »Ich glaube, ich hab hier ein paar Kleider vergessen.«

»Aber gewiß doch, meine Liebe, schau ruhig nach.«

»Hat er ihr weh getan?«

Giles weicht ihrem Blick aus. »Ich weiß nicht, was er getan hat. Sie hat nichts gesagt.«

668

Rose schweigt und vergißt vorübergehend, was sie vor-
hatte.

»Rose. Brauchst du ein Dach über dem Kopf?«

»Danke, Giles. Ich komme zurecht.«

Zu Hause steht Rose vor dem Badezimmerspiegel und
schneidet sich die Haare bis zur Kopfhaut ab. Sie zieht
zum letzten Mal ein Kleid aus, weckt ihre Mutter und
sagt: »Ich gehe jetzt.«

Jeanne braucht ein Weilchen, um aus einem Alptraum
zu erwachen, der einsetzt, als sie die Augen aufmacht.
Ohne zu warten, teilt Rose ihr mit: »Ich lasse dich wissen,
wo ich jeweils spiele. Ich werde dir jede Woche Geld
schicken, ob ich welches habe oder nicht. Wenn du stirbst,
komme ich wieder und wohne hier.«

Ihre lange Reise beginnt im Club Mecca. Sweet Jessie
Hogan mag Spaghetti, Fleischklopse, Bier und niedliche
junge Burschen, die die Klaviertasten auseinandernehmen
und nicht aufhören können. Hart am Puls des Blues, die
zwanziger Jahre.

Bis der Boom verpufft und Rose anfängt, ihre eigenen
Sachen zu spielen. Doc Rose. Und sein Trio.

MEINE SCHWESTER ... DU BIST EIN VERSCHLOSSENER GARTEN, EINE VERSCHLOSSENE QUELLE, EIN VERSIEGELTER BORN
Das Hohelied

Nach Frances' Tod kann Mercedes das Foto von Anthony unbesorgt aufs Klavier stellen. In Silberfiligranrahmen steht er stolz in der Uniform und dem breitkrempigen Hut der Pfadfinder der Zion African Methodist Episcopal Church in Habachtstellung. Er ist immer noch katholisch.

Nachdenklich betrachtet Mercedes die Plattenhülle in ihrem Schoß. Frances hat sich eine beachtliche Sammlung zugelegt. Ralph Luvovitz brachte ihr jedes Jahr zu Weihnachten und immer, wenn er seine Mutter besuchte, eine mit, immer derselbe Wunsch. Frances ist früh an diesem Morgen gestorben. Auf den Arbeitsflächen in der Küche türmen sich noch ihre Backwaren.

Mercedes war nie eine gute Esserin, und Frances noch viel weniger. In den dreißiger Jahren kamen Leute an die Küchentür und karrten das Essen davon – große Eintöpfe, eimerweise Schweinefleisch mit Bohnen, Sirupplätzchen, Haferplätzchen, Dattelkekse, Nellie's Muffins, Johnny-Kuchen, gestürzter Rhabarberkuchen, Biskuitrollen, Pasteten, Heidelbeergrütze, meterweise Shortbread, Hunderte von Teeplätzchen. Heutzutage hungern nicht mehr so viele Leute, aber Frances kocht und backt immer noch wie für eine Armee ... Mercedes mußte das Essen schon vom Krankenhaus, vom Pfarrhaus und vom Kloster abholen lassen. Junge alleinstehende Bergleute nahmen sich der Reste an und schlangen große Mahlzeiten hinunter, ohne das alte Mädchen am Ofen mit ihren drei brennenden

Zigaretten und dem Whiskeyglas groß zu beachten. Gegen Ende sah Frances sehr alt aus, obwohl sie sich bemühte, hin und wieder ihre Haare mit Henna zu färben.

Zwanzig Jahre lang hat sich Frances ihre Platten angehört. Hat gekocht. Geraucht. Getrunken. Das Treiben auf der Straße beobachtet. Auf dem Boden der Dachkammer geschlafen. Strandspaziergänge gemacht. Die Küstenstraße ging sie nicht mehr entlang, denn die ist ins Meer gefallen; sie wurde durch eine asphaltierte ersetzt, die einen vernünftigen Abstand zum Wasser einhält, doch das ist einfach nicht dasselbe. Sie las Zeitungen und hob alle auf. Erschreckte Kinder, ohne es zu merken. Brachte streunende Katzen ins Haus. Vermied nach Möglichkeit, sich umzuziehen. Redete wenig. Und dann plötzlich machte sie gestern den Mund auf: »Fragst du dich nie, wo Lily ist?«

Als Mercedes nicht antwortete, stand Frances vom Wohnzimmersofa auf – »Frances, was möchtest du, Liebes, ich hol es dir« –, ging einfach weiter bis zur Klavierbank und bückte sich, wovon sie husten mußte – »Frances, Liebes, nimm dein Taschentuch« –, öffnete den Deckel und nahm ihre neueste Langspielplatte heraus. Nachdem sie die Mercedes gegeben hatte, legte sie sich erschöpft wieder aufs Sofa.

Mercedes schubste eine Tigerkatze von Frances' Brust und durchbohrte eine schielende Siamkatze, die nie still war, mit ihren Blicken ... »Sei still«, sagte Mercedes. Und warf einen Blick auf die Plattenhülle: *Doc Rose Trio, Live in Paris: Wise Child*. Ein gutaussehender Schwarzer, das kantige Gesicht von einem Filzhut zur Geltung gebracht, um den ein smaragdgrünes Band gewunden ist.

»Vielleicht möchtest du sie eines Tages besuchen, Mercedes, man kann nie wissen.«

»Warum sollte ich das wollen?«

»Damit du in Frieden sterben kannst.«

Mercedes kann es nicht leiden, wenn Frances so daherredet. Normalerweise ist sie richtig brav, wenn sie nicht gerade betrunken ist; dann läßt Mercedes sie einfach allein und macht die Tür des Zimmers zu, in dem Frances ist, um sich die Selbstgespräche nicht anhören zu müssen.

»Ich habe ein vollkommen reines Gewissen, Frances.«

»Daddy ist in Frieden gestorben.«

Mercedes steht auf, um zu gehen und die Tür zu schließen ...

»Ich bin nicht betrunken, Mercedes. Ich hab mit Trinken aufgehört.«

»Wann?«

»Heute morgen.«

»Ach Frances, hier, nimm einen, ich mach mit, das regt den Appetit an.«

»Ich hab aufgehört. Ich will nüchtern sterben.«

Mercedes erstarrt. »Du stirbst nicht.«

Auf dem Schulhof ist Mercedes nicht mehr die »alte Lederlippe« ... Für einen Spitznamen ist nicht mehr genügend Zuneigung vorhanden. Nur noch Angst. Alle fürchten Mercedes, alle außer Frances. Hätte Mercedes Frances dazu verdonnern können, in ein Sanatorium zu gehen, wäre Frances jetzt gesund. Frances hätte sich das beste Sanatorium aussuchen können, Geld hätte keine Rolle gespielt, in den Staaten, in der Schweiz, aber sie weigerte sich. Und Mercedes blieb nichts anderes übrig, als zuzusehen. Jetzt ist es zu spät – *verdammt, Frances, das läuft eindeutig auf Selbstmord hinaus!*

»Sei nicht albern, Frances, du stirbst nicht so bald.«

»Daddy ist in Frieden gestorben, weil er gebeichtet hat.«

Frances greift mit einer Hand nach unten, nach einem blauäugigen weißen Kätzchen. »Er hat mir gebeichtet. Und ich habe ihm vergeben.«

»Du hast nicht die Befugnis, das Sakrament der Buße zu erteilen ...«

»O doch.«

»Frances, ich weiß nicht, wie es mit dir ist, aber ich genehmige mir jetzt ein winziges Gläschen ...«

»Ich will sichergehen, daß du erfährst, wer Lilys Eltern waren.«

Mercedes hält sich die Ohren zu. Frances benutzt ihr letztes bißchen Energie, um die Hände wegzuziehen und die Worte laut auszusprechen.

Eine einzige Qual aus Husten, Schüsseln, Blut und Schleim ... Liedchen, die beiden roten Flecken auf Frances' Wangen, die Treppe hinauf und die Puppen holen. Eine Geschichte von zwei kleinen Mädchen mit karierten Morgenmänteln und Zimttoast, »Ich liebe dich, Frances.« Eine Karaffe Portwein, oder möchtest du lieber Blancmange? ... Ein Kuß auf die Wange. Ringel, ringel Rosen, »Verzeih mir.«

»Wein nicht, Mercedes.«

»Hab keine Angst.«

»Schläfst du heute nacht bei mir?«

»Frances. Weißt du noch, damals, wie du Trixie das Taufkleid angezogen hast?«

»Bring mich nicht zum Lachen!«

Ein kühles Tuch, Frances, deine Augen sind so schön – immer so schön –, morgen früh geht es dir besser, *Habibti ...* »*Te'berini.*«

»Mercedes, erinnerst du dich an das Lied?«

Verzeih mir, Frances.

»Sing es, Mercedes!«

»*O kleine Freundin, komm raus und spiel mit mir, bring deine Puppen vier, kletter auf mein' Apfelbaum, rutsch auf meiner Kellertür, und laß uns immer Freundinnen sein ...*«

In und aus dem Schlaf gleiten – gut so, ruh du dich jetzt aus.

»Es ist gut, Mercedes.«

Verzeih mir, Frances.

Frances ist so dünn, daß Mercedes sich ohne Schwierigkeiten neben ihr auf dem Sofa ausstrecken kann, in ihren Armen so leicht wie ein Kind, so glühend wie Koh-

len. Der furchtbare keuchende Husten setzt ein und hält
lange an, wie kann so ein kleiner Körper solche Geräusche
machen – hab keine Angst. Alles ist vergänglich, die Liebe
höret nimmer auf. *Engel Gottes, Hüter mein, laß mich dir
befohlen sein, heut' diesen Tag, das bitt' ich dich, …* Frances letzter Hauch sickert warm und dick aus ihrem Mund.
Mercedes war in ihrem Leben noch keinen Tag krank,
fürchtet Ansteckung so wenig, wie ihr Vater Kugeln
gefürchtet hat, und hält Frances in der Morgendämme-
rung umfangen, obgleich deren Brust sich nicht mehr hebt
und senkt. Sie wischt ihr über die feuchte Stirn, die jetzt
kühl wie Gras ist; küßt ihre Schläfe, die nicht mehr pocht.
Ein schlafendes Kind, meine Schwester.

Mercedes stellt das Foto von Anthony aufs Klavier,
schließt die Klavierbank über der Schallplatte, kniet nieder und faltet die Hände auf dem Deckel. Sie fragt die
Heilige Jungfrau Maria um Rat.

Jesus erbarme sich der Seele von

FRANCES EUPHRASIA PIPER
Gest. am 25. April 1953
40 Jahre alt

»Im Leben haben wir sie geliebt. Wir
wollen sie nicht im Stich lassen, bis wir
sie mit unseren Gebeten in das Haus
des Herrn geleitet haben.«
ST. AMBROSIUS

Solace Art. Co. – 202 E. 44th St. N.Y.

Schwester Saint Eustace nimmt an der Beerdigung teil. Mr. MacIsaac nimmt teil. Mrs. Luvovitz nimmt teil, sie ist jetzt verwitwet. Ralph und ein Ministrant tragen den Sarg. Teresa hatte vor, möglichst unauffällig aufzutreten, was aber bei so wenigen Trauergästen schwierig ist. Mercedes behandelt sie angelegentlich wie Luft – komm ja nicht zu mir und bitte um Vergebung. Unter Frances' nicht anwesenden früheren Anhängern herrscht allgemeine Überraschung ... Nicht etwa, weil sie auf einmal gestorben ist, sondern: »Ich dachte, die wär schon seit Jahren tot.«

Auf dem Friedhof bückt sich Mrs. Luvovitz und legt nach alter Gewohnheit frische Blumen auf Materias Grab. Benny liegt am anderen Ende in einem kleinen Fleckchen Erde, das ein von weither geholter Rabbi gesegnet hat. Wenn Mrs. Luvovitz nicht in Montreal ist, kommt sie täglich und schwatzt mit Benny.

Ralph hilft seiner Mutter wieder hoch. Mercedes findet, daß er unbeschreiblich traurig aussieht. Er ist fast kahl, hat eine Wampe und ein dümmliches Lächeln. Ralph ist glücklich. Er ist Geburtshelfer. Er liebt seine Familie und hat den Krieg überlebt. Den zweiten. Als der ausbrach, meldete er sich als Offizier bei der Sanitätstruppe. Er versprach seiner Mutter, nicht zu kämpfen, und er hielt sein Versprechen – obwohl für Mrs. Luvovitz 1936 feststand, daß Deutschland sie, die sich immer für eine Deutsche gehalten hatte, nicht mehr als eine solche ansah. Trotzdem versorgte sie Ralph mit jeder Menge Adressen von Verwandten in Deutschland und Polen. Die Zeit nach dem Krieg verbrachte Ralph damit, Leute in Flüchtlingslagern zu behandeln, und dort merkte er, daß die Adressen, die seine Mutter ihm gegeben hatte, ohne jeden Nutzen für ihn waren.

Jetzt drückt Mrs. Luvovitz den Arm ihres Sohnes und erinnert sich, wie sie die Frau, die heute beerdigt wird, auf die Welt geholt hat. Mit der Glückshaube geboren. Mrs. Luvovitz blickt auf das Meer hinaus und denkt: Wann ist diese Gegend meine Heimat geworden? Als ich Benny hier

675

begraben habe? Als der zweite Krieg kam? Sie kann den Zeitpunkt nicht präzise bestimmen. Sie weiß nur, daß sie jedesmal, wenn sie nach Cape Breton zurückkehrt, in ihren Knochen spürt: Das ist meine Heimat. Deshalb hat sie es abgelehnt, ganz nach Montreal zu ziehen. Das halbe Jahr verbringt sie dort. Sie liebt ihre Schwiegertochter, wer hätte das gedacht! Und ihre fünf Enkel, jeder für sich der Gipfel der Vollkommenheit. Zu Hause reden sie französisch, in der Schule englisch und mit jedem zweiten Kaufmann jiddisch. Waschechte Kanadier.

Mrs. Luvovitz sieht zu, wie der Sarg in die Erde gesenkt wird, und spricht ein Gebet für das wilde Mädchen. Sie war gescheit. Vielleicht die gescheiteste. Was ist geschehen? Ich hätte etwas unternehmen müssen. Rübergehen. Er hat es nicht verdient, Töchter zu haben, etwas hat da nicht gestimmt ... Mrs. Luvovitz blickt nach Osten zum Horizont und denkt an etwas, was sie gelernt hat: Alles im Leben hat seine Schattenseite. Es will etwas heißen, wenn man weiß, wo seine Toten begraben liegen. Daß sie begraben sind. Kleine Frances. *Aleiha Ha'Shalom.*

Erde trifft auf den Sarg. Mercedes horcht. Sie beobachtet das Meer. Natürlich wird sie weiter unterrichten. Für die Seelen ihrer Angehörigen beten, dafür, daß sie schleunigst aus dem Fegefeuer in den Himmel entlassen werden. Doch wer wird später für sie beten? Für ihre rasche Zusammenführung mit ihrer Schwester? Niemand, denkt Mercedes. Hoffnungslos.

Hoffnung ist ein Geschenk. Man kann sie sich nicht aussuchen. Zu glauben und dennoch keine Hoffnung zu haben, das heißt, neben einem Brunnen zu dürsten. Mercedes beobachtet das Meer. Ein kühles Grün heute, und rauh. Weiter draußen lila. Sie fragt sich, wann sie wohl angefangen hat zu verzweifeln. All die Jahre hat sie ihre Verzweiflung mit frommer Resignation verwechselt. Jetzt erkennt sie den Unterschied. Ein ganz schmaler Grat zwischen dem Stand der Gnade und einer Todsünde. Was hat man davon, inbrünstig an Gott zu glauben, wenn man Ihn

676

am Ende doch nur haßt? Seit wann hasse ich Gott, fragt sich Mercedes. Wann habe ich zum erstenmal geglaubt, daß ich für alles zuständig bin?

Wie versündigt man sich an der Hoffnung?

An der Hoffnung versündigen wir uns durch Anmaßung und Verzweiflung.

Was ist Verzweiflung?

Verzweiflung ist der Verlust des Glaubens an die Gnade Gottes.

Mercedes sagt im stillen: »Ich bin verdammt.«

Ihr Gesicht ist schieferfarben geworden, ihre braunen Augen sind trocken vor Kummer. Das Meer lockt sie innig wie ein Geliebter ... Sie sehnt sich danach, sich alle Haare vom Leib zu rasieren und in das beißende Salz zu tauchen, nackt und namenlos, von Wut gebeutelt und umfangen. Ist nicht persönlich gemeint. Ertrinken. Das Wort klingt so schön. Es lockt sie.

In einiger Entfernung vom Grab sieht Teresa Mercedes an, die auf das Meer hinausschaut, und betet für sie. Dem Mädchen in der Erde zuliebe. Teresa bleibt und betet, bis alle außer ihr und Mercedes gegangen sind und es Nacht wird. Endlich zögert Mercedes ... Dann wendet sie sich ab und geht nach Hause statt ins Meer.

In dieser Nacht sagt ihr die Jungfrau Maria, was sie zu tun hat.

PLÖTZLICH LICHT

Ich war schon hier zuvor,
Nur wann und wie das war, weiß ich nicht mehr:
Ich kenn das Gras dort drüben bei dem Tor,
Den Duft süß-schwer,
Den Seufzerlaut, vom Strand die Lichter her.
DANTE GABRIEL ROSSETTI, Sudden Light

Rose ist fünfundsechzig. Uralt für einen Jazzmusiker. Der
Rock'n Roll regiert, und sie hat jetzt weniger Auftritte. Sie
hat jene undankbare prestigeträchtige Position erklom-
men, die besagt: Doc Rose ist der Jazzpianist, der am häufigsten von berühmten Jazzpianisten als ihr Lieblings-
Jazzpianist genannt wird. Wer Doc Rose kennt, erweist
sich als wahrer Kenner. Die Schallplatten sind mittlerweile
schwer aufzutreiben und werden von den Eingeweihten
hoch geschätzt. Der erlesene Fanclub weiß alles über Doc
Rose, nur nicht, daß er und sein Manager an der 135th
Street wohnen und von der Hand in den Mund leben.

Lily putzt Kirchen, einschließlich der im ersten Stock.
Rose spielt an der Ecke mit den anderen alten Männern
Schach und Halma. Lilys Haar wurde nie geschnitten. Mit
grauen Strähnen durchsetzt, hängt es bis zu den Kniekeh-
len. Heutzutage gibt es leichte Aluminium-Schienen, doch
sie hat es versäumt, sich eine zu kaufen, als sie noch das
Geld hatten. Ihr Gesicht ist zwar eingefallen, sieht aber
immer noch freundlich aus, genau wie ihre Augen. Sie ist
fünfundvierzig.

Es ist kurz nach acht an einem Sonntagabend. Sie sehen
die *Ed Sullivan Show* im Fernsehen, als es an die Tür
klopft. Lily macht auf, und da steht ein verlegen lächeln-
der Anthony.

»Guten Tag. Miss Piper?«

»Ja.«

»Sie kennen mich nicht, obwohl wir beide denselben Nachnamen haben, ich habe Ihre Schwester gekannt, Miss Mercedes Piper. Ich heiße Anthony Piper.«

Lily sieht den jungen Mann an. Ohne von Topo Gigio wegzuschauen, knurrt Rose aus dem Mundwinkel: »Ist wer abgekratzt und hat uns Geld vererbt?«

»Ich, nein, ich glaube nicht, äh.«

»Dann gehn Sie.«

Eddi, gieb mirr ein Guttnachtkuß.

Lily sagt zu ihm: »Aloysius.«

Anthony fragt: »Wie bitte?«, inzwischen überzeugt, daß er sich in der Tür geirrt hat, ein seniles altes Pärchen, abgestandener Kohlgeruch …

Lily sagt: »Herein.«

Er fragt: »Sie sind Lily Piper?«

»Ganz recht.«

»Was denn nun, rein oder raus«, allmählich findet Rose Vergnügen daran.

Er tritt ein. Was für ein Tag. Zum erstenmal in New York City. U-Bahn in die schwarze Metropole, die so fremd und vertraut zugleich ist, daß er sich überall und nirgends zugehörig fühlt. Diese Empfindung ist Anthony nicht neu; wo er auch hinkommt, die Bemühungen der Leute, an ihren Erinnerungen festzuhalten, legen sich schwer auf sein Herz, weil es zu weich ist, um zu brechen. Die Welt ist sein Waisenhaus. Es ist ihm rätselhaft, warum ihm die anderen Menschen auf der Erde so leid tun. Eigentlich ist er ein sehr glücklicher Mensch. Er kennt nur nicht den Unterschied zwischen Liebe und Mitgefühl und wundert sich auch nicht, warum ihn so häufig Sehnsucht nach fremden Zeiten und Orten packt. Er erkennt keine Unterschiede. Nur Vielfalt. Reisen liegt ihm.

Das weiche Herz versorgt einen drahtigen Körper, der nie stillhält. Er spielt Löffel, Geige, Mundorgel und läßt sich gerade von einem Mann namens Wild Archie, den er im Cape Breton Club in Halifax kennengelernt hat, das Kastagnettenspiel beibringen – merkwürdigerweise war auch Archie in einem Waisenhaus. Anthony trägt Wildlederboots, weiße Jeans, einen schwarzen Rollkragenpullover, und er hat eine Afrofrisur. Schmal und ungeduldig, ein heller Kopf. Grüne Funken in seinen haselnußbraunen Augen.

»Du bist ein glücklicher Mensch geworden«, sagt Lily.

Er mustert sie eingehend, mißtraut seinem Gefühl, ihr schon einmal begegnet zu sein, denn das hat er so oft. Das gegenteilige Gefühl auch. Sie kommt ihm so bekannt vor.

»Vermutlich wissen Sie es bereits«, sagt er behutsam, »Miss Piper ist von uns gegangen. Erst kürzlich.«

»Nein, das wußte ich nicht.«

Um Frances hat Lily vor langer Zeit getrauert, in der Nacht, als sie wegging, doch an Mercedes' Tod hat sie nie gedacht, obwohl sie jeden Abend für deren Seelenheil gebetet hat.

»Es tut mir leid«, und er gibt Lily sein Taschentuch.

»Schon gut ... Sie war meine Schwester ...«

»Ich weiß wirklich nicht, warum du flennst«, wettert Rose, »sie wollte dich exerzieren lassen.«

»Exorzieren.«

Wo bin ich, denkt Anthony, und was sind das für Leute?

Lily schneuzt sich. »Aloysius, hast du Frances gekannt? Hat Frances dich je zu Gesicht bekommen?«

»Ich heiße eigentlich Anthony. Hm ... Welche Frances?«

»Was machst du beruflich, Tony?« Rose forscht ihn aus, ob vielleicht Prozente drin sind.

»Ich bin Musiker ...«

»Scheiße«, und sie wendet sich wieder dem Fernseher zu.

»... und unterrichte Musikethnologie.«

Rose dreht den Ton lauter. Noch so eine verfluchte Rockband aus England.

Anthony gibt nicht auf. »Ich sollte erklären, daß Miss Piper mich mehr oder weniger von weitem adoptiert hat. Sie verstehen schon, und als sie starb, hat sie mir ihr Haus vermacht und mich gebeten ...«

»Kein Geld?« Roses letzter Versuch.

»Nein. Ich glaube, sie hat all ihr Geld für mich ausgegeben. Ich weiß nicht, warum. Sie war eine gute Frau.«

»Unsere Liebe Frau von Lourdes«, sagt Lily.

Unsere irre Frau, denkt Anthony und bereut sofort, kann nichts dafür, daß ihm solche Dinge durch den Kopf gehen, bei all seiner Liebe zur Menschheit.

»Die Kakaobüchse«, sagt Lily.

Nicht mehr alle Kakaotassen im Schrank, denkt Anthony. Dann fällt ihm sein Auftrag wieder ein. Er macht seinen Rucksack auf und holt eine versiegelte Pappröhre heraus. »Bei ihrem Tod hat Miss Piper mir einen Brief mit Ihrem Namen und der Adresse hinterlassen, dazu die Anweisung, Ihnen das hier persönlich zu überbringen.«

Er reicht Lily die Röhre. Sie erbricht das Siegel an einem Ende, holt eine Papierrolle heraus und breitet sie auf dem Tisch aus.

Anthony fragt: »Was ist das?«

»Das ist der Stammbaum«, sagt Lily. »Schau. Wir sind alle drauf.«

Rose schaltet den Fernseher aus, schlurft auf ihren abgewetzten Pantoffeln herüber und angelt nach ihrer Brille.

»Siehst du?« erklärt Lily Anthony. »Du hast jede Menge Brüder und Schwestern. Dein Vater lebt noch, aber hier, das ist wirklich schade, deine Stiefmutter Adelaide ist gestorben.«

»Leo (Ginger) Taylor«, liest er laut vor.

»Das ist dein Vater, mein Lieber. Und deine Tante Teresa lebt demnach auch noch – und schau mal hier, du hast sogar eine Cousine. ›Adele Claire‹.«

»Das verstehe ich nicht.«

»Das bist du, hier.«

Lily zeigt auf Frances Euphrasia und Leo (Ginger). Aus der Vereinigung ihrer Zweige sprießt sein Name in grüner Tinte, »Anthony (Aloysius)«.

Ambrose ist auch da, verbunden mit Lily, und unter seinem Namen steht »bei Geburt gestorben«. Bruder und Schwester hängen an einem Zweig von einem Ast, der James mit Kathleen verbindet. Rose sieht Lily an. Doch Lily faltet nur die Hände.

Neben Kathleen verbindet ein Gleichheitszeichen ihren Namen mit Roses. Rose nimmt die Brille ab.

Es mag an der stickigen Luft liegen, an dem Taumel erzeugenden Gefühl, daß sich Vertrautes mit Fremdem vermengt und das Meer endlich seine Toten preisgibt – jedenfalls wird Anthony auf einmal seekrank.

»Setz dich«, sagt Lily.

Er hockt sich hin und steckt seinen Kopf zwischen die Knie. Lily holt einen kühlen, feuchten Lappen aus der Küche und legt ihm den auf den Nacken.

»Durchatmen«, sagt sie.

Er gehorcht.

Schon besser.

»Was zum Teufel ist Ethno-Musikwissenschaft?« Rose schlendert ans Klavier.

Anthony steht vorsichtig auf. »Verzeihung ...«

»Hier bitte, mein Lieber«, sagt Lily, »setz dich und trink ein Täßchen Tee, dann erzähl ich dir von deiner Mutter.«

DANKSAGUNGEN UND
LITERATURANGABEN

Die Autorin möchte den folgenden Personen und Organisationen danken sowie die Titel bestimmter Bücher angeben, die für sie im Verlauf ihrer Recherche besonders hilfreich waren:

David Abbass, Sister Simone Abbass CND, The Canada Council, *Cape Breton's Magazine*, Cheryl Daniels, Diane Flacks, Lily Flacks, Rita Fridella, Nic Gotham, Malcolm Johannesen, Honora MacDonald Johannesen, James Weldon Johnson: *Black Manhattan*, Paul Fussell: *The Great War and Modern Memory*, Daphne Duval Harrison: *Black Pearls: Blues Queens of the 1920's*, Arsinée Khanjian, Suzanne Khuri, Margaret MacClintock, Cuddles MacDonald, Dude MacDonald, John Hugh Mac Donald, Katie MacDonald, Laurel MacDonald, Sister Margaret A. MacDonald CND, Mary Teresa Abbass MacDonald, Harold MacPhee und The Black Cultural Centre of Nova Scotia, John Mellor: *The Company Store*, Bill Metcalfe und der Cape Breton Highlanders Association, Ted Boutilier (Hrsg.): *New Waterford Three Score & Ten*, Beverly Murray, Michael Ondaatje, The Ontario Arts Council, Bridglal Pachai: *Beneath the Clouds of the Promised Land*, Pearl, John Pennino und den Archiven der Metropolitan-Oper in New York, den Archivaren der Metropolitan Toronto Reference Library, Father Principe vom Saint Michael's College U of T, Shari Saunders, Wayne Strongman, Lillian MacDonald Szpak, Kate Terry und dem Beaton Institute des College of Cape Breton, Mrs. Helen Vingoe, Maureen White, Gina Wilkinson.

Für Rat und Hilfe dankt die Übersetzerin:
Helmut von Arz, Said Dodin, Tanja Graf, Hans M. Herzog, Jan H. Levie, Thomas Pigor, Pastor Prenzke und Schwester Margarete vom Malteser-Krankenhaus Berlin, Rainer Schmidt, Ernst Schwab und Michael Walter.

Verwendete Übersetzungen:

BRONTË, EMILY: Sturmhöhe, *Ingrid Rein, Stuttgart 1986*

DANTE, ALIGHIERI: Göttliche Komödie, *Karl Streckfuß, Braunschweig 1864*

GIBBON, EDWARD: Gibbon's Geschichte des Verfalles und Unterganges des römischen Weltreiches, *Johann Sporschil, Leipzig 1843*

ROSSETTI, DANTE GABRIEL: Gedichte und Balladen, *Alexander v. Bernus u. Stefan George, Heidelberg 1960*

STEVENSON, ROBERT LOUIS: Im Versgarten, *James Krüss, Ravensburg 1960*

VACCAI, NICOLA: Metodo practico di Canto Italiano, *Bernhoff, Frankfurt / New York / London 1914/1942*

INHALT